U0539247

文學研究叢書・臺灣文學叢刊

台灣近代詩的形成與發展
（1920-1945）

張詩勤 著

本書於撰寫階段榮獲：
- 科技部107年度補助博士生赴國外研究
- 中央研究院109年度人文社會科學博士候選人培育計畫
- 科技部110年度獎勵人文與社會科學領域博士候選人撰寫博士論文

全文榮獲：
- 國立臺灣圖書館112年度臺灣學博士論文研究獎助優等
- 國立臺灣文學館2023年臺灣文學傑出博士論文獎
- 國立政治大學112學年度博士學位論文獎

等研究補助與獎項，謹申謝忱。

推薦序
「台灣近代詩」的揚帆啟程之旅

　　龍瑛宗在一九四〇年代，如是思考民族與創作語言的問題：「我抱著如此異想天開的想法：本島人作家應該能創造出前所未有的日語，能為日語帶來微妙差異的新鮮感」（〈給意欲從事創作的朋友〉，1940年5月）。他同時以愛爾蘭文學為例，如此敘述民族與語言的關係：「愛爾蘭為克里特族，他們以盎格魯薩克遜的英語建構了優秀的愛爾蘭文學，與英國本土所謂的英國文學形成了鼎立局面」（〈果戈里與其作品〉1940年6月）。龍瑛宗的上述思考，正是台灣新文學——或可稱為台灣近代文學——進程的重要特徵，同時也是《台灣近代詩的形成與發展（1920-1945）》的中心主旨與重要精神。讀者朋友或許已注意到，作者以「台灣近代詩」，而非「台灣現代詩」，指涉戰前台灣詩的創作。

　　回顧戰前至戰後台灣詩史發展的主流敘事，便能發覺戰前台灣詩史的探討對象，壓倒性地以中文詩為主。對照目前已大量出土的日語詩作，與此現象不僅呈現強烈的對比，對於日文詩的創作、形式、美學乃至思潮影響的探討，目前的研究現況幾乎呈現空白。此外，相對於古典詩，台灣現代詩所指涉的時間線軸則從戰前跨越至今日。《台灣近代詩的形成與發展（1920-1945）》透過爬梳台灣戰前各個時期詩作的內容與形式，展現了戰前的台灣詩如何在語境轉換乃至各種思潮、美學的影響下，與戰後的作品呈現不同的風景與面貌。鑑於此，相對於戰後台灣的語境轉換乃至文藝思潮的轉變後的「台灣現代詩」，作者則以「台灣近代詩」命名之。

本書以「台灣近代詩語言的創造」、「台灣近代詩內容與形式的開展」與「台灣近代詩風格的形成與斷裂」三部構成，描摹台灣近代詩語言（日文與中文）的確立乃至成熟的時間軸線，展現作者建構「台灣近代詩史」的強烈企圖心。除了發現至今為止未出土的台日詩人與詩歌結社的歷史事實，也呈現台灣詩人們在白話文、台語與日語等多語境中，摸索乃至實驗、創作詩的語言過程。此一現象，正與戰前台灣新文學的創作特徵遙相呼應。相對於此，在台日本詩人如何在台灣創作「捕捉外地特異風物，描寫外地生活者特有心理，獲得崇高藝術價值」的作品（島田謹二語），則成為「台灣近代詩」的另一面鏡像。在台日本詩人的創作與日本現代主義詩、普羅詩乃至進入戰時的戰爭詩的發展軌跡重疊者眾，台灣的日文近代詩也可說是如此。作者雖未深入探討台灣日文近代詩與日本近代詩二者間傳播與脈動的關係，但以多樣化的視角呈現台灣詩人與日本的詩派、詩論的關聯性，日本詩人、詩社之間的交遊與互動的人際網絡，拓展台灣近代詩另一途徑的形塑過程。

　　以他者語言形塑自我，是台灣知識分子一路行來的荊棘之道。台灣近代詩的萌芽、形塑乃至開展過程，也是如此，宛如暗夜行路。《台灣近代詩的形成與發展（1920-1945）》的問世為此幽暗之道，點一盞燈，預告「台灣近代詩」即將揚帆啟程，航向下一個新篇章。

吳佩珍

國立政治大學台灣文學研究所教授

凡例

1. 本書所引用之日文資料，若未註明皆為筆者自譯、吳佩珍教授審訂，特此誌謝。若有誤譯或誤植問題，責任概由筆者自負。
2. 本書所引用之日文資料，若為書名或篇名，第一次出現時將在中文譯名後以括號附上原文（如：《巴別之詩》（バベルの詩）），第二次以後則直接以中文譯名呈現。
3. 本書所引用之日文資料，若為文章，為使行文流暢直接以中文譯文呈現，並於註腳中附上原文。
4. 本書所引用之日文資料，若為詩作或需要進行中日對照之文章，以表格方式呈現：左欄為原文、右欄為中文翻譯。
5. 本書所提及之詩人，以其在實際史料中主要使用之筆名論述之（如：王宗英（本名王來法）、徐瓊二（本名徐淵琛）、水蔭萍（本名楊熾昌））。唯當該詩人有多個筆名時，統一以本名論述之（如多田利郎（前期筆名多田南溟詩人、後期筆名多田南溟漱人）、本田茂光（前期使用本名本田茂光、後期改用筆名本田晴光））。
6. 本書中的「台」與「臺」字並未統一。原則上，在一般行文當中使用「台」，遇專有名詞時則遵循原書刊、史料原文、機關正式名稱而使用「台」或「臺」。

目次

推薦序　「台灣近代詩」的揚帆啟程之旅 ………… 吳佩珍　i
凡例 …………………………………………………………… i

緒論 ……………………………………………………………… 1

　一、建設「台灣近代詩」一提案………………………………… 1
　　　（一）「台灣近代詩」作為新的分期概念 ………………… 4
　　　（二）「台灣近代詩」指涉具有其自身進程的「詩的近代性」· 6
　　　（三）「台灣近代詩」揭示與「日文」與「日本近代詩」
　　　　　　的連結 ………………………………………………… 9
　二、台灣島史觀點下的台灣近代詩…………………………… 12
　三、台灣近代詩的研究基礎…………………………………… 17
　　　（一）史料的出土 ……………………………………… 17
　　　（二）詩史的出現 ……………………………………… 19
　　　（三）新研究面向的開拓 ……………………………… 24
　四、台灣近代詩「形成與發展」的三個階段………………… 28

第一部　台灣近代詩語言的創造

第一章　日文口語自由詩的形成：
以後藤大治為中心 ………………………………… 43

　一、前言：1920年代台灣近代詩壇的形成 ………………… 43
　二、詩話會《日本詩人》與台灣 …………………………… 45
　三、關於後藤大治 …………………………………………… 49
　　　（一）後藤大治生平 …………………………………… 49
　　　（二）「台灣詩壇是由我率領著」：《巴別之詩》 …… 52
　　　（三）《倚著亞字欄》的迴響 ………………………… 57
　　　（四）從《熱帶詩人》到《日本詩人》：佐藤惣之助的位置 … 59
　　　（五）從《日本詩集》到《臺灣詩集》：台灣詩人組合的成立 … 63
　　　（六）未出版的《臺灣周航詩》與《月下的胡弓》 …… 67
　四、後藤大治詩作舉隅 ……………………………………… 69
　　　（一）第一期（1921-1922）：《倚著亞字欄》・詩語探索時期 · 69
　　　（二）第二期（1923）：《臺灣周航詩》・嘗試突破時期 …… 72
　　　（三）第三期（1924-1926）：《月下的胡弓》・神秘主義時期 · 78
　五、小結 ……………………………………………………… 83

第二章　1920年代台灣「新」詩人：
王宗英的日文口語自由詩之路 ………………… 85

　一、前言 ……………………………………………………… 85
　二、關於王宗英 ……………………………………………… 87
　　　（一）王宗英生平 ……………………………………… 87
　　　（二）參加《熱帶詩人》：岩佐清潮的引介 ………… 90

（三）登上《日本詩人》：後藤大治的提攜 ……………… 94
　　（四）入選《詩人年鑑》：佐藤惣之助與草野心平………… 102
三、王宗英的詩作 ………………………………………………… 106
　　（一）第一期（1923）：模仿習作時期 …………………… 107
　　（二）第二期（1924）：自我挑戰時期 …………………… 113
　　（三）第三期（1925-1928）：反璞哲思時期 ……………… 122
四、小結 …………………………………………………………… 125

第三章　殖民地台灣近代詩語的探索：中文白話詩、台灣話文詩與日文口語自由詩的競合 …… 127

一、前言：專屬於台灣的近代詩語……………………………… 127
二、張我軍的「詩體的解放」…………………………………… 130
　　（一）「以中國白話文寫自由詩」的主張 ………………… 130
　　（二）胡適的外衣與生田春月的骨架 ……………………… 132
　　（三）張我軍與歌德 ………………………………………… 138
三、郭秋生的〈臺灣話文嘗試集〉……………………………… 143
　　（一）台灣「話」「文」字化的提案：安藤正次的語言學… 143
　　（二）建設「台灣國語」一提案：胡適的復歸 …………… 148
　　（三）郭秋生的〈臺灣話文嘗試集〉：日文流行歌與
　　　　　文白讀音表記 ………………………………………… 151
四、蘇維熊的「台灣國語」詩：多元語言與新舊體裁的實驗場· 159
　　（一）作為近代詩語的「台灣國語」……………………… 159
　　（二）朝向日文口語自由詩的轉換 ………………………… 165
五、小結 …………………………………………………………… 169

第二部　台灣近代詩內容與形式的開展

第四章　「普羅詩」在台灣 …… 173

一、前言：何謂「普羅詩」 …… 173

二、中野重治的追隨者：藤原泉三郎與上清哉 …… 177

三、日本普羅詩的繼承：《無軌道時代》 …… 188

四、中國普羅詩派的移植：《洪水報》與《赤道》 …… 200

五、尚未能反映殖民地現實的普羅詩 …… 212

六、普羅詩在台灣的突破與衰退 …… 214

（一）臺灣文藝作家協會與《臺灣文學》 …… 214

（二）徐瓊二的普羅詩與論述 …… 218

（三）普羅詩的衰退 …… 224

七、小結 …… 225

第五章　日本民眾詩派與台灣：以《南溟樂園》與《南溟藝園》及其相關史料為中心 …… 227

一、前言 …… 227

二、《南溟樂園》與《南溟藝園》中的「民眾」概念 …… 230

（一）「民眾」概念的出現及民眾文化的各種面向 …… 230

（二）從大正到昭和的「民眾詩派」 …… 234

三、《南溟樂園》與《南溟藝園》的位置 …… 240

（一）從《南溟樂園》到《南溟藝園》的組織擴張 …… 240

（二）腹背受敵的《南溟樂園》與《南溟藝園》 …… 245

（三）階級與地方視野下的《南溟藝園》 …… 248

四、「民眾詩」的實踐：多田利郎、陳奇雲與中間磯浪的詩集 · 253

（一）多田南溟漱人《黎明的呼吸》與陳奇雲《熱流》
　　　　　中的民眾形象⋯⋯⋯⋯⋯⋯⋯⋯⋯⋯⋯⋯⋯⋯⋯⋯⋯ 254
　　（二）中間磯浪《憂鬱的靈魂》以及其中的民眾形象⋯⋯ 259
　　（三）「南溟」詩人與日本民眾詩派詩人之異同⋯⋯⋯⋯ 264
　五、小結⋯⋯⋯⋯⋯⋯⋯⋯⋯⋯⋯⋯⋯⋯⋯⋯⋯⋯⋯⋯⋯⋯⋯ 265

第六章　日治台灣的「詩精神」與「新精神」：
　　　　　以《風景》、《茉莉》與《風車》為例⋯⋯⋯⋯ 267

　一、前言⋯⋯⋯⋯⋯⋯⋯⋯⋯⋯⋯⋯⋯⋯⋯⋯⋯⋯⋯⋯⋯⋯⋯ 267
　　（一）詩精神（ポエジー；poésie）⋯⋯⋯⋯⋯⋯⋯⋯⋯ 270
　　（二）新精神（エスプリ・ヌーボー；esprit nouveau）⋯⋯ 272
　二、最初引入台灣的「詩精神」：保坂瀧雄與《風景》⋯⋯ 274
　三、大連詩壇與台灣的接點：本田茂光與《茉莉》⋯⋯⋯⋯ 281
　四、本島詩人的「詩精神」與「新精神」：水蔭萍、利野蒼與
　　　《風車》⋯⋯⋯⋯⋯⋯⋯⋯⋯⋯⋯⋯⋯⋯⋯⋯⋯⋯⋯⋯ 289
　五、小結⋯⋯⋯⋯⋯⋯⋯⋯⋯⋯⋯⋯⋯⋯⋯⋯⋯⋯⋯⋯⋯⋯⋯ 297

第三部　台灣近代詩風格的形成與斷裂

第七章　1930-1940年代的台灣近代詩壇：
　　　　《媽祖》與《臺灣文藝》兩大集團的形成⋯ 303

　一、前言⋯⋯⋯⋯⋯⋯⋯⋯⋯⋯⋯⋯⋯⋯⋯⋯⋯⋯⋯⋯⋯⋯⋯ 303
　二、從《媽祖》、《華麗島》到《文藝臺灣》⋯⋯⋯⋯⋯⋯ 305
　　（一）從「邪宗門」到「媽祖祭」：北原白秋的訪台與
　　　　　西川滿的模仿⋯⋯⋯⋯⋯⋯⋯⋯⋯⋯⋯⋯⋯⋯⋯⋯ 305

（二）「昭和象徵主義」在台灣：從《新詩論》到《媽祖》·313
　　（三）水蔭萍的象徵詩⋯⋯⋯⋯⋯⋯⋯⋯⋯⋯⋯⋯⋯⋯⋯317
三、從《臺灣文藝》、《臺灣新文學》到《臺灣文學》⋯⋯⋯⋯322
　　（一）普羅詩與民眾詩的集結：吳坤煌的鄉土文學論⋯⋯⋯322
　　（二）「鹽分地帶派」的實踐：吳新榮的左翼鄉土詩⋯⋯⋯324
　　（三）北海道左翼詩人‧川淵酋一郎⋯⋯⋯⋯⋯⋯⋯⋯⋯330
四、小結⋯⋯⋯⋯⋯⋯⋯⋯⋯⋯⋯⋯⋯⋯⋯⋯⋯⋯⋯⋯⋯⋯333

第八章　日治末期戰爭詩初探⋯⋯⋯⋯⋯⋯⋯⋯⋯⋯⋯⋯337

一、前言⋯⋯⋯⋯⋯⋯⋯⋯⋯⋯⋯⋯⋯⋯⋯⋯⋯⋯⋯⋯⋯⋯337
二、從視覺性到聲音性：以西川滿與長崎浩為中心⋯⋯⋯⋯⋯339
三、殖民地士兵的身體規訓：以周伯陽與菊岡久利為中心⋯⋯346
四、小結⋯⋯⋯⋯⋯⋯⋯⋯⋯⋯⋯⋯⋯⋯⋯⋯⋯⋯⋯⋯⋯⋯354

結論⋯⋯⋯⋯⋯⋯⋯⋯⋯⋯⋯⋯⋯⋯⋯⋯⋯⋯⋯⋯⋯⋯⋯⋯357

各章初刊一覽⋯⋯⋯⋯⋯⋯⋯⋯⋯⋯⋯⋯⋯⋯⋯⋯⋯⋯⋯365

參考文獻⋯⋯⋯⋯⋯⋯⋯⋯⋯⋯⋯⋯⋯⋯⋯⋯⋯⋯⋯⋯⋯367

附錄⋯⋯⋯⋯⋯⋯⋯⋯⋯⋯⋯⋯⋯⋯⋯⋯⋯⋯⋯⋯⋯⋯⋯391

一　後藤大治作品列表⋯⋯⋯⋯⋯⋯⋯⋯⋯⋯⋯⋯⋯⋯⋯⋯391
二　王宗英作品列表⋯⋯⋯⋯⋯⋯⋯⋯⋯⋯⋯⋯⋯⋯⋯⋯⋯403
三　南溟樂園社社規⋯⋯⋯⋯⋯⋯⋯⋯⋯⋯⋯⋯⋯⋯⋯⋯⋯411
四　《南溟樂園》、《南溟藝園》目前可考之執筆名單⋯⋯⋯413
五　《茉莉》現存期數之執筆名單⋯⋯⋯⋯⋯⋯⋯⋯⋯⋯⋯415

後記⋯⋯⋯⋯⋯⋯⋯⋯⋯⋯⋯⋯⋯⋯⋯⋯⋯⋯⋯⋯⋯⋯⋯419

圖目次

圖0-1	1898-1926年《臺灣日日新報》之近代詩篇數 …………	29
圖0-2	1922年台灣的文藝雜誌列表 ……………………………	30
圖1-1	後藤大治照片 ……………………………………………	51
圖1-2	後藤大治《亞字欄に倚りて》封面與版權頁 …………	57
圖1-3	《熱帶詩人》現存各期封面 ……………………………	59
圖2-1	《臺灣總督府職員錄》上的岩佐清潮（岩佐清）與王宗英（王來法）………………………………………	93
圖2-2	《臺灣總督府職員錄》上的王宗英（王來法）與川平朝申 ……	94
圖2-3	王宗英與台日詩壇人際連結推測圖 ……………………	103
圖4-1	《無軌道時代》創刊籌備會於水月喫茶店（1929年8月17日）……	190
圖4-2	《無軌道時代》各期封面 ………………………………	190
圖4-3	外山泉二〈デモ〉原件遭劃記情形 ……………………	196
圖6-1	《風景》第一期封面 ……………………………………	274
圖6-2	《風景》第二期〈詩外線〉專欄內文 …………………	280
圖6-3	1930年代前半台灣現代主義詩刊與《詩與詩論》系譜關係示意圖 ………………………………………	298
圖8-1	《臺灣日日新報》1942年1月15日的廣播節目表 ……	345
圖9-1	台灣近代詩1920-1940年代初之系譜圖 …………………	362

表目次

表1-1　《日本詩人》之台灣相關作品與記事 ……………………… 46
表3-1　張我軍〈詩體的解放〉與生田春月《新詩作法》章節對照 …… 135
表3-2　郭秋生的〈建設「臺灣話文」一提案〉與安藤正次
　　　　《言語學概論》內容對照 ……………………………………… 145
表3-3　蘇維熊於《福爾摩沙》發表詩作列表 ……………………… 166
表4-1　《洪水報》與《赤道》對於中國新詩之轉載情形 ………… 203
表4-2　徐瓊二詩作列表 ……………………………………………… 219
表7-1　水蔭萍於《媽祖》、《華麗島》與《文藝臺灣》發表詩作列表 · 318

詩作目次

第一章
後藤大治〈原野的詩人〉（野の詩人）（節錄）……………………… 70
後藤大治〈出草之歌（獵首之歌）〉（出草の歌〔首狩の歌〕）……… 73
後藤大治〈鴉片吃人〉（阿片食人）…………………………………… 80

第二章
王宗英〈臺灣佛教會入佛式的一夜〉（臺灣佛教會入佛式の一夜）… 107
後藤大治〈亂打祝福——水葬與死人船——〉
（乱打祝福——水葬礼と死人船——）（節錄）…………………… 109
王宗英〈落日〉（落陽）………………………………………………… 112
王宗英〈午後的工廠〉（午後の工場）………………………………… 114
王宗英〈早晨〉（朝）…………………………………………………… 116
王宗英〈雨之線詩〉（雨の線詩）……………………………………… 119
王宗英〈時間流逝〉（時はゆく）……………………………………… 122

第三章
張我軍〈哥德又來勾引我苦惱〉（節錄）……………………………… 139
歌德〈克莉絲汀〉（クリステル）（節錄，生田春月譯）…………… 139
張我軍〈對月狂歌〉……………………………………………………… 140

歌德〈對月〉（月に）（節錄，生田春月譯）……………………141

郭秋生〈新年行進曲〉（節錄）………………………………151

日比繁次郎〈道頓堀行進曲〉…………………………………153

郭秋生〈回頭〉（節錄）………………………………………156

蘇維熊〈春夜恨（讀做臺灣白話）〉…………………………159

戴復古〈黃岩舟中〉……………………………………………163

蘇維熊〈屋頂的動物〉（屋上の動物）………………………167

第四章

藤本斷〈在貯炭場〉（貯炭場で）……………………………191

外山泉二〈示威〉（デモ）……………………………………194

楢崎恭一郎（藤原泉三郎）〈阿呆塔之歌〉（阿呆塔の唄）…197

一勞動者〈無產者的喊聲〉（節錄）…………………………209

一無產者〈那裏有我們可喜的新年？〉（節錄）……………210

李彬〈我們啊，貧農〉（俺達や貧農）………………………216

徐瓊二〈浪潮〉（波）…………………………………………220

第五章

郭水潭〈在飢餓線上徬徨的人群〉（飢餓線上に彷徨する群れ）
（節錄）………………………………………………………249

多田南溟詩人（多田利郎）〈年老的土人〉（老ひたる土人）…254

陳奇雲〈老配送員〉（老配達夫）……………………………256

中間磯浪〈詩人們啊！〉（詩人達よ！）……………………262

第六章

保坂瀧雄〈失題〉………………………………………… 278

本田茂光〈曇冬〉（節錄）………………………………… 287

利野蒼〈某個早晨〉（或ル朝）…………………………… 293

第七章

西川滿〈媽祖祭〉（節錄）………………………………… 307

北原白秋〈邪宗門祕曲〉（節錄）………………………… 307

水蔭萍〈月亮的死亡面具——女碑銘第二章〉
（月の死面——女碑銘第二章）………………………… 319

吳新榮〈村莊〉（選自組詩〈故里與春之祭〉）
（村〔「生れ里と春の祭」より〕）……………………… 325

吳新榮〈四月廿六日——南鯤鯓廟——〉（節錄）……… 328

北海道　川淵酋一郎〈某段背面史〉（或る裏面史）…… 331

第八章

西川滿〈志願兵——為朗讀而寫的詩——〉
（志願兵——朗讀のための詩——）（節錄）…………… 339

長崎浩〈志願兵〉（節錄）………………………………… 340

西川滿〈媽祖祭〉（節錄）………………………………… 341

長崎浩〈安平旅情〉（節錄）……………………………… 342

國吉陽一（周伯陽）〈榮譽的臺灣志願兵之歌〉
（譽れの臺灣志願兵の歌）（節錄）……………………… 349

國吉陽一（周伯陽）〈高砂義勇隊之歌〉（高砂義勇隊の歌）
（節錄） ··· 349
菊岡久利〈三個志願兵〉（三人の志願兵）（節錄） ····················· 352

緒論

一、建設「台灣近代詩」一提案

　　2017年，台灣出現紀念「新詩百年」的風潮，成為筆者重新思考「新詩」一詞的契機。中文裡的「新詩」一詞，一般認為是以1917年胡適的試作與論述為始[1]。不論是以「新詩百年」為名的台灣詩選[2]，或此前以「新詩」為名的台灣詩史[3]，皆不加懷疑地以之作為起點。

---

[1] 1917年，胡適發表的〈白話詩八首〉被認為是中國新詩的濫觴；而1919年同樣是胡適發表的〈談新詩〉一文則被認為是確認「新詩」一詞稱呼的主要依據。參見王志健，《現代中國詩史》（台北：臺灣商務印書館，1975年12月），頁45；皮述民、邱燮友、馬森、楊昌年，《二十世紀中國新文學史》（台北：駱駝，1997年），頁84-85。

[2] 如張默、蕭蕭主編，《新詩三百首百年新編（1917~2017）》（全套三冊）（台北：九歌，2017年）、陳大為、鍾怡雯編，《華文新詩百年選·臺灣卷》（台北：九歌，2019年）。後者的「百年」根據為「一九一八年魯迅發表〈狂人日記〉，正式揭開中國現代文學乃至全球現代漢語寫作的序幕，至今已百年」。雖然兩本「百年」的脈絡不同，但基本上都是以中國文學史的論述為依據。另外，在2017年12月7-9日的《聯合報》上，亦有陳芳明、楊宗翰、林秀赫三人以「新詩百年」作為主題討論中國與台灣新詩的連結或者斷裂。

[3] 古繼堂，《台灣新詩發展史》（台北：文史哲，1989年），頁18-20；張雙英，《二十世紀臺灣新詩史》（台北：五南圖書，2006年），頁4-5。此外，鄭慧如，《台灣現代詩史》（台北：聯經，2019年）一書雖然是以「現代詩」為名，但其對「現代詩」的定義亦是以胡適為始：「一九一七年，胡適在當年十月號的《新青年》發表〈談新詩〉，『新詩』一詞首次出現在文章裡。『現代詩』所指亦同，但在發展上，更區別於文言，而不只是『舊』的往日之感。」——這段話有個經常出現的錯誤，即胡適〈談新詩〉一文並非發表於1917年10月號的《新青年》，而是發表在1919年10月的《星期評論》。胡適，〈談新詩——八年來一件大事〉，《星期評論》，紀念號第5張（1919年10月），無頁碼。

然而，若回到台灣歷史的情境，一百年前日本統治之下的台灣不僅存在中文詩，也存在大量的日文詩。這些日文詩是否適合以中文脈絡下的「新詩」一詞來稱呼？王白淵、水蔭萍等日文詩人是否能被嫁接在中文詩人胡適的系譜上？筆者認為，在將日治時期台灣的中日文詩作為整體討論對象時，「新詩」一詞尚有待商榷。

　　「新詩」在台灣之所以難以完全適用，首先在於該詞是中國脈絡之下的概念。中華民國教育部《重編國語辭典修訂本》中，定義「新詩」為「一種五四運動後流行的白話詩體」[4]。然而，日治時期的台灣不僅存在中國五四運動、白話文運動後流行的中文詩，同時也受到日本新體詩運動、口語自由詩運動影響的日文詩，故內含五四運動脈絡的新詩一詞難以囊括台灣的情況。再者，究其語意，「新」、「舊」是具相對意義的詞彙。舉胡適與張我軍經常與「新詩」混用的「新體詩」一詞為例：「新體詩」在日本文學史中為專有名詞，專指明治期與漢詩對抗的一種新韻文形式，一般是以文言文、每行字數固定的「文語定型詩」形式書寫[5]，與現代中文中所理解的、胡適所提倡的白話自由詩有相當大的差距[6]。這是倚賴漢字表面上相對性的「新」、「舊」概念的危險性。況且，1919年胡適所論的「新」和1924年張我

4　中華民國教育部，「新詩」辭條，《重編國語辭典修訂本》（來源：https://dict.revised.moe.edu.tw/dictView.jsp?ID=109240&word=%E6%96%B0%E8%A9%A9，最後查閱時間：2024年7月30日）。

5　石丸久，「新体詩」辭條，《国史大辞典》（來源：https://japanknowledge.com/lib/display/?lid=30010zz259520，最後查閱時間：2024年7月30日）。

6　若只是單純討論中國新詩史，「新詩」和「新體詩」的混用或許還不至產生太大問題。然而，日治時期的台灣確實存在著日本近代詩史意義下的「新體詩」這種特殊詩體，若不確實將作為專有名詞的「新體詩」與「新詩」區分開來，將造成論述上的混亂。關於日治時期的台灣「新體詩」，參見張詩勤，〈「新體詩」在台灣〉，《台灣日文新詩的誕生——以《臺灣日日新報》、《臺灣教育》為中心（1895-1926）》（新北：花木蘭，2016年）。

軍所論的「新」，兩者所要對抗的「舊」亦是不同的對象。

　　前行研究也曾因「新詩」一詞的不適切，提出應以「現代詩」一詞取而代之的主張。如2000年，楊宗翰曾主張以「現代詩」取代「新詩」來建構新文學運動以後的台灣詩史，認為比起承襲中國「五四傳統中『舊不如新』的進步觀」的「新詩」一詞，「現代詩」一詞「一開始就承認台灣在現代文學部分如其海島形式，自初肇即吸收多方思潮」[7]。楊宗翰續指出，「『現代詩』並不同於現代主義詩，也不侷限於某一流派」[8]，認為其內涵已超出「現代主義」的範圍，無獨有偶，鄭慧如也認為「定名為『現代詩』是否含有『現代性』的指涉？這個問題就像『當代詩』是否有『當代性』的指涉，『新詩』是否有『前衛性』的指涉一樣，已經不成問題」[9]。然而，「現代詩」與「現代主義」、「現代性」之間的關聯，真的已經不成問題了嗎？張雙英便認為，「現代詩」一詞在西方文學領域中常以「現代主義」為著眼點，在台灣也容易與1950年代的「現代詩派」混淆，故為了追求嚴謹的學術研究，應選用「新詩」一詞[10]。而原本主張使用「現代詩」一詞的楊宗翰，2004年以後改用「台灣新詩史」，原因未詳[11]。由此可知，在討論日治時期新文學運動以後的台灣詩史時，論者經常被困在「新詩」或「現代詩」的兩難中。筆者認為，至少在日治時期的範圍，有比上述兩者都更適切的方案，亦即本書所提出的「台灣近代詩」。

7　楊宗翰，〈重構詩史的策略〉，《創世紀詩雜誌》第124期（2000年9月），頁135。
8　楊宗翰，〈重構詩史的策略〉，頁135。
9　鄭慧如，《台灣現代詩史》，頁20。
10　張雙英，《二十世紀臺灣新詩史》（台北：五南，2006年），頁8。
11　楊宗翰與孟樊的「台灣新詩史」系列文章，始於楊宗翰，〈台灣新詩史：一個未完成的計畫〉，《台灣史料研究》第23期（2004年8月，頁121-133）一文，後於2022年出版成書：孟樊、楊宗翰，《台灣新詩史》（台北：聯經，2022年）。

（一）「台灣近代詩」作為新的分期概念

　　本書所提出的「台灣近代詩」是一種新的分期概念，指涉台灣日治時期這段時間範圍內擺脫傳統韻文形式的新型態的詩。既有的台灣詩史不論使用「新詩」或「現代詩」，指涉的時間範圍皆是從1920年代到現今[12]，可以說是一個跨度過大、範圍過廣的泛稱。而本書提出「台灣近代詩」一詞，乃是為了將過去這段被均質化的台灣詩史，區別出不同的階段。日治時期在各種外來思潮影響下所出現的新型態的詩，在這五十年之間有其自身的發展脈絡，應被區分出來詳談，故本書將之稱作「台灣近代詩」的階段[13]。而當1945年戰爭終結、殖民體制結束以後，詩在語言、民族、政治、媒體、思想風格等各方面又開始新的進程，將再區別為「台灣現代詩」的階段。

　　需要說明的是，此處採用的「近代詩」一詞乃是從日文而來的借詞。在日文中，雖然「近代詩」與「現代詩」對應的都是英文的「modern poetry」，但有其不同的詩史意義[14]。雖然確切斷點有不同的說法，但這兩個詞在日本文學史中被明確地區分出時間先後：「近代詩」指1868年明治維新以後，在西方各種新思潮影響下產生的詩；「現代詩」則指1926年昭和期以後或1945年戰後受過現代主義洗禮的詩[15]。「台灣近代詩」和「日本近代詩」的進程並不相同，台灣是在

---

12 如最近期的楊宗翰《台灣新詩史》與鄭慧如《台灣現代詩史》皆是如此。唯楊宗翰《台灣新詩史》以1924年為始、未設明確的終點年份（約在2000年前後），而鄭慧如《台灣現代詩史》則是以1920年為始、2018年為終。

13 本章第二節將提到，本書擬導入「台灣島史」概念，將以此島為中心互動的台灣人、日本人、在台日人、灣生作者皆囊括在內。故本書不同於既有詩史是以台灣人作者出現的1920年代開始，而是從1895年日本人開始在台灣書寫「新體詩」即起算。

14 村野四郎、金井直，「近代詩」辭條，《日本近代文学大事典》（來源：https://japanknowledge.com/lib/display/?lid=522102000000078，最後查閱時間：2024年7月30日）。

15 犬養廉、神保五彌、淺井清監修，《詳解日本文学史》（東京：桐原書店，1986年），

1895年進入日本殖民統治之後，開始大量接觸西方與日本的新興詩風。且在這個過程中，殖民地詩人也透過中文或者日文吸收轉化與日本內地相異的養分。此處之所以借用「近代詩」一詞，並非認為「台灣近代詩」與「日本近代詩」的歷史進程同步一致，而是為了在英文與中文皆無法確切區別時期的「modern poetry／現代詩」之外，參考日本文學史的用詞以達到區別不同時期的目的。「近代詩」一詞在中文裡具有新的可能性[16]：從內涵來說，「近代詩」具有「modern poetry」的意義，字面上卻又不致和「現代主義」有過於強烈的連結；從時間範圍上來說，「台灣近代詩」與「日本近代詩」的時期確實有所重疊（明治～戰前），不至於是脫離歷史脈絡的借詞。在此需要強調的是，使用「近代詩」一詞並非表示日治時期不存在「受到現代主義洗禮」的「現代主義詩」。現代主義詩也是包含在「台灣近代詩」當中的一個類別，本書第六章即是以之為主題。但因現代主義在歐洲是一戰後所掀起的文藝風潮，而以1895年為起始的日治時期確實存在著尚未接觸過現代主義的詩，故不適合以「現代詩」一詞囊括。

　　事實上，以「近代」而非「現代」來指涉日治時期的台灣社會，在台灣學術界已有諸多先例可循。一般來說，「modernity」和「modernization」，中文翻譯為「現代性」和「現代化」，日文則翻譯為「近代性」和「近代化」。然而，在台灣史研究領域中，論者為了符合日本統治時代下的社會脈絡，經常直接在中文論述中使用日文借來的「近代」、

　　頁185。秋山虔、三好行雄編著，《原色シグマ新日本文学史》（東京：文英堂，2000年1月），頁203。
16　「近代詩」在中國文學史中或可指晚清至民初的古典詩。但在台灣文學史的脈絡通常會使用「漢詩」或「舊體詩」，而鮮少使用「近代詩」一詞。關於中國民初古典詩作為「近代詩」論述之建構，可參見連惟怡，〈民初「近代詩」典律的建構──以陳衍與「同光體」為中心的觀察〉（南投：國立暨南國際大學中國語文學系碩士論文，2014年）。

「近代性」和「近代化」等詞彙。例如，歷史學的周婉窈《臺灣歷史圖說》一書中即用「近代化」來說明日本殖民統治下的「modernization」；藝術史的顏娟英《台灣近代美術大事年表 1895-1945》、《風景心境：臺灣近代美術文獻導讀》、教育史的許佩賢《殖民地臺灣的近代學校》、《殖民地臺灣近代教育的鏡像》也都用「近代美術／教育」來指涉台灣日治時期下的「modern art／modern education」。由此可知，以「近代詩」指稱台灣日治時期的「modern poetry」並非毫無根據的提案。在日本殖民統治時代的「modernity」和「modernization」常被以「近代性」和「近代化」指稱的情況下，使用「近代詩」一詞可以說是更符合台灣歷史的脈絡。

（二）「台灣近代詩」指涉具有其自身進程的「詩的近代性」

如果說「現代詩」一詞經常以「現代主義」（modernism）為著眼點的話，使用「近代詩」一詞則更希望著眼於「近代性」（modernity）。台灣的「近代性」與中國或日本的都不同，是在殖民統治下所面對的「殖民地近代性」（colonial modernity）[17]。而本書所欲討論的「近代性」與過去經常被提及的鐵路、水庫、百貨公司等物質層面的近代性不同，是屬於「詩的近代性」。

日文《大辭泉》定義「近代詩」為：「明治以後，脫離漢詩、和

---

[17] 駒込武描述「殖民地近代性」的兩個面向時提到：「如果將資本主義的生產模式當作近代的標準，殖民地統治或許的確透過土地調查、幣制改革促進了近代化；但是若是以民主政治為標準，那麼可以說，殖民地統治壓制了近代化。」在上述經濟次元和政治次元兩個面向當中的一個領域，駒込武稱之為「文化次元」——「報紙、電影等有時成為政治宣傳的手段，有時也成為抵抗的媒體」——這便是殖民地「台灣近代詩」所處的位置。駒込武，〈臺灣的「殖民地近代性」〉，若林正丈、吳密察主編，《跨界的臺灣史研究——與東亞史的交錯》（台北：播種者，2004年），頁163。

歌、俳句等傳統詩形，仿照歐洲的詩與精神，用自由的形式表現新的思想、感情的詩。以新體詩為始、經歷象徵詩而發展為口語自由詩」[18]——由此可知，所謂「詩的近代性」內在是西方的新思想與精神，外在則是「脫離傳統詩形」的「自由的形式」。以日本文學史的用語來說便是由「文語定型詩」走向「口語自由詩」。日本近代詩的濫觴・1882年出版的譯詩集《新體詩抄》是以使用七五調的「定型」和古典文言文的「文語」來翻譯西方的詩，故此「文語定型詩」形式也被稱之為「新體詩」[19]。1900年代受到言文一致運動的影響，1907年川路柳虹寫出第一首形式自由、用字口語的詩〈塵溜〉（垃圾堆）之後[20]，日本近代詩壇逐漸以「口語自由詩」的形式為主流。

「台灣近代詩」在最初也是從日文的「新體詩」開始，逐漸走向「口語自由詩」的。台灣自1895年進入日治時期，「新體詩」也被日本人帶進台灣，並在《臺灣日日新報》等媒體上發表。而在言文一致運動風行之後，「口語自由詩」才開始在該報上出現。拙著《台灣日文新詩的誕生》對此「新體詩」到「口語自由詩」的過程有詳細的爬梳[21]。然而，該書作為「台灣近代詩」的「誕生」部分，尚有許多粗疏遺漏之處。如一、由於限定之範圍，該論文只有討論到日文詩部

---

18 原文：「明治以降、漢詩や和歌・俳句のような伝統的な詩形から脱し、ヨーロッパの詩や精神にならって、新しい思想・感情を自由な形式で表現した詩。新体詩に始まり、象徴詩を経て口語自由詩へと発展した。」「近代詩」辭條，《デジタル大辞泉》（來源：https://japanknowledge.com/lib/display/?lid=2001004866300，最後查閱時間：2022年8月15日）。

19 石丸久，「新体詩」辭條，《国史大辞典》（來源：https://japanknowledge.com/lib/display/?lid=30010zz259520，最後查閱時間：2022年8月20日）。

20 川路柳虹〈塵溜〉發表於《詩人》雜誌（1907年9月）。後收入詩集《路傍之花》（路傍の花）（東京：東雲堂書店，1910年9月）時改題為〈塵塚〉。

21 張詩勤，《台灣日文新詩的誕生——以《臺灣日日新報》、《臺灣教育》為中心（1895-1926）》（新北：花木蘭出版社，2016年）。

分；二、該論文並未論及從「文語定型詩」到「口語自由詩」當中的過渡地帶；三、該論文以「新體詩」與「口語自由詩」等詩的外在形式立論，未能展現詩在內在的思想與精神方面的突破；四、作為誕生時期，該論文所討論的許多詩人的出現皆為曇花一現，未能看到對於詩風格的長期經營。

　　本書作為「台灣近代詩」的「形成與發展」，將延續並彌補上述拙著遺漏的課題：一、除了日文的口語自由詩之外，本書第一部亦把1920年代開始之後逐漸出現的（擺脫古典漢詩朝向白話詩的）中文詩和台灣話文詩納入討論，如此更能在語言和體裁的衝突中照見台灣特殊的「殖民地近代性」；二、本書第一部將討論從「文語定型詩」到「口語自由詩」中存在的文語自由詩、口語定型詩等過渡地帶，以及口語自由詩當中尚存在的傳統詩形的影響；三、本書不只會探討外在語言或形式的「近代性」，亦會同樣關注思想與精神方面的「近代性」；四、本書亦將探討「台灣近代詩」不只存在零星分散的詩人和詩刊，更有具有規模的集團風格之形成。

　　綜上所述，本書是繼「台灣近代詩」的「誕生」之後，更進一步地討論「台灣近代詩」的「形成與發展」的部分。到了這個階段，「台灣近代詩」的獨立性與特殊性將更加地鮮明。誠如前述，殖民地有其自身的「近代性」，舉凡在語言與體裁上的多元嘗試與選擇、在內容上抗議資本主義的剝削或殖民地統治的不公、在形式上展現對於既有詩體的顛覆與懷疑、在風格上試圖與殖民母國的詩壇主流作出區別等等，都是生活在台灣的詩人們獨特的「詩的近代性」的展現。「台灣近代詩」並未遵照上述日本近代詩的「以新體詩為始、經歷象徵詩而發展為口語自由詩」的進程[22]，而有屬於其自身的語言、內

---

22 原文：「明治以降、漢詩や和歌・俳句のような伝統的な詩形から脱し、ヨーロッパの詩や精神にならって、新しい思想・感情を自由な形式で表現した詩。新体詩に

容、形式與風格的課題，因此也發展出獨特的樣貌。本書將追索的便是不同於中國也不同於日本，屬於「台灣近代詩」自身的發展軌跡。

（三）「台灣近代詩」揭示與「日文」與「日本近代詩」的連結

　　本書使用日文借來的「近代詩」一詞，還有一個目的，即為了揭示台灣在日本殖民統治下，透過「日文」而與「日本近代詩」之間產生的種種關係。一者，「近代詩」一詞較能囊括主要以日文為創作語言的日治時期台灣詩人。台灣在成為日本殖民地以後，1898年《臺灣公學校令》頒布，台灣人開始接受日語教育；1922年《臺灣教育令》頒布，台灣人開始有機會依日語能力得到和日本人相同的教育機會[23]。台灣人開始在教科書中接觸日本近代詩、以日文創作、接受日本詩壇的各種消息、與在台日人以日語交流，這些都是在對日本近代詩的共同知識基礎上所成立的。二者，「近代詩」的概念可以包含在東亞文化圈中流動，透過日文產生各種關聯的詩人與詩作。由台灣至日本發表詩作、與日本詩人來往的詩人；由日本或日本其他殖民地來台灣發表詩作、與台灣詩人來往的詩人；生長於台灣，與日本與台灣詩人皆有來往的台日詩人──這些詩人與詩作都透過「日文」產生連結，成為「台灣近代詩」的一部分。

　　在既有的詩史與研究中，雖已試圖將部分台灣人的日文詩作納入討論範疇當中，但因多在台灣人創辦的報刊雜誌當中取材，並未將整

始まり、象徴詩を経て口語自由詩へと發展した。」「近代詩」辭條，《デジタル大辞泉》（來源：https://japanknowledge.com/lib/display/?lid=2001004866300，最後查閱時間：2022年8月15日）。

23 參見駒込武《殖民地帝國日本的文化統合》的第一章及第三章。駒込武著，吳密察、許佩賢、林詩庭譯，《殖民地帝國日本的文化統合》（台北：臺大出版中心，2017年）。

個殖民地台灣所發行的日文書刊以及在日本發行的書刊雜誌納入視野，故仍然遺漏許多以日文在不同媒體發表詩作的台灣作者。日本作者更不在既有詩史的考慮當中。而本書的「台灣近代詩」概念在加入了與「日文」和「日本近代詩」連結的角度以後，改將考察範疇擴大至在台灣與日本發行的日文報刊雜誌，故得以納入許多既有研究不曾納入的研究對象。這也是本書的「台灣近代詩」與既有台灣詩史的「新詩」與「現代詩」在研究範圍方面最大的不同。

此處可能會遭遇的問題是，使用「近代詩」一詞是否可能使「台灣近代詩」淪為「日本近代詩」的支流？筆者認為，「台灣近代詩」反而因具有解構「日本近代詩」或「日本近代文學」的可能性，不會也不能夠被收編。其一，是「台灣近代詩」對日本單一民族與單一語言的文學史的脫逸。阮斐娜引用小熊英二所揭露的日本單一民族神話的建構，指出「在這排外的純血統文化論述的影響下，近代日本文學史專注於在日本出生、以日文創作的自國文學史，拒絕納入弱勢少數者的聲音」[24]。此單一民族、單一語言的文學史建構，也可以在日本近代詩史當中看到：任憑台灣在戰前如何被納入「日本人」的國境界、被積極編入「日本人」的想像共同體[25]，結果不論是台灣人或在台日人的詩作在戰後都未被納入日本近代詩史的範圍中。本書將論及橫跨於台語、中文與日文之間的台灣本島詩人，以及運用在殖民地才被使用的日文、在日文詩中加入台語或原住民語元素的在台日本詩人，他們的存在將清楚呈現出日本近代詩所排除掉的多民族與多語言要素。

其二，則是「台灣近代詩」與日本線性文學史的乖離。柄谷行人

---

24 阮斐娜著，吳佩珍譯，《帝國的太陽下》（台北：麥田，2010年），頁12。
25 小熊英二著，黃阿有等譯，《「日本人」的國境界》（嘉義：國立嘉義大學臺灣文化研究中心，2011年），頁127-128。

引用夏目漱石的《文學論》，指出夏目漱石曾經對於西歐的連續性、必然性的文學發展順序提出質疑，以此來懷疑以同樣邏輯建構的日本近代文學：

> 漱石不是相對於西洋文學來建構日本文學，同時主張其差異性與相對性。對他而言，日本文學的身份認同還是相當可疑的。日本文學能有其他變化的可能性，然而，看出這樣重組的可能性結構，喚起了漱石的懷疑：為何歷史是這樣而不是那樣？[26]

在「台灣近代詩」形成與發展的進程中，正可以觀察到這段話中所謂的「差異性」、「相對性」與「其他變化的可能性」。日本近代詩史的書寫，往往依照「新體詩／浪漫詩→象徵詩→口語自由詩／自然主義詩→民眾詩→前衛詩→普羅詩／現代主義詩」等順序介紹其進程。最經典的敘述方式如「相馬御風〈詩界根本的革新〉一文主張以掙脫詩形制約的口語來書寫的自然主義詩，宣告了象徵詩時代的衰退之聲」[27]；「在現代主義文學與普羅文學的興盛中，民眾詩派終結了其時代的使命」[28]，彷彿後者推翻前者為歷史的必然。然而從本書將可以看到，在台灣，西川滿與島田謹二等人引介象徵詩的時間為普羅詩盛行以後的1930年代[29]；而在1930年代普羅詩與現代主義詩崛起後，以多田利郎《南溟樂園》為中心的民眾詩風潮也沒有衰退之勢[30]。可知上述日本近代詩史中的思潮並不具備順序的必然性。台灣與日本乃至世

---

26 柄谷行人著，吳佩珍譯，《日本近代文學的起源》（台北：麥田，2017年），頁28。
27 澤正宏、和田博文編，《作品で読む近代詩史》（京都：白地社，1990年），頁53。
28 澤正宏、和田博文編，《作品で読む近代詩史》，頁131。
29 參見本書第七章。
30 參見本書第四～六章。

界文學思潮不同的另一種偶然的發展可能,正可以印證線性文學史觀的虛構性。

　　短時間內接受大量外來文藝思潮的殖民地台灣,偶然地選擇了與中國、日本或西方都不同的進程,這便是「台灣近代詩」的獨特之處。透過「台灣近代詩」此一新概念的建構,本書所要追索的問題是:日治時期的台灣,究竟接受了什麼樣的新興思潮?在將外來思潮轉譯與轉化的過程當中,「台灣近代詩」的創作者如何發展出自己的理論與詩作,進而形成何種屬於「台灣近代詩」特有的質素?本書希望透過日治時期第一手史料的爬梳,挖掘既有詩史所忽略的面向,並藉由中國、日本乃至世界不同詩史的參照,重新建構「台灣近代詩」的新面貌。接下來,本書提及「台灣近代詩」一詞時,除了需要強調之處之外將不再加上引號。

二、台灣島史觀點下的台灣近代詩

　　1990年,曹永和率先提出「台灣島史」概念,認為台灣具有特殊的地理特性,應跳出政治或國別的限制,以台灣島這個空間作為歷史研究的中心:

> 台灣是一個獨立的歷史舞台,從史前時代起,便有許多不同種族、語言、文化的人群在其中活動,他們所創造的歷史,都是這個島的歷史。[31]

在台灣島的基本單位上,以島上人群作為研究主體,綜觀長時

---

[31] 曹永和,〈台灣史研究的另一個途徑——「台灣島史」概念〉,《台灣史田野研究通訊》第15期(1990年6月),頁8。

間以來台灣透過海洋與外界建立的各種關係，及台灣在不同時間段落的世界潮流、國際情勢內的位置與角色，才能一窺台灣歷史的真面目。[32]

此觀點在1990年代的台灣史研究領域逐漸發酵，至今遂成普遍的研究方法[33]。阮斐娜《帝國的太陽下》一書便是以台灣島為中心的觀點出發，試圖跳脫出過去日治時期台灣文學的單一研究視角：

> 本書試圖從多視角的觀點檢視日本／台灣的殖民經驗。「殖民經驗」依種族、階級、性別、支配／被支配、壓抑／被壓抑等多重因素而異，一概而言的單一「殖民經驗」是虛幻不存在的。「內地」日本作家、「外地」台灣作家，日本國籍但在台灣出生或成長，除台灣之外無處為家的「灣生」作家的三種觀點綜合融會才能展示殖民經驗的全體性。[34]

筆者認為，台灣近代詩研究同樣也應具備如此基於多視角的殖民經驗的全體性，將具備不同種族、語言、文化的人群皆納入討論的範圍。過去的「台灣新詩史」完全排除了在台日人的詩作；而由日本學者所建構的在台日人文學系譜又完全排除了台灣人的作品[35]。明明在同一個文學場域、同一份刊物上發表作品、同樣以日文進行創作與交流的台灣人與在台日人，卻被兩個民族別的文學史分裂成兩群毫無交涉的

---

32 曹永和，〈台灣史研究的另一個途徑——「台灣島史」概念〉，頁8。
33 曹銘宗，《自學典範：台灣史研究先驅曹永和》（台北：聯經，1999年），頁177-185。另可參見張隆志編，《島史的求索》（台北：臺大出版中心，2020年）。
34 阮斐娜著，吳佩珍譯，《帝國的太陽下》，頁12-13。
35 如島田謹二，《華麗島文學志》（東京：明治書院，1995年）與中島利郎，《日本人作家の系譜——日本統治期台湾文学研究》（東京：研文出版，2013年）。

創作社群。如小熊英二所言，隨著日本近代帝國向外擴張，「日本人」的國境界由愛努、沖繩向台灣、朝鮮擴大，這個事實也可以在日本中央詩壇的《日本詩人》投稿者中得見[36]：該雜誌一開始只是中央詩壇的「內地」日本人的發表園地，後來逐漸可以看到沖繩人世禮國男、台灣人王宗英、朝鮮人金炳昊等殖民地詩人的名字[37]，可見「日本詩人」一詞的意義也在此時擴大。於此同時，「台灣詩人」的界線也隨著台灣被納入由日本帝國所建立的東亞文化圈而產生變化，由日本乃至日本其他殖民地來到台灣的詩人，都被納入「台灣詩人」的範圍[38]。由此可知，若欲沿用過去的「日本人」、「台灣人」、「日本詩人」、「台灣詩人」任何單一視角，都需要面臨種種掛一漏萬的挑戰。因為民族是被建構的，在任何時間點都可能產生定義上的變動。而若以台灣島為中心，將此時期書寫台灣的「本島人」（台灣人）、「內地人」（日本人）、「居於外地的內地人」（在台日人）、「灣生」（出生於台灣的日本人）等不同視角皆融入其中，更有助於建構過去不曾被看見的、具備多元觀點的台灣近代詩面貌。

---

36 「日本詩人：詩雜誌。1921年10月創刊、26年11月廢刊。全59冊。新潮社發行。以詩人的大同團結為目標、1917年成立的詩話會的機關誌，由白鳥省吾、百田宗治、福士幸次郎、福田正夫、川路柳虹、佐藤惣之助、萩原朔太郎等人依序擔任編輯。」飛高隆夫，「日本詩人」辭條，《日本大百科全書》（來源：https://japanknowledge.com/lib/display/?lid=1001000180048，最後查閱時間：2019年5月6日）。

37 飛高隆夫編，〈「日本詩人」細目〉，吉田精一、飛高隆夫監修，《日本詩人（復刻版）》（東京：日本図書センター，1980年）。

38 例如在台日人後藤大治在《バベルの詩》（巴別之詩）雜誌中，提到「想要集結所有台灣詩人」，其口中所指的「台灣詩人」清一色為在台日人。再如《日本詩人》編輯佐藤惣之助為自己創辦的雜誌《詩之家》招攬同人，寫了一篇〈臺灣の詩人へ〉（給台灣的詩人）刊登在《臺灣日日新報》上，後至《詩之家》發表作品的包括了在台日人後藤大治、倉持玉之助、在台沖繩人國吉真善等。後藤，〈バベルの對する私の希望〉，《バベルの詩》第3期（1921年12月），無頁碼；佐藤惣之助，〈臺灣の詩人へ〉，《臺灣日日新報》，1925年7月15日。

從不同種族、語言、文化的角度來看，日治時期出現在台灣的近代詩作品可以說是極為多元且豐富。如上一節所述，過去的台灣新詩史建構偏向中國脈絡的「新詩」一詞，雖可以與中國新詩史、中國詩人或詩潮做連結，但也經常因此被論述成中國新詩的一個支流。若能跳脫這種單一語言、民族、文化角度，從台灣島史的觀點來看台灣近代詩，在語言上，有著以中文、日文、台灣話文，夾雜原住民語、英文、法文等各種嘗試；民族方面，則可看到正在萌芽的台灣意識，以及走向不同階段的中國、日本民族認同；文化方面，不僅融合了島內多元文化，更建立了與島外文化的各種關係。過去的詩史在解讀日文詩作時，因缺乏對日本近代詩史的認識，只能介紹詩人生平或者詩社的成立背景。無法勾勒出與日本近代詩史的系譜性連結、也無法連結不同詩人與詩社之間的關係。採用全新的「台灣近代詩」概念，將有助於以新的角度建構與中國新詩的連結、與日本近代詩的關係，進而能夠看到台灣（經常透過日文的）與世界詩歌的關係。

　　過去由中國民族主義所建構的「新詩」一詞，往往朝向一條通往單一抗日觀點的道路。這樣的建構方式不只由於戰後台灣的語言的斷裂、政權的轉移，亦源自1970年代論者對於殖民經驗的再建構[39]。引介中國五四新文學運動、以中文書寫的張我軍被詮釋為「抗議台灣的言論自由遭受到日本的無理壓迫與鉗制」[40]；引介日本現代主義詩、以日文書寫的風車詩社詩人則被認為是「以隱微的手法，採側面襯托的方式，來剖析人生病態，暗喻社會的黑暗，以避免日本統治者假藉

39　蕭阿勤：「在國民黨統治下公共領域中對被視為合理正當的日本殖民統治集體記憶中，台灣人的抗日經驗，可以說被『模式化』——亦即被『中國化』，或者更恰當地說，是被『（中國）民族化』——而成為其集體經驗敘事模式中一個極重要的歷史情節。」蕭阿勤，《回歸現實——台灣一九七〇年代的戰後世代與文化政治變遷》（台北：中央研究院社會學研究所，2008年），頁146。

40　張雙英，《二十世紀臺灣新詩史》，頁36。

各種理由來迫害詩人」[41]。換句話說，不論處於日治時期任何年代、以任何語言、任何美學技巧來書寫，最後都會通向相同的結論——抗日精神。事實上，這樣的觀點早在1990年代因「皇民文學」的存在受到挑戰[42]。針對被斥為「親日」的周金波，垂水千惠認為其表現了「在近代化過程中，一個人如何和自己的民族認同意識妥協」，並指出「在日本近代文學中，這個題目往往以和西洋文明對峙的型態表現出來。把周金波放進這個時代脈絡，我們就能夠把這個題目從二元論的死胡同裡，釋放到多元論的世界裡去」[43]。同樣的，在將二戰時期的戰爭詩放入台灣近代詩的範圍時，一方面可以證明反殖民主題以外的文本的確存在，另一方面也能夠重新思考詩人在「殖民地近代性」下的處境，而非一概漠視與抹殺。更重要的是，台灣近代詩並非都獨鍾民族議題，而展現了在語言、形式、內容與風格的多樣化思考。作為一獨立的藝術載體，台灣近代詩在語言上有過中日台文等等多元嘗試；在內容上也探討如階級矛盾、自由平等、宗教民俗、時間流逝、親愛友情、自然風景、歷史與地理、傳統與現代、都市與農村、生命與戰爭等等許多不同議題；在形式上關心詩語的雕琢或平易、視覺或聲音的效果、詩行詩段的變化或意象的更新等；在風格上則思考如何將詩作與論述結合以對抗既有的流派。這些都跟詩人所面對的「近代性」課題有關。唯有跳脫抗日的單一觀點的束縛，觀察台灣近代詩在各時期的多元嘗試，才能建構真正具有自主性的台灣近代詩。

綜上所述，本書參考「台灣島史」概念所要達成的目的如下：

---

41 張雙英，《二十世紀臺灣新詩史》，頁60。

42 羊子喬曾自陳在編選《光復前台灣文學全集》時「有些作品皇民化意味太濃」，「站在民族大義的立場上，這些作品便把它割捨了」（羊子喬，《蓬萊文章臺灣詩》（台北：遠景，1983年），頁170）。之後論者卻依編選後的內容，認定日治時期的台灣新詩「都」具有抗日精神，實為因果倒置之說。

43 垂水千惠著，涂翠花譯，《台灣的日本語文學》（台北：前衛，1998年），頁52。

一、以殖民地台灣作為一個整體文學場域,將身處其中的參與者及互動皆視為台灣近代詩形成的要素,故不論台灣人、日本人、在台日人、灣生都可以是台灣近代詩的作者。二、以不同種族、語言、文化的角度,觀察台灣近代詩與外界的各種關係及其所具有的位置與角色,避免成為中國新詩或日本近代詩的支流。三、以詩人對「近代性」的回應為主軸,考察殖民處境下近代詩語言、形式、內容與風格的多元嘗試的意義,而不局限於早期台灣新詩史在建構時常見的抗日觀點。

三、台灣近代詩的研究基礎

(一)史料的出土

　　台灣近代詩的研究起點,在於1982年羊子喬、陳千武編《光復前台灣文學全集》新詩四卷的出版[44]。此選集共收錄了127位詩人的中、日文詩,篩選大量近代詩史料並將之翻譯,日治時期的日文近代詩首次以中文的面貌出現在台灣文學研究的視界中。這一次的編選,幾乎可以說是決定了未來三十年論者對於台灣近代詩的認識。根據編輯體例,該選集中所運用的資料為「《臺灣青年》、《臺灣》、《臺灣民報》、《臺灣新民報》、《南音》、《先發部隊》、《第一線》、《福爾摩沙》、《臺灣文藝》、《臺灣新文學》、《臺灣文學》等,可以說是以日據時期臺人所創辦這一系列與文學有關或是純文學的期刊雜誌為主流」[45]。由此

---

44 分別為《亂都之戀》、《廣闊的海》、《森林的彼方》、《望鄉》等四冊(羊子喬、陳千武編,台北:遠景,1982年)。在此之前,曾有1979年李南衡編《日據下台灣新文學・明集4・詩選集》(台北:明潭,1979年)出版。不過只有中文資料,原本預計出版另一套「潭集」收錄日文資料,後來不知何故未能出版。這套書或許因印量或通路有限,影響並不如《光復前台灣文學全集》新詩四卷深遠。

45 「而以其他期刊雜誌(如《臺灣新聞》、《臺灣日日新報》、《臺南新報》、《南溟藝

可知，此次的編選工作是以截至1981年東方文化所出版的復刻本「景印中國期刊五十種」為主要對象。羊子喬為此選集撰寫的〈光復前台灣新詩論〉一文，是初次全面整理台灣近代詩成果的文章[46]。文中為台灣近代詩的發展分期[47]，整理了台灣當時所受到的中國、日本、西洋等各方思潮的影響，打下台灣近代詩的論述基礎。另一位編者陳千武，也陸續發表〈台灣最初的新詩〉、〈台灣新詩的外來影響〉、〈戰前的台灣新詩〉等文，論述並評價台灣近代詩的整體趨向[48]。從這些文章可以看出《光復前台灣文學全集》新詩四卷使兩位編者接觸到大量的第一手史料，並得以利用這些材料作為其論述的基礎。然而，後來的論者的論述卻未能跳脫他們所編選的史料範圍。可以說這次的編選工作既奠定了研究的基礎，也奠定了研究的限制。

1991至1995年，中央圖書館臺灣分館、日本ゆまに書房、五南圖書、東方文化等出版社陸續出版《臺灣日日新報》復刻本，中央研究院臺灣史研究所與臺灣圖書館（前中央圖書館臺灣分館）亦完成許多日治時期台灣史料的微捲攝製，建製了電子資料庫。2005年，大鐸及漢珍兩間公司分別完成了《臺灣日日新報》的電子資料庫，中研院台史所則建製了「臺灣研究古籍資料庫」。2008年，臺灣圖書館陸續完成「日治時期期刊全文影像系統」、「日治時期圖書全文影像系統」等

園》、《人人》、《華麗島》、《臺灣藝術》、《文藝臺灣》、《緣草》，及日本大阪的《每日新聞》等〕為輔助資料。」羊子喬、陳千武編，《亂都之戀》，頁2。
46 羊子喬，〈光復前台灣新詩論〉，《台灣文藝》第71期（1981年3月）。此文後收在羊子喬、陳千武編，《亂都之戀》一書當中。
47 分別為奠基期1920-1932年、成熟期1932-1937年，決戰期1937-1945年。此分期相當為後述論者看重。
48 〈台灣最初的新詩〉發表於《臺灣文藝》第76期（1982年5月）；〈台灣新詩的外來影響〉發表於《自立晚報》（1988年8月15日）；〈戰前的台灣新詩〉發表於《首都日報》（1989年5月28日）。上述三文皆收錄於《臺灣新詩論集》（高雄：春暉，1997年）。

資料庫。2009年《臺南新報》部分復刻本由臺灣歷史博物館出版；2016年，《臺灣新民報》日刊部分（1932年4月15日至5月31日、1933年5月2日至11月30日、1939年至1940年部分）由國立台灣歷史博物館、國立台灣文學館和六然居資料室合作復刻。2016年，國家圖書館「臺灣記憶 Taiwan Memory」系統整合更新，蒐集典藏諸多日治時期圖書文獻與史料。2018-2020年，《現存《臺灣民報》復刻》、《現存《臺灣青年》復刻》、《現存《臺灣》復刻》由國立臺灣歷史博物館出版。2023年，國立臺灣歷史博物館的「近代臺灣報刊資料庫」將《臺南新報》、《臺灣民報》系列復刻本全數整合上線。這些復刻本及影像系統讓許多日治時期的報紙、期刊上的近代詩，以及在台出版的詩刊、詩集得以面世。或許因資料量的龐大，這些已經問世的復刻資料，尚未得到充分的運用。以日文近代詩而言，並未如《光復前台灣文學全集》新詩四卷時那樣展開編選及翻譯的計畫。因此這些史料並未得到充分的認識與研究。截至目前，各橫跨日治時期的「台灣詩選」編纂之時，使用的仍然是1982年《光復前台灣文學全集》新詩四卷，亦或是後來出版的作家作品集或全集當中的史料。

（二）詩史的出現

如上所述，1982年收錄於《光復前台灣文學全集》的羊子喬〈光復前台灣新詩論〉一文，是首次全面整理台灣近代詩成果的文章。1983年，陳芳明以《光復前台灣文學全集》新詩四卷為基礎發表〈日據時期台灣新詩遺產的重估〉一文。在此文中，陳芳明強調「這段時期的新詩其實都是具有抵抗性的，只是抵抗程度強弱不同而已」[49]，

---

49 宋冬陽（陳芳明），〈日據時期台灣新詩遺產的重估〉，《臺灣文藝》第83期（1983年7月），頁9-27。此文後收錄於《左翼台灣：殖民地文學運動史論》（台北：麥田，1998年）一書中。

並特別選論從被殖民者或下層階級出發的作品，標舉出台灣近代詩的抵抗精神。此抵抗史觀深深影響了之後論者對於台灣近代詩的評價。1989年，中國學者古繼堂出版《台灣新詩發展史》，是第一本台灣新詩史專論。第一章「臺灣新詩與五四運動」的第一句話即從「臺灣自古是中國的領土」開始，將台灣新詩的產生歸納到中國新詩的範疇之下。而日文詩的出現，則被視為「日本帝國主義對臺灣同胞採取法西斯鎮壓和同化政策，以致很多臺灣同胞喪失了使用漢文的能力」的結果[50]。如此一來，便將以上陳芳明所提出的抵抗史觀，收編成為心向祖國的意識[51]。這樣的觀點從一開始便排除了日治台灣下反殖民主題以外的文本、在台日人的作品，阻絕了多元論述發展的可能性。

　　1995年，文訊雜誌社舉辦「台灣現代詩史研討會」，並將會議論文出版為《台灣新詩史論》一書。書中的「日據時代」部分，收錄了陳明台、葉笛、許俊雅、趙天儀、羊子喬等學者，分別從民眾詩、超現實主義詩、白話詩、張我軍與王白淵、台語詩等五個主題切入，分別論述了日治時期的日文、中文及台語文詩，關心日治時期匯入台灣的各方思潮，可以說突破了過往民族主義式的討論範疇。如許俊雅認為「在張我軍之前有關台灣新文學的理論、創作都已產生，台灣的白話詩並非僅受中國白話詩之影響」[52]，並指出其他世界思潮對台灣新文學的影響。但此書並非有系統的詩史，而只是各個單面向的論述結集。1999年，向陽在〈長廊與地圖：台灣新詩風潮的溯源與鳥瞰〉一文中，反對古繼堂以中國國族認同書寫台灣新詩史，既而指出「日文

---

50 古繼堂，《台灣新詩發展史》（台北：文史哲，1989年），頁25。
51 除了中國中心主義外，此部詩史還存在若干問題，參見林燿德，〈重建詩史的可能〉，《聯合文學》7卷7期（1991年5月，頁94-105）、孟樊，〈書寫臺灣詩史的問題──簡評古繼堂的《臺灣新詩發展史》〉，《中國論壇》第20期（1992年6月，頁73-76）兩文。
52 許俊雅，〈日治時期台灣白話詩的起步〉，文訊雜誌社編，《臺灣現代詩史論》（台北：文訊雜誌社，1996年），頁57。

書寫的存在,是台灣新詩和同時期中國新詩發展最大的歧異,所以『五四運動下』的台灣新詩,就這些大量的書寫而言並不存在」[53]。另外,2001年奚密為《二十世紀臺灣詩選》書寫的導言[54],也明白地指出日文書寫是台灣新詩的「另一條發展主軸」。這些文章修正了之前以抵抗精神或中國影響為主的論述走向,使得日文詩的書寫及其思想來源重新受到注意。只是在這些專書或文章裡,日治時期皆只占其篇幅的一部分,未能展開更深入的論述。

2004年,孟樊與楊宗翰宣布欲書寫一部新的台灣新詩史。楊宗翰表明此部新詩史企圖擺脫中國學者的「作者論」、「詩社觀」、「中國主義」以及陳芳明的「後殖民史觀」,強調「台灣新詩自初肇即多方攝取、吸納、迎/拒各類影響,在詩風筆潮不斷相互競逐下追尋著『現代意識』的諸般可能」[55],並希望清理文學史書寫中「民族國家、演化/目的論、起源迷戀」等三個怪獸[56],對於台灣新詩史的反思相當具有啟發性。2005年,該詩史的日治時期部分陸續發表,分別為楊宗翰〈冒現期台灣新詩史〉及孟樊〈承襲期台灣新詩史〉兩文[57]。〈冒現期台灣新詩史〉一文沿襲羊子喬的說法,認為日治詩人在殖民統治之

---

[53] 林淇瀁(向陽),〈長廊與地圖:台灣新詩風潮的溯源與鳥瞰〉,《中外文學》第28卷第1期(1999年6月),頁72。

[54] 奚密,〈台灣新疆域〉,馬悅然、奚密、向陽主編,《二十世紀臺灣詩選》(台北:麥田,2001年)。

[55] 楊宗翰,〈台灣新詩史:一個未完成的計畫〉,《台灣史料研究》第23期(2004年8月),頁128。

[56] 楊宗翰,〈台灣新詩史:書寫的構圖〉,《創世紀詩雜誌》第140-141期(2004年10月),頁111。

[57] 楊宗翰,〈冒現期台灣新詩史〉,《創世紀詩雜誌》第145期(2005年12月),頁148-171;孟樊,〈承襲期台灣新詩史(上)〉,《臺灣詩學學刊》第5期(2005年6月),頁7-35;孟樊,〈承襲期台灣新詩史(下)〉,《臺灣詩學學刊》第6期(2005年11月),頁79-105。

下呈現兩大趨勢「一為反映被壓迫者的反抗心聲，代表詩人是賴和、虛谷；一為由熱情走向冷酷，由雄心壯志步入悲觀絕望，代表詩人為楊華、陳奇雲」，而王白淵則是「兩大趨勢之外『不同獨立的存在』」；同樣的，〈承襲期台灣新詩史〉在展開論述時也以「『風車』詩人的出世與超現實」與「『鹽分』詩人則顯現出入世與普羅的寫實主義色彩」的對立為主軸，前者以水蔭萍、林修二、利野蒼為代表，後者則以吳新榮與郭水潭為代表，最後的楊雲萍則「另成一個典型」。然而，二文並未解釋上述研究材料的選擇依據，雖有收入2000年前後出版的作家作品集及研究成果，但受到過去研究材料的框限與前行研究的影響仍然明顯。2022年，此部《台灣新詩史》正式付梓，日治時期的部分與2005年版本幾無更動，收錄於此書第二至第三章[58]。

2006年，張雙英《二十世紀臺灣新詩史》出版，為古繼堂之後的第二本台灣新詩史專著[59]。該書對日治時期的論述篇幅較之前詩史為多，並提到1930、40年代「出現不少詩社與詩刊」，修正了之前孟樊認為「一九五〇年代以前，雖曾出現過曇花一現的同仁性質的詩人團體（「風車」詩社），卻從未誕生一本純粹的新詩詩刊」的認識[60]。該書用了一章〈創新、寫實與超現實（1923-1945）〉的篇幅囊括日治時期。論述方式是依先後順序介紹張我軍、賴和、楊守愚、楊華、王白淵、風車詩社、楊雲萍、鹽分地帶詩人群、銀鈴會，但並未清晰勾勒

---

[58] 孟樊、楊宗翰，《台灣新詩史》（台北：聯經，2022年）。分期名稱有更動：原2005年版本「冒現期」在書中改為「萌芽期」。

[59] 張雙英，《二十世紀臺灣新詩史》。

[60] 孟樊，〈承襲期台灣新詩史（上）〉，《臺灣詩學學刊》第5期（2005年6月），頁13。事實上，台灣並不是在1930、40年代才「出現不少詩社與詩刊」，更不是1950年代才出現「純粹的新詩詩刊」，而是至少在1921年便由日人後藤大治在台中創立「バベル詩社」（巴別詩社），並發行了《バベルの詩》（巴別之詩）這本純粹刊載近代詩的詩刊。詳情見本書第一章。

出它們的脈絡承襲，亦看不出這些混雜了詩人與詩社項目的內在連結。而只以「創新、寫實與超現實」三個詞彙便一概囊括日治時期台灣近代詩的特色，可以說過於簡化了此時期詩作的內涵。

2019年，鄭慧如出版《台灣現代詩史》，日治時期的部分集中在〈第一章啟蒙期：一九二〇－一九四九〉中論述。首先，該書提到「當時絕大多數詩人的白話詩創作，大半單篇發表在報刊，且多為日文」；「然而太平洋戰爭以前的這些報刊大量缺損、破敗、佚失，取得有限，難以完全作為第一手資料的依據」[61]。事實上，雖然日治時期報刊的確大量散佚，但從上述提及的各種復刻本與電子資料庫仍可取得大量第一手史料，沒有不能作為依據的理由。且若仔細觀察《台灣現代詩史》一書所論述的所有日治時期詩作，甚至不是自1982年《光復前台灣文學全集》中選錄，而幾乎全是從2004年的《現代新詩讀本》[62]一書中「轉引」[63]，可以說過於依賴前人「選譯」再「選錄」的結果。其次，該書指出「目前討論日據時代的白話詩，不但納入日文書寫的詩，而且相當依賴漢譯，甚至有漢譯取代原詩的傾向。如此顯著的矛盾，學界仍相依成習」[64]，進而提出日文語法和中文語法的不同，文化語境可能在翻譯當中喪失等關鍵性的問題。然而針對這個問題的解決方法，卻並不是回到原文去檢視，而是以「我們必須認知，這是文學史在權力運作下的遷就」一語帶過，之後仍完全以中文翻譯為論述基礎，落入其自身所欲擺脫的窠臼當中。再者，在說明「台灣現代詩的文學起源」時，該書提出「一、中國古典詩傳統；二、五四新文學傳統；三、日本的俳句、短歌、古典詩；四、透過日

---

61 鄭慧如，《台灣現代詩史》，頁21。
62 方群、孟樊、須文蔚主編，《現代新詩讀本》（台北：揚智文化，2004年8月）。
63 例如鄭慧如，《台灣現代詩史》，頁51、53、63、69、73。
64 鄭慧如，《台灣現代詩史》，頁22。

文教育的西方文學」等四個來源[65]，卻獨獨缺漏可能是最重要、與台灣日治時期處於同一時代的「日本近代詩」。最後，書中介紹1920-1949年「主要詩人」為楊熾昌，「其他詩人」為賴和、楊華、張我軍、王白淵、楊守愚、楊雲萍、吳新榮、郭水潭、林精鏐、莊培初。其中，關於「主要詩人」，作者提出的標準為「位居當時主流者；或未受與其詩藝相對的重視，但其作品質量都值得肯定的詩人」[66]。楊熾昌自然並非「位居主流」，但「作品質量都值得肯定的詩人」在日治時期是否只有楊熾昌唯一一位，值得商榷。另外，該書也並沒有提出在日治時期數百位近代詩人當中，上述十位所以被選入「其他詩人」加以論述的理由。

上述2000年後的台灣新詩史／台灣現代詩史反映了近年研究者對日治時期台灣詩人、詩社的研究與調查成果，也延續了90年代後半的修正史觀，但因未能考察第一手史料、亦未將戰爭詩以及在台日人的詩作等過去被刪除的史料放入考慮，故對研究範圍的拓展仍然有限。

（三）新研究面向的開拓

2000年前後，台灣作家的作品集透過台灣文學館或各地方文化局陸續出版，許多過往少為人知或作品零散的作家被一一看見。日治時期的個人詩集如王白淵《荊棘之道》（蕀の道）、陳奇雲《熱流》被翻譯出版。在此基礎之下，陸續出現許多以日治時期台灣詩人、詩社或主題性的學位論文，皆針對特定個案作細部的考察與分析[67]。在個案

---

65 鄭慧如，《台灣現代詩史》，頁28-30。
66 鄭慧如，《台灣現代詩史》，頁13。
67 以詩人、詩社群為主要討論對象的學位論文，有1998年許惠玟〈巫永福生平及其新詩研究〉（嘉義：國立中正大學中國文學系碩士論文）、賴芳伶〈冷澈的熱情者——吳新榮及其作品研究〉（台中：國立中興大學中國文學系碩士論文），2000年周佩雯〈楊守愚及其作品之研究——以小說與新詩為中心〉（台北：中國文化大學日本研

的考察、探究與整理之上頗有成績。

相對來說,日治時期在台日人的近代詩作品,不論是個案或者整體研究則相當缺乏。最早概觀式地整理在台日人的近代詩作品者,是

所碩士論文),2001年黃建銘〈日治時期楊熾昌及其文學研究〉(台南:國立成功大學歷史學系碩博士班碩士論文),2002年廖榮華〈張彥勳文學研究〉(台中:靜宜大學中國文學研究所碩士論文),2004年王秀珠〈日治時期鹽分地帶詩作析論——以吳新榮、郭水潭、王登山為主〉(高雄:國立高雄師範大學國文教學碩士班碩士論文)、湛敏佐〈詹冰與兒童詩〉(台東:國立臺東大學兒童文學研究所碩士論文),2005年高梅蘭〈王白淵作品及其譯本研究——以《蕀の道》為研究中心〉(台北:國立臺北教育大學語文教育學系碩士班碩士論文)、陳明福〈郭水潭及其作品研究〉(嘉義:南華大學文學研究所碩士論文)、陳瑜霞〈郭水潭生平及其創作研究〉(台南:國立成功大學中國文學系碩博士班博士論文)、楊順明〈黑潮輓歌楊華及其作品研究〉(台北:國立臺灣師範大學台灣文化暨語言文學研究所碩士論文),2008年莊曉明〈日治時期鹽分地帶詩人群和風車詩社詩風之比較研究〉(台北:國立臺北教育大學台灣文化研究所碩士論文)、蔡惠甄〈鹽窩裡的靈魂——北門七子文學研究〉(宜蘭:佛光大學文學系碩士論文),2009年徐舒怡〈楊守愚的文學世界〉(桃園:國立中央大學中國文學研究所碩士論文)、賴婉蓉〈謝春木及其作品研究〉(台北:國立臺灣師範大學台灣文化及語言文學研究所碩士論文),2010年林婉筠〈風車詩社:美學、社會性與現代主義〉(台北:國立政治大學台灣文學研究所碩士論文),2011年洪培修〈林芳年及其作品研究〉(嘉義:國立中正大學台灣文學研究所碩士論文)、李翠華〈雲林地區新詩之研究〉(嘉義:南華大學文學系碩士論文),2012年賴文豪〈王昶雄及其作品研究〉(台北:國立臺北教育大學台灣文化研究所碩士論文)、吳君釵,〈詹冰新詩研究〉(台北:國立臺北教育大學語文與創作學系語文教學碩士論文),2017年吳正賢〈楊守愚新詩之研究〉(高雄:國立高雄師範大學國文學系碩士論文),2018年雲瀞儀〈採風擷俗的現代詩人——吳瀛濤研究〉(新竹:國立清華大學台灣文學研究所碩士論文),共計24篇。跨時的主題性研究者,則有2002年陳沛淇〈日治時期新詩之現代性符號探尋〉(嘉義:南華大學文學研究所碩士論文)、2005年陳健珍〈日據時期臺灣新詩中的反抗與耽美意識〉(宜蘭:佛光大學文學系碩士論文)、2009年鄧婉婷〈1930年代台灣現代詩的成立與展開〉(嘉義:國立中正大學台灣文學所碩士論文)、2017年陳允元〈殖民地前衛——現代主義詩學在戰前台灣的傳播與再生產〉(台北:國立政治大學台灣文學研究所博士論文)等4篇。另外,較特別的是2017年崔圭萬〈三〇年代臺、韓詩壇現代主義的引進與發展:楊熾昌的「風車詩社」與鄭芝溶的「九人會」比較〉(台中:東海大學中國文學系碩士論文)為台韓日治時期的詩人社群的比較。

郭水潭1954年寫的〈臺灣日人文學概觀〉中的新詩部分[68]，該文根據《臺灣文學書目》整理了日治時期的詩刊及詩集。而近年來出現針對特定幾位在台日本詩人作探討的學位論文，具有挖掘出過去不為人知的史料與作者之貢獻[69]。

日文研究方面，1995年島田謹二在戰前已完成大部分篇章的《華麗島文學志》在日本出版[70]。書中論及漢詩、俳句、短歌、詩等文類，其中討論伊良子清白與西川滿的部分則屬於近代詩的範疇。島田謹二將伊良子清白與西川滿的詩作放入日本近代象徵詩的系譜當中，並指出兩人詩作與西歐詩的種種關係。論述的深度與廣度相當可觀。但因島田對象徵詩系譜的偏重，故並未勾勒出台灣近代詩的整體面貌。2003年，河原功編《台湾詩集》出版[71]，書中收錄了王白淵《荊棘之道》、上忠司《從那夕陽之中》（その日暮しの中から）、黑木謳子《南方的果園》（南方の果樹園）、楊雲萍《山河》等四冊日文詩

---

68 郭水潭，〈臺灣日人文學概觀〉，《臺北文物》3卷4期（1954年8月）。
69 其中以1999年藤岡玲子〈日治時期在臺日本詩人研究——以伊良子清白、多田南溟漱人、西川滿、黑木謳子為範圍〉（台南：國立成功大學中國文學系碩士論文）一文最常受到引用，因為該文是第一篇專門以在台日人的新詩為研究對象的學位論文，尤其伊良子清白、多田南溟漱人、黑木謳子三位日本詩人，此前幾乎未曾有人探討過。另外，1995年陳藻香〈日據時代日人在台作家——以西川滿為中心〉（台北：東吳大學日本文化研究所博士論文）、2004年陳欣瑋〈日本統治時期在台日籍作家之研究——以新垣宏一為中心〉（台北：輔仁大學日本語文學系碩士論文）、2005年鳳氣至純平〈中山侑研究——分析他的「灣生」身分及其文化活動〉（台南：國立成功大學碩士論文）則是在討論個案的生平及作品時，有談到他們的近代詩創作的部分。單篇論文方面，尚有白春燕，〈文學跨域：日治時期在台日本人作家保坂瀧雄研究〉，《文史台灣學報》第14期（2020年10月，頁7-49）一文，同樣也是在作家整體論述當中有談到其近代詩創作的部分。
70 島田謹二，《華麗島文学志》（東京：明治書院，1995年）。書中的篇章於1935-1941年發表於《媽祖》、《臺灣時報》、《臺灣教育》、《臺大文學》等雜誌，但後來因為進入戰爭時期，故未能在戰前出版此書。
71 河原功編，《台湾詩集》（東京：綠蔭書房，2003年）。

集。編者河原功在書後解說四位詩人及其詩作的背景,為台灣近代詩的史料基礎增加了厚度。2012年,吳佩珍編《中心到邊陲的重軌與分軌》三書選譯以日文撰寫的台灣文學相關單篇論文[72],內容觸及在台日人西川滿、長崎浩,以及創作台灣相關作品的日本詩人北原白秋、西條八十等,展現了新的研究面向。2013年,中島利郎《日本作家的系譜》一書提及包括後藤大治、保坂瀧雄、長崎浩、石田道雄等過去未曾受到論者注意的日治時期在台日本詩人,並試圖建構出「日本作家的系譜」[73]。在考察這些不為人知的作者、挖掘嶄新史料的成績上頗有貢獻。然而從島田謹二到中島利郎,在系譜的建立之初即未考慮放入台灣人,故只能看到對於在台日人的論述。2013年,拙著〈台灣新詩初現的兩條源流〉嘗試性地爬梳張我軍以前的中、日文近代詩論述及作品,理出日本及中國兩條脈絡,並放入透過中日文介紹進台灣的西洋思潮及譯詩,呈現出台灣近代詩初始期便具有的多元面貌[74]。史料方面,除了以白話文為主要書寫語言的《臺灣民報》系列雜誌外,也加入《臺灣日日新報》、《臺灣時報》等日文報刊作觀察,找出日本近代詩思潮引入台灣的軌跡。然而該文限於篇幅,討論的時間範圍不長,所提出的史料亦有所缺漏,尚未能夠細緻掌握台灣近代詩的整體發展狀況。

　　2015年,筆者以前文論及日本源流的部分發展為碩士論文,隔年出版為專書《台灣日文新詩的誕生》[75]。該書中的第二、三章以《臺

---

72 吳佩珍主編,《中心到邊陲的重軌與分軌:日本帝國與臺灣文學・文化研究》(上)、(中)、(下)(台北:國立臺灣大學出版中心,2012年)。

73 中島利郎,《日本人作家の系譜——日本統治期台湾文学研究》(東京:研文出版,2013年)。

74 張詩勤,〈台灣新詩初現的兩條源流——由張我軍以前(1901-1924)的相關論述及創作觀之〉,《臺灣詩學學刊》第22期(2013年11月),頁149-176。

75 前揭張詩勤,〈台灣日文新詩的誕生——以《臺灣日日新報》、《臺灣教育》(1895-

灣日日新報》為主要觀察對象，分別從明治期「新體詩」到大正期的「口語自由詩」兩部分，爬梳日本近代詩傳播到台灣的詩論及創作實踐。並且翻譯未曾受到注意的日文史料，用以說明台灣近代詩確實受到包括「新體詩」、「唱歌」、「口語自由詩」、「童／民謠」等日本近代詩史中的關鍵文類之影響。第四章加入《臺灣教育》雜誌為研究對象，打破過去前行研究認為台灣詩人最早的「第一首新詩」出現在1924年的認識，提出1922年即發表口語自由詩及童謠作品的張耀堂、莊傳沛，並詳述兩人受到的日本近代詩的影響。透過史料，該書架構出一條由新體詩到口語自由詩、再到達民眾詩的創作系譜，以解釋台灣近代詩與日本近代詩的共通點：即從「國民語＝日本語」的概念出發，進而建構出新的詩語。如前所述，該書可說是本書的前傳──即台灣近代詩在「誕生」階段時的情形。然而，該書仍有許多未竟之業。除了本章第一節所提到的四點疏漏之外，該書還有以下三點問題：首先，仍使用中國脈絡的「新詩」一詞來討論以日文書寫的台灣近代詩，尚未考慮到此詞的適切性。其次，由於對日本近代詩史的認識不足，未能對台灣近代詩與日本近代詩的關係展開更為細緻的論述。最重要的是由於研究範圍的限定，並未討論到其他報紙、雜誌、詩集等材料。以上未竟之業，為本書所要延續並開拓的部分。

四、台灣近代詩「形成與發展」的三個階段

本書標題為台灣近代詩的「形成與發展」，以下所要說明的即是「形成與發展」的時間起迄、史料選擇與階段設定的問題。前揭拙著

1926）為中心〉（碩士論文）；張詩勤，《台灣日文新詩的誕生──以《臺灣日日新報》、《臺灣教育》為中心（1895-1926）》（專書）。

《台灣日文新詩的誕生》的時間範圍設定在日治時期前半段的1895-1926年[76]。在此台灣近代詩的「誕生」階段，主要是由日本人將近代詩帶入台灣，並以《臺灣日日新報》為主要的發表媒體。這段時期，《臺灣日日新報》上的近代詩數量消長如下[77]：

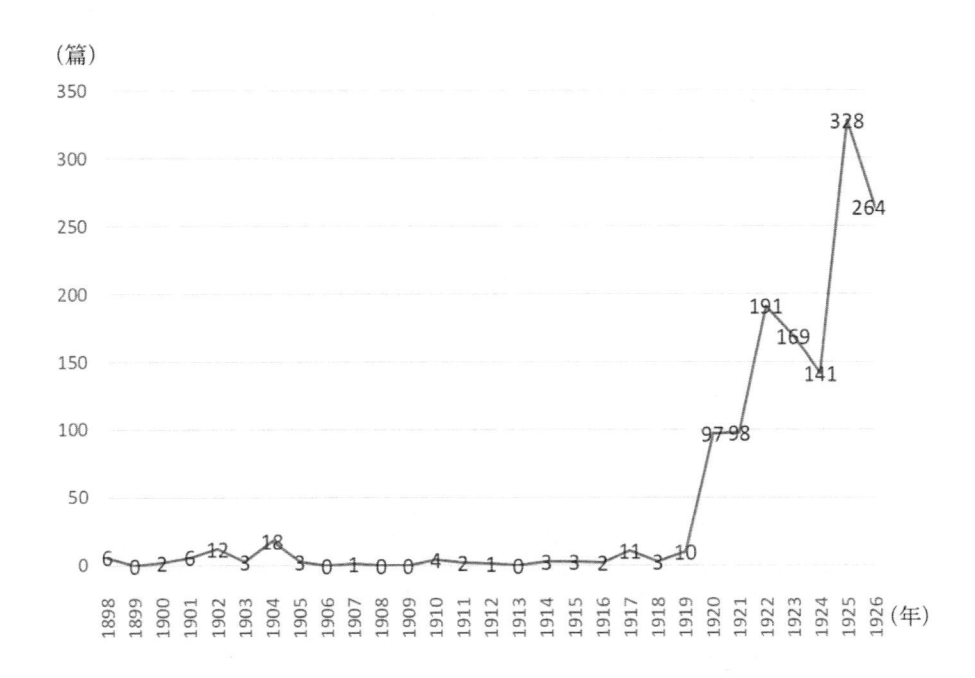

圖0-1　1898-1926年《臺灣日日新報》之近代詩篇數[78]

---

76 前揭張詩勤，《台灣日文新詩的誕生──以《臺灣日日新報》、《臺灣教育》為中心（1895-1926）》。

77 這裡所指的近代詩包括了「文語定型詩」到「口語自由詩」的所有詩作，只要是擺脫漢詩、短歌、俳句等傳統詩形的詩皆計算在內。

78 資料來源：筆者製圖。根據張詩勤，〈附錄一：《臺灣日日新報》上明治期日文新詩列表〉、〈附錄二：《臺灣日日新報》上大正期日文新詩列表〉製作。收入《台灣日文新詩的誕生──以《臺灣日日新報》、《臺灣教育》為中心（1895-1926）》，頁115-161。

從上圖可以看出，1920年代以前《臺灣日日新報》上近代詩的篇數每年大多在10篇以下。但1920年開始激增至97篇，1922年達到191篇，1925年更達到328篇。這個爆發性增加的數量，或可以作為台灣近代詩已經脫離「誕生」而邁向成長階段的證明。若實際觀察詩作，可以看到此時期的詩已幾乎擺脫文語定型而多以「口語自由詩」的形式創作，內容亦相當多元豐富[79]。1922年，《臺灣日日新報》設立「水曜文藝」欄，使得近代詩有了每週固定刊登的版面，這應也是近代詩數量在該年再度激增的原因。「水曜文藝」欄開設的第一天，列出了當時台灣島內出刊的文藝雜誌：

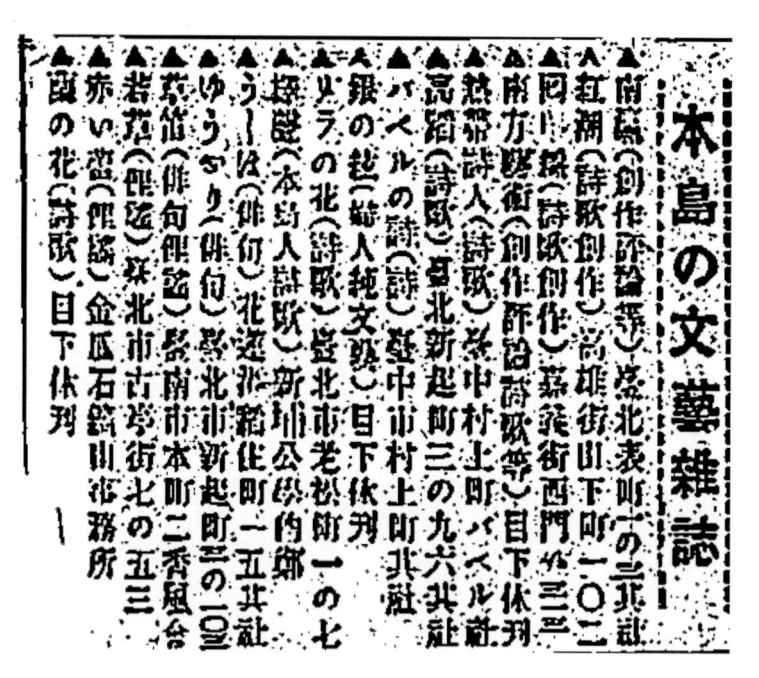

圖0-2　1922年台灣的文藝雜誌列表[80]

79　詳情參見張詩勤，《台灣日文新詩的誕生──以《臺灣日日新報》、《臺灣教育》為中心（1895-1926）》。

80　《臺灣日日新報》，1922年6月21日。

由上圖可以看到，光是1922年，標示「詩」[81]或「詩歌」[82]的文藝雜誌就有：

  台北：《高蹈》、《丁香花》（リラの花）
  新竹：《篝聲》
  台中：《熱帶詩人》、《巴別之詩》（バベルの詩）
  嘉義：《回歸線》
  高雄：《紅潮》
  其他：《蘭花》（蘭の花）

等八種，出版地遍及台灣西部各城市。

  由上述蓬勃的創作活動來看，說台灣近代詩壇是在1920年代正式形成應不為過。這個時間點與眾所周知的台灣新文學運動起步的時間一致，應該不會是巧合。1918年日本發生米騷動、1919年朝鮮發生三一運動、一戰後國際民族自決風潮掀起等背景，使得日本內閣改組並改變了殖民地的經營路線。1919年，台灣第一任文官總督田健治郎上任並採取內地延長主義，抗日運動也從之前的「武裝抗日」轉為「文裝抗日」的議會設置請願運動[83]。台灣新文化運動的據點《臺灣青年》（1920）、《臺灣》（1922）、《臺灣民報》（1923）在此時期陸續創刊。另一方面，此時的日本詩壇也因倒閣與普選運動的風潮而提倡藝術民

---

81 明治期以前，日文中的「詩」是指「漢詩」，但在經過明治期「新體詩」的革命以後，「詩」指的便是新體詩以降的近代詩。石丸久，「新体詩」辭條，《国史大辭典》（來源：https://japanknowledge.com/lib/display/?lid=30010zz259520，最後查閱時間：2022年8月20日）。

82 指同時刊有「近代詩」以及「和歌」。

83 若林正丈著，台灣史日文史料典籍研讀會譯，《台灣抗日運動史研究》（台北：播種者，2007年），頁17-18。

眾化，口語自由詩成為詩壇主流[84]，最人詩人團體「詩話會」及其機關雜誌《日本詩人》應運而生[85]；此時的中國詩壇則因五四新文化運動的推波助瀾，在白話文的現代化、通俗化與大眾化的主張之下，新詩採取了自由白話的形式，並開始大量接受世界各國的影響[86]。這些內外背景應都跟近代詩開始在台灣大量出現有關。台灣目前可見最早的日文近代詩刊《巴別之詩》(1921)、第一本日文近代詩集《倚著亞字欄》(1922)、第一本以中文近代詩為中心的雜誌《人人》(1925)與第一本中文近代詩集《亂都之戀》(1925)等具有象徵性的書刊的出現，更加標誌了台灣近代詩形成與發展的時代在1920年代正式來臨。1945年，日本戰敗、殖民體制結束，台灣所面對的「殖民地近代化」情境也宣告終結。在強制書寫日語的政策及戰時體制消失以後，台灣近代詩將面臨新的時代轉折。本論文以此年份作為論述的終點。綜上所述，本論文研究時間的起點設在《臺灣日日新報》的近代詩數量開始大量攀升、台灣新文化運動最初據點《臺灣青年》創刊的1920年，終點則設在日本殖民體制結束的1945年。

　　本書的研究材料將以雜誌為主、圖書與報紙為輔，並以採用第一手史料為原則。雜誌方面，有復刻本的部分，為1981年東方文化《景印中國期刊五十種　新文學雜誌叢刊》中所收錄的《南音》、《人人》、《福爾摩沙》、《第一線》、《先發部隊》、《臺灣文藝》(1934年版)、《臺灣新文學》、《文藝臺灣》、《臺灣文學》(1941年版)、《華麗島》、《臺灣文藝》(1944年版)等。未復刻的部分，則從台日重要電子資料庫、圖書館與文學館等，找出與台灣近代詩相關的文藝雜誌，

---

84 大塚常樹，〈大正時代のヒューマニズム〉，和田博文編，《近現代詩を学ぶ人のために》（京都：世界思想社，1998年4月），頁80。

85 信時哲郎，〈民眾詩派とその周緣〉，和田博文編，《近現代詩を学ぶ人のために》（京都：世界思想社，1998年4月），頁128-130。

86 王志健，《現代中國詩史》（台北：臺灣商務印書館，1975年12月），頁36-39。

如《巴別之詩》、《熱帶詩人》、《無軌道時代》、《洪水報》、《赤道》、《臺灣文學》（1931年版）、《南溟樂園》、《南溟藝園》、《風景》、《茉莉》、《風車》、《媽祖》、《愛書》、《臺大文學》等加以研究探討，其中包含了不少首度面世的史料。另一方面，刊登許多文藝作品，但並非以文藝為中心的綜合雜誌如《臺灣遞信協會雜誌》、《臺灣教育》、《臺灣警察協會雜誌》、《臺法月報》、《臺灣時報》、《臺灣公論》、《部報》等，則選擇與主題相關者討論。

　　圖書方面，日治時期台灣所出版的近代詩集數量並不多，出土的數量更少。中文詩集目前已知僅《亂都之戀》一冊，日文詩集目前有中譯本者僅王白淵《荊棘之道》、陳奇雲《熱流》二冊；有復刻本者也僅有前述河原功編王白淵《荊棘之道》、上忠司《從那夕陽之中》、黑木謳子《南方的果園》、楊雲萍《山河》等四冊；尚未復刻但為人所知者，應有西川滿的《媽祖祭》、《華麗島頌歌》等詩集。本書將納入典藏於台日圖書館、文學館但過去鮮少有人討論過的原版詩集，如後藤大治《倚著亞字欄》（亞字欄に倚りて）、後藤大治編《臺灣詩集第一輯》、上清哉《聽見遙遠海潮聲》（遠い海鳴りが聞えてくる）、多田南溟詩人《黎明的呼吸》（黎明の呼吸）、多田南溟漱人《候鳥之歌》（渡り鳥のうた）、中間磯浪《憂鬱的靈魂》（憂鬱なる魂）等。

　　報紙方面則分為官方報紙與民間報紙兩部分。官方報紙部分，將以日治時期三大報中已經完成復刻的《臺灣日日新報》和《臺南新報》兩種報紙為考察對象。《臺灣日日新報》為台灣日治時期發行量最大、發行時間最長的報紙[87]。相較於其他較晚發行、期數保存不全

---

[87] 台灣成為日本殖民地後，最初的兩份報紙是於1896年及1897年先後發刊的《臺灣新報》與《臺灣日報》。兩報後因藩閥對立產生猛烈的鬥爭，於是總督兒玉源太郎居中協調，將兩報合併，並幫助守屋善兵衛買收兩家報社。合併後的報紙即為1898年發刊的《臺灣日日新報》。波形昭一、木村健二、須永德武監修，《台湾日日三十年史—附台湾の言論界》（東京：ゆまに書房，2004年9月），頁3-4。

的報紙，《臺灣日日新報》於1898至1944年的史料復刻相對完整，相當適合作為觀察台灣近代詩整體發展情形的史料。拙論〈台灣日文新詩的誕生〉便是從《臺灣日日新報》1898-1926年份的近代詩的整理中，獲得許多未曾受到前行研究注意的史料。本書除了繼續揀選其中重要的部分作為研究對象之外，這次還將以該報文藝欄上所刊載之詩集、詩誌發行消息、詩人公開集會與交誼、詩評與詩論等情報為線索，查找現存的台灣近代詩集、詩刊等。而《臺南新報》發行年份為1903-1944年（1937年以後更名為《臺灣日報》），目前復刻的年份為1921-1944年。因本書研究範圍從1920年代開始，得以利用該報文藝欄來獲取更多關於台灣近代詩的情報。《臺南新報》以台灣南部文壇為中心，可以看到不同於以台灣北部文壇為中心的《臺灣日日新報》情報。民間報紙部分，將以所謂的「民報系列」（從雜誌《臺灣青年》、《臺灣》、《臺灣民報》到報紙《臺灣新民報》）為考察對象。在1973年的東方文化出版年份有所缺漏的復刻本之後，近年2016年由國立台灣歷史博物館、國立台灣文學館和六然居資料室合作復刻的《臺灣新民報》、2018-2020年國立臺灣歷史博物館《現存《臺灣民報》復刻》、《現存《臺灣青年》復刻》、《現存《臺灣》復刻》補充了民報系列的史料基礎。民報系列在觀察台灣詩人、尤其是中文與台灣話文詩作方面，堪稱最重要的研究材料。

過去遠景版《光復前台灣文學全集》新詩四卷的選錄範圍集中在早期出土的「民報系列」以及《新文學雜誌叢刊》中由台灣人創刊的雜誌[88]，由之發掘出的詩人已多成經典，如「第一首新詩」的謝春

---

88 另一套明潭版的《日據下台灣新文學・明集4・詩選集》收錄的雜誌，據編輯梁景峰所言，有《臺灣民報》、《臺灣新民報》、《臺灣文藝》、《臺灣新文學》、《南音》、《第一線》、《先發部隊》、《風月報》、《南方雜誌》等，可知與遠景版選集的收錄範圍相類。梁景峰，〈海島之歌——「日據下臺灣新文學詩選集」編後記〉，李南衡編，《日據下台灣新文學・明集4・詩選集》，頁437。

木、「第一本中文詩集」的張我軍、抗日精神顯著的賴和、楊華、楊守愚、曾出版詩集的陳奇雲、王白淵、楊雲萍、「風車詩社」的水蔭萍、林修二以及「鹽分地帶派」的吳新榮、郭水潭等。本書在過去的史料基礎外，增納上述列舉的雜誌、圖書與報紙。在考察這些史料的過程中，筆者發現相當多過去不曾出現在「台灣新詩史」，亦未曾被論述及定位的詩人、詩社、詩刊、詩集與詩作。由於新舊史料之數量龐大，在有限篇幅中無法盡述，故本書訂立選擇研究對象的標準如下：一、具有一定程度的創作數量、特殊性與先驅性者；二、具有一定程度的影響力與集團規模者；三、具有特殊性與影響力，且在前行研究中相對受到忽視者。而不考慮其已被形塑為經典與否，亦不偏廢特定民族或意識形態。例如謝春木僅發表過一首組詩、也已確認並非「第一首新詩」的作者[89]，故不納入；而張我軍在論述與詩作上皆確實有特殊先驅地位、且前行研究亦有尚未窮盡之處，故雖為經典仍納入研究範圍。又如，本書第一章以在台日人後藤大治及其《熱帶詩人》集團為始，乃因其於1920年代初即開始陸續在台灣創辦多種近代詩刊、出版目前可見台灣第一本近代詩集《倚著亞字欄》與第一本年度詩選《臺灣詩集》、進入日本中央詩壇並刻意彰顯其「台灣」位置、後來甚至創立集結全島詩人的「臺灣詩人組合」，可以說是1920年代台灣近代詩壇影響力最大的詩人與規模最大的詩人集團，故不因其為日本人而忽視之。再如，本書第三章、第四章以郭秋生、蘇維熊、藤原泉三郎、上清哉、徐瓊二等不甚「經典」的詩人作為台灣話文詩以及普羅詩的論述重點，乃因這幾位詩人在相關議題上具有相對高度的先驅性及實驗性；而在該議題上過去經常被提及的賴和、楊

---

[89] 目前若以「台灣人」身份為標準，第一首台灣近代詩創作者為1922年發表〈致居住在台灣的人們〉（臺灣に居住する人々に）的張耀堂。參見張詩勤，《台灣日文新詩的誕生——以《臺灣日日新報》、《臺灣教育》為中心（1895-1926）》第四章。

華、楊守愚等詩人已累積相對豐富的前行研究，故予以割愛。

在諸多研究材料當中，筆者首先進行廣泛的收集、整理、閱讀與翻譯等基礎工作。再者，在初步分析橫跨1920-1945年的所有可見的近代詩史料後，筆者將「台灣近代詩的形成與發展」分為三個階段——即「語言的創造」、「內容與形式的開展」、「風格的形成與斷裂」，同時也作為本書架構的三大部分。接著，在上述三個階段中，本書選擇該階段當中具代表性的史料，探索史料與外來思潮與既有系譜的橫向與縱向關係，讓不同時期、不同詩觀或藝術論之下的詩作能夠回到其身處的時空做適合其脈絡的考察。譬如不以中文邏輯來解釋日文詩、不拿普羅文學理論來分析現代主義詩作品、亦不用某個陣營的風格去批判另一個陣營的風格。最後，本書亦試圖與原有的台灣新詩研究相互對話，希望能建構承先啟後的新論述。

第一階段為「語言的創造」，1920年代的台灣近代詩正朝向語言的近代化，透過日文口語自由詩、中文白話詩以及台灣話文詩等不同的嘗試來建構屬於台灣的近代詩語言。由於此時為語言的實驗與創造時期，能做出突破的皆是少數的先驅型人物，故此階段論述主軸將以「個人」為主。焦點人物分別是創作日文口語自由詩的後藤大治與王宗英，創作中文白話詩的張我軍，以及創作台灣話文詩的郭秋生與蘇維熊。

第二階段為「內容與形式的開展」。風起雲湧的1920年代末至1930年代初，台灣近代詩透過外來的新興思潮摸索並開展出新的道路。在此階段，台灣出現了各種急欲表現進步內容或者進步形式的文藝雜誌，形成百家爭鳴的狀態，故此階段的論述以「雜誌」為主。此時新出現的雜誌，可以歸類為三大傾向。第一種傾向是以「普羅詩」為志向的《無軌道時代》、《洪水報》、《赤道》；第二種傾向為繼承了日本「民眾詩派」的《南溟樂園》（後改名《南溟藝園》）；第三種傾向則是由日本詩壇引介現代主義的「詩精神」（ポエジー）與「新精

神」（エスプリ・ヌーボー）的《風景》、《茉莉》和《風車》。

　　第三階段為「風格的形成與斷裂」，經過單一個人、單種雜誌的階段，1930年代中至1940年代的階段，以由雜誌群組成的「集團」作為論述的主軸。1934年在台灣近代詩壇的兩大集團，以群體的規模形成了兩種不同的近代詩風格：其一為從《媽祖》、《華麗島》到《文藝臺灣》，以西川滿為主導的《媽祖》集團，其二為從《臺灣文藝》、《臺灣新文學》到《臺灣文學》，以鹽分地帶詩人為主導的《臺灣文藝》集團。直到1941年太平洋戰爭爆發，由軍國政權主導的文藝政策使戰爭詩開始在殖民地台灣大量出現，開始逐漸抹殺過去台灣近代詩的多元性而朝向整齊劃一的風格，是為風格的斷裂。

　　以上述三個階段為基礎，本書的構成分為「台灣近代詩語言的創造」、「台灣近代詩內容與形式的開展」、「台灣近代詩風格的形成與斷裂」三部，其下再分為八章。第一部對應第一至第三章、第二部為第四至第六章、第三部則為第七至第八章。

　　本書緒論主張以「台灣近代詩」概念取代過去的「台灣新詩」一詞來重構日治時期的新興詩作，並說明以台灣島史的觀點重塑台灣近代詩的目的。在史料開拓與前行論述豐厚的基礎之上，已足以展開台灣島史觀點下的台灣近代詩的研究。最後提出本書「形成與發展」的時間起迄、史料選擇與階段設定的構想。

　　第一章〈台灣日文口語自由詩的形成：以後藤大治為中心〉首先從《臺灣日日新報》上日文口語自由詩的興起說明1920年代台灣日文詩壇的形成，並探討日本詩壇主流的詩話會與《日本詩人》和台灣之間的關係。其次爬梳後藤大治在台灣創辦詩刊《巴別之詩》、《熱帶詩人》、集結詩人，在日本投稿詩刊、結識詩話會成員，進而登上《日本詩人》的過程。接著說明後藤大治如何以發揚地方詩壇為目標，推動口語自由詩在台灣的普及，並創刊了台灣第一本年刊詩集《臺灣詩

集》。最後透過後藤大治的詩作，探討後藤大治如何透過融入台灣風俗與語言、甚至進入山地考察原住民詩歌等方式，完成具有「台灣鄉土色彩」的口語自由詩。

第二章〈1920年代台灣「新」詩人：王宗英的日文口語自由詩之路〉承上一章，提出王宗英是隨著日本詩話會在台灣的勢力所崛起，並且是唯一一位早在1920年代即在作為日本中央詩壇代表的《日本詩人》雜誌登場的台灣人。本章將從以下兩方面來爬梳王宗英的詩路歷程：一是調查王宗英其人，考察他如何以台灣人身分投入日本口語自由詩的創作、透過何種因緣加入後藤大治的團體，並取得在中央詩壇登場的機會；二是觀察王宗英的詩作，探討他如何承襲了詩話會乃至於後藤大治的詩觀，並運用詩話會所推崇的口語自由詩形式寫出有別於日本詩人、也有別於在台日人的作品。

第三章〈殖民地台灣近代詩語的探索：中文白話詩、台灣話文詩與日文口語自由詩的競合〉於1920-1930年代以台灣人為中心的報刊雜誌中，舉出三位具有語言轉換意義的代表性詩人張我軍、郭秋生與蘇維熊為研究對象。首先從1924年由張我軍發表的一連串文章探討其「以中國白話文寫作自由詩」的概念的成形、再透過其詩論分析其對於日本近代詩「內容律」概念的接受、以及透過將歌德日譯本譯為中文來作為中文詩創作的嘗試。接著說明1930年代的台灣話文論戰的大將之一郭秋生如何以安藤正次的民族語言學建立「台灣話文」的理論，並且透過台灣話文詩的實踐創造出一種「台灣國語」的詩語理論。最後從《福爾摩沙》創刊者蘇維熊夾雜台灣話文、日文、中國白話文、古典漢文的台灣話文詩觀察殖民地詩語的混雜與多元性，同時也呈現出台灣人開始朝向日文詩傾斜的現象。本章將透過上述三個例子探討作為殖民地詩語的中文白話詩、台灣話文詩與日文口語自由詩之間的競合關係。

第四章〈「普羅詩」在台灣〉考察日治台灣詩壇如何透過不同的文藝社群接受日本的「普羅詩」以及中國的「普羅詩派」，並發展屬於台灣的普羅詩。本章將分成兩大部分，第一部分是二〜四節，說明在1927-1930年台日人藤原泉三郎與上清哉對日本普羅詩人中野重治的接受，以及他們創辦的雜誌《無軌道時代》如何展現出對於日本普羅詩的繼承與再創造，並爬梳與台灣共產黨關係密切的《洪水報》和《赤道》對中國普羅詩派的作品的襲用與轉載。第二部分是五〜六節，將分析並說明上述普羅詩與殖民地現實的脫節，並且探討1931-1932年在普羅詩衰退之際，新的文學雜誌《臺灣文學》與詩人徐瓊二何突破上述普羅詩的困境，不只是「在台灣」書寫普羅詩，而是真正開始嘗試書寫「台灣的」普羅詩。

　　第五章〈日本民眾詩派與台灣：以《南溟樂園》與《南溟藝園》及其相關史料為中心〉透過僅存的《南溟樂園》（1929）及《南溟藝園》（1930-1933）雜誌，以及由南溟藝園社所出版的多田利郎《黎明的呼吸》、陳奇雲《熱流》、中間磯浪《憂鬱的靈魂》等詩集，將過去被分開看待的在台日本詩人及台灣詩人作為同一文學場域的成員來探討。首先將考察多田利郎主導的《南溟樂園》、《南溟藝園》與日本民眾詩派、尤其是白鳥省吾的《地上樂園》的關係，接著說明該雜誌在當時台灣近代詩壇當中的位置、爬梳《無軌道時代》、《風景》、《臺灣文學》等雜誌對《南溟樂園》、《南溟藝園》的批判以及其對於種種批判的回應，最後分析該雜誌的主力詩人多田利郎、陳奇雲與中間磯浪詩作中的「民眾」形象。

　　第六章〈日治台灣的「詩精神」與「新精神」：以《風景》、《茉莉》與《風車》為例〉提出1930年代初期在台灣提倡由日本詩壇所引介「詩精神」（ポエジー）與「新精神」（エスプリ・ヌーボー）的詩刊至少有《風景》、《茉莉》和《風車》三種，他們或介紹了春山行

大、西脇順三郎等日本詩人在現代主義詩誌《詩與詩論》的論述；或刊登了安西冬衛、瀧口武士等在大連發起「短詩運動」與「新散文詩運動」的日本詩人的來稿。這些詩刊的編輯與同人或有台灣出身或日本出身者，但共同點是他們都對於台灣詩壇的現況感到不滿，而盼望從此時日本現代主義詩人所提倡的「詩精神」與「新精神」中探索全新的詩法。

第七章〈1930-1940年代的台灣近代詩壇：《媽祖》與《臺灣文藝》兩大集團的形成〉探討《媽祖》與《臺灣文藝》兩大集團的風格成形，同時也打破過去論者對該集團延續到1941年《臺灣文學》和《文藝臺灣》對立的既有印象，提出此兩陣營並非是以「台灣人」與「日本人」的民族對立作為分野的證據。前者是從《媽祖》、《華麗島》到《文藝臺灣》的團體。其中心人物西川滿、島田謹二、矢野峰人是在1934年北原白秋訪台事件首度集結，而後透過《媽祖》系列雜誌展開象徵詩的創作以及論述。在此集團持續寫作象徵詩的台灣詩人為水蔭萍。後者則是從《臺灣文藝》、《臺灣新文學》到《臺灣文學》的集團。其起點為「臺灣文藝聯盟」的大團結，透過左翼詩人吳坤煌的鄉土文學理論以及鹽分地帶派主導者吳新榮的鄉土左翼詩作實現過去民眾詩與普羅詩的未竟之業，而來自北海道的日本詩人川淵酋一郎在該集團所發表的詩作則展現出帝國邊緣中被殖民者的連帶感。

第八章〈日治末期戰爭詩初探〉探討日治末期隨著國策走向一元化的戰爭詩。首先概述台灣戰爭詩的起點與概況，其次將針對戰爭詩中視覺性到聲音性的轉變、對於殖民地人民的身體規訓兩大面向，探討戰時台灣戰爭詩如何運用美學的形式與內容將殖民地人民捲入大東亞戰爭之中，煽動一種為帝國捐軀的政治狂熱主義。

結論綜合前述八章的研究成果，提出全文的結論，並說明本研究未來的發展性及願景。

第一部
台灣近代詩語言的創造

第一章
日文口語自由詩的形成：
以後藤大治為中心[*]

一、前言：1920年代台灣近代詩壇的形成

　　1920年代，台灣近代詩的風貌發生了劇烈的轉變。首先，觀察《臺灣日日新報》，可以看到1920年代以前刊載的近代詩數量極少，並以文語定型詩為主[1]；1920年代以後近代詩數量大幅成長，且變成以口語自由詩為主[2]。其次，根據1922年《臺灣日日新報》的記事，當時台灣島內的文藝雜誌發行相當蓬勃，光是以詩歌為主的雜誌就有

---

[*] 本章初稿發表於《台灣文學學報》第36期（2020年06月），頁93-136。另，本章為執行科技部補助博士生赴國外研究「大正期日本近代詩與台灣初期新詩之關係探討：從詩話會到民眾詩派（1917-1926）」（107-2917-I-004-002）之部分研究成果。訪日期間，承蒙一橋大學的洪郁如師、星名宏修師及演習課同學們給予珍貴意見。又本章部分內容曾以〈台湾日本語近代詩と大正期日本近代詩の関係──詩話会と『日本詩人』を中心に〉為題發表於2019年「東アジアと同時代日本語文学フォーラム」，欣獲會議參與者之寶貴意見。最後，承蒙《台灣文學學報》兩位匿名審查人提出細緻且具啟發性的修改建議。在此向以上先進敬致謝忱。

1 「文語定型詩」是指採用日文文言文、固定字數的形式寫成的詩；與之相對的「口語自由詩」則是指運用日文口語體、不限字數的形式所寫成的詩。

2 橫路啟子指出：「《臺灣日日新報》從創刊之初便持續刊載短歌、俳句、漢詩等等，但進入1920年代以後，新詩的刊載數量明顯增加。」橫路啟子，〈解說在台日本人の文学活動の場としての『台湾日日新報』の「文芸」欄〉，中島利郎、橫路啟子編，《『台湾日日新報』近代文學關係作品目錄昭和編（1926-1944）》（東京：綠蔭書房，2014年4月），頁ii。

八種³，詩社所在地遍及全台。其中唯二現存的《巴別之詩》（バベルの詩）和《熱帶詩人》便是以口語自由詩為主⁴；《巴別之詩》是「唯一只刊登詩的雜誌」⁵；《鐸聲》更是唯一刊載「本島人詩歌」的雜誌⁶。再者，目前可見台灣第一本日文口語自由詩集、後藤大治的《倚著亞字欄》（亞字欄に倚りて）也是在1922年出版⁷。──1920年代，台灣冒現大量日文口語自由詩，亦出現詩社、詩刊與詩集，稱台灣近代詩壇是在此時成形應不為過。

問題在於，是什麼原因造成1920年代台灣日文口語自由詩的蓬勃發展？從日本近代詩史來看，最不遺餘力普及口語自由詩、大正期最大詩人團體詩話會的機關雜誌《日本詩人》正是在1921年創刊。然而詩話會與《日本詩人》和殖民地台灣的關係為何？它是否曾對台灣產生影響？在此之前並未有人探討。根據筆者的調查，關鍵便在於後藤

---

3 分別為《高踏》、《丁香花》（リラの花）（以上台北）、《鐸聲》（新竹）、《熱帶詩人》、《巴別之詩》（バベルの詩）（以上台中）、《回歸線》（嘉義）、《紅潮》（高雄）、《蘭花》（蘭の花）（不明）等八種。參見〈本島の文藝雜誌〉，《臺灣日日新報》，1922年6月21日，第4版。從這份名單可以看到大正期台灣的文藝雜誌比起過去論者所認識的要來得多。而裏川大無的〈臺灣雜誌興亡史〉一文提及的大正期文藝雜誌，以詩歌為主的則有《人形》、《熱帶詩人》、《亞熱帶》、《戰鬥艦》、《扒龍船》等五種。參見裏川大無，〈臺灣雜誌興亡史〉，《臺灣時報》（1935年2月）。

4 《巴別之詩》中刊載的詩基本上以口語自由詩為主，但部分作品從語尾來看，仍有接近文言文的文法表現；而《熱帶詩人》除口語自由詩外，亦刊載少量短歌作品。

5 「巴別之詩：作為唯一只刊登詩的雜誌，相當具有特色」。〈新刊紹介〉，《臺灣日日新報》，1922年4月22日，第3版。上面提到的其他七種雜誌標示文類為「詩歌」，指同時有刊登「詩」及「短歌」。《巴別之詩》只標示「詩」，表示該雜誌只刊登詩。

6 完整情報為「▲鐸聲（本島人詩歌）新埔公學內部」。《新竹市志》中提到「日大正11年，江尚文、鄭嶺科、蕭東岳、劉頑椿等人合力創刊『鐸聲』雜誌，研究和歌、俳句、自由詩、漢詩」。張永堂總編纂，《新竹市志：卷首·下》（新竹：新竹市政府，1999年），頁181。1922年《鐸聲》即創作「自由詩」，可能是在比目前可知史料都還早出現、由台灣人所創辦的近代詩刊物。可惜該誌現已不存。

7 後藤大治，《亞字欄に倚りて》（台中：臺灣新聞社，1922年）。

大治這位在台日本詩人身上。本章首先將說明1920年代詩話會與《日本詩人》和台灣之間的關係。其次爬梳後藤大治在台灣創辦詩刊、集結詩人，在日本投稿詩刊、結識詩話會成員，進而登上《日本詩人》的過程。接著說明後藤大治如何以發揚地方詩壇為目標，推動口語自由詩在台灣的普及。最後透過後藤大治的詩作，探討後藤大治如何透過融入台灣風俗與語言、甚至進入山地考察原住民詩歌等方式，完成具有「台灣鄉土色彩」的口語自由詩。

二、詩話會《日本詩人》與台灣

　　1917年，日本詩人川路柳虹有感於日本詩壇因群雄割據、黨同伐異而處於不振，期望能結合眾人，創造一個開放的詩人團體。於是集結數個重要詩刊的成員，成立了「詩話會」，並從1919年開始發行年刊《日本詩集》。「詩話會」是日本近代詩史上空前的大同團結，匯聚了當時日本詩壇最具代表性的詩人。1921年，詩話會內部分裂，一部分的詩人退出團體。同年開始發行機關雜誌《日本詩人》[8]。

　　關於詩話會與《日本詩人》的詳細情況，已有專書《《日本詩人》與大正詩：「口語共同體」的誕生》出版。勝原晴希在此書提到，分裂以後的詩話會形成兩個不同的團體：一、繼承明治期的象徵詩、以保守文言文作為詩的用語的詩人是「脫退組」；二、以符合生活的淺白口語自由詩為基調、殘留在詩話會與機關誌《日本詩人》的詩人則是「殘留組」[9]。此「殘留組」，同時也是《日本詩人》的編輯

---

[8] 信時哲郎，〈民眾詩派とその周緣〉，和田博文編，《近現代詩を學ぶ人のために》（京都：世界思想社，1998年4月），頁128-130。

[9] 勝原晴希，〈原型としての「大正」：『日本詩人』と大正詩を考えるために〉，勝原晴希編，《『日本詩人』と大正詩：〈口語共同体〉の誕生》（東京：森話社，2006年7月），頁8。

者，有白鳥省吾、百田宗治、福士幸次郎、福田正夫、川路柳虹、佐藤惣之助、萩原朔太郎等人。萩原朔太郎將此殘留組稱為「詩話會派」，指出該派共同的時代特色：「詩風是散文的、詩語是平易明白的、尊崇俗語的現實感等等，一言以蔽之，便是將詩的精神置於近代的自由主義上」[10]——由此可知上述詩人及《日本詩人》雜誌的性格。前行研究沒有提到的是，殖民地台灣的詩人與作品此時也在《日本詩人》上登場：

表1-1 《日本詩人》之台灣相關作品與記事[11]

日期	卷期	作者	標題
1922.7	2-7	福田正夫	感想六月篇
1923.3	3-3	佐藤惣之助	海扇屏風（海港六曲）：基隆港
1924.1	4-1	STS	地方詩壇概觀
1924.6	4-6	後藤大治	五官醉の賦
1924.6	4-6	王宗英	朝
1925.2	5-2	後藤大治	橋
1925.3	5-3	後藤大治	安平—臺灣詩の中より—
1925.11	5-11	後藤大治	乗合自動車
1926.1	6-1		台湾人の俚諺
1926.3	6-3	佐藤惣之助	台湾民謠意訳
1926.6	6-6	後藤大治	生蕃の歌

---

10 轉引自松村まき，〈詩話会通史〉，勝原晴希編，《『日本詩人』と大正詩：〈口語共同体〉の誕生》（東京：森話社，2006年7月），頁49。原出自於《都新聞》（1926年10月15日、16日、17日）。

11 筆者製表。資料來源：吉田精一、飛高隆夫監修，《日本詩人》（復刻版）（東京：日本図書センター，1980年）。

日期	卷期	作者	標題
1926.7	6-7	後藤大治	我が鄉土の夏（隨筆）
1926.8	6-8	後藤大治	川岸に立ちて

上表是由《日本詩人》復刻本中整理出的台灣相關作品與記事列表。由表中可見，《日本詩人》當中最初的台灣相關記事是1922年7月福田正夫的〈感想六月篇〉，內容評論了在台灣出版的後藤大治《倚著亞字欄》。再者是1923年3月，佐藤惣之助的〈海扇屏風（海港六曲）〉組詩的第一首〈基隆港〉，描寫了詩人旅台時看到的基隆港景色。

1924年1月，STS 的〈地方詩壇概觀〉一文介紹了東京以外的「地方詩壇」的詩刊發行狀況。從名古屋開始，依序寫到關西、中國、四國、九州各地，接著是台灣、朝鮮、大連、北海道、東北各地，最後是關東、中部各地。大致上將日本全國包括殖民地在內的詩刊都介紹了一圈（但未提及沖繩）。其中，台灣部分敘述如下：

> 來自台灣台中的《熱帶詩人》於一一年六月創刊，至今年四月發行了十冊[12]。成員中的後藤大治是以詩集《倚著亞字欄》能力受到認可的人。偶爾會在刊頭看到佐藤惣之助的詩。將內文做成橫排形式的偏好也顯得與眾不同，整體上來說相當可以窺見台灣的鄉土色彩。現在似乎是停刊了，但這或許是台灣唯一的詩刊吧。[13]

就像這樣，作者評價各地詩刊是以是否具備「地方鄉土色彩」為準則。

---

12 指1922年6月至1923年4月。
13 STS，〈地方詩壇概觀〉，《日本詩人》第4卷第1期（1924年1月），頁127-128。由「這或許是台灣唯一的詩刊吧」可知作者對於台灣詩壇的認識不足，如前文所述，台灣在1922年至少有八種詩刊，並非只有《熱帶詩人》一種。

《日本詩人》為何會開始關心「地方詩壇」，黑坂みちる提出的看法是：「詩話會的中心成員著眼地方詩壇、對其寄予莫大期待的理由，與前述他們所思考的『口語』的『自由詩』的理想型態有關。」[14] 黑坂引用 STS〈地方詩壇概觀〉中「藝術應該是從其鄉土與環境當中生出具有特殊香氣的事物」，指出因為詩話會的成員們主張「感情的直接性」和作為「日常的語言」的口語的連結，而「鄉土」既是「日常」的舞台，也是產生種種「感情」的現場，所以他們理所當然地會關注「鄉土」[15]。由此可知，詩話會派對口語自由詩的主張與其對地方鄉土的關心是一體兩面、相輔相成的。在 STS〈地方詩壇概觀〉一文其後，有一則未署名的簡短啟示〈關於「地方詩界的現況」(「地方詩界の現況」について)〉寫道：

> 最近地方有非常多的詩刊出現了。這對詩壇而言是可喜可賀的事。特別是像是詩的運動這樣跟其他的文藝都不同，比起中央集權來說更是地方分散的，從可以看到各個地方的特色、地方的傳統這一點上來說也饒有趣味。對於樹立穩固的地方文學來說也能給予良好的啟發。[16]

---

14 黑坂みちる,〈『日本詩人』の活動：〈詩〉のありようと〈新詩人〉への目配り〉，勝原晴希編,《『日本詩人』と大正詩：〈口語共同體〉の誕生》（東京：森話社，2006年7月），頁109。

15 黑坂みちる,〈『日本詩人』の活動：〈詩〉のありようと〈新詩人〉への目配り〉，頁109-110。

16 原文：「最近地方から非常に多く詩の雜誌が出るやうになつた。これは詩壇のためまことに欣ばしいことである。ことに詩の運動のごときは他の文藝と違つて中央集權的であるより地方分散的である方がその個々の地方的特色、地方の傳統を見る上からも興味がありまた確固な地方文學の樹立に對してもよい示唆を與へるものである。」〈「地方詩界の現況」について〉,《日本詩人》第4卷第1期（1924年1月），頁130。

可以看到，這段話中透過「地方詩壇」相對化的，是「其他的文藝」的「中央集權」現況。可以視為詩話會派對當時日本文壇的某種挑戰。而「地方文學」便是支撐這個挑戰的重要手段。殖民地台灣作為日本帝國「地方」的一部分，擁其強烈的「地方的特色與傳統」，因此也被捲入詩話會派「樹立穩固的地方文學」的行動當中。

其後，《日本詩人》決定於「新詩人號」公開徵稿，目標便在引進「地方詩壇」的新詩人。1924年6月發行的「新詩人號」從來稿的2721篇詩作中選出97篇刊登，再從其中選出4篇入選。來自台灣的後藤大治的〈五官醉之賦〉即為入選的其中一篇，可謂在極其激烈的競爭當中脫穎而出[17]。該詩置入大量台灣意象（太陽征伐、臺灣色、銅鑼、麻布、林投等）[18]，確實表現出「地方的特色與傳統」。其後，後藤大治便持續於《日本詩人》發表詩作直至廢刊。為什麼是後藤大治？後藤大治又是何許人也？下一節將透過後藤大治的生平及活動軌跡，說明他登上《日本詩人》的過程及其對整個台灣詩壇帶來的漣漪效應。

三、關於後藤大治

（一）後藤大治生平

提及後藤大治的前行研究甚少，目前已知只有島田謹二與中島利郎兩篇文章。島田謹二的〈伊良子清白的〈聖廟春歌〉〉中，以短短一行提及後藤大治：「大正期，將若干熱帶色融入詩境的後藤大治《倚著亞字欄》等《日本詩人》系統的人道主義（Humanitaire）率直

---

17 另外一位同樣在「新詩人號」的激烈競爭中獲得刊登機會的「王宗英」，是唯一登上《日本詩人》的台灣本土詩人。關於王宗英的部分將於本書第二章細述。
18 後藤大治，〈五官醉の賦〉，《日本詩人》4卷6期（1924年6月），頁5-10。

風格開始盛行」[19]。近年中島利郎的專著《日本人作家的系譜》則以一段篇幅提及後藤大治，文中資訊摘要如下：

- 生卒年不明，居於台中
- 曾於《日本詩人》發表詩作
- 在台中發行詩誌《巴別塔》（バベルの塔）[20]
- 1922年在台中出版處女詩集《倚著亞字欄》、創辦詩誌《熱帶詩人》
- 1924年創辦詩誌《戎克船》
- 轉居台北，1925年組織「台灣詩人組合」、發行詩誌《新熱帶詩人》[21]、擔任雜誌《木瓜》（パパヤ）[22]的顧問
- 1927年編輯、發行《臺灣詩集・第一輯》
- 1935年擔任雜誌《黎明》的編輯[23]

可知到目前為止，對於後藤大治的情報尚有許多未明之處。筆者透過台日雙方圖書館、文學館與電子資料庫，調查出以下關於後藤大治的進一步情報。

後藤大治，1896年12月9日生於鳥取縣西伯郡大幡村[24]，1918年3月

---

19 原文：「大正期には熱帶色の若干をその詩境に取り入れた後藤大治の『亞字欄に倚りて』（大正十一年五月）などから「日本詩人」系統のHumanitaire風ざっくばらん調が盛んに行われるようになった。」島田謹二，〈伊良子清白の「聖廟春歌」〉《華麗島文学志》（東京：明治書院，1995年6月），頁312。原發表於《臺灣時報》，1939年4月。
20 原文《バベルの塔》有誤，正確的雜誌名稱為《バベルの詩》。
21 原文《新熱帶詩人》有誤，正確的雜誌名稱是《新熱帶詩風》。
22 原文即為「パパヤ」（「木瓜」在現代日文的正確表記應為「パパイヤ」）。
23 以上情報出自中島利郎，〈日本統治期台湾の日本人作家たち〉，《日本人作家の系譜——日本統治期台湾文学研究》（東京：研文出版，2013年），頁14-15。

畢業於總督府國語學校[25]。往回推算，後藤是在20歲以前來台。他自陳：「在我被生下來以前，我的出生就受到親人的咒詛。最後我甚至被趕出我的家庭，輾轉流離來到台灣。」[26]畢業之後，後藤大治先擔任臺中廳沙轆公學校教師、1919年轉任臺中廳臺中女子公學校教師、1925年轉任臺北州臺北市建成尋常小學校訓導。1929年，後藤轉入總督府文教局編修課工作，1932年開始兼任教科書調查委員會書記與臺北第一師範學校附屬小學

圖1-1　後藤大治照片[24]

校訓導，1938年又再兼任師範學校農業教科書調查委員會書記，如此身兼多職至1944年為止[27]。可以確定的是，後藤大治於1944年以前一直居住在台灣。此外，後藤大治也是一位畫家，曾於1927年及1928年入選台灣美術展覽會[28]。

---

24 興南新聞社編，《臺灣人士鑑》（台北：興南新聞社，1943年），頁143。鳥取縣西伯郡大幡村現在位於鳥取縣西伯郡伯耆町。
25 〈後藤大治君〉，《臺灣日日新報》，1940年10月30日，第6版。
26 原文：「私は産れ出る前から緣家の者に私の生を呪はれてゐました　そして最後に私の家庭にまで追はれ　流れ流れて臺灣へ來ました」。後藤大治，《亞字欄に倚りて》（台中：臺灣新聞社，1922年5月），頁237。
27 以上情報出自中央研究院臺灣史研究所，「臺灣總督府職員錄系統」（來源：https://who.ith.sinica.edu.tw/search2result.html?h=vfxr0Oay78nLkHWrVmyv9cNMQL36wj2E6brNO4dJ38iu85%2BAFX9gKBjmlqkTYe%2Ff，最後查閱時間：2019年9月15日）。
28 臺灣日本畫協會，《第一回臺灣美術展覽會圖錄》（臺北：臺灣日本畫協會，1928年）；臺灣教育會，《第二回臺灣美術展覽會圖錄》（臺北：財團法人學租財團，1929年）。關於後藤大治的畫業以及更詳細的生平，近來已有蕭亦翔為文考證。參見：蕭亦翔，〈【名單之後】從詩畫中誕生的教育者——後藤大治的繪畫之路〉（來源：https://www.gjtaiwan.com/new/?p=114127，最後查閱時間：2024年7月31日）。

(二)「台灣詩壇是由我率領著」:《巴別之詩》

　　1921年,後藤大治創立巴別詩社,並發行詩刊《巴別之詩》[29]。該刊現存第2期、第3期、第7期於日本近代文學館。作者有岩佐清潮、石垣用吉、片山秋湖、川島素晃、多仲哀二、武居美子、八木盧舟、松村橇歌、小牧三晃、後藤大治、佐藤榮二、光石卦山、渡邊あさほ、安田黑潮、渡邊よしたか、瀧澤千繪子、武居樂葉、菊地克己、長田要之助、谷口多津雄等,全是在台日人文學研究中陌生的名字。可惜創刊號不存,未能得見創刊語,但在第2期、第3期的前言與後記中,可以看到《巴別之詩》的發行精神:

　　《巴別之詩》從外貌來看確實是很貧弱,因為沒有錢。但論內容它是居於現今台灣詩壇首位的,這件事不論我們自己或者別人都一致認可。不久這本《巴別之詩》風靡台灣的時刻將會到來吧。屆時便能夠建設這座抵達璀璨繆思之神身邊的巴別塔的一部分了。敬請各位奮鬥。

　　　　　　　　　　　　　　　　　——〈巴別有感〉[30]

---

29 在這之前後藤大治曾經創辦過另一雜誌《合歡》,參與《合歡》的會員曾經多達70名,但後來因會員分別進入不同的詩社與歌社而解散。《合歡》現已不存,故無法得知該刊的內容。後藤,〈バベルに對する私の希望〉,《バベルの詩》第3期(1921年12月),無頁碼。

30 原文:「バベルの詩は其の外貌から見れば實に貧弱です、金がないのです。しかし其の內容から言へば現臺灣詩壇の首位である事は吾れも人も等しく認める處です。やがてこのバベルの詩が臺灣を風靡する時が來るでせう。其の時にはあの燦としたミユーズの神のもとへ達すべきこのバベルの塔の一部を建設し得るのです。皆樣御奮鬪下さい。」〈バベル所感〉,《バベルの詩》第2期(1921年11月),無頁碼。底線為筆者所加。

文藝並非從我們休閒生活中派生的副產品。若我們的詩只是興趣——單純的興趣的產物的話，就只能毫無價值地結束。<u>我們的詩必須是我們的內面生活、人際生活的體驗、現實生活的呼喊</u>。我們巴別詩社想歌頌具研究精神的真摯的詩，我們是在那樣的希望之下誕生的。<u>我們想揭起舊有詩形的反叛之旗</u>，想歌頌更多更多的人情味、想歌頌惡魔派的思想。我們有著作為藝術忠實的奉獻者、不惜一切努力的決心。

※

我無論如何都無法肯定「殖民地的藝術是貧弱的」這個事實。我懷疑這個事實的確證、特別是對於台灣的貧弱之極懷抱著疑惑。<u>我始終相信有著豐富南國情調的台灣會誕生出優秀的藝術</u>。我確知殖民地有許多產生藝術的要素。我不容許過去沒有誕生優秀藝術的這件事延續到未來。我相信台灣一定會誕生出優秀的藝術品的。

※

最近法國正在盛行達達主義。1912年法蘭西斯・畢卡比亞和馬歇爾・杜象等人所發表的作品尚未來到日本。但在日本似乎有平戶廉吉這樣的人發起未來派運動。<u>世界詩壇與日本詩壇正在掀起這些新運動的時候，巴別詩社應能給予貧弱的台灣詩壇些許反響</u>，請諸君祝福巴別詩社的出生吧。

——清潮,〈從巴別塔之窗〉[31]

---

[31] 原文：「文藝は我々の趣味生活より生れる副產物であつてはならない、我々詩は趣味―單なる趣味の生產物であつては無價值にのみ終る、我々の內面生活、人間生活の体験、現實生活の叫び、の表現でなくてはない私等のバベル社は研究的に真摯に詩を唄ひたい希望のもとに產れたのです、在來の詩形の叛旗を飜したい、もつと／＼人間味を唄ひたい、惡魔派の思想を唄ひたい、我々は藝術に忠實な奉仕者として努力ををしまない決心です。※植民地に於て藝術の貧弱な事實を私は

> 另一方面,台灣的詩壇看來實在是很貧弱。就報社來說,《臺灣新聞》只是勉強維持一線生機、其他各社「詩也只受到不過刊登一頁兩頁的待遇而已」。我不惜捨棄將小我的愛全部捨棄也要創辦巴別詩社的原因就在於此,我創辦了專門的詩社。<u>我想要集結台灣所有的詩人──這可以說是我的主張,也可以說是我的理想吧</u>。
>
> ──後藤,〈我對巴別的希望〉[32]

從引文可以看到,在1921年如此早的時間點,在台日本詩人即立志改造「貧弱」的台灣詩壇,希望將詩作為一個純粹不受干涉的藝術。他們不僅有著「居於現今台灣詩壇首位」的自信,也具備「集結台灣所有的詩人」的雄心。雖然在這個時間點,這個「台灣所有的詩人」是否包含台灣人並不得而知。但從後來的成員名單中確實可以看到少數

どうして肯定し得られない、事實の確證を私は疑つて居る、特に臺灣に於て其の貧弱なの甚だしいのに疑惑を抱て居る、南國情緒の豊かな臺灣に秀れた藝術の生れ出る事を私は信じて居る、植民地には多量に藝術が生れ出る要素の含有された居るのを知る、秀れた藝術が過去に生れてゐないのを未來に迄及ぼす事は許されない將來に於て私は優秀な藝術品の生れ出る事を信じて居る。※最近佛蘭西ではダタイズムが盛んです、一九一二年フランシス、ピカピヤとマルセル、デユシヤとが發表したものです、日本には未だ來て居りません、日本では平戸廉吉と云ふ人が未來派の運動を起すさうです、世界の詩壇と日本の詩壇とで斯うした新らしい運動の起された時、貧弱な臺灣の詩壇に何等かの反響を能えるべくバベル詩社の生れ出た事を祝福して下しい。」清潮,〈バベルの塔の窓から〉,《バベルの詩》第2期(1921年11月),無頁碼。底線為筆者所加。

[32] 原文:「一方臺灣の詩壇を見ると實に貧弱で新聞社では臺灣新聞がわづか命生を保つてゐる位だし各社でも「詩は一頁が二頁位に過ぎない待遇を受けてゐた」。私が私の大切な愛すべて個をすて、立つて詩社バベルを起したくなつたのは實にそれからです、で私は詩のみの社をつくたのです。臺灣の詩人を全部集めたいのが私の主義とでも理想とでも言ふのでせう。」後藤,〈バベルの對する私の希望〉,《バベルの詩》第3期(1921年12月),無頁碼。底線為筆者所加。

台灣人的名字。而從志在「表現我們的內面生活、人際生活的體驗、現實生活的叫喊」、「揭起舊有詩形的反叛之旗」等方面可以看到與《日本詩人》的主張相通之處。雖然《巴別之詩》每期僅十幾頁、分量微薄，但就能清楚揭示其藝術自主的決心、立足台灣的自覺、挑戰新詩語的野心、對於日本甚至世界詩壇的緊追這些面向來說，是一份相當難得的刊物。

　　日本近代文學館館藏的《巴別之詩》第2期、第3期、第7期封面上皆寫有親筆信札。第2期封面上的手寫字謂：「我欲入新聲之會。馬上就會寄錢過去，在發薪日（21號）之前請稍待。我是受到您（對於詩的）新運動領導的一個人。而台灣詩壇是由我率領著（雖然像是自讚自誇似的）」[33]；第3期謂：「（這一期）因為我在台北旅行把雜誌託付給別人的關係，頁面的排版和校對很糟糕」[34]；第7期謂：「平戶先生：我已拜讀〈熱帶之詩〉了，非常有威嚴，真是令人羨慕啊。我也正在考慮暫定出版《倚著亞字欄》這本貧乏的詩集。上梓後還希望能得到您的高評」[35]。上述三封信筆跡相同。以「新聲之會」、「平戶先生」、「熱帶之詩」、「倚著亞字欄」等關鍵字作為線索，可以推論此三封信寄信人為後藤大治，收信人為平戶廉吉。平戶廉吉（1894-1922）是前述詩話會發起人川路柳虹的學生，一路以來都參加川路的詩社與

33　原文：「新声に入会致しマス金とすぐ送りますが本月１月給日（二十一日）までまつて下さいませ　貴方の新運動（詩の対する）に導かれてある一人です。臺灣では私が詩壇を率ひてゐます（自讃の様ですが）」。日本近代文學館藏《バベルの詩》第2期（1921年11月），封面。
34　原文：「私が臺北へ旅行したために人に依頼しましたので頁の組方や校正がなつてゐません。」日本近代文學館藏《バベルの詩》第3期（1921年12月），封面。
35　原文：「平戸様：熱帯の詩を拝見しました　非常に威嚴させうれましね　私も『亞字欄に依りて』と言ふまづしい詩集を只今假出版する考でゐます　出來ましたら御高評を御希ひします。」日本近代文學館藏《バベルの詩》第7期（1922年4月），封面。

詩刊，1921年10月在《日本詩人》創刊號發表〈K醫院的印象〉（K病院の印象）、同年12月在日比谷街頭發起「日本未來派宣言運動」，被認為是日本未來派詩的先驅[36]。川路柳虹於1921年9月創辦詩刊《炬火》。創刊以後，川路就將編輯事務交給平戶廉吉與山崎泰雄，編輯所也設在平戶廉吉的地址（東京市外中澀谷819）[37]。在接任《炬火》編輯以後，平戶廉吉為出版自己的詩集《新聲》而組織「新聲之會」，在同人內外進行募款[38]。上述《巴別之詩》第7期的封底也刊出了「新聲之會」的募款廣告，申請地址便是《炬火》編輯所的「東京市外中澀谷819」。

　　可以推論，約在1921年底、1922年初之間，後藤大治將《巴別之詩》寄給平戶廉吉，將雜誌封面空白處作便箋之用，一方面申請加入「新聲之會」，另一方面介紹自己與（自認）代表台灣詩壇的《巴別之詩》。於是，從附錄一可以看到，後藤大治從1922年2月開始在《炬火》發表詩作。可知在發行《巴別之詩》的同時，後藤大治也積極爭取在日本詩刊上發表作品的機會。3月，後藤大治讀到當月刊登在《日本詩人》上平戶廉吉的〈熱帶之詩〉[39]，故在4月出刊的《巴別之詩》第7期封面表達他對該詩的感想，並說明接下來將出版個人詩集的計畫、希望得到平戶的批評。然而，平戶廉吉在5月因病重將《炬火》的編輯事務交給山崎泰雄[40]，7月即逝世。而5月也是後藤大治最後一次在《炬火》發表作品。

---

36 熊谷昭宏，「平戶廉吉」辭條，安藤元雄、大岡信、中村稔監修，《現代詩大事典》（東京：三省堂，2008年2月），頁568。
37 〈《炬火》解題〉，現代詩誌総覧編集委員会編，《現代詩誌総覧1　前衛芸術のコスモロジー》（東京：日外アソシエーツ，1996年），頁392。
38 〈《炬火》解題〉，頁392。
39 平戶廉吉，〈熱帶の詩〉，《日本詩人》第2卷第3期（1922年3月），頁24-28。
40 前揭〈《炬火》解題〉，頁392。

（三）《倚著亞字欄》的迴響

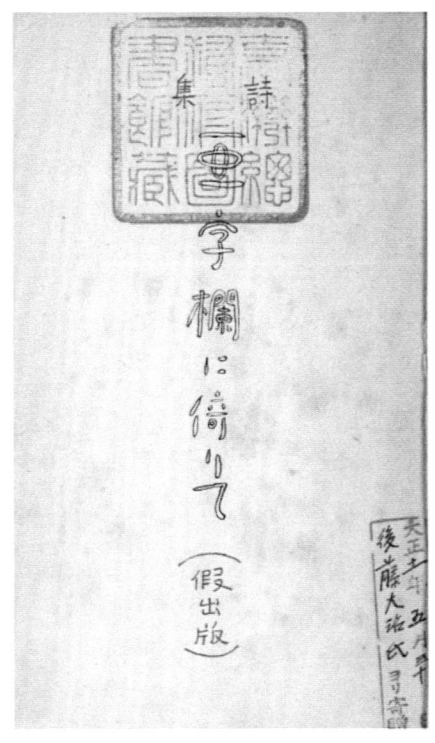

封面　　　　　　　　　　　　版權頁

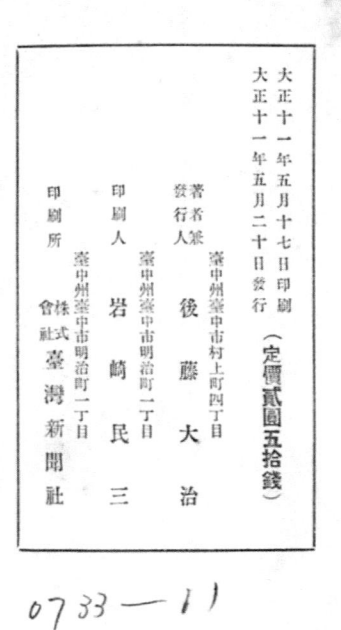

圖1-2　後藤大治《亞字欄に倚りて》封面與版權頁[41]

　　1922年5月，後藤出版了詩集《倚著亞字欄》。臺灣圖書館館藏版本之封面標題下以紅字標記「暫出版（假出版）」，並蓋有「臺灣總督府圖書館藏」和「大正十一年五月三十日後藤大治寄贈」的印章。從版權頁則可知該書於「大正十一年五月二十日」出版。山村里川〈後藤大治論〉一文指出「《倚著亞字欄》在島內不用說、連在中央文壇

41　資料來源：國立臺灣圖書館館藏。

都有相當的反響。連大朝或大每之類的大報都不惜批評的筆墨」[42]；山村水左〈後藤大治的出生〉一文卻指出此詩集沒得到什麼迴響，「不過只有東京朝日、時事新報給予後藤君一點點慰藉而已」[43]。由此線索可知，當時日本《大阪每日新聞》、《大阪朝日新聞》、《東京朝日新聞》、《時事新報》等報紙都曾對《倚著亞字欄》有報導或評論。然上述報紙中，目前能確認內容者僅有1922年7月《東京朝日新聞》的報導：「此為台灣在住者的詩集。謳歌熱情燃燒的南國之戀的作者的筆雖然帶有淡淡的寂寞，但透過全書仍然可以聽到在逆境中以詩和繪畫作為慰藉的作者的不平、詛咒與反抗的吶喊。」[44]同月，《日本詩人》也刊出了福田正夫的詩評，該文提到：「《倚著亞字欄》是後藤大治君堂堂正正的詩集。雖然我覺得韻律有點淡薄，但概括來說還是頗耐讀的。又因為是從台灣送來的，更覺得受到吸引。」[45]可見在這本詩集出版後，確實讓日本詩壇第一次認識到「台灣在住者」所寫的詩，並獲得了若干評價。

---

42 原文：「『亞字欄に倚りて』は、島內は元より中央詩壇にも相當の反響があつた。大朝や大每などの大新聞さへ批評の筆を惜しまなかつた。」山村里川，〈後藤大治論〉，《臺灣時報》（1936年7月）。

43 原文：「東京朝日、時事新報が僅かに惱める後藤君を慰めてくれたに過ぎまかつた、當時詩話會は認むべきだと思つたが保留してしまつた。」山村水左，〈後藤大治君生れ出づ〉，《臺灣日日新報》，1925年4月21日。

44 原文：「臺灣に在る著者の詩集である、情熱に燃ゆる南國の戀を謳ふべく著者の筆は餘りに淡く淋しいが逆境のうちに詩と繪とによつて慰められてゐる著者の不平と呪詛と反逆の叫びは全卷を通して聽くことが出來る」《東京朝日新聞》，1922年7月20日。

45 原文：「『亞字欄に倚りて』は後藤大治君のなかなか堂々たる詩集である。リズムが淡い氣がするが、かうまとまるとなかなか讀みごたへがする。臺灣から送られたといふので心を惹かれた。」福田正夫，〈感想六月篇〉，《日本詩人》第2卷第7期（1922年7月），頁98。

（四）從《熱帶詩人》到《日本詩人》：佐藤惣之助的位置

1922年6月，後藤大治在台中創辦詩刊《熱帶詩人》[46]。從刊名可推測或是平戶廉吉的詩作標題〈熱帶之詩〉、或是《日本詩人》的刊名所給予的影響。

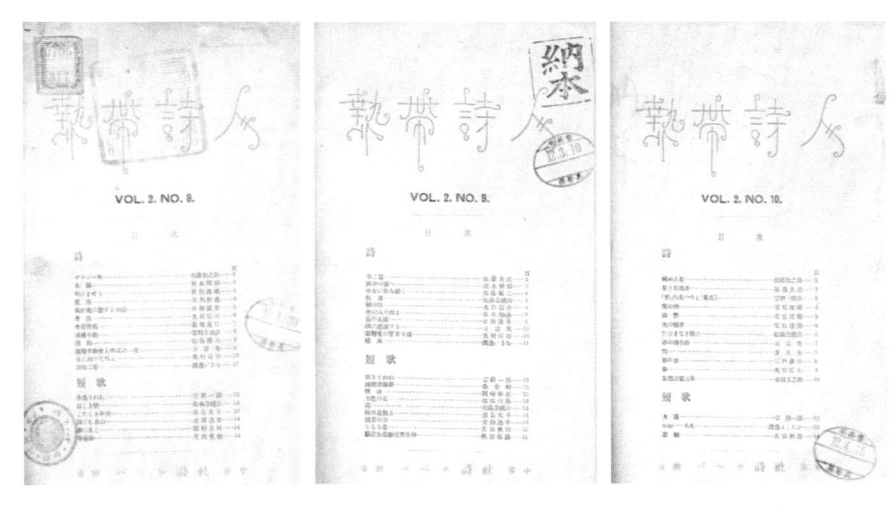

第8期
（1923年1月27日）

第9期
（1923年3月12日）

第10期
（1923年4月10日）

圖1-3　《熱帶詩人》現存各期封面[47]

從現存的《熱帶詩人》第8期及第10期皆可發現日本詩人「佐藤惣之助」的詩作。《臺灣日日新報》對於第6期的介紹也提到：「從本號開始嘗試使用了和其他詩刊不同的獨特裝幀。詩應該是要一字一句來品味的，將詩橫排而使句子能夠細嚼慢嚥，是本詩刊的新趣向。並刊登

---

46 創刊號現已不存。創刊時間參考自裏川大無，〈臺灣雜誌興亡史（一）〉，《臺灣時報》（1935年2月）。

47 資料來源：國立臺灣圖書館館藏。

佐藤惣之助先生充滿畫意的詩」[48]。不僅說明該刊獨樹一格的「橫排」特色，也可見佐藤惣之助在該刊持續寄稿的蹤跡。佐藤惣之助（1890-1942）是詩話會成員、也是後期《日本詩人》的主要編輯者。他的詩風多變，初期風格被指出與白樺派與人道主義有所關聯[49]。這與前述島田謹二指後藤大治是「《日本詩人》系統的人道主義（Humanitaire）率直風格」可以連結。1922年6至7月，佐藤惣之助曾來台旅行，其年譜中提及他「在台中受到認識的詩友款待」[50]，推測該「詩友」即為後藤大治。因為在這之後，不僅他開始在後藤大治發行的《熱帶詩人》持續發表詩作，後藤大治也開始在佐藤惣之助創辦的《嵐》上發表詩作[51]。1923年，雙方如此持續在彼此的詩刊上寄稿，佐藤惣之助也在《日本詩人》上發表以前一年旅台為題材所寫成的詩作〈基隆港〉。

　　1924年1月，前述 STS 的〈地方詩壇概觀〉一文之所以提及後藤大治的詩集《倚著亞字欄》和詩刊《熱帶詩人》，除了前面所提到詩話會派有意藉由關注地方詩壇來建構「鄉土」的口語自由詩的理由之外，是否有可能因為 STS 這個匿名其實就是佐藤惣之助（**S**a**T**ou**S**ounosuke）的縮寫呢？這個推測或可解釋何以該文作者對台灣詩壇的認識都只牽繫在後藤大治一人身上，而未觸及當時台灣其他的詩刊與詩人。1924年6月，後藤大治能在《日本詩人》「新詩人號」脫穎而出成為入

---

48 〈新刊紹介〉，《臺灣日日新報》，1923年1月1日。
49 國生雅子，「佐藤惣之助」辭條，安藤元雄、大岡信、中村稔監修，《現代詩大事典》（東京：三省堂，2008年），頁259。
50 藤田三郎，《佐藤惣之助―詩とその展開―》（長野：木菟書館，1983年），頁422。本書的相片頁中載有後藤大治與佐藤惣之助的合影。
51 《嵐》目前尚未得見。但根據藤田三郎《佐藤惣之助》一書所整理的《嵐》目錄，可以看到後藤大治如下的發表紀錄：後藤大治，〈熱帶の氷河〉，《嵐》8號（1923年3月）；後藤大治，〈台灣周航〉，《嵐》10號（1923年6月）。藤田三郎，《佐藤惣之助―詩とその展開―》，頁147-148。

選作之一，並在之後持續發表作品，與兩人此前的交誼以及佐藤惣之助此時已開始擔任《日本詩人》主要編輯或許皆不無關係。關鍵便在以下《日本詩人》的編輯方針。

　　黑坂みちる指出，1923年《日本詩人》開始採取「責任推薦制」，即投稿者必須寄稿給編輯之一，並獲得該編輯推薦才得刊登。訴諸介紹者和被介紹者之間「親密的關係」的這個制度引來惡評。而1923年關東大地震後其他詩刊紛紛廢刊，《日本詩人》成為日本詩壇唯一的「登龍門」，可謂一派獨大[52]。1924年的「新詩人號」便是為了回應外界批評，才藉由公開徵稿來說明自己是門戶開放的「公器」。就結果上來看，雖然看似「新詩人」的作品不斷出現，但大多數都是在「地方詩壇」的報告中出現過的名字。對此結果，黑坂みちる認為「恐怕是詩話會所建立的『中央詩壇』和『地方詩壇』的人際網絡作為『新人推薦時的好參考』，按照原定計畫發揮了功能。」[53]誠如所見，後藤大治也是看似「新詩人」，但其實已透過與佐藤惣之助的交誼而出現在「地方詩壇」名單上的一人，可說已提前得到《日本詩人》的入場券。如此擁有人際關係便能獲得特殊待遇的方針，雖不斷受到來自外界的質疑與批判，但確實讓詩話會派主張的口語自由詩成為主流──「於是，地方詩壇以《日本詩人》或詩話會為範本來形成，其迴響又被《日本詩人》所採納，如此使得他們的『詩』確實廣泛地滲透出去。」[54]──在這當中，後藤大治也成為《日本詩人》設置在地方的據點之一，推動口語自由詩在台灣「廣泛地滲透」。

---

52 黑坂みちる，〈『日本詩人』の活動：〈詩〉のありようと〈新詩人〉への目配り〉，頁115-117。
53 黑坂みちる，〈『日本詩人』の活動：〈詩〉のありようと〈新詩人〉への目配り〉，頁123。
54 黑坂みちる，〈『日本詩人』の活動：〈詩〉のありようと〈新詩人〉への目配り〉，頁123。

1924年3月，後藤大治在台中與四、五位同人創辦《戎克船》。該刊已知至少發行至1926年2月[55]，在1920年代的台灣詩刊中屬於長壽（現已不存）。作者有岩佐清潮、後藤大治、倉持玉之助、松村橇歌、中島勝利、野口昂、王宗英、羽賀勝太郎、吉田忠男、渡邊むつを、平田東花、吉川寅吉、松尾幸子等[56]，可以看到從《巴別之詩》時代即持續出現的名字。1924年5月，《臺灣日日新報》登出「戎克船特輯『臺灣詩人號』原稿募集」：「起來吧，我們台灣詩人啊——在穩固蹈踏的這塊土地上，在光與草木與空氣中，我們應該要建立具有我們獨自特色的氣質與精神不是嗎？好了，起來吧，就是現在，我們住在台灣的詩人們啊！」[57]該報對該刊的介紹也寫道「以後藤大治為中心的詩壇的同人雜誌，呼籲發揚地方詩壇（岩佐清潮）卷頭一文可說是氣焰萬丈，沒有這樣的氣魄是不行的。」[58]由此可知《戎克船》是以建立台灣「獨自特色」、「發揚地方詩壇」為目標。而這個路線是過去《巴別之詩》和《熱帶詩人》不曾特意強調的，足見1924年以後《日本詩人》重視「地方詩壇」的路線的影響。1925年8月7日，同報刊登「戎克船詩社支部設置」的消息，說明除台中本部外，詩社將增

---

55 1925年4月後藤大治遷居台北，推測後來的編輯事務交予岩佐清潮（因詩社地址從一開始即設在岩佐清潮住處「臺中市敷島町一丁目」）。而知至少發行至1926年2月的理由是到這個月為止仍有該詩刊的評論在報上發表：紅緣生，〈戎克船二月號概評〉，《臺灣日日新報》，1926年2月13日，第6版。

56 〈新刊紹介〉，《臺灣日日新報》，1924年3月2日、1924年5月5日、1924年9月19日、1925年7月19日；紅緣生，〈戎克船二月號概評〉，《臺灣日日新報》，1926年2月13日。

57 原文：「起て、吾等が臺灣詩人達よ—吾等が確固と蹈めるこの土の上に、光と草木と空氣のなかに吾等は吾等が獨自の特色ある氣質と精神を建たしめやうではないか。—さらば起て、いざ吾等が臺灣在住の詩人達よ」〈文藝界消息戎克船特輯『臺灣詩人號』原稿募集〉，《臺灣日日新報》，1924年5月27日，第7版。

58 原文：「後藤大治氏を中心とせる詩壇の同人雜誌である地方詩壇を高めよ（岩佐清潮）の卷頭の一文氣焰萬丈然し此意氣なからざるべからずである」〈新刊紹介〉，《臺灣日日新報》，1925年2月25日。

設置台北支部、淡水支部、嘉義支部、屏東支部,並擴大招募會員[59]。由此可知「發揚地方詩壇」的路線此時開始由中部擴及南北,逐漸在台灣開枝散葉。

(五)從《日本詩集》到《臺灣詩集》:台灣詩人組合的成立

1925年3月,後藤大治被詩話會委員推薦進入年刊《日本詩集》[60],成為台灣詩壇的一件大事:「一九二四年春,後藤大治,作為來自台灣的第一位新娘,被詩話會推薦,一躍而在《日本詩人年鑑》上留名!(譯按:1924年版《日本詩人年鑑》並不存在,應為1925年版《日本詩集》之誤)」;「我們的後藤大治君已被戴上了第一個榮耀的桂冠,被母國中央文壇烽火般認可:『台灣也是有詩人的』——這不只是後藤君一個人的榮譽、也不只是台灣詩壇的驕傲,而實是為台灣文化高舉了萬丈氣焰」[61]。確實,作為台灣能夠登上《日本詩人》、又獲登當時日本唯一「年度詩選」的《日本詩集》的第一人,是後藤大治不斷在台創辦詩刊,並透過日本大小詩刊與詩話會成員建立關係等長年努力的結果。在他勤奮的自我推薦之下,日本詩壇也總算對於台灣詩壇有了初步但不完全的認識。

1925年4月,後藤大治調職台北。雖繼續在《日本詩人》寄稿,

---

59 〈文藝消息〉,《臺灣日日新報》,1925年8月7日。
60 〈日本詩集への推薦〉,《日本詩人》第5卷第3號(1925年3月),頁112。
61 原文:「一九二四年春、後藤大治、臺灣よりは初めての花嫁として詩話會に推薦せられ、一躍日本詩人年鑑にその名を紀錄せらるゝに至つた!」;「そして遂に我が後藤大治君の上に第一の榮冠はかざされ『臺灣にも詩人あり』を母國中央文壇に烽火の如く認めさした、後藤君一人の名譽ではない、臺灣詩壇のみの誇ではない、實に臺灣文化の爲めに萬丈の氣焰を舉げたものである。」山村水左,〈後藤大治君生れ出づ〉,《臺灣日日新報》,1925年4月21日。

但在台灣詩壇沉寂了一陣子。12月,後藤大治發表〈向台北詩人提倡「懇話會」朝向嶄新的出發〉一文[62],提及自己遷居台北後,觀察到台北由幾個雜誌形成的集團各據一方、相互攻訐的情形,提議是否能由誰來召集懇話會,好讓台北詩人共同團結向上。頗有當年川路柳虹為消解詩壇之黨同伐異而提倡「詩話會」的味道。然而暫時並未看到新集團在台北出現。

1926年10月,詩話會解散,《日本詩人》和《日本詩集》隨之廢刊。11月5日,《臺灣日日新報》刊出〈關於新詩運動〉,文中提到:

> 一時陷入沉滯期的本島詩壇,感覺最近又進入了活動期,似乎新的機運現在正在蠢蠢欲動。因著這個機運,我們認為現在正是結合廣大的本島詩人、強化團結、鞏固經濟的基礎、促成相互親睦、發起一個永續的詩運動的好時機。
>
> 依據報紙的報導,目前中央詩壇也是可以感到新人奮起、詩話會解散、新的機運正在醞釀。
>
> 我們認為在這個時候,一掃中央集權的事大思想、由我們自身建立地方的權威與勢力、獲得我們內在的進步與其實力相對的正當的評價,是最要緊的事。[63]

---

62 後藤大治,〈臺北詩人 「懇話會」提唱 新しき出發へ〉,《臺灣日日新報》,1925年12月18日。

63 原文:「一時沉滯期にあつた本島詩壇も近時再び活動期に入り今や新しい機運が鬱勃としてゐるのを感じます。この機に於て廣く本島の詩人を糾合し結束を堅くし經濟的基礎を鞏固にし相互に親睦を計り永續的な詩運動を起すこと實に機宜の企である思はれます。新聞紙の傳ふるところに依りますと今や中央詩壇に於て新人の奮起となり詩話會解散となり新しい機運が釀成されつゝある感じられます。この時に於て私達は中央集權の事大思想を一掃し地方の權威と勢力を我々自身に於て作り出し我々の內の向上とその實力に對する正當なる聲價の獲得を計るのは最も緊要なこと、思はれます。」上清哉、藤原泉三郎、安井健三、後藤太治,〈新

於是，上清哉、藤原泉三郎、安井健三、後藤大治作為發起人，邀請「本島詩人」齊聚一堂。從這篇文章可以看到來自台中的後藤大治與之前已在台北創辦過數種詩刊的上清哉、藤原泉三郎的初步結盟。會議之後的12月，「臺灣詩人組合」成立。從志馬陸平（中山侑）留下的名單，可以看到該團體幾乎網羅了所有當時台灣在報章雜誌上活躍的詩人：

> 後藤大治、安井健三、藤原泉三郎、上清哉、谷口多津雄、內海島三、松村橇歌、福田夏蔭、保坂瀧雄、渡邊むつを、曉海浩、國分寺實、城戶俊次、德田昌子、今澤正雄、中山侑、梶島のぼる、內田長平、土方正己、渡邊武、宮尾進、中島聖二郎、中原次雄、北広ひろし、西川滿、倉持玉之助、徐富、齊藤澎次郎、吳滄沛、竹中秋三、岩佐清潮、佐藤正人。[64]

此名單以後藤大治的名字為首，不僅有戎克船詩社的會員、在北部已主導過數種詩刊的藤原泉三郎、上清哉、保坂瀧雄等人，還有未來成為台灣文壇重要人物、此時僅18歲的西川滿，以及目前未有進一步了解的兩位看似本島姓名的徐富、吳滄沛。1927年1月，該團體的機關雜誌《新熱帶詩風》創刊。該刊現已不存，但透過《臺灣日日新報》文藝欄刊登的部分目錄，可知該刊作者有藤原泉三郎、谷口多津雄、內海島三、梶島のぼる、渡邊武、曉海浩、城戶俊次、倉持玉之助、保坂瀧雄、竹中秋三、うちだ長平、王來法、西川滿、德田昌子、吳

　　詩運動に就て〉，《臺灣日日新報》，1926年11月5日。文中的後藤大治誤植為「後藤太治」。
64 志馬陸平，〈青年と臺灣＝文學運動の變遷＝〉，《臺灣時報》，1936年11月。

滄沛、上清哉、上方正已、安井健三等人[65]，可知該刊囊括了「臺灣詩人組合」大部分的成員。同年，後藤大治編輯、發行了年刊《臺灣詩集》。序裡提到：

> 在這裡要預先說明的是，雖然臺灣詩人組合也正在籌備年刊詩集，但本詩集並不是由該組合所出版的，兩本是完全不同的詩集。
> 我不希望本詩集是門戶封閉的，所以希望將來能夠逐漸加入前途有望的人，變得越來越壯大。
> 我們這個新的團結，如果能夠多少給予晏眠的台灣些許刺激、能夠影響到身在遠方的人們的話，作為責任者的我以及我們的夥伴不至於感到徒勞並覺得愉快吧。[66]

由此可知此集為後藤大治個人所主導的年刊。推測他可能與「臺灣詩人組合」之間因某些原因而分道揚鑣，故以個人名義出版年刊，且刻意與「臺灣詩人組合」劃清界線。而文中所提到的「臺灣詩人組合的《臺灣詩集》」後來則沒有出現。後藤大治主編的《臺灣詩集》現存

---

65 〈文藝消息〉，《臺灣日日新報》，1927年2月11日；〈文藝消息〉，《臺灣日日新報》，1927年1月14日。

66 原文「ここにことはつておきたいのは、たいわんしじんくみあひでも、ねんかんししふをだすことになつてゐるが、このしよはけつしてそのくみあひからだすものではなく、まつたくべつものである、といふことである。わたくしはほんしふのもんこをとざすのはきらひであるから、しやうらいますますのぞみあるひとびとをくはへておほきくしてゆきたいきばうである。われらのこのあたらしきけつそくが、なんらかのしげきを、あんみんせるたいわんのうへにあたへ、とほきひとびとのうへにもはきふするあらば、せきにんしやであるわたくしはもちろん、われらのなかまも、とらうにあらざりしをおもひ、ひとしくゆくわいとするところであらう。」後藤大治編，《臺灣詩集第一輯》（出版地不詳，1927年），無頁碼。

於台南圖書館，收錄岩佐清潮、淺田昌子、王來法、上清哉、谷口多津雄、倉持玉之助、松村橇歌、松尾幸子、藤原泉三郎、後藤大治等十人的詩作。其中，王來法、上清哉、後藤大治三人在該集的作品被轉錄於日本《詩人年鑑1928年版》[67]。由此可知，不論是團體「臺灣詩人組合」、月刊《新熱帶詩風》、年刊《臺灣詩集》，都是想要延續或突破日本詩壇曾經大同團結的「詩話會」的經營模式。透過後藤大治的努力，確實帶出了多位重要的在台詩人，也讓在台詩人（而不只是後藤大治個人）在代表日本中央詩壇的《詩人年鑑》上嶄露了頭角。然而，《新熱帶詩風》僅發行兩期、《臺灣詩集》僅發行一期即宣告結束[68]，「臺灣詩人組合」也不再繼續運作。

（六）未出版的《臺灣周航詩》與《月下的胡弓》

最後回到後藤大治個人的詩業。雖然從1923年至1925年持續有他即將出版第二本詩集《臺灣周航詩》的消息[69]，但該詩集後來並未出版。1927年1至7月，《臺灣周航詩》於《臺灣日日新報》全文連載，並附記：

> 本稿於大正六年六月下旬起筆，幾度推敲的草稿在大正十二年一月經過重新書寫整理，於同年完稿。隔年在《嵐》發表，但

---

67 詩人協会編，《詩人年鑑1928年版》（東京：アルス，1928年）。

68 隔年雖然報上曾有〈年刊『臺灣詩集』會員募集〉的文章，說明接下來即將發行「第二回的臺灣詩集『昭和三年版』」，入會地址設在後藤大治的住處，然而最後該年刊並未出版。《臺灣日日新報》，1928年5月5日。

69 「出版《倚著亞字欄》的後藤君現在正在整理他的第二本詩集」。迷羊，〈編輯後記〉，《熱帶詩人》第9期（1923年3月），頁16；「我與廣大台灣的詩愛好者共同祝福後藤君健康，並大大期待著他作為第二詩集即將上梓的《臺灣周航詩》」。山村水左，〈後藤大治君生れ出づ〉，《臺灣日日新報》，1925年4月21日。

由於該誌廢刊，大正十三年八月開始在《戎克船》持續發表數回，又因為刊物版面安排而結束連載，直至今日。這次因本報文藝部長吉田野人先生的一番好意，得以讓本稿在文藝欄全文發表。[70]

可知這本詩集在發表乃至於出版的不順利。《臺灣周航詩》全文分為15章，每章皆由篇幅頗長的散文詩或組詩組成，描寫敘述者從基隆港出發，途經澎湖島，登陸西海岸，遊歷台南安平、高雄、屏東南灣與恆春，並由台東進入「蕃山」、接觸「生蕃」的經過。針對此作品，後藤大治自認「作為紀行詩是我國詩壇最初的嘗試」[71]，為之費盡苦心，卻未再像上一本詩集獲得迴響。

　　1929年9月至1930年3月，後藤大治再以「第三次的發表」（第三回目の発表）為題，於《臺灣教育》上連載六回共26首詩。詩前附記：「自《倚著亞字欄》以來已度過長久年月，但整理發表出的只有之前《臺日》的《臺灣周航詩》而已。這次的發表是第三次。本稿我打算以《月下的胡弓》為名出版，想說先在本刊文藝欄上預先發表。」[72]然而，這本詩集最後同樣沒有出版。觀察這批詩作，多數曾經發表（見附錄一之比對），可知是以1924至1926年在《日本詩人》寄稿期間的創作為主，並加上1927-1930年的零星創作。1932年以後，後藤大治並未再發表任何詩作。可以說後藤大治詩人生涯的黃金年代幾乎是隨著《日本詩人》發行的1921至1926年間開始與結束。

---

70 後藤大治，〈紀行詩　臺灣週行〉，《臺灣日日新報》，1927年1月14日。
71 後藤大治，〈紀行詩　臺灣週航〉，《臺灣日日新報》，1927年7月22日。
72 後藤大治，〈第三回目の発表〉，《臺灣教育》第326期（1929年9月），頁81。

四、後藤大治詩作舉隅

　　觀察後藤大治的創作歷程，可將他的詩作概略分為三期：1921-1922年為經過摸索與嘗試直到出版《倚著亞字欄》的第一期；1923年則是潛心書寫《臺灣周航詩》的第二期；1924-1926年則為榮登《日本詩人》與《日本詩集》之後的第三期（收錄於原預定出版的《月下的胡弓》）。以下將從三期各選出若干作品，探討他如何逐漸適應「口語自由詩」的形式，發展出具有「台灣鄉土色彩」的詩作。

（一）第一期（1921-1922）：《倚著亞字欄》・詩語探索時期

　　首先，從後藤大治的處女詩集《倚著亞字欄》可以看到，其收錄的詩並非完全服膺詩話會派口語自由詩的理念。譬如〈吾之戀情〉（吾が戀は）這首詩：「吾之戀情是／腐敗地墜落的／木瓜嗎／／抑或現於正午／無以得見的彩虹呢」（吾が戀は／たゞれて落ちし／パパイヤか／／眞晝に現はれし／見えない虹か）[73]，不僅「五・七・五・九・七」的形式接近日本傳統韻文「短歌」的「五・七・五・七・七」音數律；古典日文中第一人稱所有格的「吾が」和表示完成式的「し」結尾，也呈現此詩與文語定型詩的接近。再如〈祈禱〉一詩的第一段「妾身每日參拜媽祖娘娘／媽祖是好神　船長之神啊」（妾しや每日媽祖樣參り／媽祖はよい神　船頭樣の神よ）中[74]，「七・七・七・十」的節奏近似日本江戶末期的口語定型詩「都都逸」的「七・七・七・五」音數律[75]，女性第一人稱的「妾」也透露

73　後藤大治，〈吾が戀は〉，《亞字欄に倚りて》（台中：臺灣新聞社，1922年），頁79。
74　後藤大治，〈祈禱〉，《亞字欄に倚りて》（台中：臺灣新聞社，1922年），頁95。
75　此處節奏類似「都都逸」的音數律此一觀點，為筆者於2019年「東アジアと同時代日本語文学フォーラム」會議發表時，名古屋大學的永井真平先生在提問時間所提供的寶貴意見。筆者在此之前未考慮過此詩的節奏問題，在此向永井先生致上謝意。

古典氣息。另一方面，從上述〈吾之戀情〉和〈祈禱〉兩首詩，確實可以看到刻意置入「木瓜」和「媽祖」等台灣意象，藉以表現鄉土色彩的意圖。

　　這樣的詩歌語言在同詩集的〈原野的詩人〉（野の詩人）中有了些許轉變。〈原野的詩人〉一詩在《倚著亞字欄》出版當月發表於《炬火》[76]，可以看作是該詩集中較晚完成的作品。全詩透過描寫放牛孩子的悠閒與無憂，謳歌超脫現代生活束縛的自然田野。可以看到，這首詩的形式已擺脫上述文語定型詩的束縛：不再遵循固定的音數律、用語趨於淺白，從文法上來看也完全是口語體。值得一提的是，這首詩不只刻意表現南方風土特色（如水牛、赤銅的孩子等），最後一段更放入了朝向「台灣鄉土」的語言表現：

後藤大治「野の詩人」 （五連目）	後藤大治〈原野的詩人〉 （第五段）
草野を唄ふ上等（臺灣化した國語）の鳥は ペタコとカーレンだが お前は一つ上手（ウワテ）の大きなセロだ 艷然とし恨然として青空へ響かせる時 野と山とは幸福な笑ひをお前に囁き 華麗な川と小路はお前を招く 私は暗い　それは眞暗い坑から	謳歌草原的上等的（台灣化的國語）鳥 是白頭翁和八哥 你則是一把出色的大提琴 嫣然地、悵惘地響徹青空時 原野與山巒的幸福笑容都對你私語 華麗的河川與小徑都向你招手 我就像從黑暗、完全漆黑的礦坑

---

76 後藤大治，〈野の詩人〉，《炬火》第2卷第5期（1922年5月），頁24-25。

やっと明るみへ出た坑夫の様に　　終於走出光明的礦工一般
メランコリーな潮がすぐ消える　　憂鬱的浪潮馬上消失了
オ、水牛看の囝仔よ[77]　　　　　喔，放牛的囝仔啊
　　　ギヌナア　　　　　　　　　　　　　　　ginunaa

第一行「謳歌草原的上等的（台灣化的國語）鳥」，作者直接在詩行中加上括弧說明「上等」這個單字。在這裡，「上等的鳥」（上等の鳥）應是為了與第三句「出色的大提琴」（上手の大きなセロ）對偶而刻意選用同樣以「上」字為始的詞。然而根據日語辭典《大辭林》，「上等」一詞在日語中作名詞或形容動詞使用，定義為「①上面的等級②品質、狀態等優良的事物（樣子）」[78]，一般用來形容物品，如「上等的衣服」（上等な服）。此處用「上等」來形容正在歌唱的鳥，可謂不自然的日語表現。筆者推測此處可能是受台語用法影響。根據「教育部臺灣閩南語常用詞辭典」，「上等（siōng-tíng）」在台語中作形容詞使用，定義為「最高等級或最優異的品等」[79]，從物品、動植物到人皆可使用，如「上等的葡萄（siōng-tíng ê phû-tô）」、「上等的廚子（siōng-tíng ê tô͘-chí）」等。若是台語「上等的鳥（siōng-tíng ê tsiáu）」便沒有不自然之處。由此可以推論，詩中所謂的「台灣化的國語」，可能是指在台語和日語在漢字上互通、意義也類似的詞彙，在用法上已受到「台語化」的現象。對居住在台灣的日語使用者來說，應是並不罕見

---

77 後藤大治，〈野の詩人〉，《亞字欄に倚りて》（台中：臺灣新聞社，1922年5月），頁35-36。

78 「上等」辭條，三省堂，《スーパー大辞林3.0》（電子辭典版）。

79 中華民國教育部，「上等」辭條，《重編國語辭典修訂本》（來源：https://dict.revised.moe.edu.tw/dictView.jsp?ID=131949&q=1&word=%E4%B8%8A%E7%AD%89，最後查閱時間：2022年8月15日）。

的語言經驗。再者,最後一行出現了「囝仔」（ギヌアア）這個台語詞彙[80]，並以片假名標上台語語音。在這裡,後藤大治打破了「日本近代詩＝以日語寫的近代詩」的既定原則,不拘泥於言語的純粹性,將日語的「子供」直接置換為台語的「囝仔」（ギヌアア）,讓讀者直接接觸殖民地台灣獨有的語言。上述兩種語言表現,都貫徹了「日常的語言」的原則,同時也示範了何謂「鄉土的語言」。

　　這首詩的前三段皆使用純粹的日語,最末段卻混雜了「台灣化的國語」和「台語」,這樣的語言安排似乎也反映了詩中敘述者的心境。前三段敘述者不斷歌詠「你」（放牛的孩子）在原野中的自由自在,而「我」（憂鬱的近代人）則對之深深憧憬與戀慕。直到最後一段,當敘述者「我」在吶喊出「喔,放牛的囝仔啊」時,也如走出礦坑一般從憂鬱中獲得解放。透過「敘述者的語言＝日語（子供）」到「歌詠對象的語言＝台語（囝仔）」的語言移轉,達成詩中的主體「我」和他者「你」心境上的交融。這樣的安排已不像之前只是單純的在詩中放入台灣的風俗、景物、動植物等,而是透過不同語言的安排改變了日本口語自由詩的書寫方式。可以說,後藤大治不僅是在台灣寫出了口語自由詩,而是寫出了能夠融合並應用台灣在地語言的口語自由詩。

（二）第二期（1923）:《臺灣周航詩》·嘗試突破時期

　　接著,在第二期的《臺灣周航詩》裡,後藤大治做出了更大膽的嘗試。如前所述,該詩集是以描寫台灣遊歷、尤其是「蕃山」遊歷為主。在第14章「蕃山之詩」中,後藤花費相當長的篇幅,以片假名記錄原住民歌曲的原語音,並在其後附上日文翻譯。〈出草之歌（獵首之歌）〉（出草の歌（首狩の歌））這首原住民歌曲便是被當作此紀行

---

80 《炬火》版本有加註「囝仔：子供（土語）」,詩集版本則連註解都刪去。

第一章　日文口語自由詩的形成：以後藤大治為中心　❖ 73

詩創作的一部分，先是發表於《日本詩人》，後再發表於《臺灣日日新報》：

後藤大治「出草の歌（首狩の歌）」　　後藤大治〈出草之歌（獵首之歌）〉

イナハイ、イナハイ、ネーアシ　　inahai,inahai,neeashanappashou,munma
アナッパショー、ムンマカバシ　　kabashimamangan,mararengaruhabashi,
ママンガン、マラレンガルハバ　　painaaka,haira,konbohaidagon,washiban
シ、パイナーカ、ハイラ、コン　　ranme,fubbon(a)tarumainrou(ka)haiza
ボハイダゴン、ワシバン　　　　　haidagon,mashiran,pishirowa,
ランメ、フツボン（ア）タルマ　　<u>sha</u>puru(kai)
インロー（カ）ハイザハイダゴ
ン、マシラン、ピシロワ、<u>シア</u>　　ranme,mashiipun,mashiransaipoku,
<u>プル</u>（カイ）　　　　　　　　　ubaaran(ka),mashamomppachaa,
　　　　　　　　　　　　　　　　maisumasonnoku
ランメ、マシープン、マシラン
サイポク、ウバーラン（カ）、　　makutobunun(na)nanotouza,minpishita
マシヤモモツパチヤー、マイス　　kkaru,mamanganbunun(kai)
マソンノク
　　　　　　　　　　　　　　　　ashi<u>ya</u>pashia(na)amashitankabyaaru
マクトブヌン（ナ）ナノトー　　　maisu,munraaka,ashamunshou
ザ、ミンピシタツカル、ママン　　waibeasanbunun,kanakutonishammaga
ガンブヌン（カイ）　　　　　　　baashi(rao)
アシ<u>ヤ</u>パシカ（ナ）マシタンカ　　irabya,asaun,hairakonbo,shanobiishipu
ビヤール　　　　　　　　　　　　suru,kanafutokanin
マイス、ムンラーカ、アシヤム　　aruaira,mupokon,murinunpaishi,maazu
ンショー　　　　　　　　　　　　tonetomappisen

　　　　　　　　　　　　　　　　ranmefubbon(a)habashimararengaru,ma

ワイベアサンブヌン・カトクト
ンイシアンマガバーシ（ラオ）
イラビヤ、アサウン、ハイラコ
ンボ、シヤノビーシプスル、カ
ナフトカニン
アルアイラ、ムポコン、ムリヌ
ンパイシ、マーズトネトマツピ
セン
ランメフツボン（ア）ハバシマ
ラレンガル、マシヤトママンガ
ンイシアン（ナ）ナノハイザ、
ミホミサンムランハイダゴン
（ナエ）
トオザトオザ（ト）ママンガン
ブヌン（ナ）ピシヤロマイス、
マカンシヤープ（ナーエ）
マイシ、マシゾワプ、マシヨン
ノック、ブンゴーパイシ
ルシヤ、タオ、パット、ヒン
マ、ノオム、アンコスン、ミン
ピシタツカル、ママンガンブヌ
ン
ブンゴラプース（ト）マシハル
カウヌンコ（ハイ）ネーシツブ
ゴール（ナツパ）
シヤタ、マナンボーカウスン、

shatomamanganishan(na)nanohaiza,
mihomisanmuranhaidagon(nae)
touzatouza(to)mamanganbunun(na)pisha
romaisu,makanshiyaapu(naae)
maishi,mashizowapu,mashonnokku,bun
goupaishi
rusha,tao,patto,hinma,noumu,ankosun,
minpishitakkaru,mamangambunun
bungorapusu(to)mashiharukaununko
(hai)neeshibbugouru(nappa)
shata,mananboukausun,iburun,mihomi
shihaidangoborabuusu(maisu)
inahai,bainahai,musanraaka,munshou

イブルン、ミホミシハイダンゴ
ボラブース（マイス）
イナハイ、バイナハイ、ムサン
ラーカ、ムンシヨー
※
行かふ行かふ、行かないか、首狩りに
勇敢な祖先の血を享けた
吾等の身體に若い血潮が火と燃える
吾等はいつもの子供あつかひを怨む
成人の證據に勇士の誇りとして、愛人への土産に
俺も行くから君も行け
異種族の首狩用意は出來た
刀も磨き鐵砲も丸を籠め終つた
群る敵も何恐れよう
吾等の身體に祖先の勇敢な血潮が躍つて居る
天晴勇士の手並を見せて
恨み重なる仇敵の首を二つ三つ四つ五つ六つ
提げて勇士と誇らうよ
首酒の味を忘れぬだらう
あの美味しい生血滴る酒を

※
走吧走吧，你不去嗎？去獵人頭
繼承祖先勇敢的血
我們體內年輕的熱血如火般燃燒
我們不願永遠被當作孩子
作為成人證據的勇士的自豪、作為給愛人的禮物
我也去、你也去吧
已經準備好去獵異族的人頭了
刀磨好了、槍也裝上了子彈，成群的敵人有何可畏
我們體內祖先勇敢的熱血在躍動
讓我看看了不起的勇士本領吧
割下二三四五六個不共戴天的仇敵的人頭
提起來，以勇士為傲吧
無法忘懷那人頭之酒的滋味吧
——那美味的鮮血滴成的酒
走吧、走吧、我也去、你也去吧

行け、行かふ、俺も行くぞお前
も行け[81]

　　這首詩出現在後藤大治的（準）個人詩集中，至少有以下兩個特殊的意義：第一，在一本日本近代詩集裡，出現了整篇以非日語的語音書寫的詩作。恐怕這首詩發表在《日本詩人》時，通篇片假名的陌生語音也令日本讀者疑惑吧。但是，就詩話會派強調鄉土特色、日常語言的原則之下，同樣是「日本臣民」的台灣原住民以自己的語言來歌唱，難道不是最具鄉土特色的表現嗎？（然而為了讓此「日常」收編入「日本」當中，仍不得不使用日語片假名來表記、並附上日文翻譯。）第二，這首詩的敘述者為原住民，內容是在歌頌「出草」。出草原應是總督府當局最為忌憚、在台日人避之唯恐不及的恐怖行為，這首詩卻記錄了從原住民角度出發的觀點，稱頌出草的勇敢與榮耀。從1920年曾發生薩拉馬奧蕃蜂起事件（佐藤春夫在1925年《改造》雜誌發表的小說〈霧社〉也曾經提及）的背景來看，或許可以看作是某種對時局的反映。尤其詩中「已經準備好去獵異族的人頭了」一語，由身為「異族」的後藤大治來記錄、翻譯並發表更顯得耐人尋味。

　　此處的「原住民」究竟是指何族？該詩最初發表於《日本詩人》的說明為「新高山附近的蕃人之歌」[82]。新高山即今玉山，地理分布上多為布農族、山腳一帶則有鄒族。觀察詩中所記錄的族語語音，「走吧」記為「イナハイ（inahai）」、「獵人頭」記為「ムンマカバシ（munmakabasi）」。根據「原住民族語言線上辭典」的「跨族語檢索」，

81　後藤大治，〈生蕃の歌〉，《日本詩人》，第6卷第6期（1926年6月），頁79；後藤大治，〈紀行詩　臺灣週航　14蕃山の詩〉，《臺灣日日新報》，1927年4月29日。因筆者不諳原住民族語，此處是從日文翻譯成中文，為二次翻譯。底線為原文所加。
82　後藤大治，〈生蕃の歌〉，《日本詩人》第6卷第6期（1926年6月），頁77。

布農族的「走吧」發音為「ina」（若在句子裡即發音為「inahai」）[83]、「獵人頭」發音為「makavas」[84]，在各族語中最為接近後藤大治所記錄的語音，故幾乎可確定為布農族語。〈出草之歌（獵首之歌）〉的第一部分，不惜篇幅展示由片假名所記錄的族語語音，呈現出作者對再現真正「日常的語言」的重視。而第二部分，與其說是布農族歌曲的日文「翻譯」，不如說是運用日文口語自由詩形式對布農族歌曲的「再創作」。該詩以淺顯易懂的日文，記錄「走吧走吧」「我也去、你也去吧」等口語的反覆呼喚，並表現「體內年輕的熱血如火般燃燒」這樣由身體出發的直接的感情。不僅完全擺脫了之前《倚著亞字欄》中仍然帶有的日本傳統韻文的節奏與韻律，亦不再見到「吾」、「妾」、「艷然」、「恨然」等古雅的用語。更藉由翻譯讓敘述者化身為看似在地人的感情主體（不論「你」「我」，都是以出草為傲的布農族人），不再如〈原野的詩人〉那樣存在著外來者與在地者、內地人與本島人、近代與原始之間的隔閡。由此可知，後藤大治透過對於布農族歌曲的記錄與翻譯，結合詩話會派「日常的語言」與「感情的直接性」的主張，更進一步地完成了在其認知中具有台灣鄉土色彩的口語自由詩。

　　這裡必須進一步釐清的是，上述看似田野調查般的記錄與翻譯行為，事實上牽涉到讀者完全無法得知的：後藤大治造訪部落時究竟是何種情況、通譯者的身分為何、是否存在誤譯的可能、後藤在採集材料後如何挑選、翻譯並重新修飾與編輯時是否存在著誤讀或超譯等等問題。故最後發表的作品或許由日本讀者看起來是「具有台灣鄉土色

---

83 財團法人原住民族語言研究發展基金會，「ina」辭條，《原住民族語言線上辭典》（來源：https://e-dictionary.ilrdf.org.tw/search/terms/285536.htm，最後查閱時間：2022年8月15日）。

84 財團法人原住民族語言研究發展基金會，「makavas」辭條，《原住民族語言線上辭典》（來源：https://e-dictionary.ilrdf.org.tw/search/terms/289051.htm，最後查閱時間：2022年8月15日）。

彩的口語自由詩」，但對於當時的台灣讀者（還應分為原住民與非原住民的角度）而言是否是真正反映了「日常的語言」與「感情的直接性」的作品則不得而知。

（三）第三期（1924-1926）：《月下的胡弓》‧神祕主義時期

到第二期為止，後藤大治可以說已經確立了台灣日文口語自由詩的語言。此時，誠如本章第一節所述，口語自由詩在台灣蔚為流行。不僅詩作在報刊上大量刊登、詩社和詩刊紛紛成立；內容上也可看到多元的寫作形式與主題各自發展，外來的各種新手法與思潮進入台灣。在這樣的風潮中後藤大治進入其創作的第三期。在這一期中，可以看到他不再如前兩期重視鄉土語言在口語自由詩中的效果與表現，轉而發展其他面向。在1922年後藤早期的詩論中，他提到「靈魂是詩的本質」、「詩魂是發自內心的內容，雖然表現為形式，但再度歸結的結果又會回歸為唯一的詩魂」[85]；到了1924年，他進而提到「不述說不行動不思考，只是吟味只是感受，在我內心深處的一角，物的究極的神祕在哀傷地運作著」[86]；「在醞釀我人生觀的血達到高潮時，我一定要寫詩、不寫詩是無法平靜的。那是一種必然性。與因為完全必然的神祕所以我正在呼吸這件事沒有什麼不同。」[87]可以看到，此時他開始在詩論中發展「神祕」的概念，1926年他更自承其詩觀「或許可

---

[85] 原文：「魂が詩の本質である」；「詩魂は心的には內容となり、現れては形式となるものであるけれども又歸結の果ては再び詩魂の只一に歸するものである」。後藤大治，〈若き詩人の群へ〉，《臺南新報》，1922年8月28日，第4版。

[86] 原文：「語らず行はず考えずしてただ味はひただ感じる私心の奧底の一隅には物の究極的の神祕が悲しく働いてゐるのです」。後藤大治，〈詩と人生〉，《臺灣遞信協會雜誌》第59期（1924年8月），頁31。

[87] 原文：「私の人生觀を溫める血が高潮する時私は必ず詩をつくらなければどうしてもやまぬのです。それは必然性です。全く必然の神祕で私が呼吸してゐるのと何の變りはないのです。」同前註，頁33。

以說是世間所謂的神祕主義吧」[88]。

另一方面，後藤大治對於此時詩壇的各種新流行思潮有著強烈的意識（或者可以說是不適）。他在長詩〈青鳥的棲息〉（青い鳥の棲む）的自述中提到：「這一篇不是 do.do.do 派也不是 mavo 派，並非●●感覺藝術禮讚的達達主義和構成主義，我現在生理上無法接受。這一篇是我為了冷卻因分離而燃燒的追慕熱情，試著在詩中採用梅特林克的表現樣式的第一次的習作。」[89]《do.do.do》（ド・ド・ド）和《mavo》（マボー）是1920年代以達達主義和構成主義為標榜的詩雜誌的名稱[90]。相較於這些最新的詩派，後藤大治更關心1908年以劇作《青鳥》聞名、1911年獲得諾貝爾文學獎、具有神祕主義傾向的象徵派詩人梅特林克[91]。在他發表《月下的胡弓》系列作品時，也自陳道：「在這個社會，從流行詩壇的風潮來考慮，只是集結這樣沉靜的詩並且發表，就功利的角度來看可能是不得要領的吧。因為事實上這些作品的確是貶義地接近古典的姿態。」[92]可以看到他以「古典」來定位自己此時朝向神祕主義的姿態。此時期後藤大治最具代表性的作品之一，為下面的〈鴉片吃人〉（阿片食人）一詩。此詩原名〈鴉片〉（阿片），曾

---

88 原文：「或は世に謂ふ神祕主義であつたのかも知れない。」後藤大治，〈第三回目の発表〉，《臺灣教育》第326期（1929月9日），頁81。
89 原文：「此の篇はド・ド・ド派でもマボー派でもない、●●感覺藝術禮讚ではないダダイズムと構成詩派は私の現在では生理的に出來ない。分れて燃ゆる追慕の熱を冷すためにメーテルリンクの表現樣式を詩にとり入れて見た私の第一回習作である。」後藤大治，〈青い鳥の棲む　「臺中」を懷ふ＝〉，《臺灣日日新報》，1925年9月25日，第6版。
90 參見黑川洋，〈ダダ詩誌『ド・ド・ド』と多田文三〉，《日本古書通信》第74卷第2期（2009年2月），頁5-7；〈マヴォ解題〉，現代詩誌総覧編集委員会編，《現代詩誌総覧1　前衛芸術のコスモロジー》（東京：日外アソシエーツ，1996年），頁470-471。
91 「メーテルリンク」辭條，《日本国語大辞典》（來源：https://japanknowledge.com/lib/display/?lid=2002041c4af3f55o8QQ1，最後查閱時間：2022年8月15日）。
92 後藤大治，〈第三回目の発表〉，《臺灣教育》第326期（1929月9日），頁81。

先後發表於《日本詩集》、《臺灣詩集》、《臺灣遞信協會雜誌》[93]，最後改名〈鴉片吃人〉發表於《臺灣教育》。是後藤大治重複發表最多次的詩，可說是他此時期的得意之作：

後藤大治「阿片食人」　　　　　後藤大治〈鴉片吃人〉

窓の光線を全くふさいで　　　　堵住窗戶所有的光線
奇異な木彫がじつとりと　　　　奇異的木雕汗涔涔地
支那製の筵上に橫臥する　　　　橫躺在支那製的筵床上
眼をつぶる。　　　　　　　　　閉著眼。

眠むさうで木彫の顏は　　　　　看似酣睡的木雕的臉
橫笛の樣な吸管をふくんで　　　含著橫笛一般的吸管
玩具の樣なランプから　　　　　從玩具一般的煙燈
ふしぎに着色された空氣を吸　　吸入不可思議的染色空氣。
ふ。

彼は黃色い化石である　　　　　他是黃色的化石
美しい夢と幻の陶醉を從へ　　　跟隨著美麗的夢與幻的陶醉
昏睡へのぬる／＼した傾斜面を　向著昏睡那黏呼呼的傾斜面滑去
すべる　　　　　　　　　　　　時代遺留下來的木雕化石。
時代の、こした木彫の化石で
ある

紫の空氣がゆら／＼ゆれて　　　紫色的空氣飄忽搖曳
深閑と魂が室から立ち去ると　　深居的靈魂從室內離去

---

93 詳見本書附錄一。

木彫の顔は青々と化石したよ　　　木雕的臉青綠地化成石頭
幾萬年も川底の水ごけにひた　　　就像幾萬年都浸泡在河底苔蘚
つた石の樣に。　　　　　　　　　裡的石頭一般。

　　アペヌヂヤラン　　　　　　　　a penu jaran
ア、阿片食人　　　　　　　　　　啊，鴉片吃人
豪者[94]なるくらやみの禮讚者　　豪奢黑暗的禮讚者
沉默と虛無の擁護者よ。　　　　　沉默與虛無的擁護者啊。

室の空氣はチン／＼と落ちて　　　室內的空氣沉沉落下
不思議な木彫はついにコックリ　　不可思議的木雕終於打起瞌睡
支那製の筵の上に化石する。[95]　在支那製的筵床上化成石頭。

這首詩描寫吸食鴉片者的頹廢姿態。透過各種稀奇的比喻（木雕或化石一般的人、橫笛一般的吸管、玩具一般的煙燈）以及異國的物件（中國製的筵床、吸食鴉片用的吸管與煙燈、以片假名標示台語發音的「鴉片吃人」），營造出「奇異」、「美麗」與「不可思議」的氛圍，表現出濃厚的異國情調。這樣的描寫令人聯想到「世紀末」的藝術思潮。該思潮被認為與頹廢派（decadence）、神祕主義、劣根性（snobbism）、末世論等思想有關，在法國以藍波、馬拉美、魏爾倫等象徵派詩人為代表，常見的主題有將美的至上視為絕對的世界觀、作為反布爾喬雅、反文明論的表現的異國趣味，尤其是東方主義等[96]。這股思潮傳到日本，被視為集大成者為北原白秋1909年的詩集《邪宗門》：「〔北原白秋〕透過《海潮音》受到法國世紀末思潮的影響，開

---

94 原文「豪者」，推測為「豪奢」之誤。
95 後藤大治，〈阿片食人〉，《臺灣教育》第328期（1929年11月），頁121-122。
96 龜山郁夫，「世紀末」辭條，《世界文學大事典》（來源：https://japanknowledge.com/lib/display/?lid=52310h0014956，最後查閱時間：2022年8月15日）。

創強調都市頹廢面的感覺的、官能的象徵詩體，四十二年三月，出版處女詩集《邪宗門》而受到詩壇的注目。」[97]該詩集從第一首詩〈邪宗門秘曲〉開始，就以各種奇詭的漢字羅列許多異國珍奇事物，表現了被稱作「南蠻趣味」的異國情調[98]。坪井秀人認為北原白秋對日本南蠻文化所投注的視線為一種「東方主義的自我內化」[99]，而在帝國殖民的擴張以後，則將這種視線投向外地，直到外地的異質性（在幻想中）充分被日本同化以後才能夠加以洗滌[100]。後藤大治的〈鴉片吃人〉這首詩確實充分展現了這種東方主義的視線，以濃豔的筆墨刻畫出一個鮮明的他者。「鴉片吃人」雖採用台語標音，但不再如〈原野的詩人〉那般具有融合主體與他者的效果，而是使他者更加地異國情調化。

可是這首詩卻又不是只具有異國情調的趣味而已。詩中確實建構了一種象徵詩的傳統中常見的空間感。佐藤伸宏提到北原白秋在1907年之後開始創作許多以「室」為設定的詩作，並舉《邪宗門》中的〈邪惡的窗戶〉（悪の窓）、〈謀叛〉、〈室內庭園〉等作品為例，與梅特林克的名詩〈溫室〉相互對照，探討詩中的「室」所表現的內外關係。這樣的內外關係從法國象徵詩到日本象徵詩，從日本的蒲原有明到北原白秋，產生了種種轉變[101]。上面的這首〈鴉片吃人〉同樣也呈

97　河村政敏，「北原白秋」辭條，《国史大辞典》（來源：https://japanknowledge.com/lib/display/?lid=30010zz131410，最後查閱時間：2022年8月15日）。

98　北原白秋，〈邪宗門秘曲〉，《邪宗門》（東京：易風社，1909年；東京：日本近代文学館復刻，1984年），頁1-3。

99　坪井秀人著，吳佩珍譯，〈作為表象的殖民地〉，吳佩珍主編，《中心到邊陲的重軌與分軌：日本帝國與臺灣文學・文化研究》（中）（台北：國立臺灣大學出版中心，2012年），頁175。

100　詳見坪井秀人著，吳佩珍譯，〈作為表象的殖民地〉一文。

101　詳見佐藤伸宏，〈象徵詩的轉回──北原白秋『邪宗門』論〉，《日本近代象徵詩の研究》（東京：翰林書房，2005年），頁315-352。

現了「室」的設定。第一句「堵住窗戶所有的光線」，可以看到這裡的「室」雖然有與連結內外的窗戶，但光線是被堵住的，暗示內面與外界的遮蔽與隔離。可是，透過「鴉片」這個頹廢而充滿東方主義情調的媒介——「深居的靈魂從室內離去」——即使不需透過窗戶或門，靈魂仍然能從這個密閉空間中離開。於是房間裡只剩下沒有生命的木雕化石，原本染色的、華麗的空氣也沉沉落下。面對室內失去靈魂的「黑暗、沉默與虛無」，詩中的「他」仍然抱持「禮讚」與「擁護」的態度。如果誠如後藤大治自言，這首詩是在呈現他自己的「人生觀」或「發自內心的內容」的話，或許可以做出以下的假設：這首詩也許是在暗示此時詩壇受到現代主義詩與普羅詩等新興風潮襲捲的背景下，後藤大治卻仍復古地去擁護19世紀末、20世紀初所流行的神祕主義時的內心狀態。同時懷著「時代遺留下來的木雕化石」的自嘲與「豪奢黑暗的禮讚者／沉默與虛無的擁護者啊」的自負，後藤大治或許確實如自己所言是「貶義地接近古典的姿態」吧[102]。

五、小結

透過史料的調查與分析，本章達到了以下結論：一、1920年代日本的詩話會機關雜誌《日本詩人》成員重視口語自由詩的「日常的語言」與「感情的直接性」，進而開始關心東京以外的地方文壇，台灣即為他們所關心的「地方」之一。二、1920年代後藤大治在台灣創立詩社與詩刊，以創造台灣優秀的藝術與集結台灣所有詩人為目標，同時也積極與日本中央詩壇建立關係，於是順利將自己推上了《日本詩人》的版面。三、登上《日本詩人》以後，後藤大治以發揚地方詩壇

---

[102] 後藤大治，〈第三回目の発表〉，《臺灣教育》第326期（1929年9月），頁81。

為目標，順利讓口語自由詩在台灣蓬勃發展；同時他也引入詩話會的經營模式，謀求台灣詩壇的大同團結，然而成果倏忽即逝。四、在後藤大治的詩語從日文古語與音數律逐漸轉變為日文口語自由的形式同時，他也在詩中融入台灣意象，並將台語與原住民語入詩，一步步深入發掘在地風物與語言，結合「日常的語言」與「感情的直接性」的理念完成了具有台灣鄉土色彩的口語自由詩。在創作生涯的晚期，他轉為異國情調的象徵詩經營，成為自認「古典」、逆於詩壇流行的神祕主義者。

第二章
1920年代台灣「新」詩人：
王宗英的日文口語自由詩之路[*]

一、前言

　　一般認為，日本近代詩完成口語自由詩的普及化，最重要的推手是大正期最大的詩人團體「詩話會」及其機關雜誌《日本詩人》[1]。但幾乎沒有被注意到的事實是，日本當時的殖民地台灣也參與了這個口語自由詩普及化的過程。1924年6月，《日本詩人》第4卷第6期「新詩人號」舉辦公開徵稿，在2721篇來稿中選出97篇刊登、4篇入選。在這些「新詩人」當中，有兩位來自台灣：一位是以〈五官醉賦〉（五官醉の賦）榮獲入選的後藤大治[2]、另一位是以〈早晨〉（朝）獲得刊登的王宗英[3]。前者已知為在台灣出版詩集《倚著亞字欄》（亞字欄に

---

[*] 本章初稿發表於《台灣文學研究學報》第30期（2020年04月），頁95-140。另，本章內容為執行科技部補助博士生赴國外研究「大正期日本近代詩與台灣初期新詩之關係探討：從詩話會到民眾詩派（1917-1926）」（107-2917-I-004-002）之部分研究成果。初步構想曾於2018年筆者訪日期間於一橋大學洪瑟郁老師演習課堂上提出，獲得老師同儕們珍貴意見。草稿並曾於2019年12月7日政大台文所主辦之「台灣文學與東亞工作坊」宣讀，得到評論人山口守老師諸多寶貴意見。另外，承蒙《台灣文學研究學報》匿名審查人提出詳細且深具啟發性的修改建議。上述先進們所給予的指教致使本章內容更臻豐富完整。在此致上謝忱。

[1] 詳見勝原晴希編，《『日本詩人』と大正詩：〈口語共同体〉の誕生》（東京：森話社，2006年7月）。關於「詩話會」及《日本詩人》的成立經過，參考本書第一章第二節。

[2] 後藤大治，〈五官醉の賦〉，《日本詩人》第4卷第6期（1924年6月），頁5-10。

[3] 王宗英，〈朝〉，同前註，頁57。

倚りて）的在台□人，後者則是一直以來名不見經傳的台灣詩人。

根據本書第一章的調查，後藤大治曾與詩話會成員兼《日本詩人》編輯委員佐藤惣之助積極往來，並在台灣先後創辦《巴別之詩》（バベルの詩）、《熱帶詩人》、《戎克船》、《新熱帶詩風》等詩刊，更仿照詩話會年刊《日本詩集》，在台灣創辦了年刊《臺灣詩集》，可謂日文自由口語詩在台灣普及化最重要的推動者[4]。而王宗英則是從《熱帶詩人》時代即加入後藤大治的隊伍，孜孜矻矻創作日文口語自由詩的唯一一位台灣人。1923年1月至1928年1月，王宗英總共發表了74首詩[5]，比起1924年4月發表〈詩的模仿〉（詩の真似する）、過去被認為是台灣第一位寫出日文新詩的追風（謝春木）還要早慧及多產得多[6]。可以說，王宗英是隨著日本詩話會在台灣的勢力所崛起，並且是唯一一位早在1920年代即在作為日本中央詩壇代表的《日本詩人》雜誌登場的台灣人。

然而，自王宗英於1928年淡出台灣詩壇以後，這個名字便幾乎不為人所知，也未曾在台灣文學史上留下絲毫紀錄。為了彌補此文學史的缺漏、也為了探究1920年代台灣日文口語自由詩的另一個屬於「本島人」的視角，本章將從以下兩方面來爬梳王宗英的詩路歷程：一是調查王宗英其人，考察他是如何以台灣人身分投入日本口語自由詩的

---

4 關於後藤大治的詳細事蹟，參考本書第一章。
5 參見附錄二「王宗英作品列表」。其中66首為可確認內容者，8首僅存篇目。以相同內容重複發表者不計入內。
6 追風為台灣史上第一位日文新詩創作者是長年以來的文學史共識。但根據近年最新的研究，目前所知最早以台灣人身分發表的日文新詩為張耀堂於1922年8月發表的〈臺灣に居住する人々に（致居住在台灣的人們）〉一詩。張耀堂除了留日時期跟日本詩人生田春月有所往來之外，回台以後跟台灣詩壇的連結不多（不論是以日本人為中心的日文口語自由詩詩壇、或者是以台灣人為中心的中文白話詩詩壇）。詳見張詩勤，《台灣日文新詩的誕生——以《臺灣日日新報》、《臺灣教育》為中心（1895-1926）》（台北：花木蘭出版社，2016年3月）。

創作、透過何種因緣加入後藤大治的詩團體,並取得在中央詩壇登場的機會;二是觀察王宗英的詩作,探討他如何承襲並突破詩話會乃至於後藤大治的詩觀,運用詩話會所推崇的口語自由詩形式寫出有別於日本詩人、也有別於在台日人的作品。

綜上所述,本章標題「1920年代台灣『新』詩人」的「新」最少有三種意義:一為1920年代出現在台灣詩壇的「新」日文詩人,二為1920年代出現在日本詩壇的「新」台灣詩人,三則是首次出現在日治時期台灣文學研究視界的「新」詩人。除此之外,王宗英在其作品中是否展現了日文口語自由詩的語言之「新」、形式之「新」或內容之「新」,也是本章所欲探討的要點。本章將先介紹王宗英目前可知的生平情報,接著說明他結識在台日本詩人並一步步進入台灣詩壇核心、乃至登上日本中央詩壇的過程,最後舉出若干詩作觀察並分析其作品的語言、形式與內容。

二、關於王宗英

(一) 王宗英生平

出現在《日本詩人》上的「王宗英」雖看似台灣人姓名,但透過以下的調查過程,方能真正確定其身分。王宗英於1924年8月《臺灣遞信協會雜誌》中為文自述:「我的本名是王來法。再詳細點說的話,我是臺中郵便局的通信事務員。月薪為?。這個嘛,月薪就讓我保密吧。想知道的話就去看台灣官吏的職員錄吧。」[7]循線查詢《臺灣總督府職員錄》,可以找到「王來法」於1920至1927年共八年份的職員資料,職稱皆為「臺中郵便局通信事務員」。1920年份標記「月

---

7 王宗英,〈清談〉,《臺灣遞信協會雜誌》,第59期(1924年8月),頁106。

一六」、「本島人」,可知其身分確實為本島人,當年月薪十六圓。1921年份標記「臺中」,則可更進一步瞭解其出身地為台中。根據上述資料,調查各資料庫並且綜合多篇文章內容,可整理出以下情報:

王宗英,本名王來法,1902年生於台中[8]。1920年8月至1927年於臺中郵便局擔任通信事務員[9]。他曾於1927年自言:「我已在郵局工作並受各方照顧十年有餘了,本島人不用說,連內地人也相當熟悉地接近與來往。我在鄉下分局的時候,跟民眾並沒有頻繁的言語交流,但自從來到臺中郵便局以後,已有好幾次被上司警告。」[10]可知在臺中郵便局工作以前,他已經在「鄉下分局」工作過幾年,惟當時的資料沒有登錄在職員錄。倘若在1917年以前王宗英即進入郵局工作,可以推論他在公學校畢業後便直接就職。直至1927年為止,王宗英的職位一直停留在「通信事務員」,經濟狀況似乎並不寬裕[11]。1928年1月6

---

8 王宗英在1926年的文章中提到:「今年是虎年,這是大家都知道的事。虎年生的我是第二次遇到太歲年。如果說『人生五十』的話我現在剛好到達半路了。」該年王宗英24歲、生肖為虎,由此可知生年為1902年。王來法,〈真實へ〉,《臺灣遞信協會雜誌》第72期(1926年2月),頁52。
9 中央研究院臺灣史研究所,「臺灣總督府職員錄系統」(來源:https://who.ith.sinica.edu.tw/search2result.html?h=m3Xuufhin6K7pMYZUCLctggkjih%2BnB79DGsfzGb7TPnokrUriRi9Zc4WB8Wo%2BpSI,最後查閱時間:2019年10月31日)。
10 王來法,〈窗口勤務者の言葉〉,《我等と通信》第2期(1927年6月),頁21。
11 王宗英在《臺灣遞信協會雜誌》表明自己與王來法是同一人物時,他預期別人的反應是:「啊?常用王宗英這個名字在協會雜誌寫東西的就是你嗎?王宗英這個名字總覺得有種親切感,什麼,你就是王來法這個人嗎?」而他的回答則是「確實,我就是事務員如此下級的人」(王宗英,〈清談〉,《臺灣遞信協會雜誌》,第59期(1924年8月),頁106。原文:「はは、王宗英としてよく協會雜誌でなにか書くのが君か、王宗英と云ふならなにか親しみのあるやうな感じてもするが、なに君が王來法と云ふ人か」;「なるほど私は事務員の極く下級な人だ」)可知能夠在《臺灣遞信協會雜誌》發表文學作品,在一般人的想像中不會是像王宗英這樣的基層事務員。這篇文章寫作的1924年,王宗英的月薪是四十七圓。下文將提到的三位日本友人:安田黑潮在調職前已是「通信書記」(王宗英在文章中稱為「課長」),月薪

日，王宗英為轉職警察，以巡查教習生身分進入臺中州巡查教習所[12]。同年如願進入追分警察官吏派出所擔任巡查[13]，其後轉任勞水坑警察官吏派出所[14]、竹山郡役所等[15]；1932年11月20日由臺中州竹山郡司法通譯轉任臺中州彰化郡刑事[16]；1937年12月2日就任臺中州南投郡南投防衛團第三分團國語挺身隊隊長[17]。戰後，1946年被當局以「皇民奉公會實際工作者」列冊管理[18]。其後未詳。

一百圓；松村橇歌是「通信書記」，月薪五十二圓；岩佐清潮是「通信書記補」，月薪也是五十二圓。而此時擔任臺中女子公學校訓導的後藤大治月薪則是七十圓。相對而言，王宗英在郵局八年，月薪到最後也未超過五十圓。順帶一提，《熱帶詩人》的同人費為每月五十錢，《日本詩人》則是每本定價五十錢。對此時已經娶妻生子的王宗英來說應是某種程度上的負擔。事實上王宗英也在文章中寫道：「就算想買本書，沒有錢的話就買不了」「小孩一生出來，開銷又增加，因為工作率和消費率無法一致，又更加困擾了。」（王來法，〈真實へ〉，《臺灣遞信協會雜誌》第72期（1926年2月），頁52。原文：「書籍一冊買ふにしても金がなかつたら駄目だ。」「子供が出來ると費用も殖へて來て、働く率と消費の率とが一致しないので、其れ又困つたものだ。」）由此可知王宗英經濟狀況並不寬裕。誠如周知，日治時期台灣的日本人與台灣人的薪資存在著差別待遇，王宗英一直無法升遷、並且薪水增加幅度始終有限，在教育程度的因素之外，也可能正因其為殖民地人民的身分。

12 王來法，〈臺中州巡查教習生の入所所感〉，《臺灣警察協會雜誌》第129期（1928月3日），頁212。
13 臺中州編，《臺中州職員錄》〈台中：臺灣新聞社，1928年〉，頁83。
14 臺中州編，《臺中州職員錄》〈台中：臺灣新聞社，1931年〉，頁75。
15 臺中州編，《臺中州職員錄》〈台中：臺灣新聞社，1932年〉，頁75。
16 〈竹山郡警官大異動〉，《臺灣日日新報》，1932年11月20日，漢文版4版。
17 〈南投／宣誓式〉，《臺灣日日新報》，1937年12月7日，8版。
18 「台灣省台中縣曾任皇民奉公會實際工作者姓名調查表」，國家發展委員會檔案管理局／檔號：A301010000C/0036/0003/36/1/012／全宗名：內政部警政署／案名：皇民奉公／案由：茲送台中縣曾任皇民奉公會實際工作者姓名調查表一份／檔案產生日期：民國35年10月30日（來源：https://aa.archives.gov.tw/ELK/SearchDetailed?SystemID=MDAwMDM2ODA0OA==，最後查閱時間：2024年7月31日）。此資訊感謝國立臺灣大學歷史學系博士李鎧揚先生之指引。

（二）參加《熱帶詩人》：岩佐清潮的引介

王宗英極早便展現出其文學天賦，1919年即於報紙上發表兩首短歌：

春たけの雲ふところに　啼き入りて悲しや暮る夕ひばりかな[19]
（春深雲停處　啼聲悲切者　夕暮雲雀哉）[20]
夕近みわが住む庭の松の木に　鳴くは蟬ぞもすゞしかりけり[21]
（夕暮近余庭　松上聲聲鳴　蟬亦納涼矣）

與同時代大多數受漢文私塾教育、從漢詩開始創作生涯的台灣人不同，王宗英最初的創作是從日文短歌開始。從這兩首短歌可以看出他對於日文古語的掌握能力，以17歲非母語者的條件而言實屬少見。從署名「牛罵頭王來法」，可推測其此時工作地點、前述的「鄉下分局」可能指當時的牛罵頭郵便局（後來改名清水郵便局）。

1923年1月，王宗英於《熱帶詩人》發表第一首口語自由詩，隨後亦在《臺灣遞信協會雜誌》和《臺南新報》發表詩與隨筆。在此時期的隨筆中，他提到：「我因遺憾於自己長久以來淺學無才，所以想在職務之餘盡可能地自學用功」；「從這陣子開始，因為對詩有了更深一層的興趣，所以成為了某詩人雜誌的成員。但只是名義上的成員、盡發表一些劣作罷了。」[22]文中提到的「某詩人雜誌」應該就是後藤

---

19 牛罵頭王來法，〈朱甕歌壇『楚石選』〉，《臺灣日日新報》，1919年4月16日，3版。
20 原文短歌為「五七五七七」形式，但譯為中文時字數減少，為保留定型形式，此處筆者譯為每句五字。
21 牛罵頭王來法，〈朱甕歌壇『楚石選』〉，《臺灣日日新報》，1919年7月19日，3版。
22 王來法，〈古き手帳より〉，《臺灣遞信協會雜誌》，第46期（1923年5月），頁72-73。
　原文：「余は自ら多年の淺學無才を殘念し職務の傍に少しでも獨學して勉強した

大治主編的《熱帶詩人》。問題是，王宗英是如何成為《熱帶詩人》的成員的？這可以從另一篇隨筆內容找到線索：在某次「遞信協會投稿者的懇話會」會後，王宗英和「安田黑潮」、「岩佐君」、「松村君」一同於歸途散步聊天，安田黑潮勉勵他：「王君，好好努力吧！我想要讓文藝欄更熱鬧一點。現在的情況太冷清了。」[23]。除了安田黑潮之外，推測其他兩人的全名為岩佐清潮和松村橇歌。其根據是，安田黑潮、岩佐清潮、松村橇歌三人都曾於後藤大治創辦的詩歌雜誌中發表過詩作，同時也都是在郵局工作、《臺灣遞信協會雜誌》的投稿者。這三人的背景簡述如下：

> 安田黑潮：本名安田仙八[24]，出身熊本，1907-1921年任職於臺南郵便局，1922年轉任遞信局（後改為交通局遞信部），1932年開始陸續轉調花蓮、新竹、宜蘭、南投等郵局，1940年以後不詳。[25]
> 岩佐清潮：本名岩佐清，出身香川，1919-1926年任職於臺中郵便局，1927年轉任交通局遞信部，1942年轉任淡水郵便局，1944年轉任彰化郵便局，其後不詳。[26]

い」；「此の間から一層詩に趣味を持つたから某詩人雜誌の同人となつたけど名ばかりの同人で駄作ばかり出してゐる。」

23 王宗英，〈健やかにして若き君よ〉，《臺灣遞信協會雜誌》第56期（1924年5月），頁91。原文：「王君、勉強して呉れ給へ、文藝欄をもう少し盛んにしたいものだ。今のところではなかなか寂びれてゐる。」

24 安田仙八的相關敘述可參見林進發編著，《臺灣官紳年鑑》（台北：民眾公論社，1934年），頁4。

25 中央研究院臺灣史研究所，「臺灣總督府職員錄系統」（來源：https://who.ith.sinica.edu.tw/search2result.html?h=lonCGNLGCzr8hgHPkVIHPO2mzbT68uADxoie9%2BCvD572nVsxJhTP0O0fsqgNRzqv，最後查閱時間：2019年10月31日）。

26 中央研究院臺灣史研究所，「臺灣總督府職員錄系統」（來源：https://who.ith.sinica.

> 松村橇歌：本名松村利治，出身鳥取，1919-1924年任職於新
> 　　　　　竹郵便局，1925年轉任交通局遞信部，1930年以後
> 　　　　　不詳。[27]

三個人中，雖安田黑潮曾在《巴別之詩》發表過作品，但在後來的雜誌皆未見其名，可知後來淡出後藤大治集團。而松村橇歌有在《巴別之詩》、《戎克船》和《臺灣詩集》寄稿。岩佐清潮則是唯一從頭到尾皆參與其中的成員（《巴別之詩》、《熱帶詩人》、《戎克船》、《新熱帶詩風》、《臺灣詩集》皆可見其名）。比對王宗英和岩佐清潮的職員錄資料，可以看到兩人從1921年即在臺中郵便局同單位共事（通信係→郵便課），一直到1927年岩佐清潮調職台北為止。圖2-1為1921年的《臺灣總督府職員錄》，可以在「通信手」看到「岩佐清」的名字、在「通信事務員」看到「王來法」的名字。或許王宗英會開始寫詩、並開始投稿《熱帶詩人》、《臺灣遞信協會雜誌》和《臺南新報》，乃是因為受到職場前輩岩佐清潮的鼓勵與引介也說不定[28]。兩人之間的關係亦可從在台沖繩詩人川平朝申日後的回憶文章中得到印證：

> 王來法兄，在台中的時候將岩佐兄當作前輩互相勉勵。當然是
> 我的大前輩。昭和二年他不再作詩轉職警察，在那之後完全地
> 銷聲匿跡，只有熱情還相當豐富。我覺得他是在告訴我們，對
> 他而言既無詩壇也無階級，自然本身的延展之處、詩奔放的原

---

　　edu.tw/search2result.html?h=CGzl%2FaLNZqSaQUoG7dum1Dfv8FUwMI%2FTX92N%2F3WbB8B7WgX%2B%2Feup1xAWTLQotFsm，最後查閱時間：2019年10月31日）。
27 中央研究院臺灣史研究所，「臺灣總督府職員錄系統」（來源：https://who.ith.sinica.edu.tw/search2result.html?h=Ys65yDPYA9p01g4M1BLJpAwgAZnMeNMN%2FC%2B%2BjISW%2FfmlTXyGYnXnG7xHFt4mhRdd，最後查閱時間：2019年10月31日）。
28 岩佐清潮於1922年開始即已在《臺灣遞信協會雜誌》和《臺南新報》發表詩作。

始姿態正是人應該嚴肅以對之處。[29]

根據職員錄資料，川平朝申是在1927年與王宗英共事。圖2-2為1927年的《臺灣總督府職員錄》，可以看到當年兩人同任「通信事務員」，王宗英的月薪為五〇圓，川平朝申則領日薪一・〇五圓，可見確實王宗英是川平朝申的「大前輩」。也可確認川平朝申何以得知王宗英和岩佐清潮之間的關係。

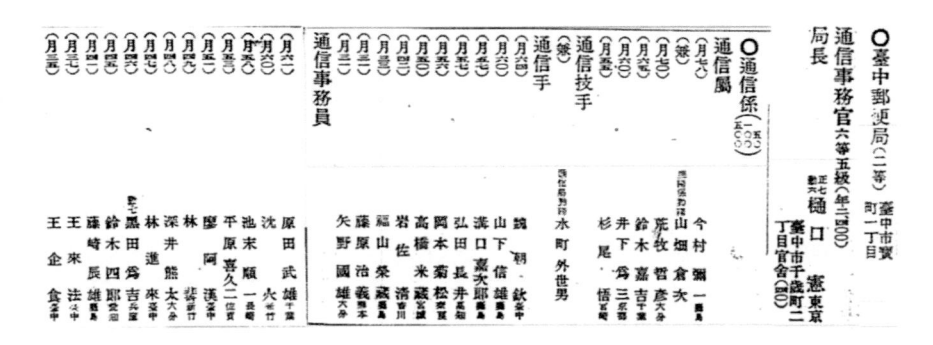

圖2-1　《臺灣總督府職員錄》上的岩佐清潮（岩佐清）與王宗英（王來法）[30]

---

29 川平朝申，〈思ひ出七人集〉，《臺法月報》第29卷第12期（1935年12月），頁101。原文：「王來法兄、臺中時代岩佐兄を先輩にお互ひ勵し合つた人である。勿論私の大先輩、昭和二年詩作を抛り投げて警察官に轉向、其の後すつかり鳴りを靜めて居るが熱情だけは豐富だとか、兄には詩壇もなければ階級もない自然のま、延びるがま、に詩はれた奔放なありのま、の姿こそ正しく人間の靜座すべき處を教へて居る樣な氣がする。」

30 中央研究院臺灣史研究所，「臺灣總督府職員錄系統」（來源：https://who.ith.sinica.edu.tw/search2result.html?h=m3Xuufhin6K7pMYZUCLctggkjih%2BnB79DGsfzGb7TPnokrUriRi9Zc4WB8Wo%2BpSI，最後查閱時間：2019年10月31日）。引用圖版為1921年版《臺灣總督府職員錄》，頁174-175。

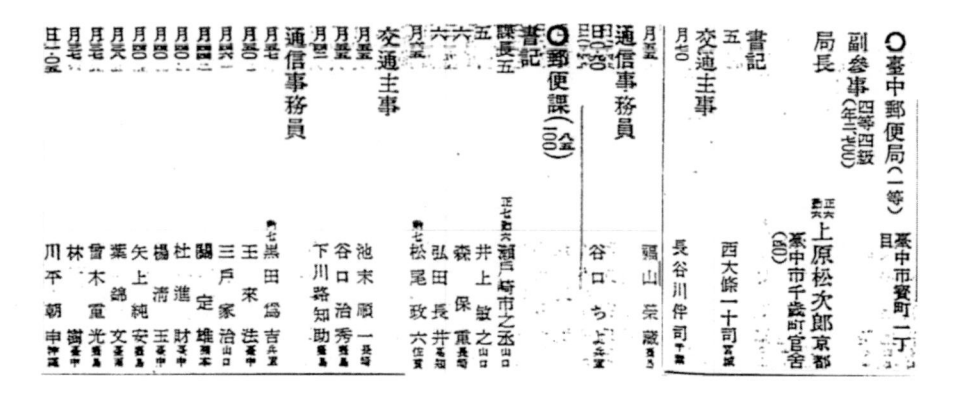

圖2-2　《臺灣總督府職員錄》上的王宗英（王來法）與川平朝申[31]

（三）登上《日本詩人》：後藤大治的提攜

1924年3月，後藤大治創辦了《戎克船》，王宗英也成為該誌成員，每期發表作品[32]。同年5月，王宗英發表了他屈指可數的詩論，分別為〈偶感偶言〉和〈文藝愛好者的話〉：

> 詩必須是心的流動，富有生命力、有血有肉、能夠呼吸。
> 最忌諱的是單純的字的排列。
> 詩不是製作出來的，而是自然完成的。思考如果太過詩意的時候也無法完成。
> 唯有憑任心情的流露才能夠寫出詩來。[33]

---

[31] 中央研究院臺灣史研究所，「臺灣總督府職員錄系統」（來源：https://who.ith.sinica.edu.tw/search2result.html?h=m3Xuufhin6K7pMYZUCLctggkjih%2BnB79DGsfzGb7TPnokrUriRi9Zc4WB8Wo%2BpSI，最後查閱時間：2019年10月31日）。引用圖版為1927年版《臺灣總督府職員錄》，頁144-145。

[32] 後藤大治，〈戎克船の詩工を評す（四）△王宗英君〉，《臺南新報》，1924年6月30日，6版。

[33] 王宗英，〈偶感偶言〉，《臺灣遞信協會雜誌》第56期（1924年5月），頁90。原文：「詩は心の流れで生命のある血の通つた息のするものでなくてはならぬ。單に字

不懂詩的 X 君說他喜歡我的詩。被不懂詩的 X 君稱讚寫得好或者喜歡的時候，我這麼想著：「這就像是寫了童謠給孩子讀，孩子說好有趣、好愉快，表現出很快樂的模樣一樣」。

真正的好詩，絕對是萬人看了都覺得好的作品。而萬人都能有所共鳴的詩，絕不是只給特別的人看的東西。

好像說得太魯莽了，但我相信，語言追根究底是想要將尚未充分表現的感情，盡可能赤裸裸地將感情的原貌表現出來。[34]

這樣的詩觀與1921年創刊的《日本詩人》所推廣的概念不謀而合。黑坂みちる指出《日本詩人》對詩的共通目標是「感情的直接性」與「日常的言語」[35]。前者以福田正夫與白鳥省吾的詩論為主，是「將在自己內部的『熱情』中直接的『自己全部的表現』當作詩的本質」[36]；後者則是白鳥省吾提到若要表現出上述的赤裸裸的感情，就必須要

の排列は一ばん禁物だ。詩は製作るものでなくて自然に出來るものだ。想があまりに詩的すぎる時も出來ない。只、心情の流露に任せるのみ詩が出來る。」

34 王宗英,〈文藝愛好者の言葉〉,《臺南新報》,1924年5月26日,6版。原文:「詩の知らぬX君が俺の詩を好きだと云つた詩の知らぬ君からいゝとか好きとか云はれた時私はかう考へた「童謠を作つて子供が面白いな、ゆくわいだなと喜ぶやうなことではないかと思つた」。ほんとうにいゝ詩は萬人が見て皆んないゝと思ふに違ひない、そして萬人が感銘するのである詩は決して特殊な人に讀んでもらふのではない。あまりぶつきら棒な言葉を列べ立てるな、併かし私は信ずる、言葉は所詮感情の充分を現はしてくれるのではないことを、出來るなら赤裸々な感情のまゝ、現はしたいものだ。」

35 黑坂みちる,〈『日本詩人』の活動:〈詩〉のありようと〈新詩人〉への目配り〉,勝原晴希編,《『日本詩人』と大正詩:〈口語共同體〉の誕生》(東京:森話社,2006年),頁103。

36 黑坂みちる,〈『日本詩人』の活動:〈詩〉のありようと〈新詩人〉への目配り〉,頁102。

「捨棄古老的修辭,尋求基於日常言語的表現」[37],可以看到將「感情的直接性」與「日常的言語」兩者結合起來的論述。王宗英強調詩必須赤裸裸地表達出感情,可以看到上述「感情的直接性」的特徵。另一方面,《日本詩人》編輯群懷有將這樣的「詩」滲透到廣大「民眾」當中的使命感[38]。而王宗英所說「真正的好詩,絕對是每個人看了都覺得好的作品」,跟民眾派認為可以將詩滲透到廣大民眾的想法相符。再者,從王宗英認為「詩必須是心的流動,富有生命力、有血有肉、能夠呼吸」,也可以看到大正期流行的「生命主義」的思想:「貫穿存在、毫無保留地發揮流動的普遍的『真正的生命』,便能夠成為文化的創造」[39],這樣的生命主義思想被指出與民眾派有著密切的關係[40]。

在〈文藝愛好者的話〉一文發表以後,《臺南新報》上出現了一篇對其詩論感到不以為然的反論:

> 「詩是萬人的東西」,但這句話必須要等到萬人的心境都向上發展到詩所表現出的境界時才能夠成立。在那之前我想果然還是可以斷言,詩是特別的人的東西。
> 王宗英君!你應該不會連這種程度的道理都不懂吧。如果不懂詩的 X 君稱讚你的詩是好詩,代表你的詩只能給予不懂詩的 X

---

[37] 黒坂みちる,〈『日本詩人』の活動:〈詩〉のありようと〈新詩人〉への目配り〉,頁102-103。

[38] 黒坂みちる,〈『日本詩人』の活動:〈詩〉のありようと〈新詩人〉への目配り〉,頁103。

[39] 鈴木貞美,〈「大正生命主義」とは何か〉,鈴木貞美編,《大正生命主義と現代》,(東京:河出書房新社,1995年),頁2-17。

[40] 參見藤本寿彦〈大正生命主義と〈農〉のイメージ〉和大和田茂〈民眾芸術論と生命主義〉二文。鈴木貞美編,《大正生命主義と現代》,(東京:河出書房新社,1995年)。

君這種程度的頭腦感動而已。但也可以善意地解釋為X君的心境已經發展到能理解你的詩的境界了吧。[41]

這篇充滿輕蔑的文章刊出後,王宗英立刻為文反擊:

我所說的萬人並不是指連文字都不懂的動物。你應該不會連什麼是「藝術的普遍化」都不知道吧。藝術如果一直都只在特別的人擁有的境界中流通的話,藝術家終究也不需要這麼努力了不是嗎。比如說,即使讓下等動物讀詩,牠們也不會感動和理解吧。我所說的萬人、或者不懂詩的X君,這個萬人至少是解釋為一般世人,而不是像你這種斷言詩是特別的人的東西的笨蛋。[42]

可以看到在1924年這個時間點,王宗英和上清哉兩人各自所抱持的詩

---

[41] 上清哉,〈安價な詩論家〉,《臺南新報》,1924年6月9日,6版。原文:「『詩は萬人のものである』しかし乍らこの言葉も、萬人の心境がその詩の表現が持つ境地にまで向上發展したとき初めて首肯できるものであつて、それまで矢張り詩は特殊人のものであると斷言していゝと思ふ。王宗英君!君もこれ程の理の解らぬ筈はなし、詩を知らぬX君が君の詩をいゝとほめたとすれば 君の詩は詩を知らぬX君位の頭にしか感激を與へぬものかまたは善意にX君が君の詩の持つ境地にまで發達した心境の持主であつたと解してもよからう。」

[42] 王宗英,〈大自然を凝視めて〉,《臺南新報》,1924年6月16日,6版。原文:「僕が云ふ萬人とは文字の知らない動物までを指してゐるのではない。藝術の普偏化と云ふことはまさか君には解らない事はないだらう。藝術が若し何時までも特殊な人のみ持つ境地にしか通じなかつたら、所詮藝術家がそんなに努力する必要がないではないか。例へば下等動物に詩を讀ませても決して感銘するとか知るとか云ふ筈はないでせう。僕が云ふ萬人とか詩の知らぬX君とかは、少なくとも萬人を一般世人を解釋して、矢張り詩は特殊人のものであると斷言した君のやうな莫迦ではない。」

觀／藝術觀。前者認為詩是屬於「萬人」的東西，後者則認為詩是屬於能夠達到詩所表現的某種境界的「特別的人」的東西。雖然此時尚未使用「民眾」或「大眾」這些既定詞彙，但是從王宗英主張「藝術的普遍化」的論述中，可以嗅到1928年開始的藝術大眾化論爭的煙硝味。王宗英比同時代其他人都早先察覺到藝術普遍化的風潮，應該可以說是受到《日本詩人》主張將詩滲透到民眾這樣的思想的影響吧。

在這場論爭持續的同時，1924年6月，《日本詩人》第4卷第6期「新詩人號」出版。在此之前，雖然同誌的 STS〈地方詩壇概觀〉一文已經介紹過後藤大治的詩集《倚著亞字欄》和詩刊《熱帶詩人》[43]，但並沒有刊登過台灣作者的詩作。而這次的「新詩人號」中，一舉選刊了兩位來自台灣的作者的詩：後藤大治的〈五官醉賦〉和王宗英的〈朝〉，〈五官醉賦〉更成為四篇入選的其中之一。不過，「新詩人號」的內容其實是被評審詩人們否定的：「大多數的詩都落於俗套，詩作感性很淺，一篇佳作也沒有」[44]；「最失望的事是，成堆劣作，連一篇讓我佩服的詩都沒有」[45]；〈五官醉賦〉也幾乎只得到劣評：「後藤大治君因為是已為人所知的詩人，所以沒有什麼差錯。但是已經失去之前的詩集《倚著亞字欄》中可以看到的純真。我希望他能多挖掘自己的個性」[46]；「後藤大治雖然已經有詩集了，但是這首詩變得饒舌又無聊，聽起來也很糟。總之是缺乏一貫的熱情」[47]。王宗英的詩則未受到評論。

既然所受評價如此之低，後藤大治和王宗英為何能夠獲得入選及

---

43 STS，〈地方詩壇概觀〉，《日本詩人》第4卷第1期（1924年1月），頁127-128。
44 萩原朔太郎，〈感想〉，《日本詩人》第4卷第6期（1924年6月），頁114。
45 千家元麿，〈選後の感想〉，《日本詩人》第4卷第6期（1924年6月），頁120。
46 福田正夫，〈個人評〉，《日本詩人》第4卷第6期（1924年6月），頁118-119。
47 勝承夫，〈批判と主張〉，《日本詩人》第4卷第8期（1924年8月），頁110。

刊登？本書第一章業已提及，《日本詩人》的編輯方針相當倚賴投稿者與選評者的人際關係。「新詩人號」的投稿方法，亦是投稿者自行選擇一位評審詩人並將詩稿寄給該名詩人[48]。而「新詩人號」的評審之一佐藤惣之助曾於1922年來台旅行，與後藤大治早已認識[49]。且從上述後藤大治〈五官醉賦〉的評論中可以看到，其他評審其實也都已讀過後藤大治的詩集《倚著亞字欄》。因此，王宗英能夠擠入刊登名單，有極大可能是由後藤大治鼓勵《熱帶詩人》與《戎克船》成員一起投稿，與後藤大治的詩稿一併送到佐藤惣之助手上之故。雖說如此，能夠在一群不為人知的殖民地詩人當中脫穎而出，仍屬不易。「新詩人號」出版以後，後藤大治寫了一篇王宗英的專論，文章中便寫道：

> 在中部小小開出的花，眼看就要在台中散發出香氣，那是現在正遠在內地綻放芳香的他——王宗英君，是在台灣出生的一人。他若只作為本島人諸君的都市或大腦而生，只擁有那樣的資格就很好了，但是他不止於此，還是我們夥伴中最努力的人，最近如虹的氣勢也屬第一。[50]

---

48 〈詩の投稿を募る〉，《日本詩人》第4卷第4期（1924年4月），廣告頁（無頁碼）。投稿規定的第二點中明記可選擇的詩人有以下六位：川路柳虹、白鳥省吾、千家元麿、萩原朔太郎、佐藤惣之助、福田正夫。

49 有關佐藤惣之助與後藤大治的交誼，參見本書第一章。年譜中提及他「在台中受到認識的詩友款待」（藤田三郎，《佐藤惣之助—詩とその展開—》（長野：木莵書館，1983），頁422。），推測該「詩友」為後藤大治的可能性不低。因為在這之後，不僅他開始在後藤大治發行的《熱帶詩人》持續發表詩作，後藤大治也開始在佐藤惣之助創辦的《嵐》上發表詩作。《佐藤惣之助—詩とその展開—》一書中也刊載了佐藤惣之助與後藤大治的合照。

50 後藤大治，〈戎克船の詩工を評す（四）△王宗英君〉，《臺南新報》，1924年6月30日，6版。原文：「中部に小さく咲き出た花がやがて臺中に香を上げ、それが遠く

所謂「正遠在內地綻放芳香」，指的應正是王宗英的詩作能夠登上日本內地詩壇主流雜誌的《日本詩人》一事。文中可以清楚地看到後藤大治對於王宗英的肯定——不論是作為本島人中的佼佼者，還是作為一名勤於寫詩的努力家。文中也提到後藤大治對於王宗英本人的印象：「他總是幾乎要忘記自己是本島人這件事，他總是在協會和聚會中笑著附和，而且他總是說『老是拘泥於那種芝麻小事，人要怎麼辦呢？』」[51]另一方面，後藤大治給予王宗英的詩如下的評價：

> 他的詩像是馬糞紙一般地僵硬而粗糙。
> 但是，他的生命所在之處並非如此，應該成為個性與生活的中心的，乃是具有現實性的直接的力量，是在實際生活上綻放出的雄蕊之力。[52]

「像馬糞紙僵硬而粗糙」實在不能算是正面的評價，似乎給人不知變通、未經修飾之感。可以說後藤大治對於王宗英的詩藝的評價不高，但肯定王宗英的人格以及勤奮。接著，後藤大治也提到了此前王宗英與上清哉的論戰：

內地にまで今や香はんとしてゐる彼れ王宗英君は、臺灣が生まんとしてゐる一人である」；「彼れが本島人諸君の都市として大腦として生れるだけの資格はそれだけでもいいのだが彼れは私達仲間の一番勉強家で最近すばらしく勢のいいのも第一である。」

51 後藤大治，〈戎克船の詩工を評す（四）△王宗英君〉。原文：「彼れは本島人と言ふことを忘れかけてゐる、彼れは協會も會も笑ひに附してゐる、そして彼れは『そんなせゝこましい小さい事で人間がどうしますか』と言つてゐる。」

52 後藤大治，〈戎克船の詩工を評す（四）△王宗英君〉。原文：「彼れの詩は馬糞紙の樣に硬張つてがさついてゐる。しかし彼れの生命とする處はそんなのではなくして性格と生活かうの中心となるべきものは現實的で直接的な力である、實生活の上に咲き出た雄蕊の力である。」

在這之前,他說好詩是能被萬人所理解的詩,似乎收到了嚴苛的惡評。這些也是表現他具有現實性的見解的證據。給予惡評的人也是有其道理。總而言之是彼此的立場相異。評論者是尊崇為藝術而藝術的境界,而王君則是著眼在為人生而藝術。[53]

從這段話可以看到後藤大治似乎認為上清哉與王宗英之間只是「為藝術而藝術」和「為人生而藝術」的立場不同罷了。雖然在這之後,後藤大治曾在詩論中提到「詩不是萬人之中百人擁有的東西,而是萬人之中萬人擁有的東西、或說應該擁有的東西才對。」[54]但在這裡並未特別表明立場,也並未特別為某一方說話,可以說是為了替兩人打圓場吧。

那麼,王宗英對後藤大治的看法又是如何?1925年3月,後藤大治由詩話會推薦入選日本詩壇最具代表性的年刊《日本詩集》[55]。作為祝賀,王宗英撰寫了〈初見面時的後藤大治氏〉一文。文章中提及他與後藤大治第一次見面是在三年前雜誌《熱帶詩人》的討論會上:「〔後藤〕不等別人介紹,就在我面前點了一下頭,說『王先生嗎?我是後藤』,說完以後又繼續和清潮或秋湖說話」;「總覺得最初的印象好像有點冷淡」[56]。依照文中的敘述,可以推測該討論會應是在

---

53 後藤大治,〈戎克船の詩工を評す(四)△王宗英君〉。原文:「此の前彼れがいい詩は萬人に理解される詩であると言つて、きつい惡評をいたゞいて居た樣であつたが、これ等も彼れの現實的な見解を表してゐる證據である。惡評した人にも一理はあるが、要は彼此立場を異にしてゐる、評者は藝術のための藝術境を尊ふ樣だし王君は人生の為めの藝術を主眼としてゐる。」
54 後藤大治,〈詩と人生〉,《臺灣遞信協會雜誌》第59期(1924年8月),頁35。原文:「詩が萬人の百人の中にあるのではなくて、萬人の萬人、の中にあるものであり、あるべきものであるからです。」
55 〈日本詩集への推薦〉,《日本詩人》第5卷第3號(1925年3月),頁112。
56 王宗英,〈始めてあふた後藤大治氏〉,《臺南新報》,1925年5月4日,6版。原文:

1922年年底。1924年3月,後藤大治為了新雜誌《戎克船》重新召集《熱帶詩人》時代的同人。這時候王宗英對後藤大治有了不同的印象:「每個月一次的聚會,都一定可以沒有任何隔閡地和後藤先生見到面。每次見面的時候他都會鼓勵我,所以我總是非常高興。從第一次見面的時候開始,現在又再度被以『王先生』稱呼,不由得感到誠惶誠恐。自己一開始竟然以為他是冷淡的人,現在想起來就覺得非常地不好意思。」[57]從這裡可以確認王宗英對於後藤大治的尊敬,以及後藤大治對於王宗英的期待與重視。同年4月,《日本詩人》開始徵集6月的「新詩人號」稿件,很有可能是透過上述「每個月一次的聚會」中的鼓勵,王宗英才得以和後藤大治一起投稿,並登上「新詩人號」吧。

(四)入選《詩人年鑑》:佐藤惣之助與草野心平

「新詩人號」以後,後藤大治開始持續在《日本詩人》和《日本詩集》發表詩作,而王宗英僅在「新詩人號」刊登一次以後便未再該誌發表作品。即使如此,還是可以看到王宗英與「詩話會所建立的『中央詩壇』和『地方詩壇』的人際網絡」之間的連結。1925年,佐藤惣之助創辦詩誌《詩之家》,第2期即可以看到後藤大治的名字:「詩之家由與詩社成員熟識的名古屋的高木斐瑳雄、仙台的石川善

「誰の紹介を待たずに私の前でかるく禮をして『王さんですか 私は後藤です』と云ふて又と、清潮や秋湖と話しをし續けた」;「最初の印象は冷淡なやふうな氣がした」。

57 王宗英,〈始めてあふた後藤大治氏〉。原文:「毎月一回の集合には必ず後藤さんと、何んのへだてなく會ふことが出來た 會ふ度に激勵してくれるので私は非常に嬉しかつた そして始めて會つた時から今でも又『王さん』と呼んでくれるのが何だか恐縮に感じてし樣がなかつた。最初冷淡な人だと思つた自分は今が堪らなく恥しくなつて來た」。

助、台灣的後藤大治擔任我們的代理」;「八月初與橫濱詩人俱樂部的大家一起,為後藤大治、內野健治、厚見他嶺男三人舉辦來濱歡談會」[58]。到了第三期(1925年9月)「王宗英」的名字即出現在「成為詩之家之友的人」的名單上[59],由後藤大治所介紹的可能性很大。不過,兩人後來皆未在《詩之家》上發表作品。

綜上所述,王宗英在台日詩壇的人際連結,可由下圖表示:

臺中郵便局 → 岩佐清潮 → 熱帶詩人 → 後藤大治 → 臺灣遞信協會雜誌 • 安田黑潮 • 松村橇歌(與後藤大治有關的詩人們) → 日本詩人 → 佐藤惣之助

圖2-3　王宗英與台日詩壇人際連結推測圖[60]

黑色圓形部分,表示人際關係的接觸點;灰色箭頭的部分則代表透過接觸點所產生連結的人物。首先,因同在台中郵便局通信係共事,王宗英於1921年結識了後藤大治詩人集團的岩佐清潮。其次,岩佐得知他對詩的興趣後,鼓勵他投稿《熱帶詩人》。在1922年底《熱帶詩人》的討論會上,王宗英結識後藤大治,並持續在《熱帶詩人》和之後的《戎克船》等後藤主辦的雜誌發表作品。再者,王宗英也由此因緣結識後藤大治詩人集團的其他成員安田黑潮、松村橇歌等郵局詩人,受到安田黑潮的鼓勵而持續寄稿於《臺灣遞信協會雜誌》。1924

58　〈詩之家に入會されし人〉,《詩之家》第1年第2輯(1925年8月),無頁碼。原文:「詩之家は社人と親しい名古屋の高木斐瑳雄、仙臺の石川善助、臺灣の後藤大治が取次いで下さる事になつてゐます。」;「八月初旬橫濱詩人俱樂部の人人と共に,後藤大治、內野健治、厚見他嶺男三君の來濱歡談會を摧す。」
59　〈詩之家の友となりし人(二)〉,《詩之家》第1年第3輯(1925年9月),頁22。
60　資料來源:筆者製圖。

年6月,《日本詩人》「新詩人號」公開徵稿,推測可能由後藤大治為首,連同此時《戎克船》成員的稿件一起寄給評審佐藤惣之助。最後是由後藤大治與王宗英登上「新詩人號」。另一方面,王宗英也透過後藤大治的關係,與《日本詩人》編輯佐藤惣之助有所連結,進而成為雜誌《詩之家》的成員。

1925年3月,日本詩人草野心平在《臺南新報》發表〈對詩壇的感想〉一文,點評了《日本詩人》上如福田正夫、白鳥省吾等詩人,並批判了日本詩壇的現狀。最後一段,他提到:「在台灣好像詩也正在流行的樣子,優秀的詩人出現著實令人愉快,就我記憶所及有後藤大治、下俊吉、王宗英、倉持玉之助等人。」[61]由此可知,此時王宗英已可以說是台灣具代表性的、可與其他在台日本詩人並駕齊驅的詩人之一。同報刊登的文藝評論中,此後也經常可以看到王宗英的名字:「在本島人中,〔王宗英〕先生和謝文倉君正在發光發熱」[62];「本島人中有在寫詩的,值得一提的只有此人〔王宗英〕」[63];「王宗英君是本島人中唯一的詩人」[64];「現在只要一步……只要踏出一步,已作為臺灣詩人王來法的你,就可以被放在能君臨內地詩壇的位置與環境了」[65]。可以看到,至少在此時《臺南新報》的評論中,作為「本島

---

61 草野心平,〈詩壇への感想〉,《臺南新報》,1925年3月18日,6版。原文:「臺灣にも大分詩が流行つてゐるやうだ、すばらしい詩人が生れると愉快だ、私の記憶には後藤大治、下俊吉、王宗英、倉持玉之助などがある」。

62 後小路徹子,〈三月の水文〉,《臺南新報》,1925年4月8日,6版。原文:「本島人の中で氏と謝文倉君とが光つてゐる」。

63 ＡＢＣ,〈『戎克船』一月號合評〉,《臺南新報》,1926年1月11日,5版。原文:「本島人の詩を作る人の内で話せるのは此男だけだ」。

64 覆面小冠者,〈臺灣詩人首實檢岩佐君外等々〉,《臺南新報》,1926年2月11日,5版。原文:「王宗英君、本島人の唯一の詩人」。

65 野口昂,〈劉冬山君その他〉,《臺南新報》,1926年4月19日,5版。原文:「今一步……君は實に茲に立つてゐる、一步踏み出すことに依つて君もまた臺灣の詩人王來法在りと內地詩壇に君臨することの出來る位置と環境とに置かれてゐる」。

人」，王宗英所擁有的詩才可能是最受人期待的。

　　1926年10月，詩話會解散，《日本詩人》亦廢刊。1927年，後藤大治仿照詩話會年刊《日本詩集》，在台灣創辦了年刊《臺灣詩集》，收錄十位在台詩人的作品。王宗英在詩集中署名王來法，是其中唯一一位台灣人，計有〈春〉、〈我精神振奮的早晨〉（私の精神が伸びてゆく朝）、〈非常的食慾〉（非常なる食慾）、〈午後的工廠〉（午後の工場）、〈頭髮〉（髮）、〈親近土地〉（土に親しむ）、〈早晨〉（朝）等七首詩被收錄其中[66]。1928年，《臺灣詩集》被日本「詩人協會」選錄三首詩刊載在《詩人年鑑》[67]，分別是王來法的〈春〉、上清哉的〈早晨漫步〉（朝の漫步に）、後藤大治的〈邁向春天〉（春へまゐる）三首。在該詩人協會的「年鑑編輯委員」的名單上，可以看到佐藤惣之助的名字[68]。由此可知，王宗英一直都跟隨著後藤大治在台灣與日本的文藝活動的腳步。後藤大治在這個過程中不吝提攜王宗英，佐藤惣之助亦對於王宗英有若干欣賞，故能使王宗英在1920年代即少見地以「本島人」的身分發表詩作於《日本詩人》和《詩人年鑑》。

　　然而，就在王宗英的創作漸入佳境、似乎正要開創出一條獨當一面的詩人道路之際，卻突然淡出詩壇，1928年以後便完全封筆。這段時期，王宗英的個人生活以及時代潮流正面臨急速變化：其一，此時期王宗英與文藝社群的連結逐漸消失。1927年，長期和他在同單位共

---

66 後藤大治編，《臺灣詩集第一輯》（出版地不詳，1927年）。
67 「詩人協會」是1928年由原本詩話會與反詩話會的詩人河井醉茗、野口米次郎、高村光太郎、北原白秋、三木露風、島崎藤村作為發起人，由原詩話會成員擔任編輯委員（包括佐藤惣之助在內）發行年刊《詩人年鑑》，可以說是原詩話會年刊《日本詩集》的後身。澤正宏，〈編集復刻版『現代日本詩集』（1927年～1944年）解說〉，《『現代日本詩集』（1927年～1944年）》（東京：不二出版，2010年5月），頁8-9。
68 詩人協会，《詩人年鑑》（東京：アルス，1928年6月），頁509。

事、互相勉勵的詩人岩佐清潮調職至台北。同樣在1927年，後藤大治所發起的「臺灣詩人組合」機關雜誌《新熱帶詩風》發行兩期旋即廢刊；年刊《臺灣詩集》亦在發行一期後便告終——可以說，自王宗英出道以來即支持著他寫詩的系統與人際關係，一時之間面臨解體的命運。其二，如川平朝申所述，此時期的王宗英正在準備轉職警察。在《臺灣遞信協會雜誌》發表的隨筆中可以看到王宗英利用閒暇時間研讀《法學通論》的情況[69]。1928年1月，王宗英正式進入臺中州巡查教習所受訓[70]，與他封筆的時間一致。其三，此時期現代主義與普羅文學的風潮在台日近代詩壇湧現。例如王宗英也被收錄其中的1928年版《詩人年鑑》便遭到來自像是《詩與詩論》這樣的現代主義雜誌強烈抨擊。另一方面，與王宗英同時刊登作品在《詩人年鑑》與《臺灣詩集》的上清哉和藤原泉三郎此時開始左傾，在1929年創辦了介紹普羅文學與普羅詩的《無軌道時代》，甚至甚至一度計劃成立全日本無產者藝術聯盟（NAPF）機關雜誌《戰旗》的台灣分部。這對欲轉職警察的王宗英來說，應是屬於「不穩」的文藝活動。不論如何，在各方面都急速變化的這段時期，王宗英的詩人生涯也隨之進入尾聲。

三、王宗英的詩作

　　王宗英創作日文口語自由詩的時間，前後只有5年左右（1923年1月～1928年1月），但光是目前可知的作品便多達74首，可謂多產。即使時間不長，仍可看到其創作內容與形式的若干變化。透過對這些變

---

[69] 王來法，〈寒と飢に戰慄く人々〉，《臺灣遞信協會雜誌》第63期（1925年1月），頁70。

[70] 王來法，〈臺中州巡查教習生の入所所感〉，《臺灣警察協會雜誌》第129期（1928月3日），頁212。

化的觀察，筆者試著將王宗英的詩作分為以下三期：第一期（1923）：模仿習作時期；第二期（1924）：自我挑戰時期；第三期（1925-1928）：反璞哲思時期。以下將分別描述各期的創作特色，並各舉出若干詩作為例，說明王宗英在各個時期的側重及進境。

（一）第一期（1923）：模仿習作時期

1923年，王宗英從《熱帶詩人》出道，在一年當中發表了17首詩作。在這一年的詩作中，可以看到他模仿在台日人、試圖展現異國情調，並且尚未脫離文語定型詩的習作痕跡。詩作的開展方式相當固定，基本上是透過自然物象的描寫，抒發敘述者自身的情緒。

首先是目前可見王宗英最早的口語自由詩：

王宗英「臺灣佛教會入佛式の一夜」	王宗英〈臺灣佛教會入佛式的一夜〉
靜寂を破る鐘が	敲破寂靜的鐘
ゴーン………ゴーン	咚………咚
ゴーン…………と	咚…………地
心の底に沁む	滲透到心底
一群の僧侶が靜かに	一群僧侶靜靜地
恭々しく讀經すれば	畢恭畢敬地讀經
椅楠名香　鳥汎線香のにほひが	椅楠名香　鳥汎線香的氣味
あだかも何千年の昔の凄さを物語る	宛如訴說著幾千年前的往昔的偉業
紅い絹布の聯（南無思教主本	紅絹的布聯鮮明地寫著（南無思

師釋迦牟尼佛）（普諦群生） と鮮やかに 新築の合堂を壯大に思はせる	教主本師釋迦牟尼佛）（普諦群生） 讓人感到新落成合堂的壯大
田舍より態々來に娘が手に線香を持つて 誠心誠意に祈るを聞けば （われ安かれ　人皆安かれ）と そして我が戀の叶ふを祈る わが愛する人の平安を祈るのだ	特地從鄉下前來的女孩手持線香 我聽到她誠心誠意地祈禱： 「（保我平安　保大家平安） 祈禱我的戀情能夠順遂、祈禱我所愛的人平安」
參拜者は三々五々と押しよせ退き去つて 人波のどよめき群眾のわめきの影にきえ行けば	參拜者三五成群蜂擁過來隨即離去 人潮的嘈雜於群眾的呼喊中消逝而去
露天の支那芝居は銅鑼を亂打する ヒートア 戲姐が戀唄　悲曲を熱狂に唄ひ 若き娘が熱心に聽きほれる 人衆のわめく聲 銅鑼を亂打する音！！ 深夜まで響き續き行く[71]	露天支那戲劇激烈敲打著銅鑼 hii toa 戲旦狂熱地唱著戀歌與悲曲 年輕女孩熱衷地聽得入神 人群的呼喊聲 激烈敲打銅鑼的聲音！！ 直到深夜都持續響振著

---

[71] 王宗英，〈臺灣佛教會入佛式の一夜〉，《熱帶詩人》第8期（1923年1月），頁9-10。

這首詩可以看到明顯模仿後藤大治的痕跡。詩中透過背景、物件、氣味、聲音的展示來描寫台灣傳統的宗教儀式，並特意點出椅楠名香、鳥汎線香、紅布聯、銅鑼、傳統戲劇、戲旦等具有異國情調的名詞，都跟後藤大治擅長用台灣特殊事物入詩的手法類似；詩中出現「戲姐」這樣特意用片假名標台語語音的詞彙運用，也與後藤大治如出一轍。例如下面這一段：

後藤大治「乱打祝福─水葬礼と死人船─」（九連目）	後藤大治〈亂打祝福─水葬與死人船─〉（第九段）
ホイチウ 火 酒を吸ふ	hoi juu 啜飲著火酒
船乗りの唄を唄ふ、そして躍る	唱著水手之歌、然後躍動著
金と銀との紙を焚く	焚燒金紙與銀紙
水葬を忘れる様に──	像要忘記水葬一樣──
又一しきり銅鑼を打つ	再打一陣銅鑼
銅鑼は俺達の命の聲だ	銅鑼是我們生命的聲音
海の女王を祝する聲だ	祝福海之女王的聲音
そして夜つぴて星のランプで飲み明かす	然後將星星當做油燈，喝一整夜的酒
躍り明かす	跳一整夜的舞
明けの金星が波近く傾いても決つして寝ない	就算黎明的金星向海浪傾斜也絕不入睡
寝てはならない	絕不能睡
又一しきり銅鑼を打つ[72]	再打一陣銅鑼

---

72 後藤大治，〈乱打祝福─水葬礼と死人船─〉，《炬火》第2卷第4期（1922年4月），

此為後藤大治1922年發表的長詩〈亂打祝福—水葬與死人船—〉的最後一段。這首詩以高雄港的水葬為題材，描寫在載有屍體的船上，唱歌、敲打銅鑼、燒金紙等葬儀情景。和〈臺灣佛教會入佛式的一夜〉對照來看，可以看到對於台灣不論婚喪喜慶，都狂熱歌唱和激烈敲打銅鑼直到深夜的習俗的描寫。呈現出異國情調式的奇異與神祕感。詩中的「火酒（ホイチウ）」也使用片假名標台語語音，為此詩增添地方語言的元素。1922年5月，後藤大治的詩集《倚著亞字欄》在台中出版，便收錄了這一系列刻意強調台灣風景、風俗與語言特色的詩作。

　　1922年5至7月，佐藤惣之助來到台灣旅行，並且「在台中受到認識的詩友款待」[73]。堤玄太指出，佐藤惣之助在「1922年奄美—琉球—台灣旅行」之後，接觸了南方的風土與民謠，產生了相當大的轉變。這個轉變也反映在《日本詩人》的編輯方針之上。其一是他開始發表詩作方法論〈詩技四唱〉，強調朗讀、吟誦等技巧；其二則是他獲得了新的視野，將過去日本「國內」為主的口語自由詩延伸至與日本語圈完全不同的風土與文化（即在詩中描寫奄美、沖繩、台灣等南方風土）[74]。1923年開始，佐藤惣之助正式成為《日本詩人》的編輯委員，最明顯的改變即是推動《日本詩人》成為「公器」，讓地方詩人與地方詩刊也進入《日本詩人》的園地[75]。這應該可以說是1924年「新詩人號」海選時，來自殖民地台灣的後藤大治與王宗英能夠登上《日本詩人》的另一個背景吧。

　　佐藤惣之助1922年結束旅行回到日本以後，便在《日本詩人》發表了〈琉球雜詠〉、〈八重山情詞〉等融合沖繩地方風俗及語言的組

頁15。
73 藤田三郎，《佐藤惣之助—詩とその展開—》（長野：木莵書館，1983年），頁422。
74 藤田三郎，《佐藤惣之助—詩とその展開—》，頁318-319。
75 藤田三郎，《佐藤惣之助—詩とその展開—》，頁320。

詩[76]，以及像是〈海扇屏風〉這樣描寫台灣、同時也運用台語的詩作[77]。從此《日本詩人》陸續刊登沖繩詩人世禮國男描寫沖繩風土與運用沖繩方言的〈琉球景物詩十二篇〉[78]、中日混血詩人黃瀛描寫天津的日本租界景觀與運用中文標音的〈喫茶店金水〉[79]、朝鮮詩人金炳昊描寫朝鮮風俗與運用朝鮮語入詩的〈今天是朝鮮的盂蘭盆會〉（今日は朝鮮のお盆です）、〈朝鮮民謠意譯〉等作品[80]，可以看到強調各個「地方」的口語自由詩創作模式，由日本「國內」的口語自由詩向外延伸、企圖將日本語圈之外的風土文化包括在內的情形。

　　王宗英的〈臺灣佛教會入佛式的一夜〉可以說是在這一條延長線之上的作品。詩中幾乎是以他者的視線，將原本台灣人的日常祭典加以陌生化。與上面的後藤大治〈亂打祝福〉對照來看，可以說王宗英是透過像後藤大治這樣的在台日人的眼睛在觀看，兩者的情調才會顯得那麼雷同。在這之後，刻意以「熱帶」、「南國」風景表現出異國情調的誘惑的，還有〈某個星期天午後〉（或る日曜の午后）、〈蓮花〉（蓮の花）等作品。不過，跟持續經營上述佐藤惣之助所推動的「地方」的口語自由詩的後藤大治不同，王宗英很快就不再運用這樣的方式寫詩。或許像這樣刻意將家鄉的尋常事物特殊化、採取觀看他者的視線，無法真正表現出他心目中的詩的樣貌吧。

---

76 佐藤惣之助，〈琉球雜詠（斷章その一）〉，《日本詩人》第2卷第9期（1922年9月），頁28-38。佐藤惣之助，〈八重山情詞（琉球雜詠斷章その二）〉，《日本詩人》第2卷第10期（1922年10月），頁66-76。

77 佐藤惣之助，〈海扇屏風〉，《日本詩人》第3卷第3期（1923年3月），頁28-35。

78 世禮國男，〈琉球景物詩十二篇〉，《日本詩人》第3卷第3期（1923年3月），頁86-97。

79 黃瀛，〈喫茶店金水——天津回想詩〉，《日本詩人》第5卷第9期（1925年9月），頁57-58。

80 金炳昊，〈今日は朝鮮のお盆です〉，《日本詩人》第5卷第12期（1925年12月），頁103-104。金炳昊，〈朝鮮民謠意譯〉，《日本詩人》第6卷第8期（1926年8月），頁110-111。

縱觀王宗英1923年的詩作，多半都採用類似的方式開展：先描寫敘述者所看到的外在風景（大多是自然風景，但也有動物、人群、建築物或街道），接著表達敘述者的情緒，如閒適、寂寞、哀愁、恐懼等等。如〈落日〉（落陽）、〈樹葉小舟〉（木の葉の舟）、〈梧棲海濱雜感〉（梧棲の海濱雜感）、〈鄉村之秋〉（田舍の秋）、〈廢墟工廠遺跡〉（廢墟の工場の跡）、〈被虐者〉（虐げられし者）、〈勞働頌歌〉等。或者是純粹的自然描寫，如〈春天的清水山〉（春の清水山）〈早晨的一幕〉（朝の一幕）等。下面的〈落日〉一詩即是王宗英相當典型的作品：

王宗英「落陽」	王宗英〈落日〉
夕陽が沉む	夕陽沉落
海の彼方の雲を	海那端的雲
赤に紫にオレンジに彩つて	紅色、紫色、橙色地著上色彩
——寂寥よ——悲哀よ——	——寂寥啊——悲哀啊——
湧き出づる無限の思ひよ	湧出的無限的思緒啊
原稿紙に青く滲んで	在原稿紙上滲出藍色
私の詩と私の思ひとは	我的詩和我的思緒
宵暗に動き	在日暮中搖動
宵暗に消えて行く	在日暮中消失而去
黄昏時のやる瀬なさ[81]	黃昏時分的百無聊賴

---

81 王宗英，〈落陽〉，《臺灣遞信協會雜誌》第48期（1923年7月），頁82。

詩中第一段先描寫黃昏夕陽的景象，接著描寫敘述者內心湧動的情緒。第二段則將敘述者自身的詩和思緒與日暮的景象融合為一。這樣寓情於景、情景交融的描寫，可以說是相當古典的寫法。另一方面，雖然文中盡可能地以口語自由詩的方式呈現，但如頭一句「夕陽が沉む（ゆうひがしずむ）」是七音、最後一句「黃昏時のやる瀨なさ（たそがれどきの　やるせなさ）」是七五音，皆是和歌慣用的節奏。而詩中的「宵暗」（よひやみ）為日文古語，意為「月亮尚未出現的剛入夜的黑暗。或指那個時間。特別指農曆十六日到二十日之間入夜時的黑暗」[82]，在俳句中是屬於秋天的季語。另外，「黃昏時」（たそかれどき，亦寫作「誰そ彼時」）亦為日文古語，指「因天色昏暗而無法看清對面的人的夕暮時分」[83]。從這些用語可以看到王宗英仍受到俳句中日文古語影響的痕跡。

（二）第二期（1924）：自我挑戰時期

　　1924年，可以看到王宗英開始有意識地變化形式與題材。這一年王宗英發表的詩作有15首。包括登上《日本詩人》的作品在內，不僅脫離了文語定型詩的形式，甚至挑戰了未曾書寫過的普羅詩、散文詩、前衛詩等新形式。感情表現趨向收斂，毋寧更重視外在現實的描畫與詩行的編排。題材方面則增加許多自然歌詠之外的內容。

82　原文：「月がまだ出ない宵の間の暗やみ。また、その時分。特に、陰曆十六日から二十日ごろまでの宵の暗やみ。〔季語〕秋。」「よひ－やみ【宵闇】」辭條，《学研全訳古語辞典》（來源：https://kobun.weblio.jp/content/%E5%AE%B5%E9%97%87，最後查閱時間：2022年8月15日）。

83　原文：「夕暮れ方。夕方。夕方、薄暗くなって向こうにいる人が識別しにくくなった時分。」「たそかれ－どき【黃昏時・誰そ彼時】」辭條，《学研全訳古語辞典》（來源：https://kobun.weblio.jp/content/%E9%BB%84%E6%98%8F%E6%99%82，最後查閱時間：2022年8月15日）。

例如下面這首詩，就完全打破了讀者對於上一期王宗英的詩作的印象：

王宗英「午後の工場」	王宗英〈午後的工廠〉
地殻が破れさうだ	地殼快要破裂似的
屋根が落ちさうだ	屋頂快要掉落似的
ぐる／＼と迴るものは機械の輪だ	骨碌碌轉動著的是機械之輪
扇風機のやうにばかに風がある。	像電風扇一樣吹著狂風。
しゆつ／＼と音を立てるのは革帶の音だ	咻咻作響發出聲音的是履帶的聲音
ひつこめ、來やがれ、危ない！	手縮回去！不要過來！危險！
地殻が破れさうだ、屋根が落ちさうだ	地殼快要破裂似的、屋頂快要掉落似的
ぐる／＼と	骨碌碌地
しゆう／＼つと、機械の回転する音が絶えない	咻咻作響地、機械迴轉之聲不絕於耳
畜生奴！	混帳東西！
女工と笑談をしているのが誰だ	在跟女工開玩笑的人是誰！
おーい	喂——！
持つて來ぬか、早く	還不拿過來！快點！

ぐる／＼と、しゆう／＼つと　　骨碌碌地、咻咻作響地
地殻が破れさうだ　　　　　　地殼快要破裂似的
屋根が落ちさうだ。[84]　　　　屋頂快要掉落似的。

　　這首詩表現了勞動現場中的噪音體驗。首先運用日文的擬態語和擬聲語，描寫工廠中彷彿要震破地殼、震壞屋頂的機械「骨碌碌轉動著的是機械之輪」、「咻咻作響發出聲音的是履帶的聲音」。接著重現工廠中的警告聲「手縮回去！不要過來！危險！」、怒罵聲「混帳東西！／在那邊跟女工開玩笑的是誰！」與催促聲「喂——！／還不拿過來！快點！」。全詩只透過這些聽覺體驗的描寫，便在客觀上說明了勞動條件的惡劣、在主觀上重現了勞動者在現場所經歷的焦躁感。在工廠裡，人被當作機械般看待、被剝奪了其他感覺，只剩下進入耳朵裡的噪音。此詩完全擺脫了後藤大治與佐藤惣之助的風格，不刻意強調「台灣鄉土色彩」，而表現出了被支配者的日常感覺。也不再出現如〈落日〉一詩中的古雅詞彙，是相當清楚易懂的口語自由詩。對近代化工廠帶給勞動者的恐怖體驗的描寫，可以說是接近普羅詩的作品。在普羅詩剛萌芽的1920年代，王宗英的感覺可以說是相當敏銳。

　　這首〈午後的工廠〉收錄於1927年出版的《臺灣詩集》中，但其實最早是發表在1924年4月的《戎克船》第2期，在後藤大治對王宗英的專論中，可以看到後藤對於這首詩的評價：

　　我能幾近舒暢地感覺到他在工廠所感覺到的東西。
　　絕對不是純粹的，雖然不純，但有力量。
　　……

---

84 後藤大治編，《臺灣詩集第一輯》（出版地不詳，1927年），頁24-25。

展現的並非是單純的工廠,而是真真切切的苦痛、煩惱、歡笑、慰藉。[85]

文中讚道「果然還是〈午後的工廠〉寫得好」,並全文引用了這首詩。事實上,後藤大治在王宗英的詩中所感覺到的「現實性」與「力量」,與前面提到的「不純」、「僵硬」、「粗糙」可以說是一體的兩面。換個角度來看,後藤大治詩中「純粹」、「柔軟」、「細緻」的多彩的異國情調描繪,未必不能說是缺乏現實性並且虛弱無力的吧。

1924年6月,王宗英以下面這首詩登上《日本詩人》「新詩人號」:

王宗英「朝」	王宗英〈早晨〉
樹々がぐんぐんと芽をふいてゐる	樹木使勁地冒芽
露は朝日に映えて光つてゐる	露水倒映晨曦,閃耀著
鳥は露を蹴り落して梢から梢に飛び舞つて素晴らしく囀ずつてゐる、	鳥兒踢落露水,在樹梢間飛舞絕妙地鳴囀著
朝だ	早晨
きらびやかな朝だ	燦爛光輝的早晨

---

85 後藤大治,〈戎克船の詩工を評す(四)△王宗英君〉,《臺南新報》,1924年6月30日。原文:「氣持のよい程僕には彼が工場で感したものを感じる。/決して純ではない、純ではないが、力がある」;「現はれたもの單なる工場でなくして實に切實なる苦であり惱みであり笑ひであり慰むである事か」。

春の朝だ、	春日的早晨
銅鑼を力まかせに打ちつゞく	竭盡全力持續敲打著銅鑼的一
一隊の媽祖参りが通つてゆく	列參拜媽祖的隊伍通過
赤い旗	紅旗
青い旗	藍旗
茶色の紙傘	茶色紙傘
かうもり傘。[86]	蝙蝠傘。

這首詩雖然不長，但相當耐人尋味。首先，可以看到這首詩因句子字數懸殊而造成活潑的節奏。如第二段的短句結束之後，第三段首句突然出現不換氣的長句「竭盡全力持續敲打著銅鑼的一列參拜媽祖的隊伍通過」，使得閱讀的節奏突然變快，像是呼應詩中參拜媽祖隊伍的出現打破了之前的閒適情調。其後又出現四行極短的句子：「紅旗／藍旗／茶色紙傘／蝙蝠傘」而放慢節奏，造成緩急錯置的效果。這樣的效果在字數固定的俳句中無法表現，而是自由口語詩方能看見的近代節奏。其次，第一段的句尾幾乎全用「てゐる」（……著）、第二段的句尾全用「だ」（口語句尾）、第三段的句尾則因為「はた」（旗）和「かさ」（傘）而整齊地以母音「Ａ」結尾，可以說造成一種歌曲般的押韻效果。

　　內容方面，這首詩不像在同一期後藤大治的〈五官醉賦〉運用大量台灣特殊意象（該詩用了11個腳註，分別說明「太陽征伐」、「臺灣色」、「銅鑼」、「麻布」等等台灣相關事物）[87]，而用了另一種不同的方式帶出台灣。顯而易見的是，〈早晨〉的第一、第二段並非台灣特

---

86 王宗英，〈朝〉，《日本詩人》第4卷第6期（1924年6月），頁57。
87 後藤大治，〈五官醉の賦〉，《日本詩人》第4卷第6期（1924年6月），頁5-10。

有的景色，而是一般常見的晨間風景。第三段雖然出現媽祖，但並不像後藤大治那般刻意刻劃，而是若無其事地描寫在大自然當中經過的媽祖參拜隊伍。這或許更接近在地人的眼光——既不特別保持距離、也不特別浪漫化，只是日常生活的一部分。然而，這的確表現出與一般日本近代詩不同的感覺——春天的早晨，徜徉在自然景色當中時，突然「竭盡全力持續敲打著銅鑼的一列媽祖參拜的隊伍通過」，各色旗幟和雨傘突然覆蓋了天空，原先翠綠的自然景色加入了五彩繽紛的顏色，清脆的鳥囀也被銅鑼敲打的聲音遮掩——這樣的情景究竟是愉快、還是不可思議、還是煞風景？敘述者並無透露內在感受，所以全憑讀者想像與體會。

這首詩的最後，作為結尾的兩個看似不經意提及的物件「茶色紙傘」和「蝙蝠傘」，出現了「傳統」與「近代」之間的對比。第三段乍看之下全是在描繪台灣人的民俗活動，彷彿百年不易的宗教場景，卻出現了由近代日本——或說由西方經由日本——傳入的物件，不同於亞洲傳統的竹製傘骨與紙製傘面，而是由金屬傘骨與布製傘面組成的西洋新式「蝙蝠傘」。對於當時大多將台灣人視為「土人」的日本人來說，在媽祖參拜隊伍中出現這樣的西洋物件，或許有種意外與突兀感，但在台灣人眼裡，這種新舊混雜的風景也已成為日常。這首詩在簡潔的篇幅與平淡的描寫中，將自然與民俗、傳統與近代、東洋與西洋等具衝突感的事物揉合在一起，可以說是表現出台灣人的近代感覺，並且留有詮釋與想像空間的作品。

在第二期，或許是個人創作歷程來到新的進境，也或許是受到刊登《日本詩人》的鼓舞，王宗英的詩作題材變得更加多元。如〈在時代面前下跪〉（時代の前に跪く）探討時代與語言的問題、〈歌頌POSTMAN〉（POSTMANのうたへる）歌詠郵差的工作意義，在純粹描寫自然或抒發個人情懷之外，放入了近代的視野。在近代國語、近

代郵政制度、時間制度等等導入殖民地台灣之際,作為生活在其中的人應如何看待,王宗英用詩作探索了這些問題。形式方面,王宗英也開始嘗試一些過去不曾寫過的詩體,如〈給故鄉清水〉(故鄉の清水へ)挑戰了散文詩的形式,而〈雨絲之詩〉(雨の線詩)更是接近前衛詩、具有實驗性的作品:

王宗英「雨の線詩」	王宗英〈雨之線詩〉
雨の降る音しづかにきく	靜靜地聽著落雨之聲
ズアラ ラ ラ ラ ザ ザ ザ………	嘩啦 啦 啦 啦 沙 沙 沙………
心に降る	下在心裡
ズアラ ラ ラ ラ ザ ザ ザ………	嘩啦 啦 啦 啦 沙 沙 沙………
雨の線しづかに見る	靜靜地看著雨絲
スーイ スーイ…… …… ……… ………	咻— 咻—…… …… ……… ………
風にふかれる	被風吹著
ザブ ザブ ザブ	沙噗 沙噗 沙噗
ゴヂヤ ゴヂヤ ゴヂヤ	咕喳 咕喳 咕喳
サー サー サー	灑— 灑— 灑—
……… ……… ………	……… ……… ………
スーイ スーイ スーイ ……… ………	咻— 咻— 咻— ……… ………

………	………
ザブ　ザブ　ザブ	沙嘆　沙嘆　沙嘆
心に雨が降る[88]	雨下在心裡

這首詩的內容非常簡單，若扣掉描寫雨的聲音與形象，真正有意義的句子只有五句：「靜靜地聽著落雨之聲／下在心裡／靜靜地看著雨絲／被風吹著／雨下在心裡」。然而，這首詩最重要的正是在這五句以外的部分。首先，王宗英利用片假名，在原本常見的描寫下雨的日文擬態語「バラバラ」、「ザーザー」之外，自己創造了如「ズアラ　ララ」、「スーイ　スーイ」的雨聲，「ザブ　ザブ　ザブ」、「ゴヂヤ　ゴヂヤ　ゴヂヤ」的水花濺灑聲，還有夾雜著風聲的「サー　サー　サー」等樣態不同的雨聲。這種對聲情的創造性描摹，在日本近代詩當中是相當重要的手法。再者，跟平常標點符號的用法不同，詩中大量以刪節號「………」來模擬雨絲的形象。雖然這首詩的編排並不如阿波利奈爾的名詩〈雨〉一樣，將字母完全如畫圖一般編排，模擬被風吹斜的雨絲形象，但是王宗英單單利用刪節號也做出了視覺化的表現。如第二、四行只有一列「………」，看起來雨勢尚緩，第六行時出現了兩列「………　………」，看起來雨勢開始轉急。第七、八行出現了兩行「………／………」，則看得出來雨量變多。後面更出現了三列、三行的刪節號，伴隨著風勢以及各種擬聲語的出現，可以想像眼前風狂雨驟、傾盆大雨的樣子。這一切都不是透過直接的敘述，而是透過片假名創造的聲音與標點符號創造的圖像來表現。這樣前衛的創作手法跳脫了過去王宗英詩作既有的框架，即使放在整個戰前台灣詩史來說都是相當少見的。

---

88 王宗英，〈雨の線詩〉，《臺南新報》，1924年9月19日，6版。

前衛詩在日本的出現，最早正是在1920年代初期。神原泰以及平戶廉吉先後發起未來派宣言，他們的詩作實際上融合了西歐傳入的未來派、立體派、達達主義、表現主義、意象主義的詩與詩論[89]。被稱作「未來派的嚆矢」的平戶廉吉〈K醫院的印象〉（K病院の印象）一詩正是在1922年《日本詩人》創刊號發表[90]。這首詩結合了科學符號、標點符號、英文字母、片假名擬聲、擬態語，表現出醫院內的溫度、氣味、顏色、聲音、物體的動作等，展現出日本早期前衛詩的風貌[91]。《日本詩人》的確有令人意外的這一面──即存在對海外前衛風潮有所共鳴、並且與後來的《詩與詩論》有所連結的「新詩人」[92]──黑坂みちる以刊載在《日本詩人》第二號的平戶廉吉〈小詩六首〉（小さい詩六つ）中的〈飛鳥〉一詩為例，指出這首詩並非「直接地表現感情」，而是以詩行的高低排列這樣視覺化的手法，表現出鳥一隻一隻上下飛舞的姿態[93]。不論是〈K醫院的印象〉或者〈飛鳥〉，都是出現在主張「感情的直接性」與「日常的言語」的《日本詩人》上，相當早期且令人意外的前衛詩作品。平戶廉吉透過嶄新的形式與編排，在詩中呈現出不同的感官經驗，跳脫了過去口語自由詩的寫作框架，成為前衛詩的濫觴之作。認同其詩論的萩原恭次郎後來於1925年、也是在《日本詩人》上，以突破常規的排版著名的〈日比谷〉一詩登場。不為人知的是，在殖民地台灣、同樣屬於《日本詩人》系統的王宗

---

[89] 澤正宏，〈第一章　前衛詩の時代〉，澤正宏、和田博文編，《作品で読む現代詩史》（京都：白地社，1993年），頁14-15。

[90] 熊谷昭宏，「平戶廉吉」辭條，安藤元雄、大岡信、中村稔監修，《現代詩大事典》（東京：三省堂，2008年2月），頁568。

[91] 平戶廉吉，〈K病院の印象〉，《日本詩人》第1卷第1期（1922年10月），頁18-19。

[92] 黑坂みちる，〈『日本詩人』の新詩人たち：內部からの反逆〉，勝原晴希編，《『日本詩人』と大正詩：〈口語共同体〉の誕生》（東京：森話社，2006年7月），頁166-167。

[93] 黑坂みちる，同前註，頁169。原詩出處：平戶廉吉，〈小さい詩六つ〉，《日本詩人》第1卷第2期（1922年11月），頁38-44。

英，早於1924年也發表過像上述〈雨絲之詩〉這樣具有前衛詩風格的作品。〈雨絲之詩〉利用標點符號以及片假名擬聲、擬態語來表現出外在的視覺與聽覺感受，同時以「雨下在心裡」一語連結了敘述者內在的情感，間接地告白其內心是如同外在雨勢的嘈雜、潮濕與紛亂。可以說這首詩已跳脫「直接地表現感情」，一腳踏進了重視形式的新詩學的時代。

（三）第三期（1925-1928）：反璞哲思時期

1925年，王宗英活躍於《臺南新報》，一年內總共發表了21首詩作。1926年開始，王宗英的創作與發表頻率明顯減少，兩年多共得21首詩。這一期的詩作，在形式上趨於樸實，少如第二期般做出新的挑戰；在內容上則轉向深沉，開始探討時間、生死等哲學題材，自然歌詠的詩作再度增加。

如以下〈時はゆく〉（時間流逝）即為探討時間的詩作：

王宗英「時はゆく」	王宗英〈時間流逝〉
柱こよみを一枚めくる	翻過一張日曆
又一枚めくつてとる	又翻過、撕掉一張
時は惜しみなく	時間從不吝惜
全くなんの殘り惜しみもなく	不論什麼都不剩餘不吝惜地
ゆく	消去
過ぎてゆく	消逝而去
流れてゆく	流逝而去

第二章　1920年代台灣「新」詩人：王宗英的日文口語自由詩之路 ❖ 123

時はかく過ぎてゆくことをどうせう 時が過ぎてゆく後から後から ついてくることを！	時間就這樣過去，該如何是好 時間過去，從後方再從後方 跟隨而來！
宇宙の時が 長い一線の糸とたとふれば 人間の一生がその目に見ゑない 線と線のつぎ目だ	假如宇宙的時間 是一條長長的線 人的一生是那看不見的 線與線的接縫
あたへられたこの一生を どうして暮らさう どうして過ごさう 平凡でありながら偉大だ	被給予的這一生 該怎麼活下去 該怎麼過下去 平凡同時偉大
この頃の俺は 自分のこうも年とつた ぼう／＼なひげを見て 考へば考へるほど この時が分らなくなつてくる。[94]	此時的我 自己已這樣上了年紀 看著蓬亂的鬍鬚 越是思考 越不瞭解時間是什麼了。

這首詩在語言上相當口語，形式也無特殊之處。但內容卻是過去的作品當中少有的深沉。或與王宗英這段時期遭遇的生活變故有關。1924

---

94 王宗英，〈時はゆく〉，《臺灣遞信協會雜誌》，第65期（1925年4月），頁80。

年7月12日，王宗英的小女兒因肺炎夭折，王宗英悲痛已極[95]。接著在10月發表的詩中，他提到「看到鬍鬚蓬亂的老人時／我總是會眷戀起死去的父親」[96]——因為7月時王宗英的父親還同為女兒的逝世流淚，可知其父也是在這段時期才過世的。再者，10月19日，王宗英家附近遭遇火災，他親眼目睹人們度過飢寒交迫的夜晚[97]。可知這段時間王宗英面臨了一連串近身的噩耗。1924年10月以後，產量向來十分豐富的王宗英突然有四個多月沒有發表詩作，而後才開始在《臺南新報》恢復活躍。〈時間流逝〉一詩中對於時間、對於人生的感嘆與困惑，應該可以說是從其實際的人生經驗中萌生出的新課題吧。

相關的主題在此期經常出現，如〈暗夜是我的鬼〉（闇夜は私の鬼です）描寫親愛之人已不在人世的恐懼；〈季節的風車〉（氣節の風車）探問季節的流轉與人生的意義；〈煩惱〉（なやみ）對於未來與過去抱持著恐懼與怨念；〈無題〉則思考死亡的意義。此外，歌詠自然的詩作在這一期再度增加，如〈立春〉（春に入る）、〈親近土地〉（土に親しむ）、〈颱風〉、〈蟬〉、〈想唱首歌的早晨〉（歌でも唄ひたい朝）、〈入秋的早晨〉（秋に入る朝）、〈郊外的秋色〉（郊外の秋色）、〈春〉、〈我精神振奮的早晨〉（私の精神が伸びてゆく朝）、〈合歡隧道〉（合歡のとんねる）、〈九重葛〉（いかたかづら）、〈秋〉、〈鬱鬱寡歡之日〉（樂しきざる日）、〈早晨的散步〉（朝の散步）等皆是這類的作品。不過，王宗英此時的作品已是完全的自由口語詩，而不再像第一期有著文語定型詩的影子。且內容雖然看似回歸第一期春秋朝暮的興嘆，但其歌詠自然時，常提及對於宇宙與自然的規律等哲思，而不

---

95 王宗英,〈淚の日記〉,《臺南新報》, 1924年7月21日, 6版。
96 王來法,〈父〉,《臺灣遞信協會雜誌》第61期（1924年10月）, 頁64。
97 王萊法,〈寒と飢に戰慄く人々〉,《臺灣遞信協會雜誌》, 第63期（1925年1月）, 頁70-71。

僅是如第一期般純粹抒發其個人的情緒。

四、小結

　　本章一方面藉由爬梳王宗英的生平情報，挖掘出1920年代一位尚未被認識的台灣詩人，另一方面則藉由調查王宗英跟日本詩壇的關係，理出台灣日文口語自由詩不為人知的一條血脈。

　　王宗英身為郵局職員、於職場結識在台日本詩人故進入詩壇、只在日人創辦的雜誌上發表作品等經歷的非典型性；運用流利的近代日語卻夾雜有日文古語與台語的新語言風貌、採用跳脫傳統詩形的口語自由詩形式、表現殖民地人民視角的台灣風俗與自然或勞動者現實感受等作品的先驅性，都足以說明過去他長期不為人知並非是因為缺乏研究價值，而是由於研究方法或研究範圍等限制而未受到注意。身為1920年代台灣的「新」詩人，王宗英突破了教育程度、經濟狀況和民族隔閡等限制，由台灣詩壇一路登上日本詩壇，創造出了屬於台灣人的口語自由詩。從1920年代日本詩壇主流的詩話會、到曾經旅台的日本詩人佐藤惣之助、到於殖民地長居久住的後藤大治、再到台灣詩人王宗英，在邊緣的邊緣中，王宗英並不拘泥於主流風格、也不執著於標舉邊緣，而是擷取各種要素並化為己用，使其最終能寫出有別於日本詩人、也有別於在台日人的屬於殖民地人民視角的作品。

第三章
殖民地台灣近代詩語的探索：
中文白話詩、台灣話文詩與日文口語自由詩的競合

一、前言：專屬於台灣的近代詩語

　　1920年代中期到1930年代初期，台灣人曾試圖創造出「專屬於台灣的近代詩語」。然而這樣的事實經常受到中國五四／白話文運動的影響所掩蓋，台灣近代詩亦順理成章地被納入中國「新詩百年」的範疇中。今天當我們重新檢視新出土的史料與最近的研究論述，可以發現：一、在台灣近代詩的奠基期[1]，日文詩的比例以及創作的數量其實遠遠超過中文詩[2]；二、即使只論中文詩，其內涵、理論來源、建構動機及目的也已超出了「中國新詩」的範疇[3]。在殖民地台灣可以看到的是，詩人擁有多種不同的語言能力、理論來源，也有各式各樣關於近代詩的思考及目標。在前行研究的基礎之上，本章所欲進一步

1　羊子喬〈光復前台灣新詩論〉一文將1920-1932年稱為「台灣新詩的奠基期」。收錄於羊子喬、陳千武編，《亂都之戀》（台北：遠景，1982年），頁12-19。

2　參見張詩勤，《台灣日文新詩的誕生——以《臺灣日日新報》、《臺灣教育》為中心（1895-1926）》（新北：花木蘭，2016年）。

3　近年對於中國影響的過度強調已可看到某種程度的修正，如許俊雅指出的「在張我軍之前有關台灣新文學的理論、創作都已產生，台灣的白話詩並非僅受中國白話詩之影響」；或者楊宗翰認為的「台灣新詩是台灣特殊文化環境、語言狀況與歷史條件下的產物，它從一出現就呈現多元、豐富與混雜的面貌」。許俊雅，〈日治時期台灣白話詩的起步〉，《臺灣現代詩史論》（台北：文訊雜誌社，1996年），頁57。楊宗翰，〈冒現期台灣新詩史〉，《創世紀詩雜誌》第145期（2005年12月），頁150。

探究的是：不論是中文的「白話詩」還是日文的「口語自由詩」，都指向了一個「新時代」（＝近代），對於台灣而言的「新時代」如何不同於中國與日本？換言之，台灣人如何建構非日本、非中國、也非西方的「專屬於台灣的近代詩語」？

由前近代走向近代，殖民地台灣所要面對的課題絕不只是從「舊詩」到「新詩」，或者由「文語定型詩」至「口語自由詩」而已。首先是，要用什麼語言寫詩？中文、台文（包含台語文字化的問題），還是日文？其次，即使選定了某種語言，應該使用何種體裁（文言／口語／自由／定型）？不論台文詩、中文詩、日文詩都有各自的傳統（或必須建立的傳統），「口語詩」和「自由詩」分明是兩種不同的概念，在不同的語言上又有著不同的展現，這些概念被如何強調或如何忽略？而與此息息相關的「言文一致」課題在這段期間，展開了最激烈的一段爭論──台灣話文論戰，又在「台灣近代詩語」的建構中扮演什麼角色？

針對上述問題，本章將從掀起台灣新文學運動的《臺灣民報》系列至《南音》、《福爾摩沙》等以台灣人為中心的報刊雜誌中，舉出三個具有時代轉換意義的代表性作家為探討對象，說明這些作家在不同階段如何透過引介外來的思潮與資源，展現出對於台灣近代詩語的創造性摸索。第一位是「台灣新舊文學論戰」的發起人張我軍；第二位則是「台灣話文論戰」的大將之一郭秋生；第三位是《福爾摩沙》的創刊者之一蘇維熊。以下將簡要說明這三位作家在台灣新文學史脈絡以及在本章當中的位置。

在1923年《臺灣民報》創刊之前，台灣人當中已有張耀堂、王宗英等人使用日文寫作近代詩。然細究之，張耀堂是以總督府推行的同化運動下的國語教育為其創作的出發點[4]；王宗英則是跟隨在台日人參

4　參見張詩勤《台灣日文新詩的誕生》第四章，頁79-104。

與日本中央詩壇的詩刊《日本詩人》,作為日本近代詩在殖民地的支流之一[5]。而這正是《臺灣民報》在此時刻意使用中國白話文來推行新文化運動的時代背景。為了抵抗殖民當局的同化運動,台灣民族運動者借用中國白話文作為「保存固有文化」及「建設新文化」的手段[6]。於是在《臺灣民報》創刊之後便只刊登中文白話詩[7]。在這當中,最重要的人物之一當屬發起「新舊文學論戰」並出版台灣第一本中文白話詩集《亂都之戀》的張我軍。本章第二節將以張我軍的詩論及詩作來說明其理論基礎如何融匯中國、日本、西方等各方資源,呈現了極具殖民地台灣色彩的混雜性以及尚處摸索當中的自我修正痕跡。

1930年代初「鄉土文學論戰」和「台灣話文論戰」的爆發,使得前期尚未被解決的「言文不一致」的問題浮上檯面。本章並不打算重新梳理論戰龐雜的論點攻防細節,只欲抽出其中與文學語言——詩歌語言有關的論述,並且探討其論述如何嘗試運用在詩作實踐上。論戰中的兩位大將之一郭秋生在這方面特別多有著墨,其從中、日兩國所發展出的語言學論述成為了論戰當中重要的理論基礎。他亦透過《南音》的「臺灣話文嘗試欄」的歌謠採集以及《臺灣新民報》的〈臺灣話文嘗試集〉的詩歌創作實踐其台灣話文的理念。本章第三節將由此關注此時期郭秋生如何使用「臺灣話文」建構台灣的近代詩語。

1932年以後,因為政治局勢的影響,台灣民族運動逐漸從政治運動轉向文學運動。吳叡人指出了此時的三個趨勢「日語世代興起、中

---

[5] 參見本書第二章。

[6] 吳叡人,〈福爾摩沙意識型態——試論日本殖民統治下臺灣民族運動「民族文化」論述的形成(1919-1937)〉,《新史學》17卷2期(2006年6月),頁153。

[7] 在《臺灣民報》創刊的同一個月(1923年4月),謝春木曾於中日文並用的《臺灣》發表日文詩〈詩的模仿〉(詩の真似する),成為1920年代的《民報》系列僅此一首的日文詩。1927年《民報》雖與當局以增加日文版的條件遷回台灣,但直至1932年日刊時代以後才再有日文詩的出現。

國式漢文衰頹、台語式漢文興起」，這三個趨勢意味著「台灣文化民族主義才剛誕生不久，就在同化主義的侵蝕下產生體質的變化，並且分化出兩個並存的方向：以台灣話文為基礎的純粹語言民族主義，以及『愛爾蘭式』（假借日文）的『文化混血』的民族主義；並且，在同化壓力下，前者逐漸被邊緣化，後者則成為主流」[8]。本章第四節將提出在詩歌語言的表現方面最可以印證這三種趨勢交錯的代表性人物——蘇維熊，他在《福爾摩沙》上展開了台灣話文和日文兩條詩歌創作路線，將兩種詩語都運用得精鍊純熟，展現出台灣近代詩創作者在不同語言當中持續嘗試及摸索的成果——一種獨特詩語的誕生。經過這十年的嘗試與過渡，1934年集結所有台灣作家的《臺灣文藝》邁向了以日文為主要詩歌創作語言的另一個階段。

二、張我軍的「詩體的解放」

（一）「以中國白話文寫自由詩」的主張

　　1920年代以日文及文言漢文為主的《臺灣青年》、《臺灣》系列雜誌，到了1923年的《臺灣民報》開始主張使用中國白話文[9]。在這個脈絡登場的張我軍，從一開始便毫無疑義地選擇了以中文從事文學創作。雖然在張我軍之前，《民報》系列雜誌已有刊登一首日文詩及多首中文詩，但直到張點燃「新舊文學論戰」，詩歌體裁問題才正式在

8　吳叡人，〈福爾摩沙意識型態〉，頁189-190。

9　在主張中國白話文的主流論述中，其實有蔡培火主張以羅馬字書寫台灣話文，以及連溫卿主張台灣話的改造以及文法確立，此時尚屬小眾的對於台灣話文的討論，可以說是1930年代的台灣話文運動的先聲。蔡培火，〈新台灣の建設と羅馬字〉，《臺灣民報》第13-14號，1923年12月11-21日。連溫卿，〈將來之台灣話〉《臺灣民報》2卷20號～3卷4號，1924年10月11日～1925年2月1日。

殖民地台灣浮上檯面。關於新舊文學論戰的過程，前行研究已多有著墨，此處將不再細述[10]。可以確定的事是，張我軍反對利用擊缽吟互相唱和的「詩翁、詩伯」和「總督大人」，企圖以新的文學「典律」來挑戰殖民統治階級[11]。

誠如周知，這個新的「典律」在詩歌方面來說，便是「以中國白話文寫自由詩」，然而這其實並非張我軍一開始的主張，而是在論戰中才逐漸發展完成的。論戰之初的幾篇文章，可以看到張我軍幾乎都僅止在攻擊舊詩人的迂腐逢迎與不知革新，尚處於破壞為多建構為少的狀態[12]。直到〈請合力拆下這座敗草叢中的破舊殿堂〉和〈絕無僅有的擊缽吟的意義〉兩文，他才引介胡適的「八不主義」和陳獨秀的「三大主義」[13]，並以擊缽吟限題、限韻、限體、限時間等限制之弊主張「文學的境地是不受任何束縛的，是要自由奔放的」[14]——可以看到，張我軍此時是以「自由詩」的概念為原則，而尚未提及文體的口語化。到了〈揭破悶葫蘆〉一文，「白話體」的概念才出現，且此時張我軍尚認為新文學並不一定要使用白話[15]。且在〈詩體的解放〉

---

10 參考國立編譯館主編，翁聖峰著，《日據時期臺灣新舊文學論爭新探》（台北：五南，2007年1月）。

11 彭小妍，〈文學典律、種族階級與鄉土書寫——張我軍與臺灣新文學的起源〉，許俊雅編，《【臺灣現代當代作家研究資料彙編】16　張我軍》（台南：國立臺灣文學館，2012年3月）頁186。

12 包含以下幾篇文章：張我軍，〈致臺灣青年的一封信〉，《臺灣民報》2卷7號，1924年4月21日。張我軍，〈糟糕的臺灣文學界〉，《臺灣民報》2卷24號，1924年11月21日。張我軍，〈為臺灣的文學界一哭〉，《臺灣民報》2卷26號，1924年12月11日。

13 張我軍，〈請合力拆下這座敗草叢中的破舊殿堂〉，《臺灣民報》3卷1號，1925年1月1日。

14 張我軍，〈絕無僅有的擊缽吟的意義〉，《臺灣民報》3卷2號，1925年1月11日。

15 原文：「新文學不一定是語體文（白話文），不過文學革命家所以主張用語體文的，是語體文較文言文易於普遍，易於活用。」張我軍，〈揭破悶葫蘆〉，《臺灣民報》3卷3號，1925年1月21日。

一文裡，張我軍還認為「土語方言」應該被寫入韻文中[16]。最後直到〈新文學運動的意義〉，張我軍才以胡適「國語的文學，文學的國語」為基礎提出「白話文學的建設，台灣語言的改造」，主張以中國白話文改造台灣「土語」[17]。綜上所述，從1924年4月到1925年7月的一系列文章，可以看到張我軍在新詩語的典律建構的有著階段性的變化：不寫迂腐逢迎的舊詩→寫自由詩（文言文並無不可）→以白話文寫自由詩（土語方言入詩並無不可）→以中國白話文寫自由詩。

由此可知，張我軍並非是在一夕之間建構出以中國白話文寫台灣新文學的這個「典律」，而是在長達一年多的時間裡持續自我修正。其每一階段的論述都可能有不同的接受者，產生不同的效應與影響，或者說為《臺灣民報》的作者帶來了理論基礎。因此可以看到，此時期的《臺灣民報》有著夾雜五言或七言句子的半自由半白話詩（如楊雲萍）、夾雜著初期台灣話文所寫的白話詩（如賴和）等各種嘗試。對未如張我軍有中國經驗、不甚理解北京話的多數台灣人而言，混雜的語言狀態或許才是主流。與其以中國新詩或者台灣戰後詩已發展完成的樣貌來指謫這些作品之「不成熟」，不如以尚在持續變動的角度來觀察殖民地甫學習白話文的作者們如何發揮各自的創意來回應此時期「如何對舊詩作出改革」、「何謂新詩的體裁」等問題，展現出「以中國白話文寫自由詩」之外的種種可能性。

（二）胡適的外衣與生田春月的骨架

另一方面，張我軍最完整而具體的詩論為發表於1925年3月的〈詩

---

16 原文：「歷來的詩人大都不把土語方言入韻文，這也是一個大毛病。」張我軍，〈詩體的解放〉，《臺灣民報》3卷7號～3卷9號，1925年3月1日～3月21日。

17 張我軍在此文中提及：「我們的話是土話，是沒有文字的下級話，是大多數佔了不合理的話啦。所以沒有文學的價值，已是無可疑的了」，這段話被論者認為是貶低台語的證據。張我軍，〈新文學運動的意義〉，《臺灣民報》67號，1925年8月26日。

體的解放〉一文。不同於上述的新舊文學論戰的文章多是為整體「新文學」所寫,〈詩體的解放〉突出了「詩」這個文類的獨特之處。可能令人意外的是,張我軍此時用以作為理論基礎的並不是前行研究多提到的胡適、郭沫若等中國詩人[18],而是日本詩人生田春月[19]。這個事實從當時張我軍參考的所有著作與〈詩體的解放〉一文比對之後便可得見。以下是張我軍列在文末的參考書單:

1. 《文學概論》,橫山有策著。
2. 《新詩作法》,生田春月著。
3. 《胡適文存》,胡適著。
4. 《國學概論》,章太炎講。
5. 《現代藝術講話》,川路柳虹著。
6. 《A Study of Poetry》Bliss Penny 著。

---

[18] 早期書寫台灣日治時期詩論史的李勇吉(旅人),認為〈詩體的解放〉的「論調大抵承襲胡適」(旅人編著,《中國新詩論史》(台中:台中縣立文化中心,1991年),頁84);而近期重新整理台灣日治時期詩論史的林巾力則認為「儘管張我軍在一系列關於新舊文學議論的文章中大量援引胡適關於語言與形式的說法,但在新詩的論述中,卻明顯地朝向以郭沫若為代表的浪漫主義傾斜」(林巾力,〈日治時期新詩評論的演變及其思想內涵探析〉,《臺灣學研究》第21期(2017年1月),頁78)。

[19] 生田春月(1892-1930),日本鳥取縣出身,14歲時因家中破產而舉家遷居朝鮮,擔任《釜山日報》解版工、服務生、商人等工作。1908年前往東京擔任評論家生田長江之書生,並就讀夜校修習德語。1917年出版處女詩集《靈魂之秋》、隔年再出版詩集《感傷之春》。後以翻譯《海涅詩集》、《歌德詩集》等聞名。晚年思想轉向虛無,1930年投海自盡(河村正敏,「生田春月」辭條,《国史大辭典》(來源:https://japanknowledge.com/lib/display/?lid=30010zz022540,最後查閱時間:2022年8月15日。)生田春月與來自殖民地台灣、1915-1921就讀東京高等師範學校的張耀堂有著深厚的交誼,曾經寫詩互贈。生田春月自盡以後,除了張耀堂以外,王詩琅亦曾在《明日》雜誌上發表〈生田春月之死〉一文悼念。可見殖民地作家們對於這位有過殖民地經驗的日本詩人有所重視。張耀堂,〈『愚かな白鳥』を讀む〉,《臺灣教育》第337期(1930年8月);王詩琅,〈生田春月之死〉,《明日》創刊號(1930年8月)。

筆者根據日本國會圖書館及中國國家圖書館的館藏，將1925年當時張我軍能夠取得的書籍版本還原與修正如下：

1. 橫山有策，《文學概論》（東京：久野書店，1921年）。
2. 生田春月，《新らしき詩の作り方》（東京：新潮社，1918年）。
3. 胡適，《胡適文存》（四冊）（上海：亞東圖書館，1921年）。
4. 章太炎講，曹聚仁編，《國學概論》（上海：泰東圖書局，1922年）。
5. 川路柳虹，《現代藝術講話》（東京：新詩壇社，1924年）。
6. Bliss Perry 原著，傅東華、金兆梓譯述，《詩之研究》（上海：商務印書館，1923年）。[20]

將上述各書籍的內容與〈詩體的解放〉比對以後，可以發現〈詩體的解放〉的章節安排是模仿生田春月《新詩作法》（新らしき詩の作り方）前六章的骨幹，再以其他參考資料填上新的血肉、以張我軍自身的意見整合而成。文章對於《新詩作法》一書有大量的翻譯與引用，其他的書籍則只有零星的引用和抄錄。以下是張我軍〈詩體的解放〉全文和生田春月《新詩作法》前六章章節安排的對照表：

---

[20] 張我軍原文中的「Bliss Penny」為誤植，正確應為此處的「Bliss Perry」。此資訊感謝政大台文所碩士班蔡昀翰同學的提醒，在此更正並致上謝意。

表3-1　張我軍〈詩體的解放〉與生田春月《新詩作法》章節對照

張我軍〈詩體的解放〉	生田春月《新詩作法》
1. 引言	一　此書的書寫緣由──大略的提醒
2. 詩體解放的沿革 3. 詩的本質	二　詩是什麼？
	三　詩人是什麼樣的人？
4. 詩與節奏（Rhythm） 5. 舊詩的缺點 6. 中國之所謂新詩	四　關於韻律 五　關於內容律
7. 自由詩的發生	六　自由詩──日本的自由詩是？
8. 結論	

在第一節裡，張我軍開宗明義說明詩體的解放的目的，是為了發揚「孤懸於滄海中的小小的美麗島」的佳山美水、時代精神與地方色彩，呈現出了其身處於近代台灣的時空位置。第二節則從詩經三百篇說起，引用或說直接挪用胡適的〈談新詩〉一文中從詩經到騷賦、五七言古詩、小詞、新體詩等「四次解放」的觀點。這對應到《新詩作法》第二章，生田春月在說明「詩是什麼」時，開頭就從平安時代的歌人紀貫之和江戶時代的國學者本居宣長引用《古事記》的神話作為詩的起源，由此可見張我軍置換了胡適的觀點為自己的詩論找出了一個「追本溯源」的（不是日本，而是中國的）歷史起點。而第三節談到詩是感情直接的表現，其中的論點與字句則可以說幾乎是脫胎自生田春月對「詩的本質」的看法[21]。

---

21 生田春月在「關於詩的本質」一節，首先提到詩是直接的感情表現，接著說詩是人類達到感情高潮的聲音，後再提到詩即是節奏。生田春月，《新らしき詩の作り方》（東京：新潮社，1918年），頁15-19

第四節張我軍將詩的韻律分為平仄法、押韻法、音數律、內在律（內容律或心律），此分類也是複製生田春月「關於韻律」一章的內容，其中所引用的拜倫的詩與其平仄標記也是完全照搬[22]。其中，張我軍對於內在律的說明如下：「形式的韻律是人為的、傳統的、非個性的，但內容律是詩人的呼吸其物，是詩人的生命、血肉其物，而且是不能和詩的內容──思想感情分離的」；「真正的韻律是音樂，是從內心響出來的音樂，即是所謂心弦。甚麼一種東西觸著心弦而響彈出來的音色，就是節奏（或韻律），就是詩」──這些主要的論點皆是翻譯自生田春月對內容律的定義[23]，並非張我軍自己的原創見解。

　　第五節張我軍引用了章太炎對於舊詩的批判[24]，對應生田春月在「關於韻律」所羅列的日本明治期五七調、七五調、五五調、八六調等不同音數律的錯誤嘗試；第六節引用胡適與郭沫若的詩來解釋何謂「內在律」，則是對應於生田春月「關於內容律」裡面引用日本大正期的詩人對自由詩的內容律的各種嘗試。在上述第五、六節中，可以

---

22 生田春月，《新らしき詩の作り方》，頁38-39。
23 生田春月原文：「形式のリズムは、個性のリズムといふより、より以上に傳習のリズムですけれど、内容のリズム（即ち内容律）は、詩人の呼吸そのものであり、詩人の生命そのものであり、詩人の肉體そのものであつて、それはその内容──その思想感情と引離す事の出来ないものであります」；「リズムは音樂です。然しそれは心の音樂です、内心に奏でられる節奏です、古い言葉で心の琴線といふのがあるが、あれがよくリズムといふ事を說明します。即ち、胸の琴線に觸れて生ずる音色がリズムであり、詩であるのです」生田春月，《新らしき詩の作り方》，頁55-57。
24 嚴格來說其實是抄錄收錄在章太炎《國學概論》這本書中的附錄‧曹聚仁〈新詩管見〉一文中的字句。也就是說，張我軍的「章太炎講古詩的流變有幾句很可參考的話」以下所引述的七條內容並非章太炎的原話，而是曹聚仁所整理的章太炎。章太炎反對白話詩，但其編者曹聚仁支持白話詩，故用章太炎自己的意見來反駁章太炎。曹聚仁，〈新詩管見〉，收錄於章太炎講，曹聚仁編，《國學概論》（上海：泰東圖書局，1922年），頁17-19。

看到張我軍將生田春月所舉之例全部置換為中國詩歌的例子。尤其在第六節中，張我軍用生田春月的「內容律」的觀點評論中國新詩的發展，藉以判斷胡適、康白情、沉尹默、周作人等尚未脫離音數、押韻、平仄等形式律，並且奇妙地將胡適的「自然的音節」和生田春月的「內容律」兩種不同的論點嫁接在一起[25]：「一班新詩人的新趨勢，漸向著一個共同的方向走，那個方向便是『自然的音節』，便是我所說『內在律』」，進而推舉郭沫若才是能夠使用內在律、寫出「純然的新詩」的詩人。綜觀全文，此「內在律」的論點可以說是張我軍整篇詩論的核心。然而，這個觀點是來自於生田春月的這件事，在張我軍的論述中被刻意地隱而不提。

第七節張我軍介紹了自由詩的歷史是從西洋發源，從法文的vers-libre 談起，提到了象徵派、寫象派等，這些都是簡要地摘錄生田春月第六章的內容，並且將關於日本的自由詩的部分刪去。最後第八節的結論是，為了與世界詩壇採取一致的行動，便應該解放舊詩、和自由詩派同行。

張我軍所承襲生田春月的這個詩論架構，明顯是承襲其「自由詩」的問題意識。也就是說，當詩脫離中國漢詩的五七言、日本和歌的五七調以後，其作為「詩」該如何成立，而不會被認為與散文無異？生田春月所採取的是其同時代的日本詩壇常見的論調：「感情」與「音樂性」。佐藤伸宏爬梳日本口語自由詩最初期的提倡者們為了說明詩與散文的區別，主張散文是客觀，而詩則是主觀的，強調要「歌詠真實的自我」、「直接地描寫感情」、「主觀的情感的熱烈、痛

---

25 胡適提出的「自然的音節」的解釋如下：「節」是指舊體詩中經常是兩個為一節，白話詩中則多有三字或四、五字為一節；「音」則是指白話詩中的平仄不再嚴格、用韻則用現代韻或者不用韻等。這些主張和生田春月討論「內容律」時提到破除日本傳統韻文五七調的脈絡是不同的。

切、真實」[26]——這些都跟生田春月——與張我軍所引用來說明詩的本質的論點相似。再者，佐藤伸宏也提到此時期音樂性的問題成為了詩壇議論的焦點[27]。由於當時詩壇仍認為「韻律」是詩的本質，當自由詩主張廢棄日本詩歌慣有的音數律的定型時，詩的音樂性就成為了「詩」還能夠作為詩的條件。於是日本在1908-1911年間遂流行「感情的韻律」、「思想的律格」、「無形律」、「內容律」、「印象律」、「心情情調的韻律」等各種關於詩的音樂性的探討[28]。1918年出版的生田春月的詩論看起來是在同樣的脈絡中堅持著「內容律」、「內心的音樂」等論點，而這樣的看法也成為了支撐張我軍詩論的主軸。

（三）張我軍與歌德

然而，詩是不是真的表現出了詩人真實的情感、演奏出內心的韻律，幾乎是難以檢驗的。情感要化成實際的詩句，仍然必須仰賴著對既有的表現方式的學習與模仿。張我軍在〈研究新文學應讀什麼書〉列舉了胡適、郭沫若、康白情、俞平伯、汪靜之、徐玉諾、冰心、劉大白等中國詩人的詩集[29]，似乎形成其詩語的皆是中國新詩的養分。然而筆者在此要提出的是前行研究比較不曾注意到的面向：張我軍的《亂都之戀》中的「譯詩」要素。

《亂都之戀》當中有「譯詩」。這件事或許並不容易被察覺，但

---

26 佐藤伸宏，《詩の在りか：口語自由詩をめぐる問い》（東京：笠間書院，2011年），頁41-43。

27 事實上中國在白話詩誕生之後也有不少關於音韻方面的討論，但從張我軍的參考書目以及他1920年代前半待在中國的時間來看，對於這些論述應該接觸有限。相關論述可參考鄭毓瑜，《姿與言：詩國革命新論》第三章（台北：麥田，2017年），頁155-190。

28 佐藤伸宏，《詩の在りか：口語自由詩をめぐる問い》，頁43。

29 張我軍，〈研究新文學應讀什麼書〉，《臺灣民報》3卷7號，1926年3月1日。

在〈哥德又來勾引我苦惱〉的第一段中確實引用了下面幾行詩句：

「……我欲緊緊地抱住伊，
好把戀愛的苦惱來脫除；
然若不能脫除這苦惱，
則情願死在伊的胸上！……」（哥德句）[30]

筆者考察此時期歌德的中日翻譯狀況，試圖找出這幾行詩的來源。截至此詩寫作的1924年11月為止，郭沫若曾經翻譯出10首歌德的詩作，發表在1920年的《少年中國》，但上述句子並不在這10首譯詩當中[31]。而生田春月在1919年5月翻譯出版的《歌德詩集》（ゲエテ詩集，東京：新潮社）收錄了203篇歌德的詩，張我軍所引用的句子即在其中，為〈克莉絲汀〉（クリステル）一詩的最末四句：

わたしは彼女をぢつと抱きよせて
この戀のなやみをしづめたい
それでもこの苦惱(くるしみ)が消えぬなら
彼女の胸で死んでしまひたい！[32]

由此可知，張我軍所引用的句子是由生田春月由德文翻譯成日文，張

---

30 張我軍，〈哥德又來勾引我苦惱〉，《亂都之戀》（台北：張清榮，1925年），頁50。
31 分別為〈一即全〉、〈遺言〉、〈湖上〉、〈暮色垂空〉、〈神性〉、〈神與巴亞迭呂〉、〈掘寶者〉、〈藝術家的夕暮之歌〉、〈寄厚意之人〉、〈藝術家之歌〉等10首。田漢著，郭沫若代譯，〈歌德詩中所表現的思想〉，《少年中國》第1卷第9期（1920年3月），142-162頁。
32 生田春月譯，〈クリステル〉，《ゲエテ詩集》（東京：新潮社，1919年），頁17-18。

我軍再從日文翻譯成中文的。在歌德的〈克莉絲汀〉中，敘述者只要與戀人在一起就能變得快樂，不厭倦白日也不害怕夜晚，全詩表現出熱戀的激情與苦悶。張我軍的〈哥德又來勾引我苦惱〉可以看到同樣的苦悶，尤其是無法與戀人在一起時就會陷入孤獨與痛苦中的心情。可以看到張我軍詩所受到歌德詩的內容上的啟發。體裁方面，可以看到生田春月將歌德的原文譯成日文口語自由詩的樣貌，張我軍則再用中國白話文譯出，並多加上了三個標點符號。於此也可見中文白話詩和日文口語自由詩的標點符號運用有不同的約定成俗：中國自《嘗試集》以降習慣每一句句尾都使用標點符號，但日本則依個人習慣可用可不用。用字部分，從「好把戀愛的苦惱來脫除；然若不能脫除這苦惱」這兩句中，可以看到張我軍把原句的「なやみ」與「苦惱」統一翻譯成「苦惱」；「しづめる」和「消える」則統一翻譯成「脫除」。原本「なやみ」可以翻成煩惱、煩憂，「苦惱」可以翻成苦惱、痛苦；「しづめる」可以翻為止息、鎮靜，「消える」可以翻成消除、消滅。然而張我軍卻沒有依照原文譯成兩個不同的詞，而刻意把兩個相似詞翻譯成同一個。故意不避重複，降低抽換詞面所產生的駢儷對仗之感。從這裡可以看出張我軍對於胡適提出的「不重對偶——文須廢駢，詩須廢律」主張的實踐。

張我軍的另一首寫於1924年3月的〈對月狂歌〉中，亦可以看到歌德詩歌的影響：

這樣黑暗的世界，
在這沉寂寂的夜裡，
殷勤地展開著你慈愛的眼睛，
熟視破窗裡的窮人，
我感謝你！我讚美你！

啊啊！月裡的美人喲，
你是我僅有的知己！
你是我永遠的伴侶！[33]

此詩與歌德〈對月〉的前兩段情調非常相似。以下是生田春月的日譯版本：

またもおぼろの光もて	朦朧的光芒再次
森をも谷をも靜かにつつみ	靜靜地包圍了森林與山谷
つひにはわたしの心をも	你終於把我的心
おまへはすつかり融かしてしまふ	完全地融化殆盡
慰め顏におまへの眼は	撫慰的臉上你的眼睛
わたしの庭にひろごつて來る	展開至我的庭院
わたしの運命をあはれむ女の	就像是憐憫我命運的女子
心やさしい眼のやうに[34]	那慈愛的眼睛[35]

比對二詩，可以看到月亮的光芒有如在夜空中張開的「眼睛」，此一意象是來自於歌德詩歌的啟發。圍繞著這個「眼睛」的描述，可以看到張我軍深受生田春月的譯文的影響。筆者雖不諳德文，但是若比對郭沫若1927年的譯文，可以看到不同於生田春月的詮釋：「又把你縹渺的清輝，／靜瀉遍林叢溪澗，／把我的魂靈兒，／終究又溶解完全；／／你把你和藹的光波／灑遍了我的週遭，／好像是友人的青

---

33 張我軍，〈對月狂歌〉，《亂都之戀》，頁2。
34 生田春月譯，〈月に〉（節錄），《ゲエテ詩集》，頁160-161。
35 這裡的中文版為筆者根據左邊日文版所譯。

眼，／慈愷地替我憂勞。」[36]對於歌德詩中的「眼睛」，郭沫若解釋為「友人的青眼」，但生田春月則解釋成「女の心やさしい眼」；而動詞部分，郭沫若譯為「洒遍」，生田春月則是譯為「ひろごる」[37]。1925年的張我軍當然不可能讀過郭沫若1927年的〈對月〉的翻譯。在〈對月狂歌〉中，月亮作為「美人」的「慈愛的眼睛」，明顯地來自生田春月的「女の心やさしい眼」的詮釋；而其所選擇的動詞「展開」亦極有可能是翻譯自生田春月的「ひろごる」（從當代中文的語感來說，若要形容月亮的光芒，「展開」比起郭沫若的「洒遍」顯得較不自然）。〈對月狂歌〉這首詩雖非譯詩，可是在其詞語表達上，仍然可以窺見其將生田春月所譯的歌德「日譯中」的影子。

值得一提的是，張我軍在〈絕無僅有的擊缽吟的意義〉一文提到：「德國的大詩人歌德說：『是詩來做我的，不是我去做詩的。』可見這位大詩人，不是故意勉強去找詩作。是他的感情達到高潮時，雖欲忍也無可再忍了。」[38]這段話也是翻譯自生田春月《新詩作法》。從不只歌德的引文，而是連同引文前後的詮釋也一起抄錄便可知[39]。陳虛谷也引用了歌德的同一句話：「獨乙的大詩人哥德說：『是詩作我，不是我作詩』」、並再引了另外一句：「哥德說得好『詩是懺悔，是自

---

36 初出於郭沫若等譯，《德國詩選》（上海：上海創造社出版部，1927年），後收入《沫若譯詩集》。郭沫若譯，〈對月〉，《沫若譯詩集》（上海：新文藝出版社，1955年），頁34。
37 「ひろごる」為「広がる」的古語。有①展開、擴大②廣傳、蔓延之意。「ひろ—ご・る【広ごる】」辭條，《学研全訳古語辞典》（來源：https://kobun.weblio.jp/content/%E3%81%B2%E3%82%8D%E3%81%94%E3%82%8B，最後查閱時間：2022年8月15日）。
38 張我軍，〈絕無僅有的擊缽吟的意義〉，《臺灣民報》3卷2號，1925年1月11日。
39 生田春月原文：「獨逸の大詩人ギヨオテ（ゲエテ）は既にかう言つてをります。『詩が私を作つたので、私が詩を作つたのではない』と。即ちギヨオテは一つ詩を作つてやらうと故意に努めたのではなく、歌はずにはゐられなくなつたから歌つたのです。」生田春月，《新らしき詩の作り方》，頁4。

己反映。』」這些都是同樣出自《新詩作法》第一章的內容[40]。生田春月作為歌德的日文譯者，經常在其詩論中引述歌德的話，這些句子看起來帶給台灣青年不少啟發。由此可見，除了詩作之外，歌德的詩觀透過張我軍和陳虛谷的（由生田春月中介的）翻譯也成為了他們的新時代詩論的基礎之一。

　　綜上所述，張我軍的論述與創作的形成與理論來源比過去論者所論要來得多元而複雜。一者，其在新舊文學論戰的論述是經過一次次的自我修正才完成；二者，其詩論從標題來看雖是取自於胡適的「詩體的解放」，但用以支撐詩論核心的卻是生田春月「內容律」的概念；三者，其詩作當中其實有著透過「德→日→中」的二重翻譯所取得的新的表現方式。由此可見，張我軍過去令人印象深刻的「引介中國新文學」的自我標榜或許可以看作是一種反殖民的策略，實際上他的論述與創作融合了中國、日本、西洋等不同元素，反映出了其來源本身的進步以及局限。而這些要素都成為了《民報》系列作者的創作養分、成為他們對「近代詩」的想像來源之一。

三、郭秋生的〈臺灣話文嘗試集〉[41]

（一）台灣「話」「文」字化的提案：安藤正次的語言學

　　張我軍「以中國白話文寫自由詩」的這個新「典律」在殖民地台灣尚未穩固，馬上又引來了對這個新「典律」的挑戰。1930年代初期，由黃石輝與郭秋生所發起的鄉土文學論戰，在內容上主張鄉土文

40　生田春月，《新らしき詩の作り方》，頁10。
41　承蒙本書審查人提醒，除了郭秋生的台灣話文詩之外，時間更早、數量更多的《臺灣教會公報》上的白話字詩作在本書中未被提及。因筆者之力有未逮，此課題將留待日後深究。

學，在語言上則主張台灣話文——後者則是明顯針對1920年代前一階段的張我軍等人的主張而來。如黃石輝明白批判張我軍說台灣話沒有文學價值是錯誤的見解，認為凡語言皆有文學的價值，身為台灣人應用台灣話作詩作文才對[42]；郭秋生亦指出近年來雖中國白話文影響台灣不少，但因為政治主體不同、制度與事象相異，台灣話實則卻不能夠像其他中國省分一樣處於中國方言的地位[43]。學習中國白話文對於台灣人而言與文言文同樣費力，同樣違反言文一致的原則，因此今後需要進行的是將台灣話文字化的工作，在台灣達成真正的言文一致。

針對郭秋生的構想，吳叡人指出「這意味著郭秋生所設想的台灣話文是漢字體系內部與中國白話文平行並列的文學語言。這個主張，乃將漢語視為『語系』，而將中國國語和台灣話文視為有如拉丁語系內部的法語和義大利語一般的，漢語系下兩個平行的『語言』」；「郭秋生這個大膽的視野，是一個清清楚楚的台灣語言民族主義的立場」[44]。在此吳叡人注意到了郭秋生主張中「語言學」的側面，這與黃石輝從左翼階級立場出發有所不同，是一個不常被提及的面向。事實上，郭秋生的〈建設「臺灣話文」一提案〉的長文共分五節，前三節皆在談語言與文字的本質等問題，第四、五節才進入台灣的特殊環境與台灣話文的正題。但前半部占龐大篇幅的語言學相關問題部分卻經常受到忽視。

在此筆者要提出的是前行研究未曾注意到的，郭秋生藉以作為其「大膽的視野」的論述基礎，是日本語言學學者、同時也是台北帝大

---

[42] 黃石輝，〈怎麼不提倡鄉土文學〉，原刊《伍人報》（1930年8月16日～9月1日），收入中島利郎編，《1930年代台灣鄉土文學論戰資料彙編》（高雄：春暉，2003年），頁2。

[43] 郭秋生，〈建設「臺灣話文」一提案〉，原刊《台灣新聞》（1931年7月7日），收入中島利郎編，《1930年代台灣鄉土文學論戰資料彙編》，頁45-46。

[44] 吳叡人，〈福爾摩沙意識型態〉，頁180。

文政學部教授安藤正次的語言學理論[45]。郭秋生的〈建設「臺灣話文」一提案〉（1931年7月），文章前三節的重要論點幾乎都出自安藤正次《言語學概論》一書的「第四章　言語的本質」及「第五章　言語的發達及其變遷」[46]。兩者主要論點對照如下：

表3-2　郭秋生的〈建設「臺灣話文」一提案〉與安藤正次《言語學概論》內容對照

	郭秋生	安藤正次
(1)	原來言語的音聲其本質具有普通性，而其於使用上又極輕便自由，不但沒有像表出運動那樣的制限，而且更富於變化，有無限發展的餘地。這所以用音聲的言語，為發表思想感情會獨有優越性。（頁8）	第一に、音聲そのものが本質に普遍性を帶びてゐるものであり、第二に、使用上からいつでも、音聲が極めて自由に輕便に使用され得るものであるからであらう。（頁190）かういふやうな種々の點を考へて見るに、音聲は、他の各種のおものよりも、思想感情を表示する手段として採用され發達し得べき優越性を有

---

45 安藤正次（1878-1952），日本語言學家。畢業於東京帝大文學部言語學科，歷任神宮皇學館教授、日本女子大學國文科教授、早稻田大學教授等。1926年來台任臺灣總督府高等學校教授，同時受聘為總督府在外研究員，居留英、美、德、法四國長達一年十個月，1928年返國任臺北帝國大學文政學部教授，1932年出任文政學部部長，1941年出任臺北帝大總長（校長），兼總督府評議會會員。戰後1948年任日本國語審議會長。專攻古代日語、語詞構成法則，並對語言學、國語國字問題、古代文化等均有研究。著有《日本文化史古代篇》、《古代國語研究》、《國語學通考》、《古典與古語》、《國語史序說》等書。沖森卓也，「安藤正次」辭條，《日本大百科全書》（來源：https://japanknowledge.com/lib/display/?lid=1001000014308，最後查閱時間：2022年8月15日）。張子文，〈安藤正次〉，張子文、郭啟傳、林偉洲撰文，國家圖書館特藏組編輯，《臺灣歷史人物小傳——明清暨日據時期》（台北：國家圖書館，2003年），頁95。

46 安藤正次，《言語學概論》（東京：早稻田大學出版部，1927年）。

	郭秋生	安藤正次
		つてゐるといふことが出來る。（頁191）
(2)	言語不但是集團生活的反應，更就是民族精神的體現。是故英國人愛護英語和珍重自己的生命一樣，奉以為代表英國人的性情；日本人愛護日語，同樣奉以為日人性情的體現。（頁12）	或民族或國民の言語は、その民族國民の固有の性情の失はれざる限り、よくその固有の特性を永遠に保持して行く。日本の國民性は日本語のうちによくその特質を示して居り、イギリスの國民性は英語のうちにその反映を見せてゐる。（頁285）
(3)	試看世界文字的種類尋其源流不過二三，這也許是文字不容易要變就變的一個傍證。原來文字至於成立做文字通行，不知道要幾多的時間性和愛護力……文字既要記號言語的音聲方才會發揮他的機能，那末引用他人所用的記號、文字在做自己音聲的記號，可不是免費力，而且當有實現性嗎？這層的緣故，文字的發展力會及於沒有發達文字的相接觸民族，這便就是世界文字的種類不多的一個原因。親像大和民族引用漢字做國字以記號日本語是其一例。（頁13）	文字が急速に變化しない理由は、單にかういふ點ばかりではない。文字を新しく案出するといふことが容易でないのと文字の使用に熟達することが困難なのは、一旦採用した文字をかへず一旦習得した使用法を改めないことの重要なる原因となるのである。新しい文字の案出が困難であることは、世界の文字の源流がわずかに二三を數へ得るに過ぎず、多くの民族は概してその接觸した他の民族の既に使用してゐた文字を借用してそれを自己の文字とするといふ方法をとつてゐる事實によつても證明されるのである。（頁243-244）
(4)	文字的一面既定型了既成言語的型態，同時既得了慣行執著的實態力……於是當時代說的言語和當時代使用的語號的中間，既不想及新語號的補足，便一部分刻	言語が文字によつて寫し出され、それが度重なるに及んでは、漸くその書きあらはしが定型化する傾向を生ずる。さうすると、口にする言葉の上に變化があらはれてもその變化は

郭秋生	安藤正次
刻發生間隔，及一個時期後的言語就隨處發見和記號的文字宛然兩種……言文乖離的現象不論那一國都會發生，既文字不足以制御語言的變遷，那末自然會至於文字別成一所的位置。（頁14）	書かれたものゝ上には示されないやうになる。こゝにおいて、言文の乖離が生ずる。……文字に書かれた言語は、口に語られる言語の急激なる變化を緩和する。しかし、緩和はどこまでも緩和である。少しづゝの變化は全く抑制し得るものではない。その少しづゝの變化が漸く重なつて來ると、言文の乖離が甚しくなる。（頁329-330）

從上面的文句對照，可以看到不像張我軍對生田春月是直接翻譯引用，郭秋生用自己的話間接重述了安藤正次的論點。但其核心概念以及「表出運動」、「言文乖離」等用語確實是引用自於《言語學概論》一書的內容（其他還有若干引用細節，在此不一一詳列）。上述四段引文可以概要成以下四個重點：

（1）使用音聲的語言是在所有表出運動中最優秀的一種
（2）語言是民族精神的體現
（3）文字不易創造與改易，故許多民族會借用他人的文字記錄自己的聲音
（4）文字的變化速度不及語言，故會產生言文乖離的現象

為什麼郭秋生需要花那麼多的篇幅來講述文字成立的過程表出運動、語言與文字的關係、言文乖離的史的現象等問題，乍看之下似乎將論題拉得過大過遠，其實是在為台灣話文的建構尋找新的「典律」。日本的言文一致運動催生了日本近代文學，中國的白話文運動則建立起中國新文學，兩者都跟它們的「國語」建設工程習習相關。台灣話文

要在這兩種強勢國語之外進行新的言文一致工程藉以書寫台灣鄉土文學，必須去尋找具有放諸世界的普遍性，能夠支持台灣話文正當性的權威論述。郭秋生找到的正是具有語言民族主義色彩的安藤正次的語言學理論。可以看到，上述的四個論點全都是後來在論戰中，藉以支持郭秋生台灣話文的理念的基礎概念。如（1）確立了論戰中的語言中心主義；（2）解釋了只有台灣話才能夠體現台灣人的性情；（3）預告了台灣話可以使用中國的漢字來進行文字化工程的可行性；（4）則說明台灣話文才能夠真正符合言文一致的原則。這些主張也提供了其他的台灣話文支持派論者論述的基礎。郭秋生的這篇文章在台灣話文論戰當中的重要性與代表性應在於此。

安藤正次《言語學概論》一書第四、五章在說明完語言及文字的本質、語言的變遷之後，爬梳了日本古代到明治時期的語言變遷；而郭秋生〈建設「臺灣話文」一提案〉前兩節也是說明完語言及文字的本質、語言的變遷之後，第三節從中國黃帝時代談到民國時代的語言沿革，繼而接到第四、五節的台灣特殊環境與台灣話文的部分。與生田春月之於張我軍一樣，安藤正次也是郭秋生論述下重要但故意隱而不提的伏流。他們運用日本學者的理論來架構其原理原則的部分，之後填上其認為屬於自己文化源流的脈絡，使之成為在台灣可以實際運用的論述。

由此也可觀察到，與對抗舊詩、主張使用中國白話文的張我軍不同，郭秋生所對抗的對象已經成為了阻礙言文一致的中國白話文，並且主張使用台灣話文。他認為中國白話文與文言文同樣與台灣話是「言文乖離」的。從這裡可以看到又一次典律轉移的軌跡。

（二）建設「台灣國語」一提案：胡適的復歸

郭秋生初期的台灣話文主張著重在語言學，且專注在啟蒙、掃除

文盲的目的；直到1931年11月的〈讀黃純青先生的「臺灣話改造論」〉一文，郭秋生方進一步提出了有關文學的主張：「臺灣話的改造，的確要先從台灣話文的初階段做起，換句說，把既成的台灣話隨其自然以文字化，而後用文學的魅力徐徐洗鍊，造就美滿之台灣話的文學，便同時是改造過之文學的台灣話了」[47]——這裡郭秋生明確提出了「文學的台灣話，台灣話的文學」，正是呼應胡適的「國語的文學，文學的國語」。同樣取法胡適，郭秋生已與張我軍的問題意識截然不同。張我軍主張以中國白話文來改造台灣話，因此對於張我軍而言的「國語」即中國白話文。然而對郭秋生而言，台灣話本身便可以作為「國語」，並且可以透過文學的力量將之改造為優美的語言，如同胡適所主張的：「中國將來的新文學用的白話，就是將來中國的標準國語。造中國將來白話文學的人，就是制訂標準國語的人。」[48]

郭秋生繼而在「實行方法」中提出了兩個創造台灣話文的具體方向：其一是整理歌謠、民謠、編趣味讀物予大眾閱讀，以掃除文盲；其二則是寫詩、論、短文、小說等文學以創造優雅的台灣話。郭秋生後來的工作較為人所知的是前者，即他在《南音》雜誌上連載的「臺灣話文嘗試欄」收集並且採集童謠、民歌、謎語等並以台灣話文表記。這可以說是上承鄭坤五〈臺灣國風〉、下啟李獻璋的《臺灣民間文學集》民俗整理工作，不過郭秋生的重點並非在民俗採集與保存，而是在於以之創造「臺灣話文」這一新語言。因此接下來1931年末至1932年間，郭秋生所發表的文章多半在討論台灣話文的新字問題，並且發表其民謠整理、文字化之工作成果。而後者，亦即創造文學作品的部分，郭秋生亦同時有發表多篇隨筆、小說、新詩，並在《臺灣新

---

47 郭秋生，〈讀黃純青先生的「臺灣話改造論」〉，原刊《臺灣新民報》（1931年11月7日、14日），收入中島利郎編，《1930年代台灣鄉土文學論戰資料彙編》，頁160。
48 胡適，〈建設的文學革命論〉，《胡適文存第一集》（台北：遠東，1968年），頁61-62。

民報》的〈臺灣話文嘗試集〉繼續發展，下一小節將再針對詩作的部分進行探討。

另一方面，郭秋生「文學的台灣話，台灣話的文學」的觀點，在1933年11月的〈還在絕對的主張建設「臺灣話文」〉有更進一步的發展：「現在的台灣話，已不能單一族系的言語，而只能一種各族系互相影響混化著的『台灣國語』」[49]；「我們所要建設的台灣話文，無外立腳於台灣民間文學，順從不可避免的特殊環境的自然，以文學的形式積極的攝取外來的文化與語言，文言固勿論，中國白話、日本語、國際語，融化為台灣特殊文化之文學的台灣話為最終的目的」[50]——這裡的「台灣國語」，可能是郭秋生所提出最大膽的概念。並且應是論戰中最明確勾勒出「臺灣話文」理想樣貌的一段文字。郭秋生抓住了殖民地台灣的語言混雜性，認為台灣話文作為台灣國語，應將「中國白話、日本語、國際語」各種存在於台灣的特殊文化融化成為「文學的台灣話」。在這之中，郭秋生也預言了台灣話文具有成長與變動的可能性：「台灣話文並不是滿足於過去的退嬰文學，是要著積極的進取外來文化新生命的文學。是故能有文言文素養的人，只管更一層攝取文言文為台灣話的成分，能有中國白話文素養的人也務必多多攝取中國白話為台灣話的新成分；能有日語國際語素養的人都莫不期待他能夠如此」[51]——如此對於台灣話文的觀點實具有寬廣的包容性，亦提供台灣話能夠近代化、能夠作為一近代文學語言的基礎。

此視野可以說是為未來的台灣話文文學打開了一條康莊大道。在賴和的小說中即可以觀察到接近此種具有高度混雜性的「台灣國語」

---

49 郭秋生，〈還在絕對的主張建設「臺灣話文」〉，原刊《臺灣新民報》（1933年11月11日～26日），收入中島利郎編，《1930年代台灣鄉土文學論戰資料彙編》，頁442。
50 中島利郎編，《1930年代台灣鄉土文學論戰資料彙編》，頁453。
51 中島利郎編，《1930年代台灣鄉土文學論戰資料彙編》，頁457-458。

的呈現,但在詩方面,類似的語言嘗試並不多見。郭秋生能夠對應自身理論的詩歌創作的重要性便在於此。

(三)郭秋生的〈臺灣話文嘗試集〉:日文流行歌與文白讀音表記

郭秋生最早的詩作,為1931年1月1日發表於《臺灣新民報》的〈新年行進曲〉:

郭秋生〈新年行進曲〉(第三、四段)

3
　『恭喜!大趁錢!』
　多謝!只趁了一年的過去』
　是々、大趁錢、自然有好過年、還能幸福了一歲的過去、這怎樣不為恭喜?
　去、去!
　嬌妻美子到街路行一行
　給人家瞧一瞧我們的錦衣
　去、去!
　恭賀新年、大家交換一些福氣望今年多些勝舊年相率叫趁錢。
4
　有福大家享就是、
　來來!

奏一曲昇平的年始樂、

　　飲一杯祝歲的屠蘇酒、

　　錦上添花、

　　面紅耳熱英雄慷慨、

　　人生幾何、及時怎不寄

酒高歌？

　　古陋了、舞劍不成時髦

　　那麼浪花節？

　　不流行！

　　道頓堀？

　　『拍々々々………』

　　紅火兒、

　　青火兒、

　　道頓堀去………………

　　這怎樣使我忘記得你？

　　『拍々々々………』[52]

上面是〈新年行進曲〉的第三、四段。目前唯一分析過此詩的前行研究者陳韻如，指出第三段具有台灣話的尾韻：「句尾為『錢』、『去』、『年』、『喜』、『衣』、『氣』等，若以『臺灣話』朗讀，都是『一』的音，但若以『北京話』朗讀，則有『ㄋ』、『ㄩ』、『一』的不同，故筆者認為，這也是首可以『臺灣話』誦讀的新詩」[53]；另一方面，陳韻如又針對第四段的內容，提出其不解：「之前原是在鼓舞大家同跳舞慶

---

52 郭秋生，〈新年行進曲〉，《臺灣新民報》第345號（1931年1月1日），頁81。

53 陳韻如，〈郭秋生文學歷程研究（1929～1937）〉（台北：東吳大學中國文學系碩士論文，2002年），頁48。

祝、寄酒高歌，一下子承接了這段文字，總有些唐突。且其中的『浪花節』、『道頓堀』、『紅火兒』、『青火兒』，實在不解其義為何」[54]。事實上，若檢視〈新年行進曲〉中令人「不解其義」的詞語來源，便可知郭秋生早在1931年的詩作中便已在嘗試其後來提出的「台灣國語」的文學語言。

首先，「浪花節」（なにわぶし）是日本傳統說唱藝術，又稱作「浪曲」，以三味線伴奏的分節演唱以及被稱作「啖呵」的敘事及對話，由一個人演出的說唱藝術，起源於江戶末期、在明治時期發展與普及，至大正時期到達全盛時期[55]。對於昭和時期的郭秋生來說，浪花節已經「不流行」了。而詩中出現的流行的「道頓堀」，其實指的是下面這首流行歌曲：

〈道頓堀行進曲〉（作詞：日比繁次郎　作曲：塩尻精八）

赤い灯　青い灯　道頓堀の
川面にあつまる　恋の灯に
なんで　カフェーが　忘らりょか

酔うてくだまきゃ　あばずれ女
すまし顔すりゃ　カフェーの女王
道頓堀が　忘らりょか

好きなあの人　もう来る時分

---

54 陳韻如，〈郭秋生文學歷程研究（1929～1937）〉，頁49。
55 秩父久方，「浪花節」辭條，《日本大百科全書》（來源：https://japanknowledge.com/lib/display/?lid=1001000172778，最後查閱時間：2022年8月15日）。

ナフキンたたもよ　唄いましょうよ
　　ああなつかしの　道頓堀よ[56]

　　將這首〈道頓堀行進曲〉的歌詞與郭秋生的〈新年行進曲〉第四段比對，便可知「紅火兒、／青火兒、／道頓堀去………／這怎樣使我忘記得你？」其實是歌詞中的「赤い灯　青い灯　道頓堀の／川面にあつまる　恋の灯に／なんで　カフェーが　忘らりょか」（紅燈　藍燈　聚集在／道頓堀河面的愛之燈火／為何就是忘不了咖啡店）、「道頓堀が　忘らりょか」（忘不了道頓堀）等句子的節錄。在〈道頓堀行進曲〉的樂曲中，可以聽到其前奏和間奏都有鮮明的四拍子樂句，詩句中多次出現的「『拍々々々………』」推測便是在模仿該樂句。〈道頓堀行進曲〉最初是1928年由岡田嘉子主演舞台劇之主題曲，後來在日本造成全國大流行的契機是 Nitto 唱片公司接連發行筑波久仁子和內海一郎翻唱的唱片。尤其是1929年內海一郎翻唱的版本在當時創造出銷售二十萬張的紀錄[57]。從1931年的〈新年行進曲〉中可以看到這首歌同樣也流行到了殖民地台灣。

　　〈新年行進曲〉中描摹新年時期眾人歡騰唱歌的情景，從「英雄慷慨」、「寄酒高歌」、「舞劍」等中國古典文學意象的「古陋」，到明治大正時期「浪花節」的「不流行」，眾人非得要唱到此時最流行的「道頓堀」=〈道頓堀行進曲〉才能夠盡興。從這裡可以看到曲調以及歌詞內容的近代化。而從第三段台灣話文押尾韻的詩句，到第四段以中國白話文為主、夾雜由日文歌詞翻譯成的中文、由詩句模仿樂句的節

56　日比繁次郎作詞，塩尻精八作曲，〈道頓堀行進曲〉，「歌ネット」（來源：https://www.uta-net.com/song/32757/，最後查閱時間：2021年11月20日）。

57　毛利眞人，〈『道頓堀行進曲』史〉，「ニッポン・スキングタイム」（來源：https://jazzrou.hatenablog.com/entry/2017/09/18/231554，最後查閱時間：2021年11月20日）

奏,可以看到其語言、節奏、敘述聲音的混雜與極速轉換。例如「那麼浪花節?／不流行」應是兩個人的對話,而「『拍々々々………』」則是前奏的音樂,「紅火兒、／青火兒、／道頓堀去………／這怎樣使我忘記得你?」又是唱歌的歌聲(實際上唱的應是日文)。整段事實上是描摹新年時熱鬧、歡騰、七嘴八舌、喝酒跳舞的多音交響,可以說具有高度的實驗性。尤其將「赤い灯　青い灯」翻譯成「紅火兒／青火兒」,同時代或具有共同記憶的台灣人或許可能還原至〈道頓堀行進曲〉,但脫離了該流行歌的時代便確實容易令人「不解其義」。

郭秋生接下來的詩作為發表在《南音》上的〈開荒〉,語言上屬於半台灣話文半中國白話文,而《南音》的另一首〈嬰兒〉與《先發部隊》的〈先發部隊〉則是完全的中國白話文──不同於他在《南音》連載的「臺灣話文嘗試欄」採集台灣話文歌謠、使用新字等,他的詩作卻越趨中國白話文靠近,且相當「純粹」,未有混雜日文、台灣話文或者其他外來文化之詞語。陳韻如對此解釋「對郭秋生來說,以當時較不具文學優雅性的『臺灣話文』進行文學性高、講求精練的新詩,是頗具困難度的實驗」[58]。然而筆者認為,即使困難,郭秋生也沒有放棄繼續嘗試。其重要的嘗試就在1933年〈臺灣話文嘗試集〉中的〈回頭〉一詩當中。前行研究的陳淑容和陳韻如都將〈回頭〉視作散文[59],然而觀察〈臺灣話文嘗試集〉三篇作品的排版,只有〈回頭〉有明顯的分行;其次,如同〈新年行進曲〉的每句句首刻意低一格,〈回頭〉的句首亦刻意高一格,以區別出不同的段落;再者,〈回頭〉和〈開荒〉、〈嬰兒〉等詩一樣有時在句末會省去標點符號,但郭

---

58 陳韻如,〈郭秋生文學歷程研究(1929～1937)〉,頁51。
59 陳淑容,《一九三〇年代鄉土文學／台灣話文論爭及其餘波》(台南:台南市立圖書館,2004年),頁206-207;陳韻如,〈郭秋生文學歷程研究(1929～1937)〉,頁16-17。

秋生的其他散文作品當中並不會有此情形。綜合上述線索來看,〈回頭〉應看作詩才對。

〈回頭〉詩前有註「字邊有・記號讀話音、其他照字音讀」,此表記是郭秋生之前的詩所沒有的,可以說創造了新的閱讀經驗:

郭秋生〈回頭〉(第九～十一段)

　　九
伊點落頭
　重新檢點一回的過
　去──
「剪到有花有字的街
　路樹才是樹
絨氈一般的公園的草
　埔草才是草
只有插滯花瓶內的花
　是花
只有罩至籠內的鳥是
　鳥
水源地以外無水源」
　　一〇
「啊？　什麼人教我着
　這欵想？──
　一味看輕自己的物
　　──若不是別人的
　什麼都不值錢」
　　一一

卻不是自己無米
也不是自己無衫
——是一向放掉先人
交代的業產所致[60]

上面節錄的是〈回頭〉第九～十一段。〈回頭〉全詩描寫主角「伊」過去認為只有他人的產業才值得看重，但察覺自己家鄉土地的美麗以後，領悟到自己應該要開發自己的產業。值得細查的是，從作者對於「話音」的標記，可以看到不同於〈臺灣話文嘗試集〉另外兩篇隨筆的屬於「詩」的安排。首先，在第九段的五個排比句中，「剪到有花有字的街路樹才是樹」和「只有插滯花瓶內的花是花」兩句中出現同樣的「樹」和「花」，卻刻意在同句中安排了「話音」和「字音」不同讀音。因此，上句前後的「樹」分別要讀作「tshiū」和「sū」[61]；下句前後的「花」則分別要讀作「hue」和「hua」[62]。這不僅讓原本重複的詞語多了錯落變化，「話音」和「字音」也區別出雅俗之感。彷彿「sū」和「hua」就是比「tshiū」和「hue」高尚的「樹」與「花」，在意義上也做出了分別。再者，第十一段的「卻不是自己無米／也不是自己無衫」兩句的「不」、「無」則先白後文（「不」先後讀作「m̄」、「put」[63]；「無」先後讀作「bô」、「bû」[64]），這裡的區分

---

60 郭秋生，〈臺灣話文嘗試集（四）回頭（下）〉，《臺灣新民報》，1933年10月6日。

61 中華民國教育部，「樹」辭條，《臺灣閩南語常用詞辭典》（來源：https://twblg.dict.edu.tw/holodict_new/，最後查閱時間：2021年11月20日）。

62 中華民國教育部，「花」辭條，《臺灣閩南語常用詞辭典》（來源：https://twblg.dict.edu.tw/holodict_new/，最後查閱時間：2021年11月20日）。

63 中華民國教育部，「不」辭條，《臺灣閩南語常用詞辭典》（來源：https://twblg.dict.edu.tw/holodict_new/，最後查閱時間：2021年11月20日）。

64 中華民國教育部，「無」辭條，《臺灣閩南語常用詞辭典》（來源：https://twblg.dict.edu.tw/holodict_new/，最後查閱時間：2021年11月20日）。

推測是為增加朗誦時讀音的豐富性。這些都是以純粹的中國白話文所無法做出的變化。

〈臺灣話文嘗試集〉系列作發表後馬上遭到賴明弘激烈的攻擊。賴雖未討論到〈回頭〉一篇，但針對〈開場白〉中的詞語一一指其「不通」，例如「著」的用法失去漢字固有的字義、「親像」在中國白話文當中無意義、「素人」是日本詞語不是台灣話、「盲人」與「瞎馬」又是台灣話中沒有的文語[65]。依照此理，〈回頭〉也有中國白話文中沒有的「著」、「親像」、台灣話沒有的「X光線」、由日文じゅうたん而來的「絨氈」等詞。可是，正因為有這些混雜性，才得以發展出郭秋生所謂的「台灣國語」。在賴明弘這篇文章發表後的下一個月，郭秋生就發表了上述的〈還在絕對的主張建設「臺灣話文」〉，提出上述的「現在的台灣話，已不能單一族系的言語，而只能一種各族系互相影響混化著的『台灣國語』的主張」[66]，可以說，郭秋生是在創作實驗及論戰的過程當中才逐漸將其「台灣國語」的論述發展完成。而從其作品中也可以看到，與張我軍所關心「自由詩」的面向不同，郭秋生更關心的是「白話（台灣話文）詩」的面向，而且透過語言的實驗創造出活潑的、比起中國白話文更能夠貼近台灣人語言的混雜性的「言文一致」的表記方式。

綜上所述，郭秋生通過「臺灣話文嘗試欄」、〈臺灣話文嘗試集〉等持續的嘗試，一步步遂完其「台灣國語」的論述。雖然他的詩作終究被指「不解其義」、「不通」，但他已勾勒出前人未到的詩歌語言風景。而這樣的「台灣國語」的嘗試，在下一代有志於文學的青年——與郭秋生同樣不是以詩人身分聞名的蘇維熊——的手中得到了更駕輕就熟的實踐。

---

65 賴明弘，〈對鄉土文學臺灣話文徹底的反對〉，原刊《臺灣新民報》（1933年10月16-21日），收入中島利郎編，《1930年代台灣鄉土文學論戰資料彙編》，頁391-392。
66 郭秋生，〈還在絕對的主張建設「臺灣話文」〉，頁442。

四、蘇維熊的「台灣國語」詩：多元語言與新舊體裁的實驗場

（一）作為近代詩語的「台灣國語」

蘇維熊〈春夜恨（讀做臺灣白話）〉

   1、
自正月初九日天公生
就是這樣陰暗的天氣
朝々覺醒
便聽春雨撲天窗
夜々亦在
滴々雨聲中做春夢。
   2、
在這細雨陰濕的氛圍氣
那憂鬱不幸的青年
獨自閒靜於村舍書房裡
默々地在閱覽英書──
   3、
──此是クリスコス[67]的明月夜
銀霜冷豔的牧場裡
フレデリック慇懃請願再會
ハリート却說萬不如意

---

67 原文如此，應為「クリスマス」的誤植。

4、
且詰問說「握着我的手
是甚麼的意思？」
又說為想着往昔的兒戲
來對現在顯榮的婦人失敬
並非是紳士的禮儀……。」

5、
フレデリック答說
「……然則對我告白二層事就是
說儞曾意愛着我、
說伯爵現對儞十分不稱意、
使儞時常回憶我等的當時！」──

6、
哈々！　男人們是何等愚物呢！
何苦懇求「說儞曾意愛着我
說伯爵現對儞十分不稱意、
使係[68]時常回憶我等的當時」！

7、
噫！　然此非伊我兩人
所把一場過去的情戲？
於今乎？　万事休矣！　她已嫁他
留下孤獨的青年　時在流淚鬱氣！

8、
撲々！　々々！　春雨打天窗

---

68 原文如此，根據上文，應為「儞」字的誤植。

奈得我不憶起伊一人？
啞！　失意的男人比女人
是幾倍的淒慘！

　　　9、
聽說她去冬既有生產
現在顏容與昔大不同
又聞日前夫妻同伴南向
欲就事電氣業日月潭。

　　　10、
噫！　明月清風的山上夜
兩人在湖邊逍遙時
耳聽「嘴琴」哀切的聲調………
咄！　已矣夫！　妄想何要？

　　　11、
雖然………………
未知那電氣丈夫會曉得：─
「詩思浮沉檣影裡
夢魂搖曳櫓聲中」
這種湖面的詩意？

　　　12、
未知昔愛某某終日達旦
在炊飯掃除做玩物過日呢？
或是他們的結婚生活中
有何等想不到的詩美？

　　　13、
撲々！　々々！　春雨打天窗

奈得我不憶起伊一人…………
「サア！　サア！」噫！　竹葉在動搖！
「ドーン／＼」啞！　遠響的晚潮！
　　　14、
夜雨孤燈閑房裡
那不幸的青年獨坐無聊
任屋外風雨如何奔放
懷念愈深而覺魂斷銷！[69]

以上是發表在《福爾摩沙》創刊號的蘇維熊的處女作。筆者不嫌冗長地在此全詩引用，為的是想呈現此詩在過去的研究中雖被忽略，卻其實可能是最接近「作為近代詩語的『台灣國語』」的嘗試之作。可以看到在這首詩當中，蘇維熊如同郭秋生所說的將「外來的文化與語言」、「文言」、「中國白話」、「日本語」等各要素都融匯在台灣話文當中，卻又能不失優美典雅。首先，在第三段到第五段當中，以破折號「──」框起來的部分為詩中主角所閱讀的「英書」的內容，雖目前筆者尚未能找到確切來源，但應為一部英文小說，描寫男主角フレデリツク（Frederick）想要挽回已琵琶別抱的女主角ハリート（Harriet）感情的場景。這裡的クリスマス、フレデリツク、ハリート等英文名詞皆用日文片假名表示，而上下引號內的文字則應是將小說中的對話由英文翻譯成台灣話文。可以看到台灣話文詩中罕見地融合進英文文學的要素。其次，全首詩中如「氛圍氣」、「告白」、「愚物」、「電氣」等直接使用日文漢字，「サア！　サア！」和「ドーン／＼」也直接

---

[69] 蘇維熊，〈春夜恨（讀做臺灣白話）〉，《フォルモサ》創刊號（1933年7月），頁28-30。

以片假名的擬聲語來表記，可以看到蘇維熊如郭秋生一樣認為不須刻意避開日語詞彙。再者，第十一段中直接引用了中國古典詩句「詩思浮沉檣影裡／夢魂搖曳櫓聲中」。此句出處為宋代戴復古的〈黃岩舟中〉，全詩內容如下：

> 滿船明月浸虛空，綠水無痕夜氣衝。
> 詩思浮沉檣影里，夢魂搖曳櫓聲中。
> 星辰冷落碧潭水，鴻雁悲鳴紅蓼風。
> 數點漁燈依古岸，斷橋垂露滴梧桐。[70]

這首詩描寫了乘於秋夜小船上的靜謐與寂寥之情，從詩中「鴻雁」「紅蓼」「梧桐」等物可知是秋天。詩中敘述者隨著小船的桅桿以及櫓槳心緒起伏寄託其「詩思」與「夢魂」，又從其眼中的星辰冷落與耳中的鴻雁悲鳴，可知其心情帶有些微的寂寥與愁苦。〈春夜恨〉中的青年懷疑舊情人的丈夫能否理解這種細膩的感情（「電氣丈夫」一方面指其至電力公司求職一事，另一方面也有暗諷其為不解風情的機器人之意？）。有趣的是，詩中將三個不同文化與不同時空的場景勾連在一起：黃岩（今浙江省台州市）的「滿船明月浸虛空」、英國牧場中「クリスマスの明月夜」以及台灣村舍的「正月初九日天公生」的春夜，這樣的勾連將詩中所要傳達的寒冷與悲愁的情境更顯豐富而有深度。且作者並未因為〈黃岩舟中〉是「文言文」就遠離之，反而將其拿來做為白話詩當中的素材，這也是郭秋生所提倡的作法。另外，青年遙想在日月潭湖邊划船，會聽到「嘴琴」（口簧琴）的聲

---

[70] 戴復古，〈黃岩舟中〉，「古詩文網」（來源：https://so.gushiwen.cn/shiwenv_7a8112e7b36f.aspx，最後查閱時間：2021年11月22日）。

調,此處讓台灣原住民常用的「嘴琴」與漢人拜「天公生」的習俗在一首詩中同時出現,也展現了台灣族群文化的多元性。

　　上面討論的是〈春夜恨〉的語言多樣性與文化混雜的部分,而縱觀整首詩的內容、敘事與音韻的安排,也可看見不少巧思。首先,這首詩的結構為「第三人稱→第一人稱→第三人稱」,首尾皆用第三人稱的旁觀角度描寫「不幸的青年」,而中間則是以第一人稱的青年「我」來發聲。其次,詩中當「我」在回憶「伊」時,安排了一段「劇中劇」——青年在閱讀英書時,閱讀到フレデリツク與ハリート對峙的場景(第三～五段),而忍不住在第六段時發出「男人們是何等愚物呢!」的評論。到了第七～十二段便正式把鏡頭轉到「我」與已經嫁給他人的「伊」身上。於是,這前後的「フレデリツク與ハリート」和「我與伊」便形成了對照,亦即當青年讀到フレデリツク希望伯爵夫人ハリート說出伯爵對她不好時,青年「我」也在揣測「伊」和「電氣丈夫」在一起或許是過著沒有詩意和詩美的生活。再者,第八段與第十三段都插入了同樣的「撲々! 々々! 春雨打天窗」,這並非青年內心的獨白,而是客觀描寫外在的聲音與景象,像是作為戲劇的過場,也像是暗示內在與外在同樣的不平靜。這樣激烈的、彷彿豪泣般的天候,在十三段到達高潮:「『サア! サア!』噫! 竹葉在動搖!/『ドーン／\』啞! 遠響的晚潮!」這些擬聲語以及客觀情景的插入,讓整首詩達到了情景交融的作用。最後,首段的「朝々覺醒/便聽春雨撲天窗/夜々亦在/滴々雨聲中做春夢」,押尾韻「尢」,並且「朝々」、「夜々」、「滴々」的類疊字達到了很好的音韻效果;而尾段的「夜雨孤燈閑房裡/那不幸的青年獨坐無聊/任屋外風雨如何奔放/懷念愈深而覺魂斷銷!」則押尾韻「ㄠ」,可以看到〈春夜恨〉這首詩在音樂性方面也有著精心的安排。

　　從上述的分析可以看到,蘇維熊的〈春夜恨〉不只對於「感情」

與「音樂性」有所留心，又其中加入了許多有創意的敘事安排，讓整首詩具有層次感。而在語言方面，蘇維熊充分善用了台灣的文化特殊性，在以台灣話文為主的詩句中融入了「外來的文化與語言」、「文言」、「中國白話」、「日本語」等不同語言要素，也放入了漢人與原住民等不同的文化記號。或許便是要等到台灣話文、文言文、中國白話文、近代日文、英文兼善，且此時在東京帝大攻讀英國文學的蘇維熊手上，這樣特殊的台灣話文詩才得以問世吧。

（二）朝向日文口語自由詩的轉換

本章前言中提到，吳叡人指出1932年以後台灣民族運動中的三個趨勢「日語世代興起、中國式漢文衰頹、台語式漢文興起」[71]——由此來觀察此時《南音》、《臺灣新民報》、《福爾摩沙》等刊物上的詩作，確實可以看到《南音》上原本用中國白話文的楊華開始改用台灣話文寫詩、而《臺灣新民報》、《福爾摩沙》的日文詩數量急速增加等現象。在這個極速轉換的時期，作為《福爾摩沙》編輯兼發行人的蘇維熊，在創刊詞中期許要「付出我們所有的精神，創作真正的台灣純文藝」[72]。在三期雜誌中，蘇維熊積極發表了八篇詩作，其語言選擇的變化相當耐人尋味：

---

71 吳叡人，〈福爾摩沙意識型態〉，頁189。
72 〈創刊の辭〉，《フォルモサ》創刊號（1933年7月），無頁碼。

表3-3　蘇維熊於《福爾摩沙》發表詩作列表

時間	期數	標題	使用語文
1933.7	1	春夜恨（讀做臺灣白話）	台灣話文
1933.7	1	啞口詩人（讀做臺灣白話）	台灣話文
1933.12	2	梟の生活樣式	日文
1933.12	2	性	日文
1933.12	2	此の矛盾する心	日文
1933.12	2	早朝	半中國白話文半台灣話文
1934.6	3	變らぬ客	日文
1934.6	3	屋上の動物	日文

創刊號的〈春夜恨〉和〈啞口詩人〉皆為台灣話文詩，且詩題後面皆標明「讀做台灣白話」；第二期的〈貓頭鷹的生活形式〉（梟の生活樣式）、〈性〉、〈這矛盾的心〉（此の矛盾する心）為日文詩，〈早朝〉則是半中國白話文半台灣話文，並未再有標註讀法；而第三期的〈不變的客人〉（變らぬ客）和〈屋頂的動物〉（屋上の動物）則皆為日文詩。這似乎也反映出了吳叡人所提到的台灣話文逐漸被邊緣化、而日文則逐漸成為主流的現象。宛如隨著此時期台灣文學整體地走向日文，蘇維熊對台灣話文詩的表現慾望和嘗試熱情似乎也漸趨消減。上面引用的〈春夜恨〉可以說是其最充滿嘗試的活力的時期。後來蘇維熊便不再創作如此具有文化混雜性的作品。下面是蘇維熊所發表的最後一首詩作：

蘇維熊「屋上の動物」　　　　　蘇維熊〈屋頂的動物〉

金魚——　　　　　　　　　　金魚——
美の凍化　　　　　　　　　　美的凍結

ペルカン[73]——　　　　　　　鵜鶘——
永遠の幼稚さ　　　　　　　　永遠的幼稚

シラサギ——　　　　　　　　白鷺——
黃疸患みの詩人よ　　　　　　患黃疸的詩人啊

川うそ——　　　　　　　　　水獺——
此の生命の螺線運動　　　　　這生命的螺旋運動

猿——　　　　　　　　　　　猴子——
神樣を裏返しにしたものさ　　將神明反過來

人間——　　　　　　　　　　人類——
奴隷が家畜を眺めてゐる　　　奴隷眺望著家畜

ああ暖かい、流石は春だ　　　啊，真暖和，不愧是春天
だがよくも之丈の生物が　　　但再好也不過是這些生物
一所に集つたものだ　　　　　齊聚一堂罷了
造り主は何と見るだらうか[74]　造物主是怎麼看的？

---

73 原文如此，應為「ペリカン」的誤植。

由上面引用的作品可以看到，蘇維熊的日文詩和其台灣話文詩的樣貌截然不同。不同於在「白話詩」脈絡之下所創作的〈春夜恨〉、〈啞口詩人〉、〈早朝〉等台灣話文詩作品，句子與句子之間銜接的意義明瞭，即使分行也不會切斷音聲與意義的連續性，蘇維熊的日文詩可以看到句與句之間的意義的斷裂，例如要將「金魚」和「美的凍結」、「鵜鶘」和「永遠的幼稚」之間的關係連結起來的話，需要填補那些詩行中沒有寫出來的空白。坪井秀人以石川啄木的分行短歌說明分行的「空白」產生了「近代」的詩的書寫性。分行產生了句尾和句首的空白，切斷了音聲及意義的連續性。行與行之間配置的空白在言語作為音聲被感受之前，就作為被書寫的文字產生作用、填補了空間、差異化了空白——如此與「分行散文的口語詩」畫出界線的「分割」、「切斷」的意識宣告了其為作為書寫（écriture）的詩[75]（而不再需要音樂或韻律來證明自身）。可以看到，蘇維熊的日文詩中表現的「近代」是跟隨著正在發展的日本近代詩，表現出完全不同於台灣話文詩的那種「詩意」。而這樣跟隨殖民母國中央文壇的情形，在1930年代中期以後成為普遍現象。蘇維熊在《福爾摩沙》用日文發表〈試論台灣民謠〉、〈自然文學的將來〉等論文，後來在《臺灣文藝》亦繼續發表其對於台灣民謠與俚諺的研究，但並未再發表詩作。可以說以「臺灣話文」（台灣國語）來進行「台灣近代詩語」的創作嘗試至此中斷。在這之後的《臺灣文藝》邁向了以日文作為主要詩歌創作語言的另一個階段。

---

74 蘇維熊,〈屋上の動物〉,《フォルモサ》第三號（1934年7月），頁30-31。
75 坪井秀人,《声の祝祭：日本近代詩と戰争》（愛知：名古屋大学出版会，1997年），頁78-80。

五、小結

　　本章以張我軍、郭秋生、蘇維熊三個案例，說明這些作家在不同階段如何透過引介外來的思潮與資源，展現出對於台灣近代詩語的創造性摸索。首先可以看到的是，他們的論述皆是通過許多階段才完遂的，如張我軍的「白話文學的建設，台灣語言的改造」便幾經修正與改變；而郭秋生也從單純的「將台灣語文字化」，前進至「文學的台灣話，台灣話的文學」，最後到達「台灣國語」的主張。其次可以看到的是，不一定如他們所自我主張或者前行研究賦予的印象，在民族運動的大纛之下，他們仍然須要借用殖民母國的論述資源。例如張我軍在〈詩體的解放〉中沿用了大量生田春月《新詩作法》中的架構及概念，也借重生田春月所翻譯的歌德日譯本來摸索新詩的寫法；郭秋生則是在〈建設「臺灣話文」一提案〉中運用了許多安藤正次《言語學概論》中的語言學概念，藉以建構台灣話文的正當性。最後，在「台灣國語」的主張之下，不論是郭秋生的〈新年行進曲〉、〈回頭〉，還是蘇維熊的〈春夜恨〉，都可以看到具有高度實驗性及獨創性的詩語創造，而這些皆反映了文化混雜的殖民地台灣的語言風景。即便在殖民統治時期成為了未竟的事業，但如此特殊且有意義的對近代詩語的探索仍值得被重新評價。

第二部
台灣近代詩內容與形式的開展

第四章
「普羅詩」在台灣[*]

一、前言：何謂「普羅詩」

　　一如「內地」日本、「祖國」中國乃至世界詩壇，「普羅詩」也曾經短暫風行於日治時期的台灣詩壇。不同於台灣文學史中常見的「左翼文學」、「左翼詩學」等描述，「普羅詩」作為普羅文學運動的一環，具有相對嚴格的定義與相對限定的時代背景。然而，過去由於時代與政治環境的限制、前行研究對於小說的偏重或者史料的缺乏等因素，日治台灣「普羅詩」的論述尚未被建構。本章將考察日治時期的台灣詩壇如何透過不同的文藝社群接受日本的「普羅詩」（プロレタリア詩）以及中國的「普羅詩派」，並且從「在台灣」書寫普羅詩開始，進而發展到書寫「台灣的」普羅詩的過程。

　　在日本與中國，對於「普羅詩」有其各自的定義及時間範疇。日本的「普羅詩」，是指「立足於馬克思主義，作為階級鬥爭的武器所創作的革命詩」[1]，時間範圍約在1920至1932年間[2]。另一方面，中國

---

[*] 本章初稿發表於《臺灣東亞文明研究學刊》第20卷第1期（總第39期）（2023年6月），頁59-104。期刊發表原題：〈「普羅詩」在臺灣（1927-1932）〉。期刊審查期間，承蒙兩位匿名審查人提供修改意見與指正，特此致謝。另，本章部分內容曾以〈台湾におけるプロレタリア詩の萌芽——雜誌『無軌道時代』を中心に〉為題發表於「日本台湾学会第22回学術大会」（東京：早稻田大學／書面討論，2020年5月30-31日），獲得評論人吳叡人老師珍貴意見，在此一併致上謝忱。

[1] 佐藤健一，「プロレタリア詩」辭條，安藤元雄、大岡信、中村稔監修，《現代詩大事典》（東京：三省堂，2008年），頁585。

的「普羅詩派」或稱「普羅派」,則指「理論多由日本和俄國引進,他們認為文學是勞動界鬥爭的武器,提倡寫實主義,要以普羅階級前衛者的眼光觀察世界,用嚴正的寫實者態度從事創作」[3],流行時間較日本短,約在1928-1930年間[4]。上面的定義和時間範圍在各家論述當中或有不同,但可以確認的是「普羅詩」不論在日本或中國,都是以無產階級運動作為主導,並在約1920年代末、30年代初之間達到其創作與論述的高潮。

觀察普羅詩開始走向高潮的時期,可以看到日本與中國的左翼運動者皆在政治面中經歷挫敗,遂在文化面上愈發活躍。1927年的日本,在山川主義與福本主義爭論不休之際,共產國際制定二七綱領,左翼文藝團體自此分裂為三(山川派、福本派、二七綱領派),而1928年的三一五大檢舉使得組織間朝向共同對抗政治權力的統一合作,遂有了支持日本共產黨的「日本無產者藝術聯盟(納普)」的成立[5]。另一方面,1927年的中國,國民黨在北伐期間進行「清共」,受到政治迫害的左派知識分子,在1928年由創造社和太陽社兩個文學團體開始鼓吹共產革命文學,直到1930年集結成「中國左翼作家聯盟(左聯)」,是實際由中國共產黨所掌握的文藝組織[6]。此時,受到政

---

[2] 佐藤健一,「プロレタリア詩」辭條,頁585。指從《勞動詩集・在底層歌唱》(労働詩集・どんぞこで歌ふ)出版的1920年,到克普大鎮壓中大多數的詩人遭到逮捕的1932年。

[3] 舒蘭,〈柒、普羅派和民族派時期〉,《中國新詩史話(二)》(台北:渤海堂文化,1998年),頁1。

[4] 柯文溥,〈論「普羅詩派」〉,《中國現代文學研究叢刊》1990年2期(1990年2月),頁48。

[5] 飛鳥井雅道,〈第二章一九二七・八年の情況〉,《日本プロレタリア文学史論》(東京:八木書店,1982年),頁111-115。

[6] 皮述民、邱燮友、馬森、楊昌年,《二十世紀中國新文學史》(台北:駱駝,1997年),頁125-126。

治打壓而遭遇挫折的中日左翼運動者向外移動，逐漸形成東亞「左翼文化走廊」。在「東京←→上海」為主要幹道的文化走廊之上，「東京←→台北」、「上海←→台北」的支線也將包括普羅詩在內的左翼文化養分帶入了台灣[7]。

　　1927-1928年的台灣文化界和日本、中國一樣，受到左傾思想的強力席捲。1927年，台灣文化協會分裂，文協讓渡給共產主義派，蔣渭水和林獻堂等人另組台灣民眾黨；1928年，台灣共產黨正式成立，新文協遂實質化歸為台共的指導之下[8]。然而，台灣的普羅詩創作在此時並沒有大量出現並蓬勃發展。在日本或者中國，由共產主義主導的文藝組織所發行的刊物，如納普的《戰旗》、後期創造社的《創造月刊》或太陽社的《太陽月刊》都刊登大量的普羅詩創作，但是新文協發行的《台灣大眾時報》並非文藝雜誌、台灣民眾黨主導的《臺灣民報》的階級色彩則不鮮明。究其原因，殖民地台灣的言論檢閱與管控較中日更為嚴格，普羅運動相關的論述與創作經常尚未面世並告夭折，從《臺灣出版警察報》中多次查禁《戰旗》的紀錄便可窺見一斑[9]。根據

---

[7] 「左翼文化走廊」的概念為柳書琴所提出。詳參：柳書琴，〈左翼文化走廊與不轉向敘事：台灣日語作家吳坤煌的詩歌與戲劇游擊〉，李承機、李育霖主編，《「帝國」在台灣：殖民地台灣的時空、知識與情感》（台北：臺大出版中心，2015年12月），頁163-200。在柳的論述當中，「東京←→上海」的走廊是在兩國的左翼運動從高峰下墜的1930-1931年形成。然而，從本章提出的普羅詩在台灣的接受來觀察，左翼文化走廊的形成至少可以再往前推至1929-1930年。

[8] 王乃信等譯，《台灣社會運動史（1913-1936）第一冊・文化運動（台灣總督府警察沿革誌第二篇　領台以後的治安狀況（中卷）〔中譯版〕）》（台北：創造，1989年），頁332-333。

[9] 目前可知曾經查禁過《戰旗》1929年10月號（《台灣出版警察報》第六號（1930年1月），頁38-39）、1930年2月號（《台湾出版警察報》第八號（1930年3月），頁157）、1930年6月號（《台湾出版警察報》第十一號（1930年7月），頁27-28）、1931年9月號（《台湾出版警察報》第二八號（1931年11月），頁459）。參見復刻版《台湾出版警察報》（全六冊）（東京：不二出版，2001年）。

筆者的調查，台灣的普羅詩是在一些期數不多、相對無名且小眾、且被當局一再查禁的同人雜誌中誕生的。而若要追索普羅詩在台灣的軌跡，必須將兩批雜誌並列觀察，方能看到相對完整的普羅詩面貌：一是繼承日本「普羅詩」的《無軌道時代》雜誌，二是移植中國「普羅詩派」的《洪水報》、《赤道》等雜誌。本章將以上述中日文普羅雜誌為中心來探討普羅詩在台灣的誕生與局限。

需要說明的是，在中日普羅詩移入之前，自1920年代開始，《臺灣民報》上的中文新詩已形成台灣自身的左翼詩傳統。最早且具有代表性的作品應為賴和1925年為二林事件所作〈覺悟的犧牲〉[10]，然而該詩作比起階級意識，民族意識是更為優先[11]。1930年代以後，則有《臺灣新民報》上的楊守愚、《臺灣文藝》上的楊華為勞動者所寫的左翼詩。楊守愚與楊華的詩確實已具有階級意識，前行研究也累積不少成果[12]。本章不從上述為人熟知的史料著手，而以與日本普羅詩和中國普羅詩派有所連結的《無軌道時代》、《洪水報》、《赤道》等雜誌切入，主要欲呈現1920年代末期至1930年代初期台灣在東亞的「左翼文化走廊」當中接受外來普羅詩思潮的具體情形，並且參照中日普羅詩的既有概念，將普羅詩定義與範圍限縮至具有鮮明的階級意識、作為階級鬥爭的武器的詩作。

---

10 賴和，〈覺悟的犧牲〉，《臺灣民報》第84號（1925年12月20日）。

11 相關研究可參見：蕭蕭，〈臺灣式史詩——賴和新詩的歷史位置〉，《當代詩學》第10期（2015年1月），頁5-37；李京珮，〈賴和事件詩中的民族意識〉，《南台人文社會學報》第14期（2015年11月），頁167-188。

12 專以兩人的詩為研究對象的學位論文有：楊順明，〈黑潮輓歌：楊華及其作品研究〉（台北：國立臺灣師範大學台灣文化暨語言文學研究所碩士論文，2006年）；吳正賢，〈楊守愚新詩之研究〉（高雄：國立高雄師範大學國文學系碩士論文，2017年）。另外，許舜傑，〈同文下的剽竊：中國新文學與楊華詩歌〉《中外文學》44卷1期（2015年3月），頁63-104）一文則爬梳了楊華詩作對中國《創造季刊》、《小說月報》上的詩作的改寫、仿擬、抄襲等現象。

本章分成兩大部分，第一部分是二～四節，說明1927-1930年台灣對於日本的「普羅詩」與中國的「普羅詩派」的接受。第二部分是五～六節，將探討上述普羅詩未能反映殖民地現實之處，以及1931-1932年在普羅詩衰退之際，新的文藝社群與新的普羅詩創作方向如何突破上述普羅詩的困境，不只是「在台灣」書寫普羅詩，而是真正開始嘗試書寫「台灣的」普羅詩。

二、中野重治的追隨者：藤原泉三郎與上清哉

在台灣最初的普羅文學雜誌《無軌道時代》於1929年創刊之前，其創刊者藤原泉三郎、上清哉曾經歷過巨大的思想轉換。本節將論述的即是這段使他們與日本普羅詩接軌的過程。

日本普羅詩作為普羅文學運動的一環，其起始一般認為是1920年根岸正吉、伊藤公敬的《勞動詩集・在底層歌唱》（労働詩集・どんぞこで歌ふ）的出版以及隔年《播種者》（種蒔き人）雜誌的創刊。而1924年《文藝戰線》的創刊與隔年「日本普羅文藝聯盟」的創立則說明集團性階級運動的開始。1926年，在《驢馬》雜誌發表的中野重治的普羅抒情詩與詩論，以及在《文藝戰線》發表的青野季吉〈自然生長與目的意識〉（自然生長と目的意識）標誌著普羅詩的新階段[13]。1927年，日本普羅藝術組織在山川主義與福本主義等政治與藝術運動的爭議、以及共產國際的二七綱領的發布中分裂為三：「普羅藝術聯盟」（簡稱普羅藝，機關雜誌《普羅藝術》）、「勞農藝術家聯盟」（簡稱勞藝，機關雜誌《文藝戰線》）和「前衛藝術家同盟」（簡稱前藝，

---

13 佐藤健一，「プロレタリア詩」辭條，安藤元雄、大岡信、中村稔監修，《現代詩大事典》（東京：三省堂，2008年），頁585。

機關雜誌《前衛》）[14]。1928年,以三一五大檢舉為契機,「勞藝」和「前藝」合併成「全日本無產者藝術聯盟」(簡稱納普,機關雜誌《戰旗》)。此組織結合了文學、戲劇、美術等藝術領域,成為日本普羅藝術運動的統一集結,迎來了所謂的「納普時代」[15]。

在日本普羅文學運動如此分裂與結合的過程中,值得注意的是中野重治的位置。栗原幸夫整理了「勞藝」的中野重治和「前藝」的藏原惟人之間的論爭,認為在藝術方面來說,中野重治與藏原惟人之間最主要的對立在於:中野將藝術理解為「感情的組織化」,而藏原則是將藝術作為「將感情與思想社會化的手段」[16]。栗原幸夫指出中野重治的這種浪漫主義是直接繼承了從北村透谷、國木田獨步、石川啄木到芥川龍之介、萩原朔太郎等日本近代文學的苦戰惡鬥,感性且深遠地與日本的現實相結合,反而藏原惟人的現實主義是觀念上的世界主義[17]。然而,中野重治所主張的「對於微小事物的關心」、「對於被汙辱的正義而憤怒的共感」如此抒情的、個性化的,或者說是「文學的」主張,在運動中是無法抵擋以黨的政治理念所主導的藏原惟人的主張。故日本普羅文學運動實際上是朝著藏原惟人所主張的方向前進[18]。

從日本近現代詩史來看,中野重治的位置也是如此與抒情性緊緊相連。如澤正宏指出中野重治是「將普羅詩理念放在至今為止的抒情詩系譜的位置上」[19],三浦建治也提到「中野有著從室生犀星學得的抒情的根源,藉由踏入社會主義運動,演奏出抒情與政治決心的獨自

---

14 栗原幸夫,《増補新版プロレタリア文学とその時代》(東京:インパクト出版会,2004年1月),頁45-46。
15 栗原幸夫,《増補新版プロレタリア文学とその時代》,頁48-49。
16 栗原幸夫,《増補新版プロレタリア文学とその時代》,頁49。
17 栗原幸夫,《増補新版プロレタリア文学とその時代》,頁49。
18 栗原幸夫,《増補新版プロレタリア文学とその時代》,頁64。
19 澤正宏、和田博文編,《作品で読む現代詩史》(京都:白地社,1993年),頁74。

的交響樂」[20]。正是如此的抒情性，將原本與無產階級運動與普羅文學運動無關的藤原泉三郎、上清哉這兩位殖民地日本青年帶入了普羅詩的世界。

藤原泉三郎、上清哉早在1920年代初就活躍於台灣的日文近代詩詩壇[21]。他們在台北先後創辦了《亞熱帶》、《炎天》、《Jasmine》、《白色燈塔》等詩歌雜誌，也參與了「內地」日本的《犀》[22]、台灣的《新熱帶詩風》、《臺灣詩集》[23]等不同詩歌雜誌。兩人自承學生時代著迷於國木田獨步、島崎藤村的詩作，畢業之後轉為傾慕「感情詩派」的萩原朔太郎與室生犀星的詩，直到1927年，兩人一同透過《驢馬》雜誌的中野重治的詩與詩論真正找到文學方向[24]。雖然同一時

---

[20] 三浦建治，〈明治・大正・昭和詩史（8）プロレタリア詩とは何か（3）〉，《詩人会議》第668期（2018年5月），頁73。

[21] 關於兩人的生平概要，參閱以下河原功、中島利郎、橫路啟子的文章。河原功，〈陳忠少年の話　解題〉，藤原泉三郎，《陳忠少年の話》（東京：ゆまに書房，2001年），頁1-7；河原功，〈上忠司と黑木謳子〉，河原功編，《台灣詩集》（東京：綠蔭書房，2003年），頁599-612。中島利郎，「上清哉」、「藤原泉三郎」辭條，《日本統治期台灣文學小事典》（東京：綠蔭書房，2005年），頁13、92。橫路啟子，〈藤原泉三郎とその台灣時代——文學活動を中心に〉，《天理臺灣學報》20期（2011年7月），頁27-40；橫路啟子，〈在台內地人のプロレタリア文學：1920年代末の藤原泉三郎の諸作品を中心に〉，《天理臺灣學報》21期（2012年6月），頁13-24；橫路啟子，〈論台灣地區日本人無產階級文學運動中的共同體意識變化問題——以藤原泉三郎為中心〉，《東北亞外語研究號》2卷3期（2015年6月），頁34-40。

[22] 此事於藤原泉三郎〈よき友情の紀念に〉一文中提及。實際查閱《犀》雜誌的目次，藤原泉三郎確實從《犀》1卷1期即開始發表詩作，上清哉亦從1卷2期開始發表詩作。《犀》創刊號版權頁的「同人」欄位上亦可以看到藤原泉三郎及上清哉兩人的名字。《犀》雜誌於1926年3月創刊，由福富菁兒、北川冬彥在該誌推廣短詩運動。參閱現代詩誌総覧編集委員会編，《現代詩誌総覧1　前衛芸術のコスモロジー》（東京：日外アソシエーツ，1996年），頁117-123；《犀》創刊號（1926年3月），頁29。

[23] 上述兩份詩歌雜誌創辦經緯，可參閱本書第一章。

[24] 此事在1930年兩人為彼此的著作書寫跋文當中被提及。順帶一提，為彼此的處女作書寫跋文，應是模仿萩原朔太郎《吠月》（月に吠える）（1917年）和室生犀星

間，台灣人知識分子在島內農民運動的崛起與國際社會主義的思潮中左傾、台灣文化協會亦在連溫卿取得主導權後正式分裂，但從藤原泉三郎、上清哉的自述中，可以看到他們受到中野重治及其普羅詩影響而左傾是無關實際的政治運動，而完全是透過「詩」的啟發：

> 我們直覺地感受刊在《驢馬》上的中野重治的詩與論文中所流動的某種真實的新生命——某種被導引向明確方向的新的真實生活，並且對之產生了信仰。
> 以中野的詩為契機，我們的視野急遽地被打開。不論是我還是你，都終於找到了朝向一個正確方向的真正的詩的道路——至今為止追求多年的自己的詩的（也是生活的）道路。[25]

中野重治的詩與詩論，逐漸在我們面前指示出一個明確的方向，我們的視野清楚分明地開展了出去。對我們來說，那是照亮暗夜的新的真理之火，也是將一直沉睡在我們精神中的高邁詩情攫取出來的強而有力的時代之聲。從那之後的兩年當中，藤原與我持續著最後的拚命掙扎痛苦的日子。然後，我們好不容易活到了今天。然而，路還很長。是還很漫長的荊棘之道。

《愛的詩集》（愛の詩集）（1918年）的做法。藤原泉三郎，〈よき友情の紀念に〉，上清哉，《詩集 遠い海鳴りが聞えてくる》（臺北：南光書店，1930年），後記頁1-19。上清哉，〈藤原泉三郎と僕〉，藤原泉三郎，《陳忠少年の話》（臺北：文明堂書店，1930年；復刻：東京：ゆまに書房，2001年），後記頁1-18。

25 原文：「唯「驢馬」に出てゐた中野の詩や論文の中に流れてゐる或る真實な新しい生命——或る明確な方向に方向付けられた新しい真實な生活——を直觀的に感得し、それを信じた僕達であつた。中野の詩を機縁に僕達の視野は急激に開かれて行つた。僕も君も、正しい一つの方向に眞の詩の道を——今まで幾年か求めた自分の詩の（從つて生活の）道を見出したのであつた。」前揭藤原泉三郎，〈よき友情の紀念に〉，後記頁16。

> 我們非得踏過荊棘前進不可。那對我們時代的「良心」來說，
> 是唯一的道路、唯一的方向——[26]

要理解這兩段話，必須先考察當時他們所讀到的《驢馬》雜誌上中野重治的詩與詩論的內涵。《驢馬》發行於1926年4月至1928年5月，共12號，由室生犀星召集堀辰雄、窪川鶴次郎、中野重治、西澤隆二、宮木喜久雄、平木二六參與創刊，寄稿者則包括芥川龍之介、萩原朔太郎、千家元麿、高村光太郎等。這份名單呈現出活躍於大正期的重要文學者，以及昭和期擔任現代主義文學、普羅文學重要角色的新進文學者的交會[27]。可以看到藤原和上所熱愛的「感情詩派」詩人萩原朔太郎與室生犀星也參與其中。1927年2月，藤原泉三郎由名古屋至東京拜訪舊識宮木喜久雄時，宮木正參與《驢馬》的編務，並固定與《驢馬》同人在住處召開編輯會議。藤原因此機緣而從宮木手中獲得了創刊號以來的整套《驢馬》雜誌[28]。1927年2月《驢馬》剛發行第9號，故藤原所並帶回台灣的可能是第1-9號。中野重治在《驢馬》上所有發表的詩與詩論如下：

---

[26] 原文：「中野重治の詩と詩論が、次第に僕達の前に明確な一つの方向を指示するやうになつてから、僕達の視野は劃然として展けて行つた。それは僕達にとつて暗夜を照す新しき眞理の火であり、やがて僕達の精神の中に眠りつづけてゐた、高邁なる詩情を摑み出す力強い時代の聲であつた。それからの二年間、藤原と僕の最後の血みどろのあがき苦みの日が續いた。そして僕達は今日まで生き伸びて來た。そしてなほ道は遠い。そしてなほ遠くして荊の道である。僕達は荊を踏み越えて進まねばならぬ。それが我々時代の「良心」にとつて、唯一の道であり方向である限は──」前揭上清哉，〈藤原泉三郎と僕〉，後記頁17。

[27] 藤本壽彥，〈驢馬 解題〉，現代詩誌総覽編集委員会編，《現代詩誌総覽1 前衛芸術のコスモロジー》（東京：日外アソシエーツ，1996年），頁358。

[28] 前揭橫路啟子，〈論台灣地區日本人無產階級文學運動中的共同體意識變化問題──以藤原泉三郎為中心〉，頁33。

詩：煙草や、北見の海岸（創刊號，1926年4月）
　　夜明け前のさよなら（第2號，1926年5月）
　　東京帝国大学生、思へる、ま夜中のせみ（第3號，1926年6月）
　　新任大使者着京の図、日々（第4號，1926年7月）
　　歌、機関車、掃除、県知事、無政府主義者（第5號，1926年9月）
　　帝国ホテル（一）（二）、新聞記者（第7號，1926年11月）
　　萬年大学生の作者に、ボール・クローデル（第8號，1927年1月）
　　道路を築く、汽車（一）（二）（三）（第9號，1927年2月）
　　死んだ一人、彼が書き残した言葉（第10號，1927年3月）
詩論：詩に関する二、三の断片（第3號，1926年6月）
　　「郷土望景詩」に現れた憤怒について（第6號，1926年10月）
　　啄木に関する一断片（第7號，1926年11月）
　　詩に関する二、三の断片（第8號，1927年1月）[29]

北川透認為，創刊《驢馬》這件事是中野重治文學生涯的一個重大轉機。因為在《驢馬》上所發表的這一批詩與詩論，讓中野重治從至今為止的具抒情資質的世界，飛躍性地轉換到了馬克思主義的文學理念。而那個轉換的媒介正是〈關於〈鄉土望景詩〉中出現的憤怒〉（「郷土望景詩」に現れた憤怒について）一文[30]。這篇文章是中野重

---

29 整理自《驢馬》目次，現代詩誌総覧編集委員会編，《現代詩誌総覧1　前衛芸術のコスモロジー》（東京：日外アソシエーツ，1996年），頁358-368。
30 北川透，〈一九二六年、詩意識の転換—中野重治「『郷土望景詩』に現われた憤怒について」—〉，《文学》53卷1期（1985年1月），頁103。

治針對萩原朔太郎的十首〈鄉土望景詩〉所撰寫的評論。在這篇文章中，中野重治認為島崎藤村的詩雖然做到感情的解放、對舊有詩歌觀與倫理觀的挑戰，卻對之沒有自覺，沒有將反抗作為書寫的對象。萩原朔太郎等人的感情詩派也一樣，就算創造出了口語自由詩這樣的新的形式，寫出了新的感情，卻沒有考慮這個新的感動是從何而來[31]。直到近期的〈鄉土望景詩〉，萩原朔太郎才終於表現出一種「對於小市民的俗人的憤怒」，從昔日逃避的「超俗性」，出發前往主動進擊的「反抗性」[32]。北川透認為中野重治是以社會主義的方法評價〈鄉土望景詩〉，並沒有真正認識萩原朔太郎詩中的近代意識，但也正因如此，他往普羅文學理念的意識轉換才能夠成立[33]。

　　中野重治的這種由抒情的世界朝向普羅文學理念的意識轉換，至少說服了曾著迷於島崎藤村和萩原朔太郎等抒情詩人的藤原泉三郎和上清哉。在中野重治的〈關於詩的兩三個斷片〉（詩に関する二三の断片）（後更名為〈關於詩的斷片〉（詩に関する断片））這篇被認為與青野季吉〈自然成長與目的意識〉齊名的論文中[34]，中野重治指出布哈林和普列奧布拉任斯基《共產主義入門》中的獻辭是「最純粹的抒情詩」，原因是「與一個女人對一個男人的情念，在性質上是顯著的個人主義與獨善其身、甚至可能時而頹廢時而自棄正好相反，這裡所披露的感情，是集體主義且光明的，也甚至揭示了對所屬集團的透

---

31 中野重治，〈『郷土望景詩』に現われた憤怒について〉，《藝術に関する走り書的覚え書》（東京：白鳳社，1971年），頁199-200。
32 中野重治，〈『郷土望景詩』に現われた憤怒について〉，頁206-207。
33 前揭北川透，〈一九二六年、詩意識の転換—中野重治「『郷土望景詩』に現われた憤怒について」—〉，頁106
34 澤正宏，〈第三章　プロレタリア詩　概観〉，澤正宏、和田博文編，《作品で読む現代詩史》（京都：白地社，1993年），頁66。

徹理論與強大力量深厚的愛與信賴」[35]。如此捨棄個人的抒情而走向集體的抒情,正宣告了中野重治連結抒情詩與普羅詩的新方向。中野重治在《驢馬》上所發表的詩作基本上循此新方向創作,其中又以〈天亮前的再見〉(夜明け前のさよなら)一詩最具代表性。此詩描寫敘述者與同志在租賃處二樓為「工作」密商後離去,租賃處的其他青年和房東夫婦都是運動的同情者,詩中以感性的語調道別,溫情地喚起與運動者與民眾之間的連帶感[36]。

若以中野重治的詩與論述回頭檢視1927年以前藤原泉三郎和上清哉的詩作,後者確實無庸置疑地充滿「顯著的個人主義與獨善其身、甚至可能時而頹廢時而自棄」的情感。中野的詩論引導他們批判反省自己過去著迷的島崎藤村和感情詩派,以普羅文學的眼光重新理解萩原朔太郎〈鄉土望景詩〉所表現的憤怒,最後抵達「對於所屬集團的透徹理論與強大力量的深厚的愛與信賴」[37]。中野重治的這種訴諸感情而非單純的理念或口號的呼籲,對於藤原與上來說應該相對容易接受吧。

1927年5月,藤原帶著《驢馬》回到台灣,沉寂了幾個月以後,藤原和上一改過去抒情感傷的詩風,開始發表與過去截然不同的詩與論述。首先,上清哉在1927年11月發表長詩〈我看見了〉(僕は見た)一詩,描寫「我」所觀察的酒店女子的職場生活及背後辛酸,可以看到其轉往普羅詩底層描寫的傾向。全詩末尾有後記自承:

---

35 中野重治,〈詩に関する断片〉,《藝術に関する走り書的覚え書》(東京:白鳳社,1971年4月),頁191。

36 中野重治,〈夜明け前のさよなら〉,《中野重治詩集》(東京:岩波書店,1978年),頁62-64。

37 前揭中野重治,〈詩に関する断片〉,頁191。

> 看了我過於感傷的、過於形式的、過於末梢神經的、那樣一切只不過是文字遊戲的我昔日的詩作,然後再讀到我今日這篇詩作的時候,或許有和我自己一樣,對這如此劇烈的變化忍俊不禁的人吧。但是,現在的我是這樣活著。而這是不得不這樣活著的意欲的某種實現、表現如今新的我的精神的意圖。[38]

這段話堅定地表達了上清哉與過去自己的詩學的訣別。而決定要朝著「新的精神」前進的信念,終於決定面向個人感傷之外的現實世界。若回顧上清哉於1924年與王宗英論爭時,針對王宗英提出的「詩是萬人的東西」,曾語帶輕蔑地反論「詩是特殊的人的東西」[39],確實可以看到其「劇烈的變化」。接下來,他在1928年發表的幾篇論述〈第二次國民創作時代與其他〉(第二次國民創作時代その他)、〈錦町消息〉(錦町たより)中[40],高呼普羅文學時代的到來、批判自己過去的藝術至上主義、引用中野重治在《驢馬》上的詩並肯定其為日本普羅詩的正確方向等,也都明白宣示了自己朝向普羅詩轉換的新時代的到來。

藤原泉三郎則從1928年開始以「楢崎恭一郎」為筆名,發表如

---

38 原文:「あまりに感傷的な、あまりに形式的な、あまりに末梢神經的な、さうした一切の文字の遊戲に過ぎなかつた昨日の僕の詩作を見、そして今日のこの詩作を讀まれるとき、僕自身同樣、著しい變化に一笑せらるゝ方があるかも知れない。だが、今日の僕はかく生きる。そしてこれは、かく生きねばならぬ意慾の一端の實現である、今日の新しい僕の精神を唄ひ上げる意圖であつた。」上清哉,〈僕は見だ〉,《臺灣日日新報》,1927年11月26日。
39 上清哉,〈安價な詩論家〉,《臺南新報》,1924年6月9日,6版。論爭經過詳見本書第二章。
40 上清哉,〈第二次國民創作時代その他〉,《臺灣日日新報》,1928年2月24日;上清哉,〈錦町たより〉,《臺灣日日新報》,1928年11月5日;上清哉,〈錦町たより 芥川龍之介の事他七斷想─〉,《臺灣日日新報》,1928年11月19日;上田平清藏,〈錦町たより 半鐘が鳴ると火事が起る話など〉,《臺灣日日新報》,1928年12月10日。

〈俄國文學斷片〉、〈《天亮之前》與其他　藤村斷片〉(『夜明け前』其の他　藤村斷片) 等從批判資本主義的文藝評論[41]，並與宮崎震作針對普羅文學的正當性掀起論戰[42]。1929年1月，他再以「長崎洋吉」為筆名發表長詩〈在那霸的碼頭〉(那霸の波止場にて)[43]。此詩是對《驢馬》上的中野重治〈汽車三〉一詩的模仿，描寫從那霸碼頭啟程的女工以致敬中野詩中從火車站啟程的女工。〈汽車三〉的首段以九個「再見」(さよなら) 作為開頭，描寫敘述者在車站看著即將前往都市工廠的女工們的場景[44]；而〈在那霸的碼頭〉也以五個「再見」開始，描寫敘述者在那霸的碼頭看著即將前往大阪的女工們的場景。

　　以中野重治的〈汽車三〉一詩作為對照，可以清楚看到藤原泉三郎和上清哉對中野重治詩法的亦步亦趨。中野重治〈汽車三〉以不斷重複的「我們看見了」(おれたちは見た) 來貫串全詩；而上清哉詩的標題就寫著〈我看見了〉(僕は見た)；藤原泉三郎的〈在那霸的碼頭〉也反覆穿插著「我看見了」(私は見た)。然而，同樣作為一個「冷靜的旁觀者」的敘述者，三個人詩中所「看見」的東西明顯不同。作為實際運動者的中野重治在〈汽車三〉中透過對於「紡織女工是什麼」等尖銳的本質性的探問，去揭露紡織公司捐客到貧窮村落的

41　樽崎恭一郎 (筆者按：應為「楢崎恭一郎」之誤)，〈露西亞文學斷片〉，《臺灣日日新報》，1928年9月17日；楢崎恭一郎，〈『夜明け前』其の他　藤村斷片 (上)〉，《臺灣日日新報》，1929年2月4日；楢崎恭一郎，〈『夜明け前』其の他　藤村斷片 (下)〉，《臺灣日日新報》，1929年2月11日。

42　楢崎恭一郎，〈天才的新時代評論家　宮崎震作氏の頭の分析的批判〉，《臺灣日日新報》，1928年11月5日；楢崎恭一郎，〈お斷り〉，《臺灣日日新報》，1928年11月12日；楢崎恭一郎，〈問題の中心は何處にあるか？〉，《臺灣日日新報》，1928年11月26日。

43　長崎洋吉，〈那霸の波止場にて〉，《臺灣日日新報》1929年1月28日。

44　〈汽車三〉最初發表於《驢馬》第9號。中野重治，〈汽車三〉，《中野重治詩集》(東京：岩波書店，1978年)，頁99-103。

車站埋伏買賣女工的結構性罪惡。而上清哉在〈我看見了〉中則只能看見酒女家庭的貧困、下班後的疲累、對愛與溫暖的渴望等表象。另一方面,藤原泉三郎〈在那霸的碼頭〉的末段雖比上清哉更進一步地揭露了「這個社會的文化是如此站在人們的鮮血之上」,但詩的最後卻抵達大而化之的結論「世界所有的一切都是站在比什麼都還要錯誤的事物上」[45]。可以看到,在對於中野重治普羅詩的模仿中,可能因為實際面和理論面的不足,藤原泉三郎和上清哉對於底層階級只停留於表面的同情。或許他們在論述當中表明了朝向普羅詩的意識轉換,但在實際的詩作中沒有揭露也難以批判是什麼結構性的因素造成了帝國資本主義社會的悲劇[46],故實際上無法表現出中野重治的普羅詩的深度及內涵。

---

45 全段原文如下:「私は見たのだ／此の社會の文化がさうした人々の血の上に立てゐる事を／我々の藝術や哲學や樣な美しいものが／すべてさうした血の上に建てられてゐることを／かゝる合法的殘虐の上に立つてゐることを／私は判つきりと見たのだ／世のすべてのものが何よりも間違つたものゝ上に立つてゐることを／さよなら、さよなら、さよなら、さよなら、さよなら／船は水平線の彼方へ消えて行つた（我看見了／這個社會的文化是如此站在人們的鮮血之上／我們的藝術或哲學或各種美的事物／全都是這樣被建立在鮮血之上／這樣站在合法的殘虐之上／我清楚地看見了／世界所有的一切都是站在比什麼都還要錯誤的事物上／再見、再見、再見、再見、再見／船消失在水平線的彼端）」。長崎洋吉,〈那霸の波止場にて〉,《臺灣日日新報》1929年1月28日。

46 在一戰以後日本的資本主義急速擴張當中,沖繩極度糧食不足的「蘇鐵地獄」當中造成大量向外移民:〈在那霸的碼頭〉當中提到的大阪即是其人口流出的大宗。為了讓沖繩人可以順利到他縣就業,沖繩縣廳更積極地透過教育來加強沖繩人的日語能力、風俗禮儀與國體概念等,可以說是直接促成了沖繩的「國民統合」(參見近藤健一郎:《近代沖繩における教育と国民統合》(北海道:北海道大學,2006年2月)。以這個角度來說,藤原泉三郎的〈在那霸的碼頭〉找到了一個相當好的、甚至可以跟殖民地台灣相互呼應的題材,可惜沖繩的特殊性在此詩並沒有得到充分的發揮。

三、日本普羅詩的繼承：《無軌道時代》

在1927-1928年藤原泉三郎和上清哉透過模仿中野重治的詩來進行對於普羅詩的模索的同時，誠如本章第一節所述，日本文化界正經歷翻天覆地的動盪。林淑美透過中野重治於1929年發表的名詩〈下雨的品川車站〉（雨の降る品川驛）中伏字的還原，解析中野重治對這段時期的「國家意識形態諸裝置」的深切反抗[47]。面對1928年治安維持法中的「緊急敕令」以及昭和天皇即位式「御大典」這兩項國家對於國民意識形態的統一行動，遵從二七綱領而確立打倒天皇制的路線的日本共產黨基本上是無法與之對抗的[48]。在國家權力與反體制運動的碰撞之下，1928年發生三一五大檢舉、在日從事左翼運動的被殖民者被逐出日本。這便是中野重治〈下雨的品川站〉詩中敘述者對朝鮮同志們道別的背景。同時也是「納普」與其機關雜誌《戰旗》成立的背景。

「納普」與《戰旗》的成立對1929年《無軌道時代》在台灣創刊有著直接的影響。在《臺灣總督府警察沿革誌》中即有記述：

> 自昭和4年（1929年）春天起，寄送到島內的全日本無產者藝術聯盟機關報《戰旗》有逐漸增加的傾向，在此時候，台北的左翼文學青年以上清哉、藤原千三郎為中心，構成了普羅列塔利亞文藝研究團體，以雜誌《無軌道時代》進行初步活動，於同年12月擬定計劃設置戰旗社支局而做成以下的支局組織草案。[49]

---

47 林淑美，〈詩「雨の降る品川駅」とは何か──昭和三年の意味〉，《昭和イデオロギー　思想としての文学》（東京：平凡社，2005年），頁13-111。
48 林淑美，〈詩「雨の降る品川駅」とは何か──昭和三年の意味〉，頁67。
49 王乃信等譯，《台灣社會運動史（1913-1936）第一冊・文化運動》，頁405。沿革誌當中的藤原泉三郎不知為何皆誤記為「藤原『千』三郎」。

相較於《沿革誌》當中的記述，《無軌道時代》從籌備會議到專欄自述中，皆沒有明白地強調其自身的普羅文學傾向。1929年8月，藤原泉三郎、上清哉與其他二人在《臺灣日日新報》上宣布即將創辦新的詩雜誌。雜誌的主要方針是希望形成自由的創作團體、培養年輕人才、並打算舉辦各種文藝活動，甚至有意出版年刊詩集與個人詩集等。文末公布將於「水月喫茶店」聚會，邀請認同此理念的人同來齊聚一堂[50]。兩週後，同報公布《無軌道時代》的刊名與規約，並記述前述聚會的盛況。參與聚會的同人有：「日夏燦兒、船越尚美、長井安雄、辻敏雄、佐藤健兒、佐藤吉春、北川原幸友、山下久太郎、楠瀨土佐夫、みや・きよし、徐淵琛」等十一人；雜誌社的地址則設在藤原泉三郎的住所「北市西門町二ノ十三」[51]。9月，《無軌道時代》正式發行創刊號。創刊號的專欄中提到：「《無軌道時代》並不是以自身擁有並強調一個傾向為目的的雜誌，而是文藝愛好者的自由俱樂部」[52]。基於這段發言，中山侑認為《無軌道時代》一開始並無任何立場，到了第3號才轉向馬克思主義[53]。

---

50 藤原泉三郎、上清哉、宮尾進、谷口多津雄，〈新しく詩の雜誌を發刊するについて〉，《臺灣日日新報》，1929年8月12日。
51 〈「無軌道時代」の誕生に就て〉，《臺灣日日新報》，1929年8月26日。
52 原文：「『無軌道時代』は雜誌それ自身として一つの傾向を持ち、その強調をば目的とするものではない。文藝愛好者の自由な俱樂部である。」XYZ，〈無軌道時代〉，《無軌道時代》創刊號（1929年9月），頁10。
53 志馬陸平（中山侑），〈青年と台灣＝文學運動の變遷＝〉，《臺灣時報》（1936年12月），頁113-114。

圖4-1　《無軌道時代》創刊籌備會於水月喫茶店（1929年8月17日）[54]

圖4-2　《無軌道時代》各期封面[55]

---

54 〈無軌道時代發刊準備會の集り（水月喫茶店にて）〉,《無軌道時代》創刊號（1929年9月），無頁碼。
55 資料來源：國立臺灣圖書館館藏。

然而,即使並未標舉自身的普羅文學傾向,《無軌道時代》其實從一開始就顯露出對於日本右翼愛國詩人的厭惡與對於左翼普羅詩人的偏好。創刊號的「無軌道時代」專欄中,不僅批判北原白秋及西條八十是「御用詩人」,認為「基於那種無知與魯鈍與現代的才能,勇敢的、敢於擔任反時代、反動的角色、監視並且暴露偏愛國主義詩情的人,才正應該是我們二十多歲青年的高邁的詩精神。」而且也引用中野重治的話:「大凡樹立新的詩論這件事,有必要有所顧慮和謙虛嗎?」[56]明白表現對順從國家權力的舊時代的詩人及其詩與詩論的揚棄。而且,創刊號便已刊登意識鮮明的普羅詩:

藤本斷「貯炭場で」	藤本斷〈在貯炭場〉
——俺は	——我
拜金主義の獰々親爺から	被拜金主義的色老頭
こぎ使はれておつぼり出された	任意使喚虐待以後驅逐出來
そして　この港の貯炭場で	然後　在這港邊的貯炭場
また俺は人夫になつた	又成了苦力
そこでもどす黑くなつた多くの仲間達が	在那裡,變得烏黑的眾多夥伴們
一杯の冷飯のために使はれてゐた	也為了一碗冷飯而被任意使喚

---

[56] S,〈無軌道時代〉,《無軌道時代》創刊號(1929年9月),頁10。原文:「その無智と魯鈍と現代的才能の故に勇敢なる反時代的、反動的役割を敢行する偏愛國主義的詩情を監視し、曝露する者は、正に我々二十代の高邁なる詩的精神でなければならぬ」;「凡そ新しい詩論を樹てるのに遠慮と謙遜とが必要だらうか?(中野重治)」

俺達の肉と骨とを削つて積み上げたピラミッドのやうな炭山の上で 肥つちよの金ピカ時計をぶら下げた資本家が 俺達の搾取を貪慾な眼で目論んでゐる だが　仲間よ！ あの炭の一つ一つの塊には 俺達の血が滲んでゐるんだぞ！	剝下我們的骨與肉並堆積在金字塔一般的炭山之上 肥胖的戴著金手錶的資本家用貪婪的眼光企圖搾取我們 但是　夥伴啊！ 那一個一個的炭塊 都滲著我們的血啊！
あの炭山は 金ピカ肥つちよの妾に みな喰はれてしまふのだ おい兄弟！ 俺達は蟻ではない　人間なんだ	那座炭山 被穿金戴銀的肥胖小老婆 全部吃個精光 喂、兄弟！ 我們不是螞蟻　是人哪
俺達は皆んな一とかたまりとなつて 奴等の脂肪を奪ひ取れ 奴等の貪慾を打のめせ 俺達の正義の血汐を あらん限り燃やしつくせ	我們大家團結一心 奪取那些傢伙的脂肪 打倒那些傢伙的貪慾 一滴不剩地完全燒光 我們正義的熱血
欺瞞と搾取と壓迫とに 俺達の生命を賭けろ！ 仲間よ！	對抗欺瞞、搾取與壓迫 賭上我們的生命！ 夥伴啊！

　　　　起て！^57　　　　　　　　　　起來！

　　這首可以說是相當典型的普羅詩：描寫敘述者「我」在貯炭場受到資本家壓迫勞動的情景，揭露勞動者的悲慘現況、資本家的惡形惡狀，並藉此喚起其他勞動者的反抗意識。值得注意的是，這首詩擁有藤原泉三郎和上清哉的普羅詩中所沒有的重要質素——由第一人稱的勞動者視角出發的現實感。這種現實感的刻劃，源自1920年《勞動詩集・在底層歌唱》。這本被視為日本普羅詩濫觴的詩集，在詩史上的意義是「被壓抑的勞動者將自身姿態確切地形象化，並且向同樣為勞動者的人們發出呼告」^58。這種由不須等待他者解釋的「我」出發的視角，根本上不同於過去由第三人稱角度「眺望」勞動者並寄與同情的民眾詩派^59。前面提到的藤原泉三郎和上清哉的普羅詩，不論是書寫命運悲慘的酒店女子、還是前途多舛的工廠女工，敘述者終究是從外部「眺望」。〈在貯炭場〉確切點出「我」勞動的地點為「港邊的貯炭場」——在台灣，明顯指的是位於基隆的八尺門貯炭場（現阿根納造船廠遺址）。此貯炭場為1916年大稻埕企業家黃東茂向台灣總督府殖產局承租土地而設立，利用鐵道將深澳坑復振炭礦所開採的煤炭集散此處，再透過基隆碼頭輸往各地^60。此詩以第一人稱「我」描寫出了搬運煤炭所需的勞動者在此貯炭場所受到的剝削與虐待，這樣的現實

57　藤本斷，〈貯炭場で〉，《無軌道時代》創刊號（1929年9月），頁12。
58　前揭澤正宏，〈第三章　プロレタリア詩　概觀〉，澤正宏、和田博文編，《作品で読む現代詩史》，頁65。
59　林淑美，〈プロレタリア詩〉，和田博文編，《近現代詩を学ぶ人のために》（京都：世界思想社，1998年），頁194-195。
60　許峰源，〈阿根納造船廠的歷史風華〉，《檔案樂活情報》第147期（2019年9月16日）（來源：https://www.archives.gov.tw/ALohas/ALohasColumn.aspx?c=1980，最後查閱時間：2020年4月10日）。

感是在總督府內務局以及中央研究所工作的藤原泉三郎和上清哉難以寫出、亦似乎無意經營的。

　　下面是另一首刊登在創刊號的普羅詩：

外山泉二「デモ」	外山泉二〈示威〉
肩をくみ、足並をそろへて	肩搭著肩、調整腳步
俺達は進む	我們前進
俺達は俺達の正義を翳して	我們要伸張我們的正義
訓練された軍隊の樣に	就像訓練有素的軍隊一樣
一糸亂れず堂々進む	有條不紊地前進
俺達は　X劍の音や	我們　不怕X劍的響聲
いかめしい靴音を恐れない	或嚴峻的腳步聲
俺達の前後左右は皆俺達だ	我們的前後左右都是我們
人形のやうに立ち並んだXX列を	我們毫無懼色地衝入
俺達は何の憶面[61]もなく衝き進む	像人偶般並排的XX隊伍
俺達の足並は明るい歡樂の巷の方へ流れる	我們的腳步朝著明亮的歡樂街方向流動
其處には自らの慘めさを紛らさんとして	在那裡有自溺於悲慘中、爛醉於酒肉中的人們
酒に肉に醉ひしれる者達の群	啊啊你們這些小市民知識分子們
お、君達小市民インテリゲンチヤ達	

---

61 應為「臆面」之誤植。

暴れ狂ふ大資本に魂をば打ちひしがれた君達	被兇暴的大資本擊碎了靈魂的你們
君達もまた我々兄弟だ	你們也是我們的兄弟
その哀しき酒杯を捨てよ	丟掉那悲哀的酒杯吧
そのひき歪んだ嘲りを捨てよ	捨棄那扭曲的自嘲吧
此の市街を貫き、此の世紀を貫いて燃えあがり衝き進む俺達の列に入れ	加入貫穿這條街道、貫穿並點燃這個世紀、奮勇前進的我們的隊伍吧
お、此の市街を貫いて	啊,聽聽貫穿這條街道
衝き進む俺達の力強い足踏みを聞け	奮勇前進的我們強而有力的踏步
大道を占領し、騒夜を獲得し	占領大馬路、獲得是夜喧囂
今こそ俺達無産者の力が	現在正是高聲地、高聲地
どの様に強いか、どの様に大きいか	呼喊我們無產者的力量
高らかに、高らかに叫ぶ時だ	多麼堅強、多麼龐大的時刻

此詩描寫「我們」無產者在街頭示威遊行的情景。詩中鼓吹「我們要像軍隊一樣前進」、「我們不怕X劍的聲音」、「衝入XX隊伍」、「占領大馬路、騷動夜晚」等激進的內容,也是藤原泉三郎或上清哉的作品中無法看到的。如此明白煽動街頭抗爭,且並沒有被檢閱削除或禁止出版的詩,在殖民地台灣可謂少見。在當局針對左翼運動的檢舉已漸次開始的年代,也許是僥倖留下的一首也說不定。臺灣圖書館館藏版本的《無軌道時代》,從封面上的印章可知是繳送警務局保安課圖書掛的納本。其內頁中,可以看到〈示威〉幾乎通篇被劃線,可知這樣的內容確實已騷動當局的神經。任憑創刊號自稱「不是以自身擁有並

強調一個傾向為目的的雜誌」，也的確刊登了許多並非普羅詩的詩作，但當〈在貯炭場〉與〈示威〉這樣的詩登場之際，便已經表明了立場。

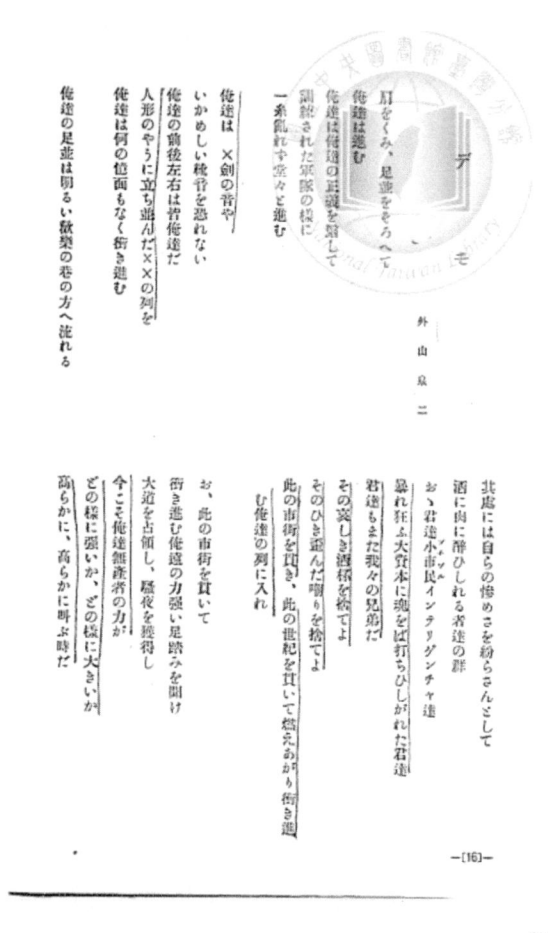

圖4-3　外山泉二〈デモ〉原件遭劃記情形[62]

值得一提的是在第2號中，藤原泉三郎發表了比之前更貼近其個人現實經驗的詩作：

62　資料來源：國立臺灣圖書館館藏。

第四章 「普羅詩」在台灣 ❖ 197

| 楢崎恭一郎（藤原泉三郎）「阿呆塔の唄」 | 楢崎恭一郎（藤原泉三郎）〈阿呆塔之歌〉 |

畫の休み前だ
俺は茫然と窓によつてゐる
麗かな五月の青空に
傲然と十二階の阿呆塔が聳えてゐる

こいつは醜怪だ
こいつは嘲笑つてゐる
此の中へはいつた時
人間は機械になる
あらゆる人間性が封印される
（人間性の封紙には辭令が最も強靭だ！）
勳章と云ふ金屬塊をぶら下げた電氣人形達

お　そいつらが傲然と橫行する
そして青白い瘦せこけた電氣人形達
彼等は一齊に廻轉する——
此れはまた大きなメカニック63

午休之前
我茫然地靠著窗
在明媚的五月藍天下
十二層樓的阿呆塔傲然聳立

這傢伙又醜又怪
這傢伙在嘲笑著
只要走進這裡
人類就會變成機械
一切人性都會被封印
（在人性的封紙中，任免令是最強韌的！）
配戴所謂勳章這種金屬塊的機器人們

啊　那些傢伙高傲地橫行
蒼白骨瘦的機器人們
他們一齊迴轉——
這是更大的機械
（行政！）
精巧的制度

---

63 「メカニック」一詞之語源為英文的「mechanic」，原意為機械工、技工。然而，此處若翻譯成「這是更大的機械工」語意並不通。日文版維基百科提供一說，即：「在

（行政！）	高壓的Ｘ取機
精巧な制度だ	
強壓なＸ取機だ	
麗かな五月の青空に	在明媚的五月藍天下
傲然と十二階の阿呆塔が聳え	十二層樓的阿呆塔傲然聳立
てゐる	十二點鐘──
十二時──	自動鳴笛的響聲激烈敲擊我的
モータ・サイレンの響が激し	耳朵
く俺の耳を打つ	激烈敲擊我的耳朵
はげしく俺の耳を打つ	五月的藍天下響徹這傢伙的高
五月の青空一杯に傲然たる此	傲大笑
いつの哄笑がひゞいて來る	我，我就像沉進海底的炸彈一
俺は、俺は海底に沉んで行く	樣
爆彈のやうに	隱忍壓抑著我的反抗心
ぢいつと俺の反逆心を押へて	
ゐる[64]	

從這首詩呈現了在台灣總督府內務局擔任雇員的藤原泉三郎眼中的「阿呆塔」──台灣總督府的戲稱。五月的藍天下，失去人性的機器

日本昭和世代等的和製英語（或者說是誤用）當中，有人將メカニック當作『機械』的意思來使用。這對英文母語者來說是不通的。正確來說應該是Machine（マシーン）才對。」故筆者在此處將「メカニック」翻譯為「機械」。「メカニック」辭條，「フリー百科事典『ウィキペディア（Wikipedia）』」（來源：https://ja.wikipedia.org/wiki/%E3%83%A1%E3%82%AB%E3%83%8B%E3%83%83%E3%82%AF，最後查閱時間：2020年8月10日）。

64 楢崎恭一郎（藤原泉三郎），〈阿呆塔の唄〉，《無軌道時代》第2號（1929年10月），頁6。

人們在龐大的國家機器中身不由己地運轉著。敘述者感到茫然、恐懼、憤怒，尖聲大笑般的午休鳴笛重擊他的耳朵，將他的痛苦推向最高峰。全詩最後看似以內斂的隱忍作結，但詩中對於異化與壓抑人性的總督府投向的憤恨眼光卻顯得鮮明而強烈。雖然普羅詩多給人如前述的〈在貯炭場〉或〈示威〉這般書寫勞動或革命的印象，但林淑美指出，普羅詩所要探問的並不僅只是底層勞動者被剝削這件事，而是人類被編入整個社會構造的的生活方式：「普羅詩這個文類出現的意義的必然，不只有在勞動者或民眾之上，而是作為在日本文化出現的資本主義經濟構造中被收編的所有人之上」[65]。林淑美舉《驢馬》雜誌上中野重治的〈帝國飯店〉（帝国ホテル）一詩為例，認為此詩將帝國飯店描寫為毫無懸念地接受作為日本資本主義象徵的西洋殖民樣式並加以再生產的東洋人意識的象徵。出入此處的人並沒有注意到，這樣的意識與囚犯是一樣的、帝國飯店也與監獄是一樣的這件事。──普羅詩出現的意義是將這樣的詩化為可能[66]。在〈阿呆塔之歌〉所描寫的總督府裡的白領階級被國家機器所操控而毫無感覺、甚至驕傲橫行的景象，某種程度上可以說是揭露了中野重治所要控訴的日本資本主義政治經濟構造當中的一部分。比起藤原之前的〈在那霸的碼頭〉一詩更立體且具備切身之感。可惜的是，這首詩描寫總督府這個極具象徵意味的對象，照理來說更有機會能夠觸碰到日本在台殖民體制對於整個殖民地台灣、對於殖民地人民的控制與壓迫等帝國資本主義的結構的核心，但藤原泉三郎再一次停留在「階級」問題，而與「民族」問題擦身而過。

在接下來的《無軌道時代》中，藤原泉三郎發表獻給《朝向馬克思主義之道》作者的〈致阿・沙波瓦洛夫〉（ア・シヤポワロフへ）

---

65 林淑美,〈プロレタリア詩〉,頁193-194。
66 林淑美,〈プロレタリア詩〉,頁196。

（第3號）、獻給《年輕時的信》作者的〈致我的查爾斯・路易・菲利普〉（私のシャルル・ルイ・フィリップに）（第4號）等詩；上清哉則發表隨筆〈中野重治與我〉、利用雜誌側欄轉載中野重治的〈關於詩的斷片〉（以上第3號）等等，繼續貫徹兩人的路線。而其他同人則接連發表像上述描寫勞動或鼓吹反抗的普羅詩，如黑田只雄〈我看見了〉（俺は見た）鼓吹被野獸撕裂的同志們為了自由解放而建立自己的新世界（第2號）；高羅部達治〈我們知道的〉（俺達は知つてゐる）高呼即使背叛父母手足妻兒也要為自由戰鬥；里村好雄〈軍隊遊戲〉（兵隊ゴッコ）嘲諷軍隊的訓練是在磨練殺人技術（以上第3號）；つじ・としを〈碼頭苦力之歌〉（波止場人夫の唄へる）刻劃碼頭苦力「我」在勞動中體驗的視覺觸覺嗅覺等實際感受；內田英繼〈站在人生的街頭〉（人生の街頭に立つて）描繪失業者「我」的絕望與徬徨心境（以上第4號）等等。不同面向的書寫已脫離藤原和上的中野重治抒情普羅詩路線，呈現出更具煽動與戰鬥性的日本普羅詩風貌。

然而，不論是中野重治路線或者藏原惟人路線，在殖民地台灣發刊的《無軌道時代》中的詩作，並沒有如《戰旗》中的〈下雨的品川車站〉一樣透過殖民地連帶來暴露出日本帝國統合過程中的暴力性。由此可知，不只是藤原泉三郎、在該雜誌上書寫普羅詩的在台日人都存在著避談民族這個共同的問題。這讓持續發刊四期、普羅色彩越趨明顯與濃厚的《無軌道時代》無法反映出殖民地特殊的現實狀況、沒有反映出當時第三國際除了「無產階級革命」之外希望進一步推動的「民族解放」理念。關於這個部分將於第五節繼續探討。

四、中國普羅詩派的移植：《洪水報》與《赤道》

從1927-1928年藤原泉三郎和上清哉模仿中野重治寫詩，到1929

年一群在台日人齊聚在水月喫茶店討論文藝愛好者的團結與創刊新的詩歌雜誌《無軌道時代》的這段時間，台灣人文化界似乎沒有那樣的餘裕。1926年台灣知識分子在《臺灣民報》展開的「中國改造論爭」顯露出路線的左右分歧；到了1927年，這樣的分歧檯面化，台灣文化協會由左派取得主導權而成為新文協，蔡培火、蔣渭水等則另組台灣民眾黨；1928年，台灣共產黨透過第三國際的指示在日本共產黨的協助下成立，之後取得新文協的實際領導權[67]。新文協在1928年發行《台灣大眾時報》、1930年再發行《新台灣大眾時報》作為其言論機關[68]，但該刊是以政治論述與左翼運動之報導為中心，並無刊登任何文學作品[69]。

　　1930年，多份中文普羅雜誌接連創刊，使上述的情況有了轉變。《沿革誌》即提到：「進入昭和五年（1930年）後，在經濟恐慌及其他各種情勢好轉的影響下，〔台灣的普羅文化運動〕呈顯出明顯的復活狀態」[70]，並舉出了由台共黨員與「納普」聯絡後所創刊的《伍人報》、由伍人報社所分裂出去的《明日》、《洪水報》，以及台共與新文協成員成立的《台灣戰線》、《新台灣戰線》等雜誌。這些雜誌中，《伍人報》、《台灣戰線》、《新台灣戰線》等尤其有意要成為台灣普羅文藝運動的推動者[71]。戰後，王詩琅專文介紹上述這幾份雜誌，雖然

---

67 詳見吳叡人，〈台灣非是台灣人的台灣不可：反殖民鬥爭與台灣人民族國家的論述 1919-1931〉，林佳龍、鄭永年編，《民族主義與兩岸關係》（台北：新自然主義，2001年），頁76-93。

68 上述《台灣大眾時報》與《新台灣大眾時報》創刊至停刊之經緯，詳見若林正丈，〈台湾大衆時報〉，《台灣大眾時報週刊創刊號——第十號（復刻版）》（台北：南天書局，1995年），頁1-8。

69 根據《台灣大眾時報週刊創刊號——第十號（復刻版）》、《新台灣大眾時報創刊號——第二卷第四號（復刻版）》（台北：南天書局，1995年）。

70 王乃信等譯，《台灣社會運動史（1913-1936）第一冊・文化運動》，頁401。

71 王乃信等譯，《台灣社會運動史（1913-1936）第一冊・文化運動》，頁401-404。

文中刻意不提這些雜誌與台灣共產黨之間的關係,但肯定這些雜誌「為了台灣文藝鋪下一段不短的康莊大道」[72]。而河原功進一步主張《赤道》、《現代生活》等雜誌等亦具有普羅色彩[73]。近年,柳書琴主編的《日治時期台灣現代文學辭典》,對於1930年創刊的《伍人報》、《明日》、《洪水報》、《現代生活》、《赤道》等辭條的編撰也更拓展了我們這對幾份雜誌的認識[74]。

然而,上述普羅雜誌的散佚情況嚴重,目前僅能透過現存的《洪水報》與《赤道》考察其中的普羅詩刊登狀況。首先,在七種雜誌當中,(可能是最重要的)《伍人報》、《台灣戰線》、《新台灣戰線》盡皆散佚,《明日》、《洪水報》、《赤道》、《現代生活》則僅可見部分。其次,若細究其內容,《明日》為無政治主義雜誌[75]、《現代生活》則被《新台灣大眾時報》指為右翼反動刊物之一[76]。因此《洪水報》與《赤道》是目前唯二能夠作為普羅雜誌並觀察其中普羅詩刊登情況的史料。許俊雅曾細緻比對《洪水報》與《赤道》對中國文學作品的轉載,考證其中內容轉載的來源。考證的結果,《赤道》的內容多轉載自與中國創造社有關的《創造月刊》、《流沙》、《文化批判》、《我們》等雜誌,因此,許俊雅提出《洪水報》與中國的創造社較無淵源,而

---

[72] 王一剛(王詩琅),〈思想鼎立時期的雜誌〉,《台北文物》第3卷第3期(1954年12月),頁131。

[73] 河原功著,莫素微譯,《台灣新文學運動的展開——與日本文學的接點——》(台北:全華,2004年),頁161-163。

[74] 柳書琴主編,《日治時期台灣現代文學辭典》(台北:聯經,2019年),頁405-410。

[75] 中島利郎,「明日」辭條,柳書琴主編,《日治時期台灣現代文學辭典》,頁406。

[76] 柳書琴,「現代生活」辭條,柳書琴主編,《日治時期台灣現代文學辭典》,頁408-409。柳書琴指出該刊「成員中包含了許乃昌、賴和、周天啓等具左翼思想的知識分子,應為具社會主義色彩的刊物。」根據筆者考察,該刊新詩作品以描寫愛情、婚姻、現代生活為主,未見普羅詩。故不放入本章討論範圍。

《赤道》則與創造社有密切關係的結論[77]。

透過許俊雅對《洪水報》與《赤道》的轉載中國作品的考證，可以觀察到另外一個重要事實：這兩份雜誌轉載的詩作多與中國普羅詩派有關。筆者重新考據兩刊，將許俊雅考證中詩的部分加以整理，再增補該文未論及的《赤道》第3、5號及其他遺漏，整理成下表：

表4-1　《洪水報》與《赤道》對於中國新詩之轉載情形

刊名	期數	發行時間	詩作	原作	出處 許俊雅考證	出處 筆者考證或增補
洪水報	1	1930.8	劉宗敏〈無題〉	仿擬魯迅〈我的失戀——擬古的新打油詩〉	《語絲》週刊第4期	1924.12.8
洪水報	1	1930.8	格〈空中群雁〉	改寫沉廣連〈空中群雁〉		《平民之友》第4期，1924.6.27
洪水報	3	1930.9	沙陀菲耶夫作、畫室譯〈地、改變著姿態！〉	轉載馮雪峰譯作	不詳	《洪水》2卷15期，1926.4.16[78]
洪水報	3	1930.9	平平〈勞苦與飢難〉	襲用蔣光慈〈在黑夜裡——致劉華同志之靈〉	蔣光慈，《戰鼓》下卷，上海：北新書局，1929.6	原出處：《民國日報・覺悟》12卷24期，1924.12.24

77　許俊雅，〈《洪水報》、《赤道》對中國文學作品的轉載——兼論創造社在日治台灣文壇〉，《台灣文學研究學報》第14期（2012年4月），頁169-218。
78　此詩許俊雅已考證出為馮雪峰譯詩，但並未說明該譯詩出處，此出處項目由筆者補足。

刊名	期數	發行時間	詩作	原作	出處 許俊雅考證	出處 筆者考證或增補
洪水報				襲用蔣光慈〈昨夜裏夢入天國〉	蔣光慈,《戰鼓》下卷,上海:北新書局,1929.6	
洪水報				襲用戴季陶〈阿們?!〉	《星期評論》第36期	1920.2.8
赤道	1	1930.10.31	嘉洵作、曇華譯〈新俄詩選・泥水匠〉	轉載葉靈鳳譯作	不詳	《戈壁》1卷3期,1928.6.1[79]
赤道	1	1930.10.31	一勞動者〈無產者的喊聲〉	詩末數句襲用馮憲章〈匪徒的喊聲〉	《太陽月刊》第7期	1928.7
赤道	2	1930.11.15	加斯特夫作、曇華譯〈新俄詩選・工廠的汽笛〉	轉載葉靈鳳譯作	不詳	《戈壁》1卷3期,1928.6.1[80]
赤道	2	1930.11.15	馮乃超〈快走〉	馮乃超〈快走〉	《創造月刊》2卷2期,1928.9	

[79] 此詩許俊雅已考證出為葉靈鳳譯詩,但並未說明該譯詩出處,此出處項目由筆者補足。

[80] 此詩許俊雅已考證出為葉靈鳳譯詩,但並未說明該譯詩出處,此出處項目由筆者補足。

刊名	期數	發行時間	詩作	原作	出處 許俊雅考證	出處 筆者考證或增補
赤道	3	1930.11.30	孤鳳〈拖纜夫之歌〉	孤鳳〈拖纜夫之歌〉		《我們》第3期，1928.8
赤道	4	1930.12.19	麥克昂〈我們在赤光之中相見〉	郭沫若〈我們在赤光之中相見〉	《孤軍》2卷1期，1923.12	
赤道	4	1930.12.19	吳乃立〈這不是我們的世界〉	吳乃立〈這不是我們的世界〉	《文化批判》第4號，1928.4	
赤道	5	1931.1.17	一勞動者〈那裏有我們可喜的新年？〉	第一句襲用吳乃立〈這不是我們的世界〉		《文化批判》第4號，1928.4

從上表可以觀察到一些重要的線索：其一，是《洪水報》與《赤道》的詩作轉載的來源雜誌幾乎都來自上海。其中《創造月刊》和《太陽月刊》是普羅詩派的大本營，郭沫若和蔣光慈更是普羅詩派的代表人物。其二，在所謂的轉載、改寫、襲用、仿擬的過程中，《洪水報》和《赤道》各自體現了其雜誌自身的性格，也體現了對「怎樣的普羅詩適合於殖民地台灣」這個問題的思考。以下就這兩點分別論述。

首先，是中國移植至台灣的普羅詩的出處皆是來自上海這件事。上述普羅詩的轉載出處，除《語絲》是在北京發行以外，《戈壁》、《洪水》、《民國日報・覺悟》、《星期評論》、《太陽月刊》、《創造月刊》、《孤軍》、《文化批判》、《平民之友》、《我們》、《拓荒者》全部都是在上海發行。眾所皆知，上海是台灣留學生在中國從事左翼運動的根據地，同時也是東亞「左翼文化走廊」的一個重要節點。「上海台

灣學生聯合會」於1925年成立,之後便越來越加深其共產主義傾向、組織讀書會、並與島內的台灣文化協會聯絡,為台共組黨作準備[81]。這當然使得留中的台灣知識分子更容易接觸到上述這些在上海發行的文藝雜誌。更重要的是,中國普羅詩派的崛起地也正是上海——1925年,五卅事件爆發,喚起了中國文化界的反帝國主義的民族與階級意識。原本主張為藝術而藝術、以浪漫主義為主的創造社轉向提倡無產階級革命文學,郭沫若便是代表詩人[82]。《洪水》、《創造月刊》、《文化批判》等皆為創造社創辦的雜誌。此可謂中國普羅詩的萌芽時期。1927年,國民革命軍北伐途中,蔣介石下令清共。以中共的觀點來說是「一九二七年大革命失敗」、「四一二反革命政變」[83]。蔣介石在上海對於工人與共產黨員的屠殺,一方面讓中共的政治運動轉入地下,另一方面卻也使得作為文藝運動的普羅詩派走向高峰[84]。蔣光慈的太陽社便是在這樣的情況下成立。其創辦的《太陽月刊》、《拓荒者》為一脈相承的雜誌[85]。其後,同在上海的創造社和太陽社作為普羅詩派的大本營,於1928-1930年締造了中國普羅詩派一時的盛世。其他非直接由這兩社所創辦的上述雜誌也多少與他們有所關聯。這些雜誌自然也成為1930年在台灣創刊的《洪水報》和《赤道》直接學習取材的對象。

接著是關於《洪水報》和《赤道》如何透過轉載、改寫、襲用、仿擬等方式「學習」中國普羅詩派的問題。柯文溥〈論「普羅詩派」〉一文透過1928-1930年的《創造月刊》、《文化批判》、《流沙》、《畸

---

81 王乃信等譯,《台灣社會運動史(1913-1936)第一冊‧文化運動》,頁109-110。
82 龍泉明,〈普羅詩派詩歌創作得失論〉,《武漢大學學報(哲學社會科學版)》第231期(1997年7月),頁74。
83 詳見華崗,《中國大革命史一九二五—一九二七》(北京:文史資料出版社,1982年)。
84 前揭龍泉明,〈普羅詩派詩歌創作得失論〉,頁74。
85 前揭舒蘭,〈柒、普羅派和民族派時期〉,頁5。

形》、《思想月刊》、《太陽月刊》、《我們月刊》、《海風周報》、《引擎》、《拓荒者》等十種左翼文藝雜誌來勾勒中國普羅詩派的整體樣貌[86]。觀察這些雜誌中的普羅詩，並且與之和上述《洪水報》和《赤道》的轉載名單比對，即可了解台灣人移植中國普羅詩派時選擇與剔除了什麼：

　　就《洪水報》而言，其刊登的詩作性質比較駁雜，可以看到非共產主義的路線也都交織於其中。除了轉載的魯迅〈我的失戀——擬古的新打油詩〉、沉廣連〈空中群雁〉、戴季陶〈阿們？！〉等詩與普羅詩派並無關聯以外，原創詩作如王詩琅〈冬天的監獄〉是偏無政府主義路線、郭水潭的日文詩作〈巡禮之旅〉（巡禮の旅）、〈馬啊？飼主〉（馬よ？飼主は）則是偏《南溟樂園》的民眾詩派路線。但是《洪水報》卻也並非如許俊雅所言「整本刊物與創造社並無多大關係」[87]。根據表4-1，平平〈勞苦與飢難〉所襲用的蔣光慈〈在黑夜裡——致劉華同志之靈〉一詩是出自創造社發行的《洪水》，全詩紀念在五卅慘案以後帶領工運其後被逮捕槍決的劉華。而由湖畔詩人轉向支持共產革命的馮雪峰所翻譯的〈地、改變著姿態！〉一詩，則是稱頌十月革命成功以後，無產階級的作家和詩人們在民眾的驅遣中隨著蘇維埃共和國的建立而前進。這兩首都是不折不扣的普羅詩。然而，前者〈勞苦與飢難〉只襲用蔣光慈〈在黑夜裡〉一詩中控訴上帝對人不平的部分來為工農大眾吶喊，並未觸及詩中對實際革命過程的書寫，而後者則主要表達作家需為了勞動大眾發聲的主旨。整體而言，可以看到《洪水報》所移植的普羅詩是接近台灣民眾黨以農工階級為社會運動基礎，但不訴諸階級鬥爭的路線。

---

86 前揭柯文溥，〈論「普羅詩派」〉，頁50。
87 前揭許俊雅，〈《洪水報》、《赤道》對中國文學作品的轉載——兼論創造社在日治台灣文壇〉，頁214。

相較之下，《赤道》便是鮮明的共產主義路線，將中國普羅詩派的詩作原封不動轉載的情形相對普遍。從表4-1可見，直接全詩轉載者有馮乃超〈快走〉、孤鳳〈拖纜夫之歌〉、郭沫若〈我們在赤光之中相見〉、吳乃立〈這不是我們的世界〉，襲用部分詩句者有馮憲章〈匪徒的喊聲〉。其中，除了〈我們在赤光之中相見〉以外，全部是在1928年發表的作品。郭沫若的〈我們在赤光之中相見〉於1923年發表於《孤軍》雜誌、與上述《洪水報》襲用的1924年蔣光慈的〈昨夜裏夢入天國〉都屬於較為浪漫抽象的詩作，但兩首詩都已經透露出他們對於理想的共產國家的嚮往。而〈匪徒的喊聲〉、〈快走〉、〈拖纜夫之歌〉、〈這不是我們的世界〉等則是由普羅詩正盛時期的代表雜誌《太陽月刊》、《創造月刊》、《文化批判》、《我們》等轉載而來，〈快走〉與〈拖纜夫之歌〉描寫農民與勞動者受地主與資本家壓榨的情況，〈這不是我們的世界〉則描寫目前的世界是只容許富人幸福的宮殿，必須推翻它才能夠重新建立屬於無產階級的「我們的世界」。為何《赤道》選擇以上這些詩作來轉載？誠如上述，中國普羅詩派的批判對象是從五卅慘案中的英、日等帝國主義、軍閥、到四一二政變的中國國民黨等勢力與資本主義的結合，但這樣的背景基本上與台灣較無關聯，故《赤道》並未轉載這一類應該屬於中國普羅詩派的主力作品，即便《太陽月刊》、《創造月刊》中的普羅詩不乏揭露帝國主義列強壓迫的題材，可與殖民地的民族解放訴求相互連結，但或因檢閱或其他未可知的理由，《赤道》的編者選擇了從農民與勞動者出發、純粹控訴資本主義而與民族解放較無關聯的詩作。

　　值得一提的是，筆名「一勞動者」和「一無產者」在《赤道》中發表了唯二兩首原創性相對較高的作品。

一勞動者〈無產者的喊聲〉（第三段）

無產階級的弟兄！
這樣殺人的不景氣！
米穀失敗、
生理又不繁榮、
餓到半死、
屢次自殺又不成！
看呀！誰肯為我們打不平？！
是！是！！是！！
祇有我們自己的團結與同盟！
別卑怯、
別心驚、
別嘆息、
別傷情、
醒！醒！！醒！！
我們是舊社會的劊子手、
我們是新社會的創造主、
呀！悲壯！
呀！光榮！
放快呀放快一齊動手！
爭！爭！！爭！！
我們要毀滅現存的宇宙、
我們要創造理想的金城！

一無產者〈那裏有我們可喜的新年？〉（第三、四段）

無產者的兄弟呀！
有錢人的生活每日都是快樂如仙、
不分平日與新年。
時々的苦痛是勝過於倒懸！
所以我們要知道呀！
非根本的去XXX權、
是永無一日可以看見青天！

無產者的兄弟呀！
我們還沒有享過快樂的新年。
但是我們不要徒悲傷、
我們只要就早組織XX加入XX的X場。
不然弱肉XX、
不是他死、
就是X亡。
醒看呀！XX的空氣已經是這樣的緊張、
快起來呀！
莫再延遷、
喋X的劇X、就在眼前。
用意呀！突X去！！
我們要贏得最後的勝利和凱旋、
如是才有我們可喜可賀的新年！！

一勞動者的〈無產者的喊聲〉發表於創刊號[88]。其結尾雖然襲用馮憲章〈匪徒的喊聲〉的「我們是舊社會的劊子手、／我們是新社會的創造主」；「放快呀放快一齊動手！」；「我們要毀滅現存的宇宙、／我們要創造理想的金城！」五句詩句，但兩首詩中所描寫欲改革的社會有著明顯的不同。馮憲章〈匪徒的喊聲〉描寫工廠工人因失業而不得不成為強盜匪徒，壓迫他們的對象有廠主、地主等富人以及警察、執法者等；而一勞動者〈無產者的喊聲〉的敘述者則是耕種稻米的農民，壓迫他們的是資本家與大地主、保護地主的 XX（推測為「警察」）、以及「這期的 X 業 X 稅又加升」（推測為「農業徵稅」）——即使隱晦，但這裡可以看到被殖民者受到地主與殖民者的雙重剝削。不只要繳地租予地主、還需納稅予殖民政府，使農民終處於「餓到半死、／屢次自殺又不成」的景況。另一首刊登在第5號的一無產者〈那裏有我們可喜的新年？〉描寫新年時期有錢人和無產者兩樣情的社會現實[89]。開頭的「金碧輝煌的禁城」一句雖來自吳乃立〈這不是我們的世界〉，但全詩內容皆與吳詩不同。詩中雖然充滿不易還原的自我檢閱，但是觀察詩中鼓吹的革命，絕不是只針對「有錢人」，而是使整個資本主義得以運作的帝國主義「強權」。然而，或許因礙於總督府審查，兩首詩難見對殖民政府或帝國主義的明顯批判。順帶一提，從這兩首詩中的「生理又不繁榮」、「用意呀！突Ｘ去！！」等句子可以看到混用台灣話文（「生理」：台語「生意」之意）以及日文漢字的情形（「用意」：日文「準備」之意），表現出了殖民地台灣特有的詩語特色。

若比較《無軌道時代》與《洪水報》、《赤道》，可以看到藤原泉

---

88 一勞動者,〈無產者的喊聲〉,《赤道》創刊號（1930年10月），頁6。
89 一無產者,〈那裏有我們可喜的新年？〉,《赤道》第5號（1931年1月），頁2。

三郎和上清哉是以抒情詩來進入日本「普羅詩」，而台灣人則是從左翼政治運動出發而通往中國「普羅詩派」。這從《無軌道時代》和《洪水報》、《赤道》的內容組成即可明顯窺知：《無軌道時代》是以詩歌為主的文藝雜誌，偶爾參入些許普羅色彩，但整體而言是以純文藝為走向，亦刊登許多與政治無關的抒情詩作；而《洪水報》、《赤道》本是由左翼政治運動者主導，鼓吹無產階級的覺醒、創造接近大眾並遠離資本主義的論述是它們主要的目的，詩只是其中堪稱點綴的文類。且因幾乎是轉載中國作品，故只能稱「移植」而尚未有繼承與創造。可以說，到1930年為止，台灣的中文普羅詩是仍然處於引介與接受中國普羅詩派、只為政治思想服務、並且尚未能為殖民地台灣的實際情況發聲的階段。

五、尚未能反映殖民地現實的普羅詩

從本章第二節到第四節對於藤原泉三郎、上清哉、《無軌道時代》、《洪水報》與《赤道》的介紹，可以看到1927-1930年台灣的日文普羅詩和中文普羅詩存在各自的問題。但倘若概略地一言以蔽之，他們的問題皆為「尚未能反映殖民地現實」。而這個問題又可以分為內容以及語言兩個部分。

首先是內容方面。普羅詩作為「基於馬克思列寧主義的革命的藝術或共產主義文學的詩」[90]，追求的自然是第三國際所提倡的無產階級革命與民族解放。在1927年7月制定的二七綱領中，第三國際明確地對日本指示要完成「殖民地的完全獨立」、「日本共產黨與日本殖民

---

[90] 澤正宏，〈第三章　プロレタリア詩　概観〉，澤正宏、和田博文編，《作品で読む現代詩史》，頁65。

地的解放運動要保持密切聯絡,給予一切思想的、組織的支持」[91]。為此,日共的確在台共創黨時期給予了指導與協助。然而在普羅文學的實踐上,這個問題並沒有受到多少重視。中野重治是少數有意識地在詩中描寫與被殖民者之間的連帶的日本詩人,而藤原泉三郎和上清哉因追隨中野重治而開始在台灣書寫普羅詩、創刊《無軌道時代》,照理來說是最能夠實踐「殖民地路線的普羅詩」的人物。然而實際上的狀況是,藤原泉三郎和上清哉不論在論述或者在普羅詩的創作中,都未曾跳脫自身觀察視野或思考格局的限制。他們雖然是「在台灣」寫作普羅詩,但詩中除了出現像是「阿呆塔」這樣的場景以外,並未揭露出在台灣壓迫殖民地人民的帝國資本主義政治經濟結構,故無法創作出屬於「台灣的」普羅詩。《洪水報》與《赤道》則因基本上是直接轉載或者改寫中國普羅詩派的作品,亦未出現真正跟殖民地背景有密切相關的作品。

　　至於語言方面,則不只是普羅詩,而是整個台灣文學在此時所面臨的問題。日本與中國在此之前已完成各自的言文一致運動,但在台灣卻仍不存在普及化的、能夠表記大眾的語言的文字。雖然《無軌道時代》主張「藝術是大眾之物」[92]、《洪水報》也說「我們所需要的文學是要表現大多數民眾生活的文學」[93],但是並未涉及如何以大眾的語言寫出貼近其生活的文學的問題。直到黃石輝在《伍人報》中發表〈怎麼不提倡鄉土文學〉,主張文學語言應該與台灣的勞苦大眾接軌,引爆鄉土文學論戰與台灣話文論戰以後,這個問題才廣泛地受到討論。吳叡人指出,黃石輝的論述以「民族」與「階級」的立場提倡

91　若林正丈著,台灣史日文史料典籍研讀會譯,《台灣抗日運動史研究》(台北:播種者,2007年),頁318。
92　DAM,〈無軌道時代〉,《無軌道時代》第2號(1929年10月),頁9。
93　林鐵濤,〈我們所須要的文學—平民文學—〉,《洪水報》創刊號(1930年8月),頁2。

以台灣話文描寫台灣現實事物,是「與台共關係密切的黃石輝的政治主張,也就是列寧主義的『台灣民族解放運動』論的延伸」[94]。亦即這樣的主張才是第三國際所提倡的無產階級革命與民族解放的正論。只是,因《伍人報》今已散佚,《洪水報》與《赤道》亦無台灣話文詩的存在。可以說,此時期台灣的普羅詩是無法回應鄉土文學論戰中對於文學語言應該與勞苦大眾接軌的要求。

六、普羅詩在台灣的突破與衰退

普羅詩尚未能反應殖民地現實的問題,在1931-1932年逐漸露出了正視現實的曙光。但隨著滿洲事變以後國家權力的緊縮、全島大檢舉以後文協、民眾黨、共產黨被迫解散、相關人士的被捕,使得普羅詩在台灣面臨剛剛取得些許突破便不得不走向衰退的命運。

普羅詩開始正視殖民地現實可以從以下兩個案例得見:其一,原本各自為政的左翼在台日人與台灣人合流創立「臺灣文藝作家協會」、發行《臺灣文學》雜誌,不只詩作內容逐漸貼近殖民地社會現實,也開始出現漢文欄與台灣話文的討論。其二,從《無軌道時代》出道的唯一一位台灣人徐瓊二(徐淵琛)開始寫出獨自的普羅詩,並在論述中有自覺地強調從殖民地台灣出發的立場。

(一)臺灣文藝作家協會與《臺灣文學》

藤原泉三郎和上清哉在《無軌道時代》停刊以後,開始推動戰旗社在台灣設置支局的運動。除了在台北高等學校內設置讀書會以外,也與台共的謝雪紅、王萬得、文協的吳拱照以及其他農民組合的幹部

---

[94] 吳叡人,〈福爾摩沙意識型態──試論日本殖民統治下臺灣民族運動「民族文化」論述的形成(1919-1937)〉,《新史學》17卷2期(2006年6月),頁178。

保持聯絡，計劃發行名為《殖民地台灣》的雜誌。從其計畫草案中的「於殖民地台灣的革命運動現階段，論罷工的功能以及指導方針」；「左翼目前的任務。日本帝國主義資本在台灣的統治」[95]等記述來看，藤原泉三郎和上清哉確實開始朝著深入殖民地台灣共產階級革命運動的方向前進。但該讀書會在1930年8月被檢舉。9月以後，文協的張信義繼續為此事奔走，也與日本左翼團體達成設置戰旗支局的協議，但由於當局嚴加取締，戰旗社支局一事遂無疾而終[96]。

1931年3月，藤原泉三郎和上清哉不屈不撓，與井手薰成立「臺灣文藝作家協會」，吸納了包括王詩琅、張維賢等台灣人成員，希望成為台灣的「納普」[97]。至此可見普羅文學統一戰線之成形。8月，機關雜誌《臺灣文學》發行，但創刊號旋即被禁。目前可見的有1卷2號、1卷3號、2卷1號三期。關於詳細的雜誌創辦經緯以及內容，可參見《沿革誌》[98]以及河原功[99]、鳳氣至純平[100]之介紹。雖然藤原泉三郎和上清哉後來退出而未見作品，其他刊登於其上的詩作也被評價為「水準並不高」[101]，但是從這本雜誌可以看到對於之前的《無軌道時代》的盲點之突破。

例如在1卷3號中，李彬[102]〈我們啊，貧農〉（俺達や貧農）一詩勾勒出殖民地台灣農村的現實生活：

---

95 王乃信等譯，《台灣社會運動史（1913-1936）第一冊・文化運動》，頁407。
96 王乃信等譯，《台灣社會運動史（1913-1936）第一冊・文化運動》，頁407-408。
97 王乃信等譯，《台灣社會運動史（1913-1936）第一冊・文化運動》，頁408-410。
98 王乃信等譯，《台灣社會運動史（1913-1936）第一冊・文化運動》，頁408-425。
99 前揭河原功，莫素微譯，《台灣新文學運動的展開——與日本文學的接點——》，頁163-165。
100 鳳氣至純平，「台灣文學（台灣文藝作家協會）」辭條，柳書琴主編，《日治時期台灣現代文學辭典》，頁410-411。
101 前揭河原功，莫素微譯，《台灣新文學運動的展開——與日本文學的接點——》，頁165。
102 本名江賜金，台灣農民組合成員、後加入台灣文藝聯盟，生平不詳。

李彬「俺達や貧農」

陸には二度みのる稻の黃金が
あつても
山には數億の富が藏されてゐ
ても
こゝは日本の寶庫と云はれて
ゐても
あゝ　俺達や蕃薯簽だ
　　　　　　ハンツウチヤン

豐作だ萬作だ
秋のみのりは紀錄破りだ
畔[103]も小路も黃金の波だ
だが　俺達や蕃薯簽だ

今年の蔗作は上出來だ
「モウ國內需要量は生產され
得る」
「この上は外糖に負けない生產
費の低下を圖らねばならぬ」
あゝ　俺達や蕃薯簽だ。

註　蕃薯簽とは芋を細く切つ
て干したもので飯の代りとし
てかゆの樣にして食ふ。南部
の貧農はこれを常食としてゐ
る。[104]

李彬〈我們呀，貧農〉

就算陸地有一年二穫的黃金稻米
就算山裏有數億的財富藏匿
就算這裡被稱作日本的寶庫
啊　我們呀，還是只有蕃薯籤

豐收，大豐收
秋穫打破了紀錄
田埂和小路都是金黃浪潮
可是　我們呀，還是只有蕃薯籤

今年的甘蔗收成了
「已可生產國內需求量」
「接下來要以不輸給進口糖的低
成本為目標」
啊　我們呀，還是只有蕃薯籤

註　蕃薯籤是指把蕃薯切成細絲
曬乾，代替米飯煮成粥來吃。
南部的貧農便是以蕃薯籤為主食。

---

103 原文如此。日文漢字「畔」和「畦」同音同義（あぜ，田埂），現今多寫作「畦」。
104 李彬，〈俺達や貧農〉，《臺灣文學》1卷3號（1931年11月），頁30-31。

此詩在富饒寶島的官方宣傳與「我們只有蕃薯籤」的刻意對比中,尖銳揭露了殖民地農民遭受嚴重壓榨與剝削的事實。不同於《無軌道時代》、《洪水報》、《赤道》的普羅詩中主要以工人階級出發的激烈的搖旗吶喊,這首詩是以台灣農民的角度,書寫「蕃薯籤」這個台灣常見的飲食景觀。除了以片假名標出「蕃薯籤」的台語發音,在詩後亦有註解說明,顯示出此為殖民地特有的飲食文化。三段結構中,第一段總體性地提到台灣島上的物產豐富,被稱作「日本的寶庫」;第二、三段則分別敘述稻米與甘蔗的豐收。這些都是島上統治者最引以為傲、同時也是用來撐起日本帝國的自然資源。小小的島嶼能夠生產全日本「國內需求量」的砂糖、同時要繼續追求「不輸給進口糖」的低成本,憑藉的完全是剝削殖民地農民、讓他們過著除了蕃薯籤沒有其他食物可充飢的極貧生活所換來的。此詩以短短的篇幅與簡單的結構,便向讀者展示了日本帝國資本主義對殖民地台灣層層剝削的政治經濟構造。特意描寫稻米和砂糖,也點出了台灣在帝國經濟圈當中的位置。如此具有現實性卻又能夠讓讀者體會到深刻的不平與辛酸,作為「台灣的」普羅詩可以說當之無愧。

而在2卷1號也提到了關於創作語言的問題。賴明弘的〈關於我們的文學的誕生〉中,即提到「我作為一個本島人在這裡提出一個要求,那就是希望能夠設置『漢文欄』這件事。要說為什麼,我們本島的我們大多數人都是熟悉漢文的,而國語則局限在少數人當中。」[105] 此文刊登的同一期雜誌便立刻開始設置漢文欄,刊登李彬的中文詩〈媽々、別吧〉,同時也刊出了「『漢文欄』原稿募集」的徵稿啟事,可以看作是編輯者從善如流的表現。另外,在同一期中林原晉作的〈讓台灣文學朝向大眾!〉一文,更提到了「要設置台灣語欄。這是

---

105 明弘,〈俺達の文學の誕生について〉,《臺灣文學》2卷1號(1932年2月),頁4。

絕對必要的。」[106]此時經過台灣話文論戰的洗禮,《臺灣文學》中再再都可以看到對於之前的普羅文學的路線修正。可惜刊載台語欄的期數未見,《臺灣文學》即因遭到一再查禁而廢刊。

(二)徐瓊二的普羅詩與論述

《無軌道時代》唯一的台灣人同人「徐淵琛」,另一個更為人所知的名字是徐瓊二(1912-1950)[107],過去以〈島都的近代風景〉(島都の近代風景)、〈某樁婚事〉(ある結婚)等小說為人所知。近年因新的口述歷史出爐,使世人對其生平與戰後白色恐怖時代的受難經過有更進一步的認識[108]。然而,論者對於徐早年的生活,尤其他的詩人身分幾乎未有著墨。1928年,徐瓊二作為上述《無軌道時代》水月喫茶店聚會中唯一的台灣人出席者時年僅16歲,尚為台北第二中學在學生。隔年,他在《無軌道時代》創刊號發表文學生涯最早的作品〈詩〉[109]。〈無軌道時代〉專欄罕見地特別稱讚了這首詩:「徐君以詩觀察日常生活的苦楚的表現,其態度和意志都很棒。我期待他的精進。」[110]以這樣稚拙但誠摯的抒情詩為起點,徐瓊二又陸續發表了幾首抒情詩。1931年,徐瓊二從台北二中畢業,從河原功提供的《臺灣

---

106 林原晉作,〈臺灣文學を大衆の中へ!〉,《臺灣文學》2卷1號(1932年2月),頁6。強調記號為原文所加。

107 詳見中島利郎,「徐瓊二」辭條,《日本統治期台灣文學小事典》(東京:綠蔭書房,2005年),頁45;翁聖峰,「徐瓊二」辭條,柳書琴主編,《日治時期台灣現代文學辭典》,頁176-177。

108 林靜雯採訪、整稿,〈穿越「白色恐怖」的歲月——受難者家屬徐守綱先生口述歷史〉,《臺灣風物》67卷1期(2017年3月),頁99-146。

109 徐淵琛,〈詩〉,《無軌道時代》創刊號(1929年9月),頁13。

110 XYZ,〈無軌道時代〉,《無軌道時代》創刊號(1929年9月),頁10。原文:「日々の生活苦其もの、表現を詩と觀ずる徐君の態度と意氣やよし。彼の精進を期待する。」

文學》執筆名單有徐瓊二的名字[111]，以及吳克泰的回憶「〔徐淵琛〕曾在城內租屋同進步的日本青年共同籌組進步文藝刊物，後被日本憲兵隊發覺，前來抓他們。他們從從屋頂逃脫」[112]等線索來看，徐瓊二這段時間應是跟著由《無軌道時代》結識的同人藤原泉三郎、上清哉等人為創立「臺灣文藝作家協會」和《臺灣文學》而奔走，並且正式開始以「徐瓊二」為筆名活動。在臺灣文藝作家協會瓦解、藤原泉三郎和上清哉也停止活動後，1932年，徐瓊二開始發表普羅詩。

表4-2　徐瓊二詩作列表

時間	報刊名稱	卷期	署名	標題
1929-09-25	無軌道時代	1	徐淵琛	詩
1929-10-15	無軌道時代	2	徐淵琛	おき去りにされた氣持だ
1929-10-07	臺灣日日新報		徐淵琛	無軌道時代同人集（上）／孤獨
1929-10-28	臺灣日日新報		徐瓊二	冬眠
1929-12-09	臺灣日日新報		徐瓊二	眞實に生きる
1930-06-20	風景	3	徐瓊二	伸びてゆく
1932-01-30	臺南新報		徐瓊二	山で會つた人
1932-05-29	臺灣新民報		徐瓊二	波

徐瓊二在1932年所發表的〈在山中遇見的人〉（山で會つた人）和〈浪潮〉（波）兩首詩都是以失業為主題。1930年代，一連串的經濟恐慌造成日本及殖民地台灣皆出現失業的浪潮。徐瓊二首先在〈在山中遇見的人〉一詩描述「你」是如何三餐不繼，並以寫實的手法寫出

---

111 前揭河原功著，莫素微譯，《台灣新文學運動的展開——與日本文學的接點——》，頁165。筆者所接觸到的《臺灣文學》期數為1卷2期、1卷3期、2卷1期，此三期皆無徐瓊二的執筆紀錄，故河原功所指應為筆者尚未得見之期數。

112 吳克泰，《吳克泰回憶錄》（台北：人間出版社，2002年），頁180。

「我」所看到的失業者瘦骨嶙峋的神態[113]。全詩以第二人稱描寫「我」對於「你」的理解，引出讀者對於失業者的心情的共感。接著，〈浪潮〉一詩，同樣是描寫失業：

徐瓊二「波」	徐瓊二〈浪潮〉
お丶打ち寄せる經濟恐慌の波よ！	啊啊，奔湧而來的經濟恐慌浪潮啊！
殺氣淒慘とに滿に、毒牙を鳴らして	摩響滿溢淒厲殺氣的毒牙
全世界を震撼した波！	震撼全世界的浪潮！
波！波！罪の波！	浪潮！浪潮！罪惡的浪潮！
お前は幾多の人々を	你讓多少的人
失業と貧困と飢餓の線上に迷はしめ	徘徊在失業與貧困與飢餓的邊緣
餓死と自殺とをおしつけて來たことか！	被逼得走向餓死和自殺！
お、罪の波！	啊啊罪惡的浪潮！
俺は知つてゐたのだ、	我知道的、
お前をそのまゝに拋つてしまへば	若將你置之不理
今よりも一層荒れ狂ふに違ひないことを	你絕對會比現在更加兇暴
そして餓死と失業の大洪水を	然後絕對會掀起
捲き起すに違ひないことを	餓死與失業的大洪水

---

113 徐瓊二，〈山で會あつた人〉，《臺南新報》，1932年1月30日。

第四章 「普羅詩」在台灣 ❖ 221

    × ×   × ×

罪なる者は誰だ！   有罪的是誰！
俺ははつきりとそれを知つてゐる 我清楚地知道
    × ×   × ×
だかこゝにたつた一つの國があ 然而這裡只有一個國家。
る。   是製造失業者的洪水的國家
それは失業者の洪水を作る國 嗎？
か？   錯！錯！大錯特錯！
否！否！斷じて否！   是統合人類步調的國家
人類の步調を揃へて行く國だ、 大型曳引機穿過農田
大きなトラクターが田畑を橫ぎ 輕柔搖曳的金黃色浪潮正演
り、   奏著「和平」的凱歌
やはらかにゆれる黃金色の波は 而在工業地，龐大的機械焦
「平和」の凱歌を奏でつゝ 急盼望著「做工的人」。
そして工業地では尨大な機械が 哪來的失業者！人手不足才
「働く人」を待ち焦れてゐる。 對。
失業者所か！人手が足らないの 那是明朗自由的國家。
だ。   我是知道它的存在的。
それは明らかな自由な國だ。
俺はその存在を知つてゐる。[114]

  這首詩延續〈在山中遇見的人〉的失業主題，把視角拉高，開始綜觀整個社會乃至於整個世界的失業現象，描述資本主義體制所造成的災難，表達建立共產國家的理想。〈浪潮〉的敘述者不單只是控訴資本主義之惡（從「有罪的是誰！／我清楚地知道」可以看到在大檢舉之

---

[114] 徐瓊二,〈波〉,《臺南新報》,1932年5月29日,6版。

後趨於隱晦的指控，但對讀者來說答案早已不言自明），而是更進一步描繪出共產主義國家的理想藍圖。這首詩的結構明晰，以「有罪的是誰！／我清楚地知道」這一段作為分界，在其前段與後段分別描繪出了兩個世界，表現出「製造失業者的洪水的國家」（資本主義國家）vs「統合人類步調的國家」（共產主義國家）之間的對比。如此重視理念的陳述，已脫離了他早期的抒情詩路線。不僅緊貼著社會現實的狀況，也看到了對於改革社會、乃至於推翻既有國家體制的願景。此詩中的「金黃色浪潮」與上述《臺灣文學》中李彬〈我們呀，貧農〉一詩當中透過層層剝削才長成的「金黃浪潮」截然不同，是取代了「經濟恐慌的浪潮」、「罪惡的浪潮」的共產國家當中和平與勤勞的象徵。

　　1932年的徐瓊二在論述面也相當活躍。在《臺灣新民報》上發表的〈文學與社會生活──新民報應積極圖謀文學的振興〉（文學と社會生活──新民報は積極的に文學の振興を計れ）一文，提出了以下幾個重要論點：

　一、殖民地台灣的文學是不同於日本與中國的特殊存在；
　二、藝術是社會生活的產物，文學必然具有政治的價值；
　三、然而文學和政治是不同的領域，不能讓政治的興趣凌駕於文學之上[115]。

上述這些論點，可以清楚看到1928-1930年在納普機關誌《戰旗》上所展開、以中野重治與藏原惟人為中心的「藝術大眾化論爭」的影響。例如第二、三點中，可以看到中野重治在等論爭中所提出的「藝術的價值是由其藝術對於進入人類生活的真實的深淺（生活的真實是離不開

115　徐瓊二，〈文學と社會生活──新民報は積極的に文學の振興を計れ〉，《臺灣新民報》，1932年4月26日。

階級關係的)、以及其表現的素樸或繁雜程度來決定的」[116]，以及「我們不論在任何場合都必須注意，不應把藝術上的規劃代換成政治上的規劃」[117]等論點的再次強調。而第一點中更強調了殖民地台灣的特殊性，可以看作是《臺灣文學》以來對於《無軌道時代》的方向的修正：作為殖民地人民，認為在台灣誕生的普羅文學應該要更貼近殖民地。在這以後，徐瓊二還發表了〈失業者文學〉、〈關於台灣普羅文學運動的方向——重大的大眾化問題〉（台灣プロ文學運動の方向に就て——重大な大衆化問題）等文章[118]，雖內容目前已不可得見，但單從標題便可得知他此時積極從事屬於台灣的普羅文學的論述建構。劉捷在1933年將他定位為「弱冠的文學青年，並且是普羅理論家。從以前就參與文藝雜誌，相當具有戰鬥性」[119]。從日後他的〈島都近代風景〉即可看到他對於此時普羅論述的實踐[120]。

---

[116] 中野重治，〈いはゆる藝術の大眾化論の誤りについて〉，收入平野謙、小田切秀雄、山本健吉編，《現代日本文學論爭史》（東京：未來社，2006年），頁472。原出處：《戰旗》1928年6月號。原文：「藝術的価値は、その藝術の人間生活の真への喰い込みの深浅（生活の真は階級関係から離れてはない）、その表現の素樸さとこちたさによって決定される。」

[117] 中野重治，〈いはゆる藝術の大眾化論の誤りについて〉，頁468。原文：「我々がどんな場合にも藝術上のプログラムと政治上のプログラムとをとり換えないように注意しなければならない。」

[118] 劉捷，〈臺灣文學の鳥瞰〉，《臺灣文藝》創刊號（1934年11月），頁59-60。

[119] 劉捷，〈一九三三年の台灣文學界〉，《フォルモサ》第2期（1933年12月），頁34。原文：「徐瓊二氏若冠の文學青年にして而かもプロレタリヤ理論家。古くから文藝雜誌に關係し可成り戰闘的」，譯按：原文當中的「若」應為「弱」的錯別字，「弱冠」意指徐瓊二此時年滿二十歲。

[120] 小說原文：徐瓊二，〈島都の近代風景〉，《第一線》（1935年1月），頁112-118。對於此篇小說的詳細分析以及該小說對於徐瓊二本身普羅文學理念的實踐，可參見星名宏修著、朱虹譯，〈複數的島都／複數的近代性——以徐瓊二的〈島都的近代風景〉為中心〉，《台灣文學與跨文化流動：東亞現代中文文學國際學報》第3期（2007年4月），頁177-196。

（三）普羅詩的衰退

　　中文詩方面，延續著鄉土文學與台灣話文論戰，1932年有《南音》創刊，開始了一連串台灣話文詩的嘗試。然而這些詩已走向較為保守的右翼民族文學路線，不再有普羅詩中訴諸無產階級革命與共產主義理念的內容。這應可看作是1931年全島大檢舉以後，極左路線已再無發展餘地的緣故。事實上，上述《臺灣文學》以及徐瓊二的普羅詩，也已不再像《無軌道時代》和《赤道》那樣積極鼓吹階級鬥爭、滿布自我檢閱的伏字，流露出對體制的挑釁與衝撞。

　　可以說，1931-1932年，普羅詩在剛開始能夠融合「民族」與「階級」的觀點以符合殖民地台灣的現實狀況，並且透過對於台灣話文詩的重視而有機會進一步發展之時，便遭受無情的打壓。同時期的中國，1930年代初普羅詩派因國民黨的「白色恐怖」壓迫，創造社和太陽社都被迫解散，也因其缺乏藝術性的搖旗吶喊不再受文壇青睞，故走向沒落[121]。同樣的在日本，1931年滿洲事變以後軍國主義氛圍驟起，1932年日本普羅文化聯盟（克普）遭到大鎮壓，中野重治也在這波鎮壓中被逮捕入獄，日本普羅詩亦在此時式微[122]。

　　即使如此，普羅詩對帝國資本主義政治經濟結構的批判已確實進入台灣詩人的視野。1934年，在東京與「克普」關係密切的台灣藝術研究會回到台灣，與原《臺灣文學》的台灣人成員與原《南音》的成員合流，成立臺灣文藝聯盟與機關誌《臺灣文藝》。在民族與階級並進的思考下，遂有「左翼文化走廊」的中介者吳坤煌[123]、「左翼詩學

---

[121] 柯文溥，〈論「普羅詩派」〉，頁59。

[122] 佐藤健一，「プロレタリア詩」辭條，安藤元雄、大岡信、中村稔監修，《現代詩大事典》（東京：三省堂，2008年），頁586。

[123] 參見柳書琴，〈左翼文化走廊與不轉向敘事：台灣日語作家吳坤煌的詩歌與戲劇游擊〉，李承機、李育霖主編，《「帝國」在台灣：殖民地台灣的時空、知識與情感》

旗手」吳新榮[124]等詩人的出現。雖然此時的局勢已不可能容許過去嚴謹定義之下「作為階級鬥爭的武器」的普羅詩存在，但兩人的左翼詩創作基於對於前代中、日、台普羅詩的理解之上展開，將普羅詩的精神繼續傳承下去[125]。

七、小結

本章整理了1927-1932年「普羅詩」在台灣的發展過程。前期1927-1930年是台灣對於日本的「普羅詩」與中國的「普羅詩派」的接受與移植的時期。後期1931-1932年則是台灣普羅詩走向突破但旋即衰退的時期。

首先，與左翼政治運動並無淵源的在台日人藤原泉三郎與上清哉，在閱讀了日本普羅詩人中野重治的詩與詩論後成為其追隨者，於1927-1928年開始發表朝向普羅詩的作品與論述。其次，藤原泉三郎與上清哉於1929年發行台灣第一本具有普羅色彩的詩文雜誌《無軌道時代》，刊登在台日人的日文普羅詩作品，展現出對於日本普羅詩的繼承與再創造。再者，與台灣共產黨關係密切、刊有文藝作品的普羅雜誌《伍人報》、《明日》、《洪水報》、《赤道》、《現代生活》、《台灣戰線》、《新台灣戰線》等在1930年陸續創刊，從現存的《洪水報》和《赤道》可以看到其轉載許多中國普羅詩派的作品。在上述的中日文普羅詩中，可以看到最大的問題是，它們都如同直接將普羅詩由日本或中國移植過來一般，與殖民地台灣的現實問題保持著距離，也與台

(台北：臺大出版中心，2015年)，頁163-200。
124 參見陳芳明，〈吳新榮：左翼詩學的旗手〉，《左翼台灣：殖民地文學運動史論》(台北：麥田，1998年)，頁171-198。
125 詳參本書第七章。

灣民眾的語言充滿隔閡。

　　1931年，在文協、民眾黨、共產黨都因全島大檢舉而被迫解散、文化界發生了鄉土文學與台灣話文論戰之際，兩個新的案例為普羅詩迎來了正視現實的曙光：其一，為在台日人與台灣人聯合組織「臺灣文藝作家協會」、發行《臺灣文學》雜誌，在內容與語言上都更有意識地接近殖民地的現實。其二是從《無軌道時代》出道的唯一一位台灣人徐瓊二發展出獨自的普羅詩與普羅文學論述，更站在殖民地台灣的立場上來談論在台灣誕生的文學。雖然當局對於左翼運動的鎮壓使極左路線的運動與作品失去繼續發展的空間，但是在這個過程中，普羅詩對於階級關係的思考、對殖民地台灣特殊性的重視已經成為台灣左翼詩人的共識。透過成員的連結以及文學運動系譜的建構[126]，《臺灣文學》的普羅詩精神遂得以在1934年臺灣文藝聯盟大集結時繼續被傳承下去。

---

126 成員的連結方面：原《臺灣文學》成員的徐瓊二、賴明弘、王詩琅、張維賢、廖毓文、朱點人等皆加入了「台灣藝術聯盟」；而文學運動系譜的建構方面：楊行東的〈臺灣文藝界への待望〉(《フオルモサ》創刊號（1933年7月），頁16-22）以及楊逵的〈臺灣の文學運動〉(《文學案內》第四號（1935年10月），頁66-67）兩篇文章皆將《臺灣文學》此份雜誌視為台灣文學運動當中的一部分。

第五章
日本民眾詩派與台灣：
以《南溟樂園》與《南溟藝園》及其相關史料為中心[*]

一、前言

　　日治時期文學雜誌《南溟樂園》（1929-1930）及其更名後的《南溟藝園》（1930-1933）在台灣文學史上為人所知，是作為「鹽分地帶派」出道的舞台[1]，遂目前多被定位為培育台灣本土詩人的搖籃[2]。然而事實上，作為詩刊的《南溟樂園》在逐漸擴大發展為含括各種文類的藝術綜合雜誌《南溟藝園》的過程中，包含創辦者多田利郎[3]在內

---

[*] 本章初稿發表於《臺灣文學研究學報》第35期（2022年10月），頁11-58。另，本章初步構想曾於「文學／海洋／島嶼」國際學術研討會（台北：國立臺灣大學中國文學系、臺灣中文學會、華文文學與比較文學協會，2022年6月20日）宣讀，獲評論人曾守仁老師珍貴意見。特此感謝《臺灣文學研究學報》兩位匿名審查委員以及曾守仁老師的指教與斧正。

[1] 如「南溟藝園」一詞出現在《台灣新文學史》時，是為描述郭水潭「1929年加入『南溟藝園』為同仁」。陳芳明，《台灣新文學史》（台北：聯經，2021年二版），頁148。

[2] 如《日治時期台灣現代文學辭典》中的「南溟藝園」辭條評價：「此誌儘管只是在台日人文藝運動於1930年代雜誌林立中湧現的一個小刊，但無疑提供了台灣青年自由發表的沃田，間接成為培育本土日文創作者的搖籃。」陳瑜霞，〈《南溟樂園》、《南溟藝園》〉，柳書琴主編，《日治時期台灣現代文學辭典》（台北：聯經，2019年），頁404。

[3] 多田利郎（生卒年不詳），最初主要筆名為多田南溟詩人，1930年8月改稱多田南溟漱人，另有筆名源利郎、多田十四郎等。1929年8月12日在父親多田信一與母親多田とめ的資助下，在臺北市本町三丁目三番地創設南溟樂園社。多田南溟漱人，《渡り鳥のうた》（台北：南溟藝園社，1933年），附錄頁1-2；藤岡玲子，〈日治時

的諸多台日詩人都在1920年代末至1930年代初的這份文藝雜誌中登場，在當時形成了規模不小的群體。這個不分民族的文藝團體是在什麼樣的時代背景之下產生、與日本近代詩壇之間有何連結、在日治時期台灣的近代詩壇中又扮演什麼角色，是目前前行研究尚未深入、同時也是本章所欲探討的課題。

有關《南溟樂園》、《南溟藝園》的前行研究，最具代表性的是藤岡玲子、陳瑜霞和周華斌根據第一手史料，發展出以多田利郎、郭水潭以及南溟樂／藝園社的台灣人同人為中心的實證研究[4]。在前行研究中，可以看到《南溟樂園》、《南溟藝園》的成員被以民族區分開來討論的現象。如藤岡玲子將焦點集中在多田利郎，而陳瑜霞和周華斌則分別以郭水潭和「台灣人同人」為討論中心。相對於此，本章則希望能夠將此日、台人共處的文學團體視為一個整體，並且由之探討其在日本詩壇及台灣詩壇當中的定位。

研究材料方面，繼2017年被登錄指定為「重要古物」的《南溟樂園》第4號出土以後[5]，如今終於再有《南溟藝園》第3卷第9號的出

期在臺日本詩人研究——以伊良子清白、多田南溟漱人、西川滿、黑木謳子為範圍〉（台南：國立成功大學中國文學系碩士論文，2000年），頁33。

4 其中藤岡玲子透過多田利郎的著作資料整理了《南溟樂園》、《南溟藝園》的雜誌沿革；陳瑜霞則以《南溟樂園》第4號以及郭水潭的著作為中心爬梳了《南溟樂園》、《南溟藝園》的時代背景；而周華斌利用《南溟樂園》第4號、郭水潭的詩集及信件探討《南溟樂園》、《南溟藝園》的台灣人成員及其時代意義。藤岡玲子，〈日治時期在臺日本詩人研究——以伊良子清白、多田南溟漱人、西川滿、黑木謳子為範圍〉（台南：國立成功大學中國文學系碩士論文，2000年），頁33-69；陳瑜霞，〈郭水潭生平及其創作研究〉（台南：國立成功大學中國文學系博士論文，2006年），頁36-57；周華斌，〈南溟樂園社、南溟藝園社拼圖的一角——探討該社的臺灣人同人及其時代意義〉，《臺灣文學史料集刊》第七輯（臺南：國立臺灣文學館，2017年8月），頁150-186。

5 周華斌，〈《南溟樂園》第4號〉，《台灣文學館通訊》第56期（2017年9月），頁110-111。

土[6]，故能看到更名為《南溟藝園》之後該雜誌的狀況。另一方面，除了已出版中日文對照版本的陳奇雲《熱流》之外[7]，筆者於日本早稻田大學圖書館得見由南溟樂園社所出版的多田南溟詩人（多田利郎）《黎明的呼吸》與中間磯浪《憂鬱的靈魂》兩本詩集[8]，由此能夠觀察更多在《南溟樂園》、《南溟藝園》寄稿的詩人的其他詩作樣貌。透過這幾本詩集、兩份雜誌的構成、寄稿者、作品到編輯的方針、編者的論述等，再輔以之前較少被論及的《臺灣日日新報》中的情報，如今擁有更多第一手材料得以瞭解《南溟樂園》、《南溟藝園》的實態。

在陳瑜霞的研究當中，已論及《南溟樂園》雜誌中出現的「民眾」概念與日本民眾詩派的關係，但該研究認為該雜誌以及主導者多田利郎的詩作並沒有站在「民眾」的立場，藉此突顯郭水潭才是有落實「民眾」精神的詩人[9]。然而根據筆者的觀察，若將《南溟樂園》、《南溟藝園》放在1920年代的時代背景中的話，可以看到日本民眾文化的各個面向：包括成田龍一提及的以地方青年與小學教師為中心、從地方農村出發的觀點、對於都市近代化的反感與疲憊不安等面向[10]。再者，從創辦者多田利郎的詩觀與日本民眾詩派詩觀的貼合，以及《南溟樂園》、《南溟藝園》的寄稿者與日本民眾詩派詩人白鳥省吾創辦的雜誌《地上樂園》的成員有所重疊來看，《南溟樂園》、《南溟藝園》與日本民眾詩派的關係實屬密切。因此，本章第二節將會從民眾文化以及民眾詩派的角度重新探討《南溟樂園》、《南溟藝園》中的「民眾」概念。

---

6 資料來源：國立臺灣文學館館藏。
7 陳奇雲著，陳瑜霞譯，《熱流》（台南：台南市立圖書館，2008年）。
8 資料來源：日本早稻田大學圖書館館藏。
9 前揭陳瑜霞，〈郭水潭生平及其創作研究〉，頁36-57
10 成田龍一，《近代都市空間の文化經驗》（東京：岩波書店，2003年），頁159-191。

1929年創刊的《南溟樂園》在1930年改名為《南溟藝園》後，被認為「在台灣詩壇占有相當重要的地位」[11]。然而在1920-1930年代的台灣文壇如雨後春筍湧現的文學雜誌當中，為何《南溟樂園》、《南溟藝園》能占有特別的地位？為了探討此問題，本章第三節將從三個方向來觀察《南溟樂園》、《南溟藝園》在台灣文壇中的位置：其一，說明1920年代末台灣文壇的狀況及《南溟樂園》、《南溟藝園》如何一步步擴大其組織的規模；其二，爬梳《無軌道時代》、《風景》、《臺灣文學》等雜誌對《南溟樂園》、《南溟藝園》的批判，包括形式方面的表現粗糙以及內容方面的缺乏階級觀等；其三，探討《南溟藝園》受到各方批判後如何加強「地方」與「階級」的觀點。最後，本章的第四節將介紹由南溟樂園社、南溟藝園社出版詩集的多田利郎、陳奇雲與中間礒浪的詩作，觀察他們如何描寫殖民地台灣的「民眾」形象。

二、《南溟樂園》與《南溟藝園》中的「民眾」概念

（一）「民眾」概念的出現及民眾文化的各種面向

日本的「民眾」概念是在1920年代左右開始普及。根據成田龍一，從第一次世界大戰、關東大震災到昭和恐慌之後是民眾文化急速出現的時期。而創造此民眾文化的推手是地方青年與小學教師，他們否定既成權威、擁有革新藝術的意圖而進行藝術活動[12]。在這之中，出現了與「國家」對立的各種各樣的價值，意欲建立開放的文化樣態[13]。另一方面，這樣植基於地方的文化創造，在逐漸以勞動者、農民為主，

---

11 裏川大無，〈臺灣雜誌興亡史（二）〉，《臺灣時報》（1935年3月），頁104。原文：「一時、臺灣詩壇の一角に重きをなしてゐた」。
12 前揭成田龍一，《近代都市空間の文化經驗》，頁159-162。
13 前揭成田龍一，《近代都市空間の文化經驗》，頁172。

成為具有理念的追求而開始發展為普羅文學運動以後，開始較普遍地使用如「藝術的大眾化」、「大眾文學」的「大眾」一詞[14]。粗略地說，「大眾」是指昭和期以後經常與階級相互關聯的普羅大眾，而本章接下來所要提及的「民眾」則比較接近大正期以地方青年為中心的概念[15]。

　　1929年創刊的《南溟樂園》雖創刊號已不存，無法得見發刊詞的內容，但第4號中由編輯多田利郎所撰寫的〈為不斷奮鬥而奮鬥〉（不斷の鬪ひを鬪ふ）一文，可說揭示了整份雜誌的中心思想。從該文當中可以看到上述1920年代日本民眾文化相似的關懷與價值觀：

> 各位的心臟的鼓動若確實與人類同聲鼓動，或者，各位若像是真正的詩人一般，能夠去傾聽生命的話，在各位的周圍波濤洶湧的痛苦的駭浪、眼前因飢餓而死去的人們、在礦坑中堆積如山的死屍、在防禦要塞之下橫躺的殘缺屍體、在寒帶的雪中或熱帶孤島的海邊被葬送的流放者的集團，以及，在勇敢與卑鄙與高尚的快意與卑劣的狡獪的爭鬥中，敗者痛苦地叫喊、勝者悠閒地笑著。看見如此絕望的奮鬥，各位終究是不忍袖手旁觀的吧。然後，各位會自己來到可憐的被壓迫者的行列中。因為，優美與壯觀與生命，會成為為了光明與人道與正義而戰鬥的人的盟友，這一點各位知之甚詳。
>
> 或許，在這份道義為各位的所有努力出色地帶來效果時，將會給予各位做夢也沒有想到的力量。作為在「民眾」之中，為了真理與平等、為了不斷奮鬥而奮鬥的青年，有比這件事更崇高

---

14 前揭成田龍一，《近代都市空間の文化經驗》，頁188。
15 此「民眾」與「大眾」之差異的強調，感謝《臺灣文學研究學報》匿名審查老師的提點。

的生涯能夠期望嗎……。[16]

由上文可見,《南溟樂園》所期待的詩人是自詡為「在『民眾』之中,為了真理與平等、為了不斷奮鬥而奮鬥的青年」。從這裡可以看到願意和「民眾」站在一起的「青年」形象的出現。文中青年所面對的時代處境,是昭和恐慌以後資本主義高度發達、貧富不均與惡劣的勞動環境:「因飢餓而死去的人們、在礦坑中堆積如山的死屍」;同時可以看到在不斷升高的國家主義之下,那些為了國家所犧牲的軍人以及異議者:「在防禦要塞之下橫躺的殘缺屍體、在寒帶的雪中或熱帶孤島的海邊被葬送的流放者的集團」。這些被資本主義與國家主義所摧殘的「民眾」,正是地方青年所關心的對象。從刊登在《南溟樂園》第4號的同人名單,可以一窺這些「青年」的組成:

○多田南溟詩人○西鹿輪吐詩夫○萩原義延○箕茅子○吉松文麿○中村文之介○平川南甫○楠本虛無○德重殘紅○(以上九

---

[16] 原文:「諸氏の心臟の鼓動が眞に人類のそれと同音に打つならば、又、眞の詩人のやうに諸氏が生命を聽く耳を持つならば、諸氏の周圍に波うつ苦痛の激浪や、まのあたり饑餓に死に行く人々や、礦坑に堆く積み重つてゐる死屍や、防砦の下に橫たはる不具の死體や、寒帶の雪の中や熱帶の孤島の濱邊に葬られようとする追放者の一團や、又、勇敢と卑怯と高尚な快意と下劣な猾獪との爭鬪に、敗者は苦痛に叫び、勝者はのん氣に笑ふ。此の絕望の奮鬪を見て、諸氏は到底手を拱いて傍觀するに忍びないであらう。そして諸氏は自ら、憐れな被壓制者の列中に來るだらう。何んとなれば、優美や壯觀や生命は光明と人道と正への為に鬪ふ者の味方となることを、諸氏はよく知つてゐる。此の道義は諸氏のあらゆる努力が立派にその效果を齎らすであらう時、それは諸氏に嘗つて夢にも見たことがない力を諸氏に與へるであらう。「民眾」の中にあつて、眞理と平等との為に不斷の鬪ひを鬪ふ、青年としてこれよりも貴いどんな生涯を望む事が出來ようか……。」〈不斷の鬪ひを鬪ふ〉,《南溟樂園》第4號(1930年1月),頁5-6。引文中的重點標示為原文所有。

名臺北)○○藤田福乎○西條しぐれ○(以上二名新竹)○○陳奇雲○森武雄○川崎滴水○(以上三名澎湖)○○郭水潭○徐清吉○楊讚丁○(以上三名佳里)○○佐藤糺(嘉義)○○山下敏雄(臺中)○○たけさき哲(熊本)○○齋藤誠(高知)○○中間磯浪(高雄)○○(總員二十二名)[17]

在這當中,除了周華斌所關注的台灣人同人以外[18],目前可確切身分者有:萩原義延為台北第二高等女學校教師[19]、山下敏雄則為台中清水公學校教師[20]。陳奇雲也是澎湖港尾公學校教師、郭水潭則是北門郡役所的通譯。可知《南溟樂園》部分成員確實符合成田龍一所指出的「地方青年與小學教師」的身分。

另一方面,成田龍一指出從地方農村出發的民眾文化,往往帶有一種對都市近代性的反感;他也提到震災之後的民眾意識,隨著經濟大國化與都市化的進行與都市文化的發展,經常在繁榮當中感到疏離、因經濟恐慌的正面衝擊而承受經濟、精神、肉體的疲憊不安[21]。從《南溟樂園》第4號中所刊載的詩作,可以明顯看到上述這樣從地方農村出發的對近代性的反感,以及都市生活所帶來的疲憊不安。如徐清吉的〈鄉下的魔物〉(田舍の魔物)將闖入安靜的鄉下的「自動

---

17 〈現在『南溟樂園』社同人氏名一覽〉,《南溟樂園》第4號(1930年1月),頁26-27。
18 關於佳里的郭水潭以及澎湖的陳奇雲的詳細入社過程,可參見周華斌的研究。前揭周華斌,〈南溟樂園社、南溟藝園社拼圖的一角〉,頁167-171。
19 中央研究院臺灣史研究所,「臺灣總督府職員錄系統」(來源:https://who.ith.sinica.edu.tw/search2result.html?h=wQ%2FG3fTuyl6BT8FZr%2FgOfYEPkmIrvYOuJI8gZJCzMis%2Fz0SyBe%2FT0afcic%2BfEgty,最後查閱時間:2022年1月17日)。
20 中央研究院臺灣史研究所,「臺灣總督府職員錄系統」(來源:https://who.ith.sinica.edu.tw/search2result.html?h=F%2BCztjdyDtjGmzuiNfOc%2FcP22JV0Y8BzdwdQ0diTL8H%2FZNR%2B8N9E83w52A%2FuSX0R,最後查閱時間:2022年1月17日)。
21 前揭成田龍一,《近代都市空間の文化經驗》,頁177-180。

車」稱之為「文明的魔物」，是放出惡臭及擾亂純潔的邪惡存在；平川南甫的〈牛〉則歌頌能夠自在生存與自然和大地之間的牛隻，兩首詩都可以看到一種對近代性的不信任感與不受文明的侵犯的渴望。另外，如中間磯浪〈放浪〉描寫疲憊而貧窮的敘述者橫躺在島都森林當中放浪形骸的情景；多田利郎〈輕度神經衰弱症患者的現象〉(輕度神經衰弱症患者の現象)則描寫在都會中過得像機械般、人不像人的敘述者的精神損傷，兩首詩作都可以看到因都市生活的衝擊所呈現的經濟、精神、肉體的疲憊不安。

(二) 從大正到昭和的「民眾詩派」

日本近代詩史中的「民眾詩派」也是在上述第一次世界大戰後的民眾文化的背景當中誕生的。1918年，福田正夫、白鳥省吾、百田宗治、加藤一夫、富田碎花、井上康文等人創刊《民眾》雜誌，成為「民眾詩派」的名稱由來[22]。原本是由地方小學教師為中心的《民眾》，後來占據了當時日本詩壇的最大主流詩人團體「詩話會」及其機關雜誌《日本詩人》的核心成員的位置，故到詩話會解散的1926年為止可以說是民眾詩派的全盛期[23]。民眾詩派的詩風特色是以平易的口語表達農民或勞動者的日常生活與心情，其民眾觀被認為是空想而沒有連結到社會改革或階級的觀念[24]。在詩話會解散、《日本詩人》終刊隔月，日本年號改為昭和，因此民眾詩派多被認為在「大正」結束命脈。如信時哲郎所言，「詩話會在大正末年受到年輕世代的批判，終宣布解

---

22 信時哲郎，〈民眾詩派とその周緣〉，和田博文編，《近現代詩を学ぶ人のために》(京都：世界思想社，1998年)，頁131-132。
23 信時哲郎，〈民眾詩派とその周緣〉，和田博文編，《近現代詩を学ぶ人のために》，頁142-144。
24 信時哲郎，「民眾詩派」辭條，安藤元雄、大岡信、中村稔監修，《現代詩大事典》(東京：三省堂，2008年)，頁647。

散，從此民眾詩派也一口氣失去勢力」[25]；和田博文也認為「在現代主義文學與普羅文學的興盛中，民眾詩派終結了其時代的使命」[26]。

然而，近來藤本壽彥指出，在日本詩史中被認為結束在大正期的民眾詩派，其實透過民眾詩派詩人百田宗治的《椎之木》、白鳥省吾的《地上樂園》及福田正夫的《焰》等雜誌仍在昭和詩壇保有命脈。作為大正詩壇主流的民眾詩派透過《椎之木》、《地上樂園》及《焰》等雜誌構成了昭和詩史的伏流[27]。筆者認為，這條在日本詩史中尚未被重視的「伏流」，在殖民地台灣意外浮上了檯面。昭和期在台灣聲勢不小的《南溟樂園》、《南溟藝園》不只承襲了大正時期民眾詩派的觀點，同時與昭和期白鳥省吾的《地上樂園》有著相當程度的親近性，可以說是民眾詩派在昭和期台灣的繼承者。以下分成兩個部分來說明。

1、「自由・平等・博愛」的主張

若要以一句話來總結《南溟樂園》的主導者多田利郎的詩觀，便是「詩魂是／活在自由・平等・博愛中的／純心」[28]。不論是1929年其第一本詩集《黎明的呼吸》的扉頁，還是1930年的《南溟樂園》第4號的卷頭詩篇，亦或是1931年《南溟藝園》第3卷第9號的封面都標示著這同一句話。對於這句話，前行研究大多以「普遍性」來解讀[29]，然

---

25 信時哲郎，「民眾詩派」辭條，頁647。
26 和田博文，〈第七章民眾詩派〉，澤正宏、和田博文編，《作品で読む近代詩史》（京都：白地社，1990年），頁131。
27 藤本壽彥，〈新散文詩運動〉，藤本壽彥編，《コレクション・都市モダニズム詩誌第5卷新散文詩運動》（東京：ゆまに書房，2011年），頁651。
28 多田南溟詩人，〈卷頭詩篇〉，《南溟樂園》第4號（1930年1月），頁1。原文：「──詩魂とは／自由・平等・博愛に生きる／純心である」。
29 如藤岡玲子：「在卷頭所謂『詩魂』就是心，純粹的心，自由、平等、博愛的心，詩的純粹精神是超越種族與個人、身分與地位等所有劃分的界限，而在創作詩的舞台上，絕對不可有任何區別的」（〈日治時期在臺日本詩人研究〉，頁38）；周華斌則

而筆者在此希望關注這句話的「時代特殊性」。這句話雖然看起來只是單純的多田利郎的個人觀點，但對於1929年的讀者來說，很難不連結到剛結束輝煌時代的民眾詩派：

> 詩固然是個性的感動的表現，但那個性始終是社會當中的一人、是自覺擁有社會全體中的思想的一人的個性表現。自由、平等、友愛的民主主義的標語因此始在詩中誕生。就這樣地，讓詩走向了為萬人所有的契機。[30]
>
> 此民眾詩的普及，最終會告訴社會，詩是容易理解和創作的，即使以自由、平等和友愛的精神來看，尊重各種個性使得所有人的藝術性發言都可以受到歡迎。因此，社會上所有職業的人、尤其是在勞動生活中的創作也能夠看到出色的作品了。詩已經走向藝術的社會化了。[31]

提到：「或許正因其標舉『自由・平等・博愛』，當時也接受被殖民的台灣作家加入南溟樂園社同人」（〈南溟樂園社、南溟藝園社拼圖的一角〉，頁150-186）；陳瑜霞亦認為：「此誌發行三年間促進台灣島內志同道合的日文詩人，不分台、日，群聚一堂，真正落實多田氏『活出自由、平等、博愛的純心』」（《日治時期台灣現代文學辭典》，頁404）。

30 原文：「詩はもとより個性の感動の表現であるが、その個性は常に社会の一人である、社会の全體の中の思想を持つた自覺した一人の個性の表現である。自由平等、友愛の民主々義の標語は茲に始めて詩に生きて來た。かくて詩を万人の所有とする機運に向はしめた。」白鳥省吾，《現代詩の研究》（東京：新潮社，1924年），頁116-117。

31 原文：「この民衆詩の普及は、やがて社会に詩は解し易く、作り易きものであることを知らせ、自由と平等と友愛の精神からしても、各々の個性の尊重は、あらゆる人々の芸術的発言を喜ぶやうになつたのである。かくて社会のあらゆる職業にたづさはる人、殊に労働生活から生れたものに出色なものを見るやうになつた。詩が芸術の社会化へ歩いてきたのである。」白鳥省吾，〈日本新詩史〉，《新しい詩の国へ》（東京：一誠社，1926年），頁41。

上述兩段話是大正末期，民眾詩派的代表詩人之一白鳥省吾以「自由、平等、友愛」的概念對民眾詩精神的總結。這些詞也頻繁出現在白鳥省吾所翻譯的《惠特曼詩集》當中。勝原晴希回溯《民眾》創刊時以惠特曼的弟子特勞貝爾（Horace Traubel, 1858-1919）的詩句「The people are The master of life, The people, The people!」作為雜誌的名稱，並探討民眾派詩人從惠特曼等美國詩人所繼承的「民眾」觀的內實是一種由「自由與平等與愛（相互扶助）」理念所刻劃出的拒絕階級概念的民眾形象，一種「美國式的民主」[32]。民眾派詩人的詩作如福田正夫的〈農民的話語〉（農民の言葉）中描寫農民的滿足與歡喜、百田宗治的〈給掘地的人們〉（地を掘る人達に）表現勞動中的人們的自由、平等與友情，皆屬於體現上述「自由、平等、友愛」精神的詩作[33]。因此，當1929年多田利郎以「詩魂是／活在自由・平等・博愛中的／純心」作為其主張時，呈現的即是與民眾詩派的鮮明連結。

2、白鳥省吾《地上樂園》與多田利郎《南溟樂園》

即使都以「民眾」為名，民眾詩派中幾位詩人的「民眾」仍有若干差異。如松村まき指出，百田宗治比較喜歡使用的是「世界」或「人類」等詞；富田碎花將「民眾」作為世界人類的一員；福田正夫的「民眾」則是不帶階級概念地指涉懷才不遇或貧窮者；而對於白鳥省吾而言，「民眾」是指農民或勞動者[34]。這樣的白鳥省吾被認為在民眾詩派當中最具有普羅詩的先驅性[35]。1926年6月，白鳥省吾創辦了

---

32 勝原晴希，〈民眾詩派の再檢討のために：大正デモクラシー、トクヴィル、ホイットマン〉，《駒澤國文》第53期（2016年2月），頁183。

33 前揭白鳥省吾，《現代詩の研究》，頁140-158。

34 松村まき，〈民眾芸術〉，勝原晴希編，《『日本詩人』と大正詩：〈口語共同体〉の誕生》（東京：森話社，2006年），頁97。

35 伊藤信吉，〈白鳥省吾の世界（上）——民眾派のプロレタリア詩的先驅性——〉，

《地上樂園》雜誌，如前所述是前行研究鮮少被提及的民眾詩派在昭和期的延續。這份雜誌近年才被重新發掘與整理，目前尚未有專門針對該雜誌的研究論文。整理該雜誌的藤本壽彥總結其定位：「相對於共產主義與國家主義的農業及勞動觀，《地上樂園》持續地提出異質的視野，雖然對農村改良這一現實課題來說並不一定可以說是有效的藝術活動，但是並未被全體主義所吞噬、以『生命』作為關鍵詞表現出世界的視野這點應該被重新評價。」[36]

1929年在台灣創刊的《南溟樂園》，雖然目前無法得知其命名「樂園」二字究竟與《地上樂園》是否有關[37]，但觀察前面所引用的〈為不斷奮鬥而奮鬥〉一文，確實像《地上樂園》一樣表現出了對底層勞動者的同情，以及願與「民眾」為伍的期望。乙骨明夫認為白鳥省吾在民眾詩派中是獨樹一格的詩人，並舉其描寫飢餓的士兵、礦坑中的礦工、揮汗如雨的鐵匠等「民主的」詩，指出其反戰的傾向[38]。坪井秀人以「詩的社會化」來評價白鳥這一連串以「民眾」作為詩中主體的作品。坪井秀人認為，這些作品局限在作為幻象的「民眾」，所以不論是往普羅文學傾斜、或者是往農本主義的烏托邦主義傾斜，其實都沒有很大的差別[39]。多田利郎的作品和論述也有著類似的傾

《文学》53卷1期（1985年1月），頁48-56；伊藤信吉，〈白鳥省吾の世界（中）——民衆派のプロレタリア詩的先駆性——〉，《文学》53卷6期（1985年6月），頁42-51；伊藤信吉，〈白鳥省吾の世界（下）——民衆派のプロレタリア詩的先駆性——〉，《文学》54卷6期（1986年6月），頁43-55。

36 藤本寿彦，〈地上楽園（参考資料）解題〉，現代詩誌総覧編集委員会編，《現代詩誌総覧3　リリシズムの変容》（東京：日外アソシエーツ，1997年），頁510。

37 《地上樂園》是以威廉・莫里斯的敘事詩為刊名由來。前揭藤本寿彦，〈地上樂園（参考資料）解題〉，頁510。

38 乙骨明夫，《現代詩人群像——民衆詩派とその周囲——》（東京：笠間書院，1991年），頁318-321。

39 坪井秀人，《二十世紀日本語詩を思い出す》（東京：思潮社，2020年），頁251。

向。在前揭〈為不斷奮鬥而奮鬥〉一文中的「眼前因飢餓而死去的人們、在礦坑中堆積如山的死屍、在防禦要塞之下橫躺的殘缺屍體、在寒帶的雪中或熱帶孤島的海邊被葬送的流放者的集團」，展現出和白鳥省吾一樣對於窮困者、礦工、士兵以及被壓迫者等「民眾」的關懷。然而，與這些「民眾」的苦痛連接的並不是實際的制度改革或者階級鬥爭，而是「生命」、「光明」、「人道」、「正義」等抽象的概念。可以看到，《南溟樂園》同樣並未將其主張引導至階級觀，而如《地上樂園》表現出一種「並未被全體主義所吞噬、以『生命』作為關鍵詞表現出世界的視野」[40]。

其次，刊登於《臺灣日日新報》的南溟樂園社社規中，第六條的「若有機會，將為促進正義人道的精神而展開活動」[41]，也與《地上樂園》展現出相近的人道主義路線。再者，前文提到《南溟樂園》中如萩原義延、山下敏雄、陳奇雲為地方教師的身分，而中間磯浪、森武雄、佐藤紅、中村文之介等人雖有在《臺灣日日新報》上發表短歌或詩作，但不論在台灣或者在日本皆屬無名的詩人。這樣的組成結構也與《地上樂園》的成員背景「鮮少有作為詩人成為名家者」、「大多是居住在地方的教師或地主、有著指導農村文化者身分的青年」相似[42]。

另一方面，從附錄四的《南溟樂園》、《南溟藝園》寄稿者名單中，可以看到《南溟藝園》第3卷第6號、第3卷第7號、第3卷第10號等期數中皆刊登了「上政治」這位詩人的作品。上政治為《地上樂園》的同人，自從1927年6月加入《地上樂園》以後，幾乎每期皆發表作

---

40 前揭藤本壽彥，〈地上樂園（參考資料）解題〉，頁510。
41 見本書附錄三。
42 安智史，「地上樂園」辭條，安藤元雄、大岡信、中村稔監修，《現代詩大事典》，頁448。

品,可以說是活躍於《地上樂園》的作者[43]。上政治(1907-1969)出身於和歌山縣紀之川市名為「鞆渕(ともぶち)」的山村,1930年在鞆渕創立了「農民詩人協會」及雜誌《農民詩人》,除服兵役之外一生未離開過鞆渕,被稱為「不務農的農民詩人」[44]。這樣一位來自日本地方農村的詩人,究竟是如何從和歌山寄送稿件給遠在台灣的《南溟藝園》雜誌,可知昭和期的日本「地方」與「地方」之間曾存在著過去不為人知的文藝交流。另外一位橫跨《地上樂園》與《南溟藝園》兩個雜誌的詩人,為1920年代在台灣創辦《熱帶詩人》系列詩刊、並且與詩話會與《日本詩人》有人際連結的後藤大治[45]。他曾在《地上樂園》針對農民詩人國井淳一的詩集《貧瘠之土》(瘦枯れた土)發表評論文章[46],亦在《南溟藝園》發表過詩作〈夕顏〉(夕がほ)[47]。可見,《南溟藝園》與《地上樂園》不只是理念近似,在成員上亦有著實質的連結。

三、《南溟樂園》與《南溟藝園》的位置

(一)從《南溟樂園》到《南溟藝園》的組織擴張

接下來要說明的是1929年《南溟樂園》創刊時台灣詩壇的狀況。1920年代,台灣詩壇規模最大並且蔚為主流的是後藤大治主導的《熱

---

43 〈地上楽園(參考資料)目次〉,現代詩誌総覧編集委員会編,《現代詩誌総覧3 リリシズムの変容》(東京:日外アソシエーツ,1997年),頁511-660。
44 宮下誠,〈上政治の青春——ある農民詩人の虚と実〉,《詩人会議》49卷8期(2011年8月),頁82-93。
45 詳情可參閱本書第一章。
46 後藤大治,〈「瘦枯れた土」を読む〉,《地上楽園》1卷7期(1926年12月),頁68-69。
47 後藤大治,〈夕がほ〉,《南溟藝園》第3卷第9號(1931年9月),頁8-9。

帶詩人》系列詩刊與團體,並且一度成立了大同團結的「臺灣詩人組合」,並發行機關誌《新熱帶詩風》、年刊《臺灣詩集》等[48],然而,這個團體在1927年之後便銷聲匿跡。根據裏川大無的文章,昭和期以後,台灣的文藝雜誌就陷入了世紀末的混亂狀態,大多數都是創刊後旋即廢刊的三號雜誌[49]。另一方面,以台灣人為中心的詩作發表場地只有文藝版面不多的《臺灣民報》(1930年以後改名《臺灣新民報》),且只限中文詩作。在這樣的環境中,不論台灣人或在台日人若欲發表日文詩作,只能挑戰競爭激烈的三大報文藝欄,如陳奇雲、多田利郎和中間磯浪便曾在1928-1929年發表少量詩作於《臺灣日日新報》。

　　1929年9月30日,多田利郎在《臺灣日日新報》刊登了南溟樂園社社規,希望尋求「真摯熱烈的詩人」與促進「正義人道的精神」[50]。根據多田利郎的自編年表,他除了在《臺灣日日新報》刊出社規和募集同人之外,亦曾在同年9月3日的《大島朝日新聞》、11月3日的《臺灣新聞》上刊登社規和募集同人,可以說相當積極地在日台兩地招募成員[51]。而這對於當時台灣苦無發表場所的日文詩創作者來說,應是相當具有吸引力的機會。從郭水潭和陳奇雲所留下來的信件可知,多田利郎即使是面對台灣人的來稿,也不像其他在台日人加以排拒,反而非常熱情地給予他們鼓勵、督促他們投稿[52]。多田利郎在為陳奇雲《熱流》所寫的序中也提到:「即使是這些詩篇,過去也曾因為他是

---

48 詳情請參考本書第一章。
49 裏川大無,〈臺灣雜誌興亡史(二)〉,《臺灣時報》(1935年3月),頁101。
50 參見本書附錄三。
51 多田南溟漱人,《渡り鳥のうた》(台北:南溟藝園社,1933年5月),附錄頁1。
52 可參見前揭周華斌,〈南溟樂園社、南溟藝園社拼圖的一角——探討該社的臺灣人同人及其時代意義〉中的「多田南溟詩人致郭水潭的信函」一節,頁167-171;以及前揭陳奇雲著,陳瑜霞譯,《熱流》中的「書信——致郭水潭書信數則」,頁228-239。

『臺灣人』的緣故,而被所有發表機關冷淡地忽視。」[53]可見多田利郎對於台灣人的友善,此應也是《南溟樂園》能招募到不少台灣人成員的理由。

　　在1929年10月發行《南溟樂園》創刊號以後,多田利郎也開始與其他同時間在台灣發行的文藝雜誌進行交流。例如寄贈雜誌給比《南溟樂園》早一個月創刊的《無軌道時代》[54]、寫信給《無軌道時代》的編輯上清哉並讚許其詩作[55];此外,他也寄贈雜誌給1930年1月創刊的《風景》[56]、並且投稿詩作至該雜誌[57],可見不只自己的雜誌,多田利郎對於與其他雜誌交流亦有濃厚的興趣。另一方面,《南溟樂園》第4號中的〈支部消息〉說明在各地設立支部並舉辦藝文活動的辦法[58];〈豫告〉則說明了詩社接下來所要進行的五個計畫:出版第二本同人詩集、設立藝術謄寫版印刷部、發行報紙《〇〇週報》、創立詩劇研究會、舉辦新刊詩書傳閱會等[59]。雖未能確認上述計畫是否皆有實現,但可以確定《南溟樂園》此時是朝著擴大經營的方向前進。

　　1930年2月,《南溟樂園》的社團和雜誌名稱俱改為「南溟藝園」,並且從3月到4月,接連由「詩誌」改為「文藝誌」、再由「文藝誌」改成「藝術綜合誌」,加速其擴大經營的腳步[60]。從裏川大無所言:「台北

---

53 前揭陳奇雲著,《熱流》,頁22。原文:「それらの詩篇と言へども、曾つては、彼が『臺灣人である』の名のもとに、あらゆる発表機關のすげなくてして、かへりまられざりしものであつた。」
54 〈受贈雜誌〉,《無軌道時代》第3號(1929年11月),頁24。
55 上清哉,〈多田君と僕——『無軌道時代』十月號寸評〉,《臺灣日日新報》,1929年10月28日,第3版。
56 〈受贈深謝〉,《風景》第二輯(1930年3月),頁38。
57 〈詩外線〉,《風景》第二輯(1930年3月),頁38。
58 〈支部消息〉,《南溟樂園》第4號(1930年1月),頁15。
59 〈豫告〉,《南溟樂園》第4號(1930年1月),頁23
60 前揭多田南溟漱人,《渡り鳥のうた》,附錄頁2-3。

的南溟樂園社出版了《南溟樂園》。此詩刊是由多田利郎主導，最初是極為單薄的謄寫版印刷，但在那之後改為活版印刷，昭和五年二月改刊名為《南溟藝園》並為之躍進，某個時期在台灣詩壇占有相當重要的地位。」[61]可知改名之後，雜誌的印刷、規模與地位確實較之前有相當大的提升。1930年年底，南溟藝園社訂定「獨立（indépendant）[62]組織」的方針，準備開始進行第二次的組織擴張[63]。在1931年6月的《臺灣日日新報》上，可以看到其擴大招募會員的公告：

會員倍加運動	擴大招募會員活動
アンデパンダン會員細胞組織	獨立會員細胞組織
（A）會員資格……十二箇月分誌代前納（一圓二十錢）六箇月分誌代前納（七十錢）	（A）會員資格……預付十二個月份雜誌費（一圓二十錢）預付六個月份雜誌費（七十錢）
（B）會員……原稿自由、本社發行圖書一割引特典	（B）會員……自由創作原稿、本社發行圖書九折優惠
原稿に關して無規則、無制限個人權絕對の自由尊重一九三	原稿方面，沒有規則、沒有限制，尊重個人權利的絕對自

---

61 原文：「臺北の南溟樂園社から「南溟樂園」が出た。多田南溟詩人主幹の詩誌で、最初は極めて貧弱な謄寫版刷りのものであつたが、その後、活版に改め、昭和五年二月「南溟藝園」と改題して躍進、一時、臺灣詩壇の一角に重きをなしてゐた。」裏川大無，〈臺灣雜誌興亡史（二）〉，《臺灣時報》（1935年3月），頁104。

62 「アンデパンダン」一詞由法文indépendants而來，藤岡玲子的論文將之翻譯為「無鑑查民眾美術」。「アンデパンダン」一詞有兩個意思，一個確實是指對抗官設展覽所成立的無鑑查制度的美術展覽會，另一個意思則是獨立不受拘束之意。由南溟藝園社刊登在報紙上對於該組織的陳述「沒有規則、沒有限制，尊重個人權利的絕對自由」，可知是後者之意。「アンデパンダン」辭條，《日本国語大辞典》（來源：https://japanknowledge.com/contents/nikkoku/，最後查閱時間：2022年8月20日）。

63 前揭多田南溟漱人，《渡り鳥のうた》，附錄頁3。

一年は何人を問はず實力時代である、即ち南溟藝園は原稿執筆者の實力をもつて實力となし夫々それ相應せる誌面を自由開放する所のアンデパンダン組織をもつて誇りとする、會員は自信ある原稿を送附する事（南溟藝園社臺北市御成町一の十一）[64]

由。1931年是講求實力而不講求出身的時代，換言之，《南溟藝園》以擁有獨立組織而自豪，該組織自由開放雜誌版面以配合各種有實力的原稿執筆者。請會員儘管將自信之作投稿過來。（南溟藝園社臺北市御成町一之十一）

在這之後，《南溟藝園》的「獨立會員細胞組織」順利擴張。根據多田利郎的自編年表，1931年12月底，「由於多田道子的努力外交，藝術綜合雜誌《南溟藝園》的獨立組織會員已達到約1500名」[65]。由此可知，多田利郎之妻多田道子[66]是《南溟藝園》獨立組織能夠順利擴張的重要推手。而若多田利郎的記述屬實，曾有1500名會員的《南溟藝園》在近代台灣文壇中應屬空前的龐大規模。值得一提的是，在《南溟藝園》廢刊之後，多田道子還曾至佳里拜訪「鹽分地帶派」的主導者吳新榮[67]，夫妻兩人對與台灣詩人交流之用心可見一斑。

---

64 〈文藝消息〉，《臺灣日日新報》，1931年6月15日，第3版。
65 多田南溟漱人，《渡り鳥のうた》，附錄頁6。
66 中島利郎認為多田道子應為多田利郎之妻。中島利郎，《日本統治期台湾文学小事典》（東京：綠蔭書房，2005年），頁68。
67 1933年11月20日吳新榮日記記載：「午前南溟藝園同人多田道子氏來訪，在後花園談論數時。」吳新榮著，張良澤主編，《吳新榮日記》（1933年9月4日），「中央研究院臺灣史研究所日記知識資料庫」（來源：https://taco.ith.sinica.edu.tw/tdk/%E5%90%B3%E6%96%B0%E6%A6%AE%E6%97%A5%E8%A8%98/1933-09-04，最後查閱時間：2022年5月8日）。

(二)腹背受敵的《南溟樂園》與《南溟藝園》

　　看似持續順利擴張規模的《南溟樂園》與《南溟藝園》，其實持續面臨來自其他文學雜誌的挑戰。這些挑戰大多是針對主導者多田利郎而來。

　　首先是《無軌道時代》雜誌的編輯上清哉在該雜誌發表了詩作〈讀《黎明的呼吸》——致多田南溟詩人〉。詩中批評多田利郎的詩：「有著相當粗暴的用字遣詞／以及概念的羅列。／覺得要是更刻苦就好了。／覺得就像是打翻小孩子的玩具箱一樣。／但，這裡有著未來。／有著即使一再倒下仍試圖再站起來的年輕生命、有著苦惱、有著開拓的力量。／我是這麼想的。」[68]詩中所提到的「粗暴的用字遣詞」、「概念的羅列」、「不夠刻苦」、「幼稚」等缺點也經常被使用在民眾詩派的作品上。如福田正夫的詩便被認為流於感傷、膚淺地停留於觀念、表現性粗糙等[69]。但於此同時，上清哉也肯定多田詩作的未來性，並未全盤地否定。

　　另一份文學雜誌《風景》對於多田利郎的批評就相對激烈許多。如保坂瀧雄批評《南溟樂園》老舊並缺乏詩精神[70]、島虹二也批評《南溟樂園》缺乏關心與思慮[71]，但這些都沒有另一位未署名的編輯

---

68 上清哉，〈『黎明の呼吸』を讀んで——多田南溟詩人に〉，《無軌道時代》第4號（1929年12月），頁20-21。原文：「ずいぶん無茶な言葉遣ひや／概念の羅列がある。／もつと刻苦すればよいのにと思つた。／まるで子供の玩具箱をひっくり返したやうだとも思つた。／だが こゝには未來がある。／倒れても倒れても起ち上らうとする若々しい生命がある、惱みがある、打開の力がある。／私はそれを思つた。」

69 日高佳紀，「福田正夫」辭條，安藤元雄、大岡信、中村稔監修，《現代詩大事典》（東京：三省堂，2008年），頁574。

70 瀧雄，〈詩外線〉，《風景》第2輯（1930年3月），頁39。

71 虹二，〈詩外線〉，《風景》第2輯（1930年3月），頁40。

來得砲火猛烈：

> 我們收到長得不得了的題為〈高砂島的詩篇〉的詩投稿。一看作者的名字是多田南溟詩人。感覺完全是把散文的句讀點處斷開再加以排列的詩——而且作者還附上了對這樣的詩懷抱著自信的說明之類的，是沒有詩精神的詩。這是詩嗎？還是不如詩的韻文？
> 然後他還附上了「review 詩」這樣的名稱。而且他在自己編輯的《南溟樂園》之類的像幼稚園的機關雜誌一樣的雜誌的封面上，堂堂地寫著「多田南溟詩人主幹」——這個人好像自以為做了多麼可喜可賀的事似的。尤其他還把自己的名字取了詩人二字這一點——至此，就可以清楚知道這個人的腦袋到底好到什麼程度了。總之他就是格局很小。致力於沉默和讀書和思考對他來說是必要的。[72]

這段對於多田利郎的批評，讓人聯想到1922年日本近代詩史著名的「民眾詩論爭」中，北原白秋批評白鳥省吾的詩根本是散文的分行，並且認為將散文斷句分行而假裝為詩是一種欺騙。這一連串由藝術派詩人

---

72 原文：「高砂島の詩篇と云ふ恐ろしく長つたらしい詩の投稿を受けた。その作者はと見ると多田南溟詩人とある。まるで散文の句讀點から切つて並べたと云ふ感じの詩——それに作者は恐ろしくこの詩に自信を持つてゐる樣な事書添へてゐるか、詩的精神のない詩。是は詩ですか？それとも詩以下の韻文ですか？それにはレヴユー詩と云ふ名稱が附せられてゐた。又彼自身の編輯する南溟樂園とか云ふ幼稚園の機關誌のやうなもの、表紙に、堂々と多田南溟詩人主幹と書かれてある。に至つてはこの人、よほどおめでたく出來上つてゐるらしい。殊に名前に事更詩人の二字を取り入れてゐる點に至つては、この人の頭のよさがどの程度か？がはつきりと知り得る。兎に角彼は小さい。沉默と讀書と思想を練る事が彼には必要である。」〈詩外線〉，《風景》第2輯（1930年3月），頁38、40。

對於民眾派詩人的攻擊，被認為是民眾詩派在日後被遺忘的契機[73]。除此之外，稍晚的1928年《詩與詩論》上春山行夫將民眾派評斷為「文學以下」；1929年日夏耿之介的《明治大正詩史》對民眾詩派徹底的排擠與攻擊，也是民眾派詩人一直被認為藝術價值低下的原因[74]。《風景》的匿名編輯所寫的上述這篇文章，從「感覺完全是把散文的句讀點處斷開再加以排列的詩」、「沒有詩精神」、「不如詩的韻文」這些批評方式，可以說是延續著1920年代日本詩壇對於民眾詩派一連串的攻擊方式，皆是從其形式以及藝術性來給予其低評價。而這次其攻擊對象已不再是日本的那個（已經失勢的）民眾詩派，而是正在台灣詩壇崛起、逐漸具有「重要的地位」的《南溟樂園》。

　　改名之後的《南溟藝園》再度受到來自於《臺灣文學》這份雜誌的攻擊。在《臺灣文學》第2號中，矢代仙吉指出「像《南溟藝園》這樣窮極無聊的雜誌至今仍在台灣蔓延，完完全全是造成上述台灣文學界的『不幸的』狀態延續到現在的原因」[75]。可以看到，相較於1930年的《風景》，1931年的《臺灣文學》似乎更加意識到《南溟藝園》對台灣文壇的影響力，而以一種想將其推翻打倒的姿態發起挑戰。矢代仙吉對於《南溟藝園》的挑戰，直接指向多田利郎所提出的「詩魂是活在自由‧平等‧博愛中的純心」這句話。他認為自由、平等、博愛只是虛偽的觀念，在至今金錢至上的資本主義社會裡，勞動

---

[73] 前揭信時哲郎，〈民眾詩派とその周縁〉，和田博文編，《近現代詩を学ぶ人のために》，頁139。

[74] 苗村吉昭，《評論集民眾詩派ルネッサンス》（東京：土曜美術社，2015年），頁103-104。

[75] 原文：「南溟藝園の如き實に下らない雜誌が今尚臺灣にはびこつてゐるのは、偏へに上述の如き臺灣文學界の「不幸なる」狀態が今まで續いて來たからに外ならない。」矢代仙吉，〈灣製ラッサール批判——南溟藝園を論ず〉，《臺灣文學》第1卷第2號（1931年10月），頁22。

者和窮人沒有「自由」；資本家和無產階級之間沒有「平等」；布爾喬亞和無產階級的利害關係調和之前也不會有「友愛」——這些批判指出多田利郎與社會脫離、忽視階級衝突的觀念性，並且將他的詩作評為貧乏、幼稚與自我陶醉。不同於《風景》對於形式與藝術性的批判，《臺灣文學》批評多田利郎缺乏社會性與階級觀，是來自於普羅文學觀點的攻擊。

在矢代仙吉的文章刊出以後，《臺灣文學》第3號又有南風原幸子發表文章批判矢代仙吉[76]。雖然南風原幸子基本上同意矢代仙吉對《南溟藝園》的批判，但他指出矢代仙吉對「自由‧平等‧博愛」的批判只停留在十九世紀，沒有放在1931年一戰以後的「現在」、也沒有放在「殖民地台灣」，因此缺乏時間性與空間性、落入了自己所要批判的對象當中。南風原幸子認為從社會民主主義的角度來說，除了「階級」的觀點以外，還需要注意「1931年的殖民地台灣」的時空意義[77]。

（三）階級與地方視野下的《南溟藝園》

如此被批評與階級概念保持距離、無法反映昭和期的殖民地台灣現實情況的《南溟藝園》，或許因為外部的批判，又或許因為內部加入了異質的參與者或原本參與者的左傾化等原因，逐漸產生了些許變化。這樣的變化從新出土的《南溟藝園》第3卷第9號的內容可以看到。

首先，最為顯眼的是被放在全誌開頭的郭水潭的〈在飢餓線上徬徨的人群〉（飢餓線上に徬徨する群れ）一詩。在這之前，郭水潭在1930年1月《南溟樂園》第4號發表的〈妓女〉一詩描寫敘述者對於妓

---

76 南風原幸子，〈批判的批判の走り書き的批判——ミイラ取りがミイラになつた話〉，《臺灣文學》第1卷第3號（1931年11月），頁37-42。

77 南風原幸子，〈批判的批判の走り書き的批判——ミイラ取りがミイラになつた話〉，頁39。

女的同情,〈秋之心〉(秋の心)則透過秋天的氣候中抒一己之情[78],兩詩皆無特別觸及階級或者殖民地社會。然而,在同年8月的《洪水報》上刊載的〈巡禮之旅〉(巡禮の旅)和〈馬啊?飼主〉(馬よ?飼主は)兩首詩[79],前者描寫狹窄陋巷中生存的勞動者群眾,後者則隱喻性地描寫了凶惡的飼主剝削壓迫馬的情景,可以看到郭水潭的詩作開始左傾化。在1931年9月的《南溟藝園》發表的詩作中,郭水潭描寫階級衝突的意圖更加鮮明:

郭水潭「飢餓線上に彷徨する群れ」(九、十連目)	郭水潭〈在飢餓線上彷徨的人群〉(第九、十段)
今日、新裝と華美をほこる公會堂の內部へ不意の闖入者である餓鬼共のギナ達は不調和で、あまりにきたなく、たらしない存在でもあらう………だが今飢餓線上に彷徨するプロのギナ達に取つて斯る平凡な僭越も無理ないことながら	今天,以新裝潢與華美為傲的公會堂內部闖入了不請自來的餓鬼囝仔們是不和諧、窮極骯髒、邋遢的存在吧………但是對正在飢餓線上彷徨的無產階級的囝仔們來說如此平凡的僭越也是無可奈何那骯髒激怒了資產階級、當場領受了他們好幾個拳頭就算被兩三個

---

78 郭水潭,〈郭水潭篇:妓女、秋の心〉,《南溟樂園》第4號(1930年1月),頁4-5。
79 郭水潭,〈詩二題:巡禮の旅、馬よ?飼主は〉,《洪水報》創刊號(1930年8月),頁9。

そのきたなさからひどく怒り	飛來的拳頭毆打也無所謂
を買つて序ながら、ブルジョ	
アの拳骨を幾つも貰ひ受ける	
飛び來る拳骨の	
二つ三つやられたつて平氣だ	
若しもなぐられた代償に	如果被揍的代價是
お金が貰へるんでしたら	可以拿到錢的話
尚更平氣	就更無所謂了
極度に空腹であるプロのギナ	極度飢餓的無產階級的囝仔們
達は	因搶奪剩飯而被揍
殘飯を奪ふことからなぐられて	卻仍喜滋滋地笑著不是嗎。
ニヤニヤ笑つてゐるではない	
か。	
（註ギナとは臺灣土語……	（註：囝仔是臺灣土語，小
子供のこと）[80]	孩之意）

上面是〈在飢餓線上徬徨的人群〉的最後兩段。與《南溟樂園》第4號的〈妓女〉、〈秋之心〉或《洪水報》的〈巡禮之旅〉、〈馬啊？飼主〉等詩比較起來，從這首詩可以看到鮮明的階級意識及明確的殖民地背景。首先，此詩中的「公會堂」應是指臺南公會堂。公會堂是日治時期由日本引進台灣的一種聚會場所，是日本在近代化過程中，學習西方公民社會運作而設立的一種公共空間[81]。根據《臺灣日日新

---

80 郭水潭，〈飢餓線上に徬徨する群れ〉，《南溟藝園》第3卷第9號（1931年9月），頁4。
81 凌宗魁，〈公會堂：市民社會的活動場域〉，《紙上明治村：消失的臺灣經典建築》（新北：遠足文化，2016年），頁118。

報》的報導，臺南公會堂的修繕工程於1928年6月14日開始，至當月月底完成，共花費1599圓[82]。除了修繕時間可以對應外，也與郭水潭在空間上較為接近（佳里公會堂至1931年方才落成）。再者，此詩透過「無產階級的囝仔」與「資產階級」之間的衝突描寫，揭露了此地階級矛盾的實況。詩中甫重新裝潢的公會堂的華美與餓鬼囝仔的骯髒形成了對比，而資產階級的憤怒與暴力與無產階級囝仔的無所謂與嬉皮笑臉亦呈現了對照。另一方面，由詩末特別加註解釋的「囝仔是臺灣土語」，也揭示了詩中描寫的「無產階級」是本島人小孩的身分。由此可以看見在《南溟藝園》當中萌芽的階級觀點。

本期另一個值得注意的內容，還有國井重二的〈打倒集結了沽名釣譽的作家的中央文壇吧〉（賣名作家の集中せる中央文壇を打倒せよ）一文[83]。國井重二是日本農民詩人，曾出版被禁的農民童謠集《蛙之學校》[84]。他在這篇文章中認為東京中央文壇的作家們是捨棄地方文化、沽名釣譽之輩，而地方作家才是能夠指導並且理解勞動者與農民的人。在這樣的觀點下，他對「地方」發出了呼喚：

> 為了關西人而樹立關西文壇、在朝鮮半島樹立朝鮮文壇、在臺灣樹立臺灣文壇，更有甚者，各府縣由各府縣人在其土地上創造有權威的文壇吧！然後，那些文壇的人為了那些地方文化的開發，站在民眾指導的第一線吧！並且掃除那些沽名釣譽的作家吧！
>
> 臺灣的文藝家們啊，《南溟藝園》的值得期待的作家啊，別把

---

82 〈修繕工事著手　臺南公會堂〉，《臺灣日日新報》，第2版，1928年6月16日。

83 國井重二，〈賣名作家の集中せる中央文壇を打倒せよ〉，《南溟藝園》第3卷第9號（1931年9月），頁11-14。

84 秋山清，〈農民の発禁詩集〉，《発禁詩集》，（東京：潮文社，1970年），頁179。

> 我國可笑的中央文壇放在眼裡，下定決心確立臺灣文壇吧！然後提高地方文壇的權威、提高地方文壇的水準吧！[85]

國井重二對於地方文壇的期待也投射到了台灣，尤其是此時在台灣有著聲勢與權威的《南溟藝園》。雖然這樣的主張與《地上樂園》的路線相似，但國井重二也為文批判白鳥省吾。在〈桌上生產的罪惡詩備忘錄──關於白鳥省吾和其他諸氏〉（机上生產の罪惡詩覺書──白鳥省吾其他の諸氏について──）一文中[86]，國井重二指出被收錄在教科書中的白鳥省吾〈田園所見〉一詩描寫的農事細節完全不符合實際農村的情形。並且認為不只是白鳥省吾，中央文壇的詩人或民謠作家在不瞭解地方的風土民情、語言習慣的狀況下，往往在桌上生產出錯誤百出的內容。將這篇文章與〈打倒集結了沽名釣譽的作家的中央文壇吧〉一文對照，便可以了解國井重二對於台灣文壇的期待，毋寧是寄託在像郭水潭這樣能夠了解地方實況的作者。由此可見，《南溟藝園》在貼近「地方民眾」的面向上，被認為比位在東京中央文壇的《地上樂園》更有發展的潛力。事實上，《南溟藝園》的「民眾詩」確實打破了日本民眾詩派的局限，可以看到更貼近殖民地台灣的描寫。下一節將舉出曾經由南溟樂園社、南溟藝園社出版詩集的多田利郎、陳奇雲與中間磯浪的詩作觀察之。

---

[85] 原文：「關西人のためには關西文壇を樹立せよ、朝鮮半島には朝鮮文壇、臺灣に臺灣文壇を、更らに各府縣には各府縣人によりその土に權威ある文壇を作れ！然してそれ等の各文壇人はそれ等の地方文化開發のために、民眾指導の第一線に立て！そして彼等賣名作家を一掃せよ！（中略）臺灣の文藝家達よ、南溟藝園による期待すべき作家よ、嘲笑すべき我國の中央文壇を尻眼にかけて、臺灣文壇確立を期せ！然して地方文壇の權威をレベルを高めよ！」

[86] 國井重二，〈机上生產の罪惡詩覺書──白鳥省吾其他の諸氏について──〉，《民謠音樂》第2卷第6、7合併號（1930年6月），頁76-77。

四、「民眾詩」的實踐：多田利郎、陳奇雲與中間磯浪的詩集

根據多田利郎自編的年表，南溟樂園社與南溟藝園社曾出版過的詩集有：

多田南溟漱人，《黎明の呼吸》（南溟樂園社，1929年11月）
中村文之介，《自選詩集》（南溟樂園社，1929年12月）
陳奇雲，《熱流》（南溟藝園社，1930年9月）
中間磯浪，《憂鬱なる魂》（南溟藝園社，1931年2月）

等四種[87]。在現存的《南溟樂園》第4號和《南溟藝園》第3卷第9號上也可以看到上述四種詩集的廣告。其中，中村文之介《自選詩集》仍處於散佚狀態；多田利郎《黎明的呼吸》有藤岡玲子的選譯與介紹[88]；陳奇雲《熱流》則有陳瑜霞的全譯與介紹[89]；而筆者則在早稻田大學圖書館館藏中尋得中間磯浪《憂鬱的靈魂》。直至今日，終有三種由南溟樂園社與南溟藝園社所出版的詩集得見於世。這些詩集能使初期經濟狀況並不寬裕的多田利郎決定出版並在雜誌上加以宣傳，說是足以代表南溟樂園社與南溟藝園社的詩集也不為過。並且，這些詩集大

---

87 多田南溟漱人，《渡り鳥のうた》，附錄頁2-4。多田利郎之後出版的幻想曲集《星を仰いで》（1931）、童謠集《黑ンボのうた》（1931）、口語歌集《出航》（1932）、童謠集《渡り鳥のうた》（1933）等歸為歌曲歌謠類，此處不列入。
88 參見藤岡玲子〈日治時期在臺日本詩人研究〉第四章，頁33-69。藤岡玲子的論文中所使用的《黎明の呼吸》為私人收藏。而筆者所參考之《黎明の呼吸》為早稻田大學圖書館所藏版本。
89 目前陳奇雲《熱流》原版詩集未見於公共圖書館，故筆者以陳奇雲著、陳瑜霞譯，《熱流》（台南：台南市立圖書館，2008年）一書中所收錄之日文原文為參考對象。

多都集結了曾經刊登在《南溟樂園》和《南溟藝園》上的作品,應足以用來窺探出土期數尚不多的該雜誌的主力詩人的詩作樣貌。下面將簡介並概述三本詩集的內容,並舉出實際詩作來觀察多田利郎、陳奇雲和中間磯浪如何表現殖民地台灣的「民眾」形象。此外,由於中間磯浪《憂鬱的靈魂》是由本書首度提出的新出土作品,因此將以較多篇幅介紹其內容。

(一) 多田南溟漱人《黎明的呼吸》與陳奇雲《熱流》中的民眾形象

首先,創辦人多田利郎自己的詩集《黎明的呼吸》於1929年11月出版,共收錄55首詩。整本詩集以正義和博愛的概念為核心,表現對於外在世界的熱情與感傷、對於自然的讚頌等。詩集中所描寫的「民眾」多屬於中下階層的勞動者以及兒童,以下舉〈年老的土人〉一詩為例:

多田南溟漱人(多田利郎) 「老ひたる土人」	多田南溟漱人(多田利郎)〈年老的土人〉
眠つたやうな鈍色の内港の水の上を ノロリ／＼と漕いで行つた…… 老ひたる土人の皺枯れた口唇は 『ボーホンワー……』の戀歌 を絶え入る程に唄ふ (眞つぴるまの夢遊病患者か——)	在彷彿入睡的港口的黯淡水面上 賣力地划著船…… 年老土人的枯槁嘴唇 唱著「無好啊……」的情歌, 唱到快要斷氣似地 (是做白日夢的夢遊症患者嗎?——)

若かつた昔を思ひかへして、	回想起年少時的往事，眼眸就
眸はトロリと波に注がれる、	模糊地湧入苦楚或歡喜的浪潮
苦しみも、樂しみも、	現在，不論苦楚或歡喜都從他
今はすつかり彼から奪ひ去ら	身上被完全奪走了
れてしまひ	像一場夢似的……他用因勞動
夢のやうに……彼は黑々と勞	而黝黑發亮的全身
働に光る全身で	划著陳舊的舢舨
古つぼけた舢舨をやつた	

=註= 舢舨（サンパン）。支那人の小舟で赤青等々の塗料であくどく裝飾する。[90]

=註= 舢舨（サンパン）。支那人的小船，通常以紅色或藍色等顏料誇張鮮豔地裝飾。

此詩描寫年老的漢人船夫一邊賣力划船，一邊以台語唱著情歌的情景。居住於台北的多田利郎經常以海洋與基隆港為描寫對象，此詩應也是以基隆港為背景的作品。敘述者想像這位老船夫曾經擁有會勾起其悲喜情緒的往事，然而「現在，不論苦楚或歡喜都從他身上被完全奪走了／像一場夢似的……他用因勞動而黝黑發亮的全身／划著陳舊的舢舨」。這裡呈現的是勞動對民眾造成的異化——原本有著豐富的回憶與情感，卻在長年的划船勞動中被剝奪了「苦楚」與「歡喜」的情緒，只剩下「黝黑勞動著的發亮的全身」在運作。這種情緒上的漠然彷彿就像是陳舊不堪的「舢舨」一般，因長期浸泡在海水中而褪去

---

[90] 多田南溟詩人，〈老ひたる土人〉，《黎明の呼吸》（台北：南溟樂園社，1929年），頁36-37。

了原本鮮豔而豐富的色彩。從這裡可以看出一種對於勞動民眾的樸素的同情。然而這種抒情而帶有感傷情調的書寫方式，在1929年這個普羅文學風起雲湧的年代中，往往會被看作是缺乏抵抗性、沒有表現出階級衝突及殖民情境的作品。

接著，陳奇雲的《熱流》於1930年9月出版，共收錄50首詩。詩集中的敘述者作為知識青年，處處表現出強烈的熱情、憤怒或諷刺，對社會的不滿躍然紙上。多田利郎認為陳奇雲的詩有著跨越了台日民族的隔閡的「純心」，更認為陳奇雲的詩代表了「毫無虛偽的台灣人的感情」（いつはりなき臺灣人の感情），故能夠促進內台之間的感情理解[91]。在《熱流》當中，有一首能夠與上述多田利郎的〈年老的土人〉相互呼應的作品：

陳奇雲「老配達夫」	陳奇雲〈老配送員〉
彼が 忠實な、カバンをかかへ上げて 鈍重な歩みで、デックデック 田舍道を行く時 俺は、心から『をぢさん』と 呼びかける	當他 腋下夾著著忠實的皮包 以笨重的腳步、達達地走過鄉間 小路時 我總會發自內心呼喚著「歐吉桑」
若い頃、彼は袖の長い吳服商人だった 美しく淑やかな妻と食卓を圍	年輕時，他曾是長袖和服的商人 想到他或許曾與美麗賢淑的妻子同桌共餐

---

91 陳奇雲，《熱流》（台南：台南市立圖書館，2008年），頁23-24。

んだらうと思へば 俺はまた『をぢさん』と呼び かける	我就又呼喚著「歐吉桑」
會ふたんびに ホアンナオヱ（日本語）をお ぼへようと 半ば禿げた頭をかしげるのを 見れば 俺は、胸がつまつて『をぢさ ん』と呼かける	每次碰面 看到他歪著半禿的頭 說要學番仔話（日語）的樣子 我就會胸口一緊地呼喚著「歐吉 桑」
不平をこぼさず、運命を喞たず 十年を一日の如く孜々として いそしめるお前こそ 悲しくも尊い姿である 俺は大聲で『をぢさん』と呼 びかける	不抱怨不平、不怨嘆命運 十年如一日孜孜矻矻勤勤懇懇的 你正是 悲哀又尊貴的模樣 我大聲呼喚著「歐吉桑」
配達の疲れで、身を船艙に橫 へて―― 頰骨の高さ、日やけの皺の硬 さ、 ああ、むき出しの齒の間から ゴオーンゴオーンと鼾を上げ るのだ	因配送的疲勞而躺在船艙裡―― 隆起的顴骨、粗糙曬黑的皺紋 啊，從露出的牙齒之間 發出了如雷的鼾聲 我濕了眼眶，不斷呼喚著「歐 吉、歐吉桑」

俺は涙がにぢんで『をぢ、を
ぢさん』と呼びつづける[92]

此詩描寫一位年老的配送員[93]，年輕時雖然經商有成、家庭美滿，但後來不知為何落入貧窮而開始日復一日的勞動生活。詩中的兩個場景，可以看到敘述者的情緒特別激動：一是聽到老人歪著頭說要學日語、二則是看到老人因疲勞而在船艙中熟睡。其一，老人「每次」都歪著頭說要學日語，說明他事實上一直沒有學會，但身為配送員又可能因為不懂日語而感到困擾。這裡可以看到在近代國語教育在殖民地普及時，仍有底層民眾被落於其後的情況。面對如此尷尬的無可奈何，日語流利的敘述者因而感受到「胸口一緊」。其二是老配送員在船艙中熟睡的場景。《熱流》出版之前陳奇雲一直都居住在澎湖，故可以推測詩中描寫的老配送員是在澎湖進行配送工作。澎湖的郵務與台灣島內不同的是，其運送大多仰賴航運[94]，故澎湖的郵便局也設置在馬公港[95]。由此可知，在澎湖進行配送工作需要往返港口，這應也是詩中的老配送員睡在船艙中的原因。面對因奔波勞動而疲憊不堪，卻只能睡在船艙裡的老配送員，敘述者的「濕了眼眶」表達出了比同情更強烈的心疼、比感傷更深沉的悲哀。

可以看到，同樣在詩中描寫年老的勞動者，陳奇雲比起多田利郎

---

[92] 陳奇雲著，《熱流》，頁70-71。

[93] 日文「配達夫」配送的可能是郵件、電報或商品，因不確定為何者而無法翻譯為郵差、遞信員、送貨員或送報伕，遂翻譯為「配送員」。「はいたつ-ふ【配達夫】」辭條，《日本国語大辞典》（來源：https://japanknowledge.com/lib/display/?lid=20020352ea04riE9vd8L，最後查閱時間：2022年5月10日）。

[94] 陳怡芹，〈日治時期臺灣郵政事業之研究（1895-1945）〉（桃園：國立中央大學歷史研究所碩士論文，2008年7月），頁98。

[95] 〈澎湖郵便局〉，「澎湖知識服務平台（Penghu.info）」（來源：https://penghu.info/OBD2288DF2DA569A0161，最後查閱時間：2022年5月10日）。

有著更入微的觀察，也有著更親近的情感：〈年老的土人〉中的敘述者聽到老船夫的歌聲，心裡想的是：「──是做白日夢的夢遊症患者嗎？」而〈老配送員〉中的敘述者看到腳步沉重、疲累不堪的老配送員，除了上前呼喊「歐吉桑」之外，更透過「胸口一緊」、「濕了眼眶」等描述表現出強烈的情感連結。這確實能讓讀者感受到與「民眾」之間的連帶感。這樣的連帶感同樣不是透過階級概念來突顯，而是一種真誠而樸實的、對底層民眾的人道主義的關懷。

（二）中間磯浪《憂鬱的靈魂》以及其中的民眾形象

中間磯浪的《憂鬱的靈魂》出版於1931年2月，共收錄45首詩。作者中間磯浪的生平不詳，但曾於《臺灣日日新報》、《無軌道時代》、《南溟樂園》等發表詩作，應為此時居住在台灣的日本詩人。《憂鬱的靈魂》在台灣並無藏本，為本書首度提出介紹之詩集。作為南溟集團所出版的第四本詩集，《憂鬱的靈魂》在思想上可以看到與前述詩集相近的特色。首先，從多田利郎描寫自我與太陽的相互感應[96]、到陳奇雲描寫血液、靈魂與土地的連結[97]，都可以看到一種「生命」與「自然」相互連接的描述，這是在大正生命主義潮流的影響下的民眾詩派中經常出現的主題[98]。而從《憂鬱的靈魂》中間磯浪的自序中亦可以看到同樣的「生命」與「自然」的連結：

一株突破堅硬的表皮、在地上萌發的新芽
即使被無情的人類持續地踩躪與虐耐，仍強韌地為了生存而苦

---

96 多田南溟漱人，〈朝に叫び〉，《黎明の呼吸》（台北：南溟樂園社，1929年），頁1。
97 陳奇雲，〈詩といふもの〉，《熱流》（台南：台南市立圖書館，2008年），頁33-35。
98 鈴木貞美，〈「大正生命主義」とは何か〉，鈴木貞美編，《大正生命主義と現代》，（東京：河出書房新社，1995年），頁10。

苦掙扎的英勇姿態是如此高貴！今後非得努力去疼愛、培育成長中的年輕生命不可
雖然是一文不名的貧窮的存在，但只有啜飲著紅色的血和大地的意志是源源不絕的……今後讓我們一起開拓美好的未來吧
是立下誓言而出生的生命，是靈魂……唯有在偌大的使命下堅強而正確地生活才是真實的[99]

從這段自序能夠看到生命主義的思潮下經常運用的植物的描寫[100]。而文中對於自然的讚頌、對於生命所懷抱的熱情，皆為《南溟樂園》、《南溟藝園》等詩人的作品當中經常詠唱的主調。再者，對於被強者所欺凌而仍然掙扎求生的弱者，必須給予呵護、遵從大地的意志——這裡所展現的必須關懷底層的人道主義也與多田利郎在〈為不斷奮鬥而奮鬥〉一文當中所提倡的博愛精神可以呼應。

而與《黎明的呼吸》、《熱流》不同的是，《憂鬱的靈魂》這本詩集中所描寫的敘述者「我」本身即是一名在港口工作的貧窮勞動者。「憂鬱」、「疲勞」與「倦怠」這幾個詞彙在整本詩集中不斷反覆地出現。然而詩中皆未如普羅詩一般描寫勞動現場的實際樣態、無產者受壓迫的慘況、雇用者及資本家的惡形惡狀等，只是一再轉入憂鬱感傷的情緒抒發。例如〈憂鬱的日子〉（憂鬱なる日）一詩中的：「在我的

---

99 原文：「堅い表皮を突き破つて地上に芽生へた新芽だ／無慈悲な人間に蹂躙られ虐げられつゝも強く生きんが為にもがき苦しむ雄々しい姿は貴いものだ！　これから伸び行く若い生命を愛し育てる事に努めねばならない／無價値な貧しい存在だけど赤い血と大地を食むだけの意力は惠まれてる筈だ………これから明るい未來を開拓して行く事としやう／誓ひを立て、生れ出た生命である魂である……大なる使命のもとに強く正しく生きるこそ眞實である」中間磯浪，《憂鬱なる魂》（台北：南溟藝園社，1931年），頁4-5。
100 前揭鈴木貞美，〈「大正生命主義」とは何か〉，頁10。

靈魂中／失望與倦怠與憎惡／像金龜子一樣成群聚集著／在這樣憂鬱的日子／我／將自己的靈魂朝著港口正中央滾動」[101]，表現出一種疲憊、憂鬱和無可奈何的心情。即使如此，敘述者也並沒有想要改變外在環境的意識，透露出一種接近命定論的虛無主義。

另一方面，當《憂鬱的靈魂》中自我哀憐的敘事者目光朝向外界的「民眾」時，都是社會地位與經濟能力比他更加低下的存在：如〈賣春婦〉中等待著戀人的妓女、〈瘋子〉（狂人）中蜷曲在街角的瘋人、〈野狗〉（野良犬）中瘦弱的野狗、〈勞動者啊〉（勞働者よ）中受虐待的水牛等。這些似乎都是敘述者感情的投射，因為和他同樣過得悲苦與淒慘，所以同樣是令人憂鬱的存在。例如描寫水牛的〈勞動者啊〉一詩中，即可看到像是「我的靈魂／潛入／深不見底的憂鬱中／順從的你／沒有表現出反抗之意／但你的心臟／猛烈而無休無止呀／啊，順從的勞動者呀」[102]，可以看到同樣缺乏反抗性的這首詩對於被迫勞動的水牛，投射了敘述者自我的憂鬱和感傷。最後這樣的感傷也只能化作一陣無奈的詠嘆與呼喚。

在這些令人憂鬱的存在當中，唯有某一種特殊的「民眾」可以讓敘述者的心靈得到慰藉——「蕃人」。在《憂鬱的靈魂》這本詩集中，只有在描寫自然時會展現出舒暢與愉快的心情。值得注意的是，山中的「蕃人」也包含在這個「自然」當中，成為疲憊而憂鬱的勞動者心靈的慰藉。〈詩人們啊！〉（詩人達よ！）和〈蕃地的詩想〉（蕃地の詩想）兩首詩皆描寫了類似的「蕃人」形象，以下舉其中一首為例：

---

101 原文：「俺の魂には／失望と倦怠と憎惡が／黃金蟲の樣にザラザラたかつてる／かゝる憂鬱なる日／俺は／自分の魂を港の眞中へ轉がすのだ」。前揭中間磯浪，《憂鬱なる魂》，頁101。
102 原文：「俺の魂／底知れない憂鬱に／もぐり込んで行くのだ／從順なおまへは／反抗の意思も見せない／だがお前の心臟は／猛烈にくすぶつてるだらうよ／お、從順なる勞働者よ！」前揭中間磯浪，《憂鬱なる魂》，頁20。

中間磯浪「詩人達よ！」	中間磯浪〈詩人們啊！〉
俺は	我是
無智な從順な勞働者です	無知而順從的勞動者
朝から晩まで	從早到晚
青白い指先を病的に震はせて	蒼白的指尖病態地顫抖著
街頭を叩いてる	敲打著街頭
街頭は眞晝の陽光に	街頭在正午的陽光裡
サンサンと梯梧色に燃えざくつてる	燦爛燃放著火紅的刺桐色
X　　X	X　　X
廣漠たる碧空は	廣大的藍天
汗を吐き出してる勞働者達に	對湧出汗的勞動者們
華やかな微笑を投げ付ける	投以燦爛的微笑
だが不自然な呼吸に	但在不自然的呼吸中
俺の魂は悶えてるのだ	我的靈魂痛苦掙扎著
で俺は煩雜な巷の生活を	所以，我從繁雜的巷弄生活
無智な蕃人の住む山の中へ	輾轉來到了
轉がしてきたのだ	無知的蕃人所居住的山中
X　　X	X　　X
お、山の尖端に踊る妖婦達よ！	啊，在山頂跳舞的妖婦們啊！
蕃婦達よ！	蕃婦們啊！
おんみちは無能ではないのだ	您們並不是無能的
お、おん身等は純情に生きる	啊，您們是天真地活著的
筆を執らざる詩人である	不執筆的詩人
	我深信並憐愛著

俺は深く信じ愛しむのだ[103]

在上面這首詩中，中間磯浪描繪了多田利郎與陳奇雲都沒有提及的「蕃人」這種民眾形象。這首詩的三段循序漸進描寫敘述者進入山中的過程：第一段的「我」在日復一日的勞動生活中宛如行屍走肉；第二段的「我」即使仰望藍天也無法紓解痛苦，故決定前往「無知的蕃人所居住的山中」；第三段則終於來到山中，「我」因見到「蕃婦」而得到心靈的慰藉。

可以看到，〈詩人們啊！〉中描寫的「日本人男性」與「原住民女性」的邂逅依循著一種常見的模式。如吳佩珍從大鹿卓與真杉靜枝的小說情節歸納出的：日本人男性往往因為在既有的社會制度中遭遇失敗與精神創傷，而欲從殖民地台灣的原住民女性身上找尋一種原始的療癒。差別在於大鹿卓對之是謳歌與讚美，真杉靜枝則是意在批判與揭露[104]。〈詩人們啊！〉的敘述者顯然也是傾向讚美。因為平日的勞動只有痛苦和疲倦，故必須走入山中的自然才能夠得到短暫的慰藉。另一首詩類似的詩〈蕃地的詩想〉亦是描寫敘述者帶著驚奇的眼光注視「蕃女」在朝霧與山谷中自由跳躍奔馳、如同野兔一般精力充沛的模樣。如此對於原住民的讚美與浪漫化，其實就跟民眾詩人在書齋中想像或遠觀農民與勞動者一樣，只是這次變成生活在陋巷的勞動者在想像或遠觀「蕃人」[105]。重點已經不是反映現實、也不是為了揭露需要改革的底層階級生活樣態，而是為了追尋並描繪給予近代生活中疲憊的心撫慰的夢幻的對象。

---

103 中間磯浪，《憂鬱なる魂》（台北：南溟藝園社，1931年），頁62-64。
104 吳佩珍，《真杉靜枝與殖民地台灣》（台北：聯經出版，2013年），頁144。
105 目前因尚未查清中間磯浪的身分，無法得知他是否確實有接觸原住民的機會。

（三）「南溟」詩人與日本民眾詩派詩人之異同

綜合上述，可以看到《南溟樂園》與《南溟藝園》的主力詩人（下面簡稱「南溟」詩人）與日本民眾詩派詩人的詩作相同之處在於：同樣經常描寫勞動者，且幾乎未將主題導向普羅詩常描寫的階級衝突，而是表現一種樸素的人道主義。

而「南溟」詩人與日本民眾詩派相異之處為：一、「南溟」詩人們較少描寫民眾詩派經常描寫的「農民」（至少上述三本詩集中並無以農民為主題的作品）。二、「南溟」詩人的殖民地台灣地方色彩較為濃厚。即使是民眾詩派中最關心「地方」、曾介紹朝鮮民謠的白鳥省吾《地上樂園》[106]，亦無法如在台灣發行並且廣納台灣人同人的《南溟樂園》與《南溟藝園》，不僅能描繪「土人」、「蕃人」的民眾像、放入「台語」，更推出能夠寫出「毫無虛偽的台灣人的感情」的陳奇雲這樣的作者。可以說，原本在日本內地面貌相似、彷彿均質化的「民眾」，到了台灣這個外地，由於殖民地多族群、多語言的特性，方能夠顯出「民眾」的多樣性。或許直到陳奇雲的作品中，台灣讀者才能夠看到他們所熟悉的真正「民眾」形象的出現。不是在台日人筆下較為抽象的概念和口號中的浪漫而遙遠的形象，而是真正會出現在昭和期台灣的有血有肉、感情豐富的民眾。三、殖民情境中權力關係的刻劃較為鮮明[107]。雖然上述三本詩集當中沒有看到階級衝突的描寫，但光從多田利郎的「敘述者」與「土人」（有產階級殖民者——無產階級被殖民者）、陳奇雲的「日語」和「台語」（國語——被殖民者的語言）、中間磯浪的「勞動者」及「蕃婦」（殖民者男性——被殖民的原住民女性）的對比圖像，即可看到在殖民地中所存在的民族、性別與

---

106 安智史，「地上樂園」辭條，中村稔、安藤元雄、大岡信監修，《現代詩大事典》（東京：三省堂，2008年），頁448。
107 此觀點的提出感謝《臺灣文學研究學報》匿名審查委員的提點。

階級關係中所顯現的權力關係。而到了《南溟藝園》第3卷第9號中郭水潭的〈在飢餓線上徬徨的人群〉，更可以看到不同大正期的日本民眾詩派，身處昭和期的台灣，經過經濟恐慌、失業浪潮、貧富差距增大以及殖民地剝削的加劇等背景，已不能夠免於描寫階級的趨勢。

五、小結

　　本章透過《南溟樂園》、《南溟藝園》與其相關史料觀察這兩份雜誌與日本民眾詩派之間的關係，並探討這兩份雜誌在台灣近代詩壇中的位置。首先，從《南溟樂園》便可看到「民眾」概念的出現，且從該雜誌所刊登的詩作也可以看到民眾文化的各種面向；而創辦者多田利郎不斷強調的「──詩魂是／生於自由・平等・博愛的／純心」這句話明顯與大正期民眾詩派的精神相互呼應，且《南溟樂園》與《南溟藝園》不論是在理念還是成員上，都與昭和期民眾詩派的代表雜誌《地上樂園》有所重疊。再者，1920年代末出現的《南溟樂園》，由於當時台灣詩壇對於日文詩發表園地的需求，也因為主導者積極、不分民族皆熱情接納的特質，使得該雜誌的規模得以迅速成長。其過程中受到了來自《無軌道時代》、《風景》、《臺灣文學》等雜誌的批評，也可以看到改名後的《南溟藝園》在「階級」與「地方」觀點的加強。最後，本章探討了《南溟藝園》幾位主力詩人詩作中的「民眾」形象：多田利郎描寫因長年勞動而被奪走了感情的老船夫、陳奇雲則描寫不諳日語而落後於時代的老配送員、中間磯浪除了抒發身為勞動者的疲勞與憂鬱外，還以讚嘆與驚奇的眼光描寫「蕃婦」。這些作品與日本民眾詩派有著相似的特質，但相較之下更多地將視線集中在勞動者上，不僅更加呈現出殖民地台灣的地方色彩，亦較為鮮明地勾勒出殖民情境下的權力關係。

多田利郎在台灣創辦《南溟樂園》、《南溟藝園》，培養了在殖民地台灣描寫「民眾」的一群詩人，其理念始終和日本民眾詩派同樣是人道主義的。或許他沒有預料到的是，因昭和期普羅詩與現代主義詩的風起雲湧，使得《南溟樂園》、《南溟藝園》接連受到《無軌道時代》、《風景》、《臺灣文學》等雜誌的夾擊，因而逐漸走出一條不同於日本民眾詩派的道路，對於階級與地方色彩開始有著更多的關心。除了出版《熱流》的陳奇雲以外，這兩份雜誌還培養出郭水潭、王登山、楊讚丁等本島詩人──日後在《臺灣文藝》上發光發熱的「鹽分地帶派」。「鹽分地帶派」鮮明的左翼色彩以及對於農民的關懷已與《南溟樂園》、《南溟藝園》中的作品有所不同。但他們的詩創作的起點終究是從《南溟樂園》、《南溟藝園》中人道主義的火苗以及那期望「促進正義人道的精神而展開活動」的初衷開始的。

作為一名在台日人，多田利郎對於台灣人特別重視，他用以命名筆名、刊名及社名的「南溟」二字來自於《莊子》的發想，似乎與目前周知的西川滿、島田謹二等在台日人皆有所不同。而其妻多田道子（同時也是相當多產的小說家）以及中間磯浪等其他《南溟樂園》成員，亦皆值得作為進一步研究的對象。另外，除了本章提及的詩作之外，南溟樂園社與南溟藝園社尚有許多囿於篇幅未能提到的文藝作品（包括多田利郎《黎明的呼吸》、陳奇雲《熱流》與中間磯浪《憂鬱的靈魂》三本詩集的其他詩作，以及歌謠、小說、戲劇等其他文類的作品）。這大量作者、作品作為日治時期台灣文學的遺產，尚待更進一步的爬梳、整理與分析。

第六章
日治台灣的「詩精神」與「新精神」：
以《風景》、《茉莉》與《風車》為例[*]

一、前言

　　隨著史料的復刻與數位典藏工作的進展，1930年代台灣文藝創作的豐富性逐漸呈現在我們眼前。除了報紙文藝欄以外，當時文藝雜誌的數量亦遠較過去研究者所認識的要多上許多。裏川大無〈臺灣雜誌興亡史〉一文中提及的文藝雜誌，光昭和期部分（1927-1935）便有五十多種，且裏川當時亦未能搜齊[1]。這些雜誌不少已經亡佚，但自目前的資料庫與文學館藏中仍能找到部分。根據筆者的調查，1930年代前半至少有三份以詩為中心的文藝雜誌表現出對當時台灣詩歌創作環境的不滿，並透過「詩精神」（ポエジー）與「新精神」（エスプリ・ヌーボー）的概念將創新的表現手法引入台灣，分別是過去已為

---

[*] 本章初稿發表於《台灣文學學報》第39期（2021年12月），頁99-138。另，本章草稿曾於「雛鳳清聲：文哲青年夏季論壇」（台北：中央研究院中國文哲研究所／視訊會議，2021年6月7日）宣讀，獲得評論人楊小濱老師及與會者諸多寶貴意見；投稿過程並承蒙《台灣文學學報》三位匿名審查老師提出許多珍貴建議。上述老師們的指教給予筆者很大的啟發，成為本章修改時的重要參考，在此敬致謝意。另一方面，在資料收集期間，感謝財團法人半線文教基金會慷慨借閱珍稀的《茉莉》雜誌，以及該基金會聯絡人郭淑娟小姐的協助和國史館臺灣文獻館圖書室林明霏小姐的協助與聯絡，亦要感謝臺灣文學館研究典藏組林佩蓉組長在搜查史料時的鼎力相助。

[1] 裏川大無，〈臺灣雜誌興亡史（二）〉，《臺灣時報》（1935年3月），頁101-106。

人所知的《風車》（1933-1934，台南），以及尚未被研究過的《風景》（1930，台北）與《茉莉》（1932-1943，台中）。本章希望透過這三份雜誌，一方面勾勒台灣與日本詩壇的多重連結，另一方面解明台灣內部不同刊物或詩社之間的競合關係，藉此更清楚觀察1930年代前半台灣日文近現代詩壇的變貌。

前行研究對1930年代台灣詩壇的認識，源自1980年代羊子喬的〈光復前台灣新詩論〉一文。羊子喬在文中指出「成熟期」（1932-1937年）的台灣新詩作品有二大趨勢：「其一為著重於社會寫實，其二為超現實主義的個人抒情」[2]。陳芳明隨後將其囊括成「鹽分地帶詩人」與「風車詩社」兩個具強烈對比的集團[3]。後來的台灣新詩史便以此對比圖示展開論述[4]。另一方面，風車詩社的多年研究成果收錄於《水蔭萍作品集》及《台灣現當代作家研究資料彙編　楊熾昌》二書，中村義一、陳明台、葉笛、林巾力連結起風車詩社與日本現代主義詩思潮之間的關係[5]。此間亦出現不少以風車詩社為主的學位論文，如黃建銘建立起嚴謹的水蔭萍實證研究[6]；林婉筠精闢地以精神

2　羊子喬，〈光復前台灣新詩論〉，羊子喬、陳千武編，《亂都之戀》（台北：遠景，1982年），頁22。

3　宋冬陽（陳芳明），〈日據時期台灣新詩遺產的重估〉，《台灣文藝》第83期（1983年7月），頁24。

4　如孟樊和張雙英的詩史中皆將二者作為對照來加以展開論述。孟樊，〈承襲期台灣新詩史（上）〉，《臺灣詩學學刊》第5期（2005年6月），頁27；張雙英，《二十世紀臺灣新詩史》（台北：五南出版社，2006年，頁58-93）。2008年亦有以此二元對立圖式為主題的碩士論文：莊曉明，〈日治時期鹽分地帶詩人群和風車詩社詩風之比較研究〉（台北：國立臺北教育大學台灣文化研究所碩士論文，2008年）。

5　楊熾昌著，葉笛譯，呂興昌編，《水蔭萍作品集》（台南：台南市立文化中心，1995年）。林淇瀁編，《台灣現當代作家研究資料彙編　楊熾昌》（台南：國立臺灣文學館，2011年）。

6　黃建銘，《日治時期楊熾昌及其文學研究》（台南：台南市立圖書館，2005年）。

分析理論解讀風車詩社的詩作[7]；陳允元則通過藤本壽彥的啟發，將西川滿、饒正太郎與風車詩社詩人並置探討[8]。而最近的《日曜日式散步者：風車詩社及其時代》及《共時的星叢：風車詩社與新精神的跨界域流動》二書進一步開啟了風車詩社與東亞乃至世界性文藝思潮與跨藝術領域的討論[9]。由此可知，過去對於1930年代台灣詩壇的認識多建立在鹽分地帶詩人群與風車詩社的對立，並集中在風車詩社的相關研究之上。然而，如前所述，當時台灣文藝雜誌中的詩人、詩社、詩創作遠比前行研究所認識的豐富，在筆者考察範圍內與風車詩社系譜相近的詩社便至少有風景詩社和茉莉社兩個。1930年代前半，橫跨北中南三地的詩社都對於台灣詩壇有著「新」的期待，並與日本現代主義詩系譜的「詩精神」與「新精神」概念有所連結。透過這些新出土的史料，期望能挖掘出過去只集中於風車詩社所無法解明的1930年代台灣現代主義詩的其他面向，並且進一步呈現出當時台灣

---

[7] 林婉筠，〈風車詩社：美學、社會性與現代主義〉（台北：國立政治大學台灣文學研究所博士論文，2011年）。

[8] 藤本寿彦，〈台湾のモダニズム――西川満と水蔭萍――〉，《周縁としてのモダニズム：日本現代詩の底流》（東京：双文社出版，2009年）；陳允元，〈殖民地前衛：現代主義詩學在戰前臺灣的傳播與再生產〉（台北：國立政治大學台灣文學研究所博士論文，2017年）。藤本壽彥在上述論文中率先將西川滿與水蔭萍並置討論，並在文中略提及饒正太郎。陳允元進而將風車詩人、西川滿、饒正太郎並列為從事現代主義詩學的「台灣出身者」，並由此展開其論述。然而嚴格來說，西川滿、水蔭萍、饒正太郎三者不論在創作起迄時間、創作主要場域、文學社群、現代主義詩系譜等方面皆屬於不同脈絡，故此架構的沿用或尚有商榷空間。關於西川滿與水蔭萍的部分，詳見本書第七章；而關於饒正太郎的部分，詳見吳佩珍，〈台灣詩人饒正太郎與日本昭和時期現代詩運動〉，《福爾摩沙與扶桑的邂逅：日治時期台日文學與戲劇流變》（台北：國立臺灣大學出版中心，2022年），頁175-210。

[9] 陳允元、黃亞歷編，《日曜日式散步者：風車詩社及其時代（二冊）》（台北：行人文化，2019年）；黃亞歷、陳允元編，《共時的星叢：風車詩社與新精神的跨界域流動》（台北：原點出版，2020年）。

島內與日本乃至於世界的現代主義詩思潮如何以多元而錯綜的方式接軌。

本章所謂的「詩精神」與「新精神」概念，以日文片假名寫作「ポエジー」[10]和「エスプリ・ヌーボー」[11]，分別來自於法文的「poésie」和「esprit nouveau」[12]。這兩個詞在日本近現代詩史中，比起「現代主義」或「超現實主義」等概念更具有特定的時空脈絡。以下分別說明之：

（一）詩精神（ポエジー；poésie）

法文 poésie 一詞可以翻譯為詩、詩風、詩篇、詩情或詩魂[13]。筆者將之翻譯為「詩精神」，是根據日本在1920年代末期 poésie 一詞被轉譯為日文片假名「ポエジー」時的語境而來：1928年9月，被視為戰前日本現代主義詩代表的雜誌《詩與詩論》創刊，主編為春山行夫。創刊時成員包括北川冬彥、安西冬衛等11人；重要執筆者則有西脇順三郎、瀧口修造等人。在《詩與詩論》創刊號中，主編春山行夫將同年出版的《詩人年鑑》視為「舊詩壇」的代表，主張「打破舊詩壇無詩學的獨裁，揭示今日ポエジー的正當性」[14]，並以「ポエジ

---

10 因戰前日文表記不一，亦寫作「ポエジイ」。此處為了行文之便，統一表記為「ポエジー」。
11 亦寫作「レスプリ・ヌーボー」（l'esprit nouveau）。
12 法文中大多不會省略定冠詞，故正確應為l'esprit nouveau。不過目前看到當時的日文資料中，省略定冠詞的「エスプリ・ヌーボー」（esprit nouveau）反而比「レスプリ・ヌーボー」（l'esprit nouveau）更常使用。
13 「poésie」辭條，《小学館ロベール仏和大辞典》（來源：https://japanknowledge.com/lib/display/?lid=42200SRFJ67368000，最後查閱時間：2022年8月20日）。
14 原文：「われ／\が、いまこゝに舊詩壇の無詩學的獨裁を打破して、今日のポエジーを正當に示し得る機會を得たことは、何んといふ喜びであらう。」〈後記〉，《詩と詩論》第一冊（1928年9月），頁213。

一」為關鍵詞發展出一連串的詩論[15]。春山行夫在論述中明確區別「ポエジー」（poésie）與「ポエム」（poème）的概念，將前者看作一種精神活動，後者則指實際的作品[16]。例如在〈ポエジー是什麼〉（ポエジイとは何であるか）一文中探討「詩的精神與散文精神」時，春山明確寫道：「我將這個詩的精神稱之為ポエジー」[17]。而土屋聰在考察了所有春山行夫相關論述後，也認為春山行夫筆下的「ポエジー」一詞應理解為「詩的精神／詩的思考」之意[18]（同時並未完全捨棄法文 poésie 的多義性）。如此對於「ポエジー」一詞的理解亦反映在1930年代前半在台詩人的論述當中：保坂瀧雄將漢字「詩的精神」的注音假名標為「ポエジー」；本田茂光與水蔭萍所使用的片假名「ポエジー」或「詩精神」，皆可以看出是在同一脈絡之下的思考，容後詳述。

　　「ポエジー」既然作為一種抽象的「精神」，便不需拘泥於詩或韻文的型態。這不只使得「散文詩」成為可能，更使得小說、音樂、繪畫、雕刻、建築、舞蹈、戲劇、電影等藝術型態也能夠是裝載ポエジー的媒介[19]。而說起這種抽象的精神的實質內涵為何，《詩與詩論》

---

15 包括《詩與詩論》第一冊〈日本近代象徵主義の終焉〉（1928年9月）、《詩與詩論》第二冊〈三富朽葉小論〉與〈ポエジイとは何であるか―高速度詩論　その一―〉（1928年12月）、《詩與詩論》第三冊〈無詩学の批評的決算―高速度詩論　その二―〉（1929年3月）、《詩與詩論》第五冊〈ポエジイ論〉（1929年9月）等文章。

16 春山行夫，《詩の研究》（東京：厚生閣書店，1931年），頁38。

17 原文：「この詩的精神といふ意味をわたしはポエジイと呼ぶ。」春山行夫，〈ポエジイとは何であるか〉，《詩と詩論》第二冊（1928年12月），頁250。

18 土屋聡，〈春山行夫の詩的認識をめぐって（一）〉，《實踐國文學》第91期（2017年3月），頁104。

19 和田博文，〈都市モダニズム文化とポエジー〉，澤正宏、和田博文編《都市モダニズムの奔流：「詩と詩論」のレスプリ・ヌーボー》（東京：翰林書房，1996年），頁61。

的成員的看法並不統一,可以看到超現實主義、形式主義、新散文詩、電影詩、新即物主義等多樣面向[20]。由此可知,「ポエジー」也可以看作是新時代的詩學、詩法,重要的是必須與「舊詩壇」的「無詩學」拉開距離這一點。

(二)新精神(エスプリ・ヌーボー;esprit nouveau)

法文 esprit nouveau 一詞,日文一般以片假名表記為「エスプリ・ヌーボー」、或翻譯成漢字表記為「新精神」。1917年阿波利奈爾在演講中提出這個概念,並在1918的文章〈新精神與詩人們〉中說明:「新精神顯示出與前代的任何藝術、文學運動都有所不同的特徵,那是來自於驚異、以及由驚異所占據的重要的位置。就這一點來說,新精神與任何時代都無緣,只能是現代固有之物。」[21]此詞後來在日本近現代詩研究中一般被用來指稱雜誌《詩與詩論》周邊的現代主義詩活動[22]。

然而,根據土屋聰的考證,由於一戰時期雜誌流通不易、文章又沒有收入單行本,故當時在日本要接觸到阿波利奈爾〈新精神與詩人們〉一文是很困難的,只能透過間接的介紹,或者其他翻譯文章中的間接引用[23]。再者,根據杉浦靜的考證,「新精神」一詞在《詩與詩論》與其同時期的雜誌中其實極少出現過。而是在「新精神」風潮走

---

20 和田博文,〈都市モダニズム文化とポエジー〉,澤正宏、和田博文編《都市モダニズムの奔流:「詩と詩論」のレスプリ・ヌーボー》,頁59。
21 轉引自土屋聡,〈新精神という概念をめぐって〉,《實踐國文學》第88期(2015年10月),頁82。該段敘述出自《アポリネール全集》(東京:紀伊國屋書店,1980年),翻譯者為若林真,此處筆者由日文翻譯為中文,為二次翻譯。
22 最具代表性的研究結集,為澤正宏、和田博文編《都市モダニズムの奔流:「詩と詩論」のレスプリ・ヌーボー》一書。
23 土屋聡,〈新精神という概念をめぐって〉,頁72-99。

向終結的1934-1936年左右，以百田宗治為代表，「在回顧、總括以《詩與詩論》為代表的所謂『季刊的詩人』，亦即20年代後半到30年代普羅文學以外的現代主義詩的活動時，作為總稱來使用新精神（エスプリ・ヌーボー）這個詞彙」[24]。上述考證可歸納為以下三點：一、戰前日本所介紹的「新精神」是經過各種間接轉譯，而非直接來自阿波利奈爾的原意；二、《詩與詩論》的成員從未以「新精神」一詞來主張自己的詩歌活動，這個指稱是後人回顧時所賦予的；三、與指涉範圍更大的「現代主義」一詞不同，「新精神」經常限定在1928-1934年左右《詩與詩論》周邊的詩歌活動。

由此可知，在台灣出現的「新精神」相關概念，其思想接受的來源以及背後的實指，還須要一一對照檢證。再者，在台灣現代主義詩人「新精神」的論述中，確實可以看到「回顧、總括」的性質。例如1930年的《風景》中尚無法看到「新精神」一詞的出現，但在1934年以後《茉莉》和《風車》便開始出現總括式的「新精神」用法。最具代表性者為水蔭萍1936年帶有回顧性質的文章〈新精神與詩精神〉[25]。最後，運用「新精神」一詞，也代表本章所考察的範圍將限縮在1930年代前半與《詩與詩論》周邊相關的日本現代主義詩活動與台灣的連結。其後的現代主義詩系譜則須留待日後的考察。

接下來，本章將依照創刊時序分述《風景》、《茉莉》和《風車》

---

[24] 杉浦靜，〈レスプリ・ヌーボーの展開〉，杉浦靜編，《コレクション・都市モダニズム詩誌第10卷レスプリ・ヌーボーの展開》（東京：ゆまに書房，2010年），頁757。

[25] 原文標題為「エスプリ・ヌボオと詩精神」，收錄於《紙魚》（台南：河童書房，1985年）。該文文末標記為「一九三六年五月」，但開頭處提到「筆者過去（一九二八～一九四七）」，故《水蔭萍作品集》編者有註：「究係一九三六年原作，抑戰後修改或誤植，闕疑待考。」楊熾昌著，葉笛譯，呂興昌編，《水蔭萍作品集》（台南：台南市立文化中心，1995年），頁175。

三種雜誌中所展現的「詩精神」與「新精神」。

二、最初引入台灣的「詩精神」：保坂瀧雄與《風景》

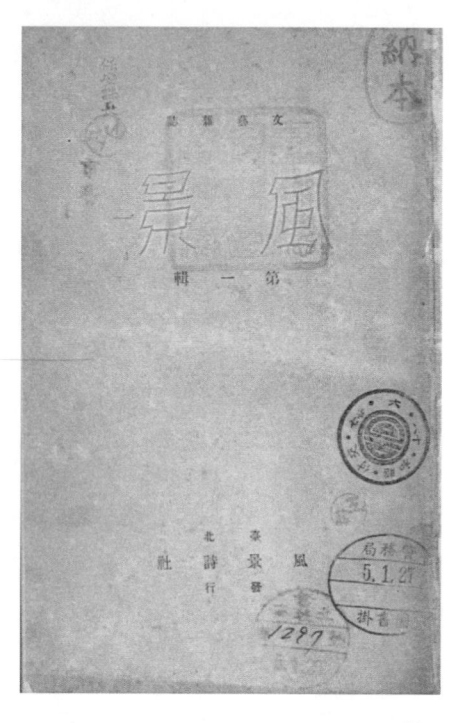

圖6-1　《風景》第一期封面[26]

　　《風景》於1930年1月創刊，至1930年6月共出版三期。是兼刊詩、評論、歌謠、短歌、隨筆、小說、劇本的文藝雜誌。由台北「風景詩社」發行，主編為瀧坂陽之助（本名保坂瀧雄，1907-?）。在創刊號的後記中，保坂瀧雄提到：「作者對於其題材和其內容、應該是抱有充分的自信才來投稿的，但是沒有詩精神（ポエジー）的作品一

26　資料來源：國立臺灣圖書館。

律不予採用。請別見怪──」²⁷這裡明確提出了「詩精神」的概念。從文脈以及雜誌兼容各種文類的作風來看,確實是春山行夫脈絡的「詩精神」之意。在第二期的專欄「詩外線」中,保坂瀧雄更明確地提及了其概念的來源:

> 《詩與詩論》的功績要歸功於春山行夫。不過,春山也是最辛辣的毒舌家。
> 竹中久七則是投身於《Rien》。這兩個人處在平行的相異的線之上。《詩與詩論》和《Rien》要互相敵視到什麼時候呢?
> 台灣的詩人多半已受到散文精神過度的毒害。被接受自然主義的壞影響的散文精神──。沒有詩精神(ポエジー)的詩人應該去寫通俗的中篇或長篇小說。從沒有詩的作家的文學作品中,只讓人感受到技巧的氣味。²⁸

這段引文透露了相當豐富的訊息。首先是保坂瀧雄對《詩與詩論》與春山行夫的理論接受。如同前述,春山行夫此時最引人注目的便是在《詩與詩論》所發表的一連串詩精神論。春山行夫認為自然主義文學時代的詩是極度缺乏詩精神、缺乏文學價值的,如頹廢主義、感傷

---

27 原文:「作者はその題材、その內容に對して、充分な自信を持つて投稿されたことではあらうが、ポエジーのない作品は一切採らなかつた。不惡──。」瀧雄,〈編輯後記〉,《風景》第1輯(1930年1月),頁47。
28 原文:「詩と詩論の功蹟は春山行夫に負ふ處が多い。が然し、春山氏は最も辛辣な毒舌家である。竹中久七はリアンによつて浮身をやつし、この兩氏は平行の異つた線の上にゐる。そして詩と詩論とリアンとは何時まで睨み合つてる氣だ。臺灣の詩人はその大半、あまりにも散文精神に毒され過ぎてゐる。自然主義の惡影響を受けた散文精神に──。詩的精神を持たない詩人は通俗のヌベルや、ロマンに行く可きである。詩を持たない作家の文學作品からは、只技巧の匂ひが感じられるだけだ。」陽之助,〈詩外線〉,《風景》第2輯(1930年3月),頁39。

派、民眾詩派、人生派的詩皆為此自然主義文學時代下的產物[29]。由此可知，保坂瀧雄所稱「接受自然主義的壞影響的散文精神」的「台灣的詩人」，便是指春山行夫認為缺乏「詩精神」的那些詩派——在這裡，其實指的是台灣以《南溟樂園》為中心的詩派，容後詳述。

第二個值得注意的是這段引文中提及的《詩與詩論》和《Rien》兩詩刊的對立關係。《Rien》（日文寫作「リアン」[30]）是在《詩與詩論》創刊隔年的1929年創刊，由竹中久七主導。第十期以前都致力於超現實主義與普羅・寫實主義的結合，第十一期之後朝以馬克思主義為基礎的普羅藝術論傾斜，第十四期開始非法出版，第十七期遭到查禁[31]。在日本現代主義詩系譜中，《Rien》是最早提出將超現實主義與馬克思主義結合的問題的詩刊，持續批判《詩與詩論》的現代主義並與之對立[32]。由前文可見，保坂瀧雄對於兩份詩刊的對立頗感遺憾，可知他對兩者主張的詩學各有欣賞之處。

保坂瀧雄為何會對於《詩與詩論》和《Rien》有所認識，有幾條線索可供追查。首先，根據白春燕的研究，從小在台灣長大的保坂瀧雄曾於1928至1929年前往東京遊歷[33]。而1928年正是全日本無產藝術聯盟（納普）機關誌《戰旗》和《詩與詩論》兩個雜誌創刊的年份。此時前往東京的保坂瀧雄可以說是躬逢普羅文學與現代主義文學的盛

---

29 春山行夫，〈無詩学の批評的決算〉，《詩と詩論》第三冊（1929年3月），頁240。
30 法文「無題、空無」之意，是以阿部金剛的同名繪畫《Rien》為靈感。澤正宏，〈『リアン』〉，澤正宏、和田博文編，《日本のシュールレアリスム》（京都：世界思想社，1995年），頁62。
31 澤正宏，〈『リアン』〉，澤正宏、和田博文編，《日本のシュールレアリスム》，頁62-63。
32 澤正宏，〈超現実主義の水脈〉，澤正宏、和田博文編，《日本のシュールレアリスム》，頁9。
33 白春燕，〈文學跨域：日治時期在台日本人作家保坂瀧雄研究〉，《文史台灣學報》第14期（2020年10月），頁15。

況。其次，白春燕考察保坂瀧雄1931年創刊的《詩歌陣》，認為其邀稿的日本詩人「幾乎全是日本民眾詩派及其周邊的詩人」[34]。然而，其中有許多詩人來自佐藤惣之助主導的詩刊《詩之家》，筆者認為將其皆視為民眾詩派不一定準確。例如上述創刊超現實主義詩刊《Rien》的竹中久七、潮田武雄、久保田彥保、渡邊修三等人皆為《詩之家》成員。追根究柢，保坂瀧雄在東京所接觸的詩人，與其說是透過民眾詩派，不如說皆是透過「台灣」連結起來的。由台北的舊識林靜夫所介紹的福田正夫，過去即評論過在台日人後藤大治的詩集。佐藤惣之助亦曾來過台灣，其主導的《詩之家》可以說是1920年代與台灣關係特別親近的一份詩刊[35]。後藤大治曾在《詩之家》上評論竹中久七的詩集[36]，而保坂瀧雄則參加過後藤大治在台灣創辦的《臺灣詩集》[37]。——保坂瀧雄會對於《詩之家》成員主導的《Rien》、以及《Rien》的競爭對手《詩與詩論》有所認識，一方面可能是他剛好在1928至1929年這個最關鍵的時期來到東京，另一方面也可能是《詩之家》與台灣早有淵源之故吧。

　　《風景》自稱「不標榜任何主張」、「同人各擁各自的色彩蒞臨本島文藝界」[38]。此說法也很類似《詩之家》所主張的「一人一黨主義」[39]。《風景》當中可以看到像林靜夫〈資本家呀、控制你們的驕傲

34　白春燕，〈文學跨域：日治時期在台日本人作家保坂瀧雄研究〉，頁21。
35　詳見本書第二章。
36　後藤大治，〈端艇詩集批評〉，《詩之家》2卷13號（1926年9月），頁23-24。
37　後藤大治編，《臺灣詩集第一輯》（出版地不詳，1927年）。
38　原文：「『風景』は旗印も何もない」；「同人各自の色彩を以つて、本島文藝界に臨む所以である。」虹二，〈編輯後記〉，《風景》第1輯（1930年1月），頁47。
39　藤田三郎，〈終章　佐藤惣之助の詩史的評價—〈詩之家〉小史より觀る—〉，《佐藤惣之助——詩とその展開——》（長野：木菟書館，1983年），頁377-378。

吧〉、島虹二〈給貧民街孩子們的詩〉這樣的普羅詩[40]，而保坂瀧雄在第二期則發表了如下的作品：

保坂瀧雄「失題」	保坂瀧雄〈失題〉
胃腸加答兒	腸胃黏膜炎
空氣洗滌	洗滌空氣
よく晴れた日の午後など	很晴朗的午後之類的
療　法　公園の天井を洋杖で	療　法　一邊用拐杖戳刺公園的
つゝきながら	天花板
おもひきりの高笑ひを	一邊痛快地放聲大笑
やるんです[41]	

同樣是將事物做非邏輯性的結合，這首詩和運用夢或無意識的超現實主義詩手法截然不同。其運用的方法是將客觀的醫學名詞與作為療法的一連串動作相互結合，接近竹中久七「科學的超現實主義」的實踐。《Rien》的主導者竹中久七反對布列東一派用夢、無意識所發展的超現實主義，認為那是「空想的超現實主義」、「離開現實的游離」，而提倡結合超現實主義和普羅的唯物辯證法，以客觀方法創造嶄新現實的「科學的超現實主義」[42]。例如受其影響與肯定的畫家古賀春江的名畫〈海〉中，即可看到潛水艇的內部構造、工廠的機械、

---

40 林靜夫，〈資本家よ誇りを制せよ〉，《風景》第1輯（1930年1月），頁23。島虹二，〈貧民街の兒等に與ふる詩〉，《風景》第2輯（1930年3月），頁23。
41 保坂瀧雄，〈失題〉，《風景》第2輯（1930年3月），頁22。
42 竹中久七，〈超現実主義とプロレタリヤ文学の関係〉，《詩と詩論》第八冊（1930年6月），頁267-272。須注意這裡的「超現實主義」雖然具有超現實主義的名稱，但已經是遠離西歐脈絡的、日本獨特的超現實主義理解。

飛行船等科學性的描繪與不符合遠近法的畫面安排[43]。而保坂瀧雄的這首〈失題〉，模仿病歷表寫下主訴「腸胃黏膜炎」和「洗滌空氣」，接著煞有介事地開出「療法」：「很晴朗的午後之類的／一邊用拐杖戳刺公園的天花板／一邊痛快地放聲大笑」，同樣也是透過科學性的編排方式表現出不合邏輯的情境。而這首詩的題目〈失題〉與《Rien》的刊名、阿部金剛的油畫同義，或許並非純粹的巧合。一如《Rien》這幅畫在天空上開出一個令人費解的白色大洞，造成各種解釋上的分歧[44]，〈失題〉先透過「腸胃黏膜炎」與「洗滌空氣」缺乏關聯的並置，再透過「療法」帶出「戳刺公園的天花板」與「放聲大笑」等荒謬的指示，造成了意義的跳接。春山行夫在他的詩精神論當中，認為「透過寫無意義的詩，能夠實驗詩精神（ポエジー）的純粹」[45]。就〈失題〉這首詩來說，其「詩精神」就在於他創新的形式與不以意義傳達為導向的內容。

《風景》的同人們不論是基於普羅文學或超現實主義的立場，皆可以看見他們有一共同的敵人，即此時「占了台灣詩壇相當重要的地位」的《南溟樂園》[46]。《南溟樂園》於1929年由多田利郎創刊，一時網羅了包括台日詩人在內的許多詩人[47]。在《風景》的「詩外線」專欄中，保坂瀧雄說：「我們對多田南溟的工作即便是有著一抹尊敬，

---

43 圖版參見：古賀春江，〈海〉，「文化遺產オンライン」（來源：https://bunka.nii.ac.jp/heritages/detail/62625，最後查閱時間：2021年5月2日）。

44 圖版參見：阿部金剛，〈Rien No.1〉，「福岡縣立美術館」（來源：https://fukuoka-kenbi.jp/reading/2014/0627_3021/，最後查閱時間：2021年5月2日）。

45 原文：「意味のない詩を書くことによつてポエジィの純粹は實驗される。」春山行夫，〈ポエジイ論〉，《詩と詩論》第五冊（1929年9月），頁23。

46 原文：「臺灣詩壇の一角に重きをなしてゐた。」裏川大無，〈臺灣雜誌興亡史（二）〉，《臺灣時報》（1935年3月），頁104。

47 周華斌，〈南溟樂園社、南溟藝園社拼圖的一角——探討該社的臺灣人同人及其時代意義〉，《臺灣文學史料集刊》第7輯（2017年8月），頁150-151。

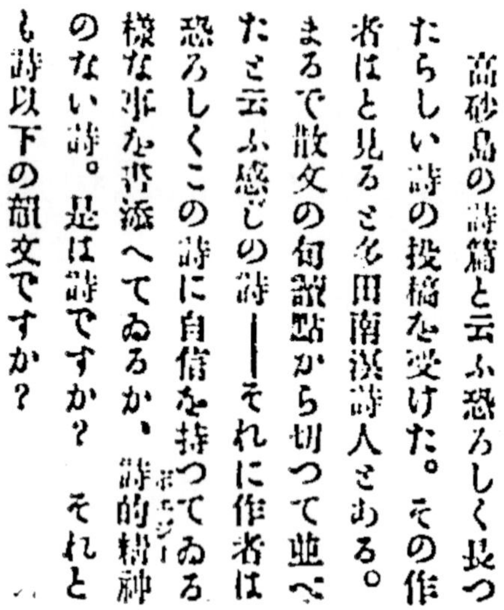

但是用缺乏詩精神的詩作補白的《南溟樂園》或中山侑的《紅色中國服》，對我們來說除了作為古董以外什麼價值都沒有」[48]；島虹二也感嘆：「被現實的文藝熱魘住的我們台灣詩人們，是多麼缺乏關心、缺乏思慮啊！試著看看《無軌道時代》！看看《醜草》！看看《南溟樂園》！多麼不知所云的體臭——」[49]；未署名的編者之一則道：「我們收到題為『高砂島的詩篇』的長得不得了的詩投稿。一看作者的名字是多田南溟詩人。感覺完全是把散文的句讀點處斷開再加以排列的詩——而且作者還補充寫上了對這樣的詩懷抱著自信的事，是沒有詩的精神（ポエジー）的詩。這算是詩嗎？還是比詩拙劣的韻文？」[51]

圖6-2　《風景》第二期〈詩外線〉專欄內文[50]

48　原文：「我々は多田南溟の仕事に對しては一沫の尊敬をしてもよいが、併し詩的精神の缺けた詩品を以て埋めた南溟樂園や中山侑の赤い支那服には、吾々は骨董品としてより外、何等の價值も認め得ない。」瀧雄，〈詩外線〉，《風景》第2輯（1930年3月），頁39。這裡提到的《紅色中國服》雜誌現已不存。

49　原文：「而して、現實の文藝熱にうなされて、我が臺灣詩人達は亦、何んと無關心で、無思慮であることか——。試に無軌道時代を見よ！醜草を見よ！南溟樂園を見よ！その體臭の何と得體の知られざるかを——。」虹二，〈詩外線〉，《風景》第2輯（1930年3月），頁40。《醜草》雜誌現已不存。

50　資料來源：國立臺灣圖書館館藏。

51　原文：「高砂島の詩篇と云ふ恐ろしく長つたらしい詩の投稿を受けた。その作者はと見ると多田南溟詩人とある。まるで散文の句讀點から切つて並べたと云ふ感

可見，成員們對多田利郎主編的《南溟樂園》的敵意可以說是有志一同，並且使用「詩精神」（ポエジー）的概念來指謫其欠缺詩學。事實上，《風景》的風格雜蕪，也鮮少刊登如〈失題〉這樣運用新時代的表現手法的詩作。他們不願意接受多田利郎的來稿，卻可以刊登春山行夫口中「舊詩壇」的北原白秋、福田正夫的作品。由此可見，比起貫徹「詩精神」的概念，他們批判當時蔚為主流的《南溟樂園》的理由更偏向是為了取得台灣詩壇中「新」的位置。

三、大連詩壇與台灣的接點：本田茂光與《茉莉》

與《風景》不同，《茉莉》是風格鮮明的純詩刊。《茉莉》於1932年1月創刊，至1943年1月發行至第20期。發行所為台中「茉莉社」，編輯兼發行人為本田茂光（1911-1994，後改筆名為本田晴光）。如此在台灣發行長達12年的詩刊一直以來受到忽視，或因第10期之前的內容過去尚未被發掘、又或因該刊的存在本身便未受注意之故。此次透過筆者調查提出的創刊號以降的內容[52]，應可確認其在戰前台灣現代

じの詩──それに作者は恐ろしくこの詩に自信を持つてゐる樣な事書添へてゐるか、詩的精神のない詩。是は詩ですか？それとも詩以下の韻文ですか？」〈詩外線〉，《風景》第2輯（1930年3月），頁40。

52 過去較容易得見的《茉莉》期數，為臺灣圖書館典藏並數位化於「日治時期期刊影像系統」的第10、11、12、13、14、17期，以及典藏於臺灣大學圖書館「楊雲萍文庫」的第19、20期。筆者在閱覽財團法人半線文教基金會委託國史館臺灣文獻館數位化的第1、4期之後，得知財團法人半線文教基金會尚藏有尚未數位化的第8、15、18期並得以見之。另外，筆者又於臺灣文學館得見新入藏的第9期。截至本章以博士論文通過的2022年為止，筆者尚未搜尋到的期數為第2、3、5、6、7、16期。其後，清大台文所博士班蕭亦翔同學透過多方調查，將《茉莉》雜誌20期全數收集完成。其完整考察成果彌補了本章的許多疏漏，參見：蕭亦翔，〈綻放於帝國南方的茉莉──本田晴光與詩誌《茉莉》〉，《臺灣文學史料集刊》第11輯（2023年12月），頁75-133。

主義詩系譜中所具有的一席之地。

　　從《茉莉》的創刊號便可以觀察到許多與日本現代主義詩運動連動的跡象。首先是創刊號的封面。在刊名「茉莉」的底下，寫著法文「poésie」，期數「1」之上也寫著法文「numéro」。在封面上標示法文是日本現代主義雜誌常見的現象，如1930年紀伊國屋版的《レスプリ・ヌウボオ》明明未在巴黎販售，卻在封面上標示「5Francs」，顯示其作為與世界性的、與法國發信的「新精神」相互連結的姿態[53]。《風車》也可看到同樣的操作。再者，在創刊號的目次中，可以看到幾個重要的名字：安西冬衛、菱山修三、瀧口武士、渡邊修三等。這些都是與《詩與詩論》關係匪淺的詩人：安西冬衛和瀧口武士為《詩與詩論》的創刊成員；菱山修三和瀧口武士是後來不滿《詩與詩論》中春山行夫的作風而另外創刊《詩・現實》的成員；渡邊修三則為上一節所述《Rien》的同人。

　　誠如周知，大連詩壇的安西冬衛、北川冬彥、瀧口武士等人是日本現代主義詩運動的前鋒。他們在1924-1927年創辦了詩刊《亞》，以短詩對抗散漫冗長的民眾詩派的作品[54]。1928年，《亞》的成員加入《詩與詩論》的創刊，北川冬彥在《詩與詩論》宣告：「『短詩運動』的槍已被投出。這是為了攻擊民眾詩的冗漫與雜蕪，倡導詩的純化與緊密化」；「短詩運動是將來的『新散文詩運動』的試驗管」；「真正朝向自由詩的道路是什麼呢？就是『朝向新散文詩的道路』。」[55]以此作

---

53 內堀弘，〈レスプリ・ヌーボーの展開〉，現代詩誌総覧編集委員会編，《現代詩誌総覧4　レスプリ・ヌーボーの展開》（東京：日外アソシエーツ，1997年），頁vii。感謝《台灣文學學報》匿名審查老師告知，《レスプリ・ヌウボオ》並非所有期數都有在封面上標示「5Francs」，有標示的期數為第3、4、5、6期。

54 詳參小泉京美，〈短詩運動〉，《コレクション・都市モダニズム詩誌第1卷短詩運動》（東京：ゆまに書房，2009年），頁757-771。

55 原文：『短詩運動』の槍が投げられたのである。これは、民眾詩の冗漫と蕪雜とを攻擊して、詩の純化と緊密化を唱へた」；「短詩運動は、來るべき『新散文詩運

為「短詩運動」轉換為「新散文詩運動」的宣言。藤本壽彥指出，《詩與詩論》中北川冬彥的「新散文詩運動」和春山行夫的「詩精神論」是相互補完的。對於北川冬彥和春山行夫兩人來說，「新散文詩」並非是單單為了現代詩所準備的概念，而是橫貫不同文類的現代文學整體的革新計畫[56]。因此，重要的並非分行的形式，而是具有「詩精神」與否。不只北川冬彥，安西冬衛和瀧口武士也在該刊創作短詩與散文詩。其中最為人所知的該屬創作出短詩〈春〉（一隻蝴蝶飛過韃靼海峽）以及散文詩〈軍艦茉莉〉的安西冬衛。如此具有代表性的安西冬衛，其詩作便刊登在《茉莉》創刊號的第一頁。在《茉莉》創刊號的後記中，編者本田茂光如此寫道：

> 我在胸口裝飾著茉莉的白色花束向各位問好。
> 我盼望著支那大陸的冬天將風帶來南方天空的寒冷之日的到來。如同跨越那海峽的戎克船一般。
> 準備踏上旅途的茉莉，終於要遍訪未知的領土與未知的國度。
> 沿著各位途經的航路。……[57]

動』の試驗管であつた」；「眞の自由詩への道とは何であるか。〈新散文詩への道〉がこれである。」北川冬彥，〈新散文詩への道〉，《詩と詩論》第三冊（1929年3月），頁258。
56 不過，1929年後半，兩人開始對立，北川冬彥脫離《詩與詩論》另外創辦《詩・現實》。詳參藤本壽彥，〈新散文詩運動〉，藤本壽彥編，《コレクション・都市モダニズム詩誌第5卷新散文詩運動》（東京：ゆまに書房，2011年），頁656-658。
57 原文：「マツリの白き花束を胸にかざつて御挨拶をいたします。南の空に支那大陸の冬の日が風をもたうす寒い日がくることが希つております。あの海狹をこえてくる戎克のやうに。旅仕度に臨まされてるたマツリがいよいよ未知の領土と未知の國を歷訪することになりました。みなさまがたの廻い航蹤をつたつて。……」原文中的「もたうす」應為「もたらす」的誤植，「海狹」應為「海峽」的誤植，「廻い航蹤」可能為「廻り航路」的誤植。〈マツリ抄〉，《茉莉》創刊號（1932年1月），無頁碼。

由此，很難不聯想到《茉莉》的刊名靈感即是來自於安西冬衛的散文詩〈軍艦茉莉〉中，那艘停泊在北支那的名為「茉莉」的軍艦。對位在「南方」的本田茂光來說，「茉莉」可說是作為一種象徵——如船艦一般，從「支那大陸」（大連詩壇）將短詩與新散文詩等各種新的創作傾向帶來「未知的領土與未知的國度」（殖民地台灣）的象徵。在這當中隱約可以看出一道由殖民者望向「未開」殖民地的目光。不過，安西冬衛含有侵略意味的「軍艦」一詞，在本田茂光筆下被置換成商貿用的「戎克船」。

《茉莉》的編輯兼發行人本田茂光過去是情報多有不明的人物[58]。根據筆者的調查，目前可確認情報如下：本田茂光（1911-1994），生於福岡縣北川內村[59]，1913年隨父母來台[60]。1931至1944年在台中擔任公學校教師，歷任於霧峰公學校、大興公學校、管嶼厝國民學校、水底寮國民學校等[61]。1932年於台中創辦詩刊《茉莉》。1939年開始使用筆名「本田晴光」，此後以筆名行。1946年返日，居於熊本縣。戰後在

---

[58] 目前關於本田茂光的情報僅有中島利郎所撰寫的辭條：「本田晴光（生沒年不詳）。熊本縣出身。筆名為本田茂光。以台中州大屯郡的霧峰公學校為始，在台中州的公學校工作。主導詩刊《茉莉》，該刊主要以『內地』詩人們為寄稿者，如竹內てるよ、高祖保、岡崎清一郎、杉本駿彥等名詩人皆有寄稿。《茉莉》的創刊及停刊時間不明，確認1943年1月為止發行至第20號。」上述辭條中有若干需要修正的錯誤，辨明如下：一、本田晴光為筆名、本田茂光才是本名。二、本田茂光應為福岡縣出身。三、《茉莉》的寄稿者中「外地」詩人亦占了很大部分。參見中島利郎，《日本統治期台灣文學小事典》（東京：綠蔭書房，2005年），頁95。

[59] 本田晴光，《沉默》（長崎：紀元書房，1975年），版權頁。台灣總督府職員錄中雖皆記載本田茂光出身為「熊本」，但戰後本田所出版的詩集版權頁的著者略歷上皆載明其出生於福岡縣，故此處以最新資料為主。

[60] 本田晴光，《一九八七年・秋》（熊本：もぐら書房，1993年），版權頁。

[61] 中央研究院臺灣史研究所，「臺灣總督府職員錄系統」（來源：https://who.ith.sinica.edu.tw/search2result.html?h=FjmJ9Uy41KW1SO7V%2BJit3GQgm%2FHpgq4pNsKPQC40mAOlG8EalNNYwJaUjTbBMz55，最後查閱時間：2021年5月10日）。

第六章　日治台灣的「詩精神」與「新精神」：
　　　　以《風景》、《茉莉》與《風車》為例　❖ 285

日本出版有《沉默》、《時刻表》、《有刺鉄線》、《夜のバイエル》、《飛礫》、《遠い跫音》、《赤い裳裾》、《川の流れる町》、《ひとつの「刻」を読む者》、《石に刻む日々》、《一九八七年・秋》等詩集。本田茂光晚年受訪時，仍津津樂道地提起其曾在安西冬衛的大連住處叨擾一週的往事，並回憶道：「第一次讀到『一隻蝴蝶飛過韃靼海峽』時，知道這首詩是失去一隻腳的詩人的作品，對於如此飽滿的詩人之心感到震懾不已。」[62] 由此可知本田茂光對於安西冬衛的詩學的懾服。

不只安西冬衛，從本書附錄五的執筆名單，可以看到《茉莉》刊登了不少大連詩壇以及《詩與詩論》執筆者的來稿。如安西冬衛、瀧口武士、安達義信、落合郁郎、小杉茂樹、島崎恭爾等皆是在大連創辦詩刊、活躍於大連詩壇的日本詩人[63]；而笹澤美明、丸山薰、渡邊修三、菱山修三、岡崎清一郎、龜山勝、乾直惠、田中克己、山村酉之助、村野四郎、竹內隆二等皆為《詩與詩論》的執筆者[64]。值得一提的是，1934年的《茉莉》第9期刊登了《新大連派》第一號的廣告[65]，創刊者為小杉茂樹，執筆者與《茉莉》多有重疊。由此可以再次確認《茉莉》與大連詩壇之間的密切關係。而同期的另一份《手紙》詩刊的廣告，則提到「這是同葡萄葉一般新鮮的雜誌。您願意愛護新精神

---

62 原文：「はじめて"てふてふが韃靼海峽を渡って行った"を読んだとき、この詩が片脚のない方の詩だと知って、こめられている詩人の心にぞっとしました」。やまぐち・けい，〈本田晴光考Ⅲ〉，《青い花》第24期（1996年7月），頁88。
63 對照在滿洲發行的各種詩刊執筆名單。參考現代詩誌総覽編集委員会編，《現代詩誌総覽2　革命意識の系譜》（東京：日外アソシエーツ，1997年2月），頁（付）9-134。
64 對照《詩與詩論》和其後繼雜誌《文學》的總目次。參考《近代詩誌復刻叢刊詩と詩論・文学全20冊》之「附別冊総目次」。（東京：教育出版センター，1979年）。
65 此廣告所刊載的目次相當具有史料價值，因目前《新大連派》在日本僅存第三期。現代詩誌総覽編集委員会編，《現代詩誌総覽2　革命意識の系譜》（東京：日外アソシエーツ，1997年），頁（付）129-130。

的詩（ヱスプリヌウボウのポヱジイ）、散文與素描嗎？」由此可知，1934年的讀者對「新精神」必然已有一定程度的認識，方可以透過標榜這個詞彙來喚起他們對於與《詩與詩論》群體風格的印象，以達到廣告的效果。而從這裡也可以看到《茉莉》與「新精神」群體的歸屬感與親近感。

1936年，本田茂光前往大連，期望能進入南滿洲鐵道株式會社（簡稱滿鐵）工作。抵達長久嚮往的大連，本田茂光在車站前驚訝於這座現代都市的美麗。時髦的冰菓店、藍紅相間的磚瓦之美、滿鐵總裁的官邸就像城堡一般豪華。本田茂光雖打算從此落腳大連，但最後沒能進入滿鐵就職，僅僅待了八個月便回到台灣[66]。在這之後，《茉莉》雖少再刊登大連詩人的作品，但本田茂光直到1940-1942年亦仍有在大連發行的《二〇三高地》、《滿洲詩人》等詩刊發表作品[67]。

不只是人際的連結以及對於大連的情感嚮往，《茉莉》的來稿以及本田茂光自身的詩作也與大連詩壇以及《詩與詩論》的詩學呼應。單從創刊號所收錄的詩作中便可以看到各種詩形式的實驗：安西冬衛〈刑〉和瀧口武士〈夏〉為短詩、菱山修三〈極北之人〉和本田茂光〈逃亡〉為散文詩、河口速〈非常建築〉、大森泰二郎〈紅木〉與渡邊修三〈庭院之中〉為超現實主義風格的詩、高木真弓〈蝸牛〉則是近似於電影腳本的電影詩。這些皆是《詩與詩論》可以看到的新的表現手法，換言之皆是具有「詩精神」的作品。再者，本田茂光在撰寫評論的時候，也運用了「詩精神」與「新精神」的概念。如評論杉本駿彥的詩集《EUROPE》時，他便提到「在這個龐大的文學經營之下，我感覺還有更強而有力地拍動翅膀的詩精神那樣的東西」；「從這

---

66 やまぐち・けい，〈本田晴光考III〉，《青い花》第24期（1996年7月），頁87-88。
67 現代詩誌総覧編集委員会編，《現代詩誌総覧2　革命意識の系譜》，頁（付）92-93、頁（付）115。

時開始,他便有著朝向新精神開展的企圖了不是嗎?」[68]。可以看到其對服膺新詩代的詩學的肯定。另一方面,本田茂光自身的創作,則多是散文詩的形式:

> 冬天的陽光黑暗而遙遠地,在我毀壞的器官中發出冰冷的聲音後摔落。尤其是在那棵柊樹結寒霜的早晨,我皮膚的藍色血脈中,綿長的波濤掀起後便停住了。……嘈雜的風聲在疏林的樹梢之中高揚、在季節面前慌忙地迴響。為什麼我的慣性會丟下我而朝著遙遠的實體的影子飛奔而去呢?我探尋著。[69]

從這首詩可以看到本田茂光與前述的保坂瀧雄不同,並不是追求春山行夫所謂「無意義的詩」。1930年,北川冬彥與瀧口武士等人不滿《詩與詩論》的形式主義與超現實主義,另外創辦《詩‧現實》。北川冬彥反對春山「無意義的詩」,認為詩不能不面對現實。因而有像〈毀壞的鐵道〉這樣取材自滿洲鐵路、具有批判日本軍國主義的「意義」、透過重新構成肉眼所見的「現實」的散文詩[70]。從上面的〈曇冬〉這首詩,可以看到本田茂光如北川冬衛一樣,運用類似蒙太奇的

---

[68] 原文:「この大きな文學的營為の下に、尚更力強く羽搏く詩精神そのものを感じる」;「此處から氏の新精神への開展が企てられていつたのではないか。」本田茂光〈青夜的山脈〉,《茉莉》第11輯(1935年7月),頁24。二詞皆是以漢字表記。

[69] 原文:「冬の日射しは暗くとほく、私の毀れた器管の中を冷たい音をたててころげてゆく。わけてもあのひいらぎの寒い霜の晨、私の皮膚は青い血脉にながい波を打つて止つてしまふのに。……疎林の梢に高い風音は騷ぎ、いそがしく季節の前に鳴り涉つてゐるのだが。なぜ私の慣習は私を置いて遙かな實體の影に向つて馳け抜けてゆくのだらうか。私は尋ねる。」原文「器管」應為「器官」之誤植。本田茂光,〈曇冬〉(節錄),《茉莉》第9輯(1934年4月),無頁碼。

[70] 和田博文〈都市モダニズム文化とポエジー〉,澤正宏、和田博文編《都市モダニズムの奔流:「詩と詩論」のレスプリ・ヌーボー》(東京:翰林書房,1996年),頁59-60。

電影手法來構成詩句。敘述者的視線／鏡頭在「冰冷的自然景象」和「毀壞而朝向死亡的我的身體」兩者來回移動。同時聽覺也被自然的嘈雜所干擾著。像是被置於被決定、無可奈何的情境當中的敘述者，在最後一句跳脫了外在情境，開始自忖：「為什麼我的慣性會丟下我而朝著遙遠的實體的影子飛奔而去呢？」可以說是敘述者從前面內外分離的焦慮情景中，總結出的一句詰問。本田茂光的詩經常呈現如這首詩一般凜冽而孤寂的情調，建構身處寒冷的自然環境中宛如惡夢的心象風景，幾乎成為其執拗的主題。

　　本田茂光如此執著於「北方」、「冬天」、「寒冷」的心象建構，在某方面來說是相當特殊的。作為《茉莉》中唯一一位身在殖民地台灣的詩人，本田茂光的詩卻幾乎無法找到對於台灣風土的描寫，這在我們過往所知的在台日本詩人當中並不常見。不論是1920年代的後藤大治《倚著亞字欄》，還是1930年代的西川滿《媽祖祭》，想要向「內地」展現自己的特殊性的日本詩人幾乎不可能不在詩中針對南方的炎熱氣候、熱帶的動植物、台灣的風俗祭典等題材大作文章。唯獨本田茂光固守著他的北方的寒冷與荒涼意象。1936年，旅居大連的本田自言：「四月。我離開這半生都無法親近的生活的羈絆，渡過了海峽。……到北方去！到北方去！我一邊思考著誘惑我的事物的模樣，一邊關閉我微不足道的半生的道路。」[71]可以想像，一心嚮往北方的本田茂光對於在台灣詩壇不論是居於主流的民眾詩與普羅詩、還是或以現實或以異國主義情調描寫的「南方的台灣」，都是深感疏離的[72]。

---

71 原文：「四月。私は半生の親しみ得なかつた生活の羈絆を離れて海を渡つた。……北方へ！北方へ！私を誘ふたものの姿を私は自らに思意しながら、かりそめの半生の道をとざした。」〈マツリ抄〉，《茉莉》第13輯（1936年9月），頁91。

72 雖然作品所呈現的樣貌如此，但中研院台史所藏有本田茂光寄送給楊雲萍的多封書信、明信片，從書信的內容可以看到兩人是在1941年3月的聚會當中認識，本田茂光在信中表達了對楊雲萍的人品之景仰，承諾寄送《茉莉》、並提到當天聚會中西川滿

與強調「現實」並且參與普羅文學組織的北川冬彥不同,本田茂光自始自終都沒有面向殖民地台灣的「現實」。其主導的《茉莉》因此成為台灣詩壇的一株異色花朵,大東亞帝國中以一種「外地」(台灣)在想像另一種「外地」(大連)的特殊存在。

四、本島詩人的「詩精神」與「新精神」:水蔭萍、利野蒼與《風車》

與前述兩種由在台日人主導的雜誌不同,《風車》是目前唯一可見由台灣本島詩人主導的現代主義文藝雜誌。《風車》創刊於1933年10月,至1934年12月發行了四期[73]。目前能確認內容的只有1934年3月發行的第三期,且該誌未設有版權頁。從第三期封面的刊名「Le

---

也有同席一事,可知本田與當時台灣詩壇、不論日人或台人事實上仍有交誼。(〈本田晴光所寄之明信片(1941-1942)〉,《楊雲萍文書》,中央研究院臺灣史研究所檔案館數位典藏(識別號:YP01_02_037))另外,本田茂光雖身在台灣,但相當積極地與日本內地的文藝家書信往來,臺灣圖書館即藏有富松良夫(未詳)、中山巍(洋畫家)、丸山薰(詩人)、乾直惠(詩人)等人從日本寄給本田的明信片。(〈寄本田茂光(台中州大屯郡霧峰公學校)〉(明信片),國立臺灣圖書館館藏。)此外,本田茂光在戰後與台灣詩人陳千武有所往來。除了本田茂光曾經在《笠》詩刊發表對於陳千武日文詩集的評論之外(本田晴光,〈多面的觸手──給陳千武〉,《笠》第102期(1981年4月),頁73,此文應為陳千武代譯);陳千武亦提到是本田茂光將《曆象》雜誌寄送給他,他才讀到中村義一評論風車詩社的超現實主義的文章。陳千武在文章說明本田茂光是「日據時期,在台灣中部彰化大興、台中霧峰、新社等公學校教師,且於一九三二至一九四三年之間,主編《茉莉》詩刊與日本詩壇密切交流的詩人」。(陳千武,〈台灣現代詩的先驅〉,呂興昌編,《水蔭萍作品集》,頁287-288。)由此可知,本田茂光與台灣詩壇的交流是一直延續到戰後、延續到其晚年。

73 根據黃建銘的考察,雖然前行研究多依照水蔭萍在第三期封底手寫資訊,認為第四期為1934年9月發行,但當年11月12日李張瑞曾在《臺南新報》寫道「《風車》第四輯下個月上旬會出來」,故從之。黃建銘,〈日治時期楊熾昌及其文學研究〉(台南:國立成功大學歷史學研究所碩士論文,2002年6月),頁46。

Moulin」以及「essay, poésie à la carte, roman, etc...」等法文標示，可知其和《茉莉》同樣是自詡與世界（歐洲）同步的現代主義文藝雜誌。雖雜誌本身僅存一期，但前行研究透過《臺南新報》以及後人整理的《水蔭萍作品集》、《林修二集》等史料，仍累積了大量關於風車詩社的研究成果。詳情在本章第一節已述及。然而，就本章所欲探究1930年代前半台灣現代主義詩刊如何引介並實踐「詩精神」與「新精神」概念的課題來說，《風車》仍有考察未竟且值得細究之處。尤其，前行研究少見將《風車》的雜誌內容本身放回其所處的年份來解讀，而經常將1930年後半甚至是戰後的材料與此時期的詩作與論述混為一談。筆者認為，僅存一期的《風車》雜誌本身即有相當豐富的情報，足以解讀1930年代前半風車詩社成立初期的知識受容及其與日本、台灣詩壇的互動狀況，故本節將集中於《風車》第三期的考察之上。

從第三期的目次中，可以看到該期不論論述或者作品，幾乎都由水蔭萍（本名楊熾昌，另有筆名柳原喬、ミヅカゲ生）與利野蒼（本名李張瑞）兩人包辦。故本節將以兩人為中心展開論述。

首先，水蔭萍在〈後記雜錄〉中，特別提到本期的詩論〈燃燒的頭髮〉（炎える頭髮），是和《臺南新報》上刊登的〈檳榔子的音樂〉（檳榔子の音樂）是同一脈絡的文章。黃建銘詳細比對了這兩篇文章與西脇順三郎的《有輪的世界》、《超現實主義文學論》二書，指出前者對後者概念及文字上的襲用[74]，其考證相當嚴謹可觀。而這幾乎也是後人將水蔭萍解讀為超現實主義的理論來源。然而事實上，西脇順三郎本身一次也不曾自稱超現實主義者，其筆下的「超現實主義」一詞，原本也跟超現實主義無關：「事實上，我因為知道波特萊爾所說的『文學的兩個要素是超自然與諷刺』這句話，所以將這部詩論取為

---

[74] 黃建銘，〈日治時期楊熾昌及其文學研究〉，頁47-57。

『超自然』,但當時的編輯將之更改為當時的新造語『超現實』這個名稱。」[75]比起超現實主義,西脇的興趣毋寧更在波特萊爾身上,對於布列東的夢或無意識等論述則不予理會[76]。針對這一點,在1960-1980年代便翻譯研究西脇順三郎的杜國清認為:「關於風車詩社與超現實主義、以及楊熾昌本人的詩作和詩觀,有兩點值得特別指出:一、楊熾昌的作品和詩論深受西脇順三郎的影響,二、風車詩人的主張很難說是純粹的『超現實主義』。」[77]日本超現實主義專家巖谷國士亦指出,不同於西脇順三郎,瀧口修造才是正式將超現實主義引進日本、並且真正嘗試過「自動書寫」的詩人。至於水蔭萍「文章中出現的語彙許多都是西脇順三郎和春山行夫偏好的觀念及語言或現代的外來語片假名,與瀧口修造距離較遠。與超現實主義的基本用語例如自動書寫、物件、拼貼、實驗、遭遇、解放、革命等也看似無緣」[78]。細讀此二篇文章,確實不見布列東論述中關於自動書寫、無意識等概念的引入,更多的是西脇順三郎論述中所使用的更接近於象徵主義的修辭。

〈檳榔子的音樂〉和〈燃燒的頭髮〉兩篇文章另外值得一提的,是水蔭萍在其中展現了對於「ポエジー」(poésie)與「ポエム」(poème)的認識。如〈檳榔子的音樂〉提到:「一種詩精神(ポエジー)在讓一首詩(ポエム)發生的過程中,我更希望發揮的是以感覺的手法與明徹的知性(亦稱感性)的祭典所構築的意象之美。我希望詩精神(ポエジー)在思考上常駐土人的世界,畢竟這是朝向這些思

---

75 西脇順三郎,《西脇順三郎詩と詩論I》(東京:筑摩書房,1975年),頁407。
76 西脇順三郎,《西脇順三郎詩と詩論I》,頁98。
77 杜國清,〈楊熾昌與風車詩社〉,《臺灣文學英譯叢刊》No.26(2010年1月),頁xxiii。
78 巖谷國士,〈從《日曜日式散步者》看「超現實主義」〉,黃亞歷、陳允元編,《共時的星叢:風車詩社與新精神的跨界域流動》(台北:原點出版,2020年),頁30。

考的意欲的方向」[79]；又或〈燃燒的頭髮〉寫道：「詩精神（ポエジー）呼喚火災，詩人以詩（ポエム）作為記號」[80]——這兩段話的日文原文，都如同春山行夫一樣，明確地區別了「ポエジー」與「ポエム」，前者是精神性、思考性的抽象之物，後者則是實際的詩篇作品。然而一般最常被引用的《水蔭萍作品集》將上述兩者一概翻譯為「詩」，消抹了日文原文中刻意使用兩個不同詞彙的差異。如果回到原文，可以看到水蔭萍的詩論一方面融入西脇順三郎的「土人」與「火災」意象，另一方面也結合了西脇並無特別強調的「詩精神」概念。綜上所述，水蔭萍的詩論是將西脇順三郎的「超現實主義」（實際上是「超自然主義」）和春山行夫的「詩精神」論述兩者結合，並且以前者來當作後者的內涵。這可以說是水蔭萍詩論最具獨創性的特色。而他在第三期同時刊登了詩作〈Demi Rêve〉和小說〈花粉與唇〉，亦可以看到他對於「詩精神」橫跨不同文類的特性的實際應用。

再者，利野蒼在隨筆〈作為感想〉一文中，點評了《臺南新報》的作者：「戶田房氏真摯的精進是值得注目的。北川原幸友氏的詩精神（ポエジイ）令人印象深刻，時岡鈴江氏也相當讓人看得出新鮮的精神（新鮮なエスプリ）」[81]。從這裡，可以看到「詩精神」與「新鮮的精神」被作為評判詩作的標準，這也呈現出了其對於春山行夫的論

---

[79] 原文：「僕は常に一つのポエジイはそのポエムを發生せしむる過程においてより感覺的な手法と明徹なる知性（亦は感性）の祝祭で築かれたイマアジユの美を發揮せしめたい。ポエジイは思考的に常に土人の世界でありたいことは畢竟これ等への意慾の方向であることだ。」水蔭萍，〈檳榔子の音樂（上）〉，《臺南新報》1934年2月17日，第5版。

[80] 原文：「ポエジイは火災を呼ぶ、詩人はポエムを記號する、」水蔭萍，〈炎える頭髮〉，《LE MOULIN》第3號（1934年3月），頁2。

[81] 原文：「戶田ふさ氏の真摯な精進放り注目に價するものだ。北川原幸友氏のポエジイは印象に殘ってゐる。時岡鈴江氏も仲々新鮮なエスプリを覗かせてゐる。」利野蒼，〈感想として〉，《LE MOULIN》第3號（1934年3月），頁24。

第六章　日治台灣的「詩精神」與「新精神」：
以《風景》、《茉莉》與《風車》為例 ❖ 293

述以及《詩與詩論》的現代主義詩運動的親近性。而實際觀察利野蒼在《風車》第三期的詩作，能夠看到與水蔭萍有所不同的、前行研究所未提過的形式主義傾向：

　　利野蒼「或ル朝」　　　　利野蒼〈某個早晨〉

　　私ハ陽光ノ中ニ立ツテ　　那時我站在陽光裡　從
　　キタ　黒イ私ノ影法師　　黑色的我的影子裡　流
　　カラ　セピア色ノ影ガ　　出了褪色的影子　淡淡
　　流レタ　淡イ喜ビハぱ　　的喜悅是菸斗的聲響
　　いぷノ響デアツタ[82]

左邊為刊登於《風車》第三期的詩作原文，右邊則是筆者盡可能還原原詩形式的重譯版本[83]。首先需要注意的是，此詩將一般日語使用平假名的部分完全改用片假名，只將原應以片假名呈現的外來語（パイプ，菸斗）轉換成平假名。和田博文在分析新即物主義詩人山村順時指出，平假名具有柔軟的印象，片假名則有一種「無機性」[84]。由此可知，整體使用片假名的〈某個早晨〉這首詩呈現出的是相對剛硬的、無機的物質感。但在最後又混雜了平假名的菸斗（ぱいぷ），使得詩行進行至「淡淡的喜悅」時，視覺效果頓時朝向柔和，與詩中的情調相當融合。這種印象在中文無法被表現，某種程度上是屬於無法

---

82 利野蒼，〈或ル朝〉，《LE MOULIN》第3號（1934年3月），頁9-10。
83 此詩既有的中譯本並未還原原文之排版，採用一般的斷句分行形式。李張瑞著，葉笛譯，〈一個早晨〉，陳允元、黃亞歷編，《日曜日式散步者：風車詩社及其時代（二冊）》（台北：行人文化，2019年），頁76-77。
84 和田博文，「新即物主義」辭條，安藤元雄、大岡信、中村稔監修，《現代詩大事典》（東京：三省堂，2008年），頁352。

被翻譯的要素。再者，此詩刻意將詩行排列成四方形的形狀，且故意於斷句處破壞日文文法。從《風車》的原件圖版中可以看到，這首詩的改行並不是為了配合版面，而是刻意安排成比旁邊兩首散文詩都要短的四方形。在理應能透過自由變動來排成不同長寬的四方形的情況下，每一句卻都斷在不符合文法規則的位置，可知是作者刻意的安排。因此，筆者的重新翻譯版本便還原了這樣的安排：刻意使用破壞文法的斷句、將詩行排列成四方形。這樣的形狀與片假名的使用，使得原詩充滿邊邊角角的視覺印象。而每一個句子都無法一口氣讀完，也給人一種被框限的、無法暢所欲言的感受。

筆者認為這樣的形式與安排，所要呈現的是四方形照片的物質感——線索就在「私ハ陽光ノ中ニ立ツテキタ」和「セピア色ノ影ガ流レタ」這兩句中。第一個句子，葉笛翻為「我站在陽光裏來著」。但語尾的「ていた」正確來說是表達過去的持續性動作，故筆者將之譯為「那時我站在陽光裡」。過去進行式所傳達出的回溯語感，又與下一句的「セピア色」有所呼應。「セピア（sepia）」是一種紅褐色。希臘語原意為「烏賊」，一般是指以烏賊的墨汁製作的濃茶色顏料。因為黑白照片老舊褪色後會成為茶色，所以日文中多以「セピア調」來指稱引起鄉愁的老舊情景或事情[85]。由此可知，「セピア色」給人的印象是一種照片褪色後的懷舊感。故可以推測〈某個早晨〉的四方形是在描摹一張被陽光照射而褪成紅褐色的照片。因為時間流逝，「我」的黑色影子「流出了褪色的影子」。詩中敘述者「我」的回溯語氣，似乎今非昔比地在懷念著過去的「某個早晨」。這首詩在短短的篇幅裡，就呈現出具有時間和空間向度的連續影像般的畫面感，也呈現出過去與現在的時空交錯。而若是缺少了外在的四方形的框框，

---

85 「セピア」辭條，《講談社色名がわかる辞典》（來源：https://kotobank.jp/word/セピア-87575，最後查閱時間：2021年5月17日）。

這樣的畫面感便難以成立。可以說這是一首將詩行的形式與內容密切結合的作品。

　　春山行夫的詩中也常見這樣以特殊形式的安排來描摹場景的手法。在〈植物的斷面〉其中的一節〈無題〉，春山行夫也將詩中的平假名改為片假名。並且透過詩行的高低，圖畫式地描繪出一幅具有遠近感的風景。澤正宏評論該詩：「構成這幅風景的素材與擬人法具有新鮮感，詩的語言所喚起的是透過形式被嶄新地構成的詩的印象」[86]。這句話亦適合拿來評價利野蒼的〈某個早晨〉。〈某個早晨〉以回溯的時態和特殊的顏色勾勒具有懷舊感的場景，並透過四方形的構造來呈現出有框的照片的物質感。即使這樣的嘗試可能只是一次性的實驗，但在同時代的台灣詩壇仍然顯得突出。雖然過去並未特別被重視或提及，但筆者認為利野蒼的〈某個早晨〉應是戰前台灣罕見地運用形式主義並達到成功的重要之作。而這也是前行研究尚未談過的《風車》的形式主義面向──另一種「新精神」之展現。

　　最後，本節所要提出的是前行研究經常提到的「鹽分地帶詩人群」與「風車詩社」──「寫實主義」與「超現實主義」的二元對立圖示有尚待商榷的部分。第一，至少在《風車》創刊時，這樣的對立並不存在。1933年10月《風車》創刊時，作為讀書會的佳里青風會才甫成立、《臺灣文藝》亦尚未創刊，直到1935年臺灣文藝聯盟佳里支部成立以後才有所謂「鹽分地帶派」名稱的出現[87]。《風車》創刊時尚沒有鹽分地帶詩人群在詩壇活躍的狀況。第二，從結合超現實主義與馬克思主義的《Rien》和主張面向現實的《詩‧現實》兩詩刊的存

---

[86] 澤正宏,〈モダニズム詩の成立をめぐって〉,《詩の成り立つところ》（東京：翰林書房,2001年）,頁109-110。

[87] 林佩蓉,「鹽分地帶詩人群體」辭條,柳書琴主編,《日治時期台灣現代文學辭典》（台北：聯經）,頁369。

在,可以知道即使在日本詩壇,「寫實主義」與「超現實主義」也不必然是對立的。郭水潭批判《風車》「遠離活生生的現實」[88],是否主要是因為《風車》是在光譜上屬於竹中久七與北川冬彥所批判的春山行夫與西脇順三郎的路線,而郭水潭的批判其實是繼承了日本詩壇既有的言說呢?1928年,富士原清一主導的《薔薇・魔術・學說》與西脇順三郎主導的《馥郁的火夫啊》合流為詩刊《衣裳的太陽》[89]。郭水潭所使用的「薔薇」意象,或許也是既有的詩刊名稱所帶來的印象也說不定。

　　《風車》因創刊號不存,無法確認創刊之初同人們欲對抗怎樣的詩壇現狀。但在第三期裡,利野蒼有言:「我們開口閉口都在哀嘆非藝術的台灣的現狀」;「《南報》曾一時非常不振,但最近又再度呈現出活力」[90];水蔭萍也道:「三日刊報紙,《台日》、《中報》、《南報》踏出了新的腳步。……在這個忽視文學的島上,不論如何都非得要好好齊步前進不可」[91]。可以看到,1934年3月時的他們是對於《臺灣日日新報》、《臺灣新聞》、《臺南新報》曾經的積弱不振發難。綜觀此時的三報,《臺灣新聞》未可得見;《臺灣日日新報》在1933年未有任何詩作刊登;而《臺南新報》1933年則幾乎只有水蔭萍一枝獨秀,直到1933年底、1934年初才開始有較多的詩作刊登。可以說當時的報紙文

---

88 郭水潭,〈寫在牆上〉,《郭水潭集》(台南:台南縣文化局,1994年),頁160。原刊於《臺灣新聞》,1934年4月21日,原文未見。
89 「薔薇・魔術・学説」,現代詩誌総覧編集委員会編,《現代詩誌総覧4　レスプリ・ヌーボーの展開》(東京:日外アソシエーツ,1997年2月),頁338。
90 原文:「ふた口目には僕達は非藝術なる台湾の現狀を嘆いた」;「南報は一時大変な不振であったが最近になって再び活気を呈するに至った。」利野蒼,〈感想として〉,《LE MOULIN》第3號(1934年3月),頁21-23。
91 原文:「三日刊紙、台日、中報、南報が新らしい足並を見せてゐる。……文學を沒却した島ではどうしてもシツカリ足並を組んで行かなけれやウソだ。」ミツカゲ生,〈編輯雜錄〉,《LE MOULIN》第3號(1934年3月),頁38。

藝欄確實曾有「非藝術」與「忽視文學」的情況。由此可知，1933出現的《風車》欲對抗的尚不是鹽分地帶詩人群的寫實主義，而是當時報紙文藝欄的荒蕪。也可知道，雖然時隔短短兩三年，但《風景》、《茉莉》和《風車》在台灣詩壇都有著不同的對話對象，《風景》所欲對抗的是曾風靡一時的《南溟樂園》(至1933年停刊)；《茉莉》希望將大連詩壇的短詩與散文詩帶進從未接觸這些新精神的南方小島；《風車》則是不滿台灣的報紙文藝欄對文藝的忽視。

五、小結

1930年代前半，源自西方的「詩精神」與「新精神」概念以日本為中介來到台灣。因史料的多數亡佚以及日本脈絡的錯綜複雜，使得前行研究對於當時台灣詩壇、尤其在現代主義詩系譜的考察仍有許多缺漏而難以辨明之處。透過本書對於《風景》、《茉莉》和《風車》的考察，相信能比過往更進一步呈現出台灣現代主義詩的系譜。

簡單來說，日本方面，1928年以春山行夫為中心的《詩與詩論》，是由西脇順三郎等人的《衣裳的太陽》、安西冬衛等人的《亞》、竹中郁等人的《羅針》三者合流創刊的[92]。其中，北川冬彥、瀧口武士等人因不滿《詩與詩論》的形式主義與超現實主義而在1930年另創了《詩・現實》[93]；另一方面，主張超現實主義與馬克思主義結合的竹中久七在1929年創刊了與《詩與詩論》對立的《Rien》[94]。

---

[92] 澤正宏，〈レスプリ・ヌーボーの時代〉，澤正宏、和田博文編，《作品で読む現代詩史》(京都：白地社，1993年)，頁38-39。

[93] 和田博文〈都市モダニズム文化とポエジー〉，澤正宏、和田博文編《都市モダニズムの奔流：「詩と詩論」のレスプリ・ヌーボー》(東京：翰林書房，1996年)，頁60。

[94] 澤正宏，〈超現実主義の水脈〉，澤正宏、和田博文編，《日本のシュールレアリスム》(京都：世界思想社，1995年)，頁9。

對應到台灣方面，1930年，保坂瀧雄在台北創刊的《風景》，可以看到對於《詩與詩論》的春山行夫與《Rien》的竹中久七的承繼。而1932年，本田茂光在台中創辦的《茉莉》，則持續刊登參與《亞》、《詩與詩論》、《詩‧現實》等與大連詩壇相關的詩人的作品。接著是1933年，水蔭萍、利野蒼等人在台南創刊的《風車》，呈現了對從《馥郁的火夫啊》、《衣裳的太陽》延續到《詩與詩論》的西脇順三郎以及春山行夫的受容。其粗略的系譜關係可見下圖。

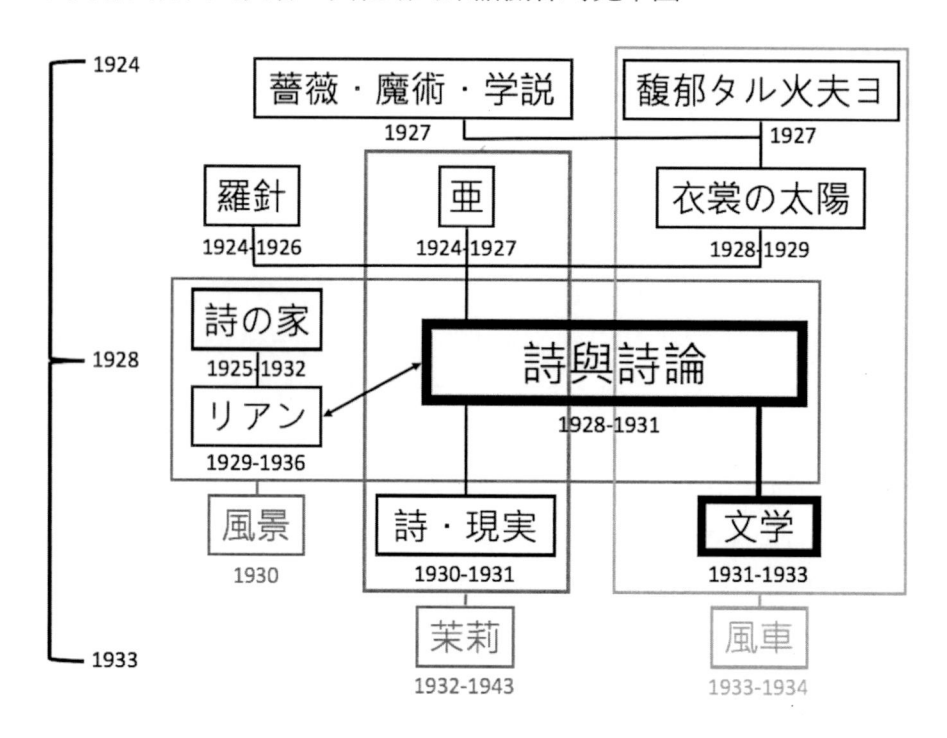

图6-3　1930年代前半台灣現代主義詩刊與《詩與詩論》系譜關係示意圖[95]

---

95 資料來源：筆者製圖。主要架構以中野嘉一，《前衛詩運動史の研究：モダニズム詩の系譜》（東京：沖積舍，1975年）書中431頁的日本現代主義系譜圖為參考，再加上《風景》、《茉莉》和《風車》三誌與此系譜的對應關係繪製而成。

由上圖的整理可以看到《風景》、《茉莉》和《風車》各自有著不同的承繼與親近對象。雖然它們都與日本戰前最大的現代主義詩刊《詩與詩論》有關，但相互參照便能夠觀察出彼此之間的差異。這關係到詩刊編輯者本身的詩觀傾向、其與日本詩壇的人際連結，以及他們與當下台灣詩壇互動的結果。如保坂瀧雄因在1928-1929年前往東京旅遊而接觸了《詩與詩論》和《Rien》，故在1930年回台發表的論述與詩作中呈現出對於「詩精神」的理解。但是詩風一向多變而未有固定走向的他，事實上更在乎的是以《風景》為據點來批判當時台灣詩壇的主流雜誌《南溟藝園》。另一方面，本田茂光雖然自小在台灣成長，但因其與大連詩壇的日本詩人有所連結，而將他們的作品刊登在《茉莉》之上。憧憬「北方」的他，自始至終都與台灣詩壇保持著一定的距離。再者，從唯一的本島詩人創辦的《風車》中，可以看到從東京留學回台的水蔭萍與利野蒼等人對《詩與詩論》的西脇順三郎與春山行夫的傾心。他們對於當時台灣的報紙文藝欄有所不滿，將西脇順三郎的「超現實主義」與春山行夫的「詩精神」論述相互結合，某種程度上也受到春山行夫的形式主義所影響。

  本章以過去鮮少受注意的第一手史料為探討對象。其中，第一次被提出與《風車》並列討論的《風景》與《茉莉》尚有許多未能詳細爬梳的內容，而保坂瀧雄、本田茂光等在台日人亦有尚待解明之處。尤其《茉莉》現存十幾期中包含大量的作者、作品，需要更多的篇幅仔細分析與解讀。此文期作為一個開端，盼望日治台灣尚未被發掘的現代主義詩刊、詩社、詩人的研究能持續地開展並深化。

.

第三部
台灣近代詩風格的形成與斷裂

第七章
1930-1940年代的台灣近代詩壇：
《媽祖》與《臺灣文藝》兩大集團的形成[*]

一、前言

　　說到1940年代的台灣文壇，《文藝臺灣》與《臺灣文學》兩大雜誌從文藝觀、文學史觀到民族認同的對立是一定會被提及的話題[1]。然而，兩者的詩作面貌有何差異，在以小說為主的前行研究當中鮮少被討論。根據筆者的考察，1940年代《文藝臺灣》與《臺灣文學》兩大雜誌中的詩作背後所反映的詩觀，是早在1930年代建立並且延續而來的。這個現象須集中在「詩」這一文類方能得見：以西川滿、矢野峰人、島田謹二為代表的「西川滿集團」，與以吳新榮、郭水潭為代表的「鹽分地帶派」，這兩組人馬分別以1934年創刊的《媽祖》及《臺灣文藝》為起點，一條是從《媽祖》、《華麗島》到《文藝臺灣》的路線，另一條則為《臺灣文藝》、《臺灣新文學》到《臺灣文學》的路線，形成了兩種分庭抗禮的詩歌風格。本章將以上述兩組雜誌的詩作與論述為中心，觀察這兩條路線的形成。

---

[*] 本章部分內容曾以「The Image of Taiwan in Left-Wing Poems in 1930s Taiwan」為題於AAS年會上宣讀（Association for Asian Studies (AAS), Honolulu, Hawai'i (virtual), 2022.3.25.），並承蒙評論人阮斐娜老師給予珍貴意見，謹此致謝。

[1] 如陳芳明指出：「這兩份刊物的對立，似乎是在浪漫主義與寫實主義的立場上劃清界線。不過，一個更為重要的原因，恐怕是根源於國族認同與文學史觀的議題上發生了歧異。」陳芳明，《台灣新文學史（上）》（台北：聯經，2021年二版），頁164。

1934年是關鍵的一年。1930年代前半期,在台灣曾有多種日文詩刊或文藝雜誌創刊,分別但不僅止於在普羅詩、民眾詩以及現代主義詩等內容及形式各方面有過探索[2]。然而上述雜誌延續時間皆不長。中山侑認為此時期「委靡不振的現狀」(奮はざる現狀),要到1934年西川滿主編的《媽祖》詩刊創刊才被打破:「其活躍對於最近寂寞的臺灣文藝界來說,當然是值得誇耀的一件事」[3]。另外,在台灣人的文學雜誌方面,1930年代前半陸續有台中的《南音》、東京的《福爾摩沙》(フオルモサ)、台北的《先發部隊》(後改名為《第一線》)等雜誌創刊,但維持時間亦皆不長,直到1934年這些雜誌終於匯流在《臺灣文藝》,讓台灣人萌生前所未有的期待:「過去和現在的臺灣文藝界,全為一片未開的荒地……幸而最近有人留心此點,從荒廢中發見一道曙光,著手此方面的活動,真是足以喜慰的」[4]。從上述敘述可知,不論是在台日人或台灣人,都認為1934年之前的文壇是「寂寞」、「荒廢」的,讓他們抱予寄望的便是1934年創刊的《媽祖》和《臺灣文藝》。於是,由西川滿主導的《媽祖》集結了島田謹二、矢野峰人等兩位論述家成為鐵三角般的組合,並且到了《華麗島》、《文藝臺灣》持續引領著同一批重複度很高的詩人如水蔭萍(楊熾昌)、新垣宏一、長崎浩、北原政吉等。另一方面,台灣人的《臺灣文藝》、《臺灣新文學》與《臺灣文學》雖然主導者皆不同,組成的作家也屢有更迭,但參與其中的詩人如吳新榮、郭水潭、林精鏐等(皆為

---

2 詳參本書第四至第六章。

3 志馬陸平(中山侑),〈青年と臺灣=文學運動の變遷=〉,《臺灣時報》(1937年1月),頁120。原文:「その活躍は當然淋しい最近の臺灣文藝界にとつて、一つの誇りとして善いものである。」

4 轉引自黃得時,〈台灣新文學運動概觀〉,李南橫主編,《日據下台灣新文學・明集5・文獻資料選集》(台北:明潭,1979年),頁312。原刊於1934年5月6日的《臺灣新民報》,原文已佚。

被稱作「鹽分地帶派」的佳里支部成員）則橫貫1930-1940年代持續在三誌上發表詩作。因此可以說，台灣近代詩壇的兩大集團是在1934年正式成形。

1941年，《文藝臺灣》與《臺灣文學》的對峙浮上檯面，前行研究多將兩者的對立歸納為「日本人」與「台灣人」的對立。然而，就如同阮斐娜指出的，將《文藝臺灣》和《臺灣文學》塑造成日人殖民與台人抵抗的意識型態衝突是過於簡化的對置[5]。就詩人的分布情形來看，《媽祖》集團中也有台灣人水蔭萍、龍瑛宗、邱炳南、楊雲萍等；《臺灣文藝》集團中也有在台日人日高紅椿、黑木謳子、藤原泉三郎，以及從日本來稿的詩人川淵眉一郎、岩井鐵二等；另外，也有同時投稿二邊陣營的詩人如郭水潭、林精鏐、邱淳洸、黃得時、本田茂光、中山侑等。因此，本章除了論述此兩大集團各自發展出的不同風格之外，也將從雙方陣營中舉出不同的族群成員的詩作，提出此兩集團並非是以民族對立作為分野的證據。

二、從《媽祖》、《華麗島》到《文藝臺灣》

（一）從「邪宗門」到「媽祖祭」：北原白秋的訪台與西川滿的模仿

從西川滿等人的角度來看，1934年這一年，比起《媽祖》創刊更重要的大事應該是北原白秋的訪台。1933年，西川滿從早稻田大學畢業以後，聽從恩師吉江喬松的意見返台、並聽從另一位恩師山內義雄的意見拜訪臺北帝大的島田謹二與矢野峰人[6]。於是在1934年7月日本

---

5 阮斐娜著，吳佩珍譯，《帝國的太陽下》（台北：麥田，2010年），頁112。
6 陳藻香，《西川滿研究──台湾文学史の視座から》（台北：國立臺灣大學出版中心，2017年11月），頁39-40。

詩人北原白秋訪台時，接任《臺灣日日新報》編輯的西川滿在7月20日規劃了「白秋特輯號」，邀請上述兩位帝大學者撰稿，促成西川滿、矢野峰人、島田謹二的三人組合的初登場。在此版面上，作為編輯的西川滿讚頌北原白秋「他的作品為我們開了詩眼、孕育詩魂」[7]；島田謹二也提到「北原白秋先生是日本近代詩史上絕倫的巨人，這件事在今天幾乎是透過所有方面來證實了」[8]；矢野峰人則期待「對我們這些居於此地的人而言，無味乾燥、就像是存在在沙漠中的台灣，今後也會透過先生的詩出現多麼嶄新的光芒與意義呢？」[9]即便北原白秋此次來台主要的目的為創作以台灣為主題的青年歌與民謠、前行研究亦都集中關注這個面向[10]，但在「白秋特輯號」上的矢野峰人與島田謹二卻專注於稱頌北原白秋的詩集《邪宗門》和《回憶》上，而西川滿則使用北原白秋詩集《白金之陀螺》（白金之独楽）中多次出現的意象「麗日」，在該特輯發表了〈麗日他二篇——獻給北原白秋〉一詩。顯然對西川滿等人而言，北原白秋作為象徵詩人比起作為童謠與民謠詩人的意義來得重要許多。

---

7 原文：「われら氏の作品によりて詩眼を開かれ詩魂を育まれしもの」。〈卷頭の言葉〉，《臺灣日日新報》，1934年7月20日，第5版。

8 原文：「北原白秋氏が日本近代詩史の上に倫を絶する巨人であることは、今日、殆どあらゆる點から實證されてゐる」。島田謹二，〈文藝批評家としての北原白秋氏〉，《臺灣日日新報》，1934年7月20日，第5版。

9 原文：「われらこの地に住めるものにとつては、無味乾燥、常に沙漠の中に在るが如き臺灣も、氏の詩を通して、今後如何に新しい光と意義とを以て現はれ來る事であらう」。矢野峰人，〈詩宗敬迎〉，《臺灣日日新報》，1934年7月20日，第5版。

10 如游珮芸及吳翠華即關注北原白秋來台與台灣童謠之間的關係，另外，菅原克也則爬梳北原白秋戰後出版的《華麗島風物誌》中的台灣印象。游珮芸，《日治時期台灣的兒童文化》（台北：玉山社，2007年）。吳翠華，〈童謠による植民地支配及び植民地の目覺め——北原白秋の台湾訪問より台湾童謠募集運動を見る——〉，張季琳主編，《日本文學における台湾》（台北：中央研究院人文社會科學研究中心，2014年），頁245-281。菅原克也，〈北原白秋の台湾訪問〉，《臺大日本語文研究》第9期（2005年7月），頁293-320。

第七章　1930-1940年代的台灣近代詩壇：
《媽祖》與《臺灣文藝》兩大集團的形成 ❖ 307

　　吳佩珍業已指出，西川滿返台以前在《椎之木》上發表的詩作「詩風蹈襲北原白秋的《邪宗門》」[11]。事實上在西川滿返台以後，發表在《媽祖》雜誌中的詩作仍然可以看到對於北原白秋詩風的模仿。試將西川滿〈媽祖祭〉與北原白秋〈邪宗門秘曲〉的前兩節對照來看：

西川滿「媽祖祭」　　　　　　　北原白秋「邪宗門秘曲」
（一、二連目）　　　　　　　　（一、二連目）

ありがたや、春、われらが　　　われは思ふ、末世の邪宗、
　　　　はる　　　　　　　　　　　　　まつせ　じやしゆう
御母、天上聖母。　　　　　　　切支丹でうすの魔法。
おんはは　テンシヨンシエンビヨウ　　きりしたん
媽祖さまの祭典。神神のト　　　黒船の加比丹を、紅毛の不
マソ　　　ツエテン　　　ポク　　くろふね　かひたん　こうまう　ふ
卦。天地ここに靈を醸し　　　　可思議国を、
コア　　　　　　　　かも　　　　か　し　ぎこく
て、夕、金亭に投げる大才　　　色赤きびいどろを、匂鋭き
　　　ゆふべ　　　　　　　　　　　　　　　　　　　　にほひと
子。花月の、空飛ぶ鳩か、　　　あんじやべいいる、
　　はなづき
わがこころ。　　　　　　　　　南蛮の桟留縞を、はた、阿刺
　　　　　　　　　　　　　　　なんばん　さんとめじま　　　あら
　　　　　　　　　　　　　　　吉、珍酡の酒を。
　　　　　　　　　　　　　　　き　　ちんた

氣根搖れる榕樹の蔭では女　　　目見青きドミニカびとは陀羅
　　　　　　　　　リイ　　　　まみ　　　　　　　　　　だら
巫が、做姨相手に神籤を　　　　尼誦し夢にも語る、
ブウ　ツエビアウ　　くじ　　　に
ひく。金紙のけむりたちこめ　　禁制の宗門神を、あるはま
　　きんし　　　　　　　　　　　きんせい　しゆうもんしん

---

11 吳佩珍，《福爾摩沙與扶桑的邂逅：日治時期台日文學與戲劇流變》（台北：國立臺灣大學出版中心，2022年），頁185。

て、犠牲(いけにへ)の白豚ねむると
ころ、見出す札(ふだ)は十七番。
「近水楼台先得月(クンスイロオタイシエンチエクゴア)。
　向陽花木易逢(ヒオンイオンホアボクイイホン)
　　春(ツウン)。」[12]

た、血に染む聖磔(くるす)、
芥子粒(けしつぶ)を林檎(りんご)のごとく見すと
いふ欺罔(けれん)の器(うつは)、
波羅葦僧の空(そら)をも覗(のぞ)く伸(の)び
縮む奇なる眼鏡(めがね)を。[15]

感激不盡，春天，我們的慈母、
天上聖母。媽祖娘娘的祭典。
眾神的卜卦。天地在此醞釀靈
魂，是夜，投入金亭[13]的大才
子[14]。那是在花月空中飛舞的
鴿子嗎？我的心。

氣根搖曳的榕樹樹蔭下，女巫
替賣淫婦抽出神籤。金紙的煙

吾思及末世的邪宗，切支丹[16]
天神的魔法。
黑船加比丹[17]，紅毛的不可思
議國度，
鮮紅的 Vidro[18]，芳馥濃郁的
anjelier[19]，
南蠻棧留縞[20]，兼及阿刺吉[21]、
珍酡酒[22]。

---

12 西川滿，〈媽祖祭〉，《媽祖》第3冊（1935年2月），頁18-21。
13 焚燒金紙的香爐。
14 金紙的一種。
15 北原白秋，〈邪宗門秘曲〉，《邪宗門》（東京：易風社，1909年；東京：日本近代文学館復刻，1984年），頁1-2。
16 基督教之意。
17 船長之意。
18 葡萄牙文，玻璃之意。
19 荷蘭文，康乃馨之意。
20 一種條紋棉布。
21 一種蒸餾酒。
22 紅葡萄酒。

霧瀰漫，作為牲禮的白豬沉睡處，抽出的籤詩為十七號：
「近水樓台先得月，向陽花木易逢春。」

思及藍眼的多明尼加人，夢中也在唸誦陀羅尼[23]，
禁忌的邪宗門之神，抑或，血染聖磔[24]，
那欺詐的器具將芥子粒[25]看成蘋果
那伸縮自如的奇異眼鏡得以窺視波羅葦僧[26]上空。

首先可以看到最明顯的是在韻律上，兩首詩同樣是以五音和七音為主而交雜些許變化的定型律。〈邪宗門秘曲〉主要採用二重五七調的變形；〈媽祖祭〉則主要採用五七調，其中夾雜有七七調、七五調的變形，被島田謹二稱為上田敏《牧羊神》的保羅・福特調[27]。上田敏在翻譯《海潮音》的時候，便自言他是以音調來區分翻譯：「翻譯高踏派的壯麗體時，當然多使用所謂七五調的詩形；而翻譯象徵派的幽婉體時，則稍微使用一些變格，以適合各詩的原調來著手」[28]。佐藤伸宏進一步說明上田敏為對應原詩的性格，譯成七五調較有律動感，譯成五七調則滯澀感強、相對沉穩[29]。「象徵派的幽婉體」的滯澀、沉穩——這便是〈邪宗門秘曲〉與〈媽祖祭〉在韻律上共同的性格。而

---

23 佛教的一種咒文。
24 十字架之意。
25 罌粟種子之意。
26 天堂之意。
27 島田謹二，〈西川滿氏の詩業〉，《華麗島文学志—日本詩人の台湾体験—》（東京：明治書院，1995年），頁448。
28 上田敏，〈海潮音序〉，《海潮音》，收入上田敏著，矢野峰人編，《上田敏集》（東京：筑摩書房，1966年），頁3。
29 佐藤伸宏，《日本近代象徵詩の研究》（東京：翰林書房，2005年），頁20。

若細究〈媽祖祭〉的其他韻律變化，在「金亭に投げる大才子」、「做 婊(ツエビアウ) 相手に神籤をひく(くじ)」和「見出す札(ふだ)は十七番」這三處改用七五調，可以看到其對應「投入金紙」和「抽出籤詩」的動作，所欲創造出律動感所做的變化。另一方面，「媽祖(マソ)さまの 祭典(ツエテン) 。神神の卜卦(ボクコア)」和「近水楼台(クンスイロオタイ) 先得月(シエンチエクゴア) 。向陽(ヒオンイオン) 花木(ホアボク) 易逢(イイホン) 春(ツウン) 。」這兩處，又刻意採用了象徵詩當中少見的七七調，則可以看作是刻意配合詩中的台語標音，而將漢詩中七言絕句的韻律感加入詩中的安排。

　　兩者在表記上也有著相似的特質。在〈邪宗門秘曲〉中，如同坪井秀人指出的，北原白秋刻意將「本來應用片假名表記的語彙全部以難解的漢字或者平假名來表記，可說是以漢字蜿蜒曲折的特別視覺效果醒人眼目的一個文本」[30]，這些難解的漢字，筆者在翻譯時也特意保留，像是「切支丹(きりしたん)」、「加比丹(かひたん)」、「阿剌吉(あらき)」、「珍酡(ちんた)」、「波羅葦僧(はらいそ)」等。〈媽祖祭〉中，同樣也充滿難解的漢字「天上(テンシヨン) 聖(シエン)母(ビョウ)」、「祭典(ツエテン)」、「卜卦(ボクコア)」、「女巫(リイブウ)」、「做 婊(ツエビアウ)」、「白豚(ペエチイ)」、「近(クン)水楼台(スイロオタイ) 先得月(シエンチエクゴア) 。向陽(ヒオンイオン) 花木(ホアボク) 易逢(イイホン)春(ツウン)」等，在視覺效果上同樣醒人眼目，島田謹二亦曾經指出西川滿的詩當中視覺要素占有絕對的優勢的這個特質[31]。不過，西川滿的漢字表記還有一個特色，便是他用片假名標記在漢字上面的是「方言」（台語）。坪井秀人指出，北原白秋的〈柳河風俗詩〉刻意以羅馬字來表記柳河方言，將方言表

---

30 坪井秀人著，吳佩珍譯，〈作為表象的殖民地〉，吳佩珍主編，《中心到邊陲的重軌與分軌：日本帝國與臺灣文學・文化研究》（中）（台北：國立臺灣大學出版中心，2012年），頁177。

31 島田謹二，《華麗島文学志》（東京：明治書院，1995年），頁443。

記成一種「無法理解其意義的聲音」，從而展示出一種異國情調[32]。而這樣將自己的故鄉與土俗異國化＝他者化的意識可以說是與東方主義的自我內化息息相關[33]。西川滿並非和北原白秋一樣使用羅馬字表記方言，但是當他以片假名在漢字旁邊標上台語語音時，沒有漢文素養的日語讀者看著漢字應是似懂非懂。而若是將依照假名讀出音來，聽起來也只是如同「外語」的一連串不知意義的聲音。這種將故鄉方言異國化所製造出的陌生感，便是西川滿模仿北原白秋所創造出的效果。之後，西川滿在《媽祖》發表一連串的台灣的宗教祭典與神祇的詩作，也經常重複運用相同的寫作手法。

如此東方主義的自我內化的意識，還可以從西川滿愛用的「華麗島」一詞當中窺見。誠如周知，此詞是由吉江喬松的贈言作為發想，再由西川滿本人決定以「華麗島」一詞來翻譯葡萄牙語的「福爾摩沙」（フオルモサ）[34]。吉江喬松給予西川滿的贈言題字「南方為／光之源／給予我們／秩序／歡喜／與華麗」就刊登在《媽祖》創刊號首頁[35]。根據橋本恭子的考據，此句話是出自吉江喬松的隨筆〈南方之美〉（南方の美），文章中的「南方」並非對日本而言的南方，而是對於「南歐」普羅旺斯文藝運動的憧憬與嚮往[36]。橋本恭子也提到，吉江喬松的這句話本身也是化用波特萊爾〈旅邀〉中的句子：「那兒，一切都是美和秩序／以及豪華、逸樂和安謐。」[37]波特萊爾在〈旅邀〉

---

32 前揭坪井秀人著，吳佩珍譯，〈作為表象的殖民地〉，頁184-185。
33 前揭坪井秀人著，吳佩珍譯，〈作為表象的殖民地〉，頁186。
34 前揭陳藻香，《西川滿研究──台灣文学史の視座から》，頁39-40。
35 吉江喬松，〈南方〉，《媽祖》第1冊（1934年10月），頁5。原文：「南方は／光りの源／我々に秩序と／歡喜と／華麗とを／與へる」。
36 橋本恭子，《『華麗島文学志』とその時代──比較文学者島田謹二の台湾体験》（東京：三元社，2012年），頁204-206。
37 橋本恭子，《『華麗島文学志』とその時代──比較文学者島田謹二の台湾体験》，

一詩中描寫敘述者邀請戀人到某個理想的國度共遊,該國度的物品和裝飾充滿了「東方趣味」[38]。由此可見,西川滿的「華麗島」至少經歷了三次化用:從波特萊爾象徵詩中的東方主義式的理想之境、到吉江喬投射在南歐的南方想像,最後抵達西川滿指涉的日本南方的「華麗島」。因此,這個詞可以說從一開始就夾雜著異國情調的視線。

「華麗島」一詞被西川滿實際上頻繁使用是在1938年。這一年,西川滿發表了〈有歷史的台灣〉(歷史のある台灣)一文,感嘆自己少年時代除了教科書中的濱田彌兵衛、鄭成功和吳鳳外,對「領台以前」的台灣歷史一無所知。返台後經過多年「桌上的探索」,才瞭解台灣有著多麼豐富的歷史[39]。同一年,西川滿編輯的《愛書》雜誌刊行了第十輯「台灣特輯號」集合了多位學者所撰寫「領台以前」的荷蘭時代、清領時代的古文書以及文藝作品等研究論文[40]。推測西川滿在編輯此「台灣特輯號」時受到很大的啟發,才不禁在〈有歷史的台灣〉中讚嘆:「啊台灣!你正是西歐與東洋文化融合的華麗島。」[41] 1939年,由西川滿所組織的「臺灣詩人協會」發行的機關雜誌便命名為《華麗島》。自此開始,可以看到西川滿確實更著眼於發掘台灣「西歐與東洋文化融合」的一面,如《華麗島》刊載的立石鐵臣畫作「稻

頁258。詩句譯文出自波特萊爾著,杜國清譯,《惡之華》(台北:國立臺灣大學出版中心,2011年),頁119。

38 「那些華麗的藻井,/那些深湛的明鏡,/那些東方趣味的壯觀絢爛,/一切都會在那裡,/對心靈竊竊私語,/使用一種優美的家鄉語言。」前揭波特萊爾著,杜國清譯,《惡之華》,頁120。

39 西川滿,〈隨筆歷史のある台灣〉,《臺灣時報》(1938年2月),頁65-67。

40 如移川子之藏的〈和蘭の臺灣關係古文書〉、淺井惠倫的〈和蘭と蕃語資料〉、島田謹二的〈ジァン・ダルジェースの臺灣小說〉、尾崎秀眞的〈清朝治下に於ける臺灣の文藝〉、〈松本盛長清代の古文書〉等文章。

41 前揭西川滿,〈隨筆歷史のある台灣〉,頁67。原文:「ああ臺灣、汝こそは、西歐と東洋の文化の融合する華麗島。」

江之夜」中描繪本島人穿梭在中國式建築與洋樓之間的景象；而「臺灣詩人協會」改組後的「臺灣文藝家協會」機關誌《文藝臺灣》首頁則裝飾著台灣荷蘭時代最後一任太守揆一所著《被遺誤的台灣》的封面，不只呈現出台灣被荷蘭殖民的歷史，也呈現出西方人眼中的台灣。

（二）「昭和象徵主義」在台灣：從《新詩論》到《媽祖》

上一小節所提到的異國情調的風格為詩的主題方面，而在這一節所要討論的則是詩的創作手法「象徵」的思想來源。在拙著〈日治時期象徵詩在台灣的傳播與實踐〉中，筆者嘗試說明象徵詩由法國傳到日本，再從日本傳到台灣，主要的推手即為1930年代在台灣發表大量論述的矢野峰人與島田謹二，以及以創作為實踐的西川滿。其中，矢野峰人師承上田敏、本身也是象徵詩人，在台灣發表翻譯了許多英法象徵詩，並且以明治時期的象徵詩人蒲原有明作為主要研究對象；島田謹二則不只撰寫了馬拉美、愛倫坡、波特萊爾、上田敏等象徵詩人的研究，更進一步地在《華麗島文學志》中試圖建構一個由伊良子清白到西川滿的台灣象徵詩的系譜[42]。然而在該文當中，筆者忽略了一個重要的問題——他們所引介的象徵詩，與同時代的文藝思潮有什麼互動關係？為何在1930年代、現代主義詩風潮最盛的昭和時期，他們要回到明治時期的上田敏、蒲原有明等象徵詩人，並且重新引介早已被翻譯引介的馬拉美等詩人？事實上，這不是只肇因於他們年輕時的文學經驗與個人興趣，而是對於日本同時期出現的「昭和象徵主義」的響應。

證據就在於矢野峰人與島田謹二兩人都參與了推動「昭和象徵主

---

[42] 詳參張詩勤，〈日治時期象徵詩在台灣的傳播與實踐〉，國立政治大學圖書館數位典藏組編，《往返之間：戰前臺灣與東亞文學・美術的傳播與流動》（台北：政大圖書館數位典藏組，2017年），頁103-141。

義」的雜誌《新詩論》。根據木股知史，日本明治期對象徵主義的理解絕大部分是受到上田敏《海潮音》的影響，而對於象徵主義大多有著偏重技巧、忽略了思想性的印象，這樣的誤解一直到昭和期的雜誌《新詩論》才得到修正[43]。《新詩論》於1932年10月創刊，至1933年10月共發行三輯，主編為吉田一穗，北原白秋在初期也是編輯之一。雜誌三輯先後製作了藍波特集、愛倫坡特集與馬拉美特集。木股知史認為這三個特集「促進了到明治大正期為止的象徵主義的理解的轉換」[44]。而這個轉換在某種程度上可以說是對於當時蔚為風行的現代主義雜誌《詩與詩論》做出的回應。針對1928年春山行夫在《詩與詩論》上發表的〈日本近代象徵主義詩的終結〉，《新詩論》第二輯當中的竹中久七批判春山行夫對於象徵主義的理解犯了「詩的體系與詩史的矛盾」[45]。而《新詩論》第三輯的馬拉美特集也相當於反駁了春山行夫在同一篇文章中對於馬拉美的批判[46]。因此，《新詩論》在文學史上多被如此評價：「企圖以恢復後期象徵派的傳統來與《詩與詩論》對抗，雖然目的並未達成，但在詩人研究特集的意義上值得注目」[47]；「三冊《新詩論》特集中所見對於象徵主義的重新檢討，在象徵主義與現代主義的接續的意義上提出了重要的問題。尤其第三輯的『馬拉

---

43 木股知史，〈昭和の象徵主義Ⅱ〉，《コレクション・都市モダニズム詩誌第9卷昭和の象徵主義Ⅱ》（東京：ゆまに書房，2010年），頁737-754。
44 木股知史，〈昭和の象徵主義Ⅱ〉，頁748。
45 竹中久七，〈詩の體系と詩史の關係に就いて春山行夫のシンボリズム解釋批判に托して〉，《新詩論》第2輯（1933年2月），頁78-88。
46 春山行夫在該文肯定愛倫坡和波特萊爾對於詩精神的直接性的追求，但批判馬拉美迷失在暗示的間接性當中。木股知史指出春山行夫所認識的馬拉美是屬於上田敏等人而來的老舊的形象，而修正這個形象的正是《新詩論》第三輯中的「馬拉美特輯」。前揭木股知史，〈昭和の象徵主義Ⅱ〉，頁750-751。
47 古川清彥，「新詩論」，長谷川泉編，《近代文学雜誌事典》（東京：至文堂，1966年），頁182

美特集」研究修正了『不會寫詩的詩人』的這個馬拉美通俗形象,並且明白指出馬拉美所處理的詩的語言的問題是與現代主義的核心課題相互連結的」[48]。事實上,根據《新詩論》復刻本,矢野峰人、島田謹二皆參與了此「馬拉美特集」的撰寫,而西川滿的恩師山內義雄更是此特集的共同編纂者之一[49]。可以說矢野峰人、島田謹二皆搭上了為象徵主義復權、重塑馬拉美形象的「昭和象徵主義」的風潮。更有甚者,他們在這之後繼續把這股「昭和象徵主義」搬到台灣,在《媽祖》、《愛書》、《臺大文學》等雜誌持續發表著馬拉美與愛倫坡的論述及翻譯。尤其在《媽祖》當中,先有島田謹二對於馬拉美的翻譯與愛倫坡詩集的譯注連載,後有西川滿的藍波論文連載,儼然《新詩論》詩人研究特集在台灣的延續。

　　島田謹二在討論西川滿的詩集《媽祖祭》時,也可以看到他是從是否具有象徵主義當中的「幽玄」與「思想性」的角度來評價。他一方面指出西川滿「在他的修辭法中,到處都可以看到由海外傳來的近代詩美學所支持的技巧,如著重印象的累積和聯想的奇特的超現實主義、將萬法照應的原理遍及各處的象徵主義」[50],另一方面也批評《媽祖祭》「在詩的藝術方面,缺乏具有最高意義的象徵的幽玄。讓

---

48 前揭木股知史,〈昭和の象徵主義II〉,頁753。
49 在《新詩論》第三輯中,收錄了山內義雄的譯詩〈秋天的嘆息〉、矢野峰人的〈馬拉美與英美文壇〉、島田謹二的〈馬拉美與英語文學〉;另外,山內義雄在第二輯也翻譯了馬拉美所寫的〈愛倫坡〉一文。上述《新詩論》第二、三輯復刻本收錄於木股知史編,《コレクション・都市モダニズム詩誌第9卷昭和の象徵主義II》(東京:ゆまに書房,2010年)。
50 島田謹二,〈西川滿氏の詩業〉,《華麗島文学志—日本詩人の台湾体験—》(東京:明治書院,1995年),頁450。原文:「その修辞法に、映像の累積と聯想の奇抜とを重んずる超現実主義、万法応応の原理を隅々までゆきわたらせた象徵主義など、海外より渡来した近代詩の美学に裏づけたものも散見する」。

人感到飄渺的韻味力有未逮、言外之意尚有不足」[51];「感覺的要素占了優勢這個事實,反而暗示此詩集的思想內容較不豐富」[52]。西川滿的詩「思想內容較不豐富」這一點,從上一小節引用的〈媽祖祭〉一詩也可以看到。詩中第一段在描述完媽祖祭的情景後,藉由「我的心」一語,連結了外界的景象與敘述者的內在[53]。於是,媽祖祭所見的種種情景成為了暗示某種內在狀態的象徵。然而,在接下來的詩句中無法看到能夠連結其內在精神或思想的描寫,而只能看到種種華麗炫目的表象。原本,島田謹二對於西川滿的期望便不是寫出更上一層樓的象徵詩,而是肯定他作為日本外地文學而描寫台灣風物,並期望他作為愛爾蘭文學中的葉慈為鄉土藝術而努力[54];這一點從矢野峰人對於《媽祖祭》的評論中也可以看到:矢野峰人從愛爾蘭文藝復興的歷史說起,期望台灣也能夠誕生鄉土色彩豐富的文藝,並認為西川滿的《媽祖祭》在某種程度上達成了他的期望[55]。這裡需要注意的是,不論是島田謹二或矢野峰人對於愛爾蘭文藝復興的理解,都有刻意避

---

51 島田謹二,〈西川滿氏の詩業〉,頁443。原文:「詩的芸術に於て至高の意義ある象徵の幽玄が乏しいのである。縹緲たる韻致に未だしきところあり、言外の余情に不十分なところが感ぜられるのである。」
52 島田謹二,〈西川滿氏の詩業〉,頁444。原文:「感覚的要素の優位という事実は、逆にこの詩集の思想內容の比較的豊かでないことを暗示している。」
53 同樣的書寫手法可見於上田敏翻譯的梅特林克〈溫室〉一詩中。該詩的第一節當中,可以看到在描寫了溫室當中的景象後,以「在圓頂天花板之下生出的/草性木性,我的心」(圓天井の下に生ふる/草性木性、わが心)作結,如此將外部的溫室與敘述者的內部連結。關於這首詩如何利用溫室的幽閉印象表現出敘述者內在的風景,以及此詩與北原白秋〈室內庭園〉一詩的關係,詳參佐藤伸宏,〈象徵詩の転回——北原白秋『邪宗門』論〉,《日本近代象徵詩の研究》,頁338-344。
54 前揭島田謹二,〈西川滿氏の詩業〉,頁453。
55 矢野峰人,〈「媽祖祭」禮讚〉,《媽祖》第6冊(1935年9月),頁24。矢野峰人在台灣的愛爾蘭文藝思潮傳播中所扮演的重要位置,詳參吳佩珍,〈一九三〇年代におけるアイルランド文学の越境と台湾新文学〉,中川成美、西成彥編,《旅する日本語——方法としての外地巡礼》(京都:松籟社,2022年),頁203-204。

開其政治脈絡的傾向[56]。因此忽略了殖民地對於宗主國的抵抗性的這一側面上，拿西川滿與葉慈比擬的不倫不類。而在這兩位前輩的贈言之下，西川滿持續朝在台日人的鄉土主義的方向前進[57]。其前進的方向是更多地呈現台灣鄉土風物的多樣多彩，而非象徵詩所可能開展出的思想性與批判性。

（三）水蔭萍的象徵詩

　　從《媽祖》到《華麗島》、《文藝臺灣》，除了西川滿之外，也出現許多各有特色的詩人。儘管他們與西川滿皆存在著若干差距、或其實不認同他的理念，但其中有不少作者呈現了美學系譜上的親近性。如水蔭萍、北川原幸朋、矢野峰人寫出與西川滿拉開距離的象徵詩、新垣宏一對「南蠻趣味」深深著迷並持續書寫相關作品、北原政吉與長崎浩以台灣風景渲染他們的浪漫與哀愁、邱炳南則將作為象徵的台灣風景寫得豐富而深邃等等。上述詩人以及他們的作品都需要更細緻的爬梳，在此將舉水蔭萍作為討論對象。

---

56 吳佩珍，〈一九三〇年代におけるアイルランド文学の越境と台湾新文学〉，頁203-204。

57 針對「在台日人的鄉土主義」的論述，詳參橋本恭子著，吳亦昕譯，〈在臺日本人的鄉土主義──島田謹二與西川滿的目標〉，吳佩珍主編，《中心到邊陲的重軌與分軌：日本帝國與臺灣文學‧文化研究》（中）（台北：國立臺灣大學出版中心，2012年），頁333-379。

表7-1　水蔭萍於《媽祖》、《華麗島》與《文藝臺灣》發表詩作列表

時間	雜誌名稱	卷期	標題
1935.7	媽祖	5	靜脈と蝶
1936.1	媽祖	2-2(8)	風邪の唇
1936.4	媽祖	2-3(9)	風の音樂
1937.3	媽祖	3-1(13)	窓帷
1939.12	華麗島	1	月の死面──女碑銘第二章
1940.1	文藝臺灣	1	花海

　　水蔭萍經常被認為是與「超現實主義」親近的詩人，進入西川滿等「象徵主義」的《媽祖》集團中，或許令人感到意外。但本來水蔭萍口中的「超現實主義」便是來自於西脇順三郎的「超現實主義」，而這個詞並不是西脇順三郎的自稱：「事實上，我因為知道波特萊爾所說的『文學的兩個要素是超自然與諷刺』這句話，所以將這部詩論的取為『超自然』，但當時的編輯將之更改為當時的新造語『超現實』這個名稱。」[58]也就是說，水蔭萍與西脇順三郎口中「超現實」，事實上原本是來自波特萊爾的「超自然」。而西脇順三郎在〈超自然詩學派〉一文中，也展現了他對於超現實主義的與眾不同的理解。他從波特萊爾、魏爾倫、馬拉美出發，認為「布列東的超現實主義打破心象與心象在聯想上的因果關係，不僅是單純創造不明的意識的世界而已，還試圖在這個意識的世界中的心象與心象之間製造電位差，製造美麗火花的發放。」[59]接著他在這段話後面補充，這完全是他自己

58　西脇順三郎，《西脇順三郎詩と詩論Ⅰ》（東京：筑摩書房，1975年），頁407。
59　原文：「ブルトンのスュウルレアリスムは心象と心象との連想上の因果関係を破つて単に不明なる意識の世界を作るのみならず、その意識の世界に含まれてゐる心象と心象との間に電位差を起して美しい火花の放散をつくらんとするものである。」J・N（西脇順三郎），〈超自然詩学派〉，《詩と詩論》第一冊（1928年9月）。

的意見，而不是超現實主義者的說法。可以發現，西脇順三郎對於「超現實主義」理解，是「有意識」的對於心象的創造與經營，與布列東超現實主義主張的無意識、夢、自動書寫技法有著根本上的不同。前述島田謹二在評論西川滿時，談到「著重印象的累積和聯想的奇特的超現實主義」[60]，基本上也與西脇順三郎的看法類似。

事實上，西脇順三郎與《媽祖》集團原本就有著友好的關係。《媽祖》第2期登載了西脇順三郎〈雨〉、〈眼〉這兩首原收錄在《Ambarvalia》詩集裡的詩；第3期則登載〈詩的歷史〉（詩の歷史）這篇收錄在《有輪的世界》（輪のある世界）的文章。而1935年西川滿出版《媽祖祭》時，也可以看到西脇順三郎在《媽祖》雜誌上給與讚許[61]。如前行研究指出的，《Ambarvalia》與《有輪的世界》這兩本書對於水蔭萍的詩論有很大的影響[62]。如此看來，水蔭萍與《媽祖》集團的親近並不是一件令人意外的事。水蔭萍在《媽祖》、《華麗島》和《文藝臺灣》上皆有發表詩作，以下舉《華麗島》中的詩作觀之：

水蔭萍「月の死面——　　　　水蔭萍〈月亮的死亡面具[63]
女碑銘第二章」　　　　　　　——女碑銘第二章〉

風は發狂した無數の手を擴げて　風張開無數發狂的手

---

60 前揭島田謹二，〈西川滿氏の詩業〉，頁450。

61 西脇順三郎，〈「媽祖祭」を手にして〉，《媽祖》第6期（1935年9月），頁30。

62 參見黃建銘，〈日治時期楊熾昌及其文學研究〉（台南：國立成功大學歷史學研究所碩士論文，2002年）。

63 「死面」在日文中有兩個意思：(1)用死者的臉所做成的石膏模型，即「デスマスク」（death mask），中文稱為「死亡面具」。(2)死人的容顏。從這首詩出現的「有髮香的雪花石膏」可以推知是第一個意思。參見「し-めん【死面】」辭條，《日本国語大辞典》（來源：https://japanknowledge.com/lib/display/?lid=200201f72e3575q62v8Q，最後查閱時間：2022年4月25日）。

唐紅の匂ひを求め	索求深紅色的香氣
火のやうな颶風	如火的颶風
遙かなる火炎のうちに月の投	遙遠的火焰中，月亮投射的箭
箭は	已消失成一道灰燼
一條の灰と消えた	
白い起伏の女體よ	白色起伏的女體啊
白い女體の惜しげもない會話	白色女體毫不吝惜的會話
死の清淨を嫌がる	厭惡死的清淨
トラムペットのやうな笑ひ	小號一般的笑
烈しい血の秩序は	猛烈的血之秩序
死面を蔽ふ古詩の歌	掩蔽死亡面具的古詩之歌
淫靡なる薔薇花	淫靡的薔薇花
髮の匂ひのする萉の化石	有髮香的花朵化石
髮の匂ひのする雪花石膏	有髮香的雪花石膏
燭臺の窓に見える	從燭臺的窗邊看見的
夜の秘密は	夜的秘密是
花、界實[64]、寶石、爬蟲類……	花、果實、寶石、爬蟲類……
ああ死面に降りかかるカブト	啊啊，降落在死亡面具上獨角
蟲の羽根の音	仙的拍翅聲
敗北の風に	在敗北的風中

---

[64] 原文如此，應為「果實」之誤植。

亡骸の踊る祭は展け	屍體的舞蹈祭典就此展開
杳く	渺遠地
杳く翔ける月の消魂の夥しい戀よ！[65]	渺遠飛翔的月亮那銷魂繁多的戀情啊！

林巾力業已指出水蔭萍的詩存在著「象徵主義的美學」，並且認為〈月亮的死亡面具〉(月の死面)這首詩中出現的意象與波特萊爾經常表現的主題相似[66]。而若將這首詩與西川滿、北原白秋的詩比較的話，可以看到水蔭萍對於視覺性同樣十分重視，但他並非是用難解的漢字以及異國情調的各種珍奇物件來表現這種視覺性，而是自行創造出帶有鮮明色彩與動態的各種奇異意象。在這首詩中，可以看到一段接著一段看似沒有因果關係的意象接連出現，但整體卻又是如同連鎖一般的首尾相連。第一段裡風猛烈地展開對於月亮的追求，中間經歷對方各種誘惑，直到最後一段呈現了風的敗北而月亮仍舊多情。乍看是求而不可得的悲戀，但從月亮的「死亡面具」(死面)一詞來看，這首詩當中被追求的月亮早就已經死亡，因而這一連串的追求成為了沒有出口的徒勞。其追求是朝向一個早已失去生命的、只存活於內在的幻象。不過，在如此沒有希望的內在風景中，安排了一個足以往外窺探的「窗口」：「從燭臺的窗邊看見的／夜的秘密是／花、果實、寶石、爬蟲類……」，在那裡所出現的「獨角仙的拍翅聲」微微地冒現一絲生機，這讓整首詩絕望的內在風景又增添一絲希望。由此可見，水蔭萍所創造的內在心象是豐富、有機且存在深邃的「幽玄」，而這正是西川滿的象徵詩所缺乏的。

---

65 水蔭萍，〈月の死面──女碑銘第二章〉，《華麗島》第一號（1939年12月），頁17。
66 林巾力，〈從「主知」探看楊熾昌的現代主義風貌〉，收入林淇瀁編，《台灣現當代作家研究資料彙編楊熾昌》（台南：國立臺灣文學館，2011年），頁228-229。

三、從《臺灣文藝》、《臺灣新文學》到《臺灣文學》

（一）普羅詩與民眾詩的集結：吳坤煌的鄉土文學論

　　1934年5月，原台中的南音社、東京的臺灣藝術研究會、台北的臺灣文藝協會等文藝團體的成員齊聚一堂，成立了「臺灣文藝聯盟」，並在11月發行機關雜誌《臺灣文藝》，對台灣人而言乃是一個新的文學紀元[67]。在此以台灣人為主的陣營裡，由在台日人創辦的文學雜誌只有兩種被放入此文學運動的系譜當中：《臺灣文學》（1931-1932）和《南溟藝園》（1929-1933）[68]。此兩份雜誌乃是1930年代初期普羅詩以及民眾詩的代表性雜誌[69]。1930年代初期，普羅詩在台灣的問題是過於關注階級，而忽略了民族以及殖民地人民的面向；而民眾詩雖積極在台灣民眾當中取材，卻因缺乏階級的觀點而屢被批評為布爾喬亞趣味。《臺灣文學》和《南溟藝園》的維持時間皆不長，前者在當局對於左翼運動的鎮壓當中結束，後者則在主導者多田利郎離開台灣後解散。在1934年的大集結中，原《臺灣文學》成員的徐瓊二、賴明弘、王詩琅、張維賢、廖毓文、朱點人以及原《南溟藝園》成員的郭水潭皆加入了「臺灣文藝聯盟」[70]。至此，《臺灣文藝》不只

---

[67] 前揭陳芳明，《台灣新文學史（上）》，頁121-123。

[68] 如楊行東的〈臺灣文藝界への待望〉（《フォルモサ》創刊號（1933年7月），頁16-22）以及楊逵的〈臺灣の文學運動〉（《文學案內》第四號（1935年10月），頁66-67）兩篇文章皆將上述兩份雜誌視為台灣文學運動當中的一部分，而其他在台日人的雜誌則無提及。

[69] 參見本書第四、五章。

[70] 比對現存的《臺灣文學》和《南溟藝園》雜誌，以及王詩琅與賴明弘的文章當中的名單得知。王詩琅，〈臺灣文藝作家協會〉，《臺灣文學重建的問題》（高雄：德馨室，1979年），頁86-91；賴明弘，〈臺灣文藝聯盟創立的斷片回憶〉，李南橫主編，《日據下台灣新文學・明集5・文獻資料選集》（台北：明潭，1979年），頁390。

延續了之前《臺灣文學》和《南溟藝園》注重階級以及關心民眾的觀點，更經歷了左翼運動大檢舉與鄉土文學運動的洗禮，於是出現了思考更深入、能夠面向現實，並將理論反映在實際行動與創作之上的詩人：在理論建構與文化中介方面，可舉吳坤煌為例；而在實際創作以及集結地方詩人方面，則可以吳新榮作為代表。

吳坤煌先於1933年在東京參與「臺灣藝術研究會」及其機關誌《福爾摩沙》，後於1935年成為「臺灣文藝聯盟東京支部」的發起人。其發表在《福爾摩沙》上的〈論台灣的鄉土文學〉（台灣の鄉土文學を論ず）一文中，首先，他認為描寫台灣人生活的文學中，需要同時具有「民族的動向」和「地方的色彩」才能夠成為所謂的鄉土文學[71]。接者，吳坤煌引用藏原惟人，指出應廢止統治階級的民族特權，才能夠產生未來的社會主義國際文化。一言以蔽之，要創造的應該是「無產階級統治下的民族文化」[72]。由此可以看到一種融合了「階級」與「民族」觀點下的鄉土文學。而這正是台灣過去的普羅詩及民眾詩所缺乏的觀點。在這之後，吳坤煌開始參加日本普羅詩雜誌《詩精神》（後改名《詩人》），並以之為平台結識了日本與中國的左翼詩人，再將這些左翼資源帶回「臺灣文藝聯盟」。他除了在日、中雙方的雜誌發表與翻譯詩作以外，也在左聯東京支盟雜誌《詩歌》中向中國左翼文藝界報導台灣詩壇的現況，同時把該稿日文版發表在《詩人》上，向日本普羅詩壇介紹台灣詩壇[73]。因此柳書琴認為吳坤

---

[71] 吳坤煌，〈台灣の鄉土文學を論ず〉，《フオルモサ》第2號（1933年12月），頁12。

[72] 吳坤煌，〈台灣の鄉土文學を論ず〉，頁18。原文是「プロレタリアＸＸ下の民族文化」，但是只要跟前文的「ブルジヨア支配下の民族文化」對照看，就可以知道伏字的「ＸＸ」是「支配」二字。

[73] 柳書琴，〈左翼文化走廊與不轉向敘事：台灣日語作家吳坤煌的詩歌與戲劇游擊〉，李承機、李育霖主編，《「帝國」在台灣：殖民地台灣的時空、知識與情感》（台北：臺大出版中心，2015年），頁176-177。王惠珍對於吳坤煌此時分別在《詩精

煌是「積極串聯中、日左翼場域裡的殘存資源，為臺灣人反抗運動闢出另一方新局面的樞紐人物」[74]。雖然吳坤煌也發表了若干詩作，但詩中較少出現他自身所提倡的「地方色彩」。故其此時主要的貢獻可以說在於擔任柳書琴所定位的「左翼文化走廊」的中介者。

（二）「鹽分地帶派」的實踐：吳新榮的左翼鄉土詩

相較於吳坤煌在「左翼文化走廊」上進行的國際交流工作，吳新榮的工作則是在島內經營地方團體以及持續耕耘詩中的「地方色彩」。吳新榮在留學時曾參與東京台灣青年會，於四一六大檢舉時遭日警逮捕[75]，不過當他回到台灣後便從政治活動完全轉到文藝活動上。1932年，吳新榮自東京回台，1933年，他組織「佳里青風會」將台南佳里的文藝創作者集結起來，並促成之後1935年「臺灣文藝聯盟佳里支部」的成立，亦即俗稱的「鹽分地帶派」。陳芳明認為：「沒有吳新榮的掌旗，恐怕鹽分地帶文學的風格很難建立起來」[76]。從《吳新榮日記》的記述當中，確實可以看見他不遺餘力地推動「佳里青風會」和「臺灣文藝聯盟佳里支部」、將之視為人生的事業[77]，且持續與「鹽分

神》和《詩歌》進行的文化翻譯活動有詳細的介紹。詳參王惠珍，《譯者再現：台灣作家在東亞跨語越境的翻譯實踐》（台北：聯經，2020年），頁35-42。

74 前揭柳書琴，〈左翼文化走廊與不轉向敘事：台灣日語作家吳坤煌的詩歌與戲劇游擊〉，頁166。

75 中央研究院臺灣史研究所，《吳新榮日記》（1933年9月4日），「日記知識資料庫」：https://taco.ith.sinica.edu.tw/tdk/%E5%90%B3%E6%96%B0%E6%A6%AE%E6%97%A5%E8%A8%98/1933-09-04，最後查閱時間：2022年4月26日）。

76 陳芳明：〈吳新榮：左翼詩學的旗手〉，《左翼台灣：殖民地文學運動史論》（台北：麥田，1998年），頁172。

77 參見前揭《吳新榮日記》中1933年10月5日～12月23日之間對於「青風會」從成立到解散的記述，以及1935年5月6日～6月1日之間對於「臺灣藝術聯盟佳里支部」成立時期的記述。

地帶派」的成員聚會討論文學的紀錄。由郭水潭所起草的〈臺灣文藝聯盟佳里支部宣言〉中提到:「作為當前的問題,我們非思考不可的事情是我們的文學該如何打動民眾」;「我們要明白地從地方的觀點,在我們這開拓中的鹽分地帶中種植文學之花,即便微小也無妨」[78];而由吳新榮紀錄的〈佳里支部發會式通信〉當中也提到:「至今為止其他支部都是產生在都市,反之佳里支部是第一個產生在農村的。因此,我相信這已能夠保證了本支部將來在農民文學上的成果」[79]。由此可知,「鹽分地帶派」自詡來自於「地方」觀點,且重視的是「民眾」、「農民」。在這之後,「鹽分地帶派」的詩人開始以詩作來實踐他們的理念,以下便舉吳新榮發表在《臺灣文藝》的〈村莊〉和〈四月廿六日〉兩首詩觀之:

吳新榮「村」(「生れ里と春の祭」より)	吳新榮〈村莊〉(選自組詩〈故里與春之祭〉)
暮色に包まれた部落	被暮色包圍的部落
それは私の夢る生れ里だ	是我夢中的故里
砧硓石造りの鐵砲倉は	在竹藪葉尖之間
竹藪の梢の間に見えた	看得到砧硓石造的彈藥庫

---

78 〔郭〕水潭,〈臺灣文藝聯盟佳里支部宣言〉,《臺灣文藝》第2卷第8-9號(1935年8月),頁56。原文:「されば當面の問題として吾々の文學は如何にして民眾にアッピールするかを考へなければならね」;「吾々は鮮明に吾々のロカール的見地よりして、この拓け行く吾等の鹽分地帶に、さゝやかなりとも文學の花を植付けるべく」。

79 〔吳〕新榮,〈佳里支部發會式通信〉,《臺灣文藝》第2卷第8-9號(1935年8月),頁59。原文:「今迄の支部は殆んど都會地に發生してゐるのに反して佳里支部は始めて農村に發生したことである。この事は既にこの支部の農民文學に對する將來の成果を約束し得るものと信ずる次第である。」

その歷史と傳統を語つて	長滿青苔的牆壁砲孔崩塌
苔けた壁に砲眼が崩れてゐる	訴說著它的歷史與傳統
あゝ昔我が祖先が死を以て	啊過去我們祖先
守り通つて來た村だ	以死守護的村莊
この村は私の心臟	這個村莊是我的心臟
我が高鳴る心臟に	過去戰鬥的血液
昔戰つた血が沸いてゐる	在我鼓動的心臟中沸騰著
土地と種族を守つた鐵砲倉	守住了土地與種族的彈藥庫
今日も銃架に搖籃をかけて	今天我也會在槍架上掛上搖籃
吾は汝の	在你的
裾に眠つてあらう	底下入睡吧
榮譽と富貴は	榮譽與富貴
母の子守歌になかつた筈だ	不應該存在於母親的搖籃曲中
然し私は夢みて歌ふであらう	我只會夢想並且歌唱著
只正義の歌を眞理の曲を[80]	正義之歌與真理之曲

上面是組詩〈故里與春之祭〉（生れ里と春の祭）的第二首〈村莊〉（村）。在此詩中，敘述者歌頌了作為人民的心臟的村莊，以及保護這個村莊的「彈藥庫」。詩中提到「在竹藪葉尖之間／看得到砧硞石造的彈藥庫／長滿青苔的牆壁砲孔崩塌／訴說著它的歷史與傳統」。根據詩中「砧硞石造的彈藥庫」、「長滿青苔的牆壁砲孔崩塌」的描述，可以推測這裡描述的應是台南的「安平小砲臺」[81]。安平小砲臺是清朝在1840年鴉片戰爭時期為了防止英軍入侵時所建造，擁有砧硞

---

[80] 史民,〈生れ里と春の祭〉,《臺灣文藝》第2卷第6號（1935年6月），頁34-35。
[81] 「安平小砲臺」位於現今臺南市安平區安平路與安北路交叉口，為三級古蹟。

石造的牆面、地下彈藥庫以及老舊傾頹的砲眼[82]。此砲臺是在引進西式砲臺之前所建造，為台灣難得保存完整的中式舊砲臺[83]。這個砲臺在日治時期並不知名，也未被官方列為觀光景點[84]。可以說，吳新榮是獨具慧眼地選擇了這個具有民族意義且尚未被象徵化的砲臺作為本詩的書寫對象。於是，事實上是由外來者（清朝政府）建造用來對抗外來者（大英帝國）的安平小砲臺，成為了住在這個村莊的「我們祖先」用來守護「土地與種族」的堡壘。重要的是，吳新榮將這個台南村莊[85]塑造成具有獨自的「土地和種族」，而居於此地的台灣人祖先及其後代將永遠懷有從帝國手中保護這個「土地和種族」的任務。如同陳芳明所言，「這種地方性並不是狹義的鹽分地帶，而是指同樣承擔歷史命運的整個殖民地台灣」[86]。這種塑造台灣鄉土的方式明顯與西川滿詩中只是將砲臺當作頹廢風景當中的道具截然不同，具有鮮明的戰鬥性與主體性。而這正是被楊杏東盛讚為「流露出極為強烈的鄉土色彩」、「乍看之下雖然感到此詩缺乏韻律感，但仍掩不住他的鄉土意識與鄉土愛的精神」的作品之一[87]。可見這首詩確實能夠在民族情感上引起讀者的共鳴，是吳坤煌所期待的具有「民族的動向」和「地方的色彩」的鄉土文學的實踐。

---

[82]〈安平小砲臺〉，「臺南市政府文化局古蹟營運科」（來源：https://historic.tainan.gov.tw/index.php?option=module&lang=cht&task=pageinfo&id=85&index=6，最後查閱時間：2022年4月28日）。

[83]〈古蹟導覽：安平小砲臺〉，「臺南市安平區公所」（來源：https://web.tainan.gov.tw/tnanping/cp.aspx?n=20609&s=7241，最後查閱時間：2022年4月28日）。

[84] 一般觀光書籍裡提到位於安平的舊砲臺，多是指「億載金城」（西式砲臺）。如杉山靖憲，《臺灣名勝舊蹟誌》（台北：臺灣總督府，1916年），頁21-23。

[85]〈故里與春之祭〉三首組詩之前標示有一句話：「這篇詩獻給鹽分地帶的同志」（この一篇を鹽分地帶の同志に捧ぐ）。故可以知道這邊的「村莊」指的便是佳里。

[86] 前揭陳芳明：〈吳新榮：左翼詩學的旗手〉，頁190。

[87] 楊杏東，〈「臺灣文藝」の鄉土的色調〉，《臺灣文藝》第2卷第10號（1935年9月），頁80。

| 吳新榮「四月廿六日―南鯤鯓廟―」（三、四連目） | 吳新榮〈四月廿六日―南鯤鯓廟―〉（第三、四段） |

試みに青史を繙いて見よ　　　　　試著翻開青史吧
この日四月廿六日に　　　　　　　四月廿六日這一天
我等の聖祖延平郡王が　　　　　　我們的聖祖延平郡王
紅毛を追ひ澎湖を領略して　　　　趕走紅毛、占領澎湖
ゼーランジヤ城に上陸したのだ　　登上熱蘭遮城
爾來祠を興し廟を築きて　　　　　自那時以來興祠築廟
漢族の英主民間の義士を祭つたのだ　祭祀漢族的英主、民間的義士
されど滿清となるや　　　　　　　然而一到滿清
この廟この祠は愚民政策の道具に　此廟此祠就成了愚民政策的道具
そして今は神密主義者の道場だ　　然後現在成為了神祕主義者的道場

この廟は農民の夢見る宮殿　　　　此廟是農民夢中的宮殿
この廟は漁夫の實現した龍宮　　　此廟是漁夫化作現實的龍宮
昇龍の石柱網蛛の屋根　　　　　　昇龍的石柱、蜘蛛結網的屋頂
お、民族文化の表象だ　　　　　　啊，民族文化的表象
鄉土藝術の精華だ　　　　　　　　鄉土藝術的精華
人々よ四月廿六日を銘記せよ　　　人們啊，銘記四月廿六日吧
迷信ごとや祭騷ぎてはない　　　　不是迷信也不是鬥鬧熱
この日は追憶の日瞑想の日　　　　這一天是追憶與冥想的日子
そしてこの廟は義民の紀念塔　　　而此廟是義民的紀念塔

我が子孫に孫すべき遺產だ[88]　　應該傳承給我們子孫的遺產

上面是〈四月廿六日〉一詩的後兩段。這首詩的篇幅甚長，所省略的前兩段中，第一段描寫農曆四月二十六日是南鯤鯓廟的祭日，善男信女爭先恐後地來參加祭典的情景；第二段敘述者感嘆聚集在此的人們都不知道四月二十六日究竟是什麼日子。因此敘述者便開始解釋道：「試著翻開青史吧／四月廿六日這一天／我們的聖祖延平郡王／追討紅毛、征服澎湖／登上熱蘭遮城／自那時以來興祠築廟／祭祀漢族的英主、民間的義士」。接著話鋒一轉，提到後來的殖民者皆忽略與掩蓋上述的歷史脈絡：「然而一到滿清／此廟此祠就成了愚民政策的道具／然後現在成為了神祕主義者的道場」。在這裡，吳新榮刻意避開教科書中描寫「延平郡王」鄭成功時一定會提到的「開山神社」[89]，而以「南鯤鯓廟」為書寫對象，有著特殊的用意。

　　南鯤鯓廟為現今的「南鯤鯓代天府」[90]，建於1662年，主要祭祀「五府千歲」即「李、池、吳、朱、范」五尊王爺[91]。然而，郭水潭在《民俗臺灣》發表的〈南鯤鯓廟誌〉一文中引用連橫的說法，指出台灣多數延平郡王廟在滿清治台以後有所避諱，才改稱王爺廟。而且，南鯤鯓廟的大祭在四月二十六日，正是鄭成功向荷蘭人發出最後通牒的日期，郭水潭認為這並非巧合，而是該廟所祭祀的「五府千

88　吳新榮，〈四月廿六日—南鯤鯓廟—〉，《臺灣文藝》第2卷第10號（1935年9月），頁71-72。

89　〈第二十三鄭成功〉，《公學校用國語讀本　第一種　卷九》（台北：臺灣總督府，1931年），頁105。

90　「南鯤鯓代天府」位於現今台南市北門區蚵寮里976號，為二級古蹟。

91　〈奉祀神佛〉，「財團法人南鯤鯓代天府」（來源：http://www.nkstemple.org.tw/2012_web/2012_web_B_1.htm，最後查閱時間：2022年5月2日）。

歲」事實上便是「延平郡王」的證明[92]。吳新榮顯然和鹽分地帶派的同志郭水潭抱持著相同的見解，意圖在詩中恢復南鯤鯓廟真正的歷史意義，並藉此批判清國與日本統治對於台灣歷史文化的消抹。也可以說，在「四月二十六日」舉辦祭典的「南鯤鯓廟」是吳新榮刻意提出的只屬於台灣人的鄭成功歷史地景。雖然詩中認為此廟現今也成為了「神祕主義者的道場」，但仍然比被官方由延平郡王祠改造成神道教的「開山神社」要好多了。相對於此，同一時期的西川滿在詩中積極描寫台灣祭典與廟宇、卻往往用個人浪漫目光將歷史文化意涵抽離。如阮斐娜所指出的，「圍繞著祭典熱鬧的活動在台灣社會的脈絡中有其目的和意義，忽視或拒絕這個文化意涵，西川滿所進行的一項暴力行為便是——從他們的脈絡剝奪文化的魅力之處，並提供日本讀者有品味的異國情調藝術品」[93]。吳新榮對於西川滿顯然有著強烈的意識，因此在詩中提醒人們廟宇是「民族文化的象徵」、「鄉土藝術的精華」——在此，吳新榮又再一次強調了獨立於荷蘭、清國與日本之外的「民族」與「鄉土」，試圖透過具有歷史向度的地景描寫，營造出民眾與土地的一體感。而此處的「我們」則指涉了在這塊土地上一同經歷了荷蘭、明鄭、清國、日本統治的，以「農民」與「漁民」等底層階級為主體的台灣民眾。

（三）北海道左翼詩人・川淵酉一郎

從上述吳坤煌的論述及吳新榮的詩作看來，《臺灣文藝》集團儼然是台灣人民族抵抗的大本營，可是鄉土文學所要求的「民族的動向」和「地方的色彩」，卻也能夠在《臺灣文藝》中日本人的作品看到：

---

[92] 郭水潭，〈南鯤鯓廟誌〉，《民俗臺灣》第3期（1943年3月），頁41。
[93] 前揭阮斐娜著，吳佩珍譯，《帝國的太陽下》，頁137。

第七章　1930-1940年代的台灣近代詩壇：
《媽祖》與《臺灣文藝》兩大集團的形成　❖　331

北海道　川淵茜一郎　　　　　　　北海道　川淵茜一郎
「或る裏面史」　　　　　　　　　〈某段背面史〉

デパートが　　　　　　　　　　　百貨公司
ビルデングが　　　　　　　　　　公寓建築
學校が――　　　　　　　　　　　學校――
見ろあの高層建築地帶は益々　　　看哪，那愈發延長的高樓地帶
延長し　　　　　　　　　　　　　破舊長屋被移除
ボロ長屋は取拂はれ　　　　　　　就這樣，半殖民地都會膨脹著
斯て半殖民地の都會は膨脹し　　　在眼前奪走了我們的居住權
我々の居住權を目前に奪つて
しまふ

お、　見ろ！　　　　　　　　　　啊，看哪！
この堤防地に密集する板片と　　　這堤防地上密集的木板和草蓆
ムシロ石油罐の小屋を――だ　　　石油桶堆成的小屋――但就算
が此處も　我々安住の地たるを　　是這裡　我們的安居之地
　決して許しはしない　堤防　　　　也不被允許　我們被以
敷地であるとの理由は　道廳　　　「這裡是堤防用地」的理由
から刻下の追立を食つてゐる　　　遭到北海道廳立即的驅逐
のだ　　　　　　　　　　　　　　――（XX會擁護XX的生命
――（XXはXXの生命と財　　　　與財產）――
產を擁護する）――　　　　　　　這種空話只會支持少數人的
この空文は少數者の財産の　　　　財產
みを支持し　　　　　　　　　　　沒有公告的XX主義　在沉默
宣告なきXX主義は　幾多の　　　中X去眾多的生命

生命を無言のうちにＸり去ら
うとするのだ[94]

川淵酋一郎雖然只曾在《臺灣文藝》發表過一首詩，但這首詩卻難得地向台灣詩壇展現出北海道左翼詩人的視野。川淵酋一郎（1909-1971），本名富樫定雄，另一個較為人所知的筆名為富樫酋壹郎，生於北海道石狩市，任職於札幌水力電氣株式會社[95]。1930年在札幌創辦詩刊《篝火》（かがりび）（後改名為《北斗文芸》），1932年再創辦詩刊《詩宗族》，詩作受到無政府主義的影響。1935年被視為「札幌的無政府主義有力者」而以治安維持法逮捕，因而停筆，直到戰後才恢復創作活動[96]。〈某段背面史〉（或る裏面史）這首詩描寫日本帝國為了蓋近代化的百貨公司、公寓、學校，而將原本下層階級所居住的「長屋」拆除。無家可歸的長屋居民成為了遊民，就連露宿在堤防邊，都遭到北海道廳以「堤防用地」為由驅逐。可以看到，川淵酋一郎在這首詩中從「半殖民地」北海道的角度，勾勒出一個與帝國政權相對的「我們」的群體。在光鮮亮麗的「北海道開發史」的背後，存在著因土地開發而流離失所乃至於失去生命的北海道人民的「背面史」。一如吳新榮特意描寫安平小砲臺和南鯤鯓廟，亦是為了彰顯原本被帝國敘事所消抹的台灣人民族史。用吳坤煌所引用的藏原惟人的話來說，要創造的應該是「無產階級統治下的民族文化」[97]，那當然

---

[94] 川淵酋一郎，〈或る裏面史〉，《臺灣文藝》2卷5號（1935年5月），頁78。

[95] 《札幌市中央図書館／新札幌市史デジタルアーカイブ新札幌市史第4卷通史4》（來源：https://trc-adeac.trc.co.jp/WJ11E0/WJJS06U/0110005100/0110005100100040/ht890340，最後查閱時間：2022年5月16日）。

[96] 古川善盛，「富樫酋壱郎」辭條，北海道文学館編，《北海道文学大事典》（札幌：北海道新聞社，1985年），頁244。

[97] 前揭吳坤煌，〈台灣の鄉土文學を論ず〉，頁18。

包括了不只台灣,還有從前近代到近代被日本帝國逐一收編的北海道、沖繩、朝鮮等地方的民族文化。由此可見,《臺灣文藝》的視野並不只是放在台灣自身的「民族」與「鄉土」上,還包括了被收編進「日本人」概念的其他被壓迫民族。〈某段背面史〉後來並沒有收入川淵酋一郎戰後出版的兩本詩集《鄂霍次克的意志》(オホーツクの意志)[98]、《富樫酋壱郎詩集》[99]當中,在《臺灣文藝》才能看到的這首呈現殖民地與半殖民地連帶的詩作因而更顯珍貴。

四、小結

本章以1934年《媽祖》與《臺灣文藝》的創刊為起點、1941年太平洋爆發為終點,觀察在1930-1940年理念與風格有著鮮明區別的兩大集團中,主要人物的論述及詩作所呈現出的風格與詩觀。

其一為《媽祖》、《華麗島》到《文藝臺灣》的路線。此集團以日本詩人北原白秋來台為起點,集結了矢野峰人、島田謹二與西川滿三個中心人物。西川滿的詩作當中展現了對於北原白秋詩作的模仿,而其異國情調自我內面化更擴展到「華麗島」一詞的出現,於此脫離了北原白秋而朝向東西方文化融合的台灣表象的創造。而矢野峰人與島田謹二作為雜誌《新詩論》的成員,將在日本推動失敗的「昭和象徵主義」帶來台灣。雖然北原白秋的象徵詩經營流於表面,但在《媽祖》集團的另一個台灣人成員水蔭萍在對於西脇順三郎的傾心之中,發展出了其獨樹一格的象徵詩。

另一條則為《臺灣文藝》、《臺灣新文學》到《臺灣文學》的路線。這個以台灣人為主的集團除了文學史當中已被熟知的集結《南

---

98 富樫酋壱郎,《オホーツクの意志》(東京:楡書房,1955年)。
99 富樫酋壱郎,《富樫酋壱郎詩集》(札幌:北書房,1972年)。

音》、《福爾摩沙》、《先發部隊》等雜誌的成員外，事實上也集結了《臺灣文學》（1931-1932）和《南溟藝園》（1929-1933）這兩種在台日人創辦的雜誌的成員。於是，過去不成熟的普羅詩和民眾詩在此集團發展出由吳坤煌打下理論基礎、由吳新榮完成詩作實踐的左翼鄉土詩。吳新榮的詩對於台灣歷史與地景的勾連，建構出一群獨立於帝國之外、具有自己的「鄉土」與「民族」的「我們」。由此可以看到一種鮮明的主體性在台灣近代詩中的誕生。而在《臺灣文藝》發表詩作的北海道左翼詩人川淵酋一郎則透過對於日本帝國的剝奪人民居住權的控訴，展現出殖民地之間的連帶。

　　需要說明的是，《臺灣文藝》為刊登各種文類的文藝雜誌，並不像《媽祖》主要刊登詩與詩論。且因其「大團結」的性質，詩的語言、內容與形式也混雜了1920年代以來的各種風格，比起西川滿集團更加多元駁雜。而由於編輯的更迭，從《臺灣文藝》、《臺灣新文學》到《臺灣文學》的作者名單的變動也較《媽祖》、《華麗島》到《文藝臺灣》來得要大。但可以確認的是，在以台灣人為主導者的這幾份雜誌當中所刊載的詩作中，對於階級、民眾以及鄉土的關注始終沒有中斷，並且與西川滿集團的風格做出了鮮明的區別。粗略地說，《臺灣文藝》較多對農村現實的揭露、鄉土色彩的刻劃與鄉愁的抒發；《臺灣新文學》則更多農民與勞動者的不平之鳴，對於台灣鄉土的描寫較少；《臺灣文學》則因接近戰爭期而抹去了直接的批判與戰鬥性，多淡淡地抒情地描寫詩人的鄉土之愛。在這當中，少數貫串三種雜誌的詩人吳新榮、郭水潭、林精鏐等「鹽分地帶派」，始終專注於立足佳里，寫出他們在農村現場的所見所聞[100]。其中又以吳新榮最能夠連接

---

[100] 關於日治時期鹽分地帶派的詩歌專論，詳參王秀珠，〈日治時期鹽分地帶詩作析論——以吳新榮、郭水潭、王登山為主〉（高雄：國立高雄師範大學國文教學碩士論文，2004年）；莊曉明，〈日治時期鹽分地帶詩人群和風車詩社詩風之比較研究〉

歷史與地景、融入階級與民族的立場，足以作為這個時期詩歌版的「福爾摩沙意識型態」[101]或「福爾摩沙文藝復興」[102]的代表性人物。

從本章對於《媽祖》與《臺灣文藝》兩大集團的風格的歸納，可以看到在過去《文藝臺灣》與《臺灣文學》的對立論述中鮮少被處理的近代詩其實各有一條從1934年延續到1941年的脈絡。而過去被認識為「日本人」與「台灣人」的對立的兩大集團，事實上各自皆有台灣人與日本人的存在。除了本章所舉出的例子之外，這兩大集團的各雜誌尚有許多未曾被提及的詩作，將留待未來繼續探討。

（台北：國立臺北教育大學台灣文化研究所碩士論文，2008年）。

101 語出吳叡人，〈福爾摩沙意識型態——試論日本殖民統治下臺灣民族運動「民族文化」論述的形成（1919-1937）〉，《新史學》17卷2期（2006年6月），頁127-216。

102 語出前揭吳佩珍，〈一九三〇年代におけるアイルランド文学の越境と台湾新文学〉，頁209。

第八章
日治末期戰爭詩初探[*]

一、前言

　　1941年太平洋戰爭爆發之後，台灣曾出現大量頌揚大東亞戰爭的戰爭詩，作者包含台灣人及日本人。這些作品在戰爭結束之後成為了令人尷尬的存在。坪井秀人提到日本在十五年戰爭中數量龐大的戰爭詩原封不動地被當成「醜陋的殘骸」，在戰後未被整理並埋葬於黑暗中，使得日本戰前詩與戰後詩之間的連結／切斷未得到解明[1]。這種「原封不動」的情形在台灣也是一樣的。而且在台灣所遇到的課題更為複雜。一方面這些作品不只是在歌頌戰爭這樣的犯罪行為，另一方面對於戰後被視為「回歸中國」的台灣來說，它們更是背叛民族的證據。即使是在逐漸與「中國」分離、具有主體性的台灣文學史當中，這些為日本國策服務的作品也不受到歡迎[2]。可是這麼原封不動的問題不只是切斷了台灣戰前與戰後詩歌史的認識，同時也規避了過去一

---

[*] 本章英文版初稿（原題：Musicality and the Discipline of Body in War Poetry of Colonial Taiwan）曾宣讀於ASCJ年會（The Asian Studies Conference Japan〔ASCJ〕，Rikkyo University, Ikebukuro Campus, 2017.7.9.），獲評論人吉原ゆかり老師以及其他與會先進寶貴意見，特此銘謝。

[1] 坪井秀人，《声の祝祭——日本近代詩と戦争》（愛知：名古屋大学出版会，1997年），頁158。

[2] 最具代表性的葉石濤《台灣文學史綱》與陳芳明《台灣新文學史》中，對於戰爭時期「不抗日」的小說只簡單提及，而對於戰爭詩則隻字未提。參見葉石濤，《台灣文學史綱》（高雄：春暉出版社，1987年）；陳芳明，《台灣新文學史》（台北：聯經，2011年）。

直被視為被害者的台灣人的戰爭責任——鼓勵原住民從軍以及侵略南洋國家的戰爭責任。本章希望透過日治末期的戰爭詩，觀察台灣近代詩壇原先有著不同風格與詩觀的詩人們如何在美學形式與內容方面達成一元化，他們又是如何運用這種一元化的詩歌將殖民地人民捲入大東亞戰爭之中，進而煽動一種為日本帝國捐軀的政治狂熱主義。

在這裡必須先說明台灣戰爭詩與日本戰爭詩的起點不同。日本從1931年滿洲事變之後便進入十五年戰爭期間，同時開始出現許多戰爭相關詩作；而台灣則是在1941年皇民奉公會成立、志願兵制度實施以及太平洋戰爭爆發之後，大量的戰爭詩才開始出現。最為明顯的便是被視為對立的《文藝臺灣》和《臺灣文學》兩大集團在太平洋戰爭爆發之後同聲支持「大東亞戰爭」，並開始刊登形式與內容都逐漸走向一元化的戰爭詩[3]。不只它們，刊有文藝作品的綜合雜誌如《臺灣時報》、《臺灣公論》、《臺灣教育》、《臺灣遞信協會雜誌》、《部報》……等也可以看到戰爭詩在1941年以後如雨後春筍冒出。在這些戰爭詩中，有一部分與日本內地的戰爭詩內容雷同，旨在讚頌日本帝國及期待戰爭的勝利；而另一部分則放入與台灣相關的內容，諸如將台灣地景地貌編入皇國整體、歌頌在台灣實施的新體制生活等。這些內容與其說是寫給台灣人，不如說是寫給在台灣生活的日本人比較恰當。直到台灣志願兵制度實施，戰爭詩開始出現鼓吹加入志願兵、為皇國奉獻鮮血這樣面向台灣人的內容，標誌著戰爭詩終於將台灣人民也捲入大東亞戰爭的漩渦之中。本章將以這些以志願兵為主題的戰爭詩作為主要的探討對象。

本章將提出「聲音性」與「身體規訓」作為台灣戰爭詩的兩個主

---

[3] 《臺灣文學》比《文藝臺灣》晚開始刊登戰爭詩。這兩份雜誌後來合併為《臺灣文藝》（1944-1945）。

要特色。就形式來說,台灣戰爭詩與日本戰爭詩有類似的性格,都相當重視聲音的要素,以易於朗誦為原則。曾經較為注重視覺要素的詩人,在此時也轉為服膺聲音性這個原則。在戰時朗讀運動的推動之下,朗讀會與收音機廣播中戰爭詩被重複朗誦,將創作者與聽眾結合在一起,營造出了萬眾一心的一體感。而就內容來說,台灣戰爭詩為了將台灣人收編為皇軍的一部分,所以相當重視異民族的身體規訓。尤其讚揚一種不靠理性思考,只靠立即快速的行動成為志願兵的從軍模式。「不由自主」、「不知道為什麼」就衝去從軍,將身體獻給天皇,就能夠立刻成為日本人、成為皇軍。以成為一種集體的、神聖的身體為目標,故能置個人身體的生死於度外。本章將舉出實際的詩作分別說明上述兩個戰爭詩的面向。

二、從視覺性到聲音性:以西川滿與長崎浩為中心

兵隊になれる	能成為軍人
日本の兵隊になれる	能成為日本的軍人
君が 君が 君が	你可以 你可以 你可以
そして僕が――	而我也可以――
ああ 臺灣に志願兵制度施行	啊 台灣實施志願兵制度了!
さる!	
僕の血は湧く	我的血在湧動
僕の血は湧いて迸る!	我的血在湧動、即將噴出!

（西川滿「志願兵――朗讀のための詩――」〔抜粹〕，1942）[4]	（西川滿〈志願兵――為朗讀而寫的詩――〉〔節錄〕，1942）
爆發　爆發	爆炸　爆炸
百萬の胸に燃える熱火	在百萬人胸中燃燒的熱焰
燃えよ　燃えよ　炎に	燃燒吧　燃燒吧　在火焰中
昨日の思想よ	昨日的思想啊
昨日の生活よ	昨日的生活啊
因襲の灰燼を貫いて	貫穿陳腐的灰燼
不死鳥のやうに	像鳳凰一般
われらの内に甦へるもの	在我們心中重生的
これぞ金剛不壞の大和魂	正是金剛不壞的大和魂
往け　志願兵	去吧　志願兵
往け　光榮の門へ	去吧　朝著光榮之門
（長崎浩「志願兵」〔七、八連目〕，1942）[5]	（長崎浩〈志願兵〉〔第七、八段〕，1942）

以上是兩首同樣名為〈志願兵〉的詩。作者西川滿和長崎浩在1942和1943年分別是「大東亞文學者大會」的台灣代表，就國策協力者這一點來說，他們寫出這樣的作品並不奇怪。但若是熟悉他們早期作品的

---

[4] 西川滿,〈志願兵――朗讀のための詩――〉,《部報》（1942年2月）。
[5] 長崎浩,〈志願兵〉,《文藝臺灣》第3卷第6號（1942年3月）。

第八章　日治末期戰爭詩初探 ❖ 341

人，或許就會為上面的作品感到驚訝。驚訝的不一定是作品的內容，而是表現方式。在這之前，他們各自的代表作是這樣的：

ありがたや、春(はる)、われらが御
母(はは)、天上聖母(テンションシエンビヨウ)。媽祖(マソ)
さまの祭典(ツエテン)。神神の卜卦(ボクコア)。
天地ここに靈を釀(かも)して、
　夕(ゆふべ)、金亭に投げる大才子。
花月(はなづき)の、空飛ぶ鳩か、わがこ
ころ。

感激不盡，春天，我們的慈母、天上聖母。媽祖娘娘的祭典。眾神的卜卦。天地在此醞釀靈魂，是夜，投入金亭[6]的大才子[7]。那是在花月空中飛舞的鴿子嗎？我的心。

氣根搖れる榕樹(リイブウ)の蔭では女巫
が、做妺(ツエビアウ)相手に神籤(くじ)をひ
く。金紙(きんし)のけむりたちこめて、
犠牲(いけにへ)の白豚(ペエチイ)ねむるところ、
見出す札(ふだ)は十七番。「近水楼
台先得月(タイシエンチエクゴア)。向陽花(ヒオンイオンホア)
木易逢春(ボクイイホンツウン)。」

氣根搖曳的榕樹樹蔭下，女巫替賣淫婦抽出神籤。金紙的煙霧瀰漫，作為牲禮的白豬沈睡處，抽出的籤詩為十七號：「近水樓台先得月，向陽花木易逢春。」

6　焚燒金紙的香爐。

7　金紙的一種。

（西川滿「媽祖祭」　　　　　　（西川滿〈媽祖祭〉
〔一、二連目〕，1935）[8]　　〔第一、二段〕，1935）

穗芒　たかく　　　　　　　　穗芒　高高地
潮風にゆれる蔭に　　　　　　在隨海風搖曳的芒蔭下
しろじろとよこたはる墓石　　橫臥的純白墓石
哀れな和蘭陀人たちに眠つて　可憐的荷蘭人們長眠於此
ゐるのはここだ　　　　　　　悲傷童話般　赤崁城的夢之
かなしい童話めいた赤崁城の　殘跡
夢の跡

手向けよう花もない　　　　　沒有供奉的鮮花
なんといふ荒れさびた眺望　　多麼荒蕪寂寥的眺望
蘆生ひしげる濕地の果は　　　蘆葦繁茂的濕地盡頭是
ニッケル色に浪のうねる廢港　銀色浪花起伏的廢港
戎克船が一隻ものうく浮いて　一艘戎克船倦怠地飄浮著
ゐるのも　　　　　　　　　　這也是壯闊歷史膠卷中的一
茫々たる歷史のフイルムの一　幕嗎
齣か
（長崎浩「安平旅情」〔一、二連　（長崎浩〈安平旅情〉〔第一、
目〕，1938）[9]　　　　　　二段〕，1938）

西川滿的〈媽祖祭〉透過台灣民俗祭典、傳統神明、風俗信仰的描寫，營造出一幅如夢似幻的景象。島田謹二認為西川滿的詩集中視覺

---

[8] 西川滿，〈媽祖祭〉，《媽祖》第3冊（1935年2月），頁18-21。
[9] 長崎浩，〈安平旅情〉，《文藝臺灣》創刊號（1940年1月）。

要素占有絕對的優勢,「優點是由於輪廓確實、線條鮮明與色彩強烈,故賦予他的作品現代詩壇少見的繪畫美的要素」[10]。從上述引用的〈媽祖祭〉前兩段也可以看到,他的詩中有相當多困難的漢字,同時又以標音的方式來標出詞彙的台語讀音。對日語使用者來說,在視覺上應該會有相當新鮮而華麗的感受。而若以口語來朗讀則容易化作一連串意義不明的聲音[11]。另一方面,長崎浩的〈安平旅情〉描寫台南安平舊港周邊的荒涼景象,回憶過去荷蘭人敗戰於此的歷史,藉以抒發敘述者的懷古愁思[12]。他的視覺要素是以宛如電影一般的運鏡展開。首先先是聚焦於芒草和墓石的近景,再慢慢把場景拉遠到破舊的赤崁城和廢港,以攝影機般的鏡頭描繪出眼前「歷史膠卷中的一幕」。與西川滿的強烈色彩相較之下,長崎浩刻意將此詩的彩度降低,以芒草與蘆葦的土黃、墓石的純白、浪花的銀灰這些黯淡的色彩襯托出褪色一般的遙遠歷史。由此可見,長崎浩與西川滿在二戰之前都相當有意識地安排詩作中的視覺要素。

然而,在太平洋戰爭開打之後的1942年,他們在同樣名為〈志願兵〉的詩中,捨棄了過去重視視覺效果的寫作方式,轉而重視聲音效果。西川滿的詩作,在標題下面就明白寫著「為朗讀而寫的詩」。這樣的轉變可以說完全是以太平洋戰爭的爆發為起點。如坪井秀人所言「以十二月八日作為劃時代的一日,出版、朗讀會、放送等文學媒體以濃厚的自覺開始執行國家的使命自不待言,隨之而來的是詩人們開

---

10 島田謹二,《華麗島文學志》(東京:明治書院,1995年6月),頁443。
11 詳參本書第七章。
12 關於長崎浩這位詩人的詳細情報,可參見中島利郎著,吳婉萍譯,〈日本作家的系譜——詩魂的漂泊・長崎浩(臺灣篇)〉,收入吳佩珍主編,《中心到邊陲的重軌與分軌:日本帝國與臺灣文學・文化研究》(中)(台北:國立臺灣大學出版中心,2012年),頁116-153。

始大量地生產戰爭詩。」[13]太平洋戰爭後，詩歌朗讀運動隨之展開，戰爭詩的需求升高，創作者也就必須轉向為朗讀目的來書寫戰爭詩，因而在創作時就必須注重聲音性以方便朗讀與聆聽。從西川滿與長崎浩上面的〈志願兵〉作品，首先可以觀察到的是，他們捨棄了過往的詰屈聲牙，以適合口語朗讀的淺白語言來創作。接著可以看到的是，在朗讀的過程中，「類疊」與「排比」的修辭手法，不僅表現出音韻的和諧，也有助於堆疊高昂的情緒。例如西川滿重複三次「你可以」、重複兩次「我的血在湧動」；長崎浩則分別重複兩次「爆炸」、「燃燒吧」、「去吧」。這樣的寫作方式，都是在他們過去的作品中不曾見到的。而這並不是特例。重視詩歌的聲音要素，可以說是日本戰爭詩在這一個時期的共同現象。

使日本戰爭詩傾向聲音要素，同時也是推動朗讀運動的最重要的媒體，便是廣播。吉見俊哉從無線電廣播進入日本的歷史談起，說明廣播曾經作為娛樂與社交工具，為藝術家帶來新的表現可能，但在1930至1940年的戰爭時期「轉變成將國家的聲音一元化並灌入國民耳中的機器」[14]。坪井秀人詳細地說明太平洋戰爭開打之後，日本廣播開始頻繁放送愛國詩朗讀的詳細情況。在戰時體制下，朗讀運動曾有的藝術運動的層面被扼殺，完全被國策所回收[15]。那麼台灣的情況又是如何呢？在戰爭時期之前，台灣收音機的普及率並不高。呂紹理針對日治時期台灣的廣播工業整理出相當詳細的統計數據，廣播收聽戶由1928年的7894戶到1942年98196戶，成長了有十倍以上，戰爭開始

---

13 前揭坪井秀人，《声の祝祭──日本近代詩と戦争》，頁181。
14 吉見俊哉著，李尚霖譯，《「聲」的資本主義──電話、RADIO、留聲機的社會史》（新北：群學，2013年），頁252。
15 前揭坪井秀人，《声の祝祭──日本近代詩と戦争》，頁241。

即是急速成長的主因[16]。與西方與日本在二戰前曾經擁有強烈的商業娛樂性質不同，廣播在台灣從一開始就是國家機器的一部分。從《臺灣日日新報》的廣播節目表來看，台灣是從1942年1月中開始固定每日放送「愛國詩」朗誦節目[17]，開始時間比日本晚了一個月。放送的時間與日本相似，都在早上七點半到八點這個時段。雖然一開始朗讀的是來自日本的戰爭詩，但是後來也開始放送由在台日人創作的、與台灣相關的的戰爭詩[18]。

圖8-1　《臺灣日日新報》1942年1月15日的廣播節目表

---

16 呂紹理，〈日治時期臺灣廣播工業與收音機市場的形成（1928-1945）〉，《國立政治大學歷史學報》第19期（2002年5月），頁309-310。

17 〈ラジオ〉，《臺灣日日新報》，1942年1月15日。

18 雖然報紙上的節目表大部分只寫「愛國詩」，而未寫朗讀的詩題。但是1942年3月中山侑在《臺灣公論》雜誌中提到菊岡久利在台灣所寫的〈三個志願兵〉一詩被廣播放送。同年12月東太郎則在同雜誌上說他在廣播聽過長崎浩裡朗誦自己的作品，認為他朗讀得不好。中山侑，〈演劇の心〉，《臺灣公論》7卷3期（1942年3月），頁64；東太郎，〈ラジオ時評〉，《臺灣公論》7卷12期（1942年12月），頁31。

由此可知，透過廣播，在台灣的日本人或台灣人也能夠讓自己創作的戰爭詩經由朗讀傳達給聽眾。「透過放送網絡管理國民之便，詩人們獲得了『聽眾』而非『讀者』的強烈羈絆，從到目前為止的象徵主義——現代主義時代的現實游離或讀者大眾的孤立感當中一舉解放，詩人在一時之間品嚐到這種陶醉感應該是不難推測的。」[19]坪井秀人的說法，應可以用來解釋西川滿與長崎浩詩風轉變的理由。當詩歌開始成為廣播中的節目，就必須語言平易、注重聲音性，方能達到與聽眾之間的連結。這種連結不需要藝術的造境與雕琢，而只需要一種將全國人民連成一體的愛國精神。於是，為了在廣播朗讀中拉近與聽眾的距離，戰爭詩在此時便抹去了不必要的視覺要素，而集中在表現聲音要素。

三、殖民地士兵的身體規訓：以周伯陽與菊岡久利為中心

　　戰爭詩的節奏與韻律感強烈，固然能夠吸引聽眾的注意，但是內容是否與聽眾切身相關卻也相當重要。這一點對於「內地」的日本人雖是毫無疑問，但到了殖民地台灣就不一定了。1937年中日戰爭開打後，對島上民眾而言被徵召參戰只是跟日本人有關的事。縱然有戰爭詩的創作，數量也很少。直到1940年中日戰爭陷入泥沼、日美關係急速惡化、日本大正翼贊會成立，1941年台灣皇民奉公會成立、台灣陸軍特別志願兵制度實施等，這一連串的事件發生以後，台灣才開始全面籠罩在戰爭氛圍之下。志願兵制度的實施對於島內台灣人的震撼遠遠超過日本人，《臺灣日日新報》接連報導台灣人血書志願的熱烈狀

---

19 前揭坪井秀人，《声の祝祭——日本近代詩と戰爭》，頁164。

況[20]。在這樣的氛圍中,率先寫出志願兵相關的戰爭詩的是台灣詩人周伯陽[21]。從周伯陽對於戰爭詩、戰爭歌謠書寫的投入以及對於戰況廣播的關心,可以看到透過詩歌進行的戰爭動員已經開始席捲殖民地人民。

　　周伯陽在如今台灣人心目中的地位,猶如日本人心目中的窗道雄(まど・みちお)。即使無法正確說出作詞者的名字,每個台灣兒童都唱過「妹妹背著洋娃娃」,就像每個日本兒童都曾經唱過「大象」一樣。巧合的是,這兩位在戰後大放異彩的童謠創作者,在戰前都曾經在殖民地台灣寫作國策協力作品,而且這件事在他們的生平中都不太為人所知[22]。2007年有論者發現了收錄在《周伯陽全集》的日文戰爭詩作品,將周伯陽定調為「皇民詩人」,情緒激動地批判並貶抑其包括戰後兒童文學在內的一切作品[23]。該評論可以照見阮斐娜所言,對「皇民作家的批判從來沒有認識過他們所處的動盪變化的環境」[24]。

---

20 譬如在6月21日公布志願兵實施消息後,6月26日即有〈向台灣軍司令官以血書表露赤誠,阿美族青年感激志願兵制度實施〉這樣的報導出現,接下來幾個月一直都有台灣人血書志願的報導。〈臺灣軍司令官に　血書・赤誠を披瀝　志願兵制施行にアミ族青年感激〉,《臺灣日日新報》,1941年6月26日,第4版。

21 周伯陽(1917-1984),筆名有國吉陽一、吉本明弘、白洋、舟泊洋等,生於新竹市。台北師範學校普通科與演習科畢業。畢業後擔任公學校訓導,曾任教於新竹多間公學校,並於戰後一路當上小學校長,在教育界總共服務46年。周伯陽在戰前已開始書寫童謠,1941年曾以〈蓖麻〉入選總督府文教局編寫之國語教科書。曾將自己的日文詩作集結為詩集《綠泉的金月》,但並未出版。戰後,周伯陽開始改為中文創作,並出版了多種歌謠集。1972年參加笠詩社,於《笠》詩刊發表詩作。吳聲淼,〈編者序〉,《周伯陽全集1　日文詩歌集(一)》(新竹:新竹市政府,2001年)。

22 關於窗道雄在台灣所寫作的國策協力作品,可參見中島利郎,〈忘卻的「戰爭協力詩」——窗・道雄與臺灣〉,收入王惠珍主編,《戰鼓聲中的歌者:龍瑛宗及其同時代東亞作家論文集》(新竹:國立清華大學:2011年),頁407-429。

23 林政華,〈發現日政時期臺灣皇民詩人——周伯陽作品內涵及其相關問題〉,《通識研究集刊》第12期(2007年12月),頁13。

24 阮斐娜著,吳佩珍譯,《帝國的太陽下:日本的台灣及南方殖民地文學》(台北:麥田,2010年),頁256。

而事實上，若仔細閱讀周伯陽的戰前日文詩作的話，可以發現在書寫戰爭詩之前，他的詩多是描寫工廠勞動者、農民、漁夫等無產階級的飢餓與貧窮等普羅詩關心的主題，特別是〈煙〉與〈深夜〉二詩對現代性與資本主義的批判意味十分濃厚[25]。這些詩與之後開始明亮、昂揚地讚頌日本帝國的戰爭詩，情調全然不似。

分界點同樣是在1941年。自陸軍志願兵制度公布以後，周伯陽便開始創作許多以志願兵為主題的詩歌。1941年創作了一首自由詩〈榮譽的志願兵〉（譽の志願兵）、兩首短歌〈榮譽的志願兵〉（譽の志願兵）、一首歌詞〈榮譽的臺灣志願兵之歌〉（譽れの臺灣志願兵の歌），1942年又發表了一首歌詞〈高砂義勇隊之歌〉（高砂義勇隊の歌）[26]。其中，〈榮譽的臺灣志願兵之歌〉入選興南新聞的志願兵歌謠募集佳作，〈高砂義勇隊之歌〉入選總督府理蕃課歌詞三等獎。這些作品展現了殖民地詩人在戰時國策之下，受到外在的煽動與鼓勵以及發自內在的創作欲與使命感所迸發的熱情。周伯陽在多首詩中描寫收音機中傳來戰況的場景，可知戰時的激昂氛圍透過聽覺鼓舞了他的創作。在1943年的文章中，他說「志願兵的申請我每年都沒有缺席，甚至在前年興南新聞社的徵稿中以〈名譽的志願兵之歌〉入選佳作，有這樣令人懷念的回憶」[27]。由此可知，不論是成為志願兵就能躍升為日本人，或者在與日本人競爭的歌謠募集中獲獎，對於在殖民地總是被視為次

---

25 收錄於吳聲淼主編，《周伯陽全集1 日文詩歌集（一）》。
26 日文原文皆收錄在吳聲淼主編，《周伯陽全集1 日文詩歌集（一）》、《周伯陽全集2 日文詩歌集（二）》。值得一提的是，台灣日治時期作家全集的出版，大多伴隨著日文作品的中譯，並出版為中文及日文雙版本。但《周伯陽全集》的前兩冊卻維持日文的原貌，沒有翻譯成中文，後四冊則直接收錄戰後的中文作品。
27 原文：「志願兵には私は每年缺かさず志願し、一昨年興南新聞社募集の『譽れの台灣志願兵の歌』にの佳作入選の懷しい思ひ出がある。」國吉陽一，〈詩人（一九四三年十二月有感）〉，吳聲淼主編，《周伯陽全集2 日文詩歌集（二）》（新竹：新竹市政府，2001年11月），頁118。

第八章 日治末期戰爭詩初探 ❖ 349

等國民的台灣人來說是相當大的鼓舞。他的兩首得獎作品節錄如下：

世界の秩序　日本が	世界的秩序　日本
今ぞ建つべき　新聖記	今須建立　新聖紀
歡喜に燃えて　愛國の	歡喜不已　愛國之
熱い血潮が　ほとぼしる	熾熱血潮　噴湧而出
我等台灣　志願兵	我等台灣　志願兵
皇民の感謝　盛り上げて	皇民的感謝　熱烈高漲
我等青年　潑剌と	我等青年　精力充沛
軍旗の下に　身を挺し	在軍旗下　挺直身軀
誠示さん　秋は來ぬ	以示至誠　秋天到來
我等台灣　志願兵	我等台灣　志願兵
（國吉陽一〔周伯陽〕「譽れの臺灣志願兵の歌〉〔一、二連目〕，1941）[28]	（國吉陽一〔周伯陽〕〈榮譽的臺灣志願兵之歌〉〔第一、二段〕，1941）
南の護り　任重く	守護南方　責任重大
鄉土の譽れ　この肩に	鄉土的榮譽　扛在肩膀
彈雨の中を　駈け廻り	槍林彈雨中　東奔西跑
死線を越ゆる　健男子	越過死線　健壯男兒
讚へよ　高砂義勇隊	讚頌吧　高砂義勇隊

---

[28] 國吉陽一，〈譽れの台灣志願兵の歌〉，吳聲淼主編，《周伯陽全集2　日文詩歌集（二）》，頁76-78。詩後有編註：入選興南新聞募集「譽れの臺灣志願兵の歌」歌詞佳作，1941年。

蔓草からむ　ジヤングルを　　　蔓草纏繞　在叢林中
噴き出る汗で　伐り拂ふ　　　　汗流浹背　披荊斬棘
勝利の蔭の　この勞苦　　　　　勝利的背後　這份勞苦
誠で開く　突擊路　　　　　　　誠心開啟的　突擊之路
讚へよ　高砂義勇隊　　　　　　讚頌吧　高砂義勇隊

（國吉陽一〔周伯陽〕「高砂義　　（國吉陽一〔周伯陽〕〈高砂義
勇隊の歌」〔一、二連目〕，　　　勇隊之歌〉〔第一、二段〕，
1942）[29]　　　　　　　　　　1942）

這兩首詩運用了最常見的軍歌七五調形式來書寫。因應歌曲的形式，兩首詩各節均有相同的結構：行數都是五行、每節最後一句皆重複同一句話（「我等台灣志願兵」和「讚頌吧高砂義勇隊」）。第一首作品中鮮明的「血」的意象，在上述西川滿的詩中也可以看到。阮斐娜舉出周金波的例子，指出為帝國奉獻鮮血成為了台灣人消除殖民者與被殖民者關係的機會[30]。由此可知，「流血」是台灣志願兵展現赤誠不可或缺的意象。再者，從「我等青年精力充沛／在軍旗下挺直身軀」中，可以看到在戰爭中，軍隊對於身體的規訓，表之於一種標準的直挺挺的姿勢。而在第二首詩中的「健壯男兒」中，更可以看到一種對於體格的強調。雖然取得志願兵資格本來就需要相當健壯的體格，但是當局對於原住民不論是體能或戰術的期望更高。歌詞中「蔓草纏繞在叢林中／汗流浹背披荊斬棘」表現出一般人對於原住民善於在南洋叢林當中作戰的印象，同時也是表現出對於原住民「應該如此」的身體規訓。

---

29 國吉陽一，〈高砂義勇隊の歌〉，吳聲淼主編，《周伯陽全集2 日文詩歌集（二）》，頁83-85。詩後有編註：入選總督府理蕃課募集「高砂義勇隊の歌」歌詞三等賞，1942年11月。

30 阮斐娜著，吳佩珍譯，《帝國的太陽下：日本的台灣及南方殖民地文學》，頁263。

在日治末期所有與台灣志願兵相關的詩作中，菊岡久利〈三個志願兵〉（三人の志願兵）可能是最令人印象深刻的作品之一。原因不僅在於它長達201行的巨大篇幅，更在於它猶如小說一般的細節描述。菊岡久利在二戰之前是激進的無政府主義者，以詩集《貧時交》聞名[31]。1941年12月至1942年2月，他受台灣軍委託來台從事戰爭宣傳活動，滯台時與張文環主導的《臺灣文學》雜誌同人有所交流[32]。1942年2月，〈三個志願兵〉同時刊登在日本《現代文學》、台灣《臺灣時報》、《臺灣公論》等雜誌，後又被收錄於《國民詩》中[33]，且在

---

31 菊岡久利（1909-1970），生於青森縣弘前市，本名高木陸奧男。海城中學中退以後，加入黑色青年同盟，作為戰鬥的無政府主義者活動，起初以鷹樹壽之介為筆名，1935年開始以橫光利一取的菊岡久利為筆名。著有詩集《貧時交》、《時の玩具》、《見える天使》等。乾口達司，「菊岡久利」辭條，安藤元雄、大岡信、中村稔監修，《現代詩大事典》（東京：三省堂，2008年），頁171。

32 作為一個無政府主義詩人，這段經歷沒有出現在任何菊岡久利的辭條或介紹中。然而因菊岡久利來台時與《臺灣文學》同人有多次接觸，故此動向被記錄在該雜誌的〈同人・志友消息〉當中：「菊岡久利先生　十二月以來大約滯台三個月，與本雜誌同人有過多次談話。先生與我們約好要讓他參與的《現代文學》和《臺灣文學》交流，並在留給本雜誌同人激勵的話語之後，於二月二十五返回東京。」（菊岡久利氏　十二月以來約三ケ月滯在、本誌同人と語ること屢であつた、同氏の加はる『現代文學』と『臺灣文學』との交流を約し、本誌同人へ激勵の言葉を殘して二月二十五歸京された。）〈同人・志友消息〉，《臺灣文學》2卷4期（1942年3月），頁105。另外，2009年菊岡久利誕生一百週年時，青森縣近代文學館為之舉辦了「菊岡久利の世界」特展（2009年10月10日～11月23日），當時在特展網站上公開的〈菊岡久利略年譜〉裡曾經有寫到菊岡久利的台灣經歷，其中明記是受台灣軍之委託來台，但該網站目前已撤除。〈菊岡久利略年譜〉，「青森縣近代文學館・生誕一〇〇年　菊岡久利の世界」（來源：http://www.plib.pref.aomori.lg.jp/top/museum/kuri100.html，最後查閱時間：2016年1月12日；2022年5月12日連結已失效）。

33 菊岡久利，〈三人の志願兵〉，《臺灣時報》（1942年2月）；菊岡久利，〈三人の志願兵〉，《臺灣公論》7卷2期（1942年2月）；菊岡久利，〈三人の志願兵〉，《現代文學》5卷3期（1942年2月）；菊岡久利，〈三人の志願兵〉，中山省三郎編，《國民詩第二輯》（東京：第一書房，1943年）。

台灣廣播中被朗讀[34]。

〈三個志願兵〉這首詩中描寫了三種不同的志願兵形象：赤腳、擅長國語的謝萬全；獨生子、極力說服家人的陳粗皮；住在能高山上、背負著全族希望的原住民頭目之子帕央亞波。詩中描寫三人分別奔向區公所提出血書志願的過程。在三個樣板人物中，謝萬全令人聯想到周金波〈志願兵〉當中，擅長國語、不需理論，憑著熱誠去血書志願的高進六[35]。而陳粗皮在對話當中不斷稱讚皇軍的溫柔與善良，則塑造了一種內台融合的氣氛。另一方面，帕央亞波的原住民身分，使其必須毫無理由地奉獻生命。如荊子馨所言，原住民志願兵「絕大多數是處在殖民階層的最底層，並且喪失了所有的政治和經濟可能性，成為『日本軍人』或許是他們被視為平等行為人的唯一管道」[36]。以下是描寫三人前往志願的段落：

けふ、三人の若い志願兵が、	今天，三個年輕的志願兵，
それぞれ役所に馳けこんだ。	各自衝進了區公所。
誰が最初の志願兵だ。	誰是最初的志願兵。
……	……
謝萬全ははだしで水牛を追つてゐる。	謝萬全光著腳追趕水牛。
幾甲步となく擴がる田んぼを耕しながら	一邊耕耘著擴大了好幾甲的田地
何の理屈なしに、	不由自主地，
	直接，就這樣光著腳提出志願了。

---

34 中山侑,〈演劇の心〉,《臺灣公論》7卷3期（1942年3月），頁64。
35 周金波,〈志願兵〉,《文藝臺灣》2卷6期（1941年9月），頁8-21。
36 荊子馨著,鄭力軒譯,《成為「日本人」：殖民地台灣與認同政治》（台北：麥田，2006年），頁231。

直接、はだしのま、志願した。	
‥‥‥	‥‥‥
陳粗皮は家族を說き伏せ	陳粗皮說服了家人
赤誠報國を血書して	以血書寫下赤誠報國
役所に馳けこみ	跑入市公所
志願兵を願ひ出た。	申請了志願兵。
‥‥‥	‥‥‥
パアヤンヤボが赤誠報國の血書をふところに	帕央亞波將赤誠報國的血書揣入懷中
山を馳け降りる時、	跑下山時
山の女子青年たちは云つた。	山中的青年男女們這麼說：
『パアヤンヤボは山の青年志願兵だ。	『帕央亞波是山中的青年志願兵。
パアヤンヤボは私たちのために征くのだ。』	帕央亞波是為了我們而出征的。』
（菊岡久利「三人の志願兵」〔一、三、五、六連目〕，1942）[37]	（菊岡久利〈三個志願兵〉〔第一、三、五、六段〕，1942）

這些段落呈現出了被殖民者的理想身體的圖像。首先，三人一得知志願兵制度，便毫不猶豫地往區公所奔馳的描寫，表現出一種速度感，這種速度感展現了他們對於為國捐軀的熱情與迫不及待。再者，謝萬全追趕水牛、辛勤耕田，本身就是勞動報國最標準的形象。「赤腳」

---

[37] 菊岡久利，〈三人の志願兵〉，《臺灣時報》（1942年2月）。

志願的形象強調了農民身分，也表現出他迫不及待的情緒。最後，陳粗皮與帕央亞波血書報國的動作，也是志願兵制度實施後，報紙上最常報導的情況。當這樣的動作成為一種慣例，「流血」的意象與提出志願的動作結合在一起，變成一種對於被殖民身體的規訓。若不這麼做，就不能表現出對於日本帝國的忠誠。綜合周伯陽和菊岡久利的戰爭詩，可以看到詩中對於身體規訓的面向包含了傅柯所言的「運動、姿勢、態度、速度」等細節[38]。像這樣的內容透過廣播朗讀放送，種種對於作為志願兵的被殖民者的身體規訓也就漸漸深植人心。

四、小結

　　本章透過四位詩人的作品，探討二戰時期台灣戰爭詩如何利用形式與內容煽動為國捐軀的政治狂熱，並分別以聲音性與身體規訓兩個面向來討論。事實上，台灣戰爭詩還有許多殘留的課題。畢竟與鮮少被整理與討論的日本戰爭詩比起來，台灣戰爭詩受到討論的機會是更幾近於無。與戰爭責任相關的議題總是尷尬且敏感，卻是作為後人的我們所無法背對的問題。受到討論的戰爭詩人並不是必須被個別譴責的對象，而是用來讓我們理解整個時代的共相的幾幅縮影。不論是鍾情台灣民俗祭典的西川滿、擅長傷感抒情的長崎浩，還是以朗朗上口童謠聞名的周伯陽、作為無政府主義者被認識的菊岡久利，這些風格不同，思想各異的創作者，在戰爭時期都展現出高度的同質性。表示這些作品絕不是特例，而是呈現出一個整體的面貌。這當中是否存在著異質性，或者自我顛覆的要素？不同風格與不同思想的創作者的作品，是否可以找出什麼關鍵的差異？如何更細緻地探討殖民地戰爭詩

---

38 傅柯著，劉北成等譯，《規訓與懲罰——監獄的誕生》（苗栗：桂冠，1992年），頁137。

與內地戰爭詩之間的關係?這些都是本章沒有處理到的部分,也是值得在數量龐大的戰爭詩史料當中繼續追索的問題。

結論

　　對戰後發展至今的台灣現代詩而言，戰前的台灣近代詩是一段似遠似近的前世。由於語言的隔閡、史料的散逸、抗日民族意識的偏重等理由，台灣近代詩過去始終無法展現其完整的面貌。本書透過挖掘與翻譯第一手史料、梳理外來文藝思潮脈絡與源流、呈現詩作本身的語言、內容、形式或風格的多樣性，試圖將台灣近代詩建構為一發展成熟而不須留待戰後補完的整體。

　　在建構台灣近代詩的整體時，本書借用「台灣島史」的概念，將此島所有近代詩的參與者與互動者皆包含在內，並關心此島嶼在東亞版圖當中與他者的交流與互動。因此，本書除了花費較多篇幅討論過去未受太多重視的王宗英、徐瓊二、陳奇雲等曾在日本詩人主導的文學場域當中活動的台灣詩人之外，亦納入了後藤大治、藤原泉三郎、上清哉、多田利郎、中間磯浪、保坂瀧雄、本田茂光、西川滿等在台日人，也提及了對台灣近代詩壇影響深遠的佐藤惣之助、生田春月、中野重治、白鳥省吾、西脇順三郎、春山行夫、北原白秋等「內地」日本詩人、北海道的川淵酋一郎和大連的安西冬衛等身處「半殖民地」或者「外地」的日本詩人。這些被新納入台灣近代詩視野的參與者，讓台灣近代詩的面貌更加多元而立體，也展現了過去不曾被看見的新的衝突、結盟或競合等詩壇結構關係，遠遠超出過去所被強調的殖民者與被殖民者的二元對立結構。

　　殖民地台灣遭遇的「殖民地近代性」，一方面受到他者推動而被啟蒙與近代化，另一方面也在殖民體制的壓迫下反思自身的主體性。

台灣近代詩所遭遇的「詩的近代性」亦有著如此一體兩面。1920年代的台灣是作為日本的「地方詩壇」之一被日本中央詩壇看見。在追隨中央詩壇的過程當中，後藤大治及其《熱帶詩人》集團完成了台灣近代詩的口語自由化。於是，不願成為日本附庸的張我軍提出以中國白話文寫自由詩，而不願成為中國白話文附庸的郭秋生又主張以台灣話文寫白話詩。而當蘇維熊能將台灣話文詩寫得爐火純青時，日文口語自由詩又成為他的另一個選擇。從台灣近代詩語的創造性嘗試中，可以看到台灣詩人在殖民地近代性的「近代化」與「殖民地化」兩難當中自我修正與重複試錯的過程。在普羅詩與民眾詩的發展中也可以看到相似的軌跡。台灣近代詩在語言、內容、形式或風格的探索，皆是如此在與「殖民地近代性」碰撞的過程中開拓出其獨自的道路。

　　本書透過三大部分，分別論述台灣近代詩的形成與發展的三個階段——「語言的創造」、「內容與形式的開展」、「風格與形成與斷裂」。這三個階段雖然大致有時間的先後，但並不是完全線性的發展。事實上，語言的創造在整個日治時期中都並未停歇，而內容、形式或風格的摸索在較早的階段也已然開始。三個階段僅僅是提示每個階段較為著重的課題。以下簡單總結本書三大部分的研究成果以及貢獻。

　　第一部「台灣近代詩語言的創造」中，主要透過1920年代至1930年代初的五位詩人，探討他們在近代詩語言尚未確立的時期以不同語言當中做了哪些嘗試。首先是專注於日文自由口語詩的後藤大治與王宗英，兩人皆以台灣《熱帶詩人》集團同人身分登上日本中央詩壇的《日本詩人》雜誌。後藤大治從早期接近文語定型詩的詩語逐漸轉變為《日本詩人》的口語自由詩，同時也開始在詩中加入「台灣化的國語」、台語、甚至是原住民語，可以看到其在詩語上的積極實驗；王宗英則以唯一一位台灣人的身分，從原本愛好寫作短歌的青年，逐漸脫離短歌的節奏和用語寫出獨樹一格的口語自由詩，甚至能夠經營接

近普羅詩、前衛詩、散文詩等各種不同風格的詩作。後藤大治與王宗英龐大數量的詩作以及早在1920年代便達到的成熟程度，足以說明他們是過去日治時期台灣文學當中長期遭到忽略的遺珠。

再者，是在中文、台灣話文與日文三種語言當中進行實驗與探索的台灣詩人張我軍、郭秋生與蘇維熊。他們三人分別進行了不同的詩語嘗試：張我軍以生田春月的「內在律」理論以及生田春月翻譯的歌德詩來創作中文白話詩的詩論與詩作；郭秋生則以安藤正次的民族語言學為基礎，主張台灣話文才是真正符合「言文一致」的語言，並透過創作台灣話文詩作來實踐其「台灣國語」的理想；蘇維熊則更進一步用其藝術化的筆觸實踐了混雜中國白話文、文言文、日文、外來語的台灣話文詩。過去論者並未特別注意到郭秋生與蘇維熊的詩作，但從本書所提出的作品來看，他們可能是在日治時期數量並不多的台灣話文詩中最勇於打破成規、最具有創意與實驗性的先驅。

第二部「台灣近代詩內容與形式的開展」透過1920年代末、1930年代初的三組雜誌，說明此時日本乃至世界性的普羅文學與現代主義的風潮之下，台灣近代詩所做出的回應。這三種新的創作方向可以簡略分類為「普羅詩」、「民眾詩」與「現代主義詩」。普羅詩方面，藤原泉三郎和上清哉的《無軌道時代》雜誌介紹日本的「普羅詩」，《洪水報》和《赤道》則移植中國的「普羅詩派」。這些雜誌尚無法產生符合殖民地現實環境的普羅詩，直到《臺灣文學》（1931版）與徐瓊二對於殖民地特殊性的強調方出現一絲轉機。然而普羅詩在當局的監控與檢閱中迅速失勢，其對於階級關係以及殖民地台灣特殊性的重視到了《臺灣文藝》才有機會再度復活。

民眾詩方面，則以《南溟樂園》及其後身《南溟藝園》為中心，可以看到主編多田利郎對於「民眾」概念的強調以及「民眾詩」理念的認同。該雜誌積極的公關活動以及對於台灣人相對友善使其獲得許

多支持者，但其樸素的人道主義理念以及毫不雕琢的詩風也在普羅文學與現代主義的風潮下受到同時期的《無軌道時代》、《風景》與《臺灣文學》雜誌的攻擊，因而在後來修正路線呈現出「地方」與「階級」的視野。該雜誌在多田利郎返日以後廢刊，但其人道主義的關懷以及對於台灣人的培育成為後來「鹽分地帶派」形成的基礎。

現代主義詩方面，以接受「詩精神」與「新精神」概念的《風景》、《茉莉》與《風車》三種雜誌為討論對象，探討這三種雜誌與日本現代主義雜誌千絲萬縷的關係。其中，從保坂瀧雄的論述和詩作可以看到他對於春山行夫和竹中久七的接受，及欲藉之批判《南溟樂園》的意圖；本田茂光的《茉莉》則展現出過去所不為人知的台灣詩壇與大連詩壇的連結；《風車》原版雜誌中利野蒼的詩展現出了與春山行夫形式主義的呼應，反而過去被認為是超現實主義的水蔭萍則未有超現實主義的詩作實踐。上述第二部以系譜性的方式將過去曾被提及但不知詳情，抑或完全不知名的各種文藝雜誌相互連結起來，一方面勾勒他們與日本、中國或者西方文藝思潮的關係，另一方面也呈現出他們之間的結盟或對立，展示了1930年前後台灣近代詩壇的生態。

第三部「台灣近代詩風格與形成與斷裂」以太平洋戰爭爆發的1941年為分界，探討1930-1940年代台灣近代詩壇的動向。首先是1941年以前，台灣近代詩壇存在著兩大集團，前者是從《媽祖》、《華麗島》到《文藝臺灣》的集團，中心人物為西川滿、島田謹二、矢野峰人；後者則是從《臺灣文藝》、《臺灣新文學》到《臺灣文學》的集團，以鹽分地帶派為中心。1940年代《文藝臺灣》與《臺灣文學》的對立被描述為「浪漫主義」與「寫實主義」、「日本人」與「台灣人」的對立，然而在近代詩這個文類可以看到不同的面向。首先是《媽祖》集團的中心人物們對於北原白秋的象徵詩的傾心，以及過去未被提及的「昭和象徵主義」的參與，可以看出其欲經營的是一種通過現

代主義的象徵詩風格，而在此集團的每一種雜誌都曾發表作品的水蔭萍雖為台灣人，但也在此風格之下展開其近代詩創作。再者，《臺灣文藝》集團承接了之前中斷的民眾詩與普羅詩的系譜，並且由吳坤煌的論述以及吳新榮的詩作塑造了一種兼顧階級與民族觀點的左翼鄉土詩風格。在此集團中發表詩作的日本人川淵酋一郎，則從北海道「半殖民地」的視角對帝國發出了尖銳的批判。從上述兩種風格可以看見兩大集團過去鮮少被研究的近代詩的樣貌，而《媽祖》集團的台灣人的存在以及《臺灣文藝》集團的日本人的存在，則能夠打破兩個集團是以民族為對立的既定印象。

　　1941年太平洋戰爭爆發以後，台灣出現大量戰爭詩。台灣近代詩風格的發展不只在上述兩大集團、而是在整個台灣文壇中都遭遇了瓶頸。本章透過準灣生西川滿、在台日人長崎浩、旅台日人菊岡久利、台灣人周伯陽等不同詩人描寫志願兵的作品，指出他們在「聲音性」及「身體規訓」兩大面向呈現的一致性，顯示此時台灣近代詩朝向一元化的現象。如此被壓縮發展空間的台灣近代詩隨著戰爭與殖民統治的結束而走向尾聲。

　　經過上述三個階段的探查，本書大致梳理了台灣近代詩各個時代段落的人員、雜誌、集團與各種文學傾向之間的交錯與互動關係，此處將這些關係整理繪製成圖9-1。從此圖可以看到的是，日治時期各年代的近代詩人、詩刊雜誌與詩學傾向都非橫空出世，而是彼此連結、多所互動與交流的整體。

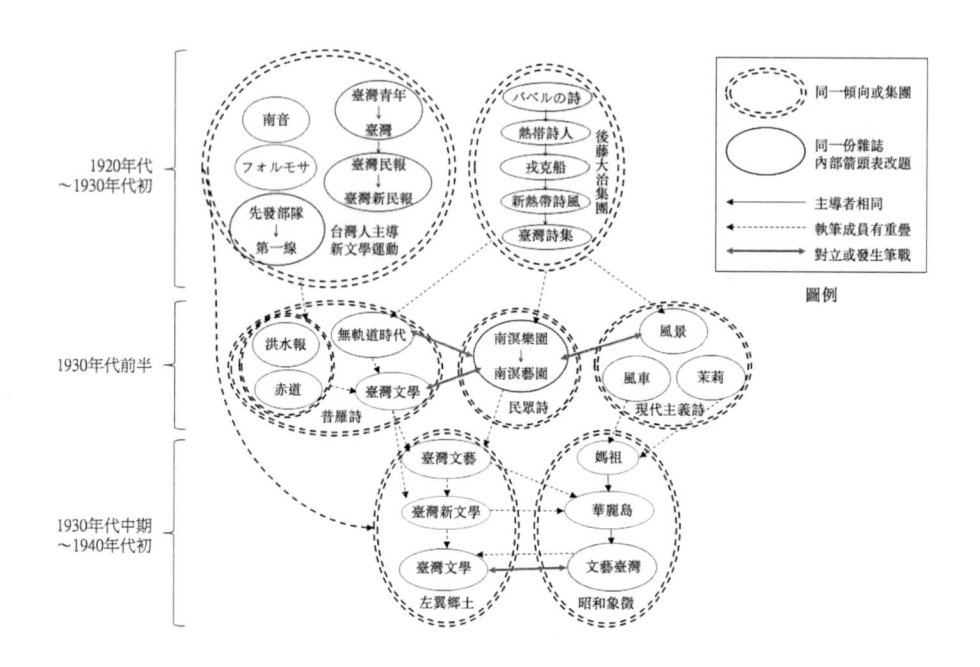

圖9-1　台灣近代詩1920-1940年代初之系譜圖

　　在有限的篇幅中，本書主要選擇過去未曾被發掘的史料、或較少被提及的面向論述，不免產生許多遺漏。因此，本書並非能夠作為整個日治時期台灣近代詩全貌的「台灣近代詩史」，而只能選擇性地勾勒出在台灣近代詩形成與發展過程當中那些作為先行者與開創者的諸般樣貌。

　　此外，本書在遇到首次出現的詩人或雜誌時，因必須將篇幅多花在整理與介紹，有時造成篇幅失衡的現象，也經常有無法更深入論述的情形。這些首次出現的材料如第一部中的後藤大治、王宗英尚未被分析處理的大量詩作、《巴別之詩》、《熱帶詩人》、《臺灣詩集》等內容豐富的詩刊；第二部中多達20期的《茉莉》雜誌以及本田茂光終其一生皆未停筆所留下的大量詩作與詩集、新出土的《南溟藝園》以及中間磯浪《憂鬱的靈魂》；第三部中各報刊雜誌上所出現的大量戰爭

詩等；而非首度問世但仍未能論述完全的材料，包括第二部中《無軌道時代》與《臺灣文學》兩份雜誌中的其他詩作、南溟藝園出版的多田利郎《黎明的呼吸》、陳奇雲《熱流》；第三部中尚未被挖掘完的《媽祖》與《臺灣文藝》兩大系列雜誌的詩作、尚未確認身分的諸多詩人等，皆需要更多更細緻的整理與研究。

日治時期的近代詩史料其數量之龐大、議題之多元、樣貌之嶄新，讓筆者深深感受到台灣近代詩的豐饒與不可窮盡。不論是前書的「誕生」還是本書的「形成與發展」，都只是台灣近代詩面貌的最基礎的勾勒。日治時期持續吸收日本、中國及世界文藝思潮的台灣近代詩，有哪些尚未被提出的連結與影響、實驗及突破、又有哪些成分被留到戰後，都是值得繼續追索的課題。

各章初刊一覽

第一章〈台灣日文口語自由詩的成立：以後藤大治為中心〉初稿發表於《台灣文學學報》第36期（2020年06月），頁93-136。

第二章〈1920年代台灣「新」詩人：王宗英的日文口語自由詩之路〉初稿發表於《臺灣文學研究學報》第30期（2020年04月），頁95-140。

上兩章內容為科技部107年度「補助博士生赴國外研究」執行成果。國外研究機構：日本・一橋大學／大學院社會學研究科。計畫名稱：「大正期日本近代詩與台灣初期新詩之關係探討：從詩話會到民眾詩派（1917-1926）」（107-2917-I-004 -002）。

第四章〈「普羅詩」在台灣〉初稿發表於《臺灣東亞文明研究學刊》第20卷第1期（總第39期）（2023年6月），頁59-104。發表原題：〈「普羅詩」在臺灣（1927-1932）〉。

第五章〈日本民眾詩派與台灣：以《南溟樂園》與《南溟藝園》及其相關史料為中心〉初稿發表於《臺灣文學研究學報》第35期（2022年10月），頁11-58。

第六章〈日治台灣的「詩精神」與「新精神」：以《風景》、《茉莉》與《風車》為例〉初稿發表於《台灣文學學報》第39期（2021年12月），頁99-138。

第七章〈1930-1940年代的台灣近代詩壇：《媽祖》與《臺灣文藝》兩

大集團的形成〉部分內容宣讀於 Association for Asian Studies (AAS), Honolulu, Hawai'i (virtual), 2022.3.25. 會議發表原題："The Image of Taiwan in Left-Wing Poems in 1930s Taiwan"。

第八章〈日治末期戰爭詩初探〉初稿宣讀於 The Asian Studies Conference Japan (ASCJ), Rikkyo University, Ikebukuro Campus, 2017.7.9. 會議發表原題："Musicality and the Discipline of Body in War Poetry of Colonial Taiwan"。

參考文獻

一、主要運用文本

《LE MOULIN》第3號（1934年3月）。
《バベルの詩》第2期（1921年11月）、第3期（1921年12月）、第7期（1922年4月）。
《赤道》創刊號（1930年10月）、第5號（1931年1月）。
《南溟樂園》第4號（1930年1月）。
《南溟藝園》第3卷第9號（1931年9月）。
《洪水報》創刊號（1930年8月）。
《茉莉》第1輯（1932年1月）、第9輯（1934年4月）、第11輯（1935年7月）、第13輯（1936年9月）。
《風景》第1輯（1930年1月）、第2輯（1930年3月）。
《現存《臺灣民報》復刻》（台南：國立臺灣歷史博物館，2018年）。
《景印中國期刊五十種　新文學雜誌叢刊》（收錄《南音》、《人人》、《福爾摩沙》、《第一線》、《先發部隊》、《臺灣文藝》、《臺灣新文學》、《臺灣文學》、《文藝臺灣》、《華麗島》、《臺灣文藝》）（台北：東方文化書局，1981年）。
《無軌道時代》創刊號（1929年9月）、第2號（1929年10月）、第3號（1929年11月）、第4號（1929年12月）。
《媽祖》第1冊（1934年10月）、第3冊（1935年2月）、第6冊（1935年9月）。

《臺南新報》（台南：臺灣歷史博物館，2009年）。

《臺灣文學》第1卷第3號（1931年11月）、第1卷第2號（1931年10月）、第2卷第1號（1932年2月）。

《臺灣日日新報》（台北：五南圖書，1994年8月）。

《臺灣新民報復刻精裝版全五冊》（台南：國立臺灣歷史博物館，2015年）。

《熱帶詩人》第8期（1923年1月）、第9期（1923年3月）、第10期（1923年4月）。

中間磯浪，《憂鬱なる魂》（台北：南溟藝園社，1931年）。

王宗英，〈時はゆく〉，《臺灣遞信協會雜誌》第65期（1925年4月）。

王宗英，〈落陽〉，《臺灣遞信協會雜誌》第48期（1923年7月）。

吉田精一、飛高隆夫監修，《日本詩人》（復刻版）（東京：日本図書センター，1980年）。

多田南溟詩人，《黎明の呼吸》（台北：南溟樂園社，1929年）。

西川滿，〈志願兵──朗讀のための詩──〉，《部報》（1942年2月）。

吳聲淼編，《周伯陽全集》（新竹：新竹市政府，2001年）。

後藤大治，〈乱打祝福─水葬礼と死人船─〉，《炬火》第2卷第4期（1922年4月）。

後藤大治，〈阿片食人〉，《臺灣教育》第328期（1929年11月）。

後藤大治，〈第三回目の発表〉，《臺灣教育》第326期（1929年9月）。

後藤大治，〈野の詩人〉，《炬火》第2卷第5期（1922年5月）。

後藤大治，《亞字欄に倚りて》（臺中：臺灣新聞社，1922年）。

後藤大治編，《臺灣詩集第一輯》（出版地不詳，1927年）。

張我軍，《亂都之戀》（台北：張清榮，1925年）。

陳奇雲著，陳瑜霞譯，《熱流》（台南：台南市立圖書館，2008年）。

菊岡久利，〈三人の志願兵〉，《臺灣時報》（1942年2月）。

二、其他史料、選集與復刻

〈出版界〉,《東京朝日新聞》,1922年7月20日。
〈本田晴光所寄之明信片（1941-1942）〉,《楊雲萍文書》,中央研究院臺灣史研究所檔案館數位典藏（識別號：YP01_02_037）。
〈寄本田茂光（台中州大屯郡霧峰公學校）〉（明信片）,國立臺灣圖書館館藏。
〈詩之家に入會されし人〉,《詩之家》第1年第2輯（1925年8月）。
〈詩之家の友となりし人（二）〉,《詩之家》第1年第3輯（1925年9月）。
《『現代日本詩集』（1927年～1944年）》（東京：不二出版,2010年5月）。
《公學校用國語讀本 第一種 卷九》（台北：臺灣總督府,1931年）。
《台湾出版警察報》（全六冊）（復刻版）（東京：不二出版,2001年）。
《台灣大眾時報週刊創刊號──第十號》（復刻版）（台北：南天書局,1995年）。
《近代詩誌復刻叢刊詩と詩論・文学全20冊》（東京：教育出版センター,1979年）。
《犀》創刊號（1926年3月）。
《新台灣大眾時報創刊號──第二卷第四號》（復刻版）（台北：南天書局,1995年）。
上田敏著,矢野峰人編,《上田敏集》（東京：筑摩書房,1966年）。
上清哉,《詩集 遠い海鳴りが聞えてくる》（臺北：南光書店,1930年）。
山村里川,〈後藤大治論〉,《臺灣時報》（1936年7月）。

川平朝申,〈思ひ出七人集〉,《臺法月報》第29卷第12期（1935年12月）。

中山侑,〈演劇の心〉,《臺灣公論》第7卷第3期（1942年3月）。

中島利郎編,《1930年代台灣鄉土文學論戰資料彙編》（高雄：春暉,2003年）。

中野重治,《中野重治詩集》（東京：岩波書店,1978年）。

中野重治,《藝術に関する走り書的覚え書》（東京：白鳳社,1971年）。

王乃信等譯,《台灣社會運動史（1913-1936）第一冊・文化運動》（台北：創造,1989年）。

王來法,〈父〉,《臺灣遞信協會雜誌》第61期（1924年10月）。

王來法,〈真實へ〉,《臺灣遞信協會雜誌》第72期（1926年2月）。

王來法,〈窗口勤務者の言葉〉,《我等と通信》第2期（1927年6月）。

王來法,〈寒と飢に戰慄く人々〉,《臺灣遞信協會雜誌》第63期（1925年1月）。

王來法,〈臺中州巡查教習生の入所所感〉,《臺灣警察協會雜誌》第129期（1928月3日）。

王宗英,〈健やかにして若き君よ〉,《臺灣遞信協會雜誌》第56期（1924年5月）。

王宗英,〈偶感偶言〉,《臺灣遞信協會雜誌》第56期（1924年5月）。

王宗英,〈清談〉,《臺灣遞信協會雜誌》,第59期（1924年8月）。

王詩琅,〈生田春月之死〉,《明日》創刊號（1930年8月）。

北原白秋,《邪宗門》（東京：易風社,1909年；日本近代文学館復刻,1984年）。

本田晴光,〈多面的觸手——給陳千武〉,《笠》第102期（1981年4月）。

本田晴光,《一九八七年・秋》（熊本：もぐら書房,1993年）。

本田晴光,《沈默》（長崎：紀元書房,1975年）。

生田春月,《新らしき詩の作り方》(東京:新潮社,1918年)。

生田春月譯,《ゲエテ詩集》(東京:新潮社,1919年)。

田漢著,郭沫若代譯,〈歌德詩中所表現的思想〉,《少年中國》第1卷
　　　　第9期(1920年3月)。

白鳥省吾,《現代詩の研究》(東京:新潮社,1924年)。

白鳥省吾,《新しい詩の国へ》(東京:一誠社,1926年)。

多田南溟漱人,《渡り鳥のうた》(台北:南溟藝園社,1933年)。

安藤正次,《言語學概論》(東京:早稻田大學出版部,1927年)。

羊子喬、陳千武編,《亂都之戀》、《廣闊的海》、《森林的彼方》、《望
　　　　鄉》(台北:遠景,1982年)。

西川滿,〈隨筆歷史のある台灣〉,《臺灣時報》(1938年2月)。

西脇順三郎,《西脇順三郎詩と詩論Ⅰ》(東京:筑摩書房,1975年)

志馬陸平(中山侑),〈青年と臺灣＝文學運動の變遷＝〉,《臺灣時
　　　　報》(1937年1月)。

志馬陸平(中山侑),〈青年と臺灣＝文學運動の變遷＝〉,《臺灣時
　　　　報》(1936年11月)。

志馬陸平(中山侑),〈青年と臺灣＝文學運動の變遷＝〉,《臺灣時
　　　　報》(1936年12月)。

李南橫主編,《日據下台灣新文學・明集5・文獻資料選集》(台北:
　　　　明潭,1979年)。

李南衡主編,《日據下台灣新文學・明集4・詩選集》(台北:明潭,
　　　　1979年)。

東太郎,〈ラジオ時評〉,《臺灣公論》第7卷第12期(1942年12月)。

林進發編著,《臺灣官紳年鑑》,(台北:民眾公論社,1934年)。

河原功編,《台湾詩集》(東京:綠蔭書房,2003年)。

波特萊爾著，杜國清譯，《惡之華》（台北：國立臺灣大學出版中心，2011年）。

後藤大治，〈「瘦枯れた土」を讀む〉，《地上樂園》1卷7期（1926年12月）。

後藤大治，〈詩と人生〉，《臺灣遞信協會雜誌》第59期（1924年8月）。

後藤大治，〈端艇詩集批評〉，《詩之家》2卷13號（1926年9月）。

春山行夫，《詩の研究》（東京：厚生閣書店，1931年）。

胡　適，〈談新詩——八年來一件大事〉，《星期評論》，紀念號第5張（1919年10月）。

胡　適，《胡適文存第一集》（台北：遠東，1968年）。

國井重二，〈机上生產の罪惡詩覺書——白鳥省吾其他の諸氏について——〉，《民謠音樂》第2卷第6、7合併號（1930年6月）。

張耀堂，〈『愚かな白鳥』を讀む〉，《臺灣教育》第337期（1930年8月）。

章太炎講，曹聚仁編，《國學概論》（上海：泰東圖書局，1922年）。

郭水潭，〈南鯤鯓廟誌〉，《民俗臺灣》第3期（1943年3月）。

郭水潭，《郭水潭集》（台南：台南縣文化局，1994年）。

郭沫若譯，《沫若譯詩集》（上海：新文藝出版社，1955年）。

富樫酋壱郎，《オホーツクの意志》（東京：楡書房，1955年）。

富樫酋壱郎，《富樫酋壱郎詩集》（札幌：北書房，1972年）。

楊　逵，〈臺灣の文學運動〉，《文學案內》第4號（1935年10月）。

楊熾昌著，葉笛譯，呂興昌編，《水蔭萍作品集》（台南：台南市立文化中心，1995年）。

裏川大無，〈臺灣雜誌興亡史（二）〉，《臺灣時報》（1935年3月）。

裏川大無，〈臺灣雜誌興亡史（一）〉，《臺灣時報》（1935年2月）。

詩人協会編，《詩人年鑑1928年版》（東京：アルス，1928年）。

臺灣日本畫協會，《第一回臺灣美術展覽會圖錄》（臺北：臺灣日本畫協會，1928年）。

臺灣教育會，《第二回臺灣美術展覽會圖錄》（臺北：財團法人學租財團，1929年）。

藤原泉三郎，《陳忠少年の話》（臺北：文明堂書店，1930年；復刻：東京：ゆまに書房，2001年）。

三、專書

（一）中文

小熊英二著，黃阿有等譯，《「日本人」的國境界》（國立嘉義大學臺灣文化研究中心，2011年）。

文訊雜誌社編，《臺灣現代詩史論》（台北：文訊雜誌社，1996年）。

方群、孟樊、須文蔚主編，《現代新詩讀本》（台北：揚智文化，2004年8月）。

王志健，《現代中國詩史》（台北：臺灣商務印書館，1975年12月）。

王惠珍，《譯者再現：台灣作家在東亞跨語越境的翻譯實踐》（台北：聯經，2020年）。

王詩琅，《臺灣文學重建的問題》（高雄：德馨室，1979年）。

古遠清，《臺灣當代新詩史》（台北：文津，2008年）。

古繼堂，《台灣新詩發展史》（台北：文史哲，1989年）。

皮述民、邱燮友、馬森、楊昌年，《二十世紀中國新文學史》（台北：駱駝，1997年）。

吉見俊哉著，李尚霖譯，《「聲」的資本主義——電話、RADIO、留聲機的社會史》（新北：群學，2013年）。

羊子喬，《蓬萊文章臺灣詩》（台北：遠景，1983年）。

吳克泰，《吳克泰回憶錄》（台北：人間出版社，2002年）。

吳佩珍，《真杉靜枝與殖民地台灣》（台北：聯經，2013年）。

吳佩珍，《福爾摩沙與扶桑的邂逅：日治時期台日文學與戲劇流變》（台北：國立臺灣大學出版中心，2022年）。

吳佩珍主編，《中心到邊陲的重軌與分軌：日本帝國與臺灣文學・文化研究》（上）、（中）、（下）（台北：國立臺灣大學出版中心，2012年）。

阮斐娜著，吳佩珍譯，《帝國的太陽下：日本的台灣及南方殖民地文學》（台北：麥田，2010年）。

孟樊、楊宗翰，《台灣新詩史》（台北：聯經，2022年）。

林淇漾編，《台灣現當代作家研究資料彙編　楊熾昌》（台南：國立臺灣文學館，2011年）。

河原功著，莫素微譯，《台灣新文學運動的展開——與日本文學的接點——》（台北：全華，2004年）。

垂水千惠著，涂翠花譯，《台灣的日本語文學》（台北：前衛，1998年）。

柄谷行人著，吳佩珍譯，《日本近代文學的起源》（台北：麥田，2017年）。

柳書琴主編，《日治時期台灣現代文學辭典》（台北：聯經，2019年）。

若林正丈著，台灣史日文史料典籍研讀會譯，《台灣抗日運動史研究》（台北：播種者，2007年）。

凌宗魁，《紙上明治村：消失的臺灣經典建築》（新北：遠足文化，2016年）。

旅人編著，《中國新詩論史》（台中：台中縣立文化中心，1991年）。

馬悅然、奚密、向陽主編，《二十世紀臺灣詩選》（台北：麥田，2001年）。

國立編譯館主編，翁聖峰著，《日據時期臺灣新舊文學論爭新探》（台北：五南圖書，2007年1月）。

張子文、郭啟傳、林偉洲撰文，國家圖書館特藏組編輯，《臺灣歷史人物小傳──明清暨日據時期》（台北：國家圖書館，2003年）。

張永堂總編纂，《新竹市志：卷首·下》（新竹：新竹市政府，1999年）。

張隆志編，《島史的求索》（台北：臺大出版中心，2020年）。

張詩勤，《台灣日文新詩的誕生──以《臺灣日日新報》、《臺灣教育》為中心（1895-1926）》（新北：花木蘭出版社，2016年）。

張　默、蕭蕭主編，《新詩三百首百年新編（1917~2017）》（全套三冊）（台北：九歌，2017年）。

張雙英，《二十世紀臺灣新詩史》（台中：五南圖書，2006年）。

曹銘宗，《自學典範：台灣史研究先驅曹永和》（台北：聯經，1999年）。

陳千武，《臺灣新詩論集》（高雄：春暉，1997年）。

陳大為、鍾怡雯編，《華文新詩百年選·臺灣卷》（台北：九歌，2019年）。

陳允元、黃亞歷編，《日曜日式散步者：風車詩社及其時代（二冊）》（台北：行人文化，2019年）。

陳芳明，《台灣新文學史》（台北：聯經，2011年初版；2021年二版）。

陳芳明，《左翼台灣：殖民地文學運動史論》（台北：麥田，1998年）。

陳淑容，《一九三〇年代鄉土文學／台灣話文論爭及其餘波》（台南：台南市立圖書館，2004年）。

傅柯著，劉北成等譯，《規訓與懲罰──監獄的誕生》（苗栗：桂冠，1992年），頁。

游珮芸，《日治時期台灣的兒童文化》（台北：玉山社，2007年）。

舒　蘭，《中國新詩史話（二）》（台北：渤海堂文化，1998年）。

荊子馨著，鄭力軒譯，《成為「日本人」：殖民地台灣與認同政治》（台北：麥田，2006年）。

華　崗，《中國大革命史一九二五—一九二七》（北京：文史資料出版社，1982年）。

黃亞歷、陳允元編，《共時的星叢：風車詩社與新精神的跨界域流動》（台北：原點出版，2020年）。

黃建銘，《日治時期楊熾昌及其文學研究》（台南：台南市立圖書館，2005年）。

葉石濤，《台灣文學史綱》（高雄：春暉出版社，1987年）。

鄭毓瑜，《姿與言：詩國革命新論》（台北：麥田，2017年）。

駒込武著，吳密察、許佩賢、林詩庭譯，《殖民地帝國日本的文化統合》（台北：臺大出版中心，2017年）。

蕭阿勤，《回歸現實——台灣一九七〇年代的戰後世代與文化政治變遷》（台北：中央研究院社會學研究所，2008年）。

（二）日文

乙骨明夫，《現代詩人群像——民衆詩派とその周圍——》（東京：笠間書院，1991年）。

小泉京美編，《コレクション・都市モダニズム詩誌第1卷短詩運動》（東京：ゆまに書房，2009年）。

中島利郎，《日本人作家の系譜——日本統治期台湾文学研究》（東京：研文出版，2013年）。

中島利郎，《日本統治期台湾文学小事典》（東京：緑蔭書房，2005年）。

中島利郎、橫路啟子編,《『台湾日日新報』近代文学関係作品目録昭和編（1926-1944）》（東京：綠蔭書房，2014年4月）。

中野嘉一,《前衛詩運動史の研究：モダニズム詩の系譜》（東京：沖積舍，1975年）。

木股知史,《コレクション・都市モダニズム詩誌第9卷昭和の象徵主義II》（東京：ゆまに書房，2010年）。

犬養廉、神保五彌、浅井清監修,《詳解日本文学史》（東京：桐原書店，1986年）。

北海道文学館編,《北海道文学大事典》（札幌：北海道新聞社，1985年）。

平野謙、小田切秀雄、山本健吉編,《現代日本文学論争史》（東京：未來社，2006年）。

安藤元雄、大岡信、中村稔監修,《現代詩大事典》（東京：三省堂，2008年2月）。

成田龍一,《近代都市空間の文化経験》（東京：岩波書店，2003年）。

佐藤伸宏,《日本近代象徵詩の研究》（東京：翰林書房，2005年）。

佐藤伸宏,《詩の在りか：口語自由詩をめぐる問い》（東京：笠間書院，2011年）。

杉山靖憲,《臺灣名勝舊蹟誌》（台北：臺灣總督府，1916年）。

杉浦静編,《コレクション・都市モダニズム詩誌第10卷レスプリ・ヌーボーの展開》（東京：ゆまに書房，2010年）。

和田博文編,《近現代詩を学ぶ人のために》（京都：世界思想社，1998年4月）。

坪井秀人,《二十世紀日本語詩を思い出す》（東京：思潮社，2020年）。

坪井秀人,《声の祝祭：日本近代詩と戦争》（愛知：名古屋大学出版会，1997年）。

林淑美，《昭和イデオロギー　思想としての文学》（東京：平凡社，2005年）。

波形昭一、木村健二、須永德武監修，《台湾日日三十年史―附台湾の言論界》（東京：ゆまに書房，2004年9月）。

長谷川泉編，《近代文学雑誌事典》（東京：至文堂，1966年）。

秋山虔、三好行雄編著，《原色シグマ新日本文学史》（東京：文英堂，2000年1月）。

秋山清，《発禁詩集》，（東京：潮文社，1970年）。

苗村吉昭，《評論集民衆詩派ルネッサンス》（東京：土曜美術社，2015年）。

飛鳥井雅道，《日本プロレタリア文学史論》（東京：八木書店，1982年）。

島田謹二，《華麗島文学志》（東京：明治書院，1995年）。

栗原幸夫，《増補新版プロレタリア文学とその時代》（東京：インパクト出版会，2004年1月）。

現代詩誌総覧編集委員会編，《現代詩誌総覧1　前衛芸術のコスモロジー》（東京：日外アソシエーツ，1996年）。

現代詩誌総覧編集委員会編，《現代詩誌総覧2　革命意識の系譜》（東京：日外アソシエーツ，1997年）。

現代詩誌総覧編集委員会編，《現代詩誌総覧3　リリシズムの変容》（東京：日外アソシエーツ，1997年）。

現代詩誌総覧編集委員会編，《現代詩誌総覧4　レスプリ・ヌーボーの展開》（東京：日外アソシエーツ，1997年）。

陳藻香，《西川滿研究――台湾文学史の視座から》（台北：國立臺灣大學出版中心，2017年11月）。

勝原晴希編，《『日本詩人』と大正詩：〈口語共同体〉の誕生》（東京：森話社，2006年7月）。

橋本恭子,《『華麗島文学志』とその時代――比較文学者島田謹二の台湾体験》(東京:三元社,2012年)。

澤正宏,《詩の成り立つところ》(東京:翰林書房,2001年)。

澤正宏、和田博文編,《日本のシュールレアリスム》(京都:世界思想社,1995年)。

澤正宏、和田博文編,《作品で読む近代詩史》(京都:白地社,1990年)。

澤正宏、和田博文編,《作品で読む現代詩史》(京都:白地社,1993年)。

澤正宏、和田博文編《都市モダニズムの奔流:「詩と詩論」のレスプリ・ヌーボー》(東京:翰林書房,1996年)。

藤本寿彦,《周縁としてのモダニズム:日本現代詩の底流》(東京:双文社出版,2009年)。

藤本寿彦編,《コレクション・都市モダニズム詩誌第5卷新散文詩運動》(東京:ゆまに書房,2011年)。

藤田三郎,《佐藤惣之助――詩とその展開――》(長野:木菟書館,1983年)。

四、單篇論文或報刊文章

(一)中文

中島利郎,〈忘卻的「戰爭協力詩」――窗・道雄與臺灣〉,王惠珍主編,《戰鼓聲中的歌者:龍瑛宗及其同時代東亞作家論文集》(新竹:國立清華大學:2011年)。

王一剛(王詩琅),〈思想鼎立時期的雜誌〉,《台北文物》第3卷第3期(1954年12月)。

白春燕，〈文學跨域：日治時期在台日本人作家保坂瀧雄研究〉，《文史台灣學報》第14期（2020年10月）。

向　陽，〈歷史論述與史料文獻的落差〉，《聯合報》（2004年6月30日）。

羊子喬，〈鹽田裏的詩魂——日治時期臺灣寫實文學的重鎮「鹽分地帶」〉，《臺灣史料研究》第23期（2004年8月）。

吳叡人，〈台灣非是台灣人的台灣不可：反殖民鬥爭與台灣人民族國家的論述1919-1931〉，林佳龍、鄭永年編，《民族主義與兩岸關係》（台北：新自然主義，2001年）。

吳叡人，〈福爾摩沙意識型態——試論日本殖民統治下臺灣民族運動「民族文化」論述的形成（1919-1937）〉，《新史學》17卷2期（2006年6月）。

呂紹理，〈日治時期臺灣廣播工業與收音機市場的形成（1928-1945）〉，《國立政治大學歷史學報》第19期（2002年5月）。

宋冬陽（陳芳明），〈日據時期台灣新詩遺產的重估〉，《臺灣文藝》第83期（1983年7月）。

李京珮，〈賴和事件詩中的民族意識〉，《南台人文社會學報》第14期（2015年11月）。

杜國清，〈楊熾昌與風車詩社〉，《臺灣文學英譯叢刊》第26期（2010年1月）。

周華斌，〈《南溟樂園》第4號〉，《台灣文學館通訊》第56期（2017年9月）。

周華斌，〈南溟樂園社、南溟藝園社拼圖的一角——探討該社的臺灣人同人及其時代意義〉，《臺灣文學史料集刊》第7輯（臺南：國立臺灣文學館，2017年8月）。

孟　樊，〈承襲期台灣新詩史（上）〉，《臺灣詩學學刊》第5期（2005年6月）。

孟　樊，〈承襲期台灣新詩史（下）〉，《臺灣詩學學刊》第6期（2005年11月）。

孟　樊，〈書寫臺灣詩史的問題——簡評古繼堂的《臺灣新詩發展史》〉，《中國論壇》第20期（1992年6月）。

林巾力，〈日治時期新詩評論的演變及其思想內涵探析〉，《臺灣學研究》第21期（2017年1月）。

林政華，〈發現日政時期臺灣皇民詩人——周伯陽作品內涵及其相關問題〉，《通識研究集刊》第12期（2007年12月）。

林淇瀁（向陽），〈長廊與地圖：台灣新詩風潮的溯源與鳥瞰〉，《中外文學》第28卷第1期（1999年6月）。

林靜雯採訪、整稿，〈穿越「白色恐怖」的歲月——受難者家屬徐守綱先生口述歷史〉，《臺灣風物》第67卷第1期（2017年3月）。

林燿德，〈重建詩史的可能〉，《聯合文學》第7卷第7期（1991年5月）。

星名宏修著、朱虹譯，〈複數的島都／複數的近代性——以徐瓊二的〈島都的近代風景〉為中心〉，《台灣文學與跨文化流動：東亞現代中文文學國際學報》第3期（2007年4月）。

柯文溥，〈論「普羅詩派」〉，《中國現代文學研究叢刊》1990年2期（1990年2月）。

柳書琴，〈左翼文化走廊與不轉向敘事：台灣日語作家吳坤煌的詩歌與戲劇游擊〉，李承機、李育霖主編，《「帝國」在台灣：殖民地台灣的時空、知識與情感》（台北：臺大出版中心，2015年12月）。

張詩勤，〈日治時期象徵詩在台灣的傳播與實踐〉，國立政治大學圖書館數位典藏組編，《往返之間：戰前臺灣與東亞文學・美術的傳播與流動》（台北：政大圖書館數位典藏組，2017年）。

張詩勤，〈台灣新詩初現的兩條源流——由張我軍以前（1901-1924）

的相關論述及創作觀之〉,《臺灣詩學學刊》第22期（2013年11月）。

曹永和,〈台灣史研究的另一個途徑——「台灣島史」概念〉,《台灣史田野研究通訊》第15期（1990年6月）。

許俊雅,〈《洪水報》、《赤道》對中國文學作品的轉載——兼論創造社在日治台灣文壇〉,《台灣文學研究學報》第14期（2012年4月）。

許舜傑,〈同文下的剽竊：中國新文學與楊華詩歌〉,《中外文學》44卷1期（2015年3月）。

郭水潭,〈臺灣日人文學概觀〉,《臺北文物》3卷4期（1954年8月）。

彭小妍,〈文學典律、種族階級與鄉土書寫——張我軍與臺灣新文學的起源〉,許俊雅編,《【臺灣現代當代作家研究資料彙編】16張我軍》（台南：國立臺灣文學館,2012年3月）。

楊宗翰,〈台灣新詩史：一個未完成的計畫〉,《台灣史料研究》第23期（2004年8月）。

楊宗翰,〈台灣新詩史：書寫的構圖〉,《創世紀詩雜誌》第140、141期合刊（2004年10月）。

楊宗翰,〈冒現期台灣新詩史〉,《創世紀詩雜誌》第145期（2005年12月）。

楊宗翰,〈重構詩史的策略〉,《創世紀詩雜誌》第124期（2000年9月）。

駒込武,〈臺灣的「殖民地近代性」〉,若林正丈、吳密察主編,《跨界的臺灣史研究——與東亞史的交錯》（台北：播種者,2004年）。

橫路啟子,〈論台灣地區日本人無產階級文學運動中的共同體意識變化問題——以藤原泉三郎為中心〉,《東北亞外語研究號》第2卷第3期（2015年6月）。

蕭亦翔，〈綻放於帝國南方的茉莉——本田晴光與詩誌《茉莉》〉，《臺灣文學史料集刊》第11輯（2023年12月）。

蕭　蕭，〈臺灣式史詩——賴和新詩的歷史位置〉，《當代詩學》第10期（2015年1月）。

蕭　蕭，〈謝春木：臺灣新詩的肇基者——細論追風與臺灣新詩的終極導向〉，《彰化文獻》第7期（2006年8月）。

龍泉明，〈普羅詩派詩歌創作得失論〉，《武漢大學學報（哲學社會科學版）》第231期（1997年7月）。

（二）日文

やまぐち・けい，〈本田晴光考 III〉，《青い花》第24期（1996年7月）。

三浦建治，〈明治・大正・昭和詩史（8）プロレタリア詩とは何か（3）〉，《詩人会議》第668期（2018年5月）。

土屋聰，〈春山行夫の詩的認識をめぐって（一）〉，《實踐國文學》第91期（2017年3月）。

土屋聰，〈新精神という概念をめぐって〉，《實踐國文學》第88期（2015年10月）。

北川透，〈一九二六年、詩意識の転換——中野重治「『郷土望景詩』に現われた憤怒について」——〉，《文学》第53卷第1期（1985年1月）。

伊藤信吉，〈白鳥省吾の世界（上）——民衆派のプロレタリア詩的先駆性——〉，《文学》第53卷第1期（1985年1月）。

伊藤信吉，〈白鳥省吾の世界（下）——民衆派のプロレタリア詩的先駆性——〉，《文学》第54卷第6期（1986年6月）。

伊藤信吉，〈白鳥省吾の世界（中）——民衆派のプロレタリア詩的先駆性——〉，《文学》第53卷第6期（1985年6月）。

吳佩珍，〈一九三〇年代におけるアイルランド文学の越境と台湾新文学〉，中川成美、西成彦編，《旅する日本語——方法としての外地巡礼》（京都：松籟社，2022年）。

吳翠華，〈童謡による植民地支配及び植民地の目覚め——北原白秋の台湾訪問より台湾童謡募集運動を見る——〉，張季琳主編，《日本文学における台湾》（台北：中央研究院人文社會科學研究中心，2014年）。

宮下誠，〈上政治の青春——ある農民詩人の虛と実〉，《詩人会議》第49卷第8期（2011年8月）。

黒川洋，〈ダダ詩誌『ド・ド・ド』と多田文三〉，《日本古書通信》第74卷第2期（2009年2月）。

勝原晴希，〈民衆詩派の再検討のために：大正デモクラシー、トクヴィル、ホイットマン〉，《駒澤國文》第53期（2016年2月）。

菅原克也，〈北原白秋の台湾訪問〉，《臺大日本語文研究》第9期（2005年7月）。

橫路啟子，〈在台內地人のプロレタリア文学：1920年代末の藤原泉三郎の諸作品を中心に〉，《天理臺灣學報》第21期（2012年6月）。

橫路啟子，〈藤原泉三郎とその台湾時代——文学活動を中心に〉，《天理臺灣學報》第20期（2011年7月）。

五、學位論文

王秀珠，〈日治時期鹽分地帶詩作析論——以吳新榮、郭水潭、王登山為主〉（高雄：國立高雄師範大學國文教學碩士論文，2004年）。

吳正賢,〈楊守愚新詩之研究〉(高雄:國立高雄師範大學國文學系碩士論文,2017年)。

林婉筠,〈風車詩社:美學、社會性與現代主義〉(台北:國立政治大學台灣文學研究所博士論文,2011年)。

張詩勤,〈台灣日文新詩的誕生──以《臺灣日日新報》、《臺灣教育》(1895-1926)為中心〉(台北:國立政治大學台灣文學研究所碩士論文,2015年)

莊曉明,〈日治時期鹽分地帶詩人群和風車詩社詩風之比較研究〉(台北:國立臺北教育大學台灣文化研究所碩士論文,2008年)。

連惟怡,〈民初「近代詩」典律的建構──以陳衍與「同光體」為中心的觀察〉(南投:國立暨南國際大學中國語文學系碩士論文,2014年)。

陳允元,〈殖民地前衛:現代主義詩學在戰前臺灣的傳播與再生產〉(台北:國立政治大學台灣文學研究所博士論文,2017年)。

陳怡芹,〈日治時期臺灣郵政事業之研究(1895-1945)〉(桃園:國立中央大學歷史研究所碩士論文,2008年7月)。

陳瑜霞,〈郭水潭生平及其創作研究〉(台南:國立成功大學中國文學系博士論文,2006年)。

陳韻如,〈郭秋生文學歷程研究(1929～1937)〉(台北:東吳大學中國文學系碩士論文,2002年)。

黃建銘,〈日治時期楊熾昌及其文學研究〉(台南:國立成功大學歷史學研究所碩士論文,2002年6月)。

楊順明,〈黑潮輓歌:楊華及其作品研究〉(台北:國立臺灣師範大學台灣文化暨語言文學研究所碩士論文,2006年)。

藤岡玲子,〈日治時期在臺日本詩人研究──以伊良子清白、多田南溟漱人、西川滿、黑木謳子為範圍〉(台南:國立成功大學中國文學系碩士論文,2000年)。

六、電子資源

（一）電子資料庫與線上辭典

上海圖書館,「中文期刊全文數據庫——全國報刊索引」：https://www.cnbksy.com/

小学館,《デジタル大辞泉》：https://japanknowledge.com/contents/daijisen/

小学館,《ロベール仏和大辞典》：https://japanknowledge.com/contents/robert_f2j/

小学館,《日本大百科全書》：https://japanknowledge.com/contents/nipponica/

小学館,《日本国語大辞典》：https://japanknowledge.com/contents/nikkoku/

中央研究院臺灣史研究所,「日記知識資料庫」：https://taco.ith.sinica.edu.tw/tdk/%E9%A6%96%E9%A0%81

中央研究院臺灣史研究所,「臺灣研究古籍資料庫」：https://rarebooks.ith.sinica.edu.tw/sinicafrsFront99/index.htm

中央研究院臺灣史研究所,「臺灣總督府職員錄系統」：https://who.ith.sinica.edu.tw/

中華民國教育部,《重編國語辭典修訂本》：https://dict.revised.moe.edu.tw/?la=0&powerMode=0

中華民國教育部,《臺灣閩南語常用詞辭典》：https://twblg.dict.edu.tw/holodict_new/

日本近代文学館編集、講談社刊行,《日本近代文学大事典》：https://japanknowledge.com/contents/jkindaibungaku/

吉川弘文館，《国史大辞典》：https://japanknowledge.com/contents/kokushi/

国立国会図書館，「近代デジタルライブラリー」：https://dl.ndl.go.jp/

学研教育出版，《学研全訳古語辞典》：https://kobun.weblio.jp/cat/gkzkj

財團法人原住民族語言研究發展基金會，《原住民族語言線上辭典》https://e-dictionary.ilrdf.org.tw/

國立公共資訊圖書館，「數位典藏服務網」：https://das.nlpi.edu.tw/cgi-bin/gs32/gsweb.cgi/ccd=De3dXe/webmge

國立臺灣圖書館，「日治時期期刊全文影像系統」：http://stfj.ntl.edu.tw/cgi-bin/gs32/gsweb.cgi/login?o=dwebmge&cache=1661179041077

國立臺灣圖書館，「日治時期圖書全文影像系統」：http://stfb.ntl.edu.tw/cgi-bin/gs32/gsweb.cgi/login?o=dwebmge&cache=1661179094866

國家發展委員會檔案管理局，「國家檔案資訊網」：https://aa.archives.gov.tw/

國家圖書館，「臺灣記憶 Taiwan Memory」：https://tm.ncl.edu.tw/index

得泓資訊，「臺灣民報系列－中國近代報刊資料庫」：https://hyerm.ntl.edu.tw:3135/

朝日新聞，「朝日新聞記事データベース聞蔵 II」：https://hyerm.ntl.edu.tw:3290/library2e/main/top.php

集英社，《世界文学大事典》：https://japanknowledge.com/contents/sekaibungaku/

漢珍圖書公司，「臺灣時報 TAIWAN JIHO 資料庫」：https://hyerm.ntl.edu.tw:3298/cgi-bin2/Libo.cgi?

漢珍圖書公司、ゆまに書房，「臺灣日日新報清晰電子版」：https://tbmc.lib.nccu.edu.tw/cgi-bin2/Libo.cgi?

講談社，《色名がわかる辞典》：https://kotobank.jp/dictionary/color/

（二）其他

「メカニック」，「フリー百科事典『ウィキペディア（Wikipedia）』」（來源：https://ja.wikipedia.org/wiki/%E3%83%A1%E3%82%AB%E3%83%8B%E3%83%83%E3%82%AF，最後查閱時間：2020年8月10日）。

〈古蹟導覽：安平小砲臺〉，「臺南市安平區公所」（來源：https://web.tainan.gov.tw/tnanping/cp.aspx?n=20609&s=7241，最後查閱時間：2022年4月28日）。

〈安平小砲臺〉，「臺南市政府文化局古蹟營運科」（來源：https://historic.tainan.gov.tw/index.php?option=module&lang=cht&task=pageinfo&id=85&index=6，最後查閱時間：2022年4月28日）。

〈奉祀神佛〉，「財團法人南鯤鯓代天府」（來源：http://www.nkstemple.org.tw/2012_web/2012_web_B_1.htm，最後查閱時間：2022年5月2日）。

〈菊岡久利略年譜〉，「青森県近代文学館・生誕一〇〇年　菊岡久利の世界」（來源：http://www.plib.pref.aomori.lg.jp/top/museum/kuri100.html，最後查閱時間：2016年1月12日；2022年5月12日連結已失效）。

〈澎湖郵便局〉，「澎湖知識服務平台（Penghu.info）」（來源：https://penghu.info/OBD2288DF2DA569A0161，最後查閱時間：2022年5月10日）。

《札幌市中央図書館／新札幌市史デジタルアーカイブ新札幌市史第4卷通史4》（來源：https://trc-adeac.trc.co.jp/WJ11E0/WJJS06U/0110005100/0110005100100040/ht890340，最後查閱時間：2022年5月16日）。

日比繁次郎作詞，塩尻精八作曲，〈道頓堀行進曲〉，「歌ネット」（來源：https://www.uta-net.com/song/32757/，最後查閱時間：2021年11月20日）。

毛利眞人，〈『道頓堀行進曲』史〉,「ニッポン・スキングタイム」（來源：https://jazzrou.hatenablog.com/entry/2017/09/18/231554，最後查閱時間：2021年11月20日）

古賀春江，〈海〉,「文化遺産オンライン」（來源：https://bunka.nii.ac.jp/heritages/detail/62625，最後查閱時間：2021年5月2日）。

阿部金剛，〈Rien No.1〉,「福岡県立美術館」（來源：https://fukuoka-kenbi.jp/reading/2014/0627_3021/，最後查閱時間：2021年5月2日）。

許峰源，〈阿根納造船廠的歷史風華〉,《檔案樂活情報》第147期（2019年9月16日）（來源：https://www.archives.gov.tw/ALohas/ALohas Column.aspx?c=1980，最後查閱時間：2020年4月10日）。

蕭亦翔，〈【名單之後】從詩畫中誕生的教育者──後藤大治的繪畫之路〉（來源：https://www.gjtaiwan.com/new/?p=114127，最後查閱時間：2024年7月31日）。

戴復古，〈黃岩舟中〉,「古詩文網」（來源：https://so.gushiwen.cn/shiwenv_7a8112e7b36f.aspx，最後查閱時間：2021年11月22日）。

附錄一
後藤大治作品列表

—凡例—

一、本表台灣部分以漢珍圖書公司、ゆまに書房「臺灣日日新報清晰電子版」、國立臺灣歷史博物館「近代臺灣報刊資料庫」(《臺南新報》1921年5月至1937年1月)、國立臺灣圖書館「日治時期期刊全文影像系統」「日治時期圖書全文影像系統」、國家圖書館「臺灣記憶Taiwan Memory」為調查對象；日本部分則以《現代詩1920-1944—モダニズム詩誌作品要覽》(和田博文監修，東京：日外アソシエーツ，2006年1月) 一書中的「後藤大治」條目為基礎，再以日本重要各圖書館及文學館之館藏調查增添資料。

二、未備註文類者即為詩。

三、白底表台灣發表之作品，灰底表日本發表之作品。

時間	書刊名稱	卷期	標題	備註
1921.11	バベルの詩	2	流れのスフキンクス	
1921.12	バベルの詩	3	空想	
1922.02	炬火	2-2	台湾女—恋の秘曲—	
1922.03	炬火	2-3	私の嬰児に	
1922.04	炬火	2-4	乱打祝福—水葬礼と死人船—	

時間	書刊名稱	卷期	標題	備註
1922.04	バベルの詩	7	失戀、パパイヤの戀集より	
1922.05	炬火	2-5	野の詩人	
1922.05	亞字欄に倚りて			個人詩集。臺中：臺灣新聞社
1922.09.13	臺灣日日新報		長詩月光の一夜	
1922.08.20	臺南新報		星（舊作より）	
1922.08.28	臺南新報		讚濤篇	
1922.08.28	臺南新報		若き詩人の群へ	隨筆
1922.09.01	臺南新報		若き詩人の群へ（二）呪	隨筆
1922.09.02	臺南新報		若き詩人の群へ（二）[1]呪	隨筆
1922.09.03	臺南新報		若き詩人の群へ（四）呪	隨筆
1922.09.09	臺南新報		時化の夜	
1922.09.14	臺南新報		後藤大治（一）	隨筆
1922.09.15	臺南新報		後藤大治（二）	隨筆
1922.09.16	臺南新報		後藤大治（三）	隨筆
1922.11	新詩潮	1	太陽に唄ふ	
1923.02.27	臺南新報		童謠に就て（一）	論文
1923.02.28	臺南新報		童謠に就て（二）	論文
1923.03	嵐	8	熱帯の氷河	存目
1923.03	熱帶詩人	9	春二篇	
1923.03.01	臺南新報		童謠に就て（三）	論文
1923.03.02	臺南新報		童謠に就て（四）	論文

---

[1] 此處應為「（三）」之誤植。

時間	書刊名稱	卷期	標題	備註
1923.03.03	臺南新報		童謠に就て（五）	論文
1923.03.04	臺南新報		童謠に就て（六）	論文
1923.03.05	臺南新報		童謠に就て（七）	論文
1923.03.06	臺南新報		童謠に就て（八）	論文
1923.03.07	臺南新報		童謠に就て（九）	論文
1923.03.08	臺南新報		童謠に就て（十）	論文
1923.03.09	臺南新報		童謠に就て（十一）	論文
1923.03.10	臺南新報		童謠に就て（十二）	論文
1923.04	熱帶詩人	10	星と信號者	
1923.04	臺灣遞信協會雜誌	45	交換手と青い空	
1923.05.08	臺南新報		AからFへ	
1923.06	嵐	10	台湾周航	存目
1923.06	臺灣遞信協會雜誌	47	白帆の行衛－安田黑潮に送る－	
1924.06	日本詩人	4-6	五官醉の賦	
1924.06.09	臺南新報		戎克船の詩工を評す（一）	詩評：岩佐清潮
1924.06.16	臺南新報		戎克船の詩工を評す（二）	詩評：倉持迷羊
1924.06.16	臺南新報		u・S・A・1	
1924.06.16	臺南新報		u・S・A・2	
1924.06.16	臺南新報		u・S・A・3	
1924.06.16	臺南新報		u・S・A・4	
1924.06.23	臺南新報		戎克船の詩工を評す（三）	詩評：中島勝利
1924.06.30	臺南新報		戎克船の詩工を評す（四）	詩評：王宗英
1924.07.07	臺南新報		戎克船の詩工を評す（五）	詩評：松村橇歌

時間	書刊名稱	卷期	標題	備註
1924.08	臺灣遞信協會雜誌	59	詩と人生	隨筆
1924.08	臺灣遞信協會雜誌	59	流に立つ	
1924.11	臺灣遞信協會雜誌	53	蕃山の詩	
1925.02	日本詩人	5-2	橋	
1925.03	日本詩人	5-3	安平―臺灣詩の中より―	
1925.04	日本詩集	1925年版	臺灣週航詩（洋上篇）：雨港の雨	
1925.09.25	臺灣日日新報		青い鳥の棲む＝「臺中」お懷ふ＝	
1925.11	日本詩人	5-11	乘合自動車	
1925.11	詩之家	1-5	小樽	隨筆
1925.12.18	臺灣日日新報		臺北詩人 「懇話會」提唱 新しき出發へ	隨筆
1926.01	臺灣遞信協會雜誌	71	時化の夜	初出：『臺南新報』（1922.09.09）
1926.07.09	臺灣日日新報		少少廣告	詩評
1926.02	新生	3-2	田舍と芝居	
1926.05	日本詩集	1926年版	棟、水杙、阿片	
1926.06	日本詩人	6-6	生蕃の歌	
1926.07	日本詩人	6-7	我が鄉土の夏	隨筆
1926.08	日本詩人	6-8	川岸に立ちて	

時間	書刊名稱	卷期	標題		備註
1926.09	詩之家	2-13	『短艇詩集』批評		書評
1926.12	地上樂園	1-7	「瘦枯れた土」を讀む		書評
1927	臺灣詩集	1	春へまゐる、五月のぼり、阿片、やもりの子		「阿片」初出：『日本詩集』1926年版（1926.05）
1927.01.14	臺灣日日新報		紀行詩　臺灣週行　1　基隆港		
1927.01.21	臺灣日日新報		紀行詩　臺灣周航　2　出港	【雨港の雨】（1）	「雨港の雨」（1）初出：『日本詩集』1925年版（1925.04）
1927.02.04	臺灣日日新報		紀行詩　臺灣周航	【雨港の雨】（2）	「雨港の雨」（2）、（3）初出：『日本詩集』1925年版（1925.04）
				【雨港の雨】（3）	
			（3）洋上	鄉土の聲	
				愚痴	
				熱帶の氷河	
1927.02.11	臺灣日日新報		紀行詩　臺灣周航	夜	
				たそがれ	
				闇と光（1）	
				闇と光（2）	
				闇と光（3）	
				闇と光（4）	
1927.03.04	臺灣日日		紀行詩　臺	城門	

時間	書刊名稱	卷期	標題		備註
	新報		灣　周　航 4、澎湖島	荒野（1）	
				荒野（2）	
				荒野（3）	
				島の秘密	
1927.03.18	臺灣日日新報		紀行詩　臺灣周航　5、西海岸		
			6、安平	安平（1）	
				安平（2）	
				安平は人を呼ぶ	
				赤崁城	
1927.03.25	臺灣日日新報		紀行詩　臺灣週航　7　南溟	南溟	「星と信號者」初出：『熱帶詩人』10（1923.04）
				星と信號者	
			8　高雄	旗後の砲臺	
1927.04.01	臺灣日日新報		紀行詞　臺灣週航　9　南部景	屏東の朝	
				庄の祭日	
				踊り娘	
			10　大板埒	大板埒	
1927.04.15	臺灣日日新報		紀行詞　臺灣週航	ビンロウを嚙む女	
				檳榔をかむ乙女	
				無題	
				魔術場1	
				魔術場2	
			11　恒春	恆春	

時間	書刊名稱	卷期	標題			備註
1927.04.22	臺灣日日新報		紀行詩 臺灣週航	チヤルメラの唄		
				12 鵞鑾鼻		
				（13）臺東		
1927.04.29	臺灣日日新報		紀行詩 臺灣週航 41[2] 蕃山の詩	扉詩		全文初出：『日本詩人』6-6（1926.6）「生蕃の歌」
				粟祭の歌		
				出草の歌（首狩の歌）		
				戀の歌		
				蕃山の詩	1 ブログ	
					2 戀	
					3 血	
					4 酒	
1927.05.06	臺灣日日新報		紀行詩 臺灣周航	生蕃戀歌		全文初出：『日本詩人』6-6（1926.6）「生蕃の歌」
				首狩の夜		
1927.06.10	臺灣日日新報		紀行詩 臺灣周行	蕃山の靈氣		
				自愛		
				憬れの蕃		
				蕃山は二分する		
1927.06.24	臺灣日日		紀行詩 臺	非文明		「非文明」初出：

2　此處應為「14」之誤植。

時間	書刊名稱	卷期	標題		備註
	新報		灣周行	無邪氣	『臺灣遞信協會雜誌』53（1924.11）「蕃山の詩」
				蕃女を見て	
				新哲學	
				蕃刀	
				唄	
1927.07.02	臺灣日日新報		紀行詩 臺灣周行	森の妖精	「更生へ」初出：『臺灣遞信協會雜誌』53（1924.11）「蕃山の詩」
				更生へ	
				朝	
1927.07.08	臺灣日日新報		紀行詩 臺灣周航	蕃社の發足	「蕃社の發足」「歸る」初出：『臺灣遞信協會雜誌』53（1924.11）「蕃山の詩」
			15　歸る	假面の平和	
				時化	
				無題	
				太陽に唄ふ	
1927.07.22	臺灣日日新報		紀行詩 臺灣週航 終幕	蘇澳	
				龜山島	
				末夕頌	
1927.08.19	臺灣日日新報		家居端坐		
1928.05	詩之家	4-5	「昴」批評		書評
1928.06	詩人年鑑	1928年版	春へまゐる		初出：『臺灣詩集』（1927）
1928.08	臺灣教育	312	看護斷章		
1928.09	詩魔	16	詩魔への詞		贈詞

時間	書刊名稱	卷期	標題	備註
1929.07	臺灣遞信協會雜誌	92	アミ族の繪畫を觀て	論文
1929.09	臺灣遞信協會雜誌	94	詩三編：水杙、阿片、晚夏	「水杙」、「阿片」初出：『日本詩集』1926年版（1926.05）
1929.09	臺灣教育	326	第三回目の發表：棟、合歡の實、はる、あかん坊	「棟」初出：『日本詩集』1926年版（1926.05）
1929.10	臺灣教育	327	第三回發表：地の貝、春來頌、シグナル燈	
1929.11	臺灣教育	328	第三回發表（其の三）：春へまゐる、五月のぼり、五月はゆく、水杙、阿片食人	「水杙」、「阿片食人」初出：『日本詩集』1926年版（1926.05）；「春へまゐる」、「五月のぼり」初出：『臺灣詩集』（1927）
1930.01	臺灣教育	330	第三回の發表（その四）：斷章（秋、窓、指、胃）、ノスタルヂア、チヤルメラ、生蕃人形	
1930.02	臺灣教育	331	第三回の發表（その五）：みどり川、根氣を拾ふ、立つてゐる、木瓜、夏は、支那人	
1930.03	臺灣教育	332	第三回の發表（その六）	初出：『日本詩人』4-6（1924.6）「五官醉の賦」

時間	書刊名稱	卷期	標題	備註
1930.06	一九三〇年詩集		二人マラリアを病む	詩人協会編,アルス
1931.04	一九三一年詩集		雪	詩人協会編,アトリエ社
1931.9.4	南溟藝園	3-9	夕がほ	
1934.05	社會事業の友	66	童謠に就いて誤られつゝあるもの二つ三つ	論文
1934.11	黎明	30	涙の美談	隨筆
1934.12	黎明	31	楠木正成の銅像	隨筆
1935.01	黎明	32	繼母の黒髪	隨筆
1935.02	黎明	33	赤い足袋	隨筆
1935.03	黎明	34	周藤彌兵衛	隨筆
1935.04	黎明	35	周藤彌兵衛(中)	隨筆
1935.05	黎明	36	周藤彌兵衛(下)	隨筆
1935.06	黎明	37	正成の苦心	隨筆
1935.07	黎明	38	落穂を拾つて	隨筆
1935.08	黎明	39	じまんの力	隨筆
1935.10	黎明	41	第一聯隊旗	隨筆
1935.11	黎明	42	二宮金次郎（一）	隨筆
1935.12	臺法月報	29	安平―日本詩人揭載―	初出:『日本詩人』5-3（1925.3）
1935.12	黎明	43	二宮金次郎（二）	隨筆
1936.01	黎明	44	二宮金次郎（四）	隨筆
1936.02	黎明	45	飼はれた恩	隨筆
1936.03	黎明	46	械織機械の發明	隨筆
1936.04	黎明	47	日本人と馬	隨筆

時間	書刊名稱	卷期	標題	備註
1936.05	黎明	48	強い東鄉さん	隨筆
1936.06	黎明	49	月かげに學ぶ	隨筆
1936.07	黎明	50	碧海の神樣	隨筆
1936.08	黎明	51	おかつきの大鼓	隨筆
1936.09	黎明	52	身を殺して仁をなす	隨筆
1936.10	黎明	53	幸一君（一）	隨筆
1936.11	黎明	54	幸一君（二）	隨筆
1936.12	臺灣地方行政	2-12	輝く日本精神治水篇(上)	隨筆
1936.12	黎明	55	工場で働く人（一）	隨筆
1937.01	臺灣地方行政	3-1	輝く日本精神治水篇(下)	隨筆
1937.02	臺灣地方行政	3-2	輝く日本精神	隨筆
1937.03	臺灣地方行政	3-3	村長の型	隨筆
1937.05	臺灣教育	418	一行詩タロコ峽	
1937.07	臺灣教育	420	新人は居ないか	隨筆
1937.09	臺灣地方行政	3-9	輝く日本精神	隨筆
1938.02	臺灣地方行政	4-2	隨筆	隨筆
1938.07	臺灣教育	432	ヒリッピン讀本の紹介	隨筆
1938.07	色ある風	3	本誌第二輯を見て	詩評
1939.02	臺灣地方行政	5-2	東京に拾ふ	隨筆

時間	書刊名稱	卷期	標題	備註
1940.07.01	部報	101	甘藷をひろめん人々（一）	隨筆
1940.07.15	部報	102	甘藷をひろめん人々（二）	隨筆

附錄二
王宗英作品列表

―凡例―

一、本表以漢珍圖書公司、ゆまに書房「臺灣日日新報清晰電子版」、國立臺灣圖書館「日治時期期刊全文影像系統」、「日治時期圖書全文影像系統」、國家圖書館「臺灣記憶 Taiwan Memory」為調查基礎，再以台日各圖書館及文學館之館藏調查為輔增添資料。

二、未備註文類者即為詩。

三、白底表台灣發表之作品，灰底表日本發表之作品。

日期	報刊名稱	卷期	署名	標題	備註
1919.04.16	臺灣日日新報		牛罵頭 王來法	朱甕歌壇『楚石選』	短歌
1919.07.19	臺灣日日新報		牛罵頭 王來法	朱甕歌壇『楚石選』	短歌
1923.01.27	熱帶詩人	8	王宗英	臺灣佛教會入佛式の一夜	
1923.03.12	熱帶詩人	9	王宗英	酒に感謝する	
1923.04.10	熱帶詩人	10	王宗英	春の清水山	
1923.05	臺灣遞信協會雜誌	46	王來法	古き手帳より、晚春の憂鬱	隨筆
1923.05	臺灣遞信協會雜誌	46	王來法	朝の一幕	

日期	報刊名稱	卷期	署名	標題	備註
1923.06	臺灣遞信協會雜誌	47	王來法	木の葉の舟	
1923.07	臺灣遞信協會雜誌	48	王宗英	落陽	
1923.07.15	臺南新報		王宗英	或る日曜の午后	
1923.07.22	臺南新報		王宗英	蓮の花	
1923.08.02	臺南新報		王宗英	梧棲の海濱雜感	
1923.09.26	臺南新報		王宗英	はづかし屋の娘	
1923.10	臺灣遞信協會雜誌	51	王宗英	田舍の秋	
1923.10.04	臺南新報		王宗英	廢墟の工場の跡	
1923.10.13	臺南新報		王宗英	月光の美を浴びて	
1923.10.14	臺南新報		王宗英	虐げられし者	
1923.11.17	臺南新報		王宗英	心の象徵	
1923.11.20	臺南新報		王宗英	勞働頌歌	
1923.12.04	臺南新報		王宗英	こし方を思ひて	
1924.03	戎克船	1	王宗英	狂女	存目
1924.04	戎克船	2	王宗英	午後の工場	存目，後收入『臺灣詩集』（1927）
1924.04	臺灣遞信協會雜誌	55	王宗英	病中雜感	隨筆
1924.04	臺灣遞信協會雜誌	55	王宗英	みどり川	
1924.05	戎克船	3	王宗英	幽閑な月	存目

日期	報刊名稱	卷期	署名	標題	備註
1924.05	臺灣遞信協會雜誌	56	王宗英	偶感偶言、健やかにして若き君よ	隨筆
1924.05	臺灣遞信協會雜誌	56	王宗英	散步	
1924.05.26	臺南新報		王宗英	文藝愛好者の言葉	詩論
1924.06	日本詩人	4-6	王宗英	朝	
1924.06.02	臺南新報		王宗英	散文詩　故鄉の清水へ、故鄉にて詩二篇	
1924.06.16	臺南新報		王宗英	大自然を凝視めて	詩論
1924.06.19	臺南新報		王來法	記念目の三新聞	社論
1924.06.23	臺南新報		王宗英	創作　彼女の形見	小說
1924.06.28	臺南新報		王來法	起てよ亞細亞	社論
1924.07	臺灣遞信協會雜誌	58	王宗英	ねむの並木道	
1924.07.21	臺南新報		宗英王來法	淚の日記	隨筆
1924.08	臺灣遞信協會雜誌	59	王宗英	時代の前に跪く	
1924.08	臺灣遞信協會雜誌	59	王宗英	清談、淚の記錄	隨筆；「淚の記錄」初出：『臺南新報』「淚の日記」（1924.07.21）
1924.09	臺灣遞信協會雜誌	60	王宗英	POSTMAN のうたへる	
1924.09.18	臺南新報		王宗英	紫光線上に立つ	
1924.09.19	臺南新報		王宗英	雨の線詩	

日期	報刊名稱	卷期	署名	標題	備註
1924.10	臺灣遞信協會雜誌	61	王來法	靜思	隨筆
1924.10	臺灣遞信協會雜誌	61	王來法	擬詩二篇：午後、父	
1924.11	臺灣遞信協會雜誌	62	王來法	時計を合はす事を	隨筆
1925.01	臺灣遞信協會雜誌	63	王來法	小包引受の窓口より、寒と飢に戰慄く人々	隨筆
1925.02.09	臺南新報		王宗英	詩劇　晴れゆく魂（一幕）	劇本
1925.02.25	臺南新報		王宗英	短唱數首：髮、妻、人はこう云ふことを始終繰返してゐる、午後	
1925.03	臺灣遞信協會雜誌	64	王宗英	烏日溪の釣	隨筆
1925.03.04	臺南新報		王宗英	深夜詩懷	
1925.03.11	臺南新報		王宗英	春に入る	
1925.03.18	臺南新報		王宗英	土に親しむ	
1925.04	臺灣遞信協會雜誌	65	王宗英	忙中の閑	隨筆
1925.04	臺灣遞信協會雜誌	65	王宗英	時はゆく	
1925.04.01	臺南新報		王宗英	善良なる古風人、生蕃即興詩	

日期	報刊名稱	卷期	署名	標題	備註
1925.04.08	臺南新報		王宗英	戀慕の最高潮時、時はゆく	「時はゆく」初出：『臺灣遞信協會雜誌』65（1925.4）
1925.04.20	臺南新報		王宗英	詩か！死？？重に現狀の臺灣詩壇を評せる	
1925.04.27	臺南新報		王宗英	闇夜は私の鬼です	
1925.04.28	臺南新報		王宗英	月夜の自然を愛す	
1925.05.04	臺南新報		王宗英	始めてあふた後藤大治氏	隨筆
1925.05.25	臺南新報		王宗英	ある婦人の秘密	
1925.06.22	臺南新報		王宗英	タゞれてゆく夕心	
1925.07.17	臺南新報		王宗英	颶風他二篇：颶風、蟬、歌でも唄ひたい朝	
1925.09	臺灣遞信協會雜誌	69	王來法	炎暑の日記	隨筆
1925.09.11	臺南新報		王宗英	秋に入る朝	
1925.11	臺灣遞信協會雜誌	70	王宗英	郊外の秋色	
1925.11.30	臺南新報		王宗英	藝術の內臺人融合に及ぼす影響	論述
1926.01	戎克船		王宗英	冬、惜別	存目；期數不詳
1926.02	臺灣遞信協會雜誌	72	王來法	真實へ	隨筆

日期	報刊名稱	卷期	署名	標題	備註
1926.02	戎克船		王宗英	隣春の夜、恐怖と猜疑	存目；期數不詳
1926.06	臺灣遞信協會雜誌	75	王來法	「郵便貯金激減の對策」讀後感	評論
1926.06	臺灣遞信協會雜誌	75	王來法	永田氏を送る	隨筆
1926.06	臺灣遞信協會雜誌	75	王來法	氣節の風車	
1927	臺灣詩集	1	王來法	春、私の精神が伸びてゆく朝、非常なる食慾、午後の工場、髮、土に親しむ、朝	「午後の工場」初出：『戎克船』2（1924.4）「髮」初出：『臺南新報』（1925.2.25）「土に親しむ」初出：『臺南新報』（1925.3.18）「朝」初出：『日本詩人』4-6（1924.6）
1927.01	臺灣遞信協會雜誌	76	王來法	合歡のとんねる、いかたかづら	
1927.01	新熱帶詩風	1	王來法	汝等の言葉に動く―	存目
1927.02	新熱帶詩風	2	王來法	不快	存目

日期	報刊名稱	卷期	署名	標題	備註
1927.04	臺灣遞信協會雜誌	78	王來法	主のない貓	
1927.04	臺灣遞信協會雜誌	78	王來法	雜記帳	隨筆
1927.06.20	我等と通信	2	王來法	窓口勤務者の言葉	隨筆
1927.08.19	臺灣日日新報		王來法	戎克船同人詩品：落書	
1927.10.28	臺灣日日新報		王來法	戎克船同人詩品／王來法集：秋、なやみ、樂しきざる日、無題、言志、鑪の音は神經をそがす，貧血の畸形兒の幽靈である	
1928.01	臺灣遞信協會雜誌	79	王來法	戶水昇氏著「この一二年」讀後感	評論
1928.01	臺灣遞信協會雜誌	79	王來法	朝の散步	
1928.02	臺灣遞信協會雜誌	80	王來法	春	初出：『臺灣詩集』(1927)
1928.02	臺灣遞信協會雜誌	80	王來法	修養坐談	隨筆
1928.03	臺灣警察協會雜誌	129	王來法	臺中州巡查教習生の入所所感	隨筆
1928.06	詩人年鑑	1928年版	王來法	春	初出：『臺灣詩集』(1927)

日期	報刊名稱	卷期	署名	標題	備註
1935.12	臺法月報	29-12	王來法	朝	初出：『日本詩人』5.3（1925.3）

附錄三
南溟樂園社社規

　　　本　　則
第一條　本社は『南溟樂園』社と稱す
第二條　相互の詩の健全な進展を計る事を目的とする
　　　資　　格
第三條　本社は本則に贊成し且つ真摯熱烈な詩人を以て社の同人とする
第四條　同人にして若し萬一第三條にもどる[1]ものありと認めたる場合再精查しこれを除名する事あるべし
　　　事　　業
第五條　目的貫徹の爲に誌名『南溟樂園』を刊行する
第六條　機會あらば正義人道的精神の作興の爲に活動する
　　　積　立　金
第七條　積立金の多寡は每月各自の都合により任意とす故に滯納は不可

　　　本　　則
第一條　本社稱爲『南溟樂園』社
第二條　以相互謀求詩的健全進展為目的
　　　資　　格
第三條　本社以贊成本則並且真摯熱烈的詩人為本社同人
第四條　同人萬一被認定有違背第三條的情形，經過再次詳查後應除名之
　　　事　　業
第五條　為了貫徹目的，發行以『南溟樂園』為名的雜誌
第六條　若有機會，將為促進正義人道的精神而展開活動
　　　公　共　基　金
第七條　公共基金的多寡是每月繳納同人各自方便的金額，故不可積欠
　　　入　　社
第八條　希望入社者，應預先提交兩篇以上的個人詩作，並等待通知是否接受入社

1　根據上下文意，推測為「もとる」的誤植。

入　　社
第八條　入社希望の者は豫め自作詩
　　二篇以上を提示して來社の拒諾を
　　待つべし
　　退　　社
第九條　退社は隨意とす
　　其　の　他
第十條　本社事務所を常に臺北市内
　　に置く（現在臺北市本町三丁目三
　　番地多田南溟詩人宛）
　　南溟樂園同人氏名、多田南溟詩
　　人、關野秀夫、齋藤誠、西鹿輪登
　　志夫、たけさき哲、箕茅子

　　退　　社
第九條　退社隨意
　　其　　他
第十條　本社事務所常設於臺北市内
　　（目前地址：臺北市本町三丁目三
　　番地多田南溟詩人收）
　　南溟樂園同人名錄：多田南溟詩
　　人、關野秀夫、齋藤誠、西鹿輪登
　　志夫、たけさき哲、箕茅子

出處：〈南溟樂園〉,《臺灣日日新報》,1929年9月30日,第3版。

附錄四
《南溟樂園》、《南溟藝園》目前可考之執筆名單

日期	期數	寄稿者	資料來源
1930.1	第4號	中間磯浪、箕茅子、森武雄、郭水潭、多田南溟詩人、たけさき哲、吉松文麿、西條しぐれ、佐藤糺、楠本虛無、萩原義延、藤田福乎、川崎滴水、西鹿輪吐詩夫、徐清吉、中村文之介、陳奇雲、德重殘紅、楊讚丁、平川南甫、山下敏雄、神野仁太郎	《南溟樂園》第4號
1931.6.3	第3卷第6號	中間磯浪、原田正雄、吉松靜馬、國井重二、松田牧之介、郭水潭、上政治、露木陽子、多田南溟漱人、村上良子、西川吐詩夫、多田道子、芝木房雄、谷村晃、宇田蘇秋、瀨戶うつ美	《臺灣日日新報》（1931年6月15日）
1931.7.6	第3卷第7號	宇田蘇秋、楊影浪、上政治、脇坂みどり、柴田武矩、村上良子	《臺灣日日新報》（1931年7月19日）
1931.9.4	第3卷第9號	宇田蘇秋、多田道子、德田貴志人、村上良子、國井重二、額田如狂、武井白榕、郭水潭、甲斐紫泉、蕭郭火、關澤潤一郎、楊影浪、松田牧之介、王登山、後藤大治	《南溟藝園》第3卷第9號

日期	期數	寄稿者	資料來源
1931.11.1	第3卷第10號	村上良子、多田道子、宇田蘇秋、上政治	《臺灣日日新報》（1931年11月7日）
1932.2.6	第4卷第2號	宇田蘇秋、多田道子、西川吐詩	《臺灣日日新報》（1932年2月25日）

附錄五
《茉莉》現存期數之執筆名單

期數	發行日期	撰稿者（依照該期作品刊登順序排列）
1	1932.1.29	安西冬衛、龜山勝、菱山修三、河口速、高木真弓、大森泰二郎、吉岡清橘、佐野輝二、瀧口武士、渡邊修三、本田茂光
4	1932.10.17	河口速、藤原金雄、山村順、古本哲夫、國友則房、岡本彌太、東條文雄、龜山勝、吉岡清橘、本田茂光
8	1933.11.5	丸山薰、渡邊修三、乾直惠、岡崎清一郎、高松章、扇谷義男、河口速、西川滿、田尻宗夫、國友則房、細川基、結城武夫、杉浦杜夫、佐久間利秋、吉岡清橘、岩田潔、永瀨清子、本田茂光、岡本彌太
9	1934.4.15	岡崎清一郎、瀧口武士、村野四郎、安達義信、岩本修藏、高松章、田中克己、小杉茂樹、草飼稔、落合郁郎、濱名與志春、西川滿、島崎恭助[1]、結城武夫、竹內てるよ、杉浦杜夫、吉岡清橘、岩田潔、藤井芳、竹見竹雄、本田茂光、田尻宗夫、佐久間利秋
10	1935.3.10	乾直惠、岡崎清一郎、田尻宗夫、杉本駿彥、瀧口武士、濱名與志春、相澤等、柏木俊芳、丹志幸、小杉茂樹、石橋孫一郎、關谷忠雄、結城武夫、岩田潔、竹內てるよ、杉浦杜夫、藤井義晴、本田茂光、山本信雄、木水彌三郎

---

[1] 目錄寫為「島崎恭助」、內文寫為「島崎恭爾」，透過與大連詩壇相關之詩人姓名比對，確認正確應為「島崎恭爾」。

期數	發行日期	撰稿者（依照該期作品刊登順序排列）
11	1935.7.20	岡崎清一郎、乾直惠、瀧口武士、杉本駿彥、濱名與志春、櫻井薰、田尻宗夫、藤井義晴、山本和夫、竹內てるよ、岡本彌太、岩田潔、本田茂光、富松良夫
12	1936.3.20	岡崎清一郎、坂野草史、木水彌三郎、杉本駿彥、折戶彫夫、笹澤美明、龜山勝、竹內てるよ、岩田潔、濱名與志春、本田茂光、山村酉之助
13	1936.9.23	岡崎清一郎、高橋新吉、竹內てるよ、笹澤美明、折戶彫夫、濱名與志春、高祖保、坂野草史、本田茂光、北條安夫、岩田潔、夢野艸一、濱田晴美、清水房之丞[2]、小川十指秋
14	1937.5.10	岡崎清一郎、瀧口武士、折戶彫夫、田中冬二、笹澤美明、岩田潔、坂野草史、濱春與志春、俵青茅、本田茂光、竹內てるよ、杉本駿彥
15	1937.12.25	岡崎清一郎、杉本駿彥、高祖保、折戶彫夫、竹內てるよ、本田茂光、濱名與志春、丸山薰
17	1939.6.19	岡崎清一郎、折戶彫夫、岩田潔、本田茂光、竹內てるよ、濱名與志春、河口速
18	1940.5.30	岡崎清一郎、永瀨清子、木水彌三郎、笹澤美明、乾直惠、竹內隆二、富松良夫、鈴見健次郎、岩田潔、安部宙之介、岡本彌太、山田牙城、野田宇太郎、本田晴光、三田忠夫、北條安夫、竹內てるよ
19	1941.9.15	岡崎清一郎、高祖保、笹澤美明、細川基、岩田潔、關谷忠雄、濱田乃木、本田晴光、三樹立也、竹內てるよ
20	1943.1.20	田中冬二、岡崎清一郎、高祖保、川本信雄、杉本駿彥、關谷忠雄、細川基、本田晴光

2　目錄寫為「清水房之亟」、內文寫為「清水房之丞」，根據其文章自述為《詩之家》同人，比對《詩之家》目錄後可確認其姓名為「清水房之丞」。

資料來源：財團法人半線文教基金會（第1、4、8、13、14、15、17、18、20期）、國史館臺灣文獻館（第1、4期）、臺灣文學館（第9期）、臺灣圖書館（第10、11、12、13、14、17期）、臺灣大學圖書館（第19、20期）。

註：本表為2021年筆者根據當時史料考察之情況。2023年蕭亦翔已尋得完整20期《茉莉》雜誌，並製作有「本田晴光年表」、「《茉莉》總目次（1932年至1943年）」、「台灣與日本各館舍《茉莉》館藏狀況」、「《茉莉》第五號『花束』、『香料』名單」等表格。參見：蕭亦翔，〈綻放於帝國南方的茉莉──本田晴光與詩誌《茉莉》〉，《臺灣文學史料集刊》第11輯（2023年12月），頁75-133。

後記

　　本書最早的章節寫成於2017年。2017年也是「新詩百年」的論述風起雲湧之時。對「新詩」一詞內含中國脈絡的抵抗，以及對「現代詩」一詞無法涵蓋日治時期過渡期詩體的苦惱，使我在2018-2019年前往日本研究時逐漸形成使用「近代詩」一詞來指涉日治台灣下的新興詩體的構想。從2019年確立博論架構、2022年完成博論初稿，到改寫成本書的2025年如今，我始終處於這種抵抗與苦惱之中。

　　如今想來，這可能要追溯到更久以前──2014年，正在撰寫碩論的我，作為在青島東路上被學運震撼的「我們」，已在思索如何建立不從屬於中國、具有台灣主體性的日治詩史。如果不是有指導教授吳佩珍老師的引導，我不會發現這條「經過日本」的路徑。從日本新體詩及自由口語詩運動而非中國五四運動出發，確實是跳脫回歸現實世代所建立的日治詩史的方法。儘管如此，若不是前人透過各種手段保存與發掘日治詩的存在、在荊棘中嘗試建立種種論述，我也不會有機會去思考：為什麼我在國高中教科書所讀的只能是徐志摩與胡適，而不能是王白淵和水蔭萍？我不會懷疑作為台灣詩人，我的詩語可能擁有更複雜的身世。我的學術寫作因此得以在「台灣人」與「台灣詩人」兩種重要自我認同之下展開。

　　前往日本，方知日本近代詩史早已抹去殖民地台灣的蹤跡，因此本書的第一、二章重塑了台灣詩人在1920年代日本口語自由詩運動中的位置。但日文口語自由詩在台灣近代詩中又具有什麼位置？第三章中，我從日本回到台灣，描述中文、台灣話文與日文作為台灣人書寫

近代詩的語言選擇的意義和變化。在這當中，多虧閱讀了吳叡人老師的著作，我方能順利完成這趟「返回台灣」的歷程。其後，在同化壓力下不得不朝向日文書寫的台灣近代詩，始終是在世界詩史的脈絡下寫作的──源自俄國並途經日本與中國的普羅詩、受到英美詩歌啟發並同樣經過日本的民眾詩、受到法國影響的日本獨特「新精神」運動下的現代主義詩──本書第四到六章的內容，呈現出台灣近代詩深刻的關懷、開闊的視野與豐饒的創意。這些探索在1934年以後形成組織性的詩人社群，是為第七章所提到的「昭和象徵」與「左翼鄉土」兩大風格。最後的第八章則是對於戰爭詩的初步探索。

從碩論到博論，我看似終於爬梳完台灣近代詩從「誕生」到「形成與發展」、在日治時期整整五十年的過程，卻終究只是在龐大的近代詩史料寶庫抽出若干例證、可能掛一漏萬的初探。我之所以總是執著在挖掘一些相對不為人知的詩與詩人，是希望透過新的線索找尋新的可能性、新的脈絡、給予看似已經「被做完了」的日治詩史新的啟發與刺激。完成博論以後，我收到許多前輩或學友的鼓勵、指教或斧正，非常感恩也多有慚愧，終究在我淺薄的視野中仍有許多未見之處。今後也仍盼望各位的不吝賜教。

在眾多意見中，最開心的是不少人與我同樣對王宗英這位詩人的存在充滿興趣。王宗英，一位在郵局工作的默默無名的詩人，在其他台灣詩人都尚屬「稚拙」階段的1920年代，便已接連發表了70多首詩，質量俱豐。1924年更以〈早晨〉（朝）一詩登上日本中央詩壇主流雜誌《日本詩人》。藉此次機會，我請跟我合作了三本詩集封面的暐鈴以〈早晨〉這首詩為發想繪製本書封面。看著封底三種顏色交錯的線條，我不禁覺得：詩中的紅旗、藍旗與充滿生機的春綠晨景，不正是日本、中國與台灣近代詩交錯的命運嗎？而詩中的茶色紙傘和蝙蝠傘，不正是傳統和現代相互碰撞的意象嗎？這首短短的詩中，似乎

已包含了本書中想要呈現的許多交錯關係。

　　我的博論能夠順利改寫為本書出版，最要感謝的莫過於佩珍老師的敦促。從我碩班到博班的整整十一年間，佩珍老師花費無數時間與心力予以指導，使我從一個學術的嬰兒長為成人、完成了兩本超越我能力的學位論文，使我看到許多從未想像過的風景。更感謝佩珍老師在百忙之中，慷慨為我撰寫本書的推薦序。接著要感謝的是五位願意為本書聯名推薦的老師：在中研院台史所與文哲所分別給予我許多指導與照顧的吳叡人老師、楊小濱老師；從碩論到博論都擔任我的口試委員、給予珍貴意見的陳芳明老師；從我博論初審口試到最終口試都給予悉心指正與提點的劉柳書琴老師、林巾力老師。在學術的道路上能向諸位耕耘已久、卓然有成的老師們學習，並獲得各位的慨然推薦，對我而言是極有意義且幸運的事。

　　而能夠完成博士班學業，首要感謝政大台文所給予的學術訓練與資源。除了受到佩珍老師、芳明老師與小濱老師特別多的照顧之外，也感謝范銘如老師、崔末順老師、紀大偉老師、孫大川老師，以及來所上客座的阮斐娜老師與楊牧老師曾經的教導。在獲科技部補助前往日本研究時期，則要感謝一橋大學的洪郁如老師擔任我的國外指導教授，以及一橋大學的星名宏修老師、東京女子大學的和田博文老師無私的教導與鼓勵。博論撰寫期間，感謝科技部與中研院文哲所提供的論文撰寫補助，也感謝中研院台史所黃旺成日記解讀班帶給我台灣史研究的視野。博論口試時，感謝佩珍老師、芳明老師、小濱老師、書琴老師、巾力老師給我種種寶貴意見，指出了我論述中的許多盲點。博論完成以後，有幸榮獲台灣圖書館、台灣文學館以及政治大學的學位論文獎，給予我不少信心與勇氣，也成為盡早改寫與出版本書的動力，使我銘感五內。

　　本書能由萬卷樓圖書公司出版，感謝蔡佩均老師的牽線、張晏瑞

總編輯的允諾，以及丁筱婷編輯的細心聯絡與校對。此外，感謝兩位匿名審查老師無私給予許多珍貴修改意見，使我在盡可能完善論述的同時，也看到未來尚待努力的方向。當然也感謝一路以來在身旁互相切磋、互相支持的學長姐、學友與學弟妹們。最後，衷心感謝總是無條件支持我的家人們。改寫專書期間，陪伴我長達十八年、總是與我一同挑燈夜戰的愛狗 MOMO 成為天使了。期望接下來也能宛若有 MOMO 的陪伴一般，繼續我對於台灣近現代詩的探索。

文學研究叢書・臺灣文學叢刊 0810Z01

台灣近代詩的形成與發展（1920-1945）

作　　者	張詩勤
責任編輯	丁筱婷
特約校稿	張逸芸

發 行 人	林慶彰
總 經 理	梁錦興
總 編 輯	張晏瑞
編 輯 所	萬卷樓圖書股份有限公司
排　　版	林曉敏
封面插畫	張暐鈴
封面設計	陳薈茗
印　　刷	博創印藝文化事業有限公司

發　　行　萬卷樓圖書股份有限公司
臺北市羅斯福路二段 41 號 6 樓之 3
　電話 (02)23216565
　傳真 (02)23218698
　電郵 SERVICE@WANJUAN.COM.TW
香港經銷　香港聯合書刊物流有限公司
　電話 (852)21502100
　傳真 (852)23560735

ISBN 978-626-386-238-8
2025 年 6 月初版
定價：新臺幣 620 元

如何購買本書：

1. 轉帳購書，請透過以下帳戶
　合作金庫銀行　古亭分行
　戶名：萬卷樓圖書股份有限公司
　帳號：0877717092596
2. 網路購書，請透過萬卷樓網站
　網址 WWW.WANJUAN.COM.TW

大量購書，請直接聯繫我們，將有專人為您
服務。客服：(02)23216565 分機 610

如有缺頁、破損或裝訂錯誤，請寄回更換
版權所有・翻印必究
Copyright©2025 by WanJuanLou Books CO., Ltd.
All Rights Reserved　　　Printed in Taiwan

國家圖書館出版品預行編目資料

台灣近代詩的形成與發展(1920-1945)/張詩勤
著. -- 初版. -- 臺北市：萬卷樓圖書股份有限
公司, 2025.06
　面；　公分. -- (文學研究叢書. 臺灣文學叢
刊；810Z01)
ISBN 978-626-386-238-8(平裝)
1.CST: 臺灣詩　2.CST: 詩評　3.CST: 臺灣文學史
　　　　　　　863.091　　　　114001522